ALLAN COLE & CHRIS BUNCH

Die Sten-Chroniken 8
Tod eines Unsterblichen

ALLAN COLE **8** CHRIS BUNCH

DIE STEN-CHRONIKEN

TOD EINES UNSTERBLICHEN

Aus dem Amerikanischen
von Gerald Jung

GOLDMANN

Die amerikanische Originalausgabe erschien 1993
unter dem Titel »Empire's End«
bei Del Rey Books, New York

*All jenen, die dabei waren,
als der Tod die Pinte
ohne jede Vorwarnung
hinwegfegte.*

Umwelthinweis:
Alle bedruckten Materialien dieses Taschenbuches
sind chlorfrei und umweltschonend.
Das Papier enthält Recycling-Anteile.

Der Goldmann Verlag
ist ein Unternehmen der Verlagsgruppe Bertelsmann

Deutsche Erstveröffentlichung 11/97
Copyright © der amerikanischen Originalausgabe 1993
by Allan Cole and Christopher Bunch
Published in agreement with the authors and Baror
International, Inc., Bedford Hills, New York, U. S. A.
Copyright © der deutschsprachigen Ausgabe 1997
by Wilhelm Goldmann Verlag, München
Umschlaggestaltung: Design Team München
Umschlagillustration: Agt. Holl/Berndt
Satz: deutsch-türkischer fotosatz, Berlin
Druck: Elsnerdruck, Berlin
Verlagsnummer: 25007
VB/Redaktion: Gerd Rottenecker
Herstellung: Peter Papenbrok
Made in Germany
ISBN 3-442-25007-2

3 5 7 9 10 8 6 4 2

Buch I

INDISCHE ERÖFFNUNG

Kapitel 1

Was von der Imperialen Angriffsflotte noch übriggeblieben war, floh durch das schwarze Dunkel zwischen den Sternclustern. Es handelte sich um einen Einsatzschiff-Träger, zwei schwere und einen leichten Kreuzer mit ihren Zerstörerflottillen sowie, im Zentrum der Formation, Versorgungseinheiten und Truppentransporter, die die von der Schlacht gezeichneten Reste der 1. Imperialen Gardedivision aufgenommen hatten.

Als Flankenschutz und Rückendeckung der Formation diente das große Schlachtschiff *Victory*.

Sten stand auf der Brücke der *Victory* und blickte auf einen strategischen Bildschirm. Er nahm weder das Glühen »vorne« wahr, welches das Imperium darstellte, noch die Symbole weiter »hinten«, die für den von Anarchie zerrissenen Altai-Cluster standen.

Zwei E-Tage vorher:

Sten: Bevollmächtigter Botschafter. Persönlicher Emissär des Ewigen Imperators. Admiral. Unzählige Medaillen und Auszeichnungen, vom Galaktischen Kreuz abwärts, inklusive des Großritterordens des Imperialen Hofstaates. Held.

Jetzt:

Sten: Verräter. Abtrünniger. ›Und‹, dachte er, ›nicht zu vergessen: Mörder.‹

Unter den Symbolen, die bildhaft darstellten, was »hinter« der *Victory* lag, war an der Stelle, an der sich das Imperiale Schlachtschiff *Caligula* mitsamt Admiral Mason und mehr als dreitausend loyalen Imperialen Raumsoldaten befunden hatte, noch eine Markierung zu sehen. Die waren von Sten ins All geblasen worden, weil sie den direkten Befehl befolgt hatten, die Hauptwelt des Altai-Clusters zu vernichten, einen Befehl, der vom Ewigen Imperator persönlich erteilt worden war.

»Boß, ich hätte da einen kleinen Vorschlag.«

Stens Augen – und seine Gedanken – refokussierten sich. Alex Kilgour. Stens bester Freund. Ein ziemlich stämmig aussehender Schwerweltler, der wahrscheinlich noch besser als Sten über Tod und Zerstörung Bescheid wußte.

»Bericht.« Ein Teil von Stens Bewußtsein, derjenige, der stets Abstand zu dem Gezeter und Geschrei des Alltags hielt, fand es komisch, daß sie beide immer noch den Slang aus ihren mittlerweile längst vergangenen Tagen in der Sektion Mantis benutzten, jener streng geheimen Einheit, die der Imperator für verdeckte Operationen einsetzte. »Erzähl schon.«

»Davon ausgehend, daß du keine Ahnung vom entbehrungsreichen Dasein der Ausgestoßenen hast, sondern dein ganzes Leben damit verbracht hast, Loblieder und so'n Zeug zu singen, ist dir höchstwahrscheinlich nicht bekannt, daß Robby-Roy-Typen keine Zeit haben, mal 'ne kleine Pause zu machen und an den Blümchen zu riechen, wenn sie ihren Hals dabei nicht gleich in die Schlinge stecken wollen.«

»Vielen Dank, Mr. Kilgour. Ich versuche daran zu denken.«

»Keine Ursache, alter Knabe. Egal was dir fehlt, du brauchst mich nur zu rufen.«

Sten wandte sich vom Bildschirm ab. Um ihn herum stand die Brückenwache der *Victory* und wartete. Die beste Truppe seines langgedienten persönlichen Stabes, nicht die üblichen Rangabzeichenjäger, sondern eher Stens private Spionageagentur.

Dreiundzwanzig Gurkhas – nepalesische Söldner, die dafür berühmt waren, daß sie nur als Leibwache des Imperators dienten. Diese hier jedoch hatten sich freiwillig für einen Sonderdienst gemeldet: als Leibwache ihres ehemaligen Kommandanten Sten.

Otho plus sechs weitere Bhor. Untersetzte, zottelige Monster mit langen Bärten, gelben Fangzähnen und so langen Armen, daß die Fingerknöchel über den Boden schleiften. Sie schienen immer dann am glücklichsten zu sein, wenn sie entweder einen Feind genüßlich entzweireißen oder wenn sie das gleiche im Rahmen eines geschickten Multiwelt-Deals mit seinem Bankguthaben machen konnten. Andererseits waren sie große Freunde epischer Gedichte von eddahaften Ausmaßen. Es gab noch hundert weitere von ihnen an Bord der *Victory*.

Dazu ihre Kommandantin:

Cind. Menschlich. Versierte Scharfschützin. Abkömmling einer mittlerweile ausgelöschten Kriegerkultur. Überaus respektierte Gefechtsführerin.

Eine sehr schöne Frau. Stens Freundin und Geliebte.

›Genug Erbsen gezählt‹, dachte er. ›Kilgour hat recht: ein Wolf kann nicht das Risiko eingehen, auf einer sonnigen Lichtung zu liegen und den Bienen beim Summen zuzuhören; es sei denn, er hätte plötzlich beschlossen, eine neue Karriere als Kaminvorleger zu starten.‹

»Armierung?«

»Sir?« Die junge Frau wartete. Sten fiel wieder ein, wie der Lieutenant hieß: Renzi.

»Bringen Sie Ihre Leute zurück auf die Stationen. Commander Freston« – das war sein langjähriger persönlicher Com-Offizier – »ich müßte … Ach, verflucht. Vergessen Sie's.«

Sten erinnerte sich. »Sie beide«, sagte er und hob die Stimme. »Auch alle anderen, die es interessiert, können zuhören.

Es sind einige Veränderungen eingetreten. Ich habe soeben dem Imperator den Krieg erklärt. Was mich zum Verräter macht. Ich verlange von niemandem, daß er weiterhin meine Befehle befolgt. Niemandem, der seinem Eid treu bleibt, wird auch nur ein Haar gekrümmt. Wir werden –«

Seine Worte wurden vom Geheul der Sirenen unterbrochen, mit

denen Waffenoffizier Renzi ihre Leute auf die Stationen rief und damit Stens ersten Befehl ausführte.

Das war eine klare Antwort.

Freston gab eine andere: »Wie bitte, Sir? Es gab eine Funkstörung, und ich hatte Sie verloren. Ihre Befehle?«

Sten hielt eine Handfläche hoch, damit Freston dranblieb.

»Waffenleitstand, ich möchte, daß alle Kali- und Goblin-Werferstationen auf volle Feuerbereitschaft gehen. Einige unserer Imperialen Freunde könnten auf die Idee kommen, einen Abtrünnigen zur Strecke zu bringen. Noch dazu wurde die *Caligula* von vier Zerstörern eskortiert. Falls irgendein Schiff eine Attacke fliegt, setzen Sie ihm eine Goblin als Warnschuß vor den Bug.«

»Und wenn sie weiter vorrücken?«

Sten zögerte. »Dann setzen Sie sich noch einmal mit mir in Verbindung. Keine Kali-Abschüsse ohne meinen ausdrücklichen Befehl, jeder Abschuß wird entweder von mir oder von Mister Kilgour kontrolliert.«

Bei den Kalis handelte es sich um computergesteuerte Schiffszerstörer.

»Das ist nicht –«

»Doch, *das* ist ein Befehl. Befolgen Sie ihn.«

»Jawohl, Sir.«

»Commander Freston. Stellen Sie mir eine abhörsichere Verbindung zu General Sarsfield her, egal auf welchem Transporter er sich gerade befindet.« Sarsfield war der Oberste Befehlshaber der Gardisten und nach Sten der ranghöchste Offizier. Freston betätigte die Tastatur.

»Eine andere Sache noch«, sagte Sten. »Haben Sie die C&S-Schule durchlaufen?«

»Ja, Sir.«

»Gibt es irgendwelche schrecklichen Sünden in Ihrer Vergangenheit? Etwas, das Ihnen im Weg stehen könnte, dem Idealbild eines Schiffskapitäns zu entsprechen? Haben Sie die Barkasse des

Admirals gerammt? Die Schiffskanonen mit Karbolsäure poliert? Bier geschmuggelt? Schinken zur Seite geschafft? Mit Unzucht geprahlt?«

»Nein, Sir.«

»Schön. Ich habe gehört, daß Piraten befördert werden, bevor sie gehängt werden. Die *Victory* ist Ihr Schiff, Mister.«

»Jawohl, Sir.«

»Danken Sie mir nicht. Das bedeutet lediglich, daß Sie nach Kilgour wahrscheinlich der nächste sind, der über die Klinge springt. Mister Kilgour?«

»Sir?«

»Alle Leute, die keinen Dienst haben, zum Haupthangar.«

»Jawohl, Sir.«

Dann fiel Sten auf, daß Alex die Hand hinter dem Rücken hervorzog. Es sah aus, als hätte er an einer alten Kriegswunde in der Nähe des Steißwirbels herumgefingert. Nur daß Kilgour keine derartige Wunde vorweisen konnte; seine Hand hatte vielmehr die ganze Zeit auf dem Kolben einer Miniwillygun geruht, die in seinem Hosenbund versteckt war. Alex ließ es nicht darauf ankommen: Loyalität dem Imperator gegenüber wäre theoretisch durchaus akzeptabel. Sollte jedoch jemand tatsächlich seinen Eid, ›das Imperium und sein Wohlergehen bis in den Tod zu verteidigen‹, einlösen wollen, so stünde er ganz oben auf der Liste der neuen Märtyrer. Und wahrscheinlich wäre Kilgour der erste, der gleich im Anschluß daran lauthals ihre Fahnentreue bewunderte.

Ein Bildschirm wurde scharf. Sarsfield.

»General, sind Sie sich darüber im klaren, was passiert ist?«

»Allerdings.«

»Sehr gut. Angesichts der Ereignisse sind Sie nun der ranghöchste Offizier der Flotte. Bis Sie anderslautende Befehle vom Imperium erhalten, würde ich vorschlagen, daß Sie den gegenwärtigen Kurs auf die nächstgelegenen Welten des Imperiums beibehalten.

Ich muß Sie jedoch darauf hinweisen, daß jeder Versuch, sich in die Belange der *Victory* oder ihrer Manöver einzumischen, mit maximaler Gewalt beantwortet wird. Wie auch immer, keines Ihrer Schiffe ist in Gefahr, wenn Sie diesen Anweisungen folgen.«

Der alte Soldat zog eine Grimasse. Er holte tief Luft und setzte an, um etwas zu sagen. Dann überlegte er es sich anders.

»Ihre Nachricht wurde verstanden.«

»Sten. Ende.«

Der Bildschirm erlosch. Sten fragte sich, was Sarsfield hatte sagen wollen – daß keines der Imperialen Schiffe auch nur über ein Viertel der Feuerkraft der *Victory* verfügte und diese auch nicht von Lebensmüden gesteuert wurden? Oder wollte er – Sten verwünschte sich selbst, weil immer noch ein Rest Romantik in ihm steckte – ›Viel Glück‹ sagen? Es war letztlich egal.

»Jemedar Lalbahadur?«

»Jawohl, Sir!«

»Lassen Sie Ihre Leute antreten. Ich brauche Sie als flankierende Sicherheitsmaßnahme.«

»Sir!«

»Captain Cind. Ich möchte, daß auch Ihre Leute aufmerksam um mich herumtänzeln.«

»Sie zücken bereits ihre Waffen«, sagte Cind.

»Commander – pardon, Captain Freston, machen Sie das persönliche Boot des Captains startklar. Wir stehlen Ihnen irgendwo ein anderes.«

›Interessant‹, dachte Sten, ›wie schnell man diese drückende Zwangsjacke abschüttelt, auf welche die Raumflotte so viel Wert legte.‹

»Jawohl, Sir.«

»Mister Kilgour? Sollen wir los und die Grenze mit unseren Säbeln ziehen und mal sehen, ob jemand in der Stimmung für ein zweites Alamo ist?«

Alex zögerte.

»Wenn Sie das wollen, Sir. Aber es gibt da noch eine andere kleine Angelegenheit ... eine Sicherheitsangelegenheit ... Ich denke, ich würde am besten –«

»Oh, Gott!«

Plötzlich fiel Sten die Sicherheit wieder ein. Er hatte keine Ahnung, weswegen Alex zögerte, aber er selbst erinnerte sich wieder an zwei fette Trumpfkarten. Falls sie immer noch von Wert waren. Er entriegelte die Vorderseite seines Kampfanzuges, zog den flachen Beutel heraus, der an einem Band um seinen Hals hing, und nahm zwei Plastikquadrate heraus.

»Halten Sie sich bereit«, befahl er.

Sten eilte auf die andere Seite der Brücke zum Zentralcomputer. Er wies die beiden Operatoren an, die Kabine zu verlassen, zog den Sicherheitsvorhang rund um die Station zu und ließ eine Tastatur herausgleiten.

Er betätigte einige Tasten.

Die Station war eine von dreien auf der *Victory* mit einem Zugang zu ALL/UN – dem zentralen Imperialen Computernetz, mit dem man jedes Imperiale Kommando auf jedem Planeten und auf jedem Schiff des Imperiums erreichte.

›Es *müßte* klappen‹, dachte Sten, war sich jedoch nicht so sicher.

Wahrscheinlich war die *Victory* vom Zugang zu allen Quellen abgeschnitten, genau wie der Imperator Stens gewohnte Direktverbindung zu seinem Privatquartier unterbrochen hatte.

Wochen vergingen. Monate. Jahrzehnte. Sten wußte, daß sein Körper bereits mit der C-14-Methode hätte datiert werden können, bevor der Bildschirm sich endlich aufhellte und ihm die Zeichen ALL/UN freundlich zublinkten, um kurz darauf wieder zu verschwinden.

Dann: ACCORDANZA.

Sten gab den Code der *Victory* ein.

Wieder dauerte es Ewigkeiten.

Als nächstes erschienen höchstwahrscheinlich die Simulation

eines steif ausgestreckten menschlichen Mittelfingers und der Hinweis ZUGANG VERWEIGERT auf dem Bildschirm.

Statt dessen: ATELIER.

Sten lud das Programm, das sich auf dem ersten Plastikchip befand. Wieder mußte er warten, dann: BORRUMBADA. ›Verdammt‹, dachte er. Sie gingen darauf ein. Schon wieder: ATELIER. Der zweite Chip wurde eingespeist. Und wieder akzeptierte *Imperial All Units* das Programm. ›Nun beten wir ganz kräftig und hoffen, daß die beiden kleinen Kerlchen ihre Magie entfalten.‹

Die Chips waren ein Geschenk von Ian Mahoney, Stens ehemaligem Kommandanten bei Mantis und ehemaligem Flottenadmiral; zudem war er seit Äonen schon das, was man in Verbindung mit dem Ewigen Imperator noch am ehesten als guten Freund hätte bezeichnen können. Aber Mahoney war tot – vom Imperator selbst des Verrats angeklagt und exekutiert.

›Es ist jammerschade, Ian‹, dachte Sten, ›daß du diese Dinger nicht mehr selbst benutzen und anwenden konntest, bevor der Ewige Schwachkopf dich umbrachte.‹ Er riß sich zusammen. Auch dafür war jetzt keine Zeit.

Sten schob den Sicherheitsvorhang zur Seite. Draußen stand Alex und wartete auf ihn.

»Ich danke dir, Boß, daß du mir den Stuhl vorgewärmt hast. Bist du endlich fertig?«

»Jawohl, Sir, Mister Kilgour, Sir. Darf ich vorbei, Sir, sofort, Sir. Soll ich Tee hereinbringen lassen, Sir?« »Diese widerliche Flüssigkeit ist höchstens dazu geeignet, in den Adern von Engländern zu fließen. Ich nehme zu gegebener Zeit lieber einen richtigen Schluck.« Und Kilgour zog den Vorhang zu.

Sten betrat eines der Gleitbänder, die die Brücke mit der zentralen Transitröhre des Schlachtschiffs verbanden und von dort aus zum Hangar in der Nähe des Hecks führten. Ohne eigens dazu aufgefordert zu werden, trotteten die Gurkhas hinter ihm her, die Willyguns griffbereit schräg vor der Brust.

Cind und ihre Bhor warteten an einer Kreuzung. Sie gab ihren Leuten und den Gurkhas ein Zeichen zum Weitergehen.

Einen Moment lang standen sie und Sten alleine in der Biegung eines Korridors.

»Danke«, sagte sie und küßte ihn.

»Wofür denn?«

»Dafür, daß du nicht fragst.«

»Was fragen?«

»Du bist ein Dummkopf«, sagte sie.

»Du meinst –«

»Das meine ich.«

»Aber ich habe nicht im Traum daran gedacht, daß du eventuell ... ich meine –«

»Du hast recht, ich bleibe eine Freiwillige. Hinzu kommt, daß ich niemals irgendeinen Eid auf irgendeinen Imperator abgelegt habe. Nebenbei bemerkt: ich suche mir immer die Seite des Gewinners aus.«

Sten betrachtete sie aufmerksam. Offensichtlich sollte das weder ein Witz sein, noch der Versuch, seine Moral zu stärken.

»Meine Vorfahren waren Jann«, fuhr sie fort. »Sie dienten Tyrannen, die sich hinter der Lüge versteckten, sie seien die Stimme eines Gottes, den sie sich nur ausgedacht hatten.

Ich schwor, daß ich, wenn ich jemals Soldatin werden könnte, nicht wie sie sein würde. In der Tat ging es bei dem Soldatentum, von dem ich träumte, darum, mitzuhelfen, solche Dreckschweine wie die Propheten loszuwerden. Oder solche wie Iskra. Oder den Imperator.«

»Na schön«, meinte Sten, »das hast du mir schon einmal erzählt. Wie es aussieht, wirst du deine Chance bekommen. Oder zumindest eine gute Gelegenheit, mit Pauken und Trompeten unterzugehen.«

»Ach was«, widersprach Cind. »Wir werden ihm in den Arsch treten. Jetzt komm schon. Du mußt eine Predigt halten.«

Sten stand auf dem Stummelflügel eines Einsatzschiffs und blickte auf die nahezu zweitausend Wesen hinunter, die um ihn herum versammelt waren: die Besatzungsmitglieder der *Victory,* die nicht dringend auf der Waffenstation oder für den laufenden Betrieb des Schiffes benötigt wurden, dazu die Überreste des Botschaftsstabes. Er hielt es für keine sehr tolle Aufgabe, öffentlich Tyrannenmord zu predigen. Er versuchte, nicht zu den oberen Laufstegen des Hangars hinaufzuschauen, wo die Scharfschützen der Bhor und Gurkhas abwarteten, ob nicht doch irgendwelche Arten nichtverbalen Einspruchs erhoben wurden.

»Schön und gut«, schloß er. »So sieht es also aus. Ich habe den Imperator kopfüber da reingestoßen. Er hat keine Möglichkeit, mich verschwinden zu lassen und gleichzeitig so zu tun, als ob nichts passiert wäre. Was ich auch auf keinen Fall vorhabe.

Ich werde nicht sagen, was als nächstes kommt. Denn ich finde nicht, daß irgend jemand von euch sich freiwillig melden sollte, um bei mir zu bleiben. Jeder von euch, der gut im Aufstellen von Prognosen ist oder in Kampfanalyse nicht geschlafen hat, kann sich die Aussichten an zehn Fingern abzählen.

Ich habe die *Victory,* und vielleicht hier und da ein paar Leute, die ebenso wie ich davon überzeugt sind, daß es höchste Zeit ist, zurückzuschlagen. Genau das habe ich vor.

Ich habe den Großteil meines Lebens dem Imperator gedient. Aber die Dinge sind aus dem Lot geraten. Wie der Altai-Cluster zum Beispiel. Gut, diese armen Wesen waren verrückt und blutrünstig, und das schon seit vielen Generationen.

Aber wir sind diejenigen, die alles zum Auseinanderfallen gebracht haben. Wir sind dafür verantwortlich, daß aus dem Tumult ein blutiges Chaos geworden ist.«

Sten mußte sich bremsen. »Nein«, sagte er und senkte seine Stimme, so daß diejenigen weiter hinten aufmerksam zuhören mußten. »Ich sollte nicht sagen ›wir‹. Denn ihr, ich, wir alle haben unser Bestes getan.

Aber unser Bestes war nicht gut genug. Denn es gab jemanden, der sein eigenes Programm laufen hatte. Der Imperator. Wir befolgten seine Befehle – und seht euch an, was dabei herauskam. Doch ich wollte auf keinen Fall zulassen, daß es durch die Vernichtung eines ganzen Planeten gedeckt würde.

Das ist eigentlich alles, was ich euch sagen wollte. In Kürze werden wir das Boot des Käpt'n startklar haben. Es wird den Kurs der verbliebenen Imperialen Flotte kreuzen. Ihr habt eine Schiffsstunde, um eure Siebensachen zusammenzusuchen und an Bord zu gehen.

Tut das, Leute. Ihr werdet wesentlich länger leben, wenn ihr beim Imperator bleibt, egal, wer er ist und was er tut. Mir bleibt keine Wahl mehr. Ihr habt sie noch.

Eine Stunde. Bringt euch aus der Schußlinie. Tut es jetzt. Alle anderen hingegen, diejenigen, die es satt haben, einem Verrückten zu dienen, der scharf darauf ist, das Imperium in ein Chaos zu verwandeln – ähnlich dem Chaos, das wir soeben verlassen haben –, gehen dort hinüber zur Hangarwand.

Das wär's. Vielen Dank für eure Hilfe. Danke für eure Dienste. Und allen viel Glück, egal, wofür ihr euch entscheidet. Wegtreten.«

Sten wandte sich ab. Er tat so, als müsse er sich dringend mit Cind unterhalten, aber seine Ohren lauschten dem tiefen Gebrumm von Stimmen, und dann dem Poltern von Stiefelabsätzen auf dem Deck.

Cinds Augen waren nicht auf ihn gerichtet, sondern auf die Szene hinter ihm, um nach potentiellen Angreifern Ausschau zu halten.

Dann hörten die Stimmen und Geräusche auf.

Sten zwang sich dazu, sich umzudrehen. Er blinzelte erstaunt. Bevor er fragen konnte, hatte Cind die Antwort parat.

»Die ersten, die sich rührten, waren die Mitglieder deines Stabes. Ich würde sagen, ungefähr neun von zehn werden dabeibleiben. Du hast sie tatsächlich schon versaut.«

»Verdammt«, war alles, was Sten herausbrachte.

»Doch, ehrlich«, beharrte Cind. »Außerdem bleiben dir etwa zwei Drittel der Mannschaften. Ich dachte immer, in der ganzen Flotte meldete sich niemand freiwillig für etwas. Aber ich denke, du hast jetzt eine ganze Truppe zukünftiger Rebellen beisammen.«

Bevor Sten irgend etwas tun konnte – etwa auf die Knie fallen und ein paar Bhor-Gottheiten dafür danken, daß die *Victory* mit mehr als tausend hirngeschädigten Mannschaftsmitgliedern gesegnet war –, dröhnte es aus den Lautsprechern:

»Sten zur Brücke, Sten zur Brücke!«

In der Stimme des Sprechers war ein leichter Anflug von Emotionen nicht zu überhören; und das wiederum bedeutete, daß mit an Sicherheit grenzender Wahrscheinlichkeit eine Katastrophe unmittelbar bevorstand.

»Diese sechs Bildschirme zeigen Einblendungen vom Bordkommunikationssystem der *Bennington*. Sie erschienen direkt nach dem ersten Kontakt.«

Sten warf einen Blick auf die Schirme. Sie zeigten Waffenstationen und Geschützkonsolen, eine wie die andere verlassen.

»Ich gehe nicht davon aus, daß es sich um Echtzeit-Übertragungen handelt«, fuhr Freston fort.

Sten sah zum Hauptbildschirm hinauf. Auf ihm war die *Bennington* zu sehen, der Einsatzschiff-Träger und damit das schwerste Schiff in Sarsfields Flotte. Sie wurde von zwei Punkten flankiert, die eine ID-Einblendung als Zerstörer identifizierte. Alle drei Schiffe bewegten sich mit voller Geschwindigkeit auf die *Victory* zu. Entweder hatte Sarsfield ein Selbstmordrennen befohlen – denn die Möglichkeit, daß der Transporter sich mit dem Schlachtschiff ein Feuergefecht liefern wollte, war gleich null – oder dort draußen ereigneten sich noch ganz andere seltsame Dinge.

»Ich habe«, meinte Freston, »sechs Kali-Stationen besetzen lassen, die innerhalb von vier Sekunden ihre Ziele erfassen können und abschußbereit sind.«

»Wiederholen Sie die erste Übertragung von der *Bennington*.«

Freston spielte sie auf einem zweiten Bildschirm noch einmal ein.

Er zeigte die Kommandobrücke der *Bennington*, die so aussah, als habe hier vor kurzem eine heftige Kneipenschlägerei stattgefunden. Der weibliche Offizier auf dem Monitor hatte einen bandagierten Arm, ihre Uniform war zerrissen.

»*Victory*, hier ist die *Bennington*. Bitte antworten Sie mit Richtfunk und auf ausschließlich dieser Frequenz. Hier Commander Jeffries. Ich habe das Kommando über die *Bennington* übernommen. Die Offiziere und Mannschaften des Schiffs haben sich von der Autorität des Imperiums losgesagt und befinden sich nun unter meinem Befehl. Wir möchten uns Ihnen anschließen. Bitte antworten Sie.« Der Bildschirm flimmerte, und die Nachricht wurde wiederholt.

»Außerdem haben wir einen Funkspruch von einem der Zerstörer, von der *Aoife*«, sagte Freston. »Die andere ist die *Aisling*. Beides *Emer*-Klasse.« Er wies auf einen anderen Bildschirm mit dem entsprechenden Eintrag aus dem *Jane's*, den Sten jedoch ignorierte.

»Dieser Funkspruch ist kürzer und nicht verschlüsselt. Er lautet wie folgt: ›*Aoife* und *Aisling* schließen sich an. Akzeptieren Stens Kommando. Heimatwelt beider Schiffe im Honjo-System.‹ Erklärt das etwas, Sir?«

Ein wenig schon. Aber nicht viel. Die Honjo waren im ganzen Imperium als Händler bekannt. Und wurden aufrichtig gehaßt. Sie waren auf lächerlich überzogene Weise ethnozentrisch und nur auf maximalen Profit ausgerichtet, darüber hinaus aber absolut loyal gegenüber jeglichem Herrn, dem sie sich verpflichtet hatten – solange ihre Loyalität erwidert wurde. Außerdem konnten sie kompromißlose Gegner sein, bis hin zum Rassenselbstmord, wie das Privatkabinett schmerzlich erfahren mußte, als er versucht hatte, das AM_2 der Honjo zu stehlen.

Sten hatte Gerüchte gehört, daß die Honjo seit der Wiederkehr des Imperators das bis zu einem gewissen Grad gerechtfertigte Gefühl hatten, daß man sich für ihre Loyalität dem Imperium gegenüber nicht angemessen (also mit viel Geld) erkenntlich gezeigt hatte.

»Ziehen Sie die Kali-Überwachung dieser beiden Schiffe ab. Stellen Sie Kontakt her, sobald ich hier fertig bin, und teilen Sie ihnen mit, daß wir ihre Nachricht erhalten haben und sie sich für weitere Instruktionen bereit halten sollen«, befahl Sten. »Wir werden bald herausfinden, inwieweit sie uns unterstützen. Stellen Sie mich zu dieser Jeffries auf der *Bennington* durch.«

Die Verbindung stand schnell, die Unterhaltung war kurz. Die Besatzung der *Bennington* hatte tatsächlich gemeutert. Der Captain war tot. Fünf Offiziere und zwanzig Mannschaftsmitglieder befanden sich in der Krankenabteilung. Ungefähr dreißig Prozent der Crew, die nun unter Waffen stand, war dem Imperium gegenüber loyal geblieben.

»Erbitte Ihre Befehle, Sir«, schloß Jeffries.

»Als erstes«, sagte Sten und überlegte rasch, »möchte ich Sie in meinem Alptraum willkommen heißen und Ihnen sagen, daß ich Sie alle für verrückt halte. Zweitens: halten Sie alle Loyalisten zum Umladen bereit. Wenn Sie einen Versorgungsleichter haben, benutzen Sie den. Wenn nicht, bleibt als einzige Alternative, genügend Einsatzschiffe zu entwaffnen. Drittens: lassen Sie Ihre Gefechtsstationen unbemannt. Tut mir leid, aber wir können uns momentan nicht leisten, irgendwem zu trauen.

Viertens: bereiten Sie sich auf baldigen Besuch vor. Fünftens: richten Sie Ihre Navigationscomputer so ein, daß sie dem Kommando dieses Schiffes folgen. Wir werden ein bißchen herumreisen, und Sie werden unser Geleit bilden. Das wär's.«

»Jawohl, Sir. Geht klar. Halten uns bereit, bis Ihr Personal an Bord kommt. Und … wir danken *Ihnen*.«

Sten schaltete den Bildschirm ab. Er hatte keine Zeit, darüber nachzudenken, warum sich noch ein anderer Haufen Idioten freiwillig für die Todeszelle meldete. Er blickte sich nach Alex um und entdeckte ihn zufrieden grinsend an der Hauptkonsole lehnen. Kilgour kreuzte verstohlen zwei Finger. Sten hatte das Bedürfnis, ein wenig zu grummeln, und ging zu ihm hinüber.

»Pardon, Sir, aber bevor wir weitermachen, hätte ich da einen Bericht … Wir sind immer noch reich, alter Knabe.«

Sten unterdrückte den selbstmörderischen Drang, Alex einen Tritt zu versetzen. Was zum Teufel hatte das mit –

»Da wir in Eile sind, halte ich den Input kurz und knapp. Während du deinen üblichen Aufgaben nachgegangen bist und die Idioten inspiriert hast, hab ich mal unsere Kontoauszüge überprüft.

Denn zu einem richtigen Gesetzlosen gehört gefälligst ein gewisses Maß an Liquidität. Also hab ich sämtliche Aktivposten, auf die ich raschen Zugriff hatte, in eine alte Geldwaschbank aus Mantis-Tagen geschaufelt.«

Sten machte Anstalten, etwas zu sagen, merkte dann aber, daß Kilgour nicht aus Habgier gehandelt hatte. Revolutionen werden, wie die Politik auch, mit Credits betankt und scheitern an deren Fehlen fast ebensooft wie daran, daß sie keine geeignete Alternative zu bieten haben. Sten würde, wenn er diesen Krieg überleben, geschweige denn gewinnen wollte, alle Credits benötigen, die im bekannten Universum kursierten.

Und Kilgour hatte, was ihre Reichtümer anging, nicht übertrieben. Vor vielen Jahren, als sie noch Kriegsgefangene der Tahn gewesen waren, hatte ihre ehemalige Mantis-Kampfgefährtin, die Romafrau Ida, sich die ihnen zustehenden Gehälter unter den Nagel gerissen und gewaltige Reichtümer aus ihnen gemacht. Sie waren so wohlhabend, daß Sten sich einen eigenen Planeten hatte kaufen und Kilgour auf seiner Heimatwelt Edinburgh ein halbes Dutzend Burgen mitsamt umliegenden Anwesen hatte errichten können.

»Daran denkend, daß wahrscheinlich jemand dieser Fährte folgen wird, habe ich die Überweisung anschließend an Ida zurückverschoben, zusammen mit einer kleinen Nachricht, daß sie sich bereit halten soll und sich schon mal auf unsere Gesellschaft freuen darf, die fette Kuh. Ich denke, wir können die Zigeuner noch gut brauchen, bevor dieses Hin und Her ein Ende hat.

Außerdem habe ich unserem König der Schmuggler eine kleine Nachricht zukommen lassen, aber ich weiß nicht genau, ob seine Adresse noch auf dem alten Briefkasten steht.

Das ist alles, Boß. Was jetzt, hast du Arbeit für mich? Ich nehme mal an, wir sind so schlau, daß wir uns jetzt nicht einen schönen Dachsbau suchen und dann hinter uns die Schotten dichtmachen, oder?«

Alex stellte sich gerade hin und nahm Haltung an. Sten nickte zustimmend.

»Da liegst du völlig richtig. Der Imperator würde uns nur seine Jagdhunde auf den Hals hetzen. Darüber müssen wir uns also keine Sorgen machen. Schnapp dir die Hälfte der Bhor und geh rüber auf die *Bennington*. Dort stellst du sicher, daß sie die Sache wirklich ernst nehmen.«

»Und wenn nicht?«

»Tu, was dir richtig erscheint. Wenn es aber eine Falle ist, laß sie bluten, nicht uns. Ich halte zwei Kali-Stationen feuerbereit, bis du mir das Gegenteil signalisierst; außerdem lasse ich draußen ein Geschwader Einsatzschiffe patrouillieren.«

»Bin schon weg.« Und so war es auch.

Sten wollte tief Luft holen und sich einen Plan zurechtlegen – aber ihm blieb kaum Zeit, auf alles angemessen zu reagieren. Er wandte sich wieder an Commander – jetzt Captain – Freston.

»Gut, Captain. Sie haben gehört, was wir tun. Wir haben die

Steuerung aller drei Schiffe an die *Victory* gekoppelt. Ich möchte einen irrationalen Fluchtkurs auf dem Navigationscomputer.«

»Jawohl, Sir.«

»Ich möchte ein Geschwader Einsatzschiffe draußen um die *Bennington* herum. Und ich möchte ein zweites Geschwader ... geben Sie mir einen Teufelspiloten, am besten diese ... wie hieß sie doch gleich ... La Ciotat. Sie soll mit ihren Schiffen die Rückendeckung übernehmen ... eine Lichtsekunde hinter der Formation und ebenfalls an die *Victory* gekoppelt.

Jedesmal, wenn wir in den Hyperraum springen, lassen wir eine der Kalis der *Bennington* hinter uns, bemannt mit einem von Renzis Offizieren. Ich mag es nicht, verfolgt zu werden.«

»Jawohl, Sir.«

»Jetzt stellen Sie mich zu diesen Dickköpfen von Honjo durch.«

»Aye, Sir. Haben wir ein endgültiges Ziel?«

Darauf gab ihm Sten keine Antwort.

Nicht, weil er keine Antwort gehabt hätte, sondern weil eines der Geheimnisse eines lebenden Verschwörers darin bestand, niemandem irgend etwas zu sagen, bis unmittelbar vor dem Zeitpunkt, an dem es passierte. Eigentlich hatte er sogar zwei Ziele – jetzt, wo wirklich Wunder geschehen waren und er nicht nur über ein Schiff, sondern den Grundstock einer Flotte verfügte.

Was das erste Ziel anging, hatte er sich noch nicht endgültig entschieden. Es würde jedenfalls in der Nähe der Bühnenmitte liegen, da schließlich alle guten Rebellionen eine Art Sturm auf die Bastille brauchen, um in die Gänge zu kommen.

Das zweite?

Als Mahoney zu seiner Hinrichtung gezerrt wurde, hatte er gerufen: »Geh nach Hause!«

Inzwischen hatte Sten herausgefunden, welchen Ort Mahoney damit gemeint hatte. Aber er hatte immer noch keine Ahnung, weshalb er sich ausgerechnet dorthin begeben sollte.

Er hoffte jedenfalls, daß er mit seiner Vermutung richtig lag.

Kapitel 2

Ranett stieß einem schläfrig dreinschauenden Angestellten den Ellbogen in die Rippen und ließ mit routinierter Unachtsamkeit heißen Kaffee auf den Fettwanst eines anderen Bürokraten tropfen.

Während sie sich durch die Menge drängte, zog sie einen unablässigen Strom von Entschuldigungen hinter sich her: »Pardon … Tut mir leid … Wie ungeschickt von mir …«

Wenn jemand aufmerksam genug gewesen wäre, hätte ihm auffallen können, daß Ranett sich mit der Geschmeidigkeit einer erfahrenen Kämpferin bewegte und mit erstaunlicher Geschwindigkeit durch die Menge glitt. Sie schlüpfte durch Öffnungen, erzwang Lücken, wo vorher keine gewesen waren. Die ganze Zeit über fixierten ihre Augen das angestrebte Ziel: die gewaltigen Türen, die in den Pressesaal von Schloß Arundel führten.

An der Tür wurde sie von einem schwarz uniformierten Gebirge aufgehalten. Die goldenen Insignien am Ärmel des Wächters bestanden aus einem verzierten I und einem S, das sich wie eine Schlange drum herum wand. ›Wundervoll‹, stieß ihr Gehirn wütend hervor … Die verfluchte Innere Sicherheit.

Sie ließ ihr süßestes Lächeln aufblitzen, das garantiert das Herz jedes heterosexuellen männlichen Wesens, das einigermaßen bei Trost war, zum Schmelzen brachte. »Entschuldigen Sie bitte …« Ranett duckte sich unter seinem Arm weg und schlüpfte in den Pressesaal. Drinnen hörte sie die trockene Stimme eines Berichterstatters. ›Diese Schwachköpfe haben bereits angefangen‹, dachte sie. ›Dafür ziehe ich jemandem noch das Fell über die Ohren!‹

Wieder versperrte ihr der IS-Mann den Weg: »Nur für Pressevertreter«, knurrte er. Ranett behielt das süße Lächeln bei. »Dann bin ich damit gemeint.« Sie zog ihre Ausweispapiere hervor und hielt sie keck vor die runden Äuglein des großen Trottels. Er warf einen forschenden Blick auf die Ausweispapiere, dann auf ihr Gesicht. Er ließ sich verdammt viel Zeit damit.

»Sieht aus wie Sie, in Ordnung«, meinte er. Dann schenkte er ihr ein boshaftes Grinsen. ›Das wird ja immer besser‹, dachte Ranett. ›Ein Medienhasser.‹

»Sie dürfen trotzdem nicht rein.«

»Warum denn nicht, zum Henker?«

Ein innerer Ruck durchfuhr den IS-Mann. Das süße Lächeln auf Ranetts Gesicht war jetzt verschwunden. Ihr Tonfall war wie Eiszapfen. Aber nach einem zögerlichen Moment ignorierte der Wächter die Warnung.

»Befehle, darum«, knurrte er. »Die Pressekonferenz ist bereits im Gange ... Niemand darf rein oder raus, bis sie zu Ende ist.«

Einen Herzschlag später verwandelte sich sein selbstzufriedenes Grinsen in einen Ausdruck blanken Entsetzens, als Ranett ihre aufgestaute Wut entfesselte.

»Gehen Sie mir aus dem Weg, Sie aufgeblasener kleiner Sack«, fauchte sie. »Sie lassen mich augenblicklich hinein, oder ich brate Ihre Eier zum Frühstück!«

Sie setzte ihm volle anderthalb fürchterliche Minuten lang zu. Überzog ihn und die gegenüberliegende Wand mit Blasphemien und gemeinen Drohungen, wie der IS-Mann sie vorher noch nie gehört hatte; am Ende bezeichnete sie ihn sogar als den obersten Folterknecht des Imperators.

Während jede einzelne dieser neunzig Sekunden sich wie ein ganzes langes Jahr dahinzog, fing sein kleines Gehirn allmählich an, den Namen auf dem Presseausweis zu registrieren. Die Frau, die ihn da bei lebendigem Leibe in Stücke riß, war eine lebende Legende des Nachrichtenwesens. Ranett hatte von der Front über die Tahn-Kriege berichtet; sie hatte die alptraumhaften Regierungsjahre des Privatkabinetts überlebt; sie hatte preisgekrönte Livie-Reportagen produziert, die sogar er mit Ehrfurcht angeschaut hatte. Über mächtige Regierungsmitglieder und Wirtschaftsbosse war bekanntgeworden, daß sie, wenn Ranett mit ihrem Aufnahmeteam auftauchte, davonliefen wie kleine Jungs, die man bei unerlaubten Spielchen ertappt hatte.

Als sie Pause machte, um Luft zu holen – oder neue Inspiration zu schöpfen –, setzte der IS-Mann alles daran, sich aus ihrem Gesichtsfeld zu verdrücken. Kopflos ließ er seinen Posten im Stich, denn lieber nahm er es mit seinem Sergeant und dessen Hyänenstimme auf als mit dieser Frau; da hörte er, wie die großen Türen aufzischten und sich wieder schlossen. Er schaute sich um. Es gelang ihm, Atem zu schöpfen … lang und zitternd Luft zu holen. Ranett war drinnen. Bis zum Ende der Pressekonferenz war er gerettet, Befehle hin, Befehle her.

Flottenadmiral Anders, der Chef der Imperialen Raumflottenoperationen, stieß im Geiste ein paar Flüche aus, als er sah, wie Ranett sich in den überfüllten Raum hineinquetschte und einen jungen Trottel von seinem am Gang gelegenen Sitz wegkomplimentierte.

Bis jetzt war die Sache perfekt gelaufen. Sobald er die Nachricht von dem Mist erhalten hatte, der im Altai-Cluster geschehen war, hatte er den Krisenstab seiner Presseoffiziere in Bewegung gesetzt, noch bevor ihn entsprechende Befehle vom Imperator erreicht hatten.

Die Kritiker des Admirals, die jetzt bezeichnenderweise alle mucksmäuschenstill waren, hielten ihn für viel zu jung für diesen Posten; außerdem war er ihnen zu gutaussehend und zu glatt. Ein Mann, der weniger durch militärisches als durch politisches Talent so schnell zur Spitze aufgestiegen war. In der Tat hatte er seine Orden und Auszeichnungen ausnahmslos bei inszenierten Anflügen auf gerade vom Feind geräumtes Gebiet erworben. Er hatte viele wütende Schüsse abgegeben, aber vor allem sorgfältig kalkulierte Berichte und Pressemitteilungen erstellt.

Sein erster Akt als Chef der Flottenoperationen hatte darin bestanden, ein Presse-Pool-System für den Notfall zu schaffen, nach dessen Maßgaben die Leute operierten, die jetzt vor ihm saßen. Die Regeln waren einfach: 1. Nur Pressevertreter, die von seinem Büro akkreditiert waren, durften an einer Krisenpressekonferenz teilnehmen. 2. Es wurde nur auf Fragen eingegangen, die sich auf die in der Krisenpressekonferenz präsentierten »Fakten« bezogen. 3. Es war nur autorisierten Sprechern gestattet, Fragen zu stellen. 4. Jegliche Verletzung der ersten drei Regeln wurde als Verletzung der Imperialen Sicherheit angesehen und alle Beteiligten des Verrats angeklagt.

Jedoch gab es immer noch bestimmte Zwänge bei der Handhabung der Medien. Einige der Anwesenden vor ihm waren Stars, nicht minder populär als die Herzensbrecher in den Livie-Serien. Und sie verfügten über Gehälter in einer solchen Größenordnung, daß sie selbst einflußreiche Kapitalgesellschaften waren.

Glücklicherweise waren die meisten von ihnen zahm. Ein Teil von Anders' Genie bestand darin, daß er erkannt hatte, daß sogar ein Störenfried der Institution, die er quälen will, beitreten muß, um ein reicher und berühmter Störenfried zu werden.

Ranett paßte nicht in diese Schablone. Sie war lediglich berühmt. Ihr ging es nicht um Wohlstand. Sie scherte sich nicht um ihre Berühmtheit … außer, daß sie ein praktisches Werkzeug war, mit dessen Hilfe sie sich ihren Weg bahnte.

Aus diesem Grund sah sich Admiral Anders bei der Zusammenstellung der Liste der zu verständigenden Reporter gezwungen, ihren Namen mit aufzunehmen. Aber er tauchte ganz unten auf. Er gab genaue Anweisungen, den Anruf so spät zu tätigen, daß Ranett unmöglich rechtzeitig ankommen konnte.

Trotzdem saß sie da. In voller Lebensgröße. Trotz der Uhrzeit – Anders hatte den Beginn der Pressekonferenz absichtlich auf zwei Stunden vor Morgengrauen angesetzt – sah Ranett erschreckend wach aus. Nicht wie ihre wie gerädterten Kollegen, die um sie herum gähnten und vor sich hin dösten und Anders' bevorzugtem Nachrichtenoffizier, der das jargonbefrachtete Geleier fortsetzte, nur halbherzig zuhörten.

»… So viel zur Geschichte und physikalischen Zusammensetzung des Altai-Clusters. In den Materialien, die wir Ihnen bereits ausgehändigt haben, werden Sie Näheres zu einzelnen Planeten finden, entsprechende Daten über die relative Schwerkraft sowie Zeitumrechnungstabellen«, sagte der Offizier.

»Zusätzlich enthalten ist ein Informationsblatt über die vier Hauptrassen: die beiden menschlichen, die Jochianer und die Torks, und die Nonhumanoiden, die Suzdal und die Bogazi. Es ist dabei ganz hilfreich, sich noch einmal ins Gedächtnis zu rufen, daß die Jochianer die Mehrheit darstellen und daß alle diese Rassen sich seit Jahrhunderten hassen.«

Während der Offizier fortfuhr, hörte man das trockene Rascheln von Dokumenten. »Als nächstes … der politische Hintergrund. Die Details sind Ihnen wohlbekannt, ich möchte trotzdem einiges rasch noch einmal zusammenfassen. Nach dem Tode des Khaqan, des langjährigen Alliierten des Imperators, drohte Anarchie auszubrechen. Der Khaqan gehörte der jochianischen Mehrheit an. Leider verhinderten die enorme Arbeitsbelastung und die von Details dominierte Arbeitsweise des Khaqan, daß er sich einen Nachfolger heranzog.

Der Imperator ernannte Doktor Iskra, einen prominenten jochianischen Wissenschaftler und ergebenen Bürger des Imperiums, zum neuen Führer …«

Ranett verstand allmählich, was hier gespielt wurde. An den glasigen Blicken auf den Gesichtern ihrer Kollegen konnte sie erkennen, daß bis jetzt noch nichts Wichtiges gesagt worden war. Dabei war die Pressekonferenz schon seit einer Stunde im Gange. Der Vortragende, der da so trocken seinen Sermon herunterleierte, war nur einer von vielen, die schon vor ihm gesprochen hatten. Es war offensichtlich, daß sie alle die gleichen unwichtigen Fakten umrissen hatten. Es war definitiv nichts Neues, daß es im

Altai-Cluster drunter und drüber ging. Bereits vor einiger Zeit hatte man ihnen eine absolut wasserdichte Nachrichtensperre vor die Nase geknallt. Ranett selbst war gerade von einem Versuch zurückgekehrt, den Sektor zu besuchen. Unmittelbar vor dem Ziel hatte jemand ganz weit oben in der Hierarchie der Erstwelt ihr Schiff zurückbeordert.

Sie ging rasch das Bündel Pressematerial durch, das sie auf dem Weg zu ihrem Sitzplatz zusammengerafft hatte, und fand die Tagesordnung der Krisenkonferenz. Klar, die ersten Punkte der Tagesordnung liefen unter der Überschrift »Hintergrundinformationen«. Darauf folgte »Krise im Brennpunkt«: Flottenadmiral Anders, Chef der Imperialen Flottenoperationen. Dann folgte »Frage & Antwort«. Nirgendwo auf der Tagesordnung oder im übrigen Material der Pressemappe befand sich ein Hinweis darauf, wie eigentlich das genaue Thema dieser Krisenpressekonferenz lautete. Mit Ausnahme der Tatsache, daß es etwas mit dem Altai-Cluster zu tun hatte. Und es ging wahrscheinlich um etwas Militärisches, da die Pressekonferenz vom Chef der Flottenoperationen geleitet wurde.

Wenn Ranett der Typ gewesen wäre, der pfeift, hätte sie es in diesem Augenblick getan. Anscheinend sollte ihnen gleich irgendein gehöriger Mist aufgetischt werden. Sie hatte sich lange genug durch das Labyrinth Imperialer Politik geschlängelt, um zu wissen, daß gute Nachrichten sofort bekanntgegeben wurden. Schlechte Nachrichten hingegen wurden bis zum Ende verdrängt.

Sie bemerkte, daß Admiral Anders einen flüchtigen Blick auf sie warf. Ihre Anwesenheit machte ihn eindeutig nervös. Guuuut! Sie schenkte ihm ihr widerlichstes Grinsen. Anders tat so, als hätte er nichts bemerkt, und widmete seine feierliche Aufmerksamkeit wieder seinem Presseoffizier.

»… als die größte Schwierigkeit«, sagte der Mann, »haben sich dabei die zahlreichen schwerbewaffneten Verbände erwiesen, die jede dieser höchst unberechenbaren Spezies unter ihrem Kommando stehen hat. Zunächst einmal wurden diplomatische Anstrengungen unternommen, sich mit den Kommandeuren der Verbände, die Dr. Iskra feindlich gegenüberstehen, an einen Tisch zu setzen. Außerdem wurden so schnell wie möglich Imperiale Truppen entsandt, um Dr. Iskra beim Erhalt des Friedens Hilfestellung zu leisten. Diese Truppen standen unter dem Kommando eines der fähigsten und loyalsten Offiziere des Imperators, Admiral Mason ...«

In Ranetts Kopf begannen Alarmglocken zu läuten. Warum dieses verschwenderische Lob für Mason? Ihr war auch der Gebrauch der Vergangenheitsform nicht entgangen: »... die Truppen *standen* unter dem Kommando ...« Dann wurden die Alarmglocken sogar noch lauter. Der Presseoffizier hatte ohne nähere Erklärung den Namen des Mannes unter den Tisch fallenlassen, der die diplomatische Mission angeführt hatte: der Bevollmächtigte Sonderbotschafter Sten. Sie wußte, daß Sten eine der prominentesten Persönlichkeiten im Stab des Ewigen Imperators war. ›Armer Wicht‹, dachte Ranett. Ihrer Einschätzung nach wurde Sten entweder als Sündenbock aufgebaut oder zur Exekution vorbereitet. Sie fragte sich, ob letztere vielleicht schon stattgefunden hatte.

»Trotz der vielen Schwierigkeiten«, fuhr der Presseoffizier fort, »sind wir froh, Ihnen heute mitteilen zu können, daß sich die Situation im Altai-Cluster stabilisiert hat. Die Ordnung wurde wiederhergestellt. Wir gehen davon aus, schon in naher Zukunft in der Lage zu sein, die Kommunikation mit dem Cluster sowie die Reiseverbindungen wieder freigeben zu können.«

›Genauuu!‹ dachte Ranett. Sie wußte, wann sie bis zu den Kniekehlen im Dreck watete. »Nahe Zukunft«, das bedeutete höchstwahrscheinlich ... nicht mehr in ihrem Leben.

»Damit wäre der Hintergrundteil der Tagesordnung abgeschlossen«, sagte der Nachrichtenoffizier mit einem falschen Lächeln. »Vielen Dank für Ihre Aufmerksamkeit, verehrte Vertreter der Presse. Und jetzt wird uns Admiral Anders auf den Stand der neuesten Entwicklungen bringen. Wir heißen ihn in unserem Kreis herzlich willkommen.«

Verhaltener Applaus, während Anders nach vorne kam. Das machte Ranett wütend. Ihr entging nicht, daß der meiste Applaus von den Starmoderatoren kam. Ob Menschen oder Nonhumanoide, für Ranett sahen sie alle gleich aus: prächtig, reich und selbstzufrieden.

»Dies ist ein sehr ernster Augenblick für mich, verehrte Anwesende«, stimmte Anders an. »Schweren Herzens teile ich Ihnen mit, daß einer der Unseren all das verraten hat, wofür ich … und Hunderttausende von Angehörigen der Imperialen Streitkräfte … standen und stehen.«

Ranett beugte sich vor. ›Jetzt kommt's‹, dachte sie.

»Erst vor wenigen Stunden kam Admiral Mason einem Plan auf die Schliche, Seine Majestät, den Ewigen Imperator, zu stürzen.«

Unter den Pressevertretern brach ein schnell anschwellendes Gemurmel aus. Anders hob eine Hand, um sich Aufmerksamkeit zu verschaffen. Er bekam sie.

»Der Putschversuch, der die Unruhen im Altai-Cluster als Tarnung benutzte, wurde bereits wenige Augenblicke, nachdem er Gestalt annahm, enttarnt. Admiral Mason stellte die Täter – und vernichtete sie.

Diese Aktion kostete ihn selbst das Leben. Ebenso wie alle anderen Truppen an Bord seines Schiffes.«

Das grollende Gegrummel verwandelte sich in einen Donnerschlag. Nachrichtenleute sprangen auf die Beine und versuchten sich schreiend Gehör zu verschaffen. Ranett blieb sitzen und beobachtete Anders mit voller Konzentration. Sie bemerkte, daß seine linke Wange zuckte. Und seine Augen leuchteten allzu hell. Ihre Schlußfolgerung: der Admiral war ein verlogenes Stinktier.

Wiederum hob Anders die Hand. Wieder kehrte Ruhe ein. »Der Putsch wurde von einer Person gesteuert«, sagte er, »die wir alle für loyal hielten … von einem Mann, der, wie sich herausstellte, insgeheim ein krankes Verlangen nährte, unseren Imperator zu ermorden und wieder einmal Unheil über das Imperium zu bringen.

Sonderbotschafter Sten! Ein Mann, dem einst die Liebe und das Vertrauen des Imperators galten.

Sie werden sicher erfreut sein, zu hören, daß dieser intergalaktische Gesetzlose zwar überlebte, seine Streitmacht jedoch vernichtet oder zerstreut worden ist. Oder, wie wir es gerne ausdrücken: Sie werden einer nach dem anderen zur Strecke gebracht.«

Zu diesem Zeitpunkt ließ Anders es geschickterweise zu, daß er mit Fragen überhäuft wurde.

»Ein Wort zum Aufenthaltsort des Übeltäters, Admiral?« schrie einer der überbezahlten Moderatoren.

»Nichts, was ich hier offiziell bekanntgeben darf«, meinte Anders. »Aber seien Sie versichert, daß Sten und sein Handlanger Alex Kilgour zwar weglaufen können – aber sie können sich nicht vor uns verstecken.«

»Waren auch Rebellentruppen aus dem Altai-Cluster an der Sache beteiligt?« lautete die nächste Frage.

»Wiederum hindert mich die Sorge um die Sicherheit des Imperiums an genaueren Auskünften. Zumindest kann ich sagen, daß Sten während seiner Laufbahn sehr oft mit den Rebellen zu tun hatte.«

»Besteht die Gefahr, daß sich die Verschwörung ausbreitet?«

»Das kann ich nicht ausschließen. Aber ich kann sagen, daß ich glaube, daß wir sie lokalisiert haben. Die Innere Sicherheit wird sämtliche Rädelsführer verfolgen.«

›Es ist Zeit für eine Hexenjagd‹, dachte Ranett.

»Wie hoch waren Admiral Masons Verluste insgesamt?«

»Tut mir leid … Wiederum hindern mich Sicherheitsbedenken an einer Antwort. Ich kann nur sagen, daß alle Mann an Bord seines Flaggschiffs bei dem feigen Angriff getötet wurden.«

»Wie viele von Stens Truppen wurden getötet oder gefangengenommen?« Anders zuckte mit den Achseln. »Ich kann mich nur wiederholen … die Sicherheit des Imperiums und so weiter. Ich verspreche Ihnen allen, daß diese Fragen und alle anderen beantwortet werden … wenn es an der Zeit ist.«

Ranett griff in ihre Trickkiste und zog ihren Liebling heraus – den Donaldson. Ihr geübtes Gebrüll übertönte das der anderen Fragesteller: »ADMIRAL ANDERS! ADMIRAL ANDERS!«

Es war unmöglich, sie zu ignorieren. Anders seufzte und forderte sie mit einem Wink auf, ihre Frage zu stellen.

»Welche Beweise haben Sie gegen diese vermeintlichen Verschwörer?« fragte sie.

Anders sah sie mißbilligend an. »Beweise? Ich sagte Ihnen doch … Es gab einen Putschversuch.« Er versuchte, sie auszulachen. »Ich weiß, es ist früh, Ranett, aber es wäre mir sehr lieb, Sie würden aufmerksam zuhören, wenn wir hier etwas vortragen.«

»Ich habe Sie sehr wohl gehört, Admiral«, knurrte Ranett, »Aber ich nehme an … falls dieser Sten gefaßt wird –«

»*Sobald,* Ranett. Sobald!«

»Ihre Einschätzung, Admiral. Nicht meine. Aber egal. Falls oder sobald Sten – und dieser Alex Kilgour – gefaßt werden … was für Beweise für diese Verschwörung haben Sie in der Hand? Für den Prozeß, meine ich. Haben Sie zum Beispiel irgendeines ihrer Gespräche überwacht? Korrespondenzen zwischen den vermeintlichen Verbrechern aufgedeckt? Gibt es Zeugen, daß sie mit bekannten Feinden des Imperiums zusammentrafen? Etwas in der Richtung?«

Anders stotterte. »Verdammt noch mal. Sie haben das Schiff von Admiral Mason angegriffen und zerstört! Was brauchen Sie noch für Beweise?«

Ranett kaufte es ihm nicht ab. »Ein gewissenhafter Staatsanwalt wird mehr als Ihr Wort verlangen, Admiral«, meinte sie. »Das werden Sie sicher auch einsehen. Zeigen Sie uns zum Beispiel Bilder von dem Angriff. Mitschnitte der Kommunikation zwischen den Kommandobrücken. Alles, was als Beweis taugt.«

»Ich muß wiederum Sicherheitsbedenken anführen«, sagte Anders. »Wir werden Ihnen all diese Dinge zugänglich machen … nach Möglichkeit.«

»Zu gegebener Zeit?« fragte Ranett.

»Ich hätte es selbst nicht besser ausdrücken können«, sagte Anders.

In diesem Moment wußte Ranett, daß niemand die Absicht hatte, Sten gefangenzunehmen. Jedenfalls nicht lebend.

Der Admiral verkniff sich ein Lächeln und wollte sich gerade abwenden.

»Eine andere Frage noch, Admiral … wenn Sie erlauben.«

Anders unterdrückte ein Stöhnen. »Fahren Sie fort, Ranett. *Eine* Frage noch.«

»Deutet dieser Vorfall mit dem Sonderbotschafter auf schwerwiegende Schwachstellen in unserem diplomatischen Corps hin?«

Anders war sichtlich verblüfft. »Ich verstehe Sie nicht recht. Es handelt sich hier um einen Einzelfall. Ein Mann, der gemeinsam mit einer kleinen Gruppe gestörter Individuen agiert. Nicht mehr.«

»Und was war dann mit Ian Mahoney?«

Anders lief purpurrot an. »Das eine hat mit dem anderen nichts zu tun«, knurrte er.

»Oh? War Mahoney nicht ebenfalls im Altai-Cluster eingesetzt? War er nicht faktisch zu einem bestimmten Zeitpunkt der Vorgesetzte des Bevollmächtigten Sonderbotschafters Sten? Und ist er nicht erst vor kurzem exekutiert worden? Ebenfalls des Verrats angeklagt – mit großem Tamtam, wenn ich das vielleicht noch hinzufügen darf? Und hatte er nicht, wie Sten, ebenfalls sein ganzes Leben im Dienst des Imperators verbracht?

Kommen Sie schon, Admiral. Entweder ergeben eins und eins

zwei, oder wir haben einen eigenartigen Zufall, der zumindest auf eine Unzufriedenheit mit der Imperialen Politik hindeutet. Loyale und fähige Wesen, die ihre ganze berufliche Laufbahn damit verbracht haben, die Schlachten des Imperators zu schlagen, verwandeln sich doch nicht über Nacht in Verräter. Sofern nicht etwas ganz entschieden falsch läuft.«

»Schreiben Sie einen Leitartikel, Ranett?«, knurrte Anders.

»Nein, Admiral. Ich stelle nur Fragen. Das ist mein Job. Sie zu beantworten, ist der Ihre.«

»Ich werde Ihre Bemerkungen nicht dadurch aufwerten, daß ich sie beantworte«, sagte Anders. Er wandte sich den übrigen Nachrichtenleuten zu. »Und … ich warne Sie alle … Das Areal, in das Ihre Kollegin gerade eingedrungen ist, ist nach den Regeln der Krisenpressekonferenzen verboten. Sie – und der Rest von Ihnen – werden sich darauf beschränken, nur die Details zu erfragen und zu verbreiten, die gemäß diesen Regeln autorisiert sind. Drücke ich mich deutlich genug aus?«

Im Pressesaal war es merkwürdig still. Niemand schaute zu Ranett hinüber. Die hatte genug Wut im Bauch, um Anders die Haut abzuziehen und ihn zu kochen, und sie öffnete den Mund, um eine weitere beißende Frage zu stellen.

Dann sah sie den tödlichen Blick in Anders' Augen. Sah, wie ein IS-Offizier sich auf ihn zubewegte, bereit, jeden Befehl des Admirals entgegenzunehmen. Ihr Mund schloß sich mit einem Schnappen.

Sie lächelte, zuckte mit den Achseln und wühlte in ihren Notizen.

Ranett war eine Überlebenskünstlerin. Sie würde ihre Fragen beantwortet bekommen – auf die eine oder andere Art.

Als die Pressekonferenz aufgelöst wurde und alle gehetzt den Raum verließen, dachte Ranett ein weiteres Mal über Sten nach.

Armer Wicht. Er hatte nicht die geringste Chance.

Kapitel 3

»Ich bin von Dummköpfen umgeben«, grollte der Ewige Imperator. »Überbezahlten, überflüssigen, affektierten, selbstzufriedenen Dummköpfen.«

Die versammelten Anwesenden traten nervös von einem Bein aufs andere, als der Imperator sein Mißfallen genauer ausführte. Unter ihnen war Avri, die junge Frau mit den sehr alten Augen, die Chefin seines politischen Stabs. Walsh, der gutaussehende, aber äußerst beschränkte Boß von Dusable, die Marionette des Imperators im Parlament. Anders, der Admiral, mit dem Ranett in der Pressekonferenz zusammengeprallt war. Bleick, der Kämmerer des Imperators. Jede Menge anderer Personen, uniformierte und nichtuniformierte, wuselten im weitläufigen Sitzungssaal des Imperators hin und her oder ließen beschämt die Köpfe hängen.

Der Imperator baute sich vor Anders auf. Blaue Augen, deren Farbe sich in kaltes Stahlgrau verwandelte. «Was war denn das für eine Pressekonferenz, Anders? Sind Sie nicht der Experte auf diesem Gebiet? Es weiß doch wohl jeder, daß man die Katze nicht aus dem Sack läßt, wenn es um *richtige* militärische Angelegenheiten geht.«

»Jawohl, Sir«, sagte der Admiral. Er stand stramm, mit zusammengeknallten Hacken, wie ein grünschnäbeliger Rekrut.

»Und *du*, Avri ... du hättest diese Sache eigentlich zusammen mit diesem Gehirnamputierten hier vorbereiten sollen. Ich habe ihnen den ganzen Hokuspokus doch auf einem goldenen Tablett serviert, damit sie ihn nur noch laut hinausposaunen brauchten.«

»Jawohl, Sir«, sagte Avri und leckte sich nervös mit der Zunge über die vollen Lippen.

»Leute, ich habe keine Zeit, euch politische Grundregeln zu erklären«, knirschte der Imperator. »Verräter, damit meine ich das

Privatkabinett, haben das Imperium in die schlimmste Lage seit zweitausend Jahren gebracht. Und *damals* konnte ich den Karren schon kaum noch aus dem Dreck ziehen.

Jetzt lasten turmhohe Schulden auf mir, ich werde von maulenden Verbündeten ausgeplündert – und jedesmal, wenn ich einen Stein umdrehe, kriecht darunter eine neue Sorte ekelhafter Verräter hervor.

Meiner Ansicht nach, und das ist, verdammt noch mal, die einzige Ansicht, die zählt, ist Sten der Schlimmste von allen. Ich habe diese Schlange sein ganzes elendes Leben lang an meiner Brust genährt. Habe ihm Ansehen verliehen. Ihn mit Reichtum überschüttet. Und wie zahlt er es mir zurück? Er steckt mit meinen Feinden unter einer Decke. Plant meine Ermordung. Und als er auffliegt, zerstäubt er in einem hinterhältigen Angriff unschuldige Raumfahrer und einen meiner besten Admirale in Atome.«

Der Imperator senkte die Stimme und schüttelte müde den Kopf. »Tja, *das* ist eine tolle Wendung, verdammt noch mal. Damit läßt sich jedes Scheißhaus in einen Palast verwandeln. Das dürfte doch nicht so schwer sein, oder?«

»Es tut mir sehr leid, Sir«, meinte Anders. »Ich weiß nicht, wie diese Reporterin – Ranett – hereingekommen ist.«

»Ach, halten Sie den Mund, Admiral«, sagte der Imperator. »Wenn Sie nicht dazu in der Lage sind, einen Plan zu erstellen, der auch jemandem mit ein wenig Grips standhält, sehen Sie lieber zu, daß Sie aus diesem Geschäft verschwinden.«

»Jawohl, Sir.«

»Avri, höchste Zeit für die Schadensbegrenzung. Ich möchte, daß *alle* Nachrichtenübertragungen von unseren Manipulatoren gestört werden. Setzen Sie besonders die Programme mit Kommentatoren unter Druck, ›Auge in Auge mit dem Imperium‹, ›Zeugen der Geschichte‹, ›Countdown‹ und so weiter.

Vor allen Dingen möchte ich diesem Clown Pyt'r Jynnings von KBNSQ in die Hose fassen. Das halbe Imperium guckt diesen

Mist, den er ›Nightscan‹ nennt. Ich weiß nicht, warum. Nehme an, er vermittelt jedem das Gefühl, besonders schlau zu sein, weil dieser Jynnings so verdammt trottelig ist.«

»Sofort, Euer Majestät«, sagte Avri.

»Sie! Walsh!«

Der Blödmann, der der Herrscher von Dusable war, blinzelte sich in einen einigermaßen aufnahmefähigen Bewußtseinszustand. »Wie … äh … könnte ich zu … äh … Diensten … äh … Hoheit?« brachte er heraus.

»Ich will diesen faulen Heinis ein bißchen einheizen. Eine Art Verdammungsvotum. Sie sollen Sten und seinen schottischen Kumpan mit allen entsprechenden Namen belegen. Und wenn dieses Votum nicht einstimmig ausfällt, werde ich Ihre Eingeweide an einen Pfosten nageln, Walsh. Und Sie mit der Peitsche drum herum jagen.«

»Jawohl, Sir«, würgte Walsh.

»Noch etwas. Knöpfen Sie sich Kenna vor. Ich habe da ein kleines persönliches Geschäft, das er für mich erledigen soll.«

»Sofort, Euer Hoheit«, sagte Walsh. Kenna war wahrscheinlich der klügste alte Politiker auf ganz Dusable. Eine Welt, deren Politik so unehrlich war, daß die Kinder das Wort »Mordida«, den ortsüblichen Ausdruck für Bestechung, lallten, bevor sie lernten, »Mama« zu sagen.

»Anders, ich will, daß sämtliche Elite-Einheiten dabei sind. Es ist mir egal, welche Flotten Sie deswegen auseinanderreißen müssen. Sten *muß* gefunden werden.«

»Jawohl, Sir.«

»Bleick!« Sein Kämmerer sprang auf. »Ich möchte –«

Er hielt mitten im Satz inne, als die Tür aufzischte und Poyndex, sein Chef für Innere Sicherheit, eintrat. Sein Gesichtsausdruck war verbissen. Er war blaß. Ein Mann, der schlechte Nachrichten brachte. Aber der Imperator war zu wütend, um es sofort zu bemerken.

»Wo zum Teufel sind Sie gewesen, Poyndex? Ich hatte Ihnen gesagt, daß ich diese Info über Sten und Kilgour sofort haben will! Nicht morgen. Nicht übermorgen. Sondern jetzt, verdammt. Jetzt!«

Poyndex ließ seinen Blick schnell durch den Raum schweifen. Dann konzentrierte er sich wieder auf den Imperator. »Ich glaube, wir sollten uns unter vier Augen unterhalten, Sir.«

»Ich habe keine Zeit für Spielchen, Poyndex. Spucken Sie es aus!«

Poyndex zögerte. Die Augen des Imperators bekamen plötzlich ein gespenstisches Glitzern. Poyndex' Diagnose lautete auf Klinische Paranoia. »Wenn Sie darauf bestehen, Euer Majestät«, meinte er. »Aber ich würde meine Pflichten vernachlässigen, wenn ich Sie nicht noch einmal warnen würde. Dies sollte nur unter vier Augen besprochen werden. Ich bitte Sie eindringlich, es sich noch einmal zu überlegen.«

Der Ewige Imperator wandte sich seinen Leuten zu: »Raus.«

Sie gingen hinaus. Sehr rücksichtsvoll. Innerhalb weniger Sekunden war das Zimmer leer. Der Imperator blickte wieder Poyndex an. »Also gut. Nun berichten Sie.«

Poyndex versteifte sich. »Es tut mir leid, sagen zu müssen, daß es nichts zu berichten gibt, Sir. Alle Dateien bezüglich Sten und Kilgour sind gelöscht worden.«

»Was sagen Sie da?«

»Es ist so, als ob sie nie existiert hätten, Sir.« Poyndex' Herz hämmerte, als er die Nachricht aussprach.

»Das ist unmöglich«, sagte der Imperator.

»Aber es ist leider wahr, Euer Majestät«, meinte Poyndex. »Sogar die Mantis-Computer sind durchkämmt worden. Es gibt keine Aufzeichnungen über Sten oder Alex Kilgour – nicht bei Mantis und auch sonst in keinem Aufzeichnungssystem des Imperiums. Ich weiß nicht, wie das geschehen konnte. Ich habe jeden IS-Tech rund um die Uhr arbeiten lassen. Das einzige, was wir mit Sicherheit wissen, ist, daß diese Aktion von einem ziemlich weit oben angesiedelten Insider ausgeführt worden sein muß.«

Der Imperator starrte Poyndex einige unangenehme Sekunden lang an. Er drehte sich um und betätigte einen Schalter. Sein persönlicher Computer erwachte zum Leben.

»Zum Glück«, meinte der Imperator, »verfüge ich aus genau diesem Grund über meine eigenen Dateien.« Er lachte humorlos. »Wenn alles verloren ist«, sagte er, »bist du auf dich selbst angewiesen.«

Seine Hände zuckten über die Tastatur, starteten die Suche.

»Ich *hatte* mal einen Stab, auf den ich mich verlassen konnte«, sagte der Imperator. »Mahoney zum Beispiel. Manchmal tut es mir leid, daß ich ihn töten mußte. Ian war ein starker rechter Arm, soviel ist sicher.« Der Imperator, der normalerweise wie ein Mann Mitte Dreißig wirkte, kam dem IS-Chef auf einmal sehr alt vor. Seine ebenmäßigen Gesichtszüge schienen verzerrt. Seine Stimme klang eigenartig hoch … und schwach.

Der Imperator sah zu Poyndex auf. »Genauso wie Sten. Ich sage Ihnen, Poyndex, das Problem bei Verrätern ist, daß es sich meist um deine allerbesten Leute handelt.« Ein weiteres humorloses Lachen. »Vielleicht war es das, was der alte Julius dem Brutus mitzuteilen versuchte.«

»Wie bitte, Euer Majestät? Ich habe keine Kenntnisse über diese Personen. Soll ich die IS veranlassen, diesen Julius und diesen Brutus auf die Liste Ihrer persönlichen Feinde zu setzen?«

Der Imperator schnaubte höhnisch. »Schon gut.« Er murmelte etwas vor sich hin. Gerade laut genug, daß Poyndex es hören konnte. »Das ist die andere Sache … Man kann mit niemandem mehr reden –«

Er unterbrach sich abrupt. »Herrgott, was ist denn …?«

»Etwas nicht in Ordnung, Sir?«

Der Imperator hämmerte auf der Tastatur herum. »Nein. Ich hätte wahrscheinlich – verdammter Mist!«

Der Imperator schaute mit verschleiertem Blick zu Poyndex auf. »Meine Dateien ...«, keuchte er, »sie sind ...«

Poyndex überflog den Bildschirm. Sah die Anzeige »STEN, O. I., KILGOUR, ALEX. KEINE DATEIEN VERZEICHNET. FÜR WEITERE NACHFRAGEN AUF BELIEBIGE TASTE DRÜCKEN.«

Der Chef der IS wankte nach hinten, nicht weniger verblüfft als sein Boß. Die persönlichen Dateien des Ewigen Imperators, die sich auf Sten und Kilgour bezogen, waren restlos gelöscht worden.

Die schwere Faust des Imperators schmetterte auf den Schreibtisch. »Ich will Sten, verdammt noch mal! Kriegen Sie ihn, Poyndex. Wenn Sie's nicht tun, muß ich es erledigen. Und ich werde seinen Kopf persönlich auf eine Stange spießen, direkt neben Ihren.«

Poyndex floh geradezu aus dem Zimmer. Als er aus der Tür ging, hätte er schwören können, ein Knurren zu vernehmen, als fletschte ein großer Hund hinter ihm die Zähne.

Kapitel 4

»Guten Abend, meine Damen und Herren, verehrte Zuschauer. Mein Name ist Pyt'r Jynnings. Ich begrüße Sie zur allwöchentlichen Ausgabe von ›Nightscan‹, dem Nachrichtenprogramm, das die entscheidenden Themen unserer Zeit unter die Lupe nimmt.

Heute abend werden wir uns in unserer Sendung ausschließlich mit dem Ereignis beschäftigen, das das Imperium gelähmt hat. Im Mittelpunkt dieser Übertragung steht eine entwaffnend einfache Frage ...

Sten: Verräter oder verkanntes Genie?

Zu meiner Rechten, Professor Knovack. Ein anerkannter Historiker des Imperiums und Kenner des parlamentarischen Machtpokers. Zu meiner Linken, Sr. Wiker. Ehemaliger Redenschreiber des Ewigen Imperators und zur Zeit Botschafter auf den Tahn-Welten.

Herr Professor, fangen wir bei Ihnen an. Wie würden Sie diese Frage beantworten?«

»Oh, er ist ein Verräter. Keine Frage.«

»Was meinen Sie, Sr. Wiker?«

»Ich hätte es selbst nicht besser ausdrücken können, Pyt'r. Sten ist definitiv ein Verräter.«

»Aha! Also Übereinstimmung! Und das ... äh ... so schnell. Meine Güte. Gut, lassen Sie uns dann die andere Seite der Medaille untersuchen. Professor?«

»Ich war eben schon als erster dran.«

»Haha. Da haben Sie recht. Gut, Sr. Wiker, was fair ist, muß fair bleiben. Nun, verraten Sie uns doch ... finden Sie, daß Sten ein verkanntes Genie ist?«

»Das ist eine interessante Frage, Pyt'r. Und ich habe mich darauf vorbereitet, die ganze Nacht darüber zu diskutieren ... wenn ich es muß.«

»Gut. Sehr schön.«

»Aber bevor wir das tun, müssen wir, glaube ich, über den Charakter dieses Mannes diskutieren.«

»Oh? Haben Sie Sten gekannt? Persönlich?«

»Guter Gott, nein! Äh ... ich meine ... ich weiß so einiges *über* ihn. Und ich kenne mit Sicherheit Typen wie ihn.«

»Bitte teilen Sie diese Einsichten doch unseren Zuschauern mit.«

»Zunächst einmal muß hier gesagt werden, daß er sein ganzes Leben lang die Gunst des Imperators genossen hat. Gut, er hat auch einiges geleistet. Wertvolle Dienste, wie manche sagen werden.«

»Aber, würden *Sie* das auch sagen?«

»Ich denke, das bleibt … äh … zunächst unserer Interpretation überlassen. Wichtiger noch ist die Tatsache, daß er mit Ehrungen und Auszeichnungen förmlich überschüttet wurde. Somit sind diese Dienste – wie auch immer man sie charakterisieren mag – auf jeden Fall honoriert worden. Neben diesen Auszeichnungen wurde er auch noch mit großem Wohlstand belohnt. Dank seiner Freundschaft mit dem Ewigen Imperator.«

»Wie reagieren Sie auf diese Statements, Professor Knovack?«

»Ich denke, dies … dieser … Verräter näherte sich unserem Imperator in einem seiner seltenen etwas schwächeren Momente. Nach dieser gräßlichen Geschichte mit dem Privatkabinett. Und unser geliebter Imperator mißverstand seine Ambitionen als Liebe und Loyalität. Und nun scheint es … als habe der Imperator … eine Schlange an seinem Busen genährt.«

»Sehr schön ausgedrückt, Professor. Ihr Ruf als Erfinder griffiger Schlagworte bestätigt sich ein weiteres Mal … Haben Sie schon etwas anzumerken, Sr. Wiker?«

»Ich denke, wir vergessen diese armen Imperialen Soldaten, die Stens verräterischer und feiger Aktion zum Opfer gefallen sind. Besonders Admiral Mason. Denken Sie nur an seine Familie! Denken Sie daran, wie viele Seelenqualen sie in diesem Moment ausstehen muß.«

»Ein exzellenter Einwand. Ich finde, wir sollten alle für einen Moment innehalten. Wenn ich Sie alle um einen Moment des Schweigens bitten dürfte. Aus Respekt für Admiral Masons Familie und die Besatzung der *Caligula* …«

Während die Vid-Kameras für die Billionen von KBNSQ-Zuschauern summten, neigten die drei Männer feierlich ihre Häupter.

Die Stimme des Regisseurs flüsterte in Jynnings' Ohr. »Um Himmels willen, Pyt'r. Nicht schon wieder die Schweigenummer!«

Der Moderator flüsterte in sein Kehlkopfmikro: »Halt den

Rand, Badee. Du sitzt nicht hier vorne und mußt dich eine ganze Stunde mit diesen Blödmännern abgeben.«

»Gut, dann überleg dir schnell was, Kumpel. Wir haben noch fünfzig Minuten.«

»Schneide einen Werbeclip dazwischen, verdammt.«

»Du machst wohl Witze«, meinte Badee. »Welcher Kunde bucht schon mitten in einer solchen schwachsinnigen Sendung einen Werbeclip?«

»Wie wär's denn mit dem ›Spendet Blut‹-Spot?«

»Oh, Maaaann. Schon wieder eine Eigenreklame. Okay. Wenn wir ihn auf der Liste haben, dann ... Eins ... Zwei ...«

In diesem Moment brach ein mobiler Rammbock krachend durch die Türen des Studios.

»Auf den Boden«, brüllte Sten.

»Bewegt euren Arsch oder verliert ihn«, donnerte Alex.

Jynnings, seine Gäste und das Livie-Team erstarrten für volle zwei Sekunden. Sten und Alex schritten über die Reste der geborstenen Doppeltür hinweg, die Willyguns im Anschlag. Hinter ihnen führte Cind ein Kontingent von Bhor und Gurkhas hinein.

»Das ist Sten!« stieß Jynnings voller Ehrfurcht hervor. »Und Kilgour.« Sten fuchtelte mit der Waffe. »Runter, sagte ich!« Er feuerte, und plötzlich zierte ein längliches Loch den Tisch des Nachrichtenmoderators.

Jetzt setzte das große Abtauchen ein. Jynnings drückte seinen gewellten Schopf gegen den Tisch. Lediglich der Regisseur besaß die Geistesgegenwart, in sein Mikrophon zu flüstern: »Heilige Mutter ... das ist unsere große Stunde! Laßt es weiterlaufen, ihr Trottel. Laßt es weiterlaufen.«

Sten rückte vor und befand sich knapp außerhalb des Aufnahmebereichs. Zu seiner Rechten öffnete sich quietschend eine Notausgangtür. Sten sah Uniformen aufblitzen. Wachen. Sofort erzitterte die Luft, als Cind eine Salve in die Türöffnung jagte. Schmerzensschreie. Die Uniformen verschwanden.

Ein stämmiger Mann trat aus der Dunkelheit hervor. Er schwang eine schwere Beleuchtungssäule.

»Ooooh, da, Junge«, sagte Alex und fing das Lichtgerüst mit einer Hand. Gab ihm einen Ruck. »Du hast da einen kleinen Fehler gemacht.« Der Beleuchter stolperte nach vorne. Alex ließ das Scheinwerfergehäuse fallen und zog den Mann vom Boden weg. Mit einer Hand. »Das entspricht nicht deiner Stellenbeschreibung, Mann. Du kannst froh sein, daß ich kein Märchenerzähler bin. Sonst hätte ich dir gleich 'ne Delle in deine armselige Hirnschale gedrückt.«

Die Augen des Mannes quollen ihm aus dem Kopf. Alex schleuderte ihn weg. Ein lautes Krachen, als der Kerl irgendwo aufprallte und etliche Monitore kaskadenartig auf ihn niederprasselten.

Alex wandte sich wieder Sten zu. »Äh, ich denke, wir haben jetzt ihre Aufmerksamkeit, mein guter Sten … Die Show kann beginnen, Leute.«

Sten sprang vor die Kamera.

»Verehrte Zuschauer«, sagte er. »Mitbürger des Imperiums … Mein Name ist Sten. Ich bin das Thema dieser Sendung. Ich richte mich via KBNSQ live an Sie alle dort draußen …«

Anders schnappte nach Luft wie ein Fisch auf dem Trockenen, als er sah, wie Sten sich an das Imperium wandte. Der Mann, nach dem er suchte, sprach vom wichtigsten Sendezentrum von KBNSQ aus, das sich nur eine halbe E-Stunde von der Erstwelt entfernt in einer Kreisbahn um den Planeten befand. Sein auf Propaganda zentriertes Bewußtsein erfaßte sofort die volle Tragweite des Coups, den Sten soeben gelandet hatte. Der Mann stand, bildlich gesehen, im Herzen des Bollwerks des Imperators und zeigte der mächtigsten Militärmacht der Geschichte den schlimmen Finger.

»… Der Imperator hat mich und meine Kollegen als Verräter gebrandmarkt«, sagte Sten gerade. »Die Geschichte wird darüber richten, ob das der Wahrheit entspricht. Ebenso, wie die Geschichte den Imperator richten wird. Und ich kann schon jetzt versprechen, daß sie ihn streng richten wird. Mein Schicksal zählt nicht. Es ist euer Schicksal, an das ihr in diesem Moment denken solltet. Und das eurer Kinder.

Ich klage den Imperator an, *euch* verraten zu haben ... Sein Volk. Ihr arbeitet unter erbärmlichen Bedingungen, wohingegen er und die Seinen üppig aus dem vollen schöpfen. Ihr schuftet bei Kälte, bei Hitze, fast in Dunkelheit, wohingegen die Lieblinge des Imperators sich im angenehmen Licht von AM_2 sonnen.

Der Imperator hat euch verraten. Nur eines von vielen Verbrechen. Ich werde diese Verbrechen in den nächsten Tagen detaillierter ausführen: Die Justiz der Sternenkammer. Die Inhaftierung, Folter und Hinrichtung von Personen, deren einzige Sünde es war, ihrem Imperator zu vertrauen ...«

Anders erholte sich und wandte sich seiner Adjutantin, Captain Lawrence, zu. Das Gesicht der Frau war zu einer Maske der Verwirrung erstarrt.

»Kratzen Sie die Flotte zusammen«, bellte der Admiral. »Ich will ein Loch im Himmel sehen. Und zwar schnell.«

»Aber ... die vielen Zivilisten auf der Station –«

»Scheiß auf die Zivilisten! Ich will diesen Mann tot sehen. Nun machen Sie schon!«

Der Captain machte sich sofort an die Arbeit.

Anders drehte sich wieder um. Sten sprach immer noch. Gut. Ich werde dich in der Hölle wiedersehen, du elender Drecksack.

Alex machte Sten ein Zeichen. Ein Finger strich quer über die Kehle. Höchste Zeit, sich aus dem Staub zu machen. »... Ich habe hier und jetzt nicht genug Zeit, das Sündenregister des Imperators vor Ihnen auszubreiten. Ich vermute, seine Flotte ist mittlerweile auf dem Weg hierher. Mir bleibt also nicht mehr viel Zeit. Nur eines noch:

Ich, Sten, erkläre dem Ewigen Imperator den Krieg. Und ich

bitte euch alle dringendst, sich mir bei diesem Kreuzzug anzuschließen. Er hat euch nichts mehr gelassen, was ihr verlieren könntet. Zu gewinnen habt ihr jedoch eure *ganze* Freiheit!

Vielen Dank. Und gute Nacht.«

Sten hob seine Waffe und verwandelte die Kamera in einen Klumpen geschmolzenes Metall und Plastik. Dann wurde die Station wieder und wieder durchgeschüttelt, als Stens Leute ihre strategisch plazierten Sprengladungen hochgehen ließen. Dabei wurden keine Unschuldigen in Gefahr gebracht. Es würde KBNSQ jedoch viele Monate und noch mehr Credits kosten, bis sie von hier aus wieder auf Sendung gehen konnten.

Sten stieß Jynnings mit der Schuhspitze an. Der Mann wimmerte und schaute mit vor Angst weit aufgerissenen Augen zu ihm hoch. Der Moderator war sicher, in das Gesicht eines Verrückten zu blicken.

»Danke, daß Sie uns Ihr Programm zur Verfügung gestellt haben«, sagte Sten.

»Klar«, quiekte Jynnings. »Jederzeit.«

»Wir sind drei Sekunden hinter dem Zeitplan zurück«, rief Cind.

Sten nickte und sprintete durch das dunkle Loch, das einmal eine Doppeltür gewesen war; sein Team folgte ihm. Die letzte, die hinausging, war Cind. Sie blieb kurz stehen und feuerte eine lange Salve quer durch den Raum, um die Angst und die Konfusion noch zu steigern. Geschmolzenes Metall und Plastik tropften von rauchenden Wänden herunter.

Dann war sie weg.

Jynnings streckte den Kopf hinter der Tischplatte hervor. »Gott sei Dank«, atmete er auf. »Ich bin in Sicherheit.«

»Wen interessiert das schon?« meinte der Regisseur. »Bist du dir darüber im klaren, was wir gerade gesendet haben? Ich sage dir, die Zahlen, die wir für dieses Baby bekommen, werden die Konkurrenz weit aus dem Rennen schlagen.«

Badee sah sich in den Ruinen des Studios um und murmelte etwas vor sich hin. Von heute an standen ihm alle Türen offen. In Zukunft konnte er sich *jeden* Job im Livie-Geschäft aussuchen.

Er fragte sich, ob es noch irgendein unbeschädigtes Funkgerät gab. Er mußte seinen Agenten anrufen. Und zwar sofort.

Alle Alarmanlagen heulten warnend auf, als Sten und die anderen an Bord der *Victory* eilten. Innerhalb von Minuten stand Sten auf der Brücke. Captain Frestons Züge entspannten sich leicht.

»Gerade noch rechtzeitig«, meinte Freston. »Da ist eine ganze verdammte Flotte hinter unseren zarten jungen Fellen her. Angeführt von einem riesigen Schlachtschiff ... der *Nevsky*. Erbitte Erlaubnis, mit Höllengeschwindigkeit abhauen zu dürfen, Sir.«

»Negativ«, sagte Sten, während er die hereinkommenden Ortungssignale überflog. Es war gerade noch genug Zeit. »Ich will zuerst die Konkurrenz etwas ausdünnen, Captain.«

Sten wandte sich an Lieutenant Renzi. »Gefechtsstationen?«

»Alle Kali- und Goblin-Einheiten feuerbereit«, meldete sie. Die Frau war bereit zu kämpfen.

Sten haßte es, sie zu enttäuschen. »Ich fürchte, ich muß diesen Ehrensalut persönlich abfeuern, Lieutenant«, sagte er.

Er raste zu einem Kali-Leitstand. Noch während er sich den Helm über den Kopf stülpte, rief er Captain Freston zu: »Wenn ich sage los ... dann los, verdammt!«

Freston nickte. Er brauchte nicht eigens angefeuert zu werden. Die Monitore zeigten die rasch näher kommende *Nevsky* in Begleitung von einem halben Dutzend Kreuzern und Unmengen von Zerstörern.

Stens Hand machte das Geschoß beinahe automatisch scharf, dann feuerte er. Als die Rakete aus der Drucktube herausschoß, bot sich ihm von seiner Perspektive die Ansicht des pechschwarzen Alls, gestreift von grellen Bahnen, die an ihm vorüberrasten.

Dort vorne stürzte sich ein Kreuzer von schräg oben auf die

Victory. Hinter ihm konnte er das Schlachtschiff sehen. Es bestand eine winzige Chance, seine Kali an dem Kreuzer vorbeischlüpfen zu lassen. Aber Sten entschied sich für die sichere Variante. Besonders, als er sah, wie ihm die Raketenabschußrohre des Kreuzers entgegengähnten; der Kreuzer war bereit, auf die *Victory* zu feuern.

An Bord der *Nevsky* sah sich Captain Leech mit einem ähnlichen Problem konfrontiert. Seine Kampfmonitore zeigten die *Victory* im Park-Orbit neben der ebenfalls um den Planeten kreisenden Livie-Station. Ein Alarm meldete, daß eine feindliche Kali auf seinen vorausfliegenden Kreuzer zuraste. Und daß dieser Kreuzer jegliche Schußmöglichkeiten auf die *Victory* versperrte.

Dann sah er die Lösung. Die Livie-Station.

Als Leech sich noch als junger Offizier auf seinem ersten einsamen Außenposten befand, war er nach diesem alten, von der Erde stammenden Spiel geradezu süchtig geworden. Es nannte sich »Pool«. Warum, wußte er nicht. Man panschte dabei kein Wasser auf den grünen Filztisch. Eine seiner Lieblingstaktiken bestand in dem sogenannten »Power Break«. Dabei mußte man die weiße Kugel mit aller Kraft gegen ihre Kollegen stoßen. Die Resultate waren nicht genau kalkulierbar, manchmal jedoch wunderbar.

Die Livie-Station vor ihm stellte eine ähnliche Situation dar. Ein direkter Schlag gegen die Station würde eine Explosion verursachen, welche die in der Nähe befindliche *Victory* zumindest beschädigen würde. Je größer der Knall, desto größer die Wahrscheinlichkeit, Stens Schiff außer Gefecht zu setzen oder gar komplett zu vernichten.

Es drang nie in Leechs Bewußtsein, daß für den Betrieb einer Livie-Station von dieser Größe ein Minimum von zweitausend Wesen erforderlich war. Seine Befehle bestanden vor allem darin, Sten zu schnappen. Koste es, was es wolle.

Eine schnelle Folge von Befehlen an seinen Armierungsoffizier setzte seinen tollkühnen Plan in Gang.

Wenige Sekunden später zischten drei Geschosse mit nuklearen Sprengköpfen aus den Raketenabschußrohren der *Nevsky* heraus.

Freston hatte noch nie etwas von Pool-Billiard gehört, war jedoch mit einer bemerkenswert schnellen Auffassungsgabe gesegnet. Als die feindlichen Raketen auf dem Bildschirm erschienen, hielt er den Captain der *Nevsky* zunächst für einen inkompetenten Anfänger. Ihre Flugbahn brachte sie nicht einmal in gefährliche Nähe der *Victory*. Seine Gedanken berechneten rasch ihren Kurs ... die Livie-Station? Was zum ...? Dann war ihm alles klar.

Es bestand keine Zeit, die Station zu warnen. Noch weniger Sten, der auf eigenen Wunsch mit der Kontrolle der Kali beschäftigt war und gedanklich mit dem Geschoß durch das All auf den feindlichen Kreuzer zuraste.

Frestons Hand knallte auf die Konsole.

Als die Kali ihr Ziel erfaßte, schnellte der Kreuzer Sten förmlich entgegen. Er drückte auf die Kontrolltasten, das Bild flimmerte, sein Bewußtsein sackte weg ... zurück ... zurück ... zurück ...

Die Imperialen Raketen schlugen gleichzeitig auf der Station ein. Die Nuklearsprengköpfe detonierten. Zweitausend Wesen hörten auf zu existieren. Radioaktive Trümmer schrapnellten in den Weltraum hinaus. In wenigen Augenblicken würden sie die *Victory* durchsieben.

Als Sten wieder ganz zu sich kam, setzte die *Victory* gerade zum Sprung in den Hyperraum an. Kilgours Gesicht sah verschwommen auf ihn herab. Bleich und besorgt. Hinter ihm stand ein beunruhigter Freston.

»Weißt du denn, wie du heißt, alter Knabe?« wollte Alex wissen.

»Was willst du?«

»Deinen Namen. Nur ein kleiner Test.«

»Kilgour«, knurrte Sten zurück, »wenn du nicht sofort deinen nach Haggis riechenden Atem aus meinem Gesicht nimmst, stopfe ich dich zusammen mit dem Rest der Pampe in einen Schiffsmagen.«

Kilgour wandte sich wieder an Freston. Ein breites Lächeln zog sich über sein Gesicht. »Aye, er ist wieder voll fit. Auch wenn man an seinem Slang so einiges aussetzen könnte.«

»Kann mir jemand mal verraten, was hier vor sich geht, Kilgour?« wollte Sten wissen.

»Wir mußten weg, ohne auf deine Befehle warten zu können, oder darauf, daß du dem Kreuzer endlich eins überbrätst. Der verrückte Imp ist in die Scheiße getreten, das ist passiert, mein guter Sten.«

»Ich wiederhole meine Eingangsbemerkungen, Kilgour. Was zum Henker geht hier vor?«

»Der Imperator hat sie in die Luft gejagt. Seine Lieblings-Livie-Station.«

»Warum das denn?« Sten riß erstaunt den Mund auf.

Alex machte eine Bewegung mit seinen Schwerweltlerschultern. Ein Achselzucken, das sich in einer massiven Wellenbewegung fortsetzte.

»Vielleicht hat ihm die Show nicht gefallen.«

Kapitel 5

AN: ALLE STATIONSKOMMANDEURE
       BERUFENE/AUTORISIERTE SICHERHEITSCHEFS DER
       BOTSCHAFTEN
       ANDERE VON P. ODER HÖCHSTER STUFE AUTORISIERTE
       PERSONEN
VON: POYNDEX, CHEF INNERE SICHERHEIT

1. Alle Stationen haben Befehl zur sofortigen Verhaftung von STEN, (OHNE VORNAME), erhalten. Diese Aufgabe hat allerhöchste Priorität bei allen IS-Angehörigen, solange keine anderslautenden Befehle von P. oder einem bevollmächtigten Untergebenen ergehen.
2. Dieser Auftrag beinhaltet die Ergreifung oder Ausschaltung aller Mitverschwörer, unter Zuhilfenahme der nötigen Mittel; Mitverschwörer sind sowohl diejenigen, deren Daten in den Imperialen Bulletins erfaßt sind, als auch andere eindeutig Beteiligte, auch wenn sie bisher noch nicht namentlich genannt wurden.

3. Zu diesem Zweck sind Sie VON HÖCHSTER STELLE AUTORISIERT, sämtliche benötigten Imperialen Ressourcen einzusetzen sowie weitere benötigte Mittel zu beschlagnahmen oder zu requirieren, ohne sich den üblichen Lieferanten gegenüber für Aktionen dieser Art zu rechtfertigen.

4. Es müssen AUSNAHMSLOS SÄMTLICHE Informationen bezüglich STEN, OV, und KILGOUR, ALEX, sofort an diese Station weitergeleitet werden, PRIORITÄT ALPHA-EINS. Besonders gesucht werden Beschreibungen, Gewohnheiten, Hobbies, Spezialgebiete (zivile und andere), Orte, die von ihnen bekanntermaßen frequentiert wurden, kurzum: ALLE Daten, diese beiden Individuen betreffend.

5. Es darf keinerlei Überprüfung, wiederhole, keinerlei Überprüfung von ungeprüftem Material bezüglich oben (Absatz 4) vorgenommen werden.

6. (Absatz 4) und (Absatz 5) dürfen weder mit lokalen Autoritäten noch mit konventionellen Abteilungen des Imperialen Geheimdienstes diskutiert werden.

7. Sämtliche Anfragen über Daten aus den Bereichen von (Absatz 4) können zur Zeit nicht beantwortet werden; den IS-Chefs wird geraten, niemandem Gründe hierfür zu nennen (Absatz 6). Diese Anweisung erfolgt aufgrund einiger Verwirrung und Inputverdopplungen, die als Sabotageakt von STEN, OV oder anderen Verschwörern verursacht wurden, die noch entdeckt und angeklagt werden müssen. Sobald vollständiges Datenmaterial über STEN, OV, und KILGOUR, ALEX, verfügbar ist, wird es auf allen Ebenen weitergegeben.

8. Unter *keinen* Umständen dürfen die Informationen aus (Absatz 4), (Absatz 5), (Absatz 6) und (Absatz 7) an Personal weitergegeben werden, welches früher mit dem diskreditierten Mercury-Corps, speziell mit Sektion Mantis, in Verbindung stand. Zusätzlich müssen alle Nachforschungen, die sich auf STEN, OV, beziehen und von ehemaligen Agenten dieser Ab-

teilung, speziell der Sektion Mantis, durchgeführt werden, *unverzüglich*, Priorität Alpha-Eins, an P. gemeldet werden.

9. Wenn möglich, sollte STEN, OV, heimlich festgenommen und unverzüglich zur Erstwelt gebracht werden, wo ihn seine Anklage erwartet. Es dürfen keinerlei Informationen herausgegeben werden, insbesondere nicht an die Medien.

10. Wenn, aus welchen Gründen auch immer, die Verhaftung durch Geheimdienstagenten und nicht durch die IS erfolgt und auf diese Weise doch etwas publik wird, lautet die Anklage gegen STEN, OV, auf HOCHVERRAT, MORD, VERSCHWÖRUNG und VERSUCHTEN REGENTENMORD. Weitere Anklagepunkte werden folgen, nachdem STEN, OV, zur Erstwelt transferiert wurde und sich in Hochsicherheits-Verwahrung befindet.

11. Für den Fall, daß bei einem Kontakt mit STEN, OV, eine Festnahme nicht möglich ist, oder im Falle eines Fluchtversuches nach der Festnahme, *muß* unverzüglich Termination erfolgen.

12. Mit oben genannten Punkten geht für alle IS-Angehörigen die Verpflichtung einher, höchste Aufmerksamkeit darauf zu richten, das Ausmaß der von STEN, OV, angezettelten Verschwörung aufzudecken. Diese Untersuchung ist allerdings unter keinen Umständen als »Jagdlizenz« zur Eliminierung anderer Feinde des Imperiums aufzufassen. Die vorliegende Aufgabe ist zu wichtig und zu dringlich, als daß sie zu einem solchen Grad ausgeweitet werden darf; trotzdem obliegt es den Agenten, für eventuelle spätere Rückgriffe Akten zu oben genannter Angelegenheit anzulegen.

13. Die erfolgreiche Ausführung dieser lebenswichtigen Mission wird nicht nur als Fortführung der Höchsten Traditionen der Inneren Sicherheit erachtet, sondern auch als persönlicher Dienst am Imperator, und als solcher belohnt werden.

FÜR DEN EWIGEN IMPERATOR

Kapitel 6

Der Fischschwarm durchbrach die Wasseroberfläche, spritzte Gischt gegen die Wand einer vom Wind schaumweiß gepeitschten Woge, um dann wieder ins Wellental hinunterzujagen.

Ihre Flucht war sinnlos. Der Tod war nah.

Das Meer explodierte, als sich die große Kreatur vor dem Schwarm aus dem Wasser reckte und mit weit aufgerissenem Maul seinen Anführer einsog. Eine monströse Flosse klatschte auf die Wasseroberfläche, und zwei weitere der einen halben Meter langen Fische wanden sich, einen Moment lang betäubt, trieben kraftlos dahin.

Das Funkgerät summte, und Rykors Konzentration, die sich gerade auf ihr Mittagsmahl im Freien richtete, wurde gestört. Sie antwortete jedoch nicht sofort. Statt dessen verschlang sie zunächst in aller Ruhe beide Fische, bevor sie wieder zu sich kamen, und analysierte gedankenverloren ihren Geschmack.

›Ja‹, dachte sie. ›Diese hier stammen nicht von den Laichfarmen. Sieht ganz so aus, als habe noch ein Fischgrund die alten Bestände wieder erreicht. Echte, in Freiheit aufgewachsene Fische kann man immer erkennen. Der Geschmack ist … eher … eher wie …‹

Noch während sie über die genauere Definition dieses »Mehr« nachsann, rollte sich das Wesen, das als fähigste Psychologin des Imperiums galt, auf den Rücken. Rykor war völlig unempfindlich gegenüber dem tobenden Hurrikan und den Minustemperaturen. Ihre Flosse strich über das Knochen-Induktionsfunkgerät, das an einem Band eng um ihren Hals hing. »Hals« war dabei eine sehr willkürliche Bezeichnung – Alex Kilgour hatte einmal festgestellt, daß »es so etwas wie einen Hals geben muß, denn irgendwas hält ihren Kopf davon ab, gegen ihre Hüfte zu knallen, stimmt's oder hab' ich recht?«

Der Anrufer war einer ihrer Assistenten aus dem luxuriösen Wohnquartier plus Büro, das sie mit viel Liebe eingerichtet hatte, und das von einigen unsensiblen Wesen anderer Spezies manchmal als arktische Meereshöhle bezeichnet wurde.

»Ich werde nicht gern beim Essen gestört«, polterte Rykor. »Mittagessen, wie die Menschen es nennen, ist eine heilige Einrichtung.«

»Ich habe eine Meldung von der Erstwelt, Dringlichkeitsstufe eins«, meinte der Assistent, der noch neu genug war, um angesichts dieser Verbindung zur Hauptwelt des Imperiums eine gewisse Ehrfurcht zu empfinden. »Sie werden aufgefordert, sich für spezielle Aufgaben zur Verfügung zu halten und zwar unter dem Kommando –«, seine Stimme versiegte fast vollständig, »– des Ewigen Imperators höchstpersönlich.«

Rykor stutzte. »Was für Aufgaben denn?«

»Genaueres ging aus der Nachricht nicht hervor. Aber es hieß, daß diese Aufgaben wahrscheinlich längere Zeit in Anspruch nehmen würden. Man empfiehlt Ihnen, einen A-Grav-Sessel mitzunehmen und entsprechend zu packen.«

›Kein Wort von dem verstorbenen Ian Mahoney‹, dachte Rykor. ›Auch nichts über den erst kürzlich zum Gesetzlosen erklärten Sten.‹ Und ebenfalls kein Hinweis darauf, daß sich der Imperator – oder vielleicht Poyndex, der neue Boss seiner Geheimpolizei – eventuell dafür interessierten, aus welchem Grunde Rykor vor nicht allzu langer Zeit unter größter Geheimhaltung mit einem gewissen Sr. Ecu, Diplomat Extraordinaire, konferiert hatte.

›Schlecht, schlecht, sehr schlecht.‹

»Und wie soll ich zur Erstwelt kommen?«

»Ein Imperiales Schiff ist unterwegs. Ich habe eine Bestätigung vom Raumhafen. Sie erwarten seine Ankunft in zwei E-Tagen.«

›Sogar noch schlimmer‹, dachte Rykor.

»Soll ich antworten oder auf Ihre Rückkehr warten?«

»Geben Sie durch … geben Sie durch, daß Sie immer noch versuchen, mich zu kontaktieren.«

»Verstanden. Aber …«

»Außerdem rate ich Ihnen, zu Ihrem eigenen Besten, falls Sie diese Unterhaltung aufzeichnen, sie unverzüglich zu löschen. Das ist übrigens ein Befehl.«

»Kommen Sie jetzt zurück?«

Rykor dachte scharf nach. Ihr blieben noch zwei E-Tage bis zur Ankunft des Schiffes, das eigentlich nur Poyndex' Gestapo und einen Haftbefehl gegen sie mitbringen konnte. Zeit genug.

»Ich komme. Aber ich bleibe nicht lang. Angesichts dieser neuen Aufgaben muß ich mir eine kleine Auszeit ganz für mich selbst nehmen, hier draußen auf dem Meer, um mich vorzubereiten und meine Energien zu sammeln.«

»Selbstverständlich«, meinte ihr immer noch fassungsloser Assistent. Wie alle aquatischen Rassen brauchte Rykors Spezies das Meer nicht nur zur physischen Gesundheit und zur Ernährung, sondern auch für die psychische Regenerierung.

»Ich bereite Ihr übliches Reisegepäck vor.«

»Sehr schön. Ich mache mich jetzt auf den Weg. Ende der Übertragung.«

Ohne auf eine Bestätigung zu warten, stellte Rykor ihr Funkgerät aus und schoß durch die Wogen zurück nach Hause.

Zwei Tage.

Genug Zeit, um die notwendigsten Dinge zu packen und das Atmosphärenflugzeug zu erreichen, das sie nicht weit von ihrer Höhle unter Wasser versteckt hatte. Sie hatte das Fluggerät vor einigen Jahren gekauft, als sie zum ersten Mal den Eindruck verspürte, daß sich das Imperium auf irgendeine Art in eine ganz falsche Richtung entwickelte.

Ihr gesamtes Wissen über Geheimdienste war theoretischer Natur, aber sie hatte Mahoney lange Jahre als Beraterin zur Seite gestanden, als dieser noch Chef des Mercury-Corps gewesen war, und später auch Sten. Sie wußte, daß jeder Verschwörer, der diesen Namen verdiente, über eine Hintertür verfügte.

Der Rest der Hintertür bestand aus einer kleinen Yacht, die sie in einem entlegenen Lagerhaus auf einem winzigen Raumhafen auf der anderen Seite ihres Planeten versteckt hatte. Es blieben ihr zwei Tage bis zur Ankunft ihrer Häscher, dann vielleicht zwei weitere Tage, in denen Poyndex' Schergen erfolglos die Winterozeane nach Rykor auf ihrem mythischen Wanderjahr absuchten. Dann würden sie wissen, daß sie geflohen war.

Zeit genug, hoffte sie.

Sie hatte sogar einen Unterschlupf – bei dem Wesen, das als erstes mit dem schrecklichen Verdacht, der Ewige Imperator sei verrückt geworden, zu ihr gekommen war.

Sr. Ecu erwischte den Aufwind, der nahe der senkrechten, in der Sonne glühenden Klippe entstand, und ließ sich davon aus dem gewundenen Canyon emportragen, hoch in den Himmel hinauf.

Vor sich, in der Mitte des weiten Tales, sah er die turmartige Spitze des Gästezentrums der Manabi.

Sr. Ecu hatte seinen Flug so lange wie möglich hinausgezögert, war dem Verlauf des Canyons gefolgt, der sich in vielen Windungen bis zu dem Tal hin erstreckte. Jetzt durfte er nicht länger trödeln.

Er hatte sich für seine Antwort auf die Vorladung viel Zeit gelassen. Der Grund dafür war nicht Unhöflichkeit. Eine der Qualifikationen, die die Manabi als Diplomaten und Unterhändler des Imperiums auszeichneten, war ein überwältigender Sinn für das, was man nur mit dem Ausdruck »Anständigkeit« bezeichnen konnte. Aber auf diese Weise konnte er sichergehen, daß die sorgfältig präparierten Lügen weiter aufrechterhalten wurden.

Er verspürte auch ein relativ ungewohntes »Gefühl«, um diesen menschlichen Ausdruck zu gebrauchen: Angst. Falls auch nur der leichteste Verdacht auf Ecu fiele, würde ihn auch der wichtigste Schutz der Manabi, ihre absolute Neutralität, nicht vor dem sicheren Tod bewahren.

Ecu selbst hatte diese politische und moralische Neutralität vor einer Weile gebrochen, nachdem er festgestellt hatte, daß der Ewige Imperator nicht mehr in der Lage war, weiterhin zu regieren, daß der Imperator faktisch dabei war, das Imperium, das er geschaffen hatte, zu zerstören. Er hatte zunächst Rykor aufgesucht, um sich bestätigen zu lassen, daß diese Theorien der Wahrheit entsprachen und er nicht etwa der erste Manabi war, der den Verstand verlor.

Anschließend hatte er Mahoney und Sten aufgesucht, sie über die Situation in Kenntnis gesetzt und, was noch weitaus schlimmer war, angekündigt, daß er – und damit die gesamte Spezies der Manabi – bereit sei, jeglichen Versuch zu unterstützen, den offenbar unausweichlichen Kollaps des Imperiums zu verhindern.

Jetzt war Mahoney tot und Sten auf der Flucht.

Ecu selbst konnte schon bald dem Instrument für seine eigene Auflösung – und die seiner Spezies – in eine nichtmaterielle Erscheinungsform entgegentreten. Er fragte sich bloß, wer der Inquisitor des Imperators sein würde.

Ecus länglicher schwarzer Körper mit den rotgefärbten Flügelspitzen und dem drei Meter langen, geschickt als Ruder eingesetzten Schwanz schwebte auf das Zentrum zu. Ecu spürte, daß sich seine Wahrnehmung auf der höchsten Aufmerksamkeitsstufe befand. ›Vielleicht‹, dachte er, ›weil ich jetzt womöglich die erhabene Stille meines Heimatplaneten zum allerletzten Mal genießen kann.‹ Manchmal fragte er sich, warum er sich ausgerechnet diese Karriere ausgesucht hatte, eine Karriere, die ihn immer wieder von Seilichi und seinem von Seen übersäten Superkontinent mit den dazwischen verstreuten zerklüfteten Bergketten fortführte.

Vielleicht hätte er bleiben und einer dieser Philosophen werden sollen, die sich vom sanften Wind seiner Welt treiben ließen, beständig nachdenkend, immerfort lehrend. Seine ersten Lebensentwürfe, die bereits eine persönliche Dialektik aufwiesen, waren auf Fiches irgendwo unter der Planetenoberfläche aufbewahrt, dort, wo die Manabi alle notwendigen Maschinen und Gebäude untergebracht hatten.

Die einzigen künstlichen Gebilde, die auf der Oberfläche von Seilichi zu sehen waren, waren die drei Gästezentren, und auch diese existierten lediglich aus Höflichkeit gegenüber flugunfähigen Wesen, die den Planeten besuchen wollten. Und man hatte sich größte Mühe gegeben, sie wie die großen Kegel natürlicher erschlossener Vulkane aussehen zu lassen; die Landeplätze für die Raumschiffe waren in den »Kratern« versteckt.

Das Zentrum registrierte Ecus Anflug. Ein Portal öffnete sich gähnend, und Ecu flog mit zuckenden Fühlern ins Innere. Er fand Spuren der Geruchssignatur, die er benutzte, und folgte diesen Spuren zu dem ausgewiesenen Konferenzraum.

Dort traf er den bequem in einem Sessel ruhenden Gesandten des Imperators an.

Solon Kenna war noch fetter, als Ecu ihn in Erinnerung hatte, und er machte einen sogar noch gutmütigeren Eindruck, fast wie ein biblischer Vater. Diejenigen, die Kenna für die fettleibige Karikatur eines dummen, unentbehrlichen Politikers gehalten hatten, hatten im allgemeinen nicht lange genug in der politischen Arena überlebt, um ihre Einschätzung zu korrigieren.

Jetzt war Kenna als Scharfrichter des Imperators nach Seilichi gekommen.

»Es ist schon lange her.«

»Viel zu lange«, meinte Kenna, während er erstaunlich rasch auf die Füße kam und lächelte. »Ich habe hier gesessen und war völlig in Gedanken über die Wunder von Seilichi versunken.« Natürlich sprach Kenna das Wort korrekt aus. Er hegte noch immer diese bedauernswerte Vorliebe für eine blumige Ausdrucksweise, die dem Imperator bereits vor Jahren aufgefallen war. »Ich hätte schon viel früher die Gelegenheit ergreifen und Ihrem Planeten einen Besuch abstatten sollen – besonders jetzt, wo das Imperium wieder in neuem Glanz erstrahlt.

Aber …« Er zuckte mit den Achseln. »Die Zeit kriecht an uns allen vorbei, und ich war selbst bis über beide Ohren mit meinen eigenen Angelegenheiten beschäftigt. Wissen Sie, daß ich meine Memoiren vorbereite?«

»Die dürften sehr interessant ausfallen.«

Ecu war mehr als höflich – er wunderte sich immer wieder, warum die Menschen eine solche Vorliebe für die Konvolute unehrlicher Politik hatten, wo doch, aus der Warte seiner Rasse gesehen, eine direkte Ansprache weitaus wirkungsvoller war. Nicht, daß die Manabi diese Überzeugung jemals ihrer Wertschätzung für Weitschweifigkeiten hätten in die Quere kommen lassen – beziehungsweise ihrer Vorliebe dafür, diese Weitschweifigkeiten auch zu praktizieren. Falls also diese Memoiren tatsächlich produziert würden, wäre Ecu bestimmt fasziniert von den vielen Wegen, die Kenna finden würde, um der simplen Tatsache aus dem Weg zu gehen, daß er ein mieser Wahlfälscher war und immer gewesen war, unehrlich bis zum Anschlag.

»Aber jetzt bin ich geschäftlich hier«, sagte Kenna mit gespieltem Bedauern. »Die Geschäfte des Ewigen Imperators.« Er zog eine Karte aus seiner Tasche, auf der das Emblem des Imperiums aufleuchtete, als es auf Kennas Porenmuster reagierte.

»Wenn ich an Sten denke, kann ich es mir lebhaft vorstellen.«

»Ihre Vorstellung ist korrekt.«

»Selbstverständlich werde ich tun, was in meiner Macht steht«, meinte Sr. Ecu. »Ich sehe kein Problem darin, mit Ihnen zu kooperieren, da mich die Neutralität meiner Rasse keineswegs auf Gedeih und Verderb an Kriminelle bindet – und das ist Sten jetzt wohl, nicht wahr?«

»Einer von der schlimmsten Sorte«, stimmte Kenna zu. »Er hat das Imperium verraten – und ganz offensichtlich aus keinem anderen Grund als aus persönlichem Ehrgeiz.«

Kenna versuchte fromm auszusehen; ein lachhaftes Unterfangen. Der Manabi wußte, daß Kenna mit seinem absichtlich dummen Gesichtsausdruck sein Gegenüber dazu verleiten wollte, ihn selbst als dumm anzusehen, damit er nicht das rasiermesserscharfe Blitzen in seinen Schweinsäuglein bemerkte.

»Ehrgeiz … eine Leidenschaft, die uns alle zum Narren hält, wie schon die Dichter sagen.«

»Sten«, grübelte Ecu vor sich hin, als müsse er seine Gedanken erst ordnen. »Ich weiß ehrlich gesagt nur sehr wenig, denn die Zeit, die ich in seiner Gesellschaft verbrachte, war ziemlich … bewegt, wenn man es so nennen will.

Mehr als alles andere gingen mir das Privatkabinett und das Tribunal im Kopf herum. Aber, wie gesagt, ich stehe Ihnen, soweit ich kann, gerne zur Verfügung. Aber offen gesagt bin ich etwas verwirrt. Wenn ich an die vielen Jahre denke, die Sten im Dienst des Imperiums stand, würde ich zunächst davon ausgehen, daß Ihre … ich meine, die Imperialen Aufzeichnungen wesentlich vollständiger wären, auch wenn man in Betracht zieht, daß er den Großteil seiner Karriere mit … irregulären Missionen verbrachte.«

Kenna runzelte die Stirn, eine, wie es aussah, ehrliche Regung. »Das dachte ich ebenfalls. Aber offensichtlich ist dem nicht so. Oder aber der Imperator hält es für nötig, unter den vorhandenen Aufzeichnungen Querverbindungen herzustellen. Oder, und das ist am wahrscheinlichsten, er sucht nach jedem Fitzelchen, welches diesen Verräter auf die Anklagebank bringen kann.«

»Womit würden Sie dann also gerne anfangen?«

»Würden Sie einem Gehirnscan zustimmen? Eine Maschine und die besten Techniker der Inneren Sicherheit befinden sich an Bord meines Schiffes.«

Ecu zuckte zusammen, seine Flügelspitzen vibrierten unwillkürlich. Ein Gehirnscan bedeutete nicht nur eine ultimative geistige Vergewaltigung, ein solcher Eingriff konnte auch zu langfristigen psychischen Schäden oder zum Tod führen, auch wenn er von hervorragend ausgebildeten medizinischen Techs durchgeführt wurde.

»Nein, würde ich nicht«, sagte Ecu schließlich, nachdem er sich einigermaßen gefaßt hatte. »Auch wenn ich dem Imperator so manchen Dienst erwiesen habe, muß ich Sie offiziell daran erinnern, daß ich nie in seinen Diensten stand, genausowenig wie andere Angehörige meiner Rasse. Und selbstverständlich haben wir unsere eigenen Geheimnisse, die den Imperator nichts angehen.«

Kenna nickte zustimmend und streckte die Hand nach einem Beistelltisch aus. Darauf befanden sich die Erfrischungen, die die Manabi für ihn bereitgestellt hatten. Kennas Lieblingsbrandy von Dusable, ein Glas und ein Tablett mit Knabbereien, vermeintlich dafür gedacht, die Wirkung des Alkohols aufzusaugen, in Wirklichkeit jedoch chemisch synthetisiert, um sie zu verstärken.

»Der Imperator sagte mir voraus, daß Sie sich weigern würden, und er trug mir auf, an dieser Stelle keinen Druck auszuüben. Trotzdem fügte er Folgendes hinzu, und das ist nicht fürs Protokoll gedacht – also falls Sie dieses Treffen aufzeichnen, fordere ich Sie dringend auf, dies einzustellen –, ich zitiere wörtlich:

›Wenn Sten verhaftet, verurteilt und vor der Exekution einem Gehirnscan unterzogen worden ist, wird jedes Wesen, das mit ihm oder seiner Verschwörung in Verbindung stand, ungeachtet seiner Neutralität als persönlicher Feind angesehen und entsprechend behandelt werden.‹«

»Das ist nicht gerade die diplomatischste Aussage, die ich den Ewigen Imperator jemals habe formulieren hören«, sagte Ecu, der mit gewissem Stolz registrierte, daß seine Flügel angesichts der Drohung nicht einmal leicht flatterten.

»Wir leben nicht gerade in besonders diplomatischen Zeiten«, meinte Kenna. »Und er nimmt die Bedrohung, die von Sten und den anderen ausgeht, viel zu ernst, um seine Zeit mit Nettigkeiten zu verschwenden. Wie auch immer – ich persönlich entschuldige mich für die Unverblümtheit, auch wenn ich lediglich der Überbringer bin. Und ich möchte mich auch dafür entschuldigen, daß ich Ihnen soviel Zeit stehlen muß, da der Imperator wirklich *alles* zu wissen verlangt.

Ich muß Ihnen nun mitteilen, daß diese Unterhaltung aufgezeichnet wird. Sie haben ein Recht auf Beratung, rechtlichen Beistand und medizinische Überwachung, um sicherzugehen, daß Sie weder körperlich noch pharmakologisch unter Einfluß gesetzt werden.«

»Ich verstehe Sie, und ich danke Ihnen für die zweifache Entschuldigung«, meinte Ecu. »Aber momentan habe ich Zeit im Überfluß. Wollen wir anfangen?«

Er begann seine Geschichte sehr umsichtig zu erzählen. Er würde sie sehr langsam erzählen, mit größter Exaktheit, und diese Geschichte würde mehrere Tage in Anspruch nehmen.

Und am Ende eines jeden Tages würde er seine Geschichte vorsichtig überprüfen, Kennas Reaktionen darauf, und das, was danach kommen sollte, mit seinem eigenen Mentor absprechen; einem Mentor, der sich tief unter dem Konferenzraum in einem der Labors der Manabi versteckt hielt.

Rykor.

Inspektor Lisa Haines (Ermittlungs-Abteilung) wachte ganz plötzlich auf, rührte sich jedoch nicht.

Zuerst … Sie horchte.

Nichts.

Sie schnüffelte. Nichts.

Was dann?

Bewegung. Ihr ganzes »Hausboot« bewegte sich leicht.

Sie öffnete die Augen einen winzigen Spalt.

Mondlicht erhellte das einzige große Zimmer ihres Heims – einer McLean-betriebenen Barkasse, die mehrere hundert Meter über einem der Waldreservate der Erstwelt vertäut war.

Das Zimmer war leer.

Sam'l, ihr Ehemann, schnarchte leise an ihrer Seite.

Haines' Hand glitt an der Seite ihres Betts entlang, an der Kante der Wasserkammermatratze hinunter, bis sie den Griff der Mini-Willygun berührte. Als die allzeit geladene Pistole in ihrer Hand lag, schob sie den Sicherheitshebel zur Seite.

Wieder schwankte das Hausboot.

Anscheinend versuchte jemand, an den Kabeln der Vertäuung emporzuklettern. Haines erhob sich rasch und stand kurz darauf nackt, aber in geduckter Kampfhaltung und schußbereit, in der Mitte des Raums. Sie sah sich hastig um. Alles klar. Sie war allein.

Sie schlich zu einer Kommode, zog einen einteiligen phototropischen Overall heraus und zog ihn an. Wie die Willygun war auch der Overall strikt den Imperialen Verbänden vorbehalten, und nicht einmal einer Polizeichefin wie Haines war es erlaubt, eines von beiden zu besitzen. Aber wie so oft befolgten die Bullen selbst nicht immer die Gesetze, denen sie Geltung verschafften.

Haines hatte mit etwas in dieser Richtung gerechnet.

Nun kam also die Bestätigung.

Sie glitt zu der Tür, die zum Verandadeck des Hausboots hinausführte, und öffnete sie einen Spalt. Dann nahm sie eine lichtverstärkende Brille von einem Haken neben der Tür und setzte sie auf.

Tageslicht. Ein bißchen grünlich, aber immerhin Tageslicht.

Hinaus aufs Deck.

Das Hausboot schwankte wieder.

›Noch nicht. Kümmere dich zuerst um …‹ Sie suchte die im Dunkel liegenden Hänge der Hügel ringsum ab. Nichts. Sie schaltete den Modus auf Wärmeabbild und sah erneut hin. Ein hübsches kleines Leuchten da drüben. Mehrere Personen.

›Der Kommandoposten‹, spekulierte sie. Das mußte es sein, falls das, was sie vermutete, tatsächlich gerade stattfand.

Oder aber, um eine andere Möglichkeit in Betracht zu ziehen, es handelte sich um die Hintermänner einiger Gangster, die sie im Laufe der Jahre in Ausübung ihres Berufs belästigt und festgenagelt hatte und die es ihr jetzt heimzahlen wollten. Unwahrscheinlich. Nur in den Livies waren Ganoven auf Rache ohne jeden Profit aus.

Haines stellte die Brille wieder auf Restlichtverstärkung, legte sich flach auf den Boden und schob sich nach vorne, um über die Kante zu spähen.

Richtig getippt.

Jemand – und das gleich in dreifacher Ausfertigung – kam über die Haltekabel nach oben. Es mußten versierte Kletterer sein, aber trotzdem schwankte das Kabel unter ihrem Gewicht, und das Hausboot ruckte beständig auf und ab. Alle drei Kletterer trugen identische phototropische Overalls, Kampfwesten und Pistolenhalfter. Eine Art Spezial-Einsatzteam.

›Gut‹, dachte Haines. ›Gerade geschieht das, wovon du immer gehofft hast, daß es niemals geschehen würde. Seit dem Zeitpunkt, an dem sie Sten einen Verräter genannt haben, hast du dir darüber Sorgen gemacht.‹ Sie war kurz davor gewesen, ihren Ex-Liebhaber dafür zu verwünschen. ›Aber auf keinen Fall wirst du ruhig dastehen und einen Gehirnscan oder irgendeine der anderen hübschen Prozeduren über dich ergehen lassen, von denen du gehört hast, daß die Sicherheit sie für die ›Tiefenbefragung‹ einsetzt. Nicht du. Und *bei Gott*, auch nicht Sam'l.

Ein ganzes verdammtes Leben auf der richtigen Seite des Gesetzes gestanden, und nur wegen einer kleineren Liebesaffäre – na schön, einer größeren Liebesaffäre – war alles umsonst, und schon bist du ein Ganove.‹

Ein vollkommen unbekanntes Fragment aus einer längst vergessenen Sprache ging ihr durch den Kopf: »… where every cop is a criminal / and all the sinners saints …«

Sie schoß dem ersten Kletterer ins Gesicht.

Der Knall der Detonation hallte laut durch die Stille ringsumher, und der Mann fiel lautlos, direkt nach unten, wobei er im Fallen den zweiten Infiltrator mit sich riß.

Ein Schrei, und Haines rollte sich zurück zur Türöffnung, klappte eine Abdeckung auf, die wie eine Außensteckdose aussah, in Wirklichkeit jedoch ein Schalter war, legte ihn um und … Gott sei für die Segnungen der Paranoia gedankt, die drei Sprengladungen zerfetzten die Haltekabel des Hausboots.

Der dritte Kletterer schrie vor Erstaunen auf und stürzte dann in den Tod, als das Hausboot, jetzt ohne Verankerung, sich unter dem Antrieb seines A-Grav-Generators wie ein Ballon in die Lüfte erhob.

›Wollen wir hoffen‹, dachte Haines, ›daß diese Greifer den Schlaf meiner Nachbarn nicht mit widerlichen Fluggeräten stören wollen, denn wenn sie Luftunterstützung dabeihaben, sind wir in den Arsch gekniffen.‹

Von drinnen hörte sie Sam'l im Halbschlaf grunzen, dann sprang er aus dem Bett und stieß den Geräuschen nach direkt gegen einen Beistelltisch.

»Was zum Teufel …?«

Er war kein Sten, kein Bulle, kein Soldat; er brauchte eine halbe Stunde, bis er sich einigermaßen wachgegrunzt hatte und in der Lage war, einen klaren Gedanken zu fassen. Genau aus diesen Gründen – und aus einigen anderen mehr – liebte Haines ihn.

Der Nachtwind packte das Hausboot und schob es trudelnd über den Wald. Haines hörte es von drinnen krachen, als Bilder von der Wand fielen und Teller zerschellten. Als das Boot anfing, trunkene Schlingerbewegungen zu vollführen, ging sie, sich mit einer Hand an der Wand abstützend, hinein.

67

»Ein Greifer-Team«, sagte sie, auch wenn Sam'l angesichts seiner derzeitigen Benommenheit wahrscheinlich noch Minuten brauchen würde, um den Begriff »Greifer« für sich zu definieren. »Alle in Uniform. Imperiale Halsabschneider.«

Sam'l wurde erstaunlicherweise sehr schnell sehr lebhaft.

»Oh«, meinte er. Dann nickte er.

»Tja, das mußte ja wohl passieren«, sagte er. »Ich wünschte nur, wir könnten etwas … aktiver darauf reagieren, als uns einfach aus dem Staub zu machen.«

»Zuerst rennen wir davon«, erinnerte ihn Haines. »Dann verstecken wir uns. Wir werden alle Zeit der Welt haben, um uns zu überlegen, wie wir ihnen diese Sache heimzahlen.«

Sie ging zu einer Truhe hinüber, öffnete sie und nahm zwei »Fallschirme« heraus – zwei kleine McLean-Rucksäcke mit Anschnallgurten, die einen normalgewichtigen Menschen aus einer Höhe von bis zu zwei Kilometern sicher hinunterbrachten, bevor die Batterien leer waren.

Sobald das Hausboot eine Höhe von zwei Kilometern erreicht hatte, würden sie abspringen und die Hälfte der Entfernung bis zum Boden im freien Fall zurücklegen. Dabei gaben sie, wie sie hoffte, viel zu winzige Ziele ab, um von den Imperialen Sensoren geortet zu werden. Sam'l hatte ihr damals diesen Sport beigebracht.

Dann blieb ihnen immer noch genug Zeit, um es ihnen heimzuzahlen. ›Ja. Mit ein wenig Glück könnte es durchaus so laufen‹, dachte sie, während sie Sam'l in seine Ausrüstung hineinhalf, sprach es aber nicht laut aus.

Sogar jetzt, in den dunkelsten Nachtstunden, schimmerte der Turm immer noch wie ein gedämpfter Regenbogen am Ende der Schlucht.

Drinnen schliefen Marr und Senn unruhig und schmiegten sich eng aneinander. Sie sahen immer noch fast genauso alt aus wie vor einigen Jahren, als sie noch *die* Imperialen Hoflieferanten gewesen waren und Sten ein junger Captain und befehlshabender Offizier der Gurkha-Leibwache des Imperators. Vielleicht war ihr Fell ein bißchen dunkler geworden, hatte einen tieferen Goldton angenommen. Sonst hatte sich aber nichts verändert. Ohne finanzielle Sorgen verlebten die beiden Milchen ihren Ruhestand und liebten nach wie vor die Schönheit und die Liebe an sich. Die Liebenden waren nicht nur Stens Freunde, auch wenn es schon Jahre her war, daß sie ihn das letzte Mal gesehen hatten, sondern hatten damals auch die großartige Party ausgerichtet, nach der Haines und Sten ein Liebespaar geworden waren.

Marr wurde plötzlich wach und setzte sich auf. Senn pfiff fragend, wobei er mit den großen Augen blinzelte.

»Es war nur ein Traum.«

»Nein. Ein A-Grav-Gleiter. Er kommt das Tal herauf.«

»Ich sehe nichts. Du hast bloß geträumt.«

»Nein. Dort. Schau doch. Er fährt ohne Beleuchtung.«

»Oh, Gott. Ich spüre schon, wie diese Finger meine Seele berühren. Kalt. Kalt. Nachts, ohne Beleuchtung. Wenn er anhält, antworten wir nicht.«

Marr reagierte nicht.

»Ich sagte, wir antworten nicht. In diesen Zeiten, mit dem Imperator, der nicht mehr so ist, wie er war, geht nur ein Dummkopf nach Mitternacht an die Haustür. Diejenigen, die bei Nacht unterwegs sind, sind keine Freunde.«

Stille. Der Gleiter hatte draußen angehalten.

»Die Kälte wird stärker. Fühlst du sie nicht?«

»Doch. Natürlich.«

»Die Klingel. Wer ist das?«

»Ich weiß nicht.«

»Mach die Lichter nicht an. Vielleicht gehen sie wieder weg.«

Marrs schlanke Hand bewegte sich durch die Luft, und draußen markierten vier einzelne Strahlen das Parkareal.

»Du Dummkopf«, schnappte Senn. »Jetzt wissen sie Bescheid. Wer ist es denn?«

Marr spähte nach draußen. »Zwei. Es sind Menschen. Ein Mann und eine Frau. Den Mann kenne ich nicht … die Frau kommt mir bekannt vor.«

»Ja. Du hast recht. Sie trägt ein Gewehr. Mach das Licht aus.«

»Ich kenne sie«, wiederholte Marr. »Das ist diese Polizistin. Sie hat mich vor ein paar Tagen unter einem fadenscheinigen Vorwand angerufen. Ich hatte mich schon gewundert.«

»Welche Polizistin … ach, du meinst Haines.«

»Ja, diejenige, die Sten geliebt hat.«

»Dann ist sie gewiß auf der Flucht. Der Imperator will wahrscheinlich jeden verhören, der ihn kannte. Und sie muß etwas wissen, sonst würde sie nicht fliehen.«

»Senn! Überleg doch. Würdest du nicht auch vor diesem schrecklichen Poyndex davonlaufen? Demjenigen, der Mahoney eigenhändig ermordet hat?«

»Mach die Lichter aus. Komm zurück ins Bett. Wir mischen uns nicht in die menschliche Politik ein.

Siehst du? Sie gehen schon wieder weg. Jemand anders wird sie aufnehmen.«

Marr antwortete nicht. Er glaubte, von draußen das Knirschen von Schritten zu hören, auch weiter unten, auf dem Parkareal.

»Jemand – ein Mensch – hat mir einmal gesagt«, meinte er langsam, »daß, wenn er jemals vor die Wahl gestellt würde, einen Freund oder das Vaterland zu verraten, er hoffe, genug Mut aufzubringen, ein Vaterlandsverräter zu werden.«

Die beiden drückten sich fest aneinander. Ihre Antennen umschlangen sich. Senn rückte von seinem Partner ab.

»Gut«, meinte er. »Aber versuche nicht erst, dich mit mir über Loyalität und all diese anderen komplizierten menschlichen Gefühle zu streiten. Du willst bloß wieder Hausgäste haben, die du bekochen kannst.«

Seine Hand bewegte sich im Halbkreis.

Mit einem Mal erwachte der Lichtturm in vollem Glanz zum Leben und hieß Haines und Sam'l willkommen.

Kapitel 7

Wieder einmal waren die Privatgemächer des Ewigen Imperators derartig überfüllt, daß die Klimaanlage Überstunden machen mußte. Der Imperator verteilte seine Anweisungen an den Strom seiner Mitarbeiter beinahe brüllend.

»Avri!«

»Jawohl, Euer Hoheit?«

»Wie sehen die neuesten Nachrichten hinsichtlich der KBNSQ Sache aus?«

»Nicht sehr gut, Sir. Ich habe unsere besten Leute darauf angesetzt, aber niemand will uns unsere Version so recht abkaufen.«

»Und wie lautet die?«

»Daß es sich um einen, Zitat, tragischen Unfall, Zitat Ende, handelt, der durch Stens hinterhältigen Angriff auf den Sender ausgelöst wurde. Daß wir lediglich versucht haben, die, Zitat, unschuldigen Zivilisten zu schützen, Zitat Ende.«

»Ändere die ›unschuldigen Zivilisten‹ ab in ›versucht haben, weiterreichende Schäden zu verhindern‹.«

»Vielen Dank, Sir.«

»Und dann will ich, daß die Senderfritzen zum Gegenangriff übergehen.«

»Inwiefern, Sir?«

»Ganz einfach. Die Frequenzen gehören dem Imperium. Also mir. Informiere sie darüber, daß ich ihnen die Lizenz zum Lügen entziehe, wenn sie nicht mehr von meinen Lügen verbreiten.«

»Jawohl, Sir …«

»Du klingst nicht sehr überzeugt. Wovor haben die denn Angst?«

»Davor, daß *sie* bei Stens nächstem Überfall an der Reihe sein könnten.«

»Kein Problem. Anders?«

»Jawohl, Euer Majestät?«

»Kratzen Sie ein paar Reserveschiffe plus Mannschaften zusammen. Ich möchte, daß Sie um alle großen Sendestationen einen Ring ziehen. Und zwar so dicht, daß kein Floh mehr durchkommt, klar?«

»Jawohl, Sir. Aber wir haben kaum noch Reserven. Denken Sie an die Drosselung der Ausgaben, Sir. Und die schwerwiegenden Verpflichtungen zur Stabilisierung unserer schwächeren Verbündeten. Außerdem haben wir sehr viele Garnisonsverbände über das gesamte …«

»Kratzen Sie sie zusammen, Anders! Kratzen Sie sie irgendwo zusammen!«

»Jawohl, Sir.«

»Noch etwas.«

»Sir?«

»Ich habe Ihr sensibles Händchen bei dieser Panne im Sender nicht vergessen.«

»Nein, Sir. Ich übernehme die volle Verantwortung dafür, Sir.«

»Halten Sie die Klappe, Anders. Und während Sie meiner Bitte nachkommen, möchte ich, daß Sie sich einen netten neuen Posten ausdenken, auf den ich Sie versetzen kann, wenn diese ganze Sache hier vorbei ist. Eine Insel. Irgendwo. Eine kalte Insel. Und klein soll sie sein, wenn Sie schon dabei sind. Nicht mehr als einen Kilometer Durchmesser. Und jetzt – marsch, an die Arbeit!«

»Äh … Jawohl, Euer Majestät.«

»Walsh!«

»Jawohl, Euer Hoheit.«

»Die neuesten Daten zur neuen AM$_2$-Steuer.«

»Ich bin nicht sicher, ob die Stimmen ausreichen, um den Antrag durch das Parlament zu bekommen, Sir.«

»Woran hängt es denn?«

»Die Hinterbänkler finden, daß die Steuererhöhung Ihren Versprechen widerspricht.«

»Na und? Sie halten doch auch nie, was sie versprechen. Warum wird mir das nicht zugestanden? Es hängt immer vom Standpunkt ab, so ist das nun mal in der Politik. Und die wiederum besteht aus Lügen und noch mehr Lügen.«

»Jawohl, Sir. Aber so denken sie nicht mehr, seit sie ihre Unabhängigkeit abgetreten haben. Wir haben AM$_2$ zu Dumping-Preisen angeboten, wenn sie sich dazu bereit erklären, Provinzen des Imperiums zu werden.«

»Klar, ich erinnere mich daran. Ich erinnere mich außerdem daran, daß ich derjenige bin, der den Daumen auf dem AM$_2$ hat. Ich bin der einzige Lieferant. Also bestimme ich den Preis.«

»Jawohl, Sir, das weiß ich, Sir. Es liegt an den anderen Parlamentsmitgliedern. Sie behaupten alle, daß sie an den Defiziten ersticken.«

»Teilen Sie ihnen mit, daß sie sich damit in bester Gesellschaft befinden, denn genau aus diesem Grunde brauche ich meine Steuererhöhung. Meine Schatzkammer ist völlig leer. Kein einziger Knopf mehr im Schrank. Ich kann diesen Leuten einfach keinen Glauben schenken. Herrje, ich bin verdammt noch mal derjenige, der die ganze Last auf den Schultern trägt. Ohne mich gucken sie alle in die Röhre. Ich hätte eigentlich gedacht, daß sechs Jahre unter der Knute des Privatkabinetts das ausreichend bewiesen haben!«

»Wohl wahr, Euer Hoheit. Aber ich habe hier und da munkeln hören, es sei gar nicht so schlimm gewesen, damals, als ... äh ... als Sie weg waren und das Privatkabinett die Führung übernommen hatte.«

»Kümmern Sie sich nicht um derlei Gerüchte ... Kenna!«

»Jawohl, Euer Majestät?«

»Ich möchte, daß Sie Walsh bei dieser Angelegenheit zur Hand gehen.«

»Mit Freuden, Sir. Wie immer.«

»Ich möche Dusable wie einen Mann hinter mir stehen haben, wenn es zur Abstimmung kommt. Ich möchte einen überwältigenden Sieg. Und ich brauche ein eindeutigeres Wahlergebnis. Einstimmig wäre nett, ich gebe mich aber auch mit 99 Prozent zufrieden.«

»Ich weiß nicht, ob das machbar ist, Sir.«

»Dusable ist doch schon jetzt ein sattes, bestens ausgestattetes System, oder irre ich mich da?«

»Sie irren nicht, Euer Majestät.«

»Ich habe euch doch erst vor kurzem ein großes AM_2-Depot einrichten lassen. Das heißt, ihr habt genug, um noch etwas Rahm abzuschöpfen.«

»Ich protestiere, Euer Majestät. Die ehrenwerten Bürger von Dusable –«

»Hören Sie doch auf, Kenna. Es würde mich sehr wundern, sollten Sie nicht klauen. Der Punkt ist der, daß ich euch die Vergünstigungen vorne und hinten reingesteckt habe. Ich habe euch zu einem der strahlendsten Juwelen in meiner Krone gemacht. Jetzt ist die Zeit gekommen, den Rattenfänger auszuzahlen. Bringen Sie die erforderliche Abstimmung zustande.«

»Ich werde mein Bestes tun, Sir.«

»Das wird nicht reichen. Hier sind Lug und Trug angesagt. Sie werden gegebenenfalls etwas nachhelfen müssen. Ich will, daß Sie dieses Parlament auf Vordermann bringen. Zumindest so lange, bis es zurücktritt. Hinterher kann ich es jederzeit mit mehr von unseren eigenen Leuten besetzen.«

»Betrachten Sie die Angelegenheit als erledigt, Euer Hoheit.«

»Bleick!«

»Jawohl, Sir.«

»Sie arbeiten doch mit Poyndex an dieser Hohepriesterin, oder? Wie hieß sie noch gleich?«

»Zoran, Sir. Hohepriesterin des Kultes des Imperators.«

»Genau. Diese Irre meine ich.«

»Jawohl, Sir, mir wurde diese Aufgabe übertragen.«

»Und? Was geschieht da? Eigentlich hätte ich erwartet, inzwischen ein paar Titel als Gottheit in der Tasche zu haben. Ich muß unbedingt mein Image bei den unwissenden Massen aufpolieren. Diese Armen können einem Herrscher das Leben ganz schön schwermachen. Überall zetteln sie Aufstände an. Das ist nicht gut fürs Geschäft.

Einige zu meinen Ehren errichtete Tempel dürften den Glauben an die Wirtschaft erneuern und diese Flaute wieder ein bißchen beleben.«

»Wenn ich offen sein darf, Sir … Ich komme bei dieser Frau nicht recht weiter. Entweder hat sie keine Zeit für mich oder sie kichert und redet im Kreis herum. Ich halte sie für verrückt.«

»Sie sind ein richtiger Fuchs, Bleick. Daß die Alte spinnt, weiß doch jeder. Aber sie ist schlauer als die meisten Anwesenden. Sagen Sie ihr, ich bin es allmählich leid, ständig Credits in ihre Organisation zu pumpen. Ohne jegliche Gegenleistung.«

»Das habe ich ihr bereits klargemacht, Sir. Mit unmißverständlichen Worten.«

»Hmm. Das hört sich nicht gut an. Na schön. Vergessen Sie sie. Schicken Sie sie irgendwohin ins Exil, wo sie in aller Ruhe über die Sphären nachdenken kann. Sagen Sie Poyndex, er soll ihr ihren gerechten Lohn zukommen lassen. Etwas Rasches, ohne viel Schmerzen. Dann nehmen Sie sich ihre Stellvertreterin vor.

Wenn das nichts hilft, arbeiten Sie sich in der Hierarchie immer weiter nach unten durch, bis Sie jemanden mit großen Augen und wenig Grips gefunden haben. Setzen Sie sich mit Poyndex in Verbindung. Er weiß, was ich meine.«

Die Tür glitt zischend auf, und Poyndex betrat den Raum. Er hatte schon wieder diesen verkniffenen Ausdruck im Gesicht, der nichts Gutes verhieß.

Sofort bedeutete der Ewige Imperator seinem Stab mit einer Handbewegung, sich dünnezumachen. Was sie auch taten.

»Setzen Sie sich.«

Poyndex gehorchte und setzte sich steif, beinahe militärisch stramm auf die Kante eines Sessels. Der Imperator zog eine Flasche Scotch aus dem Schreibtisch. Es hatte ihn viele Jahre gekostet, bis er den alten Whiskey von der Erde neu erfunden hatte. Er goß sich ein Glas ein und belohnte sich mit einem ausgiebigen Schluck. Poyndex bot er absichtlich nichts an.

»Erzählen Sie. Was gibt's denn jetzt schon wieder?«

»Es dreht sich um Sten, Sir.«

»Dachte ich mir schon. Was ist mit ihm?«

Poyndex beugte sich weit über den Schreibtisch. Der Mann war wirklich sehr beunruhigt. »Sir. Meine Leute haben jede einzelne Verbindung, die Sie uns genannt haben, peinlich genau verfolgt, und wir sind noch auf viele weitere gestoßen. Trotzdem kommen wir auf keinen grünen Zweig, Sir. Niemand, absolut niemand kennt ihn, Sir. Höchstens flüchtig. Wir haben einige Leute scannen lassen, sie von Experten bearbeiten lassen, aber das einzige, was ich Ihnen berichten kann, Sir … Sten besitzt in diesem Imperium keinen einzigen Freund.«

Der Imperator machte eine ungeduldige Handbewegung und nahm noch einen großen Schluck aus dem Glas. Poyndex fiel auf, daß seine ehemals so klaren Züge etwas feist geworden waren und sich um die Nase ein feines Netz aus roten Flecken bildete.

»Das kann nicht sein«, sagte der Imperator. »Selbst die armseligste Kreatur in meinem Imperium hat mindestens *einen* Freund. Sogar die Fehlgeleiteten finden sich untereinander. Oder sollte ich vielmehr sagen, ganz besonders die Fehlgeleiteten.«

Poyndex drehte seine Handflächen nach oben. »Und doch ist

es so, Sir. Das eigentliche Problem besteht darin, daß wir aufgrund der gelöschten Daten über Sten und Kilgour auf nichts aufbauen können.«

»Bis auf mein Gedächtnis.«

»Das hervorragend funktioniert, Euer Exzellenz. Die wenigen nützlichen Hinweise stammten ausnahmslos von Ihnen.«

Der Imperator starrte Poyndex an und versuchte, in seinem Gesicht zu lesen. Nein. Der Mann wollte ihm nicht nur schmeicheln. Er meinte wirklich, was er sagte. Einen Augenblick fragte sich der Imperator, ob er sich nicht ein bißchen zu sehr auf Poyndex stützte – vielleicht mehr, als gut war.

Die Leute kamen rasch auf gefährliche Ideen ... wenn man zu sehr von ihnen abhängig war. Beispielsweise war Ponydex der einzige, der etwas von der Bombe wußte, die einst in seinen Körper eingepflanzt gewesen war. Eine Bombe, die an dieses ... dieses *Ding* gekoppelt war.

Jenes große Schiff, das da draußen, jenseits des Alva Sektors und der Diskontinuität, existierte.

Das große Schiff, das ihn kontrollierte.

Bei dem Gedanken an das Schiff mit dem großen, weißen Raum und der körperlosen Stimme, die mit ihm redete, lief dem Imperator ein Schauer über den Rücken.

Er zitterte ein wenig. Genehmigte sich noch einen Drink. Dann erinnerte er sich wieder. Korrektur: das Schiff, das ihn früher kontrolliert hatte. Poyndex war es gewesen, der das Team aus hoch spezialisierten Chirurgen zusammengestellt hatte; das Team, das die Bombe aus seinem Körper entfernt und die Verbindung mit der Kontrollinstanz gekappt hatte.

Noch ein Glas. Ja, jetzt fühlte er sich schon wesentlich besser. Er war der letzte Ewige Imperator. Bis zum Ende des Imperiums ... Wann würde das wohl sein?

Niemals.

Er riß sich zusammen. »Dann gibt es nur noch eine Möglichkeit«, sagte er. »Ich muß mir noch etwas mehr Zeit verschaffen. Halten Sie ein Befragungsteam bereit. Ich werde jede freie Minute, die ich abzwacken kann, meinen Erinnerungen an Sten widmen. Und Sie werden sich unverzüglich auf jedes noch so kleine Detail stürzen, das Ihr Team aus mir herauskitzelt.«

Poyndex zögerte. »Halten Sie das wirklich für eine kluge Entscheidung, Sir?«

Die Miene des Imperators verdüsterte sich sofort. »Ich weiß, daß es nicht sehr klug ist, aber ich stecke auch so schon ziemlich in der Scheiße. Wenn man sich aber auch um jeden noch so kleinen Dreck in diesem ganzen verdammten Imperium selbst kümmern muß! Als nächstes muß ich bestimmt mit Bleick auch noch die ellenlange Neujahrsempfangsliste durchgehen! Aber … ich habe verdammt noch mal keine andere Wahl.«

»Sten ist nur ein einzelner, Euer Majestät. Überlassen Sie ihn uns.«

»Ich kann dieses Risiko nicht eingehen. Sten ist das Symbol für alles, was schiefgelaufen ist. Die Bürger haben kein Vertrauen. Sie befolgen meine Befehle nicht. Sie stellen jede meiner Verkündigungen in Abrede. Dabei bin ich der einzige, der sich wirklich um sie kümmert.

Wer sonst kann auf lange Sicht Entscheidungen treffen? Ich meine, auf *wirklich* lange Sicht. Ich denke nicht in Jahren, sondern in Generationen.«

An diesem Punkt verstummte der Imperator einige Augenblicke. »Nein. Ich muß das tun«, sagte er schließlich. »Dieser Kerl sei verflucht!« Der Ewige Imperator leerte sein Glas.

Kapitel 8

Zuhause.

Sein Zuhause war ein träge durchs All kreiselnder, über Tausende und Abertausende von Kilometern ausgedehnter Teppich aus industriellem Abfall.

Vulcan.

Sten blickte durch die Sichtscheibe seines Anzugs auf die Ruinen. Sein Atem kam ihm viel lauter vor als sonst.

In dieser Höllenwelt war er geboren worden, auf einem künstlichen Planeten, den die Company als industrielle, gefährliche Fabrikanlage ins All gebaut und auch so behandelt hatte. Seine Eltern, ungelernte Wanderarbeiter, und seine Brüder und Schwestern waren hier gestorben, weil ein eiskalter machthungriger Mann seine Pläne hatte geheimhalten wollen.

Sten, damals noch ein Junge, hatte seiner Wut in einer ergebnislosen Rebellion Luft gemacht. Er war gefangengenommen und in die Exotische Sektion strafversetzt worden, eine Art Experimentalabteilung, die allen, die dort arbeiteten, einen langsamen, qualvollen Tod garantierte. Aber Sten überlebte. Er überlebte, lernte zu kämpfen und – seine Hand legte sich auf die Stelle, an der die tödliche Nadel in seinem Arm verborgen war – »fertigte« sich ein Messer aus exotischen Kristallen.

Er war aus der Exotischen geflohen und zu einem Delinq geworden, hatte in den Schächten der Klimaanlage und in verlassenen Lagerhäusern des künstlichen Planeten ein Leben geführt, dessen Grundbedingung darin bestand, der Soziopatrouille der Company und der Gehirnlöschung immer einen Schritt voraus zu sein. Auf Vulcan hatte er auch Bet getroffen, seine erste richtige Liebe. Hier hatte ihn Ian Mahoney vor dem sicheren Tod gerettet, als er nach seinem mißglückten Aufstand schon müde und verzweifelt aufgeben wollte, und ihn zur Imperialen Garde gebracht.

Mahoney hatte ihn später erneut »angefordert« – diesmal aus der Ausbildung zum Sturm-Infanteristen heraus in Mahoneys eigene geheime Abteilung: Mantis. Hier lernte er die dunklen Seiten des Geheimdienstes und die noch dunkleren Mechanismen verborgener Gewalt kennen. Jemanden zu töten, ohne dabei die geringste Spur zu hinterlassen. Oder, weitaus wichtiger, jemanden durch Verführung oder Bestechung in seine Dienste zu locken, ohne daß ihm auffällt, daß er lediglich benutzt wird.

Mahoney hatte ihn anschließend mit Kilgour und dem Rest seines Mantis-Teams nach Vulcan zurückgeschickt. Ziel: den Mann auszuschalten, der Stens Familie umgebracht hatte.

Sein erster großer Erfolg. Während dieser Aktion hatte Sten gemeinsam mit drei Nonhumanoiden und drei Menschen – unter ihnen Ida, die Zigeunerin – eine planetenweite Revolution inszeniert.

Der Aufstand hatte zum Eingreifen der Imperialen Garde geführt, und Stens Team war herausgehauen, Sten selbst schwerverletzt in einem Rettungssystem geborgen worden.

Er hatte niemals herausgefunden, was danach mit Vulcan geschehen war. Er wollte es gar nicht wissen. Vermutlich war ein neues Management eingesetzt worden, das eine fast genauso tödliche Fabrik leitete.

Offensichtlich nicht, dachte er, als er auf die Trümmerfelder vor sich blickte. Jedenfalls nicht sehr lange. Selbst wenn Vulcan während der Tahn-Kriege vielleicht zu Verteidigungszwecken eingesetzt worden war, spätestens in der Ära des Privatkabinetts wäre der Planet nicht mehr profitabel gewesen – AM$_2$ war einfach zu selten geworden, um es für die Schwerindustrie eines künstlichen Planeten zu verschwenden.

Vulcan war verlassen, geplündert und ausgeschlachtet worden. Sogar zu seinen Glanzzeiten hatte er einem Schrottplatz geglichen – immer wieder waren neue Fabriken, Wohnanlagen und Lagerhäuser angebaut, benutzt und schließlich ausrangiert worden, ohne daß sich noch irgend jemand darum gekümmert hätte.

Aber jetzt schien es so, als hätten die Götter des Chaos einen kritischen Blick auf dieses Menschenwerk geworfen, es für amateurhaft befunden und sich dazu entschlossen, helfend einzugreifen.

Irgendwo in diesem Durcheinander, so hoffte Sten jedenfalls, verbarg sich das Geheimnis, zu dem Mahoney ihn führen wollte.

Zuerst hatte Sten bei Mahoneys rätselhaftem Zuruf an Smallbridge gedacht. Der kleine Planet, den Sten vor einigen Jahren gekauft hatte, war das einzige richtige Zuhause, das er je gekannt hatte, vom Imperialen Geheimdienst einmal abgesehen.

Unwahrscheinlich. Wenn Mahoney mit »Zuhause« etwas meinte, das für Sten von Nutzen war, mit anderen Worten also: eine Waffe gegen den Imperator, dann hätte er es nicht an einem Ort aufbewahrt, der Stens Freunden und Feinden gleichermaßen bekannt war. Außerdem war Mahoney, soweit Sten wußte, nur einmal auf Smallbridge gewesen. Damals hatte er ihn vor den Häschern des Privatkabinetts gewarnt, die sich bereits auf dem Wege nach Smallbridge befanden. Nicht gerade der Zeitpunkt, um noch schnell irgendwo ein Versteck zusammenzuzimmern.

Nein, Smallbridge kam nicht in Frage. Viel zu offensichtlich – sogar wenn man einen Kunstgriff um mehrere Ecken in Betracht zog, was bei einem so gerissenen Iren wie Mahoney durchaus angebracht war.

Also zwang sich Sten dazu, die interstellaren Koordinaten von Vulcan nachzuschlagen und die entsprechenden Befehle zu erteilen. ›Selbst wenn wir hier nichts finden, dürfte Vulcan immerhin ein ganz gutes vorübergehendes Versteck für uns abgeben‹, dachte er. Bei der Ausschaltung Thoresens hatte es sich um eine geheime Mission auf höchste Anweisung gehandelt, die nirgendwo in die Annalen eingegangen war. Die Wichtigkeit von Vulcan und die Beziehung des Planeten zum Großen Verräter waren also nicht einmal in Stens ziemlich genauen, hochqualifizierten Mantis-Unterlagen nachzuverfolgen. Als erfahrener Soldat ging Sten nämlich davon aus, daß Mahoneys Trickprogramm nicht funktioniert hatte und daß der Imperator ohnehin schon alles wußte.

Andererseits gab es natürlich noch eine andere Möglichkeit, überlegte er weiter und verwickelte sich immer tiefer in das zwei-, drei- oder vierfache Denken, das früher oder später jeden in der Gegenspionage in die Klapse brachte. Wenn der Imperator wirklich über ein so gutes Gedächtnis verfügte und sich seine eigenen, privaten Todeslisten zusammengestellt hatte, dann war es eher wahrscheinlich, daß er sich an den Befehl erinnerte, das geheimnisvolle *Projekt Bravo* auf Stens Heimatplaneten zu zerstören.

»He, alter Knabe?«

Dankbar kehrte Sten in die Gegenwart zurück, bevor ihn seine fruchtlosen Gedankenschleifen noch weiter abdriften ließen und er am Ende noch versuchte, seinen eigenen Schatten zu jagen.

»Ich will ja hier nicht drängeln, aber die Zeit läuft, und ich glaube nicht, daß ich ein Kandidat für die Auferstehung werden will. Sollen wir mal loslegen?«

Die Mantis-Soldaten, die auf Vulcan den Tod gefunden hatten – Jorgensen, Frick und Frack –, waren auch Freunde von Kilgour gewesen. Alex selbst war bei der Entsicherung einer Atombombe fast ums Leben gekommen.

Sten nickte, dann fiel ihm jedoch ein, daß Alex diese Geste wegen des dicken, hochlegierten Helms nicht sehen konnte.

»Legen wir los.«

Er betätigte einige Steuerungstasten und schoß in seinem Anzug nach vorn. Der kurze Flug mit Yukawa-Antrieb brachte ihn zum Hauptklumpen des Wracks, dem zentralen Kern von Vulcan, hinüber.

Wahrscheinlich war es dumm von ihnen, aber anstatt relativ bequeme Vakuum-Arbeitsanzüge anzulegen, bei denen es sich fast um kleine Raumschiffe mit Sitzen wie bei einem Fahrrad handelte – und die obendrein Platz genug boten, um sich dort zu kratzen, wo es unvermeidlich irgendwann immer juckte –, hatten er und Kilgour sich in Kampfanzüge gezwängt.

Vulcan, so seine Überlegung, verfügte womöglich immer noch über einen intakten McLean-Generator und etwas Schwerkraft; vielleicht sorgte auch die kreiselnde Masse selbst für etwas Gewicht. Jedenfalls war es besser, mit den Kampfanzügen auf die Suche zu gehen, als in den konservenartigen Arbeitsanzügen durch die Korridore zu fliegen.

Hinter ihm hing die *Victory* mit dem Zerstörer *Aoife* als Rückendeckung im All. Er hatte der *Bennington* und der *Aisling* den Befehl erteilt, direkt zu seinem wahrscheinlichen Endziel zu fliegen. Zuvor hatte seine Miniflotte einige Schiffstage nach dem Aufstand damit verbracht, komplizierte Fluchtmanöver zu fliegen und so einer Verfolgung zu entgehen.

Hinter der *Victory* lauerte außerdem eine Flotte Einsatzschiffe in Alarmbereitschaft rings um Vulcan.

Eine Falle war nicht sehr wahrscheinlich.

Aber Sten hatte sein derzeitiges Alter nur deshalb erreicht, weil er ein vorsichtiger Mensch war. Eines seiner Gebote, das in die graue Vorgeschichte der guten alten Erde zurückreichte, stammte von einer merkwürdigen Einheit namens Rogers' Rangers: »Niemals ein Risiko eingehen, wenn man es vermeiden kann.«

Die große Frage lautete jetzt: Wo sollte er in diesem Schrotthaufen mit der Suche beginnen?

»Sten.« Das war Freston, von Bord der *Victory*. Er hatte sich selbst als Captain abgesetzt, um höchstpersönlich den Funkraum zu besetzen, und jetzt stand er per Direktfrequenz ständig mit Sten in Verbindung.

»Ich empfange hier etwas.«

»Woher?«

»Vulcan. Ein sehr schwaches Sendersignal aus dem Kern. Schwach und unregelmäßig. Wie ein Signalfeuer, dem die Puste ausgeht. Ich habe eine Dreieckspeilung von der *Aoife*. Auf eurer

Orientierungskarte befindet es sich auf zwölf Uhr, in der Nähe des äußersten Zipfels.«

»Das sogenannte Auge«, erinnerte sich Sten. »Bleiben Sie dran.«

Er bremste ab und steuerte zu Alex hinüber, wobei er seinen Anzug so ausrichtete, daß sein eigener Richtfunk direkt auf Kilgour zeigte.

»Hab's gehört«, sagte Alex ohne weitere Vorreden. »Und das schafft eigentlich mehr knifflige Fragen, als es beantwortet. Falls Mahoney hier etwas zurückgelassen hat, war er vielleicht so freundlich, daran zu denken, ein kleines Peilgerät dazuzulegen. Um uns das Leben ein bißchen zu erleichtern.

Aber Mahoney hätte es nicht einfach laufen lassen, oder? Wo es sich doch um ein ganz großes, ganz geheimes Geheimnis dreht! Er hätte es so eingestellt, daß es erst anspringt, wenn jemand nahe genug herankommt. Wie das Topfschlagen beim Kindergeburtstag. Von der Laufzeit der Batterien mal ganz abgesehen, die scheinen ja laut Frestons Anzeige allmählich alle zu werden.«

»Wahrscheinlich hast du recht«, stimmte ihm Sten zu. »Also hat jemand anders es eingeschaltet.«

»Entweder unbeabsichtigt oder ohne in der Lage zu sein, etwas damit anzufangen. Oder die Kiste ist vermint, weil der verrückte Bombenleger nicht genug Geduld hatte, um abzuwarten, bis wir den Topf mit verbundenen Augen finden, um uns dann selbst in die Luft zu jagen.«

»Richtig. Schon haben wir einen Punkt, über den wir uns ausführlich Sorgen machen können – wenn wir in Vulcan drin sind.«

»Ja. Also. Das mögliche Versteck ist jetzt enger eingekreist, vorausgesetzt, unsere Überlegungen stimmen und dein Piepser ist kein verirrtes Signal aus irgendeiner Elektronik, die verrückt spielt.«

»Einverstanden. Es müßte irgendwo im Auge sein. An einem Ort, den wir von früher kennen. Oder zumindest ich. Unser Versteck, das alte Linienschiff, befand sich ungefähr dort. Nein. Geht nicht. Davon konnte Mahoney nichts wissen. Vielleicht in seinem alten Büro, das er damals bezogen hatte, als er vorgab, Leute zu rekrutieren, während er in Wirklichkeit überall herumspionierte? Möglich, aber so richtig haut das auch nicht hin. Mahoney würde es doch nicht dem Zufall überlassen, ob wir uns an die Lage dieses Büros erinnern oder nicht. Ich zum Beispiel weiß es nämlich nicht … oh, verdammt«, sagte Sten.

»Genau. Der wichtigste Mann. Der Herzog oder Dynast oder wie sich der Bursche nannte.«

»Baron. Thoresen.« Diesen Namen würde er nie vergessen. Beim letzten Zweikampf hatte sich Sten mit bloßen Händen auf den Mörder seiner Familie gestürzt – und ihn getötet.

Sein Hauptquartier lag genau in der Spitze des Auges, in einem palastähnlichen Kuppelbau, in dem Büros, Gärten und Unterkünfte untergebracht waren.

»Genau. Aber wir gehen nicht direkt hinein, und wir hängen hier auch nicht noch länger als große, fette Zielscheiben herum.«

Sten gab seinem Anzug die maximale Beschleunigung, und Kilgour, der direkt hinter ihm herflog, berechnete eine Flugbahn, die sie zu einem Punkt knapp oberhalb des alten Hangars brachte. Durch den Hangar selbst wollte er es nicht versuchen, denn dort konnte man allzu leicht in eine Falle tappen.

Während sie »über« Vulcan hinwegflogen, war auf einer Seite der große Riß in der stählernen Hülle zu sehen. An der Stelle hatte sich einst *Projekt Bravo* befunden, bevor Kilgours Bomben es zerstört hatten.

Das bedeutete auch, daß irgendwo dort unten das enge Apartment zu finden war, in dem Sten aufgewachsen war. Soweit er wußte, befand sich das lebende Wandbild, das er nicht vergessen konnte, vielleicht immer noch an der Wand: Schneelandschaft auf einer Grenzwelt, das Bild, das seine Mutter zum Preis von sechs Monaten seines Lebens gekauft hatte und das schon nach weniger als einem Jahr kaputtgegangen war. Später hatte Sten auf Smallbridge diese Szene ganz unbewußt in der Realität nachgebaut – am Fuße einer Hügelkette in der Polarregion seines Planeten.

Nein. Er wollte, er *konnte* dort nicht mehr hin. Es war einfach zuviel.

Er schob diesen Teil seiner Gedanken weit von sich. Sie näherten sich Vulcan.

Sten landete auf einer konturlosen Fläche der glatten Hülle, die das gesamte Gebilde umgab. Ein ausgestreckter Finger. Mach mir eine Tür, Alex.

Kilgour nahm einen vorbereiteten Sprengsatz aus einer Tragetasche, zog die kleinen Standbeinchen heraus und klemmte die Ladung auf Vulcans Haut. Er löste den Timer aus und bedeutete Sten, sich ein Stück zu entfernen. Alex, Experte für Knallkörper aller Art, zog sich ohne Eile in den Raum zurück und ließ sich dann in der sicheren Entfernung von einigen Metern treiben.

Der Timer lief ab, die Ladung explodierte, und ein Strom geschmolzenen Metalls, dessen Kern sich langsam ausdehnte, wurde durch die Hülle gejagt. Es war eine gewaltsame, aber trotzdem ziemlich geräuschlose Weise, sich Eintritt zu verschaffen. Es zischte keine Luft heraus. Zumindest in diesem Abschnitt hatte Vulcan seine Atmosphäre verloren.

Kilgour, der Perfektionist, machte sich dann daran, die zerfetzten Ränder zu reinigen, indem er die Grate mit den Händen herausriß. Als muskelbepackter Schwerweltler hätte er das sicherlich auch ohne die Pseudomuskulatur seines Anzugs geschafft. Aber er war faul.

Sie zwängten sich durch das Loch.

Totale Finsternis. Beide schalteten ihre Helmscheinwerfer ein. Sie befanden sich in einer Art Lagerraum für Maschinen.

Sten schob sich wieder durch das Loch hinaus und funkte zur *Victory*. »Wir sind drin. Keinerlei Probleme. Behalten Sie uns in der Peilung. Wir gehen jetzt los.«

Auf dem Weg zum Auge schaltete er die Trägheitsnavigation

seines Anzugs als Rückversicherung ein, falls der nur zu wahrscheinliche Fall eintrat, daß sie sich in den verwinkelten Korridoren von Vulcan verirrten. Dann begannen sie ihre Expedition. Seine Peilmarke, ein Sender, der auf einer unüblichen Frequenz sendete, teilte der *Victory* mit, an welchem Punkt dieses metallischen Labyrinths sie sich gerade befanden.

Weder Atmosphäre noch Schwerkraft.

Dadurch ging es wesentlich schneller, da sie die Antriebsaggregate der Anzüge einsetzen und dem Auge »entgegenfliegen« konnten. Sten fragte sich, was der siebzehnjährige Delinq, der er einmal gewesen war, wohl gedacht hätte, wenn er tatsächlich jemanden durch Vulcan hätte fliegen sehen.

Wahrscheinlich hätte es ihm sehr gut gefallen, und er hätte sofort Überlegungen angestellt, wie man diese neue Fähigkeit für einen Überfall verwenden könnte.

Die Versuchung, das Tempo zu erhöhen, war groß, besonders dann, wenn sie durch breite, offene Hauptgänge flogen. Sehr verführerisch – aber die Auswirkungen konnten tödlich sein, falls dort wirklich jemand eine Falle vorbereitet hatte. Oder hinter einer nicht gut ausgebremsten Kurve etwas Spitzes, Gezacktes im Weg stand.

Sie bewegten sich rasch voran, in das Gebiet der Docks »hinauf«. Riesige, schiffsgroße Schleusen gähnten ins Vakuum, die Installationen waren brutal herausgerissen oder durch Explosionen zerstört worden. Die Plünderer hatten nicht einmal die Tür hinter sich zugemacht.

Ein Gleitband – oder das, was davon übriggeblieben war. Jemand hatte die obere Metallegierung abgerissen und die Luftkissenplatten darunter freigelegt. Das Band führte nach »Norden« – in Richtung Auge.

Plötzlich klaffte ein riesiger Spalt vor ihnen auf, ein Riß im Metall, der sich durch verschiedene Decks bis hinaus ins All verbreiterte. Hier hatte sich eines der Imperialen Schlachtschiffe vorsätzlich in die Haut von Vulcan gebohrt, um der Imperialen Garde Zugang zu verschaffen.

»Ihr müßtet jetzt ganz in der Nähe des Senders sein«, flüsterte Freston. »Wellenlänge Sechs-Drei-Kilo-Vier.« Sten lauschte auf der zweiten Frequenz. Jetzt hörte er es auch. Ein Wimmern, das gelegentlich abbrach und immer leiser wurde. Es hörte sich in der Tat wie ein sehr schwacher Notrufsender an.

Jetzt waren sie ganz in der Nähe der »Spitze« des Auges, dicht an Thoresens Kuppelbau.

Obwohl er schneller gehen wollte, zwang sich Sten dazu, langsamer zu werden. Vor ihnen lag ein großes Schott, das zu den in regelmäßigen Abständen angebrachten Sicherheitssystemen gehörte: Luftschleusen, die verhindern sollten, daß bei einer versehentlichen Beschädigung der Außenhülle gleich die gesamte Atmosphäre Vulcans ins All entweichen konnte.

Alex drückte mit aller Kraft dagegen, brach seinen Versuch dann aber ab, noch bevor Sten ihn warnen konnte.

Widerstand. Wie interessant. Das bedeutete, daß sich auf der anderen Seite wahrscheinlich Atmosphäre befand.

Und dann verstummte Sechs-Drei-Kilo-Vier plötzlich.

Die Verbindung zur *Victory* wurde hergestellt, und Freston wollte Sten sofort mitteilen, daß der Sender seine Signale eingestellt hatte.

»Nachricht erhalten«, flüsterte Sten. »Unterbreche Übertragung. Monitor. Nicht senden. Click-Code.«

Er hatte ja geahnt, daß es nicht einfach werden würde.

Kilgour krümmte die Finger, und seine Willygun rutschte an seinem Koppel herunter. Eine fragend gekrümmte Augenbraue. Soll ich das Schott wegpusten, Boß?

Kopfschütteln. Nein. Zurückgehen.

Sten schlug auf den Schalter, der den Druckausgleich in der Schleuse in Gang setzen sollte.

Knirschend saugten die Pumpen den Luftvorrat aus der

Schleuse in die Hauptkammer. Sten wollte schon losgehen, da winkte ihn Kilgour zurück. Deckung … Sten ging in Deckung. Alex sprang nach vorn, riß das Schott auf und preßte sich sofort flach gegen die Wand des Korridors.

Nichts. Hinein. Mit Gewalt zogen sie das äußere Schleusenschott wieder zu.

Jetzt saßen sie einwandfrei in der Falle. Beide schalteten die Helmscheinwerfer aus. Es war eine Sache, ein so leichtes Ziel abzugeben, aber es mußte wirklich nicht sein, daß man dieses Ziel auch noch voll ausleuchtete.

Druckausgleich.

Das Knirschen verstummte, aber das Licht mit dem Signal ATMOSPHÄRE STABILISIERT leuchtete nicht auf. Wahrscheinlich ausgebrannt.

Das innere Schott öffnete sich auch nicht automatisch.

Sten stemmte sich fest dagegen. Widerstrebend glitt es zur Seite.

Sie standen in Thoresens Kuppel.

Beide Männer standen mit geladenen Waffen links und rechts des Schleusenschotts dicht an der Wand. Sten fühlte, wie sein Anzug durch den atmosphärischen Druck gegen seinen Körper gepreßt wurde, bevor er sich auf die neuen Verhältnisse einstellte. Woher kam die Atmosphäre? War Thoresens Kuppel so gut konstruiert, daß sie viele Jahre, nachdem sie verlassen worden war, noch Luft enthielt? Sehr unwahrscheinlich.

Er warf einen Blick auf sein Meßgerät. Neutrales Gemisch: 75 Prozent; Sauerstoff: 18 Prozent. Spuren von Verwesungsgasen. Ein halbes Prozent Kohlendioxid. Das Abfallprodukt eines Wesens, das Sauerstoff atmete? Möglich.

Atmung möglich, keine tödlichen Gase feststellbar.

Druck: halb E-normal.

Die Sterne und die weit entfernte Sonne lieferten durch die Fenster der Kuppel ausreichend Licht, so daß Sten auch ohne seinen Helmscheinwerfer genug sah.

Kilgour deutete in eine Ecke, und Sten sah die aufgetürmten Haufen leerer Sauerstoffbehälter. Daher war die Atmosphäre die ganze Zeit über gekommen – aus Behältern, die jemand eigens dafür hierhergetragen haben mußte.

Thoresens Kuppel war riesig. Man mußte sie sich wie einen Dschungel vorstellen, in dem Zustand erstarrt, in dem er vor Jahren die Atmosphäre verloren hatte. Ein Garten. Weiter oben lagen Thoresens Büro und seine Wohnräume. Sten und Alex würden alles sorgfältig durchkämmen müssen, und ihre Aufgabe wurde noch dadurch erschwert, daß sie keine Ahnung hatten, wonach sie eigentlich suchten – oder ob es sich überhaupt hier befand.

Sten konzentrierte sich auf sein Außenmikrophon. Nichts. Natürlich würde er nicht das Risiko eingehen, seinen Helm zu öffnen und die Atmosphäre des Raumes einzuatmen – ganz gleich, welche Analyse ihm sein Anzug auch lieferte.

Er betrat die Halle.

Vor ihm befand sich ein sonderbarer, ausgetrockneter Alptraum, der früher einmal Thoresens üppiger Wald gewesen war.

Seltsam. Er versuchte ganz vorsichtig und leise zu gehen, wie die Vorhut einer Infanterie-Patrouille mitten in einem planetarischen Dschungel. In einem Raumanzug. Zuerst die Zehen ausstrecken ... Kontakt, Bodenbeschaffenheit testen, Absatz, ganzes Gewicht verlagern, anderen Fuß hochnehmen, langsam nach vorne strecken, bis über den Balancepunkt hinaus ... dann wieder: Zehe berührt Boden ...

Tote Zweige ragten verdreht und verschlungen rings um ihn auf, Arme, die sich in Todesnot nach den weit entfernten Sternen reckten, die sie nie erreichen würden.

Schimmernde, blanke Knochen.

Er erinnerte sich. Einer von Thoresens »Schoßtigern«. Er selbst hatte ihn mit einem verzweifelten Tritt getötet. Genickbruch. Sten schauderte. Er selbst hatte damals sterben sollen.

Kilgour folgte Sten. Auch er blickte auf das Skelett des Tigers hinab, und dann, ohne sich dessen bewußt zu sein, auf Stens Rücken. ›Meine Fresse‹, dachte er. ›Hab die Geschichte zwar gehört, aber nie daran geglaubt. Hätte nie und nimmer daran geglaubt.‹

Von irgendwo auf der anderen Seite der Kuppel hörte Sten ein Geräusch. Oder hatte er es sich nur eingebildet?

Er blieb sofort stehen. Nichts. Er riskierte einen Blick nach hinten zu Alex. Er konnte sehen, wie Kilgour unter seinem Helm den Kopf schüttelte. Er hatte nichts gehört. Sten ging weiter.

Fast erwartete er, als nächstes Thoresens Skelett zu finden, mit zerschmettertem Brustkorb, dort, wo ihm das noch schlagende Herz herausgerissen worden war. Aber der Körper war bestimmt an einen anderen Ort gebracht und in irgendeiner Form beerdigt oder zumindest in den Weltraum hinausgeworfen worden.

Oder etwa nicht?

Hier war die Wand, an der einst Thoresens Waffenkollektion gehangen hatte, komplett vom Flammenwerfer bis zur Streitaxt. Jetzt waren die Regale leer, wahrscheinlich hatte die siegreich durch das Gebäude stürmende Garde die Waffen als Souvenirs mitgenommen.

Da drüben. Thoresens Büro. Die riesige steinerne Schreibtischplatte, die früher von McLean-Generatoren gehalten frei in der Luft geschwebt hatte, lehnte jetzt an der Wand.

Und dann trat Baron Thoresen aus dem Halbdunkel.

Stens Willygun kam hoch, sein Finger stellte auf volle Automatik, in ihm schrie es: *Verdammt, du bist nicht hier, du bist nicht hier, du bist gottverdammt noch mal tot oder wirst es gleich sein, Geister gibt es nämlich nicht, volle Ladung direkt mitten in diesen verdammten Umhang, genau auf den Punkt, von dem aus sich die dünnen Arme nach meinem Hals ausstrecken …*

Über seine Außenmikrophone hörte er die Stimme des Barons: »Töte mich nicht. Bitte, töte mich nicht.«

Die kratzige, brüchige Stimme eines alten, androgynen Wesens.

An diesem Punkt hätten von tausend durchschnittlichen Wesen wohl tausend voller Panik schon längst das Feuer eröffnet. Neunhundertneunzig kampferprobte Soldaten mit Garde-Ausbildung ebenfalls.

Stens Finger löste sich vom Abzug.

»Töte mich nicht«, sagte die alte Stimme erneut.

Stens Helmscheinwerfer leuchtete auf.

Vor ihm stand ein ausgemergelter Mann, der seine alten, skelettartigen Arme ausstreckte und versuchte, den Tod, den er in diesem Killer im Raumanzug vor sich sah, abzuwehren. Die wenigen verbliebenen Haarsträhnen standen ihm kreuz und quer vom Kopf ab.

»Ich werde Ihnen nichts tun«, brachte Sten mit Mühe heraus.

Der alte Mann trug *tatsächlich* einige von Thoresens offiziellen Gewändern, ganz so, wie Sten sie von der heuchlerischen Grabrede für seine Eltern in Erinnerung behalten hatte. Stammten sie aus Thoresens nicht geplündertem Kleiderschrank?

Sten ließ die Waffe sinken.

Kilgour nicht.

Er kam seitlich um Sten herum.

»Wer sind Sie?«

Seine über Lautsprecher verstärkte Stimme donnerte durch den Raum. Der alte Mann jammerte auf.

»Bitte. Bitte. Nicht so laut.«

Kilgour schaltete aus dem Zustand höchster Alarmbereitschaft einen Gang zurück und stellte auch die Außenlautsprecher etwas leiser.

»Weisen Sie sich aus.«

»Ich bin nicht irgendwer. Ich bin Dan Forte.«

»Wo ist Ihr Schiff?«

»Ich habe kein Schiff. Die anderen haben das Schiff. Sie haben mich hier zurückgelassen. Sie sagten, ich hätte kein Recht mehr zu leben. Sie sagten, ich sei … nun, es ist ja auch ganz gleichgültig, was sie sagten.«

»Irgend jemand hat ihn hier ausgesetzt«, überlegte Sten. Alex nickte – das vermutete er auch.

»Ich frage mich, warum sie ihn nicht umgebracht haben.«

»Vielleicht ist es besser, wenn wir es nicht wissen.«

»Ja. Dem Mistkerl sollte man nicht den Rücken zuwenden.«

Kilgour ging auf Forte zu und durchsuchte den schreckhaft zusammenzuckenden Mann schnell und gezielt nach Waffen. »Er ist sauber, jedenfalls im übertragenen Sinne … aber ich würde jetzt nicht gerne mein Visier hochklappen, um mal zu schnuppern.«

»Wie lange sind Sie schon hier, Dan?« fragte Sten.

»Nicht lange. Nicht lange.« Der alte Mann begann zu lachen und sang plötzlich vor sich hin: »Eine Flasche hier / Eine Flasche da / Eine Ration hier / Eine Ration da / Ausatmen / Einatmen.« Dann verstummte er wieder.

»Wissen Sie, die Sonne wird bald sterben. Sie werden sie umbringen. Die Tahn wissen über solche Sachen Bescheid. Was sie wissen / Wissen sie immer / Was sie tun / Tun sie immer.«

»Herr erbarme dich unser«, sagte Kilgour. «Der arme Kerl hockt schon seit dem Krieg hier.«

»Und ich beobachte«, fuhr Forte fort.

»Ich beobachte immer.

Nehmt mich mit. Bitte. Laßt mich hier nicht allein. Da war noch ein anderer Mann. Er trug einen Anzug. Wie ihr. Er hatte ein Gewehr. Wie ihr. Ich hatte Angst davor, ihn zu fragen. Er hatte ein Gewehr. Aber ich war jung, damals. Und fürchtete mich.

Jetzt fürchte ich mich nicht mehr. Es gibt nichts mehr, wovor ich mich fürchten müßte. Oder?«

Kilgour ließ die Willygun am Gurt wieder in die Präsentierstellung vor der Brust zurückschnappen.

»Nein, alter Freund«, sagte er bewegt. »Gar nichts mehr. Jetzt sind wir Freunde.«

»Dieser Mann«, fragte Sten vorsichtig, »hat er etwas hier zurückgelassen?«

Forte zuckte zusammen.

»Und Moses schlug zweimal gegen den Fels ... und die Gemeinde trank ... und der Herr sprach ... weil du nicht an mich glaubst, mich in den Augen der Kinder nicht heiligst ... so sollst du sie niemals in das Gelobte Land führen.«

»Ohh ... wir glauben dir, Dan.«

»Dann müßt ihr gegen die Wand schlagen«, schrie Forte und fuchtelte wild mit den Armen.

Alex und Sten sahen einander an. Sten nickte. Alex zuckte die Achseln, zielte mit der Willygun auf die Wand, an der Thoresen seine Waffen aufgehängt hatte, und feuerte viermal. Einmal in jede Ecke.

Die Wand sackte in sich zusammen.

Dahinter, in einer verborgenen Kammer, die entweder von Thoresen oder Mahoney angelegt worden war, lag das Geheimnis. Ein Stapel Dokumentenkisten neben dem anderen.

Sten stürzte darauf los und kniete vor einer der Kisten nieder. Sie war säuberlich beschriftet. In Mahoneys militärisch perfekter Handschrift:

ATTENTATE, ERFOLGREICH
Offizielle Leugnungen
Unterdrückte Beweise
Gerüchte, anschließend in Umlauf gesetzt
Persönliche Theorien

Eine andere Kiste trug die Aufschriften:
DIE GEHEIMEN JAHRE
Systempolitik
Auftragsmorde
Erste AM_2-Lieferungen durch
die Philantropische Stiftung

Die nächste:

DIE »CIBOLA«-EXPEDITION
Wissenschaftliche Zeitschriften erklären
Expedition für mögliche Lösung
Keine andere Info zugänglich
Keine verläßlichen Daten gefunden
Ausschließlich persönliche Theorien

Erst jetzt kapierte Sten, was er da vor sich hatte.

Er wußte nicht – und er hatte den Verdacht, daß Mahoney es ebensowenig gewußt hatte –, ob diese Unterlagen das Geheimnis enthielten, das den Ewigen Imperator vernichten konnte, oder ob sie überhaupt ein Geheimnis bargen, das sie weiterbrachte. Eines allerdings wußte er: diese Kisten enthielten Material, das so brandgefährlich war, daß der Imperator dafür gut und gerne seine gesamte Imperiale Garde opfern würde, um es wieder in seinen Besitz zu bringen. Es handelte sich um die Notizen für die niemals geschriebene Biographie.

Nachdem der Imperator vom Privatkabinett ermordet worden war, war für Mahoney der richtige Zeitpunkt gekommen, sich zurückzuziehen und einen Plan auszuhecken, der in der Vernichtung dieses Kabinetts gipfelte. Als Vorwand für seinen Rückzug von der politischen Bühne hatte er angegeben, er wolle sich nun, in tiefer Trauer um seinen alten Vorgesetzten und Freund, daranmachen und die ultimative Biographie des Ewigen Imperators schreiben. Das war natürlich zuerst nur eine Tarnung gewesen, doch wie Mahoney Sten einmal gestanden hatte, wäre er lieber Archivar geworden als General, und so wurden seine Unterlagen immer umfangreicher und vollständiger.

Ein Gedanke schoß Sten durch den Kopf: Vielleicht hätte Mahoney länger gelebt, wenn er tatsächlich in die Forschung gegangen wäre. Er schob diesen Gedanken weit von sich.

Was zunächst nur als Tarnung gedacht gewesen war, war immer

faszinierender geworden, als Mahoney entdeckte, daß in allen Biographien des Ewigen Imperators gelogen wurde, mit oder ohne Zustimmung. Man hatte absichtlich falsche Daten eingefügt oder unfähige Schreiber, Forscher und Stiftungen ermutigt, während man fähige Leute einfach zur Seite geschoben hatte. Mahoney fand viele, viele Versionen tatsächlicher Ereignisse, die von offizieller Seite absichtlich als Fehlinformationen verbreitet worden waren.

Sten hatte sich gefragt, was der Imperator zu kaschieren versuchte, und Mahoney hatte erwidert: »Verdammt viel, angefangen von seiner Herkunft bis zu dem Ort, an dem er sich jetzt gerade aufhält … Ich erwähne hier nur zwei der undurchsichtigsten Kapitel, ganz zu schweigen von der Frage, woher verdammt noch mal eigentlich das AM_2 stammt. Zunächst einmal steht fest, daß dieser gerissene Hund unsterblich ist – oder war, ganz egal.

Und zweitens: er ist schon mehrmals zuvor umgebracht worden.«

Sten hatte gespottet – und Mahoney hatte ihm angeboten, ihm die entsprechenden Unterlagen gelegentlich einmal zu zeigen. Aber dann überstürzten sich die blutigen Ereignisse, und als Sten einmal an die Unterlagen dachte, war ihm klargeworden, daß sie mit Sicherheit hochexplosiv waren. Jeder, der sich an der grünen Seite des Imperators aufhalten wollte, tat vermutlich gut daran, die Existenz der Dossiers zu ignorieren.

Oder, wie es in den allermiesesten Livies gerne hieß, wenn der Regisseur für all die fürchterlichen Ungereimtheiten seiner Handlung absolut keine Erklärung mehr zusammenschustern konnte: »Vielleicht gibt es in diesem Universum einige Rätsel, deren Lösung dem Menschen verwehrt bleibt.«

›In Ordnung‹, dachte Sten, ›aber diesmal wird der Mensch das Rätsel doch noch lösen.‹

Denn in gewisser Hinsicht war Mahoney für diese Dossiers gestorben.

Sten richtete sich wieder auf. Er gab über Funk Instruktionen an die *Victory* durch, einen Frachtleichter und ein paar kräftige Raumfahrer zu entsenden. Sobald sie ihr Ziel, Stens zukünftige Operationsbasis, erreicht hatten, würde er – oder jemand anders – mit der Analyse der Datenflut beginnen.

»Sie sind mein Freund, nicht wahr?«

Sten dachte auch an Forte und bestellte bei der *Victory* zugleich einen versiegelten Bubblepack.

Der völlig durchgedrehte Dan Forte würde entweder geheilt werden, wofür Sten alles veranlassen würde, was in seiner Macht stand, oder aber ein langes, glückliches Leben in der luxuriösesten Anstalt führen, die Sten für ihn auftreiben konnte.

Denn es war gut möglich, daß er derjenige war, der Sten die Schlüssel zum Imperium in die Hand gegeben hatte.

Kapitel 9

»Ihr Erfolg grenzt ja schon fast ans Wunderbare«, sagte Sr. Ecu.

»Da kann ich Ihnen nicht ganz zustimmen«, erwiderte Sten. »Es handelt sich um nichts anderes als eine ganze *Serie* von waschechten Wundern. Aber ich kann mich nicht darauf verlassen, daß mir die Götter auf ewig gnädig gesinnt sind. Ich brauche ein Ziel. Einen Plan. Bis jetzt bin ich nur im Dunkeln herumgerannt und habe dabei wild um mich geschossen.«

»Ich verstehe, daß es dir gehörig gegen den Strich geht, ohne einen einwandfrei ausgeheckten Plan vorzugehen«, sagte Rykor. »Du hast in deinem Leben schon immer nach festen Strukturen gesucht.«

Sten lachte. Diese spontane Kurzanalyse der bedeutendsten Psychologin des Imperiums brachte ihn keineswegs aus der Fassung. »Wieder eine Illusion im Eimer. Ich dachte immer, ich sei der geborene Improvisationskünstler?«

»Aber das bist du doch«, erwiderte Rykor. »Ich erinnere mich an das erste Profil, das ich von dir erstellt habe. Deine kreativen Fähigkeiten gehören zu den besten, die mir jemals untergekommen sind. Aber es mißfällt dir, wenn deine Aktionen in einer Art Vakuum stattfinden. Übrigens ein typischer Zug der meisten Experten für Sondereinsätze. Sie schätzen die Illusion völliger Freiheit, aber es muß trotzdem eine gewisse Struktur gegeben sein.«

Wasser spritzte auf, als sie ihren schweren Leib in den Tank gleiten ließ. »In der Vergangenheit sorgte der Dienst für den Imperator für diese Struktur.«

Sten schauderte. Das war nur zu wahr.

»Schuldgefühle sind in dieser Situation nicht angebracht«, sagte Rykor, die in ihm wie in den einfachsten Pictogrammen zu lesen schien. »Zu meinem eigenen Leidwesen teile ich einige dieser Eigenschaften. Auch mir behagte es einst, am Busen des Imperators zu ruhen.«

Während Sten noch über diesen Satz nachgrübelte, schlug einer von Sr. Ecus Fühlern aus und berührte einen verborgenen Sensor. Aus einem Alkoven schoß ein kleiner Robot heraus, der ein Tablett trug. Im nächsten Moment stürzte Sten dankbar ein Glas Stregg hinunter.

»Ich hasse es ja, wenn ich mich anhöre wie eine alte Saufnase«, sagte Sten, »aber den Schluck konnte ich jetzt wirklich gebrauchen. Danke.«

Sr. Ecus Fühler wackelten humorvoll hin und her. »Die Umstände schreien ja geradezu nach solchen Maßnahmen. Außerdem sind Rykor und ich Ihnen sozusagen schon ein paar Drinks voraus. Der Atmosphäre wurden bereits streßreduzierende Essenzen beigemengt, ebenso wie der Flüssigkeit, in der sich unsere umfangreiche Kameradin gerade so angelegentlich ergeht.«

Rykor bellte und tauchte ihren Kopf in das alkoholisierte Wasser. Sie kam wieder zum Vorschein, und die Lippen unter dem großen Schnauzbart teilten sich zu etwas, was nach Stens bombenfester Überzeugung ein breites Lächeln war.

»Deswegen bin ich so pedantisch«, gestand Rykor. »Wenn ich mich dem Alkohol ergebe, habe ich die Neigung, schwülstig zu werden.«

»So wie es aussieht, habe ich ja einiges nachzuholen«, sagte Sten. Er hob das Glas mit dem Stregg. »Verwirrung allen unseren Feinden«, hieß sein Trinkspruch. Er leerte das Glas in einem Zug und füllte es erneut.

Obwohl sich Stens Situation nicht sonderlich verbessert hatte, fühlte er sich besser. Es hatte nur wenig mit dem Stregg zu tun.

Er hatte seine kleine Flotte irgendwo außerhalb des Systems versteckt und dann Seilichi einen Besuch abgestattet, um bei Sr. Ecu Rat einzuholen. Man hatte Sten, ohne zu zögern, in den verborgenen Raum unter einem der Gästezentren des Planeten gebracht.

Daß seine alte Freundin Rykor dort auf ihn wartete, war nicht nur eine schöne Überraschung, sondern ein ganz besonderer Bonus. Zwei Persönlichkeiten wie Sr. Ecu und Rykor an seiner Seite zu haben, gab ihm das Gefühl, als hätten sich die Gewichte schon etwas mehr zu seinen Gunsten verschoben. Seine Aussichten auf einen raschen, schrecklichen Tod lagen jetzt nur noch bei neunundneunzig Prozent.

Er nahm noch einen großen Schluck Stregg, und noch während er trank, durchzuckte ihn plötzlich ein Gedanke. »Sr. Ecu, ist es *normal,* daß Sie Stregg anbieten? Irgendwie kann ich mir nicht vorstellen, daß diplomatische Typen wirklich Lust auf dieses üble Bhor-Gesöff haben.«

Noch mehr Fühlergewackel. »Nein. Der Vorrat wurde für Sie angelegt. Ausschließlich für Sie.«

Sten war verwirrt. »Ich kann mir nicht vorstellen, warum Sie es gelagert haben. Als wir uns letztes Mal getroffen haben, lehnte ich Ihre Einladung ab. Ich hatte damals verdammt klare Vorstellungen, was ich als nächstes tun würde. Nämlich so schnell wie möglich aus dem Einflußbereich des Imperators zu verschwinden, mich irgendwo zu vergraben und mich nur noch um meine eigenen Angelegenheiten zu kümmern.«

Er bezog sich hier auf Sr. Ecus geheime Reise in den Altai-Cluster – mit Rykors Beweis in den Händen, daß der Imperator wahnsinnig geworden war. Der Manabi hatte ihn dringend um Hilfe gebeten, und Sten hatte mit einem unmißverständlichen Nein geantwortet.

»Und ich sagte Ihnen, mein Vertrauen in Sie sei groß. Nach meiner Rückkehr habe ich sofort einen gewissen Streggvorrat angelegt.«

»Ich befinde mich hier ausschließlich unter Wesen, die besser über meine nächsten Schritte unterrichtet sind als ich selbst.«

Rykor schnaubte durch ihre Barthaare. »Unlogisch. Aber unter den Umständen durchaus verständlich ... Oje. Jetzt bin ich schon wieder pedantisch ... Ich hoffe, der Gedanke bereitet dir kein Unbehagen.«

»Nein. Ich kann nur hoffen, daß der Ewige Imperator mich weniger gut durchschaut.«

Darauf erhielt er keine Antwort. Es herrschte einen Moment Schweigen, während jedes Wesen über seine eigenen Sünden nachdachte und ein Schlückchen von ihrem oder seinem Lieblingsgift zu sich nahm.

»Lassen Sie uns auf diesen Besuch zurückkommen, Sr. Ecu«, sagte Sten schließlich. »Ich gehe davon aus, daß Sie bereits einen bestimmten Plan im Hinterkopf hatten, als Sie um meine Hilfe baten.«

»Aah ... der illusorische Plan«, blubberte Rykor. Noch bevor Sten antworten konnte, fügte sie bereits hinzu: »Ein durchaus verständlicher Entwurf für Flüchtlinge wie uns.«

Sie stemmte sich ein Stück aus ihrem Bassin heraus und winkte

Sr. Ecu mit einer Flosse zu. »Sie haben doch einen Plan, oder etwa nicht, verehrter Freund? Ich finde die Vorstellung, den Rest meines Lebens auf der Flucht zu verbringen, ganz abscheulich. Jemandem mit meinen Ausmaßen fällt es nicht gerade leicht, sich zu verstecken.«

Sten kämpfte das äußerst belustigende Bild einer Rykor nieder, die durch dunkle Alleen huschte und dabei ihr Bassin hinter sich herzog.

»Leider ist es so, daß ich keinen Plan habe«, sagte Sr. Ecu. »Ich bin Diplomat, kein Soldat. Ich fürchte, die Situation erfordert zunächst einmal militärische Aktivitäten. Verhandelt wird erst später.«

»Der Imperator verhandelt nicht«, sagte Sten freiheraus. »Das hat er auch damals nicht, als er noch … äh …« Das Wort blieb ihm im Hals stecken.

»Noch normal war?« vervollständigte Rykor den Satz. »Wie kann ein Wesen, das offensichtlich unsterblich ist, normal sein? Nein. Er war schon immer wahnsinnig. Das habe ich erst jetzt verstanden. Sein Zustand hat sich nur verschlechtert … ein schlimmes, endgültiges Wort, ich weiß. Aber ich glaube, es trifft zu.«

»Und so sehe ich die Situation«, sagte Sr. Ecu. »Ich spreche jetzt für die Manabi; alle unsere Prognosen kommen zum gleichen Schluß. Das Imperium ist am Ende. Die Zukunft hält nichts anderes bereit als einen langsamen, traurigen Abstieg ins Chaos.

Wir sagen den blutigsten Krieg in der Geschichte des Universums voraus. Hunger und Seuchen in unvorstellbaren Ausmaßen. Einen totalen Zusammenbruch aller Gesellschaftsformen und Kulturen. Wir werden so enden, wie wir angefangen haben. Als Barbaren.

Alle Prognosen schreien förmlich nach einer einzigen Lösung. Der Imperator muß die Macht abgeben. Schnell. Denn alle Prognosen haben auch ermittelt, daß jede Verlängerung des jetzigen Zustandes zu den gleichen katastrophalen Ergebnissen führt.

Oder, um den diplomatischen Jargon ins Spiel zu bringen: das Fenster der Möglichkeiten ist nur sehr klein. Wir müssen jetzt handeln, sonst schließt es sich endgültig.«

Sten war von all dem, was sich in der letzten Zeit ereignet hatte, viel zu niedergeschlagen, als daß ihn diese Prognosen vom Jüngsten Tag noch schockiert hätten. Das klang alles so niederdrückend vernünftig.

»Gut. Das Fenster ist also offen. Wie klettern wir jetzt durch?«

»Ich habe nichts anzubieten, was das Wort *Plan* verdient«, sagte Sr. Ecu. »Aber ich habe einen Vorschlag …«

»Gott sei Dank. Hören wir ihn uns an.«

»Im ganzen Imperium denken viele Wesen ähnlich wie wir. Alles, was sie brauchen, ist vielleicht eine kleine Ermutigung. Und zwar jetzt. Sie verfügen über Streitkräfte. Was halten Sie von einer Guerilla-Kampagne? Eine Reihe von aufsehenerregenden Aktionen, die die Aufmerksamkeit aller Bürger weckt? Viele von ihnen würden sich dann vielleicht auf unsere Seite schlagen.

Wenn der Druck auf den Imperator dann so stark wird, daß er ihm nicht länger standhalten kann, machen wir ihm ein Angebot. Wir fordern seinen Rücktritt … oder seine Zustimmung zu einer konstitutionellen Monarchie. In der Vergangenheit hat es einige Beispiele für erfolgreiche Regierungen dieses Typs gegeben. Er wäre immer noch der Imperator. Hätte alle Ehre. Aber nicht mehr die totale Macht.«

Stens Hoffnungen sanken. »In dieser Hinsicht sehe ich ziemlich schwarz. Sie haben recht, Sr. Ecu. Sie sind kein Soldat.

So sieht die Realität aus: Der Imperator hält alle Trumpfkarten in der Hand. Der einzige Grund, warum mein Kopf immer noch fest auf meinen Schultern sitzt, besteht darin, daß der Imperator sich momentan noch in einer Position befindet, in der er nur reagiert.

Vielleicht ist er verrückt, aber er ist ganz bestimmt der schlauste Fuchs, der mir je begegnet ist. Das Imperium ist riesig. Es dauert seine Zeit, bis es auf Touren kommt. Wenn der Imperator jemandem einen Hieb versetzen will, müssen dafür Tausende und Abertausende von Details beachtet werden.

Aber, glauben Sie mir, wenn er dann endlich zuschlägt, sind wir nur noch blutige Flecken auf dem Bürgersteig. Und genau das wird er am Ende tun – und ich garantiere Ihnen, daß er sein Ziel nicht verfehlen wird.«

Rykor wälzte sich in ihrem Tank herum und brachte dabei das Wasser an einer Seite zum Überschwappen. »Er hat recht, Sr. Ecu. Ich weiß nicht mehr genau, bei wie vielen solcher Operationen mich der Imperator als Beraterin hinzugezogen hat. Sie haben jedenfalls alle auf diese Art und Weise geendet.«

»Eine weitere falsche Annahme«, fuhr Sten fort, »besteht darin, daß er jemals zustimmen würde, seine Machtposition aufzugeben, selbst wenn wir einen noch so großen Druck auf ihn ausüben würden. Warum sollte er? Er ist der Ewige Imperator, für einige Wesen praktisch ein Gott.«

»Kein Wunder«, sagte Sr. Ecu ingrimmig. »Er scheint ja unsterblich zu sein. Eine Schlüsseldefinition von Göttlichkeit, soweit ich weiß.«

»Ich bezweifle das«, sagte Sten. »Niemand ist unsterblich. Claudius hat das bewiesen.«

»Aber wir alle haben doch gesehen, was passiert ist, als das Privatkabinett zugeschlagen hat«, protestierte Sr. Ecu. »Im gesamten Imperium gab es Milliarden Zeugen für seinen Tod. Und dann … sechs Jahre später … standen wir da, um ihn zu begrüßen, Sie und ich, als er aus diesem Schiff heraustrat. Als wäre er von den Toten auferstanden.«

»Laut Mahoney ist das auch schon früher passiert«, sagte Sten. »Sogar mehrmals. Jedesmal, wenn er umgebracht wurde, gab es eine gewaltige Explosion, sagte Mahoney. Genau wie beim letzten Mal. Als ob eine Bombe in seinem Körper eingebaut wäre. Es kommt noch etwas hinzu: Jedesmal, wenn er umgebracht wurde, tauchte er ungefähr drei E-Jahre später wieder auf. Diesmal dauerte es sechs. Die längste Zeit bis jetzt.«

»Sie glauben Ihrem verstorbenen Freund doch nicht etwa?« fragte Sr. Ecu.

»Ich muß zugeben, daß Ian mehr über den Imperator wußte als jedes andere lebende Wesen. Ich habe ganze Dossiers mit seinen Nachforschungen an Bord. Sobald wir Zeit haben, wollen wir sie durcharbeiten. Um zu sehen, ob es irgendwelche Schwachstellen gibt, die wir aufdecken können.

Aber was die Unsterblichkeit betrifft … Nein. Ich glaube nicht daran. Er ist genauso menschlich wie ich.«

»Aber wie erklären Sie sich dann die Vorgänge, die sich ereignet haben?« wollte Sr. Ecu wissen.

»Ich erkläre mir überhaupt nichts«, erwiderte Sten. »Die historischen Fakten besagen, daß es passiert ist. Die natürlichen Tatsachen besagen, daß es nicht sein kann. Ich habe die Natur der Geschichte noch immer vorgezogen. Geschichte lügt bekanntlich mitunter.«

»Jetzt weiß ich, welche Visionen die Christen hatten, als sie die Hölle erfanden«, sagte Rykor. »Wir leben darin. Wir sind obendrein dazu verdammt, bis ans Ende aller Zeiten hier zu bleiben. Nachdem ich Sten zugehört habe, sehe ich auch keine Lösung des Problems.«

Geistesabwesend nippte Sten an seinem Glas. Verstreute, eben noch zusammenhanglose Gedanken begannen sich miteinander zu verbinden. Mit einem Ruck knallte er das Glas auf den Tisch. »Wir versuchen es, verdammt noch mal!«

»Aber wie denn?« wollte Sr. Ecu wissen. »Ich füchte, Ihre Argumentation hat mich überzeugt. Ich bin Rykors Ansicht. Es besteht keine Hoffnung.«

»Aber vielleicht ein Hoffnungsschimmer«, sagte Sten. »Sie müssen allerdings den Gedanken beiseite schieben, Seine Hoheit mit Vernunftsgründen überzeugen zu wollen. Imperatoren, so hat er mir immer und immer gesagt, haben es nicht nötig, sich nach Vernunftsgründen zu richten. Sie *sind* die Vernunft.«

»Deswegen müssen wir ihn entweder fangen … oder töten.«

»Das ist der Teil, der mir am besten gefällt«, blubberte Rykor. »Ziele aufstellen. Man kriegt dann immer so ein zufriedenes Gefühl.«

Sr. Ecu sagte: »Aber Sie haben gerade erklärt – sehr logisch erklärt, sollte ich vielleicht hinzufügen –, daß der Imperator zu mächtig ist und daß wir daher keine Chance haben, ihn zu schlagen.«

»Wir müssen uns die Schwerfälligkeit seines Machtapparates zunutze machen«, sagte Sten, »ihn so lange wie möglich in der Position des Reagierenden halten.« Seine Finger trommelten auf dem Tisch herum. »Wenn wir seine Streitkräfte ins All hinauslocken … auf ein immer größeres Gebiet verteilen können … dann … rein theoretisch … spielt Größe keine Rolle mehr. Wir suchen nach einer undichten Stelle – oder sorgen verdammt noch mal dafür, daß eine entsteht – und schlagen zu. Wir brauchen nicht alle Schachfiguren. Wir brauchen nur den König.«

»Vorausgesetzt, alle diese unmöglichen Dinge werden möglich«, sagte Sr. Ecu, »stehen wir nach wie vor demselben Dilemma gegenüber wie das Privatkabinett.

Ohne AM$_2$ bricht das Imperium zusammen. Sie wissen ebensogut wie ich, daß die gesamte moderne Industrie und die interstellare Raumfahrt auf dieser Substanz aufgebaut sind. Nur der Imperator kennt die Quelle.«

»Das Privatkabinett hat sechs Jahre darauf verwendet, um es herauszufinden«, stimmte Rykor zu. »Und sie sind der Lösung nicht einmal nahegekommen.«

»Daran habe ich auch schon gedacht«, sagte Sten, der sich an eine nächtliche Unterhaltung mit Cind erinnerte, nachdem sie zum ersten Mal den Verdacht hegten, der Imperator könne verrückt geworden sein. »Ich bin mir nicht sicher, ob das wirklich so ein furchtbares Schicksal ist. Ohne AM$_2$ zu leben, meine ich. Als es das letzte Mal auszugehen drohte, also während der Regierungszeit des Privatkabinetts, ging es uns zugegebenermaßen schlecht. Aber zumindest lernten viele Wesen dadurch wieder, sich allein durchzuschlagen.«

»Es wäre das Ende der interstellaren Raumfahrt«, sagte Sr. Ecu. »Das bedeutet, daß wir alle rasch wieder zu Fremden werden.«

Sten zuckte die Achseln. »Vielleicht ist das gerade gut für uns. Ganz von vorne anzufangen. Außerdem schafft es vielleicht irgend jemand irgendwann wirklich, AM$_2$ synthetisch herzustellen.«

Er füllte sein Glas mit Stregg. »Natürlich wäre es einfacher, wenn ich ihn lebend in die Hände bekommen könnte. Man könnte ihm die Zehen rösten oder so, um ihm das Geheimnis von AM$_2$ zu entreißen.«

Rykor bewegte unruhig ihren massigen Leib. »Ein weiteres großes Problem, das sich mühelos an die anderen anschließt. Was, wenn du dich bezüglich seiner Unsterblichkeit irrst? Was, wenn noch eine weitere riesige Explosion stattfindet? Ich setze voraus, daß du das berücksichtigst und immer einen gewissen Sicherheitsabstand einhältst! Was geschieht, wenn er wieder verschwindet? Was, wenn er ein paar Jahre später wieder auftaucht?«

»Trotzdem bin ich davon überzeugt, daß es ein Trick ist«, sagte Sten. »Irgendein Kunststück. Vielleicht macht er es mit Spiegeln. Aber wie auch immer, wenn es mir gelingt, dieses Schachspiel zu beenden und seinen königlichen Hintern festzunageln – dann verspreche ich, daß er mich nicht dazu verleiten wird, in die andere Richtung zu schauen, egal welche kosmischen Ablenkungsmanöver er auch dazu einsetzen mag.«

»Ich sehe keine andere Möglichkeit«, sagte Sr. Ecu. »Als Sprecher der Manabi – die mich hierzu bevollmächtigt haben – kündige ich unsere vollständige Unterstützung an.«

»Die werde ich brauchen«, erwiderte Sten. »Es wäre mir sehr

recht, wenn Sie das diplomatische Grundgerüst aufbauen könnten. Natürlich unter dem Siegel der strengsten Verschwiegenheit.«

»Tatsächlich habe ich schon ein oder zwei äußerst geheime Worte in dieser Sache fallenlassen«, entgegnete Sr. Ecu.

»Es gibt viele natürliche Verbündete … Sie werden sich nach den ersten Erfolgen zu erkennen geben. Ihr Angriff auf den Sender war ein großartiger Auftakt. Und daß die Leute des Imperators Sie immer noch nicht erwischt haben, ist noch viel besser.«

»Ich werde versuchen, dieses hohe Niveau zu halten«, erwiderte Sten trocken.

»Was ist mit mir?« fragte Rykor. »Wie kann ich bei diesem großen Kreuzzug helfen?«

Sie rülpste damenhaft. »Also wirklich, ein höchst interessanter Zaubertrank, Sr. Ecu. Sie müssen mir unbedingt das Rezept geben.«

Sten richtete sich auf. »Rykor, meine werte Schnapsdrossel, du kommst mit mir. Wir werden dein einfallsreiches Gehirn dazu bringen, den Ewigen Imperator ins offene Messer laufen zu lassen.«

»Hah. Endlich kämpfe auch ich. An die Waffen! An die Waffen!«

Als ihr Bassin an Bord der *Victory* gerollt wurde, schnarchte Stens neuester edler Recke bereits glückselig vor sich hin.

Kapitel 10

»Sieht so aus, als säßen wir in der Falle!« meinte Sten.

Cind grunzte etwas zur Antwort, noch immer ganz außer Atem.

»War das auch auf der Luftaufnahme zu sehen?«

»Nein. Oder es ist mir entgangen.«

»Ist ja auch egal. Es sei denn, wir müssen ernsthaft daran denken, denselben Weg wieder zurückzugehen.«

Er schlüpfte aus seinem schweren Anzug und fiel dabei auf dem steilen, eisigen Abhang beinahe um. Zurückgehen? Er sah in die Richtung, aus der sie gekommen waren.

Weit, weit, *ganz weit* unten konnte er das Fischgrätenmuster sehen, das sie mit ihren Skiern hinterlassen hatten, als sie sich langsam den Abhang dieses elenden Berges hinaufgekämpft hatten, auf dem sie jetzt festsaßen. Vor ungefähr zwei Kilometern war die Steigung so steil geworden, daß sie die Skier ausgezogen, an ihrer Ausrüstung befestigt und statt dessen Steigeisen angelegt hatten. Noch einen Klick weiter mußten sie sich anseilen, da der Abhang noch steiler geworden war.

Zwei Klicks … ein Kilometer … soviel mochte die Distanz in einer fast vertikalen Linie betragen. Was die tatsächliche Wegezeit anging, so waren sie kurz nach Sonnenaufgang auf ihren Skiern aufgebrochen, und jetzt war der Tag schon weit fortgeschritten. Sie mußten so schnell wie möglich eine Entscheidung treffen, wie es weitergehen sollte; Sten hatte nicht allzuviel Lust, eine Nacht in seinem Schlafsack zu verbringen, den er verankern mußte, damit er nicht den Berg hinabrutschte.

Wenn aus keinem anderen Grund, dann aus dem, daß er die Absicht hatte, Cind zu verführen …

Ohne unliebsame Begegnungen mit Imperialen Kriegsschiffen war Sten auf seiner geplanten Operationsbasis angelangt – den Bhor-Welten im Lupus-Cluster. Als nächsten Schritt wollte er seine ganz spezielle Kampagne vorbereiten und in den Krieg ziehen.

Zuvor mußte er noch das Einverständnis des Bhor-Rates einholen, ihre Planeten zu benutzen. Aber schließlich hatte man ihn mit Hochrufen begrüßt, ihn zu wilden Saufgelagen eingeladen, und es gab jede Menge Freiwillige, die ihm dabei behilflich sein wollten, jemanden – egal wen – zu töten.

Die Bhor-Ältesten brauchten etwas mehr Zeit, bis sie sich versammelten und noch länger, um zu einer Entscheidung zu kommen, was besonders mit der Eigenart der Bhor zu tun hatte, jeden Aspekt endlos lange zu durchdenken – jeder Bhor, der etwas zu sagen hat, wird gerne und ausführlich angehört. Wahrscheinlich ein Erbe aus der Zeit, als es in der eisigen arktischen Nacht noch keine andere Form der Unterhaltung und Ablenkung gegeben hatte.

Rykor selbst hatte sich Zeit und Ruhe ausgebeten, um darüber nachzudenken, was man, von ihrem Standpunkt aus gesehen, gegen das Imperium unternehmen konnte.

Keiner von Stens potentiellen Verbündeten hatte bis jetzt offiziell grünes Licht gegeben. Und es gab auch keinerlei Garantie dafür, ob sie es jemals tun würden – vielleicht hatten Wilds Schmuggler und die Roma inzwischen erkannt, daß bei einer Zusammenarbeit mit Sten die Aussicht auf einen baldigen Tod weit größer war als die Chance, die Freiheit zu erringen.

Stens Truppen – angefangen von den Resten seines Botschafterstabs über die Bhor und Gurkhas bis zu den verbliebenen Soldaten der Imperialen Raumflotte – litten noch unter den Strapazen des letzten, langen Einsatzes. Seit sie im Altai-Cluster angekommen waren, hatte eigentlich keiner von ihnen eine freie Minute gehabt. Sogar die Gurkhas waren müde und nicht die Spur mehr blutrünstig.

Müde Wesen begehen Fehler, und Sten konnte sich jetzt absolut keinen Fehler leisten.

Er verteilte seine vier Schiffe über die Wolfswelten, versteckte sie gut auf kleinen Raumhäfen und gab seiner Truppe Erholungsurlaub. Stens einzige Sorge bestand darin, daß seine Anwesenheit bei den Bhor von Imperialen Agenten entdeckt wurde, doch Kilgour befahl ihm, sich gefälligst keine Sorgen zu machen. Er hatte bereits einen Plan und würde sich um diese nebensächliche Angelegenheit kümmern, bevor er selbst Ferien machte.

Letzteres hatte hauptsächlich mit Otho, reichlich Stregg und möglichst viel Putz, auf den er hauen konnte, zu tun.

Cind hatte den Befehl »Operation Ferien« bereits ausgeführt. Eine konventionellere Partnerin hätte vielleicht mit tropischen Ozeanen, verträumten aber erstklassigen Hotels und zwanzig Lakaien pro Gast geliebäugelt. Aber Cind stammte von den Jann ab, war bei den Bhor aufgewachsen, und sie war obendrein eine harte, erfahrene Feldsoldatin. Für sie bedeuteten Ferien Wildnis – und Stens eigene Vorstellungen zielten in eine sehr ähnliche Richtung.

Der Heimatplanet der Bhor war immer noch von Schnee und Eis bedeckt, obwohl die Bhor widerstrebend einige Gletscher weggeschafft hatten, als ihr Zivilisationsniveau und damit die Geburtenrate anstieg. Über diese Welt verstreut lagen vulkanische »Inseln« – Oasen inmitten des ewigen Eises. Die meisten davon waren schon vor Äonen von den Bhor besiedelt worden, einige trotz allem noch immer unbewohnt.

Cinds Plan war es, Sten auf eine davon zu entführen, und sie hatte versucht herauszufinden, welche dieser winterlichen Inseln die besten Möglichkeiten zum Skifahren und Klettern bot. Sten hatte Cind das Bergsteigen beigebracht, und sie hatte beschlossen, mindestens so gut zu werden wie er, womöglich noch einen Tick besser.

Aber auf einer neuen Luftaufnahme hatte sie etwas anderes, Passenderes entdeckt. Noch auf keiner Landkarte eingetragen. Völlig unbekannt. Alles was man brauchte, um in einer Stunde dorthin zu kommen, waren ein Pilot und ein A-Grav-Gleiter.

Cind verzog verächtlich den Mund. Unter Ferien verstand sie etwas anderes. Schließlich bestand die Hälfte des Spaßes doch darin, hinzukommen.

Also brachten sie Kilgour dazu, sie mit dem Flugzeug an der Stelle abzusetzen, wo der Trampelpfad aufhörte; in fünf Tagen würde er wieder zurück sein, um sie abzuholen – oder die

Suchtrupps losschicken. So schwerbepackt, daß sie unter der Last hin und her schwankten, machten sie sich anschließend allein auf den Weg.

Einer der Gründe dafür, warum sie so schweres Gepäck mitschleppten, war die Tatsache, daß weder Sten noch Cind Trockenrationen mitnehmen wollten – dann konnten sie ebensogut in der Kaserne bleiben, auf ihren Einsatz warten und die standardisierten Rationen in sich hineinschaufeln. Sie waren eher bereit, sich für einen gewissen Komfort, der über die Grundverpflegung hinausging, ein bißchen zu schinden.

Sie arbeiteten sich auf Skiern durch die Ausläufer des eigentlichen Berges. Als der Weg immer steiler wurde, stiegen sie in einem gefrorenen Flußbett weiter bergauf, durch den Paß hindurch zu Cinds geheimer Stelle. Da die Landkarten für diese Wildnis nicht mehr taugten, mußten sie sich ab hier mit Hilfe der Luftaufnahme weiter durchschlagen.

So war es dann auch gekommen – bis sie ihren jetzigen Standort erreicht hatten, der nicht weit vom Berggipfel entfernt war. Der Fluß stürzte senkrecht in die Tiefe, ein dreißig Meter langer, gefrorener Wasserfall. Sie saßen in der Falle. Da hatte Cind ihn ja in eine wunderbare Klemme gebracht, dachte er. Und äußerte es auch.

»Halt die Klappe«, sagte Cind voller Fürsorge. »Ich versuche mir gerade zu überlegen, ob wir vielleicht den Abhang wieder runterrutschen können – bis zu der Schlucht, die wir vor einer Stunde oder so durchquert haben. Und vielleicht von dort aus zum Gipfel hochgehen. Vom Gipfel aus können wir dann zu unserem eigentlichen Ziel absteigen.«

»Hört sich nach Arbeit an.«

»Hör auf zu jammern.«

»Ich jammere nicht. Meine Nase läuft. Wie lang ist unser Seil?«

»Fünfundsiebzig Meter.«

»Verdammt«, fluchte Sten. »Ich weiß nicht, ob ich noch mal den kletternden Puristen spielen werde. Jetzt wären jedenfalls ein paar Dosen Klettergarn, Jumars und Hakenpistolen genau das richtige. Oder eine Treppe. Aber oookay – wir ziehen das jetzt so durch.«

Er machte sich vom Seil los, stellte seine Ausrüstung an eine Stelle, von der aus sie hoffentlich nicht sofort talabwärts rutschen würde, hängte das Seil wieder ein, atmete tief durch und fing an zu klettern.

Am Eis des Wasserfalls hinauf.

»Gefällt mir überhaupt nicht«, murmelte er. Und so war es auch. Sten wußte nur aus einem Livie, daß man überhaupt an Eis hinaufklettern konnte. Außerdem hatte er einmal ein gemeinsames Wochenende mit einem seiner Ausbilder bei Mantis verbracht – und dieser war geradezu versessen darauf gewesen, Wasserfälle hinaufzuklettern, sobald die Temperatur unter zehn Grad minus fiel.

Er selbst war dabei zweimal fast abgestürzt und mußte zum Schluß hinaufgezogen werden. Nein. Falsch. Keiner der vier Beteiligten hatte es an diesem langen Wochenende voller Schrammen bis nach oben geschafft.

›Befolge Cinds Rat. Halt die Klappe.

Es ist gar nicht so schlimm‹, dachte er. ›Nicht schlimmer als, hm, sich mit den Fingerspitzen irgendwo festzuklammern und alle zwei Minuten einen Klimmzug zu machen.‹

Jedenfalls war das Eis gut und fest gefroren. Es gab keinen Grund, sich über Frühlingstauwetter Gedanken zu machen.

Und ab und zu gab es eine gute Stelle, an der man sich kurzzeitig fast bequem hinstellen konnte. Wie gerade eben.

»Wie nennt man das eigentlich?« wollte Cind fünf Meter tiefer wissen.

»Selbstmord«, keuchte Sten. »Mit dem Gesicht zur Wand.«

Sein guter Standplatz bestand aus den Metallspikes seiner Steigeisen – an den Stiefeln angebrachte Metallplatten, die ringsherum mit zwei Zentimeter langen senkrechten, spitzen Nägeln sowie ebensolchen horizontalen vorne am Fuß ausgestattet waren.

Ein Fuß kam plötzlich kniiiiirschend aus dem Eis heraus, und Sten hing schon wieder nur an seinen Händen. Er wand sich eine Weile immer hoffnungsloser vor und zurück, noch ein Klimmzug, tastete dann nach einem Halt für seine Hand, fand ihn, stieß mit seinem rechten Fuß hinein. Wieder ein halber Meter geschafft.

Zweimal durchatmen und noch mal versuchen.

Und noch mal. Und noch mal.

Plötzlich war kein Eis mehr unter seiner tastenden Hand. Die Hand bewegte sich zur Seite. Überhängender Fels. Fels? Kein Wasserfall mehr?

Kein Wasserfall mehr.

Sten zog sich auf eine herrlich gerade Fläche hoch und gönnte sich eine kurze Verschnaufpause. Dann machte er das Seil los und rief zu Cind hinab.

Zuerst zog er die Ausrüstung am Seil Hand über Hand nach oben. Noch mehr Gekeuche. ›Man wird nicht nur alt, sondern auch alt und schwach‹, dachte Sten.

Jetzt zu Cind. Er wartete – trotz ihres ungeduldigen Rufs –, bis er seinen Atem wieder vollständig unter Kontrolle hatte. Die Ausrüstung zu verlieren, wäre ja nicht so schlimm gewesen, aber …

Cind klinkte das Seil ein.

»Ich habe das noch nie gemacht«, schrie sie.

»Das sagen alle Mädchen.«

Cind begann zu klettern. ›Ein Naturtalent‹, dachte Sten, nicht ohne einen gewissen Neid. ›Sie ist ein Naturtalent.‹ Sie kletterte den Wasserfall hoch, als sei sie ein Lachs, der zum Laichen den Fluß hinaufschnellt. Als sie oben ankam, ging ihr Atem noch nicht einmal besonders schwer.

»Ich hätte nicht gedacht, daß du sogar *das* schaffst.«

»Das sagen auch alle Mädchen.«

Sten schulterte seine Ausrüstung und half Cind, ihre wieder aufzunehmen. Sie befanden sich in der Nähe eines gefrorenen Teiches, durch dessen Eisoberfläche Felsspitzen hindurchstachen. Sten bemerkte, daß das Eis dünner wurde, je weiter sie gingen.

Dicht vor ihnen, nicht weiter als fünfzig Fuß geradeaus, schob sich ihnen langsam eine dicke Wolke entgegen. ›Sehr schön. Jetzt dürfen wir auch noch im Nebel weiterklettern.‹

Sten irrte sich: Der Rest der Kletterpartie – ein müheloser Spaziergang auf ebener Erde – dauerte nur noch vier Minuten.

Durch den Nebel hindurch betraten sie ein Winterparadies. Sie befanden sich in einem kleinen Tal. Gebüsch. Gras. Gebirgsflora.

»Ich glaube, ich sehe nicht richtig«, staunte Sten. Auf der einen Seite des Tales blubberte eine heiße Quelle, deren Wasser die kleine Wiese überschwemmte und sich dann mit dem größeren Fluß vermischte, noch warm genug, um das Eis zu schmelzen. Überall hatten sich kleine Teiche gebildet, deren Temperatur zwischen kochendheiß und eiskalt schwankte, je nachdem, wie weit sie von der Quelle entfernt waren.

›Das entschädigt ja beinahe für die Kraxelei‹, dachte Sten.

Die dampfenden Quellen zogen sie beinahe unwiderstehlich an – aber beide kannten das strenge Ritual: erst einen Unterschlupf, dann Feuer, dann Essen, dann Spaß. Ein Unterschlupf war rasch gebaut: drei Paar mit Gummigelenken versehene Stäbe zusammenstecken und die wetterfeste Haut darüberziehen, und schon stand ihr kleines rundes Zelt. Zur Sicherheit pflockten sie es fest. Feuer stellte ebenfalls kein Problem dar: ihr Herd kam von Mantis und war nicht größer als Stens Handfläche. Er wurde jedoch mit AM_2 betrieben und konnte voll aufgedreht ein ganzes Jahr lang laufen. Sten nahm den Herd aus seiner Ausrüstung und stellte ihn neben das Zelt, zwischen einen Kreis aus Steinen, auf dem sein kleiner zusammenklappbarer Grill Platz finden würde. Essen?

Hier ließ ihr Eifer etwas nach – die Muskeln schmerzten mehr, als die Mägen knurrten.

Aber vielleicht war das auch nur ein Vorwand.

»Verdammt, die Steine sind vielleicht kalt.«

»Natürlich sind sie kalt. Komm hierher, wo es warm ist.«

Sten tauchte splitternackt neben Cind ins Wasser.

»Was ist eigentlich in der Flasche?« fragte sie.

»Du siehst hier eine Standard-Campingflasche aus leichter Metallegierung vor dir. Leute, die eine untadelige Lebensweise anpreisen – und die man aus diesem Grund nur verachten kann –, würden diese Flasche wahrscheinlich mit irgendeinem gesunden Sojagesöff füllen. Aber irgendein subversiver Tausendsassa hat diese organische Brühe weggeschüttet und statt dessen Stregg hineingefüllt.«

Sten drehte die Flasche auf, machte »Huiiii« und gab die Flasche dann an Cind weiter.

»Ich habe noch drei mehr davon in meinem Gepäck.«

»O Mann. Ich habe selbst zwei dabei«, sagte Cind. »Soviel zum Thema untadelige Lebensweise.« Sie trank.

Sten sah sie lüstern an.

»Die schwimmen ja auf dem Wasser!«

»Brillant beobachtet. Und das fällt dir jetzt erst auf? Wie lange sind wir eigentlich schon zusammen? Haben die dich deswegen zum Admiral gemacht?«

»Genau.«

»Und mit so einem Typ tut man sich zusammen, um das Imperium zu stürzen!« sagte Cind. Sie drehte sich um und stieß sich von der felsigen Umrandung des Teiches ab.

»He, hier in der Mitte kann man fast schwimmen.«

»Aha.«

Sten hatte kein Interesse daran zu schwimmen. Er trieb auf dem Rücken im seichten Wasser und kochte so vor sich hin, während in nächster Nähe Quellwasser in den Teich blubberte. Das heiße Wasser schien Jahre voller Ärger und Blut aus seinen Gedanken und seinem Körper herauszuwaschen.

»Ich glaube«, sagte er nicht ohne Anstrengung, »jeder Muskel in meinem Körper ist zu Gummi geworden.«

»Ach du liebe Zeit.«

»Na ja, vielleicht nicht jeder. Komm mal her, Miss Neunmalklug.«

»Aufmerksam, romantisch, voller Komplimente. Hier bin ich. Was jetzt?«

»Hier ... so. Genau. Bißchen tiefer.«

Cind keuchte, als Sten seinen Körper leicht krümmte. Seine Hände wanderten an ihren Brüsten hinauf und richteten ihren Körper in eine sitzende Stellung auf.

Und dann wußte keiner von beiden mehr etwas zu sagen.

Irgendwie kam es nie zum Abendessen.

Das einzige Licht der Welt war die kleine Kerze, die durch die rote Synthetik-Haut des Zelts hindurchschimmerte.

»Ich ... denke«, brachte Cind hervor, »ich bin für den Rest der Nacht so ziemlich erledigt.«

»Hab ich was gesagt?«

»Nein ... aber was machst du dann da?«

»Ich ... ich strecke mich.«

»Ah ja. Klar.«

»Ich hab mal irgendwo gelesen, daß man sich überhaupt nicht zu bewegen braucht. Dann kann man sich besser konzentrieren und *zapzarapp*.«

»Glaub ich nicht.«

»Ich lüge nie. Es wurde Tantrik oder Tentrik oder so ähnlich genannt«, sagte Sten hartnäckig.

»Zumindest versuchst du es an der richtigen Stelle. He. Du hast dich bewegt.«

»Nein. Das war ich nicht. Du hast dich bewegt.«

»Hab ich ... nicht. Kannst du ... etwas langsamer machen? He! Wenn du versuchst, mein Bein da hochzulegen, dann ... dann verbrenne ich mich womöglich.«

Sten blies die Kerze aus.

Weder Cind noch Sten wachten am nächsten Tag vor dem Spätnachmittag auf.

»Wie lange warten wir, Mister Kilgour?«

»Eine Minute. Eine Stunde. Ein ganzes Leben«, sagte Alex völlig gelassen. »Geheimdienstarbeit ist nichts für Ungeduldige.«

Die Komm-Tech, Marl, rutschte hin und her. Vielleicht war sie ungeduldig, vielleicht kam ihr alles auch nur sonderbar vor, wie sie so im hinteren Teil eines A-Grav-Gleiters zwischen dem bulligen Schotten und einem ebenso riesigen Bhor-Wachtmeister eingeklemmt dasaß. Der zur Verfügung stehende Raum wurde durch die aufwendige Elektronik noch kleiner.

Aber sie sagte nichts; Alex hatte sie höchstpersönlich als geeignetste Kandidatin für eine Ausbildung zur Geheimagentin aus der Kommunikations-Crew der *Bennington* ausgewählt.

Kilgour hatte mit einem Teil von Stens Botschaftspersonal bereits einen recht umfangreichen Spionagetrupp beisammen; dazu kamen noch ein paar andere Leute, die er unter der Besatzung der *Victory* entdeckt und auf den Welten des Altai-Clusters trainiert hatte. Aber er brauchte noch mehr. Marl war eine gute Kandidatin, fand er. Schon ausreichend lange im Dienst und alt genug – keine Heulsuse mehr. Und gut gebaut, keine von diesen Elfen, die Sten zu favorisieren schien. Nicht, daß Kilgour jemals in irgendeiner Weise an so etwas gedacht hätte ... Mit Untergebenen herumzuschäkern war für ihn ethisch genauso verwerflich wie, sagen wir mal, einen Campbell auf einen Drink in sein Schloß einzuladen. Aber es war ja nicht verboten hinzuschauen.

Ein Kästchen klickte. Ein Zeiger schlug aus. Ein Bildschirm leuchtete auf. Ein Lauscher lauschte. Der Gleiter war ein getarnter mobiler Spürhund.

»Ah-haa«, raunte Kilgour voller Zufriedenheit. »Seht ihr, was ich mit Geduld meine? Du mußt nur pfeifen, schon bin ich bei dir, mein Junge. Genau nach Zeitplan.

Lektion eins, meine lieben Techs: Willst du ein Spion werden, halte dich nicht an irgendwelche Zeitpläne. Weder an deine noch an die von deinen Kontrollettis. Die denken lieber ans Essen, als daß sie sich darüber Gedanken machen, ob es dir an den Kragen geht. Eine deiner wenigen, echten Waffen besteht in deiner Unberechenbarkeit. Die Burschen hier senden ihre Signale so präzise wie Uhrwerke.«

Plötzlich fielen die Anzeigen aller Instrumente auf null zurück.

»Nicht schnell genug«, sagte Kilgour mit falschem Bedauern in der Stimme. »Ich würde sagen, dritter Stock, hinten. Was meinst du, Paen?«

Der Polizist las seine Meßgeräte ab, die mit einem zweiten Lokator verbunden waren. »Stimmt genau.«

»Ah«, sagte Kilgour. »Genau der Typ, den wir im Auge hatten. Ein Mensch. Noch eine Lektion. Wenn ihr Feldagenten einsetzt, dann benutzt niemals eure eigenen Leute, wenn ihr welche vor Ort bekommen könnt. Die fallen nicht so auf.

Ihr werdet's schon lernen. Und jetzt wollen wir dem Burschen mal einen kleinen Besuch abstatten.«

Der Agent, Deckname Hohne, war gerade damit beschäftigt, vor dem Spiegel sorgfältig Gel in seinem Haar zu verteilen, als die Tür eingetreten wurde. Er wirbelte herum.

»Hilfe! Polizei!«

»Luft anhalten!« schnarrte der Bhor. »Ich *bin* die Polizei.« Er hielt seine Ausweiskarte hoch.

»Wer sind Sie? Wer ist der da? Was wollt ihr von mir?«

Kilgour hörte nicht zu.

»Wachtmeister Paen«, sagte er beiläufig. »Wenn Sie mal Ihre Tür nehmen und sie von der anderen Seite aus einhängen würden. Ich möchte mich gerne kurz mit diesem netten, aufrechten jungen Mann hier unterhalten.«

Der Polizist folgte den Anweisungen.

»Sie haben überhaupt kein Recht –« fing der Mann an.

»Na, na«, sagte Alex. »Erster Fehler. Mädel –«, damit wandte er sich an Marl, »– beim erstenmal hat er alles richtig gemacht. Voll berechtigtem Zorn über dieses Eindringen in sein Privatleben lostoben. Dabei hätte er bleiben sollen, immer schön nach dem Motto: dieser Mensch hat hier auf dem Hauptplaneten der Bhor überhaupt nichts zu melden, gibt es hier denn überhaupt keine Gesetze mehr?«

»Ich bestehe darauf, daß Sie mir zuerst einen Durchsuchungsbefehl zeigen!« sagte der Mann mit fester Stimme.

»Gibt es nicht«, sagte Alex. »Sie stehen nicht unter Arrest. Es wird keine Berichte über Polizeiaktivitäten in diesem Bezirk heute nacht geben.«

Hohne wurde bleich, hatte sich aber gleich wieder in der Gewalt.

»Ja«, sagte Alex. »Das ist der Preis, den Spione zahlen. Bist ja kein kleiner Fisch, sondern der Imperiale Oberagent in diesem Cluster. Jede Menge Erfahrung und so weiter. Obwohl ich ja sagen muß, daß ihr Typen von der Inneren Sicherheit meiner Ansicht nach dem blutigsten Mantis-Anfänger nicht mal den Hintern abwischen dürftet. Aber das ist meine persönliche Meinung. Tja. Ich kläre dich jetzt lieber über deine derzeitige Lage auf. Und die sieht nicht gut aus: tiefster Sumpf, so weit das Auge reicht.

Nein, nix sagen. Einfach nur zuhören. Ich erkläre alles. Ach ja, noch eine Kleinigkeit. Ich habe dein *gesamtes* Netz aufgedeckt und aus dem Verkehr gezogen.«

Hohne folgte dem Befehl und setzte sich hin, um Kilgour zuzuhören. Es war eine ganz natürliche Sache, daß das Imperium nicht nur seinen Feinden, sondern auch seinen Freunden hinterherspionierte. Das tat jeder vernünftige Herrscher. Seit die Innere Sicherheit den alten Geheimdienst Mercury/Mantis abgelöst hatte und die Ängste des Imperators zunahmen, hatten auch die Spionageaktivitäten immer weiter zugenommen.

Sr. Hohne war tatsächlich ein hochrangiger Agent der IS, was aber nicht allzu beeindruckend war, wenn man bedachte, daß die Innere Sicherheit auf dem Gebiet der Spionage ein Neuling war und es durch die Entscheidung von Poyndex und dem Imperator, keine Mitarbeiter des Mercury Corps zu übernehmen, zusätzlich schwer hatte.

Hohne hielt sich nun schon seit einiger Zeit im Lupus-Cluster auf, getarnt als ansässiger Kunsthändler. Keine besonders originelle Tarnung.

Natürlich wußte man bei der Gegenspionage der Bhor, daß man bespitzelt wurde. Genauso wie ihr eigenes Büro für Außenangelegenheiten jeden bespitzelte, den es nur irgendwie bespitzeln konnte. Die meisten Agenten, deren Hohne sich bedient hatte, waren Bhor oder, soweit es sich um Menschen handelte, zumindest in diesem Cluster geboren. Nur ihr Agentenführer kam von außerhalb – Kilgours Meinung nach ein krasser Fehler. Auch der Agentenführer hätte ein Bhor sein müssen, und das Wesen, das das ganze Netz kontrollierte, hätte in der Imperialen Botschaft sitzen müssen.

Aber der Imperator vertraute niemandem, ebensowenig wie Poyndex. Im Lupus-Cluster saßen in der Botschaft nur Schwachköpfe und Leute, die ihre Zeit totschlugen.

Die Feldagenten gaben regelmäßig ihre Berichte an Hohne durch. Ihre Funkmeldungen und Kurzmitteilungen wurden von der Gegenspionage der Bhor überprüft oder aufgenommen, kopiert und dann wieder freigegeben. Alles, was den Bhor noch fehlte, war Hohne. Nicht, daß sie besonders intensiv versucht hätten, ihn in die Finger zu kriegen, denn schließlich waren die Bhor und das Imperium technisch gesehen nach wie vor Verbündete, auch wenn der Cluster unter Imperialem Verdacht stand, so wie jeder als politischer Paria galt, der auch nur den geringsten Kontakt mit Sten gehabt hatte.

Kilgour hatten ein paar Stunden im Hauptquartier der Gegenspionage ausgereicht, um zu erkennen, daß die Imperialen Feldagenten nach einem festen Zeitplan arbeiteten. Alle Berichte mußten zu einem bestimmten Datum/Zeitpunkt X abgeliefert werden, unabhängig davon, ob die Agenten interessante Informationen hatten oder nicht. Es gab auch eine Antwort – ebenfalls unumgänglich – zum festgelegten Datum/Zeitpunkt Y an einem Ort Z, der sich allerdings nicht mit dem der Ablieferung deckte; der Imperator war also noch nicht völlig schwachsinnig geworden. Kilgour war davon ausgegangen, daß das Muster, nach dem die Feldagenten arbeiteten, auch auf den Agentenführer zutreffen würde. Bei einer Suche über alle Frequenzen hinweg hatte er prompt unbekannte Übertragungen entdeckt, die via Richtstrahl zu einer bekannten Imperialen Bodenstation, »nahe« den Wolfswelten, gefunkt wurden; diese Funksprüche wurden abgefangen, aufgezeichnet und ihr Absender lokalisiert.

Das hatte Kilgour zu Hohnes Wohnung geführt.

»Tja, und da keiner deiner Berichte die Wolfswelten erreicht hat, wird sich dein Herr und Meister allmählich Sorgen machen«, merkte Kilgour abschließend an. »Er wird wahrscheinlich einen Bericht haben wollen, stimmt's?«

»Ihr wollt, daß ich für euch arbeite.«

»Nein. Ich will nur ganz wenig. Ein Glas Bier, einen Whisky, ein nettes Mädel und einen geräucherten Lachs, nicht größer als dein Ego. Du *wirst* für uns arbeiten, Junge. Du hast ja gar keine Wahl. Ich weiß nicht, warum du spionierst, für Geld, für dein Vaterland oder aus privaten Gründen. Ab jetzt arbeitest du jedenfalls für Alex Kilgour.«

»Unmöglich«, erwiderte Hohne. »Ich helfe nicht mit, Sten und seinen Verrat zu decken. Vermutlich soll ich hier sitzen und irgendwelche Berichte senden, daß in diesem Cluster alle hundertzweiundfünfzigprozentig loyal sind, daß keiner je Sten gesehen, niemand von ihm gehört hat, und daß sie auf sein Grab spucken würden, wenn er hier auftauchen sollte.«

»Zwei Punkte, Kumpel:

Punkt eins: du sollst gar nicht lügen, was diesen Cluster angeht. Jedenfalls nicht auf diese Art. Nein. Hier ist es gefährlich. Du willst mehr Agenten, kleine Einheiten, Gruppen, ganze verdammte Clans, wenn möglich.

Zweitens: du wirst mir helfen. Daran hab ich nicht den geringsten Zweifel, und auch du solltest keinen haben. Ich bin sicher, es wird nicht länger als ein paar Stunden dauern, bis du die tiefe Weisheit meiner Worte erkennst und merkst, was ich für ein *prima* Bursche bin.

Alles klar? Nein, du glaubst mir immer noch nicht.

Mister Paen, würden Sie bitte hereinkommen? Sie können den Burschen mitnehmen. Werd später noch mal ein Wörtchen mit ihm reden.«

Sr. Hohne, Innere Sicherheit, wurde unsanft weggeführt.

»Wird er mitmachen?« fragte Marl.

»Aber klar doch«, erwiderte Alex, während ihr ziviler A-Grav-Gleiter sie zu ihrem Quartier zurückbrachte. »Der sitzt jetzt in seinem winzigen Kerker, denkt über seine Sünden nach, davon gibt's reichlich, und über seine Zukunft, sehr düster, und dann wird er schon mitmachen. Spione sind fehlgeleitete Typen, die kippen immer um. Um ganz sicher zu gehen, spielen ihm die Bhor noch ein paar fürchterliche Tonbandaufnahmen von Gefangenen vor, die verhört werden und schreien, als zöge man ihnen bei lebendigem Leib die Haut ab und zwinge sie obendrein, sich irgendwelche politischen Reden anzuhören.

Ich bin ein ganz guter Schreier, vorausgesetzt, die Aufnahmetechnik ist gut und ich bekomme etwas Spray gegen Heiserkeit. Siehst du, so lernt man nie aus, Marl. Als erstes hast du die Tugend der Geduld gelernt. Na ja, das ist vielleicht etwas zu hochgestochen. Ich erzähl dir lieber eine Parabel. Bist du religiös, Mädel?«

»Nein, Sir. Aber ich habe einen religiösen Kindergarten besucht.«

»Dann wird dir diese Fabel noch mehr ans Gemüt gehen. Es war einmal ein Mann. Weder gut noch böse. Aber er lebt in einem winzigen Haus, das er nicht mag, und hat nicht genug Geld für ein größeres.

Da hört er von einem weisen Mann. Einem sehr, sehr weisen Mann. Und er beschließt, diesen weisen Mann um Rat zu fragen.

Weise Männer sind natürlich nicht so leicht zu erreichen, und so ist die Reise lang und beschwerlich. Aber schließlich hat unser Held es geschafft und klettert auf den Berg, wo der Weise seine Zelte aufgeschlagen hat, und er bittet ihn: ›Oh, du Erhabener, was kann ich machen? Mein Haus ist winzig, und es gefällt mir gar nicht.‹

Der weise Mann denkt nach und fragt schließlich: ›Hast du eine Kuh?‹

›Eine Kuh?‹

›Ja, eine Kuh.‹

›Ja. Ich habe eine brave Hereford-Kuh.‹

›Nimm sie in dein Haus.‹

Und der weise Mann weigert sich, noch mehr zu sagen, da mag der Mann noch so bitten und betteln. Der Mann geht also nach Hause, und der Rückweg gestaltet sich fast noch schwieriger als der Hinweg.

Und er denkt nach und wundert sich, aber er weiß ja, daß der weise Mann weise ist, und daher bringt er die Kuh in sein Haus, und dort schläft sie bei ihm. Und sein winziges Haus wird noch winziger.

123

Er kann's einfach nicht mehr aushalten. Er geht also wieder hin, trotz der beschwerlichen Reise, den ganzen Weg hoch bis zu dem weisen Mann, und wieder stellt er seine Frage.

Der weise Mann denkt nach und sagt: ›Hast du eine Ziege?‹

›Eine Ziege?‹

›Ja, eine Ziege.‹

›Ich habe eine Ziege.‹

›Bring sie auch ins Haus.‹

Und wieder weigert sich der weise Mann, mehr zu sagen.

Der Mann, verwirrter als zuvor, wandert wieder zu seinem winzigen Haus und denkt nach. Aber weil der weise Mann ein Weiser ist, bringt er auch die Ziege ins Haus.

Doch bald kann er es wirklich nicht mehr aushalten, denn jetzt ist es in seinem Haus noch viel enger geworden.

Er geht also wieder zu dem weisen Mann und bittet um Hilfe. Er sagt: ›Ich hab ein winziges Haus, und jetzt, mit einer Kuh und einer Ziege drin, ist es so schrecklich eng, ich halte es nicht mehr aus.‹

Und der weise Mann denkt nach und sagt dann: ›Hast du Hühner?‹

›Hühner?‹

›Ja, Hühner.‹

›Ja, ich habe Hühner.‹

›Nimm sie mit ins Haus. Und wenn man genauer darüber nachdenkt … Falls du Enten, Schwäne und Schweine hast, nimm sie auch in dein Haus.‹

Und trotz der Bitten des Mannes sagt der weise Mann kein einziges Wort mehr.

Also geht der Mann zurück und nimmt auch noch die Hühner in sein Haus. Jetzt ist es noch schlimmer, so schlimm, daß es unerträglich wird. Es ist in dem Haus kein Platz mehr für den Mann übrig, so voll ist es.

Und er reist wieder zurück zu dem weisen Mann und sagt: ›Ich halt's nicht mehr aus! Mein winziges Haus ist voller Viecher, ich habe überhaupt keinen Platz mehr! Ich bitte dich, hilf mir doch!‹

Und der weise Mann sagt: ›Geh nach Hause und schaffe alle Tiere wieder nach draußen.‹

Der Mann eilt also nach Hause, setzt alle Tiere vor die Tür, und weißt du, was er feststellt?«

»Daß sein Haus immer noch winzig ist.«

»Ja, aber jetzt ist es *total* voll mit Mist!«

Marl starrte Kilgour einige lange Sekunden an. Man hatte sie vorgewarnt. Sie hätte es wissen müssen. Aber …

»Was hat das denn mit Geduld zu tun?«

»Du hast doch die ganze Zeit zugehört, oder etwa nicht?«

Cind sah Kilgours A-Grav-Gleiter zuerst, der ihnen auf dem Trampelpfad entgegenkam.

»Es ist vorbei, stimmt's?« fragte Sten, etwas traurig.

»Na ja, es war sowieso an der Zeit, umzukehren«, erwiderte sie. »Der Stregg ist alle. Aber wir haben immer noch drei Behälter mit Kräuter-Anchovis-Pastete, gleich hier in meinem Rucksack, zusammen mit den leeren Flaschen. Wir hätten es wohl noch eine Woche mit dieser leckeren Entdeckung von dir, die die Geschmacksknospen zum Klingen bringt, ausgehalten.«

»Das war ein Fehler von mir. Der Aufkleber sah so verführerisch aus. Aber laß wenigstens ein gutes Haar an mir – schließlich war ich derjenige, der was zum Futtern mitgebracht hat.«

»Stimmt, es sei hiermit vergessen, wenn auch nicht vergeben«, sagte Cind. »Jetzt müssen wir uns nur noch eine taugliche Erklärung dafür ausdenken, warum wir einen Sonnenbrand haben.«

»Die offizielle Version ist, daß wir nackt Skilaufen lernen wollten. Aber danach wird ja hoffentlich keiner fragen.«

Sten wurde ernst. »Danke, Cind. Fünf Tage – ich wünschte, es wären fünf Jahre gewesen. Ich werde mich bestimmt noch in ein paar Wochen daran erinnern.

Wenn sich die Dinge ... wieder zuspitzen. Es ist gut, wenn man sich daran erinnern kann, daß es nicht immer so verrückt zugehen muß.«

Ihre Antwort war ein Kuß.

Sten zog sie eng an sich. Der A-Grav-Gleiter landete, und ihnen blieb keine Zeit mehr, den Gedanken weiterzuverfolgen, daß so etwas zwischen ihnen vielleicht überhaupt nie wieder passieren würde.

Sie hatten nur Alex erwartet. Statt dessen schälte sich Ida aus dem Beifahrersitz. Seit Sten sie zum letzten Mal gesehen hatte, war sie noch fetter geworden, und ihr Kleid mit den leuchtenden Farben war noch teurer. Offensichtlich hatte ihre Vitsa – ihre Familie, ihre Sippe – noch nicht völlig den Verstand verloren, und sie bekleidete nach wie vor das Amt der Ober-Voivodin.

Sie mochte dick sein, aber sie kletterte noch genauso geschmeidig aus dem Gleiter wie damals während ihrer Mantis-Zeit, als sie noch um einiges jünger und leichter gewesen war.

Natürlich hatte sie keine freundliche Bemerkung für Sten zur Begrüßung parat, genau wie sie auch für Kilgour niemals etwas anderes als Beleidigungen übrig haben würde.

»Du bist ja immer noch ein entsetzlicher Frischlufttyp«, war alles, was sie sagte. Dann sah sie Cind genau an.

»Und du bist also diejenige welche.«

»Ich weiß nicht«, sagte Cind. »Diejenige was?«

Sten schaltete sich ein. »Ida, seit wann mischst du dich in meine Privatangelegenheiten?«

»Das hab ich doch schon immer gemacht, du Dummkopf. Du warst nur nicht schlau genug, es zu bemerken.«

»Oh.«

»Sie scheint ja ganz in Ordnung zu sein«, urteilte Ida. »Ein guter Kumpel. Ein Mann sollte nicht alleine schlafen. Ebensowenig wie eine Frau.«

»Sie wird ganz sentimental«, sagte Kilgour. »Hat mich schon auf dem Weg hierher vor Aufregung in den Oberschenkel gekniffen.«

Ida hatte für Kilgours billige Lüge nur Verachtung übrig.

»Nach dieser Begrüßungszeremonie könnten wir vielleicht aus diesem verdammten Schnee abhauen und uns irgendwohin begeben, wo wir uns am Feuer und mit etwas Alkohol ein bißchen aufwärmen können!«

Die vier gingen an Bord, und Kilgour flog den Gleiter zu Othos Burg, wo Sten sein Hauptquartier aufgeschlagen hatte. Ida, die Sten natürlich nicht den Vordersitz angeboten hatte, drehte sich herum, um ihn genau zu betrachten.

»Also. Jetzt ist es an der Zeit, den ganzen Quatsch mit dem Imperator zu Ende zu bringen, stimmt's?«

»Du redest ja nicht lange um den heißen Brei herum«, erwiderte Sten.

»Genug ist genug. Es war ja alles schon damals kaum tragbar für die Roma, die vielen Gesetze und diese beschränkten Typen, die für den bescheuerten Imperator Kriege anzettelten. Damals hielt man sie für gesund; zumindest in der Denkweise der Gadje. Wir Roma haben es immer besser gewußt. Man kann der Freiheit nicht dienen, indem man Gesetze erläßt und Zäune errichtet.

Wir ertragen das Imperium schon lange nicht mehr, schon lange bevor dieser tollwütige Hund auf der Erstwelt verrückt geworden ist. Bei unseren Stammesversammlungen haben wir darüber diskutiert. Vielleicht ist es für die Roma an der Zeit, weiterzuziehen.«

»Wohin?«

»Weiter.« Sie machte eine Geste nach oben, vergaß dabei, wie niedrig das Dach des A-Grav-Gleiters war, und hinterließ eine kleine Delle darin. »Weiter, über die Grenzen des Imperiums hinaus, weiter ins All, als es sich jemals ausdehnen kann. Es ist an der Zeit, sich auf die Suche nach Schätzen und Lebewesen zu machen, die wir uns jetzt noch nicht einmal vorstellen können. Plötzlich ist die Luft in diesem kleinen Imperium knapp geworden.«

Sten hatte plötzlich eine schwindelerregende, verzaubernde Vision von wirbelnden unbekannten Galaxien, Sternen und Sonnensystemen, die raunend zu neuen Abenteuern einluden, anstelle dieser schier endlosen Folge von Kriegen und Schlachten. Weiter. Seine Seele wurde magnetisch davon angezogen.

»Wir beladen die Schiffe mit unseren kostbarsten und am wenigsten Platz benötigenden Waren, packen sie randvoll mit Treibstoff, nehmen ein paar Frachtschiffe als Tanker mit und begeben uns auf eine Reise ohne Wiederkehr«, fuhr Ida fort. »Ich habe gehört, daß einige Voivoden ihre Stämme bereits dazu überredet haben, aufzubrechen, und es trifft ebenfalls zu, daß man bei den großen Versammlungen einige Vitsas nicht mehr sieht. Aber schließlich wird ja auch gesagt, wir Roma stammten ursprünglich nicht von den Welten der Menschen.«

Sie kehrte wieder zu ihrem eigentlichen Ausgangspunkt zurück. »Aber darüber kann man später noch reden, nachdem wir diesen Gadje getötet haben, der sich schon viel zu lange als Imperator bezeichnet. Und nun zu der Situation, in der wir Roma uns befinden, Sten. Wir sind gekommen, um dem Stern der Freiheit zu dienen. Das bedeutet, zumindest augenblicklich, dir und deinen Alliierten. Wenn sich daran etwas ändert – oder falls *du* dich ändern solltest –, werden wir die Lage neu beurteilen.«

»Danke,« sagte Sten. »Ich akzeptiere.«

»Wir haben auch von Wild Nachricht bekommen«, sagte Alex, ohne die Steuerung aus den Augen zu lassen. »Er wollte herkommen, aber ich habe ihm geraten, sich zunächst noch abseits zu halten. Je weniger Leute mit dem König der Schmuggler zu tun haben, desto besser ist es vielleicht.«

»In Ordnung«, erwiderte Sten. »Wenn es soweit ist, schicken wir ein Bhor-Schiff hin, das ihn und seine Lieutenants abholt, um ihn in die Strategie einzuweisen.«

Er lehnte sich in seinem Sitz zurück.

Die Verbände der Rebellion formierten sich.

»Ich habe etwas, was man, mangels schwächerer Fachausdrücke, vielleicht als einen Plan bezeichnen könnte. Oder zumindest als Ansatz eines Plans.«

Die sieben Personen, die ihm zuhörten, wirkten in Othos gewaltigem Bankettsaal, der gut und gerne zweitausend Bhor faßte, geradezu winzig.

Der Saal hätte auch den Ansprüchen des kritischsten Wikingers an Walhalla standgehalten, obwohl das Dach nicht aus Schilden bestand und es keine Ziege gab, deren Euter mit Aquavit gefüllt war. Hoch oben über ihren Köpfen stützten wuchtige Holzbalken die Decke mit ihren schmalen Oberlichtern, die normalerweise das Tageslicht einließen, jetzt aber durch den Schneesturm meterhoch mit Schnee bedeckt waren. In den vier Kaminen, in denen man jeweils bequem ein Einsatzschiff hätte parken können, fauchte das Feuer, und hinter imitierten Steinwänden liefen die AM_2-betriebenen Heizungen, die die eigentliche Wärme erzeugten.

Dicke Teppiche bedeckten den gefliesten Boden, und die Wände hingen voller Kriegs- und Jagdtrophäen. Die Einrichtung – lange Tische und Bänke – war ebenso solide wie alles andere in dieser Halle. Nicht zuletzt auch deswegen, weil so mancher Bhor das Ergebnis einer kategorischen Schlußfolgerung mit seinem Knüppel zu bekräftigen pflegte.

Die strategische, vorbereitende Planungssitzung war in vollem Gange. Konzentriert saßen die folgenden Personen vor ihren ausschließlich nicht-alkoholischen Getränken (obwohl Otho immer wieder nachdenklich zu seinem großen Stregghorn und dem wirkungsvollen Gebräu auf einem der nahe gelegenen Tische hinübersah) und lauschten: Freston, der Stens lächerlich kleine konventionelle militärische Streitmacht repräsentierte; Ida; Wild, der so viel oder so wenig von Stens Plänen, wie er wollte, an die lockere Gruppierung von Schmugglern und sonstigen Vertrauensleuten weitergab, die etwas auf Wilds Rat gaben; Otho, formal aus dem Rat der Bhor ausgeschieden, um jetzt als Söldner unter Sten zu dienen, von den Bhor jedoch immer noch als erfahrener Staatsmann und Ratgeber angesehen; Kilgour und Cind, Stens engste Mitarbeiter, und Rykor. Außer ihr wußten nur noch Cind und Alex, daß Sr. Ecu und die Manabi inzwischen ebenfalls an der Verschwörung gegen den Imperator beteiligt waren. Rykor würde Ecu, der sich auf Seilichi befand und hoffentlich niemals als eine von Stens Schachfiguren bekanntwerden würde, alles Nötige mitteilen.

»Unser Plan sieht folgendermaßen aus. Verzeiht mir, wenn ich vielleicht etwas überdeutlich werde. Bis jetzt haben wir das Imperium in einer Position, in der es nur reagiert. Wir möchten, daß es so lange wie möglich in dieser Position bleibt, denn in dem Moment, in dem wir nachlassen, wird es uns wie lästige Insekten zerquetschen.

Wir lassen keine Möglichkeit aus, dem Imperator Schaden zuzufügen, aber wir hüten uns davor, daß unsere Angriffe vorhersehbar werden. Der Saukerl ist nämlich ein heller Kopf, und die Leute, die für ihn arbeiten, sind fast so schlau wie er selbst.

Wir würgen ihm also nur an unerwarteten Stellen eine rein.«

»Wie bei KBNSQ«, grummelte Otho zustimmend.

»Genau. Derartige Ideen von eurer Seite werden jederzeit begrüßt. Außerdem wollen wir den Imperator in Verlegenheit bringen, ihn bloßstellen. Wenn also beispielsweise jemand weiß, wer das Imperiale Toilettenpapier liefert – auch das könnte eines unserer Ziele sein.

Wir können ihn nicht k.o. schlagen, aber vielleicht können wir ihn durch brillante Beinarbeit und eine gerade Linke dazu verleiten, über die eigenen Füße zu stolpern, und wenn er dann am Boden liegt, machen wir ihn fertig.

Der Schaden, den wir anrichten, soll so öffentlich gemacht werden wie nur möglich. Wir möchten, daß er richtig mies dasteht. Und um bei dem blöden Sportvergleich zu bleiben: ich möchte, daß er herumläuft, während ihm das Blut von der Augenbraue tropft. Mit aufgeplatzten Lippen, zwei blauen Augen und einem eingerissenen Ohr. Genau so.

Wenn wir ihn dadurch verrückt machen, dann um so besser. Ich glaube nicht, daß er so dumm ist, aber wir können es probieren. Wenn wir unsere Anschläge planen, müssen wir auch die Auswirkungen auf mögliche Alliierte mit berücksichtigen. Wir sind beispielsweise bereits im Besitz zweier Honjo-Schiffe. Glaubt mir, ihre Aktionen werden auf ihren Heimatwelten gepriesen. Mit etwas Glück können wir die Honjo dazu bringen, sich offiziell auf unsere Seite zu schlagen, wenn es uns gelingt, sie davon zu überzeugen, daß der Imperator ein Verlierer ist. Rykor wird sich damit beschäftigen, ebenso wie mit der restlichen Propaganda; darauf kommen wir gleich noch näher zu sprechen.«

Sten unterbrach sich kurz und leerte seine Teetasse.

»Die zweite Priorität hat die AM_2. Wir wollen sie stehlen, zerstören, verteilen. Ich gehe davon aus, daß der Imperator der einzige ist, der weiß, wo das Zeug herkommt oder wie man es synthetisch herstellt. Mit diesem Punkt werden wir uns genauer beschäftigen. Wir wollen so viel AM_2, wie er seinen Arschkriechern zu geben versucht, um sie an unsere Alliierten weiterzugeben. Auch dazu später mehr.

Kilgour ist für die Spionagearbeit verantwortlich. Alles, was ihr über AM_2 hört – und sei es auch ein noch so unwahrscheinliches Gerücht, wie zum Beispiel, daß es sich dabei um die Scheiße des Imperators handelt und daß sie nach Rosen riecht –, gebt ihr zur Analyse und eventuell für die Datenbank weiter.

Das gleiche gilt für alles, was den Imperator betrifft. Jede Geschichte, wo er herkommt, was er gemacht hat, Freundinnen, Freunde, Schafe, Ziegen, Tintenfische – was auch immer roman-

tische Gefühle in ihm ausgelöst hat, damals, vor langer, langer Zeit
… alles, alles, alles. Es ist ein wichtiger Teil der gesamten Kampagne, wir möchten aber nicht, daß bekannt wird, daß wir eine persönliche Akte über den Imperator anlegen. Sagt euren Informan-
ten und Agenten also nichts davon. Es wäre für unseren Ewigen
Widersacher ein leichtes, aus dem Hinterhalt eine Desinformati-
onskampagne zu starten.

Eins dürft ihr niemals vergessen: der Imperator selbst ist unser
Ziel. Wir versuchen ihn zu fangen, und wir werden versuchen, ihn
eines Besseren zu belehren. Aber aller Wahrscheinlichkeit nach
werden wir ihn töten müssen. Das bleibt natürlich auch unter uns.«

»Sten?« Das kam von Freston.

»Schießen Sie los.«

»Im Moment hält sich der Imperator gerade auf der Erstwelt
auf. Die wenigen Male, bei denen er den Planeten verließ, waren
stets inoffizieller Natur, die Aufenthalte jeweils nur von kurzer
Dauer. Stimmt das, Sir?«

»Ja«, stimmte ihm Alex zu. »Der Knabe hat sich in seinem
Schlößchen richtiggehend eingebunkert. Und diese Festung,
glaube ich, können wir nicht stürmen.«

»Genau. Wir müssen ihn draußen erwischen.«

»Viel Glück«, sagte Wild zynisch. »Er wäre nicht dorthin gekommen, wo er jetzt sitzt, wenn er jemals irgend etwas gemacht
hätte, was *irgendwer* von ihm verlangt hat.«

»Wir versuchen's trotzdem. Darüber in Kürze mehr.
Wir wollen ihn draußen, auf freiem Feld erwischen, wo wir ihn
festnageln können. Hat er seinen Bau erstmal verlassen, dann machen wir ihn fertig.«

»Bewundernswert«, sagte Ida. »Aber meine Vitsas wollen sicher genauere Anweisungen, bevor wir uns auf diesen Marsch
durch die Wüste einlassen. Zum Beispiel, wie wir den verdammten Imperator aus seinem hübschen, sicheren Schneckenhaus her-
auslocken sollen.«

»Rykor?«

»Wir bringen ihn so in Verlegenheit, daß er nicht anders kann. Zuerst, meine Damen und Herren, werden Sie die Bühne vorbereiten. Dafür sorgen, daß seine Truppe dumm dasteht, seine Generäle und Admirale unfähig erscheinen. Jedesmal, wenn wir eine Schlacht gewinnen, wird der Sieg veröffentlicht. Und zwar auf zwei Ebenen.

Zunächst offen. Wir erzählen die Wahrheit, wie sehr sie auch schmerzen mag. Mit ein wenig Glück schadet sich der Imperator durch seine eigene Propaganda selbst. Eine der vielen Schwächen, die der Imperator in letzter Zeit an den Tag legt, ist sein großes und immer noch weiter wachsendes Ego. Falls jemand irgendwelche Zweifel daran hat, dann sollte er sich die Imperialen Dummheiten im Altai-Cluster genauer ansehen.

Genau wie Machthungrige werden Egomanen niemals satt. Deswegen hoffen wir, daß die Leute des Imperators mit jedem Sieg oder jedem erfolgreich durchgeführten Unternehmen lautstark angeben. Diese Technik wird auch die ›Große Lüge‹ genannt, und die Theorie besagt, daß die Adressaten einer großen Lüge weniger über den tatsächlichen Wahrheitsgehalt als über ihre Dimension diskutieren.

Dies trifft in einigen Fällen zu, allerdings nicht dann, wenn man den Ausführenden ständig auf die Finger sieht. Jedesmal, wenn sie ihre neueste Lüge heraustrompeten, macht jemand darauf aufmerksam – indem er nichts anderes als die Wahrheit dagegen ins Feld führt. Das wahrscheinliche Resultat davon wird sein, daß schließlich *jede* Information, die von den Urhebern der ›Großen Lüge‹ stammt, angezweifelt und nicht beachtet wird, und genau das wollen wir beim Imperator erreichen.

Wir allerdings *müssen* immer die Wahrheit sagen«, betonte Rykor.

»Schreckliches Konzept«, sagte Alex.

»Keine Angst, Mr. Kilgour. Das betrifft nur die weiße Propaganda – also alles, was eindeutig von unserer Seite kommt. Was hingegen grau und schwarz angeht ... hier haben Sie die Möglichkeit, noch dreister zu lügen als der Imperator selbst.«

»Weiß nicht, ob ich *das* hinkriege ... aber ich werde mir alle Mühe geben.«

»Was die schwarze Propaganda betrifft, darauf hat sich Sten vorhin bezogen«, fuhr Rykor fort. »Wir werden einige fiese Gerüchte ausstreuen. Zum Beispiel, daß der Imperator niemals wirklich zurückgekehrt ist. Wenn es uns gelingt, ihn aus Arundel herauszulocken und sich bei einem Kampf zu zeigen, streuen wir sofort das Gerücht, er sei bei diesem Kampf getötet worden. Es wird Geschichten über mentale, moralische, ja sogar physische Verkrüppelungen geben. Auf *diesem* Gebiet werden wir keine der tiefsten männlichen Ängste auslassen.«

»Kleinigkeiten«, grummelte Otho. »Der Imperator ist ein Krieger. Ihm ist es egal, wenn man sich auf der Sraße das Maul darüber zerreißt, daß er ein Eunuche ist.«

»Kleinigkeiten«, stimmte Rykor zu. »Ich werde Ihnen einen Witz erzählen, Otho. Kennen Sie den Unterschied zwischen dem alten Imperator, dem neuen Imperator und dem Privatkabinett?«

»Nein.«

»Angenommen, alle drei befinden sich an Bord eines Bodenfahrzeugs. Plötzlich wird ihnen mitgeteilt, daß das Fahrzeug steckengeblieben ist. Wir reagieren sie darauf? Das Privatkabinett läßt die beiden Fahrer sofort erschießen, schickt den Rest der Besatzung ins Exil und läßt neues Personal einfliegen. Der alte Imperator läßt das Problem untersuchen und geht den kompetentesten Mitgliedern der Mannschaft bei der Behebung desselben zur Hand. Der neue Imperator hingegen läßt die Sichtblenden herunter und tut so, als ob das Fahrzeug sich noch immer bewegt.«

Otho dachte nach und gab dann ein höfliches, kurzes Lachen von sich.

»Wie Sie sagten, Rykor, eine Kleinigkeit.«

Cind hatte verstanden. »Hmhm«, sagte sie. »Ist der Punkt, um den es hier geht, nicht vielmehr der, daß man überhaupt in Begriffen wie *alt* und *neu* zu denken beginnt? Und dadurch den gesamten Begriff des Imperators als Herrscher aller Zeiten unterminiert?«

»Genau. Wenn es uns einmal gelungen ist, diese Einteilung in die Köpfe der Leute hineinzutragen, werden sie anfangen, den Geschichten und Gerüchten Glauben zu schenken.

Es gibt noch einen weiteren Ansatzpunkt: Ich glaube, es wird sich für uns lohnen, diesen Kult des Imperators, der taktischerweise von ihm unterstützt wird, etwas genauer unter die Lupe zu nehmen. Wenn man einmal zwei Wesen davon überzeugt hat, daß etwas Immaterielles existiert, das darüber hinaus auch noch Auswirkung auf Materielles hat, kann ein Wesen das andere einen Ketzer nennen. Womöglich kann man das erste Wesen sogar davon überzeugen, daß die neue Gottheit in Wirklichkeit der Antichrist ist.

Lebewesen, insbesondere menschliche Wesen, haben die dümmsten Gedanken und begehen die widerwärtigsten Handlungen im Namen desjenigen Gottes, den sie sich ausgedacht haben und fortan glühend verehren … Tut mir leid. Ich bin vielleicht etwas langatmig.«

»Überhaupt nicht«, sagte Sten. »Du hast zumindest eine genau umrissene Kampagne. Ich habe bis jetzt nur ein paar allgemeine Bemerkungen und ein mögliches erstes Ziel. Meine Damen und Herren, wir sind offen für Ideen, Vorschläge und dumme Abschweifungen aller Art.«

»Die man sich allerdings mit ein wenig Traubensaft versüßen könnte«, gab Alex zu bedenken. »Oder Stregg. Boß, was trinkst du denn?«

Sten schüttelte den Kopf. »Nein danke. Einer muß fahren.« Überrascht stellte er fest, daß einer der vielen Nachteile, derjenige zu sein, der das Sagen hatte, darin bestand, daß man nüchtern bleiben mußte.

Die einzigen, die tranken, waren Otho, Kilgour und Freston, der jedoch bereits nach einem stark verdünnten Glas Alk aufhörte.

Otho sah alle verachtungsvoll an und brummte dann: »Wunderbar. Einfach toll. Beim Barte meiner Mutter, ich glaube, ich habe mich hier wirklich mit einem Haufen Abstinenzler zusammengetan.«

Prompt leerte er sein großes Horn und füllte es erneut, entschlossen, diese Schande wenn nötig im Alleingang auszugleichen.

Die Sitzung dauerte bis in die frühen Morgenstunden. Sie war äußerst produktiv. Das erste mögliche Ziel wurde festgelegt.

Dann gähnten sich alle ihren Betten und einigen Stunden der Bewußtlosigkeit entgegen, bevor sich der Traum in einen nüchternen Einsatzbefehl verwandeln würde und die Gedanken sich wieder den allgegenwärtigen Sorgen um jedes einzelne Schiff, jede Aufgabe, jede Waffe und jede noch so kleine Essensration zuwenden würden.

Cind trödelte herum und warf einen Blick auf Otho. Er nickte. Er wußte genau, worauf sie hinauswollte.

Er füllte sein Horn und grunzte eine Frage. Cind nickte, und Otho füllte auch für sie ein Horn.

»Wann werden wir uns versammeln?« fragte Cind.

»Ich habe schon Nachrichten von den Ältesten. Sie warten nur auf uns.«

»Bald«, schlug Cind vor. »Weißt du schon, was du sagen wirst?«

Othos Brauen zogen sich zusammen. Seine großen Eckzähne blitzten. Er knurrte. Jedem, der mit den Bhor nicht vertraut war, hätte dies als die letzte Warnung kurz vor einer kannibalistischen Attacke erscheinen müssen. Cind wußte, daß es ein Lächeln war.

»Bei Sarla und Laraz, das weiß ich. Aber es ist nicht das, was ich ursprünglich geplant hatte. Bei den aufgetauten Arschbacken meines Vaters, ich bin manchmal schon erstaunlich dickfellig. Aber jetzt habe ich die richtigen Worte beisammen, und ich werde mir nötigenfalls sogar den Bart abschneiden, damit die Ältesten mir zuhören.«

Das Bartabschneiden war die einzige Möglichkeit, die die Bhor hatten, um eine sofortige »Abstimmung« während einer Versammlung zu erzwingen – wobei der Bartabschneider, sollte die Entscheidung zu seinen Ungunsten ausgehen, unverzüglich durch Enthaupten hingerichtet wurde.

»Ja, jetzt habe ich die Worte beisammen«, wiederholte Otho.

»Ich werde die Ältesten informieren. Wir treffen uns heute abend, wenn die Nacht hereinbricht. Teile Sten und den anderen mit, daß sie nach Sonnenuntergang in ihren Quartieren bleiben sollen. Nicht, daß ich so große Krieger wie sie in Verlegenheit bringen will – aber das muß ganz unter uns abgewickelt werden. Für die Bhor ist die Zeit gekommen, sich zu verändern.«

Und mehr wollte Otho Cind nicht sagen.

Am nächsten Tag bei Sonnenuntergang trafen die Bhor ein, einzeln und in Gruppen; »tröpfelten herein« wäre vielleicht der richtige Ausdruck gewesen, aber Erdbeben sind nun mal nicht flüssig. Es gab nur eine Handvoll Menschen – die ausnahmslos aus dem Lupus-Cluster stammten und hohe Dienstgrade in der militärischen Hierarchie der Bhor bekleideten –, die sich in dieser Enklave aufhalten durften; Cind war eine von ihnen. Sie trug, genau wie die anderen, ihre volle Kampfausrüstung.

Otho hatte die großen Tische für ein Bankett aufstellen lassen; eine Vielzahl von Beistelltischen hielten kalte Grillspezialitäten und Gerichte für später Ankommende bereit. Alles war bereits mundgerecht vorgeschnitten, denn jede scharfkantige Waffe würde eine Diskussion unter den Bhor nur noch weiter anheizen.

Riesige Fässer mit Stregg waren in strategischen Abständen und in Reichweite der Bänke bereitgestellt worden.

Bei Einbruch der Dunkelheit wurde das Thema formell durch den Ältestenrat der Bhor bekanntgegeben: Sollten sich die Bhor gegen das Imperium aussprechen? Und wenn ja, sollten sie dann eine offene Unabhängigkeits- und Kriegserklärung abgeben, oder lediglich Sten ihre volle Unterstützung gewähren, Unschuld vortäuschen und jeden, der auf einem Fahndungsfoto erschien, als Überläufer brandmarken?

Mit diesem untergeordneten Thema waren sie schnell fertig. Trotz des hemdsärmeligen Stils, der die Bhor kennzeichnete, waren sie keine Dummköpfe. Die reine Aufzählung der Größe der Imperialen Flotten, das Wissen um die Existenz von Planetenkillern und die große Wahrscheinlichkeit, daß der Imperator auch willens war, diese Waffen einzusetzen, ließen ein Schaudern durch die große Halle gehen.

Sogar der tapferste Krieger hatte vielleicht eine Kameradin samt Nachwuchs und hoffte, daß es nach geschlagener Schlacht noch ein Heim gab, zu dem er zurückkehren konnte.

Dann wurde das wichtigste Thema bekanntgegeben.

Bis Mitternacht waren verschiedene Punkte diskutiert worden:

War es klug, wenn sich die Bhor überhaupt in *irgend etwas* verwickeln ließen, bei dem ein menschliches Wesen das Sagen hatte?

War Sten tatsächlich ein menschliches Wesen oder ein wiedergeborener Bhor in einem schwächlichen Körper?

War Alex Kilgour ein Bhor? (Diese Frage wurde mittels donnerndem Beifall eindeutig beantwortet.)

Was war die beste Art, gefrorene Arschbacken aufzutauen?

Falls der Krieg gegen den Imperator aus irgendeinem Grunde nicht stattfinden würde, sollte man dann nicht gleich *jemand anderem* den Krieg erklären, da die neuen Krieger noch unerfahren wie Säuglinge waren?

Gab es auf der Halbinsel W'lew noch wilden Streggan?

Konnte man auf der Halbinsel W'lew besser fischen als in der C'lone Bay, vorausgesetzt, man fand dort keinen wilden Streggan?

Ließen sich die Probleme mit dem Imperator vielleicht in einem alles entscheidenden Duell auf Leben und Tod mit einem ausgewählten Bhor-Krieger lösen?

Sechs Tische gingen zu Bruch, zwei auf Bhor-Schädeln. Zwölf Krieger mußten ins Krankenhaus eingeliefert werden. Cind hatte ein blaues Auge und eine schmerzende Handfläche von einem schlecht gezielten spontanen Gegenargument. Fünf vielversprechende Herausforderungen zum Duell waren ausgesprochen worden. Sieben Krieger hatte man zur Ausnüchterung durch das Fenster hinaus in den Schnee geworfen.

Die Bhor hatten gerade erst angefangen – dies war das erste große Problem seit mehreren Jahren, und es konnte eine Woche dauern, bevor es gelöst war, vorausgesetzt natürlich, daß ausreichend Stregg vorhanden war und sich genügend diskussionsfähige Bhor aufrecht hielten.

Otho hatte genug.

Die Ältesten hatten bereits versucht, den Dialog zu Othos Gunsten zu manipulieren, allerdings ohne Erfolg. Otho wartete, bis Iv'r sich in der Mitte seines Redeschwalls befand, überraschend nahe am Thema übrigens, einem Ausfall gegen die Imperiale Garde, deren beste Soldaten keine würdigen Gegner für die Bhor sein konnten, ganz gleich, wie zahlenmäßig überlegen sie auch sein mochten.

Iv'r, ein langjähriger Freund Othos – Otho hatte ihn einst bei einem Dauerstreit über die Verwaltung einer umstrittenen arktischen Oase geschlagen –, sah, wie dieser zärtlich seinen Bart strich, wußte, was Otho als letzten Ausweg wählen würde und gab den Ring für einen »Antrag zur Tagesordnung« frei.

Was bedeutete, daß er einen anderen Bhor niederschlug, der irgendwas über den zu kurzen Bart von Iv'rs Mutter gerufen hatte, und sich anschließend hinsetzte.

Plötzliche Stille.

Otho fing an zu sprechen. Sie lebten in schlimmen Zeiten, sagte er. Das Imperium sei mörderisch und sein Führer kaum mehr als ein bartloser Räuber. Die Bhor mußten dieser Drohung entschieden und auf neue Weise entgegentreten, andernfalls wären sie zum Untergang verdammt. Otho erinnerte daran, wie nahe sie der endgültigen Vernichtung bereits durch ihren alten Feind, die wilden Stregg, sowie durch die Propheten Talameins gekommen waren, bevor Sten auf den Wolfswelten erschienen war.

Jetzt sei es an der Zeit, sich zu entscheiden – und es könne nur eine Entscheidung geben.

»Es ist eure Entscheidung«, bellte Otho, und das Echo seines Gebrülls wurde von der hohen Decke zurückgeworfen. »Und sie sollte feststehen. Oder ist aus uns eine Rasse geworden, die aus Angst vor einem Stregg panisch über das Eis flieht?«

Das machte die Sache deutlich. Die Bhor würden sich für Sten entscheiden.

Iv'rs Ruf erhob sich über das Getöse. »Dann laßt uns einen Führer wählen. Den größten aller Krieger, der uns in diesen Kampf führen soll.«

Tumult. Alle schrien durcheinander. Diejenigen, die einverstanden waren, diejenigen, die sich vor der Tyrannei fürchteten, obwohl es eine althergebrachte Bhor-Tradition war, in Notfällen einen einzigen Kriegsführer zu wählen, und am lautesten jene, die wußten, daß sie die einzig möglichen Kandidaten für einen solchen Posten waren.

Iv'r begann zu skandieren: »Otho! Otho! Otho!«

Andere stimmten bald ein.

Othos Gebell steigerte sich zu überschallartiger Lautstärke, was ihm zu der Stille verhalf, die er erreichen wollte, also Lärm in nur bedingt tödlicher Lautstärke. »Nein!«

Das brachte wirkliche Ruhe.

»Ich bin alt«, fing er an.

Otho achtete nicht auf die zustimmenden und ablehnenden Rufe. »Ich werde euch unterstützen. Ich werde helfen. Aber ich bin im Nachtwinter meines Lebens, und dieser Kampf kann noch Jahre dauern. Ich möchte mich nur als einfacher Soldat an diesem Kampf beteiligen. Oder allenfalls als Anführer der Streitkräfte.

Ich sagte, wir müssen auf die Bedrohung durch den bösartigen Imperator auf neue Art und Weise reagieren, und das ist mein voller Ernst. Es muß jemand sein, der über die Grenzen unseres Clusters hinausblickt, der sieht, was am besten für uns ist, und unsere Ältesten von seinen Visionen überzeugen kann.«

Eigentlich hätte Otho diese »Ernennungsrede« zum üblichen Höhepunkt des »Glücklichen Kriegers« ausdehnen müssen, doch statt dessen trat er vom Tisch zurück, füllte sein Stregghorn, schüttete den Inhalt in sich hinein und wies mit dem Daumen quer über den Tisch, während ihm der Stregg über die Brust lief und er keuchend nach Atem rang.

»Sie.«

Er zeigte auf Cind.

Es folgte eine lange Stille, die von einem noch längeren Getöse abgelöst wurde.

Nachdem sich Cind erholt hatte, versuchte sie zu diskutieren. Sie war nur ein Mensch. Sie war noch jung, noch nicht reif für diese Ehre. Sie war –

Was sie auch sonst noch hervorstammelte, es ging einfach unter. Und das Geblöke setzte sich tumultartig fort.

Kurz vor Sonnenaufgang war die Kontroverse beigelegt. Diejenigen, die noch bei Bewußtsein waren und Cinds Fähigkeiten im Kampf und als Anführerin respektierten, und diejenigen, die sich allein von der neuen, originellen Idee verführen ließen, eine offizielle Vertreterin menschlichen Ursprungs zu haben, setzten sich durch; obwohl das Feld weniger nach einer politischen Debatte aussah, sondern eher wie Hattin aus der Sicht eines Ungläubigen.

Cind würde die Bhor vertreten.

Sie ging, um Sten zu wecken, und fragte sich, wie er die Neuigkeit wohl aufnehmen würde.

Sten war natürlich begeistert. Erstens, weil sich die Bhor auf seine Seite geschlagen hatten, und zweitens, weil sie sich solch eine talentierte und fähige Vertreterin ausgesucht hatten. Er fand es außerdem auch wahnsinnig komisch, daß er und ein Bhor das Bett miteinander teilten. Obwohl er ihr vorschlug, daß sie sich sofort darauf konzentrieren sollte, sich einen Bart wachsen zu lassen.

Alex Kilgour hatte in dieser Nacht ebenfalls nicht geschlafen. Kurz vor Morgengrauen geisterte er draußen herum, auf einer der hohen Brustwehren der Festung. Ein Wachtposten, der ihn entdeckte, wollte ihn zuerst zum Kampf herausfordern, ließ es dann jedoch sein, als er ihn erkannt hatte, und überließ ihn seinen Gedanken.

Der Sturm war vorüber, und die Sterne glitzerten kalt am Himmel.

Kilgour starrte hinauf, mit Augen, die weiter sahen als bis zu den Rändern des Lupus-Clusters, weit hinein in den interstellaren Raum, in Richtung jener unsichtbaren Galaxie, die seine Heimatsonne und seinen Heimatplaneten beherbergte.

Edinburgh – wo er Lord Kilgour von Kilgour war, mit seinen Schlössern, Ländereien und Fabriken. Eine karge 3G-Welt, die aus den Männern und Frauen, die dort lebten, ganz besondere Menschen formte.

Plötzlich beschlich ihn das Gefühl, daß er diese Welt niemals wiedersehen würde.

›Und wenn schon‹, riß er sich zusammen. ›Als du in die Dienste des Imperators getreten bist, hast du da etwa nicht gewußt, daß es dich wahrscheinlich ins Grab bringen wird, so wie deinen Bruder Kenneth? Oder bestenfalls zum Krüppel macht, wie Malcolm?

Ja, schon gut. Aber die Erkenntnis, daß man den Tod des Imperators nicht mehr miterleben wird, fällt schon schwer.

Willst du denn lieber in deinem Bett sterben, nach vielen Jahren, die Gedanken vollends in der Vergangenheit verloren, mit halbverfaultem Körper, als schnaufender Graubart?‹

Alex zitterte, als er alle Wege im Geiste vor sich sah, und alle führten sie zu seinem Tod.

Er zitterte, aber nicht vor Kälte.

Dann drehte er sich um und ging wieder zu seiner Unterkunft zurück.

›Wenn der Tod kommt‹, war sein letzter Gedanke, ›dann kommt er eben. Wie hatten die alten Jann immer gesagt? *So sei es.*

Doch bis dahin haben wir noch einen Krieg zu führen.‹

Kapitel 11

Dusable war noch ein E-Jahr von seinen im vierjährigen Rhythmus stattfindenden Wahlen entfernt. Auf dem Spiel standen: das Amt des Tyrenne und zwei Drittel der Sitze des Rats der Solons.

Überall auf dem großen, dichtbevölkerten Planeten – der einen wichtigen Umschlagplatz für Waren aller Art darstellte und in mehrfacher Hinsicht der Mittelpunkt des Cairene-Systems war – wurde hitzig über die bevorstehenden Wahlen diskutiert. Selbst die große Neuigkeit, daß der Imperator den Verräter Sten jagte, war in den lawinenartig anschwellenden Nominierungen und Spekulationen untergegangen, die die Nachrichtensendungen füllten.

Jedermann, vom Klempner bis zum Industriemagnaten, versuchte die Nase politisch in den Wind zu halten. Eltern diskutierten die Chancen von Tyrenne Walsh und Solon Kenna beim

Abendessen. Joygirls und Joyboys verbreiteten bei den Polizisten ihrer Bezirke bösartige Gerüchte noch schneller als sonst. Die Bezirksleiter zählten ein ums andere Mal die versprochenen Stimmen. Schmierige Betrüger beschäftigten sich mit Eintragungen in Friedhofsregistern. Sogar die Kinder wurden aus den Kindergärten weggeholt, um in den Bezirken nach Skandalen zu schnüffeln.

Politik war eben ein großes Geschäft, wie der Ewige Imperator gerne sagte. Auf Dusable war es das *einzige.*

Diese Welt drehte sich um den Protektionismus. Unwahrscheinlich, daß es auch nur ein Wesen auf Dusable gab, dessen Existenz nicht davon abhing. Polizisten wurden von ihren Abschnittskommandanten zu gutbezahlten Prügeleien im Umfeld der Wahl aufgefordert. Geschäftsinhaber bestachen Inspektoren, um ihre Lizenzen zu erhalten. Die Gewerkschaften machten ihren Einfluß auf die Verteilung besonders gepolsterter Jobs geltend. Sogar Tellerwäscher verkauften ihre Stimmen, um Chefköche zu werden. Und Topfschrubber bezahlten Unsummen, nur um weiterschrubben zu dürfen.

Kurz gesagt, Duable war der korrupteste Planet des Imperiums. Aber auf seine Weise funktionierte das System. Für einen Bürger, der vorsichtig genug war, immer auf das richtige Pferd zu setzen, bestand die sichere Chance, ein glückliches Leben zu führen. Nur die Verlierer schmiedeten Komplotte und drohten damit, »die Mistkerle rauszuschmeißen«.

Als der Ewige Imperator seine lange, komplizierte Rückkehr aus dem Grabe absolviert hatte, hatte ihm eine Wahl auf Dusable den ersten Schritt zurück in Richtung Thron ermöglicht. Diese Schuld hatte er seither vielfach beglichen.

So verdankten Walsh und Kenna ihren derzeitigen, unangemessenen Status dem nicht unbeträchtlichen politischen Instinkt des Imperators. Er hatte die sichere Wiederwahl von Tyrenne Yelad verhindert – einem Mann, der immerhin über dreißig Jahre

Erfahrung auf dem Gebiet der Stimmenmanipulation und Wahlfälschung verfügte.

Aber der Imperator war ein glühender Anhänger des alten, ungeschriebenen Gesetzes der Politik, das da lautete: »Er, der schon vor Chicago auf meiner Seite kämpfte ...«, und hatte seine Sympathien mit Nachdruck sprechen lassen.

Um auch wirklich gegen jeden Rückschlag gewappnet zu sein, setzte Solon Kenna verstärkt auf Wahlpropaganda. Als sei der große Tag nicht ein Jahr, sondern nur noch eine Woche entfernt, und obwohl seine Ratgeber sagten, die Wahl sei so gut wie gewonnen. Sie wiesen darauf hin, daß es Dusable noch nie so gut gegangen war. Die Landefelder der großen Raumhäfen waren voll ausgelastet. Die Fabriken arbeiteten rund um die Uhr im Schichtbetrieb. Der GNBI (der Große Nationale Bestechungs-Index) lag auf Rekordhöhe.

AM_2 war nicht nur im Übermaß verfügbar und billig, sondern der Ewige Imperator hatte das System auch noch mit einem brandneuen AM_2-Depot bestückt, das zwei weitläufige Sektoren in diesem Gebiet des Imperiums bediente.

Kenna wollte sich jedoch nicht besänftigen lassen. Als Präsident des Rates der Solons und graue Eminenz hinter Tyrenne Walsh hatte er im Falle einer Fehlkalkulation viel zu verlieren. Genauer gesagt: alles. Kenna hatte nicht die Absicht, Tyrenne Yelads entscheidenden Irrtum zu wiederholen – übermäßiges Vertrauen.

Seine große Rede, mit der er diese Wahlrunde einläuten wollte, war mit äußerster Sorgfalt vorbereitet worden.

Er wählte sich ein wohlgesonnenes Publikum aus – die gigantische Transportgewerkschaft der Cairenes, die SDT. Seit Kennas Tagen als kleines, betrügerisches Mitglied des Rates der Solons war die Gewerkschaft einer der Eckpfeiler seiner Macht. Auf die stämmigen Werftarbeiter konnte man sich immer verlassen, ob es nun um Stimmen ging oder Beiträge zur Wahlpropaganda, um wilde Streiks, die man in Auftrag gab, oder muskelbepackte kleine

Eingrifftrupps, die man losschickte, um sich mit gegnerischen Gruppen anzulegen.

Als nächstes mußte er tief in seine Kriegskasse greifen, um für angemessene Unterhaltung und Verköstigung zu sorgen. Mehr als dreihundert Tische würden sich unter der Last des Essens biegen. Weitere hundert dienten als Bar. Eine große Bühne wurde aufgebaut, auf der die ganze Nacht hindurch Massen von Musikern, Kabarettisten und spärlich bekleideten Tänzerinnen das Publikum unterhielten. Am Rande der großen Schiffswerft stellte man fünfzig Zelte auf und besetzte sie mit Teams patriotischer Joyboys und Joygirls, die sonst nur während der Vierjahresfeier routinemäßig zusammengerufen wurden, um ihr Bestes für Dusable zu geben.

Schließlich setzte er auch den Imperator unter sanften Druck, damit er ihn mit der nötigen Munition für seine Rede versorgte. Und, so teilte Kenna den versammelten SDT-Mitgliedern gerne mit, als er auf die Bühne stieg, um seine Rede zu halten, der Imperator war mit seinen Informationen noch großzügiger gewesen, als er gehofft hatte.

Das Empfangsgejohle für Kenna war laut genug, um den Lärm eines anfliegenden Atmosphärenflugzeugs zu übertönen. Einige Minuten lang badete er im donnernden Applaus und den Hochrufen. Er machte einen Versuch, die Menge zu beruhigen – eine Hand, die sich, um Ruhe bittend, mit schwacher Geste hob. Dann sank die Hand wieder nach unten, völlig entmutigt vom Enthusiasmus seiner Bewunderer. Als die Kamera eines Nachrichtenteams eine Nahaufnahme machte, zeigte sich auf Kennas Gesicht genau jenes unterwürfige Grinsen, das er in seiner jahrzehntelangen Wahlkampfarbeit perfektioniert hatte.

Dreimal unternahm Kenna den Versuch, die Menge zu beruhigen. Dreimal mußte er sich der Masse fügen und ihren Applaus hinnehmen. Beim vierten Versuch gab Kenna ein kleines Handzeichen, das seine Gehilfen sofort registrierten und an die Claqueure weitergaben, die sich zahlreich in der Menge befanden, um die Massen zu beruhigen. Diesmal ebbten Applaus und Freudenschreie langsam ab, bis es schließlich so leise war, daß man im Flüsterton sprechen konnte.

»Bevor wir anfangen, habe ich eine Frage«, begann Kenna seine Rede. Seine Stimme klang donnernd aus den tragbaren Verstärkern. »Geht's euch allen jetzt besser als vor vier Jahren?«

Die Menge tobte fast noch lauter als zuvor. Ein Nachrichtentechniker beobachtete, wie die Anzeige seines Popularitätsmessers bis zum maximalen Ausschlag pendelte und dort eine volle Minute hängenblieb. Er wies seinen Chef darauf hin, dem bei diesem Anblick fast die Augen aus dem Kopf quollen. Das war beinahe ein Rekordwert.

Schließlich beruhigten die Claqueure die Menge erneut, und Kenna setzte seine Rede fort.

»Ich stehe mit ebenso großem Vergnügen wie mit Demut vor euch, um euch erneut um eure Unterstützung zu bitten«, sagte er. Meine ehrenwerten Gegner halten mich für einen Esel, weil ich mit euch guten, aufrechten, hart arbeitenden Wesen dermaßen auf Tuchfühlung gehe …«

Hier hielt er eine Minute inne, damit sich grummelnder Ärger über seine snobistischen »ehrenwerten« Gegner breitmachen konnte. Das entsprach ganz seinem Plan.

»Aber ich erwidere ihnen: Wo wäre Dusable denn ohne die arbeitende Klasse?«

Mitten aus der Menge kam die »spontane« Antwort einer Frau, die natürlich auf seiner Lohnliste stand: »Tief in der Scheiße, wo denn sonst?« Die Menge quittierte den Zuruf mit Gelächter.

Kenna ließ wieder sein Grinsen sehen, Motto: ›Ich tue keiner Fliege etwas zuleide.‹ »Danke, Schwester!« Noch mehr Lacher aus der Menge.

Das Lächeln wechselte jetzt zu Kennas patentierter Sorgenmiene über, bei der sich seine wunderbar dicken Augenbrauen zu einem dramatischen umgedrehten V vereinigten. »Vor uns liegen große Veränderungen, meine Freunde, und niemand, wirklich niemand weiß das besser als die arbeitende Bevölkerung. Und von allen hart arbeitenden Menschen auf Dusable war es die Gewerkschaft der SDT, die immer an der Spitze marschierte, wenn es darum ging, diese Veränderungen populär zu machen.«

Diesmal waren keine Anheizer nötig, damit die Menge in ohrenbetäubendes zustimmendes Gebrüll ausbrach. Kenna wartete, bis der Lärm von selbst verstummte.

»Nun, ihr alle hier wißt, daß ich kein Mann der falschen Bescheidenheit bin«, sagte Kenna. Hier und da kam Gelächter auf. »Aber jetzt muß ich wirklich ganz aufrichtig mit euch anständigen Leuten hier sein.

Diese Veränderungen, von denen ich gesprochen habe, sorgten für die fettesten Jahre in der Geschichte Dusables. Vollbeschäftigung. Rekordlöhne. Niedrigstpreise.

Ein Grund, warum wir in den Genuß dieser Dinge kamen, ist die erleuchtete Führung durch Tyrenne Walsh … und meine Wenigkeit …, aber es gibt noch ein Wesen, dem wir alle für dieses Glück danken sollten. Und zwar … dem Ewigen Imperator selbst.«

Jetzt geriet die Menge außer Rand und Band. Man klopfte sich sogar gegenseitig auf die Schulter. Der Lärm wollte gar nicht mehr aufhören; die Anfeuerer leisteten gute Arbeit. Diesmal stand die Nadel im Meßgerät des Nachrichtentechnikers volle anderthalb Minuten am Anschlag.

Wieder brachte Kenna die Menge zum Schweigen. »Meine Gegner sagen, alles, wovon wir hier profitiert haben, seit sich der Imperator an jenem historischen Tag mitten unter uns zu erkennen gab, seien nichts weiter als lächerliche Almosen.«

Laute Buhrufe waren zu hören. Kenna lächelte zustimmend, fuhr aber energisch in seiner Rede fort. »Sie sagen, Dusable sei völlig in der Hand des Ewigen Imperators. Seit wir angeblich ein

Vasallenstaat des Imperators geworden sind, hätten wir unsere traditionelle Unabhängigkeit komplett aufgegeben.«

Die Menge johlte.

»Diese und noch viele andere Lügen habt ihr alle wiederholt gehört«, setzte Kenna seine Rede fort. »Die Wahrheit jedoch ist, daß zum erstenmal in unserer Geschichte auf das gehört wird, was Dusable zu sagen hat. Und ich meine damit *richtiges* Zuhören. In allen Hauptstädten des Imperiums können wir uns jetzt erhobenen Hauptes sehen lassen. Und an wen wendet sich der Imperator in diesen schwierigen Zeiten um Rat? Nun, an unseren Tyrenne Walsh, der, während wir miteinander reden, in der großen Parlamentshalle auf der Erstwelt arbeitet.«

Kenna nahm einen Schluck des speziellen Getränks gegen Heiserkeit zu sich, während die Menge applaudierte.

»Ja … Dusable verdankt dem Ewigen Imperator viel. Daran gibt es keinen Zweifel. Aber auch der Imperator verdankt uns viel. Und in diesen schweren Zeiten braucht er uns mehr als je zuvor. Gerade gestern habe ich persönlich mit ihm gesprochen, und er hat mir aufgetragen, den Bewohnern von Dusable für ihren unermüdlichen Kampf für die Freiheit zu danken.

Er sagte, sein ganz besonderer Dank gelte den Arbeitern der SDT. Ich soll euch ausrichten, daß ohne die großen Transport-Gewerkschaften unseres Imperiums alle seine Kämpfe umsonst gewesen wären.«

Die Menge brauchte fünfundvierzig Sekunden, um dem Imperator dafür zu danken.

»Aber wie ihr alle wißt«, sprach Kenna in den dünner werdenden Applaus hinein, »ist der Ewige Imperator kein Mann, der nur große Worte macht. Und ich bin hier, um euch mitzuteilen, daß er sich euch auch diesmal wieder durch Taten erkenntlich zeigen möchte.«

Kenna hob ein großes, altmodisches Stück Pergament hoch. Die Kameras schwenkten auf das Siegel des Imperators, das sich am unteren Ende des Papiers befand. Dann ein erneuter Schwenk nach oben zu Kenna.

»Erstens: unser brandneues AM_2-Depot, das sich jetzt hoch über unserer gesegneten Welt befindet, ist gerade in den Genuß einer Triple-A-Qualifizierung gekommen.«

Davon war die Menge wirklich beeindruckt. Eine Triple-A bedeutete noch mehr Geschäfte und noch mehr Arbeit für den Raumhafen.

»Aber das ist noch nicht alles«, sagte Kenna. »Zusammen mit unserer neuen Einstufung kommt eine noch größere Verantwortung auf uns zu.

Meine Freunde, es freut mich, euch mitteilen zu können, daß der Imperator eine riesige AM_2-Zuteilung von einem weniger verdienstvollen System abgezogen hat. Die Menge an AM_2 reicht aus, um den gesamten Bedarf dieses Sektors für zwei E-Jahre zu decken.

Während wir hier reden, nähert sich diese Fracht bereits Dusable. Und wenn sie sicher in unserem hochmodernen Depot angekommen ist – das, wie ich vielleicht hinzufügen darf, von unseren eigenen, talentierten Leuten konstruiert wurde –, dann darf sich Dusable des Respektes und des Vertrauens wahrlich rühmen, das der Imperator in uns setzt.

Denn von diesem ruhmreichen Tage an wird Dusable der einzige Planet in diesem Sektor sein, der AM_2 liefern kann. Und besser kann sich Loyalität wohl nicht bezahlt machen.«

Frenetischer Applaus, Hochrufe und der allgemeine Tumult, die auf diese Nachrichten folgten, fegten durch die ganze Hauptstadt von Dusable. Noch in weiter entfernten Bezirken sahen die Leute zum Himmel und wunderten sich, wie es an so einem wolkenlosen Tag donnern konnte.

An Bord der *Pai Kow* – siebenundsechzig Millionen Meilen entfernt – wurde aus den Hochrufen plötzlich ein kreischender Ton, der fast die Lautsprecher-Zellen des Funkgeräts zerstörte.

Captain Hotsco verringerte die Lautstärke und kicherte vor sich hin, als sie die großzügigen Versprechungen Solon Kennas über nahezu unbegrenzte Mengen an AM_2 hörte. Sie berührte einen der Sensoren des Monitors, und Kennas Gesicht, das stumm seine Lippen bewegte, erschien in einem schmalen Ausschnitt in der rechten oberen Ecke des Bildschirms, der ansonsten nun leer war.

Hotsco betrachtete aufmerksam den Monitor und säuselte dabei: »Mushi, mushi, ano nay ano nay … mushi, mushi ano nay …«

Dann sah sie es. Lichtpunkte flackerten auf drei Uhr auf.

»Ah so deska.« Hotsco lachte. »Komm zu Mami, mein Augenstern.« Sie warf einen kurzen Blick auf Kennas rundes Gesicht, das, wie unschwer zu erkennen war, immer noch zu den Massen sprach. Sie salutierte ironisch vor Kenna.

»Solidarität, Bruder!«

Wieder berührten ihre Finger die Sensoren, und Kennas Gesicht verschwand. Auch die blinkenden Lichter verschwanden. Statt dessen zeigte der Monitor jetzt eine Nahaufnahme.

Hotsco atmete angespannt, während sie den Robot-»Zug« auf dem Bildschirm betrachtete. Das Leitschiff sah wie ein in der Mitte durchtrenntes Imperiales Schlachtschiff aus. Was es ja irgendwie auch war. Das Schiff war vor Jahrzehnten in einer Werft des verstorbenen, nicht mehr so großartigen Tanz Sullamore vom Stapel gelaufen. Die Kommando- und Waffensegmente waren herausgetrennt und ein neuer Bugkegel angeflanscht worden, und jetzt bestand das Ganze praktisch nur noch aus Antrieb. Traktorstrahlprojektoren zogen sich rings um die Mitte des Raumschiffs. Steuerbord war eine Wölbung zu erkennen, unter der sich das Gehirn des Schiffes verbarg.

Die einzige Aufgabe, die diese gigantische Maschine zu erledigen hatte, bestand darin, die achtzig Kilometer lange Schleppkahn-Formation hinter sich herzuziehen.

Hotsco begann automatisch, die Container-Schiffe zu zählen, gab aber auf, als die Menge unübersehbar wurde.

Und jedes einzelne davon war randvoll mit der kostbarsten Substanz gefüllt, die das Imperium zu bieten hatte – AM_2.

Captain Hotsco, Teilzeitpiratin und Vollzeitschmugglerin, starrte auf eine traumhafte Beute. Der Wert dieses AM_2-Zuges, der in Richtung des Depots von Dusable unterwegs war, war schier unermeßlich. Sogar wenn man berücksichtigte, daß es sich bei den Mengenangaben wahrscheinlich um eine von Kennas typischen Lügen gehandelt hatte, und nur die Hälfte zugrunde legte, wußte Hotsco doch, daß sie hier nicht nur auf *ein* Vermögen sah, sondern daß jedes dieser Schiffe ein Vermögen darstellte.

Und es flog einfach so vor ihr durchs Weltall und wartete auf jemanden, der zupackte. Gut, sie konnte nicht alles bekommen. Aber sie konnte mit Sicherheit genug davon haben, um zwei oder drei Systeme in der Größe der Cairenes zu kaufen.

Allerdings wäre Wild dann sicher so aufgebracht, daß er ihr schnurstracks ihre hübsche Kehle durchschneiden würde.

Auf Wild konnte sie gut und gerne verzichten.

Aber was war mit diesem süßen Kilgur? Seinen Spionen verdankten sie den Tip mit dem AM_2-Transport. Sie hatte sich in den stämmigen Schotten verknallt, als er seinen Plan Wild und einer Gruppe seiner Captains, darunter Hotsco, erklärt hatte.

Der Plan sah vor, daß die Schmuggler ihre normalen Touren zu den Cairenes, die meistens dem Zweck dienten, teure illegale Waren für die Politiker und ihre Busenfreunde zu transportieren, als Tarnung benutzten, um den AM_2-Transport auszukundschaften.

Es war ein verdammt guter Plan. Der Beweis bewegte sich groß und breit über ihren Monitor.

Und es gab buchstäblich niemanden, der davon wußte.

Doch wenn sie jetzt ihrem Instinkt folgte, würde sie vielleicht niemals eine Antwort auf die uralte Frage erhalten: Was verbarg sich eigentlich unter einem schottischen Kilt?

Verdammter Kilt.

Sieh dir nur diese Unmengen AM_2 an.

Schließlich hatte sie nichts versprochen. Eigentlich nicht. Sie hatte nur gesagt, daß sie sich die Sache ansehen würde. Und genau das tat sie auch, oder etwa nicht?

Dann durchfuhr sie ein fürchterlicher Gedanke, der ihre Träumereien in Luft auflöste. Was sollte sie damit anfangen? Wer konnte mit solchen Mengen handeln? Wenn sie versuchen würde, das Zeug nach und nach abzustoßen, kam man ihr wahrscheinlich schnell auf die Schliche. Und die Imperialen würden in kürzester Zeit ihre Verfolgung aufnehmen.

Verdammte Imperiale. Hotsco war sozusagen auf der Flucht geboren worden.

Na ja ... aber ... Sie hatte niemals vor ganzen Flotten flüchten müssen. Und genau das würde eintreten. Dafür garantierte die verdammte AM_2 doppelt und dreifach.

O Mann.

Hotsco entschloß sich für den ehrlichen Weg, so schmerzlich es für sie auch war.

Um sich selbst ein wenig aufzumuntern, dachte sie an Alex' breites, lächelndes Gesicht. Und an den kurzen Kilt.

Schnell kodierte sie ihre Nachricht, einschließlich der Koordinaten des AM_2-Zugs. Dann schickte sie sie in einem einzigen, stark gerafften Impuls ab.

Hotsco wartete zwei, drei Atemzüge lang.

Ihr Funkgerät piepte.

Es war die *Victory.*

Nachricht empfangen.

Hotsco trennte rasch die Verbindung und machte sich schleunigst aus dem Staub. Hoffentlich bist du's wert, Alex Kilgour.

Das neue AM_2-Depot von Dusable hatte in etwa die Größe eines kleinen Mondes. Äußerlich ähnelte es einer in Viertel geschnittenen Kugel. Jedes »Tortenstück« war in der Ecke eines imaginären Rechtecks verankert und mittels enormer Röhren mit den anderen verbunden. Durch diese Röhren wurde der gesamte Personen- und Frachtverkehr abgewickelt. Über diesem Konglomerat lag ein ausgetüfteltes Spinnennetz von Funkverbindungen, Reparaturschächten und kleineren Röhren, in denen alles andere transportiert wurde, von industriellen Flüssigkeiten über wiederaufbereitete Luft bis hin zum Abwasser aus den Wohneinheiten.

Normalerweise waren sechshundert Personen nötig, um dieses Depot am Laufen zu halten. Aber auf Dusable verlief nichts normal. Sogar hier im geostationären hohen Orbit bettete man sich gerne weich. Als die AM_2-Lieferung ankam, belief sich das Personal auf die doppelte Anzahl.

Die meisten davon schliefen. Oder feierten eine Party im Freizeitzentrum. Kennas Ankündigung hatte die Leute im Depot keineswegs überrascht. Schon vor einigen Tagen hatte man ihnen mitgeteilt, sich für die Lieferung bereit zu halten. Nicht, daß viel zu tun gewesen wäre. Das Depot war fast komplett automatisiert.

Ein schläfriger Sachbearbeiter sah in seinem Log, daß die Lieferung sich näherte. Halbherzig überprüfte er die Funktionsfähigkeit seiner automatischen Einheiten und kehrte dann wieder zu seiner Schlafkoje zurück, wo er sich an den zarten Rücken seines Joyboys schmiegte.

Einen Moment dachte er daran, den Burschen aufzuwecken, um sich noch ein bißchen mehr zu vergnügen. Er hatte ein leicht unruhiges Gefühl in den Lenden. Dann überwältigte ihn jedoch der Schlaf, und er schnarchte lautstark.

Auf dem Monitor kam der gigantische AM_2-Zug näher, schwenkte in eine zur Station synchrone Umlaufbahn und hob dann die Fahrt auf. Die Einweisungs-Signale erloschen. Die zentrale Funkschalttafel flackerte auf, als die neuesten Daten per Computer übertragen wurden.

Die ersten Container-Einheiten wurden vom Konvoi abgekoppelt und schwebten in einem weit ausholenden Bogen langsam auf das Depot zu, wo schon die Roboter darauf warteten, sie an Ort und Stelle zu verfrachten.

Hätte der Sachbearbeiter auch nur einmal auf den Monitor gesehen, wäre ihm der AM_2-Container, der sich aus dem Konvoi löste und von seinen Kameraden entfernte, sicherlich nicht entgangen.

Der Schatten des Depots fiel über die Szene. Es herrschte Dunkelheit.

»Ich kann mich niemals mehr in einer Stregghalle sehen lassen«, stöhnte Otho.

»Das bekommt dir bestimmt sehr gut«, gab Cind zurück, während sie ihr getarntes Schiff aus der Reihe der Container-Schiffe, die sich der gähnend leeren Depot-Bucht näherten, herauslotste.

»Du könntest ohne weiteres achtzig Kilo abnehmen. Und deine mädchenhafte Figur von früher zurückgewinnen.«

»Beim Barte meiner Mutter, du hast kein Herz, Weib«, sagte Otho und ließ dabei das Patrouillenboot nicht aus den Augen. Denn das war seine Aufgabe.

Er schätzte, daß sie ungefähr fünfundfünfzig Minuten Zeit hatten, bevor es seine Routinerunde gedreht hatte.

»Ich, Otho, muß hier etwas tun, was nicht im geringsten ehrenvoll ist.«

»Du Ärmster«, sagte Cind mit gespieltem Mitleid.

Langsam gewöhnte sie sich an diese Kontrollinstrumente. Zuerst war es sehr unangenehm gewesen. Alles in allem steuerte sie hier schließlich so etwas wie ein Wrack – abgesehen davon, daß es völlig ausgeweidet worden war und jetzt ein Standard-Rettungsboot beherbergte. Der einzige Hinweis darauf, daß es sich hier nicht um einen gewöhnlichen Container handelte, war am Schiffsheck zu erkennen, dort, wo an einer Stelle ein Stück für die Antriebsdüsen des Bootes ausgeschnitten war. Reisen über Millionen von Lichtjahren hatten den Container so zugerichtet, daß schon eine sehr genaue Inspektion notwendig wäre, um die Austrittsöffnung zu erkennen, die die Raumsoldaten der *Victory* unter Anleitung von Kilgour mit Schweißgeräten geschaffen hatten. An Bord des Rettungsbootes befanden sich außer Cind und Otho noch ein halbes Dutzend Bhor-Krieger.

»Als mir mein guter Freund Sten berichtete, daß unser erstes Ziel die verräterischen Kollaborateure von Dusable seien, glaubte ich, mein altes Herz müßte vor lauter Freude zerspringen«, sagte Otho.

»Bei den gefrorenen Arschbacken meines Vaters, dachte ich, hier spricht ein echter Bruder des Stregghorns. Denn nichts haßt ein Bhor so heiß und innig wie Politiker. Und hier bot man mir einen ganzen Planeten voll mit diesen Vipern zum Totschlagen an.

Laß mich dir eins sagen, Cind, ich träumte davon, uralt zu werden, um später all die Geschichten erzählen zu können, von den vielen dicken Politikerschädeln, die ich zerschmettert habe. Davon, wie ihr Blut in Strömen floß, wie Stregg bei Segnungszeremonien. Meine einzige Sorge bestand darin, daß ich ahnte, es müßten wahrscheinlich gar zu viele Seelen in die Hölle getrunken werden, als daß ich jeder einzelnen diese Ehre widerfahren lassen könnte.«

»Versuch nicht weiter, mich zu beschwatzen, Otho«, sagte Cind. »Erstens bist du noch gar nicht so alt. Zweitens hast du schon genug Leute umgebracht, um dich damit für den Rest deines Lebens und weitere sechs Leben lang rühmen zu können. Also vergiß es. Ich werde nicht urplötzlich einen Anfall von Mitleid erleiden und sagen: ›Na ja … also wenn es dir wirklich so nahe geht, mein Lieber … dann laß uns mit dem Abschlachten beginnen.‹«

»Es muß ja nicht gleich ein Abschlachten sein«, erwiderte Otho. »Wenn ich nur eine oder zwei Kehlen zerquetschen könnte, dann wäre ich schon zufrieden. Ein glücklicher Bhor.«

»Nein«, sagte Cind. »Und das ist mein letztes Wort zu diesem

Thema.« Genau in diesem Moment rumpelte der Container gegen eines der »Tortenstücke« des Depots. Es krachte einmal. Zweimal. Dann hatte sie das Gefährt wieder unter Kontrolle.

Sie gab in kurzen Intervallen mehrere Male Schub auf die Antriebsdüsen und dirigierte den Container an der Außenseite der Station entlang. Schließlich gelangten sie zu einem Reparatur-Dock. Cind dockte an.

»Dann wollen wir mal hineingehen«, sagte sie. »Und denk daran, Otho … Keine Toten. Wir kämpfen für die Freiheit. Und eine blutige Spur aus unschuldigen Zivilisten bringt nur ein mieses Image.«

»Wenn du darauf bestehst«, sagte Otho leicht pikiert. »Wahrscheinlich gewöhne ich mich irgendwann an diese modernen Methoden.«

Einige hektische Minuten später öffnete sie das versiegelte Schleusenschott mit Hilfe einer kleinen Energieladung, und schon waren sie drinnen.

Cind gab zwei kurze Funk-Impulse durch. Einen Moment später erfolgte die Bestätigung von der *Victory.*

Phase eins abgeschlossen.

Cind hatte noch niemals ein AM_2-Depot gesehen, ganz zu schweigen davon, jemals eins betreten zu haben. Auf dem Bildschirm hatte die Aufgabe leicht ausgesehen. Das Schema, das Kilgour in irgendeiner Bibliothek ausgegraben hatte, zeigte eine sehr langweilige, ausschließlich funktionale Struktur. Nur der Zweck war dramatisch. Ein Lager und eine Verteiler-Station für die mächtigste Energiequelle, die je entdeckt worden war.

Auf dem Schema war zu erkennen gewesen, daß fast das gesamte Depot nur diesem einen Zweck diente. Es gab hier nur AM_2 in dick mit Imperium X gepanzerten Tanks sowie Wohn- und Arbeitsräume. Und einen riesigen, gottverdammten Computer, der das ganze Ding am Laufen hielt.

Auf dem Bildschirm hatte es einfach ausgesehen.

Cind spähte weiter in den Flur hinein, den sie und ihre Truppe geräuschlos durcheilten. Nichts als graue Wände, graue Decken und Böden, alles von indirektem Licht erhellt. Von dem Reparatur-Dock aus führte der Korridor ungefähr 250 Meter geradeaus. Dann gab es einen scharfen Knick nach links. Knapp 150 Meter weiter, und sie hatten den Zentralcomputer erreicht.

›Zur Abwechslung‹, dachte Cind, ›war die Praxis einmal genauso einfach wie die Theorie.‹

Dann kam der scharfe Knick. Sie bogen um die Ecke. Und nichts war mehr einfach.

»Bei den Locken am Kinn meiner Mutter«, stöhnte Otho. »Das sieht ja aus wie im Inneren einer Streggan-Höhle.«

Dieser Vergleich traf genau zu. Der Streggan – der Todfeind der frühzeitlichen Bhor, inzwischen durch exzessives Jagen ausgerottet – hatte in tiefen, unterirdischen Tunnelsystemen gehaust, in die man nur durch labyrinthisch gewundene, aus dem Fels gekratzte Gänge eindringen konnte. Bis zum heutigen Tage spielten die Bhor ein kompliziertes Spiel, dessen Grundlage diese verwickelten Labyrinthe bildeten.

Cind blickte auf etwas sehr Ähnliches. Der Ingenieur von Dusable war dem vorgegebenen Schema nur teilweise gefolgt. Statt einen Korridor in eine Richtung führen zu lassen, spaltete sich der Haupttunnel in mindestens zwölf verschiedene Gänge.

Es gab keinen einzigen Hinweis, welchen Tunnel sie nehmen sollten.

»Wieviel Zeit haben wir?« fragte Cind, leicht verzweifelt.

»Das spielt keine Rolle«, sagte Otho.

»Verdammt, es spielt aber eine Rolle. Wenn die Patrouille –«

»In vielen Dingen hast du deinen alten Lehrer überflügelt«, sagte Otho. »Aber wie ich jetzt sehe, gibt es doch noch die eine oder andere Sache, die du noch lernen mußt. Beim räudigen Hintern meines Vaters, ich sage dir … das gibt mir wieder Auftrieb.«

Seine buschigen Brauen hoben und senkten sich mitfühlend.

»Ein Labyrinth«, sagte er. »Ein Labyrinth hat einen Zweck. Entweder den, sich zu amüsieren, oder den, sich zu verstecken.«

Er blickte auf die Tunnel, die sich vor ihnen erstreckten. Tiefe Schatten weit hinten wiesen auf weitere Korridore hin, die sich wer weiß wohin verzweigten. »Die Bewohner von Dusable hatten wahrscheinlich eher die zweite Möglichkeit im Sinn«, sagte er. »Nach dem, was ich so gehört habe, müssen die Politiker hier ja so gut wie alles verstecken.«

»Warum sollten sie ihren Zentralcomputer verstecken?« fragte Cind. »Mir scheint, schneller Zugang ist wichtiger.«

Otho nickte. Er ging langsam den Haupttunnel hinunter und klopfte dabei immer wieder die Wände ab. Massiv. Dann ein hohler Ton. Er nahm einen Taschenschneidbrenner vom Gürtel seines Koppels und schnitt rasch ein Loch in die Wand.

Er warf einen Blick hindurch und lachte kurz auf. »Ich wußte es.« Er winkte die anderen herbei.

Cind schaute durch die Öffnung. Dahinter befand sich ein großer Raum, vollgestopft mit Kisten und Fässern. Ausschließlich Schmuggelware.

»Das Depot erfüllt eine Doppelaufgabe«, sagte Otho. »Zum einen wird AM_2 für das Imperium gelagert. Zum anderen nutzen es die Schwarzmarkthändler von Dusable für ihre eigenen Zwecke. Ich hatte recht. Wie immer.«

»Schön für dich«, erwiderte Cind. »Aber deswegen wissen wir immer noch nicht, welchen Korridor wir nehmen müssen.«

»Ach … *das*. Überhaupt kein Problem«, sagte Otho. »Ich war nur neugierig, was hinter diesem Puzzle steckt.«

»Du meinst, du kennst den Weg?«

»Natürlich. Diese Dummköpfe von Dusable haben sich natürlich das einfachste Labyrinth ausgesucht. Wir nehmen den äußersten, linken Tunnel. Von da an halten wir uns immer links, egal wie viele Abzweigungen sie uns anbieten, und du wirst sehen, wir kommen im Handumdrehen ans Ziel.«

»Wenn du dich irrst, irren wir womöglich stundenlang herum. Die ganze Mission könnte scheitern, ganz zu schweigen davon, wie kalt uns der Wind dann entgegenbläst.«

»Du zweifelst an mir? An mir, Otho, dem Meister des Labyrinth-Spiels?« Angesichts dieses Mangels an Vertrauen weiteten sich Othos rotgeränderte Augen vor Erstaunen.

Cind zögerte einen Moment, zuckte dann jedoch die Achseln. »Führe uns«, sagte sie.

Und das tat Otho. Sie gingen rasch den linken Korridor hinab, der plötzlich eine Biegung machte, die Richtung änderte und sich in eine Reihe weiterer Möglichkeiten gabelte. Aber Otho wählte immer den linken Gang. Manchmal führte der Weg in Sackgassen, und sie mußten ein Stück zurückgehen, um ihren Weg von der letzten Abzweigung aus weiterzuverfolgen.

Mit einem Mal bog der Korridor scharf nach links ab; es war fast genauso ein Knick wie der erste, der sie verwirrt hatte. Sie standen vor einem Schott. Hinter dem Schott war leises elektronisches Summen zu hören.

Mit übertriebenem Pathos wies Otho auf das Schott. »Unser Ziel«, intonierte er. Er blitzte Cind an und erwartete zweifellos ein kräftiges Lob.

Doch Cind nickte nur bestätigend und rannte zu dem Schott. Sie löste ein Abhörgerät von ihrem Kampfanzug, legte es auf das Schott und lauschte. Einen Moment später gab sie das Schott frei, drückte auf einen Schalter, und es öffnete sich mit einem zischenden Geräusch.

Licht umflutete den sorgfältig durchdachten Computer, der alle Funktionen des AM_2-Depots kontrollierte.

Cind stürzte in den Raum und ging direkt auf den Computer zu. Sie warf einen kurzen Blick auf die verschiedenen Optionen, drückte einige der Tasten, grinste, nahm dann ein programmiertes Fiche aus ihrer Gürteltasche und fütterte die Maschine damit.

Otho und die anderen Bhor nahmen ihre vorgesehenen Sicherheitspositionen ein. »Die Jugend ist heutzutage so hartherzig«, beschwerte sich Otho. »Die Erfahrung der Älteren gilt ihnen nichts mehr. Als ich noch jung war – noch zu jung, um Stregg zu trinken, es sei denn, mit der Muttermilch – hätte mir meine Mutter bei lebendigem Leibe die Haut abgezogen, wenn ich so wenig Respekt gezeigt hätte.«

»Komm schon, es hat doch keinen Sinn, sich zu beklagen. Zumindest hatte ich viel Spaß bei deinem Labyrinth-Spiel.«

Er versetzte seinem Korporal einen kräftigen Schlag auf den Rücken. »War das nicht eine tolle Sache?«

Ehe der Korporal antworten konnte, ertönte ein unglaublich hohes Quietschen, dem ein lautes Gellen der Alarmanlage folgte.

Als die Computerstimme aus den Lautsprechern dröhnte und im ganzen Depot zu hören war, sprintete Cind aus dem Kontrollzentrum.

»*Das Depot ist soeben von einem Meteoriten getroffen worden. Betroffener Sektor: das wichtigste AM_2-Lager. Eine AM_2-Explosion steht unmittelbar bevor. Das Personal wird aufgefordert, das Depot sofort zu verlassen. Vorgehen nach Notfallverordnung 1422A. Keine Panik. Wiederhole: Keine Panik. Ich wiederhole: Meteoritenaufprall.*«

»Jetzt nichts wie weg hier«, rief Cind. Sie jagten los und arbeiteten sich aus dem Labyrinth heraus, wobei sie sich dieses Mal immer rechts hielten.

Im ganzen Depot kämpfte das Personal um die Plätze in den Rettungsschiffen. Während der Alarm gellte und die Computer ständig Anweisungen gaben, keine Panik aufkommen zu lassen, wurde gekratzt und geprügelt, um doch noch mitzukommen. Innerhalb weniger Minuten hatte sich das Depot vollständig geleert. In kurzen Abständen hoben die Rettungsboote in den Hangars ab, wobei nicht wenige auf dem Weg zur sicheren Planetenoberfläche zusammenprallten.

Cinds Container startete in aller Ruhe.

Sie gab drei kurze Funk-Impulse durch.

Mission erfüllt.

An Bord der *Victory* signalisierte Freston den Empfang der Botschaft und erteilte der *Aoife* sofort den Befehl, das Team an Bord zu nehmen und mit ihm zurückzukehren.

Freston wandte sich an Sten. »Alles bereit, Sir.«

»Dann los.«

Der AM_2-Konvoi und das verlassene Depot trieben schweigend in ihrem Orbit dahin, als plötzlich die *Victory* aus dem Hyperraum auftauchte. Ihre Raketenabschußschächte öffneten sich, und die *Victory* zeigte die Zähne. Sechs Kalis schossen heraus.

Bevor sie ihr Ziel gefunden hatten, war die *Victory* schon längst wieder verschwunden.

Auf Dusable war kein Laut zu hören, als die Kalis ihr Ziel trafen und eine gewaltige AM_2-Explosion auslösten. Kenna und die vielen tausend Werftarbeiter, die noch immer ihre Wahlparty feierten, bemerkten plötzlich, daß irgend etwas anders war. Es war ein sonderbarer, eher verschwommener Eindruck, als würden alle Objekte plötzlich ihre Dreidimensionalität verlieren. Als hätte man sie alle in eine Welt aus Flecken auf einem Blatt Papier transportiert.

Sie sahen zum Himmel empor. Doch der Himmel war verschwunden.

Alles, was sie sehen konnten, war ein blendendweißes Licht.

Laute Schreie ertönten. Die Menge wankte hin und her, wurde von einer Welle totaler Hysterie erfaßt.

Kenna kämpfte um seine Selbstkontrolle. Er hob eine Hand, mahnte zur Ruhe.

Und mit einem Mal schien alles wieder völlig normal zu sein. Kein weißes Licht mehr. Alles wirkte wieder dreidimensional.

Kenna sog scharf die Luft ein. Dann klopfte ihm das Herz heftig gegen die Rippen, als er sah, daß der riesige Vid-Schirm über der Menschenmenge sein Bild nicht mehr übertrug.

Das Gesicht eines anderen Mannes blickte auf die Menge herab, ein vage bekanntes Gesicht. Lautes, erschrockenes Gestammel erhob sich in der Menge. Plötzlich wußte Kenna Bescheid.

Das war Sten.

»Bürger von Dusable«, erklang Stens Stimme in voller Lautstärke. »Ich habe euch schlechte Nachrichten zu überbringen. Eure Führer haben auf heimtückische Weise beschlossen, mit euren Leben zu spielen. Und sie haben euer Recht auf Freiheit und Unabhängigkeit verkauft – verkauft an den Ewigen Imperator. Jetzt seid ihr seine versklavten Alliierten.«

Wie besessen brüllte Kenna seinen Tech an, Stens Gesicht vom Monitor verschwinden zu lassen. Aber es war umsonst. Und nicht nur hier auf der Werft hörten und sahen die Menschen Sten sprechen. Die Übertragung war stärker als alle anderen Sendungen, überlagerte sämtliche Frequenzen auf diesem Planeten.

»In Anbetracht der enormen Bedeutung, die Dusable für dieses Imperium des Bösen hat, bleibt mir keine andere Wahl, als den gesamten Planeten auszulöschen, denn er stellt eine Bedrohung für mich und alle anderen freiheitsliebenden Wesen dar.

Die erste Attacke ist bereits erfolgt. Wir haben das AM_2-Depot zerstört, mit dem der Verräter Solon Kenna so groß geprahlt hat. Wir haben auch den Konvoi voller AM_2 zerstört, die der Judaslohn für seinen Verrat war.«

Die Menge war wie hypnotisiert und hing an jedem Wort, das die überlebensgroßen Lippen auf dem Bildschirm formten. Kenna sah sich bereits nach einem Schlupfloch um.

»Meine Streitkräfte bereiten eine Serie von Angriffen auf eure Welt vor«, sagte Sten.

Einige Leute in der Menge sahen sich entsetzt um, als müßte jeden Augenblick ein Geschoß neben ihnen in den Boden fahren.

»Es liegt jedoch nicht in unserer Absicht, unschuldige Zivilisten zu gefährden. Deswegen warne ich euch vor allen militärischen Zielen, die wir angreifen werden. Ich bitte euch dringend, diese Gebiete zu verlassen, und zwar sofort.«

Sten hielt seine Liste vom Jüngsten Tag hoch. Er begann zu lesen: »Im Bezirk 3 die Waffenfabriken ... Im Bezirk 45 die Werkzeugherstellung ... Bezirk 89, die Werft .«

Kenna und seine gewerkschaftliche Gefolgschaft warteten den Rest der Liste nicht ab. Sten hatte gerade die Werft genannt, auf der sie alle standen und glotzten.

Schreiend, weinend, vergessene Götter um Gnade anflehend, wälzte sich die Menge aus der Werft und versuchte sich in aller Eile in Sicherheit zu bringen.

Kenna hatte zuviel Angst, um sich noch dafür zu schämen, daß er sich mitten unter ihnen befand.

Langsam und träge stürzte die Rakete vom Himmel herab, fiel bis auf zwanzig Fuß über dem breiten Boulevard und schwebte mit Hilfe eines hastig installierten McLean-Antriebs die Prachtstraße entlang. Dabei verkündete sie folgende Botschaft:

»Achtung. Ich bin eine Kali-Rakete. Ich trage einen nur schwach abgeschirmten nuklearen Sprengkopf. Versuchen Sie nicht, meinen Flug aufzuhalten. Ich habe es nicht darauf angelegt, unschuldige Zivilisten zu verletzen.«

Die ganze Straße entlang suchten Passanten panisch nach Deckung. Fenster zersprangen, als das Geschoß in Höhe eines zweistöckigen Hauses vorbeiflog. Aus einer der Wohnungen heraus versuchte ein Kind, die Rakete mit einem Stöckchen zu berühren. Gerade noch rechtzeitig wurde es von seiner Mutter gepackt und vom Fenster zurückgerissen.

Im Bezirk 3 flitzten die Arbeiter der Fabrik für Fernlenkwaffen aus dem ausgedehnten Gebäudekomplex. Sie suchten zu Fuß, in

A-Grav-Gleitern und mitunter sogar einer auf dem Rücken des anderen das Weite.

Langsam näherte sich eine Kali; sie glitt förmlich über ihren Köpfen dahin.

»Achtung. Achtung. Ich bin eine Kali-Rakete. Mein Ziel ist diese Waffenfabrik. Verlassen Sie sofort das Gelände. Lassen Sie sich durch mein Erscheinen nicht in Panik versetzen. Meine Programmierung ist so eingestellt, daß ich in genau fünfzehn Minuten detoniere.«

Der Text wurde wiederholt, während die Kali durch eine offene Tür ins Hauptgebäude der Fabrikanlage schwebte.

Ein Aufseher sah ängstlich zu, wie das Geschoß in den zentralen Arbeitsraum hineinglitt und dort auf dem Boden landete.

»Sie haben jetzt noch fünfzehn Minuten Zeit zur Evakuierung. Bitte verlassen Sie sofort das Gelände. Ich möchte keine unschuldigen Zivilisten verletzen … Sie haben jetzt noch vierzehn Minuten und fünfzig Sekunden Zeit für die Evakuierung. Bitte verlassen Sie sofort …«

Der Aufseher und sein Team benötigten keine weiteren Aufforderungen mehr. Sie rannten sofort los.

In einer Zapfenlagerfabrik im Bezirk 45 steckte ein Geschoß bis zur Nase in einem Krater.

»Bitte verlassen Sie sofort das Gelände. Ich bin mit vierundzwanzig Sprengköpfen ausgerüstet. Der erste detoniert in einer Stunde. Bitte kehren Sie nach der ersten Explosion nicht auf das Gelände zurück. Die anderen Sprengköpfe sind so programmiert, daß sie in stündlichem Abstand explodieren. Warnung. Ich bin eine Kali-Rakete. Bitte –«

Ein bulliger Bezirksleiter, der ganz und gar nicht damit einverstanden war, um seine vertraglich zugesicherten Überstunden betrogen zu werden, stürmte, ein zwei Meter langes Stahlrohr schwingend, auf das Geschoß zu.

Er schlug zu. Und verschwand vom Angesicht des Planeten, als die Kali explodierte.

Zwei Fabrikgebäude stürzten in sich zusammen, als die volle Sprengkraft wirksam wurde. Aber nur der Bezirksleiter und vier seiner Mitarbeiter kamen ums Leben. Die restlichen dreizehntausend Arbeiter hatten auf ihren gesunden Menschenverstand gehört und sich in Sicherheit gebracht. Sie waren schon lange geflohen.

In Dusables größter Werft befanden sich keine Politiker, keine Mitläufer oder irgendwelche anderen Lebewesen mehr. Hunderte von verlassenen Frachtern, Transportern, Verkehrsflugzeugen und Privatmaschinen standen auf dem Gelände herum.

Es regnete Kalis. Sie gingen ohne Warnung nieder.

Nach zwei fürchterlichen Minuten war die Werft nur noch ein qualmendes Erdloch, umgeben von zerfetzten Fassaden und geschmolzenem Metall.

Jedes Landefeld hatte sich in einen Krater verwandelt. Der Hafen würde jahrzehntelang nicht mehr zu benutzen sein.

Sten überprüfte den Schaden auf dem Monitor. Ein Bild der Zerstörung nach dem anderen sprang ihn an.

Fabriken waren ausradiert.

Rauch und Feuer züngelten an verschiedenen Orten hoch – die Folgen auf Verzögerung programmierter Explosionen.

Nicht nur eine, sondern dreißig Werften waren vollständig vernichtet.

Es würde lange dauern, bevor Dusable wieder eine Bedrohung darstellte – oder irgend jemanden unterstützen konnte.

Während diese unglaublichen Bilder der Zerstörung an ihm vorbeirauschten, beschlich ihn plötzlich ein eigenartiges, schwindelerregendes Gefühl. Er fühlte sich geradezu übermütig. Mächtig.

Fast ... wie ein Gott?

Einen Herzschlag lang wußte er plötzlich, wie man sich als Ewiger Imperator fühlte.

Sten schauderte und wandte sich voller Selbstverachtung ab.

Captain Freston hielt ihn an, als er gerade die Kommandobrücke verlassen wollte. »Da ist etwas Komisches geschehen, Sir«, sagte er mit besorgtem Gesichtsausdruck.

»Ja?«

»Diese AM_2-Fracht. Unser Kommunikationsoffizier erwischte einen merkwürdigen Funkimpuls, kurz bevor die Raketen auftrafen.«

»Sind Sie sicher, daß er von diesem Schiff ausging?«

»Jawohl, Sir. Ich habe es selbst nachgeprüft. Die Nachricht war kodiert. Was auch sonst.«

»Und wohin wurde dieses Signal gesendet?« fragte Sten.

»Das ist noch merkwürdiger, Sir«, sagte Freston. »Ich selbst habe die Koordinaten mehrfach nachgeprüft. Ich erhalte immer die gleiche Antwort.«

»Nämlich?«

»Mitten ins Nichts hinein. Die Nachricht ging nirgendwohin.«

Buch II

BAUERNOPFER

Kapitel 12

Stens Hammerschlag gegen Dusable erwischte den Ewigen Imperator völlig unvorbereitet. Wie Sten es sich erhofft hatte, war er immer noch vollauf damit beschäftigt, zu reagieren und seine Energie darauf zu konzentrieren, die Jagd auf Stens zusammengewürfelte Rebellenbande zu forcieren.

Als die Nachricht von der Attacke nach Arundel übermittelt wurde, schnappte der Imperator fast über. Militärische und politische Adjutanten wurden zusammengerufen, ganze Flotten umgeleitet, um andere AM_2-Depots zu schützen, Diplomaten von ihren Posten abgezogen und quer durch das Imperium geschickt, um unsichere Verbündete an die Kandare zu nehmen.

Die Jagd auf Sten wurde mit doppeltem Eifer vorangetrieben und dann noch einmal forciert.

Bevor er diese Befehle ausgab, verhängte der Imperator selbstverständlich die umfassendste Nachrichtensperre in der gesamten Geschichte seiner Regierungszeit. Überall im Imperium wurden die Verantwortlichen der Pressedienste darüber informiert, bis auf anderslautende Anweisung kein Wort über Dusable oder die Cairenes verlauten zu lassen.

Die Emissäre des Imperators mußten nicht eigens erwähnen, worin die Strafe bei Zuwiderhandlung gegen dieses Edikt bestand.

Das überließen sie vielmehr der Phantasie der Medienhäuptlinge.

Doch zwischen der Erteilung dieser Befehle und ihrer Umsetzung verging ein winziges bißchen Zeit.

Ein journalistisches Niemandsland …

»Hier meldet sich Ranett, mit einem Live-Bericht von Dusable.

Heute mußte der Ewige Imperator einen schweren Schlag einstecken. Der flüchtige Rebellenführer Sten führte einen Überraschungsangriff gegen den wichtigsten Verbündeten des Imperators durch.

In einer kurzen aber wirkungsvollen Aktion vernichteten Stens Streitkräfte ein hochwichtiges AM_2-Depot und damit einen Vorrat an AM_2, den Quellen vor Ort als ausreichend für zwei E-Jahre bezeichnen. Direkt nach diesem Angriff erfolgten verschiedene mit chirurgischer Präzision ausgeführte Attacken gegen militärische und logistische Schlüsseleinrichtungen auf Dusable.

Wie von hohen Stellen auf Dusable zu erfahren war, wird es mindestens ein Jahrzehnt dauern, bis diese Einrichtungen wieder funktionsfähig sind ... falls überhaupt.

Augenzeugen berichten, daß Stens Truppe offensichtlich darauf bedacht war, die Wohngebiete der Zivilbevölkerung zu schonen. Die Verluste unter der Zivilbevölkerung werden demzufolge als minimal bezeichnet.

Die Folgeangriffe dauerten angeblich nur wenige Stunden, doch berichten gut informierte Quellen auf Dusable, daß dieser ehemals so pulsierende Exportplanet in diesen Stunden nachhaltig als Energielager und wichtiger Transportknotenpunkt ausgeschaltet wurde.

Die hier erfolgten Zerstörungen, die sich nach Meinung von Experten auf mehrere Trillionen Credits belaufen, könnten sogar noch stärkere Nachwirkungen auf das gesamte Imperium haben.

Hohe Stellen sind der Meinung, daß Stens Überfall dem Ansehen des Imperators weitaus größeren Schaden zugefügt habe. Viele Verbündete, heißt es, werden jetzt an den Fähigkeiten des Imperators zweifeln, seine Freunde vor ähnlichen Aktionen zu schützen.

Eine Quelle besagt, daß die Erniedrigung, die der Imperator hinnehmen mußte, und das Image eines David gegen den übermächtigen Goliath, das der Rebell Sten –«

Ranett erschrak, als ihr Monitorbild in einem Schneesturm aus Interferenzen zerstob. Ein schmerzhaftes Kreischen tobte aus den Lautsprecherzellen.

Sie vergeudete keine Zeit damit, herauszufinden, was da geschehen war. Eigentlich war sie eher überrascht, daß ihre Sendung überhaupt so lange ungehindert ausgestrahlt werden konnte. Sie hatte damit gerechnet, bestenfalls die ersten beiden Absätze ihres Berichts durchzubringen, bevor die Zensoren des Imperators den Stecker herauszogen.

Ranett tippte die Befehle ein, die ihr kleines Schiff aus seinem Versteck in einem Wäldchen nahe des zerstörten Zentralraumhafens von Dusable herausholten. Bei dem Fahrzeug handelte es sich um eine Luxusyacht, die sie vor Jahren einem Geschäftsmann aus den Rippen geleiert hatte, weil sie seinen Namen aus einer Serie über Sklavenarbeit herausgehalten hatte.

Dabei war ihre Unterlassung in Wirklichkeit nicht der Rede wert gewesen. Sie hatte keine wasserdichten Beweise in der Hand gehabt, um den Sklaventreiber festzunageln, eine verpaßte Gelegenheit, die sie seither immer wieder einmal bedauert hatte. Doch diese Ungerechtigkeit würde sich jetzt wieder einrenken, spätestens dann, wenn die Imperialen Häscher mit der Registriernummer seiner Yacht in der Hand an seine Tür klopften.

Ranett lachte auf, als sie sich die Unannehmlichkeiten vorstellte, die sie dem elenden Drecksack damit bereitete. Dann dachte sie nur noch daran, möglichst rasch von Dusable wegzukommen. Anschließend hieß es, wie schon zu Zeiten des Terrorregimes des Privatkabinetts: irgendwo untertauchen und sich ruhig verhalten.

Sie würde sich irgendwo verkriechen, bis ein wenig Gras über die Sache gewachsen war. Sie machte sich keine Illusionen. Höchstwahrscheinlich mußte sie für den Rest ihres Lebens ein Dasein im Verborgenen fristen.

Als das Schiff das Gravitationsfeld von Dusable verließ und sich auf den Weg zur ersten Station von Ranetts sorgfältig vorbereiteter Fluchtroute machte, überdachte sie noch einmal den Bericht, den sie gerade verfaßt hatte.

Leider konnte sie ihn nicht weiter recherchieren und ergänzen. Ihrer Meinung nach war es der Startschuß für die wahrscheinlich folgenschwerste Pressestory in der langen, schmerzensreichen Geschichte des Imperiums.

Noch bedeutender als das Attentat auf den Imperator. Bedeutender als seine Rückkehr. Bedeutender als jeder Krieg.

Es konnte gut sein, dachte sie, daß der Imperator einen ebenbürtigen Gegner gefunden hatte. Das eigentlich Unmögliche war jetzt immerhin zu einer vagen Wahrscheinlichkeit geworden.

Die romantische Seite von Ranetts wettergegerbter Seele fragte sich, was wohl passieren würde, wenn Sten als Sieger aus diesem Kampf hervorging.

Würde er dann an des Imperators Statt regieren? Sehr wahrscheinlich. Wenn ja – wäre Sten dann wohl jenes mythische Wesen, das nicht ganz so zerstreute Gelehrte einen »aufgeklärten Herrscher« nannten?

›Laß es gut sein, Ranett‹, knurrte sie in Gedanken vor sich hin. ›So etwas wie die Guten und die Bösen gibt es nicht. Nur diejenigen, die am Drücker sind, und diejenigen, die auch mal ranwollen.

Warum sollte ausgerechnet dieser Sten anders sein?

Bei der ersten Gelegenheit, die sich ihm bietet, wird er uns alle aufs Kreuz legen.‹

Avri war der Meinung, in ihrem Leben schon so manchen Wutausbruch miterlebt zu haben. Doch keine ihrer Erfahrungen im Kreise der Mächtigen hatte sie auf das vorbereiten können, was sich im Gesicht des Ewigen Imperators abspielte.

Seine Haut schimmerte gespenstisch weiß, seine Augenbrauen zogen sich vor ungezügeltem Zorn zusammen. Seine Augen huschten hin und her wie zwei große Raubvögel auf Beutesuche.

174

Am meisten erschreckte sie jedoch dieses zuckende Grinsen.

Das zweitschlimmste war die völlige Gelassenheit, die er dabei nach außen kehrte.

»Die Zeit verlangt nach Besonnenheit«, erläuterte der Imperator seinem versammelten Stab. »Mit Hysterie wurde noch keine Krise bewältigt. Wir müssen unseren Problemen wie ganz normalen Unregelmäßigkeiten begegnen.

Und jetzt zur Tagesordnung ... Avri? Wie ist die Stimmung im Parlament?«

Avri zuckte zusammen. Nachdem sie als erste aufgerufen wurde, lagen ihre Nerven plötzlich bloß, doch sie hatte sich rasch wieder im Griff. »Nicht sehr gut, Euer Hoheit. Tyrenne Walsh mußte natürlich so schnell wie möglich nach Hause zurückkehren.«

»Natürlich«, sagte der Imperator, immer noch in einem verdächtig freundlichen Ton.

»Niemand redet offen darüber ... aber ich habe bei Ihren Verbündeten die eine oder andere klammheimliche Positionsverschiebung festgestellt. Jede Menge stille Post zwischen den Hinterbänklern.«

»Ich werde sie schon zur Räson rufen«, warf der Imperator ein. »An wen wollen sie sich denn wenden? Aber ich weiß, was du damit meinst, Avri. Ich lasse mir ein paar Programme einfallen, um ihnen den Rücken zu stärken.

In der Zwischenzeit kannst du ihnen ruhig meine Besorgnis und meine Anteilnahme ausdrücken. Bejammere alles, was es zu bejammern gibt. Versprich ihnen jede Menge Truppen, jede erdenkliche Soforthilfe. Ja, und laß hin und wieder fallen, daß Sten für seine Taten schon sehr bald zur Verantwortung gezogen werden wird.«

»Jawohl, Euer Majestät«, sagte Avri. »Aber ... abgesehen von Sten ... Worüber sie sich am meisten Gedanken machen, ist der AM_2-Nachschub. Sie sagen, die Lage sei schon vor Stens Anschlag schlimm gewesen, aber jetzt ... Ich weiß nicht ... Was die Zukunft angeht, sind sie ziemlich empfindlich.«

Wieder zog der Imperator inmitten seines starren Lächelns die Oberlippe kraus. »Sie sollen AM$_2$ meine Sorge sein lassen. Auf *dieses* Versprechen können sie sich wirklich verlassen.

Tatsache ist« – der Imperator deutete in die Richtung seiner Funkzentrale –, »daß ich vor fünfzehn Minuten neue Lieferungen in die Wege geleitet habe. Es dürfte nicht mehr lange dauern, bis die ersten Konvois ankommen.«

»Jawohl, Euer Hoheit. Diese Nachricht wird sie aufmuntern, Sir.«

»Poyndex?«

»Sir!«

»Diese Sendung von Ranett ... Gibt es schon Einschätzungen darüber, wie viele meiner Untertanen sie tatsächlich erreicht hat?«

Poyndex tat sein Bestes, seine Erleichterung zu verbergen. Eigentlich hätte er wegen dieses Mißgeschicks ein größeres Donnerwetter erwartet. Trotzdem erging es ihm wie Avri: die äußere Ruhe des Mannes machte ihm Sorgen.

»Jawohl, Sir«, antwortete er. »Die Nachrichten sind in dieser Hinsicht jedoch ziemlich unerfreulich, Euer Hoheit; obwohl der Schaden, den diese erste Sendung anrichtete, nicht so schlimm war wie befürchtet.

Zur fraglichen Zeit hatten sich nur ungefähr sechs Prozent der möglichen Zuschauer eingeschaltet. Das Problem besteht vielmehr darin, daß Kopien dieser Sendung zur Zeit auf dem Schwarzmarkt als das heißeste Ding aller Zeiten gehandelt werden.«

Der Imperator winkte anscheinend unberührt ab. »Na schön. Es zirkulieren also einige unlizenzierte Kopien. Damit werden kaum mehr als weitere drei oder vier Prozent der Zuschauer erreicht.«

»Das trifft leider nicht ganz zu«, deutete Poyndex an. »Die Zahlen deuten eher auf um die 20 Prozent ... allein am ersten Tag. Und dann … um es in deren Worten auszudrücken … brach es sämtliche Rekorde.«

Poyndex unterbrach sich und schluckte hart angesichts dessen, was er als nächstes zu berichten hatte.

»Fahren Sie fort«, sagte der Imperator.

»Jawohl, Sir … Äh … Es ist damit zu rechnen, daß innerhalb zweier E-Wochen über 80 Prozent der Bevölkerung des Imperiums Ranetts Bericht kennen.«

Tiefes Schweigen von Seiten des Imperators. Poyndex und die anderen Anwesenden zitterten in Erwartung der explosionsartigen Reaktion des absoluten Herrschers des gesamten bekannten Universums. Er blieb einen langen, qualvollen Moment vollkommen ruhig. ›Geradeso‹, dachte Poyndex, ›als würde er tief in seinem Inneren mit seinem Dämon Rücksprache halten.‹

Dann rührte sich der Imperator wieder in seinem Sessel. Er zwang sich zu einem lautlosen Lachen.

»Ich muß zugeben, das sind nicht gerade entzückende Neuigkeiten«, sagte er. »Trotzdem ist jetzt nicht der Zeitpunkt, wie ich bereits eingangs erwähnt habe, sich auf Negatives zu konzentrieren. Wenn wir ruhig und überlegt handeln, wird auch diese Krise sehr bald vorübergehen. Ich habe derlei Geschichten schon früher durchgemacht. Es läuft immer auf das gleiche hinaus: meine Feinde sind tot oder in alle Winde zerstreut, und meine Untertanen lobpreisen meinen Namen.«

Der Blick des Imperators zuckte über das Häuflein der Versammelten. »Natürlich wird bis dahin jede Menge Blut vergossen werden. Das ist immer so.«

Er stockte. Als hätte er ihre Anwesenheit vergessen. Geistesabwesend griff er in seine Schreibtischschublade, zog eine Flasche Scotch hervor, goß sich ein Glas ein und trank einen Schluck; langsam und nachdenklich.

Dann fing er erneut zu reden an. Sehr schnell. Im Plauderton. Doch seine Worte schienen sich nicht an die hier Anwesenden zu richten. Es schien eher so, als hielte er ein spätabendliches Schwätzchen mit ein paar alten Freunden.

Avri bekam es mit der Angst zu tun. Wie alle anderen stand sie völlig regungslos da. Instinktiv hatten alle erfaßt, daß jetzt nicht der günstigste Moment war, die Aufmerksamkeit des Imperators auf sich zu lenken.

»Bei der Sache mit Sten muß ich mir selbst die Schuld zuschreiben. Was habe ich mir nur dabei gedacht? Von dem Augenblick an, als Mahoney mich auf ihn aufmerksam machte, wußte ich, daß ich einen jungen Mann mit enormem Potential vor mir hatte. Einem Potential, das zu meinen Diensten eingesetzt werden konnte. Ich hätte erkennen müssen, wie verdorben er war. Sein großer Makel war sein grenzenloser Ehrgeiz.

Erstaunlich, wie einem so etwas entgehen kann, vor allem, da wir es hier mit einem Ehrgeiz zu tun haben, der weit über jede Norm hinausgeht. Ja. Jetzt sehe ich es ganz deutlich vor mir. Von Anfang an hatte er es auf meinen Thron abgesehen.«

Einen Augenblick konzentrierte sich sein Blick auf Poyndex. »Ich glaube, das reicht als Erklärung, oder nicht?«

Poyndex beging nicht den tödlichen Fehler, mit seiner Antwort zu zögern. »Absolut, Euer Hoheit«, antwortete er eifrig. »Sten ist völlig durchgedreht. Das ist die einzig mögliche Erklärung.«

Der Imperator nickte geistesabwesend. »Ich vermute jedoch, daß er seine Handlungen rationalisiert«, sagte er. »Nur wenige Personen sehen sich gerne als Übeltäter …Wahrscheinlich hält er mich umgekehrt ebenfalls für wahnsinnig.«

Seine Augen richteten sich auf Avri. Ebenso wie Poyndex wich sie seinem Blick nicht aus. »Wenn er so etwas denkt, Sir«, stieß sie hervor, »dann *muß* er einfach verrückt sein.«

Wieder dieses abwesende Nicken. »Selbstverständlich wird seine Sichtweise ein – wenn auch begrenztes – Echo in der Öffentlichkeit finden«, sagte der Imperator.

»Sehr begrenzt … wenn überhaupt«, warf Poyndex rasch ein.

»So ist es nun einmal«, seufzte der Imperator. »Schlechte Zeiten kehren immer die miesesten Seiten der Untertanen eines Monarchen hervor.«

Ein kaltes Lachen.

»In jeder Epoche scheint es diese Grundannahme zu geben, daß die Zeiten des Überflusses der Normalzustand sind. Schlechte Zeiten werden als Abweichung empfunden, für die man gewöhnlich die Regenten des bösen Staates verantwortlich macht.«

Der Imperator kippte seinen Drink. »Dabei entspricht das genaue Gegenteil der Wahrheit: In den allermeisten Zeiten ist … für die meisten Lebewesen … das Leben die reinste Hölle.

Und uns, ihren Regenten, wollen sie dann die Hölle heiß machen, wenn wir ihnen keine Paradiese bieten.«

Der Imperator richtete sein starres Grinsen auf Avri. »Es wäre natürlich schlechte Politik, wenn man sie auf diese Tatsache aufmerksam machte.«

»Ganz meiner Meinung, Sir«, sagte sie. »Versprechen sind immer besser, als ständig den Teufel an die Wand zu malen.«

Er gab ihr mit einer Handbewegung den Befehl, an seine Seite zu kommen. Sie gehorchte sofort. Er legte einen Arm um sie und zog sie noch näher an sich. Dann fing er an, sie langsam zu streicheln. Sie errötete. Es schien niemandem aufzufallen. Alle Blicke blieben auf den Imperator gerichtet, der jetzt wieder das Wort ergriff.

»Und doch … Der Druck lastet furchtbar auf einem Herrscher, der das Unmögliche in die Wege leiten soll.« Avri erschauerte. Aus Angst, nicht aus Verlangen, auch wenn die Zärtlichkeiten immer intimer wurden.

Ein bitteres Lachen entrang sich der Kehle des Imperators. »Wenn wir … diesen Erwartungen nicht entsprechen … dann ist immer der Monarch an allem schuld. Unsere Untertanen wenden sich von uns ab.«

Der Imperator schüttelte traurig den Kopf. »Es ist aber nicht gut für einen Monarchen, über diesen unseligen Dingen zu brüten. Sonst ... treiben ihn seine Untertanen noch in den –«

Er unterbrach sich und starrte ins Leere. Dann flammten seine Augen wieder voller Tatendrang. »Mein Gott«, rief er. »Manchmal wäre ich froh, meine Untertanen hätten eine einzige Kehle. Ich würde sie ohne zu zaudern aufschlitzen.«

Im ganzen Raum machten die Herzen einen Satz. Poyndex bemerkte, daß er dem Imperator in die Augen starrte und dort wie aufgespießt hängenblieb; er hatte Angst, weiterzustarren, doch er traute sich auch nicht, zur Seite zu sehen.

Erst dann bemerkte er, daß der Imperator ihn gar nicht wahrnahm. Sein Gesicht war ausdruckslos, sämtliche Regungen spielten sich in seinem Innern ab. Der Drehsessel knarrte, als sich der Imperator wegdrehte und den Blick hob, um Avri anzusehen.

Plötzlich zog er sie auf seinen Schoß. Seine Finger fummelten an den Verschlüssen ihrer Kleider. Avri drehte sich instinktiv so, daß er besser herankam.

Poyndex gestikulierte mit dringlichen Gesten in Richtung der Anwesenden, die daraufhin geräuschlos den Raum verließen. Er war der letzte, der hinausging.

Gerade als er die Tür hinter sich zuziehen wollte – »Poyndex?«

Er wirbelte herum. Avri lag lang ausgestreckt nackt auf dem Schoß des Imperators.

»Sir?«

»Dieser Wunsch war nicht immer in mir«, sagte der Imperator. Geistesabwesend ließ er einen Finger über Avris Haut wandern.

»Nein, Sir?«

»Er stammt von einem meiner Kollegen ... vor langer, langer Zeit.« Sein Finger hielt plötzlich inne. Der Daumen näherte sich auf der zarten Haut dem Zeigefinger.

»Sein Name war Caligula.«

»Jawohl, Sir.«

»Meiner Meinung nach ein ziemlich verleumdeter Herrscher.

Für Geldangelegenheiten hatte er keinen Sinn, aber auf vielen anderen Gebieten war er sehr talentiert. Leider neigen die Historiker dazu, sich auf seine persönlichen Eigenarten zu konzentrieren.«

Er zwickte Avri tief und heftig ins Fleisch. Sie stöhnte vor Schmerz leise auf.

»Höchst unfair«, sagte der Ewige Imperator.

»Jawohl, Sir.«

Die Augen des Imperators wandten sich wieder Avris Körper zu. Poyndex war vergessen.

»Wie reizend«, sagte der Imperator.

Poyndex ging leise hinaus und ließ die Tür sanft hinter sich zugleiten. Kurz bevor sie sich schloß, hörte er Avri aufschreien.

Kapitel 13

Sr. Tangeri, der Cal'gata, stieß einen schrillen Pfiff aus und durchbrach damit die Stille, die die ganze Zeit über in dem Raum geherrscht hatte, während er Sr. Ecus Worten lauschte. Das Pfeifen signalisierte gelindes Amüsement sowie Interesse.

»Verstehe«, fuhr das Wesen fort. »Ich verstehe, weshalb Sie Ihre Worte mit soviel Sorgfalt wählen. Es wäre ein leichtes, das, was Sie soeben sagten, mißzuverstehen und als subtile Frage zu deuten, ob die Cal'gata mit dem Imperium, wie es nach der Rückkehr des Imperators neu errichtet wurde, eventuell nicht ganz zufrieden seien.«

»Da sich meine Worte glücklicherweise nicht an einen Gesprächspartner von minderem Intellekt wenden«, erwiderte Ecu, »mußte ich mich nicht darum sorgen, daß man mich mißversteht.«

Tangeri pfiff erneut. Ecu erlaubte seinen Fühlern ein leises Flimmern und deutete damit ebenfalls sein Vergnügen an dieser geistigen Fechtpartie an, die sich nun schon zwei E-Stunden hinzog. Es war schade, dachte Ecu manchmal, daß bei sämtlichen Freizeitvergnügen, die er selbst als intellektuell stimulierend empfand – etwa historische Analysen oder das Brettspiel Go von der alten Erde –, sich das schwarzweiße Fell Tangeris vor Langeweile sträubte. Umgekehrt hielt Ecu Tangeris Hobbys, beispielsweise topologische Gleichungen vierten Grades oder die Vermessung eines postulierten Universums, das über eine zusätzliche, fiktive achte oder neunte Dimension verfügte, für intellektuelle Masturbation.

Das einzige, was ihnen gemeinsam war, waren die subtilen Feinheiten der Diplomatie. Jeder von ihnen wußte jedoch, daß er eigentlich nur einen Freund bei Laune hielt; bei einem »wirklichen« Wettbewerb würde es nämlich überhaupt keinen Wettbewerb geben.

Der Grund, weshalb die Manabi Tangeris Spezies als Diplomaten des Imperiums vorgezogen wurden, lag in ihrem angeborenen Pazifismus und ihrer Neutralität. Die Cal'gata hingegen sahen keine Schwierigkeiten darin, irgendwo Partei zu ergreifen, solange damit den Interessen ihrer eigenen Spezies gedient war; auch wenn das hieß, daß sie bis zu den Schneidezähnen im Blut standen.

»Wenn ich diese Anspielung von vorhin richtig interpretiere«, fuhr Tangeri fort, »dann haben Sie den Namen dieses Menschen ins Spiel gebracht. Sten. Weiterhin gehe ich davon aus, daß Sie andeuten, seine Donquichotterie und seine lausbubenhafte Geste, dem Imperium das blanke Hinterteil zu zeigen, seien durchaus ernst zu nehmen.«

»Ihr Verständnis ist nicht sehr weit von dem entfernt, was ich mich auszudrücken bemühte«, sagte Ecu. »Aber führen Sie doch weiter aus.«

»Wie romantisch. Ein einzelner gegen das Imperium. So sieht

es jedenfalls aus. Wissen Sie, daß ich erst kürzlich einige Analysen durchgeführt habe? Analysen, die auf den Daten basieren, die Sie mir in Ihrer Freundlichkeit unter den angebrachten Sicherheitsvorkehrungen haben zukommen lassen. Die Daten, auf die ich mich beziehe, betreffen das erheiternde Szenario, das Sie von der Selbstzerstörung des Imperiums entwerfen. Sie haben eine seltene Begabung, Fiktionen miteinander zu verquicken.«

Sie wußten beide, daß der kamikazehafte Sturz des Imperiums in Richtung Verderben alles andere als eine Fiktion war.

»Wie ich bereits sagte, habe ich Ihre Daten ein wenig ergänzt, aber stets innerhalb des Denkmodells, das Sie da entworfen haben. Wenn Sie wünschen, gebe ich Ihnen eine Zusammenfassung davon mit.

In einem Satz zusammengefaßt, läuft die Analyse – immer unter Einbeziehung der von mir angenommenen Erweiterungen – darauf hinaus, daß ein einzelner, wie etwa dieser gesetzlose Sten, durchaus in der Lage sein könnte, das Imperium zu erschüttern. Wenn das Imperium auf diesen winzigen Stimulus nicht korrekt reagiert, dann liegt es nicht außerhalb jeglicher Vorstellung, daß daraus eine mehrfach gebrochene Feedback-Situation entsteht und daß die darauf folgende Oszillation, wenn sie sich nicht gerade über eine sehr ausgedehnte Periode erstreckt, womöglich das gesamte Imperium zum Stillstand bringen könnte; oder sogar – die bestmöglichen Bedingungen und keine erfolgreichen Gegenmaßnahmen immer vorausgesetzt – seine Zerstörung bewirken.

Das ist höchst interessant.«

Tangeri verfiel in Schweigen, strich sich mit der mit Tentakeln versehenen Pfote über die langen Gesichtsfühler und blieb dann reglos wie ein fetter, schwarzweißer Dreifuß auf seinem Schwanz sitzen. Falls es die Situation erforderte, konnte er in dieser unbeweglichen Position stunden- oder gar tagelang verharren.

»Das ist *wirklich* interessant«, stimmte ihm Ecu zu. »Ihre Gleichungen würden mich doch sehr interessieren. Natürlich rein aufgrund ihres Unterhaltungswerts. Aber Sie erwähnten da etwas, das ich womöglich nicht richtig verstanden habe.«

»Dann möchte ich mich in aller Form dafür entschuldigen. Mir fällt auf, je älter ich werde, um so stärker neige ich zur Weitschweifigkeit oder sogar zu Ungenauigkeiten.«

»Keinesfalls«, erwiderte Ecu. »Sie haben sich durchaus klar ausgedrückt. Mich würde lediglich der Punkt genauer interessieren, den Sie als ›bestmögliche Bedingungen‹ bezeichnet haben. Wenn Sie diesen Punkt noch etwas ausführen könnten?«

»Ich habe viele Varianten durchgespielt«, sagte Tangeri glatt. »Die faszinierendste war vielleicht die, bei der sich dieser Sten insgeheim mit einer anderen Spezies verbündet; einer Spezies, die normalerweise Neutralität bewahrt hat oder es zumindest versucht hat, wenn es um das gesamte Imperium betreffende politische Fragen ging.«

»Ach?« Ecu fragte sich, ob Tangeri darauf hinauswollte, die Manabi als Stens Parteigänger aufzudecken. Nein. Er würde sich wohl kaum einer Enthüllung rühmen wollen, die für jeden Cal'gata ohnehin auf der Hand lag; Ecu hatte fast alles getan, außer eine Flagge mit Stens Kampfemblem zu hissen.

»Jawohl. Außerdem habe ich mir eine sehr große Spezies vorgestellt. Eine kriegerische Spezies.«

Sr. Ecu schwebte völlig bewegungslos in der Luft.

»Eine Spezies, die während der Tahn-Kriege treu auf Seiten des Imperators stand und anschließend während des Interregnums eine eher feindselige Neutralität wahrte.«

Das war's! Genau aus diesem Grund hatte Sr. Ecu die lange, geheime Reise zu diesem Planeten unternommen.

»Mmhmm«, brummte Ecu. »Könnten Sie vielleicht hinzufügen, daß diese hypothetische Spezies nach der Rückkehr des Imperators für ihre Loyalität kaum belohnt wurde – vielleicht, weil sie zwar viele Sterncluster kontrolliert, diese aber alle sehr weit vom Herzen des Imperiums entfernt liegen?«

»Über zweihundertundfünfzig solcher Cluster.« Sr. Tangeri stieß einen grellen Pfiff aus, und die Spiegelfechterei hatte ein Ende. »Einige unserer angesehensten Persönlichkeiten sind vom Privatkabinett ermordet worden. Während des Tahn-Kriegs haben wir zwei Millionen Bürger verloren.

Und jetzt hat man uns vergessen. Unsere AM_2-Rationen werden immer mehr verknappt. Wenn man in den Kammern des Stardrive Holz verbrennen könnte, würden wir schon lange über diese Möglichkeit nachdenken.

Jawohl«, fuhr Tangeri fort, und seine gepfiffene Rede verlor etwas an Schärfe. »Der Imperator hat Kurs auf das Herz irgendeiner großen Sonne genommen. Die Cal'gata sind nicht dazu bereit, diese Reise mit ihm anzutreten.

Nehmen Sie Kontakt zu Ihrem Sten auf. Berichten Sie ihm, was ich gesagt habe. Alles, was uns fehlt, um einen Krieg zu führen, ist genügend AM_2. Fragen Sie ihn, was er am dringlichsten benötigt. Schiffe. Soldaten. Fabriken. Egal was.

Die Cal'gata haben sich entschieden. Und selbst wenn wir uns getäuscht haben und dieser Rebell Sten vernichtet wird, dann ist die Tatsache, daß er einen Teil oder gar das gesamte Imperium mit sich reißen und in so etwas wie eine neue Barbarei stürzen wird, immer noch besser als dieses absolute Chaos, das als einziges Ziel am Ende des Weges lauert, den der Imperator zu beschreiten gedenkt. Sagen Sie ihm auch das.«

Zweihundertundfünfzig Cluster hörte sich wie eine ganze Menge an, dachte Ecu, nachdem er sich in sein Schiff zurückgezogen hatte, um ein wenig auszuruhen und sich auf das offizielle Bankett am nächsten Tag vorzubereiten. Doch im Vergleich zur enormen Ausdehnung des Imperiums, das sich über viele Galaxien erstreckte, war es nicht mehr als ein Truppenverband von der Größe einer Kompanie.

Trotzdem. Es war ein Anfang.

Er ließ sich zu einem Wandregal treiben – die frei herumschwebenden Manabi nannten es einen Schreibtisch – und überflog die Papiere, die ein Kurierschiff geliefert hatte, während er noch mit Tangeri verhandelt hatte.

Als diszipliniertes Wesen ging er zuerst die offiziellen Fiches durch, aber sein Blick kehrte immer wieder zu dem kleinen Stapel der persönlichen Nachrichten zurück: Fiches von Kollegen, Freunden und einer ehemaligen Brutpartnerin. Und noch etwas anderes. Etwas, das schimmerte.

Er hielt es nicht länger aus. Ein Fühler zog es aus dem Stapel und hielt es in die Höhe. Das kleine Fiche tauchte ihn in ein Kaleidoskop aus Licht; Farben liefen wellenförmig über seine Oberfläche.

Eine Reklamesendung. Er hätte mit so etwas rechnen müssen. Die Frage war nur: Wie war es welcher Firma gelungen, Ecus privaten Adreßcode herauszufinden? Er betrachtete das Fiche genauer.

Der Absendercode war handgeschrieben. Marr und Senn? Ecu überlegte. Dann fiel es ihm ein. Die ehemaligen Caterer des Imperialen Hofs auf der Erstwelt. Ecu dachte mit Freuden an die beiden. Wie beinahe jeder, der die Bekanntschaft des lebenslang miteinander verbundenen gleichgeschlechtlichen Paars gemacht hatte, war er von den beiden Milchen verzaubert gewesen. Zum ersten Mal war er ihnen bei einem offiziellen Bankett begegnet und sehr davon beeindruckt gewesen, daß sie sich nicht nur die Mühe gemacht hatten, einige Gerichte aus der Speisekarte der Manabi ausfindig zu machen und zu synthetisieren, sondern ihn obendrein mit einigen seiner persönlichen Lieblings-»Speisen« überraschten. Er war auch zu einer Reihe von Partys in ihrem berühmten »Lichtturm« eingeladen gewesen, ihrem Wohnhaus, das sich in einem sehr einsamen Sektor der Erstwelt befand.

Aber warum sollten sie Kontakt mit ihm aufnehmen? Wenn er sich recht erinnerte, waren sie schon lange im Ruhestand.

Er tippte auf eine der berührungsempfindlichen Flächen.

Zwei kleinformatige Hologramme schwebten vor ihm in der Luft. Marr und Senn. Ihre Fühler winkten ihm zu.

»Wir übermitteln Ihnen unsere herzlichsten Grüße, Sr. Ecu«, flöteten sie und waren auch schon wieder verschwunden. Also eine persönliche Reklamesendung.

Wohlgerüche stiegen auf, die Gerüche einer Küche, in der herrliche Dinge zubereitet wurden. Dann erschien vor ihm das winzige Hologramm einer dampfenden Servierschale. Und verschwand. Ein weiteres Hologramm bildete sich, diesmal von der Tafel eines offiziellen Banketts.

Aha. Offensichtlich hatten sie so etwas wie einen Lieferservice aufgezogen, und zweifellos dachten sie, Sr. Ecu hielte sich in der Nähe der Erstwelt auf und würde eventuell ihre Dienste in Anspruch nehmen.

›Wie eigenartig‹, dachte er. Solche Aktionen hatten sie eigentlich nicht nötig. Vielleicht langweilten sie sich nach einigen Jahren Ruhestand und drängten wieder zurück in die Geschäftswelt.

Der Tisch verschwand, und jetzt tauchten erneut Marr und Senn auf. Sie bestätigten seine Vermutung, daß sie ab sofort wieder für individuelles Catering zur Verfügung stünden. Und sie boten ihm an –

Es läutete. Ecu warf einen Blick auf eine Wandanzeige und stellte fest, daß er spät dran war.

Erstaunt schaute er auf die Spielzeit des Fiches. Sie zeigte an, daß beinahe noch dreißig E-Minuten übrig waren. Was hatten Marr und Senn da nur zusammengestellt? Hatten sie alle ihre Menüs und die Vorbereitungen für sämtliche Gerichte komplett aufgelistet?

Sehr eigenartig. Er legte das Fiche zur Seite. Er hatte nicht mehr genug Zeit, um sich den Rest der Nachricht anzusehen. Er hätte schon längst anfangen müssen, sich für Tangeris Einladung zurechtzumachen.

Trotzdem zögerte er; seine Gedanken drehten sich noch immer um das Fiche. Nein. Auch wenn er seinen überaus scharfen Verstand noch so sehr anstrengte – die Sache ergab keinen Sinn.

Das war wirklich sehr, sehr eigenartig.

Doch jetzt hatte er sich schon um einiges zum Bankett verspätet …

Vielleicht später.

Der Konvoi glitt durch den Hyperraum. Achtzehn Truppentransporter mit nur zwei Aufklärern als Voraus-Eskorte.

Sie hatten die beiden Haie nicht bemerkt, die nur wenige Lichtminuten entfernt auf der Lauer lagen.

»Wie ein Schwarm Kabeljaue«, meinte Berhal Flue, der befehlshabende Offizier des Zerstörers der Rebellenflotte *Aisling*, zu Berhal Waldman, der sich an Bord der *Aoife* befand. »Von der Sonne geblendet, schwimmen sie frohgemut ins flache Wasser und auf das Netz zu.

Besser gesagt«, korrigierte er seine Analogie, »auf den Mann mit dem Speer.«

»Taktik, Sir?« fragte Waldman. Er rangierte trotz seines gleichen Dienstgrades als Berhal eine Stufe unter Flue.

»Wie besprochen«, antwortete Flue. »Drauflos und die Formation abrechen.«

»Einmal zuschlagen und dann weg?«

Flue zögerte.

»Höchstwahrscheinlich. Aber halten Sie sich für eine eventuelle Berichtigung bereit.«

»Sir? Ich finde es höchst unwahrscheinlich, daß dieser Konvoi praktisch ohne Eskorte daherkommt. Vielleicht sollten wir uns ganz ruhig verhalten, bis er vorbei ist, eine komplette Rundumsuche durchführen, um sicherzustellen, daß es keine Überraschungen gibt, und ihn dann von hinten angreifen?«

»Sie kennen meinen Befehl, Berhal«, sagte Flue kurz angebunden. »Wenn sie uns orten, flitzen sie in alle Richtungen davon. Wir haben hier die Gelegenheit, den ersten großen Sieg für die Rebellion zu erringen. Und dafür zu sorgen, daß unsere Namen auf unseren Heimatplaneten bis ans Ende der Zeit mit Ehrfurcht genannt werden.«

Wie die meisten Honjo interessierte sich Waldman nicht so sehr für Ruhm und Ehre, sondern mehr für das nackte Überleben und eine gehörige Portion Profit; aber er äußerte keine Einwände mehr.

»Erbitte Countdown«, sagte er und wendete sich vom Bildschirm ab.

Die Besatzung der *Aoife* war schon auf ihren Stationen und erwartete ihre Befehle.

Die Sekunden vergingen ... und dann flackerte »Null« auf.

Beide Zerstörer gingen auf volle Kraft voraus und tauchten auf den Konvoi »hinab«.

An Bord der Imperialen Schiffe heulten die Alarmsirenen los, und die beiden Aufklärer rasten den beiden Angreifern sofort entgegen; ein mutiger, wenn auch sinnloser Versuch, die Attacke zumindest zu verzögern. Sie wurden auf der Stelle vernichtet.

Und dann waren die Wölfe mitten unter den Schafen. Die »Herde« verteilte sich, die Schafe flohen in alle Richtungen, wobei sie von Schiff-Schiff-Raketen der Rebellen verfolgt wurden. Die Zerstörer jagten durch den sich auflösenden Konvoi, und ihre erfahrenen Captains brachten sie so dicht an die Imperialen Transporter heran, daß sie ihre Schnellfeuerkanonen einsetzen konnten, und wenn auch nur für einige Nanosekunden.

Kurz darauf kamen die *Aoife* und die *Aisling* an der anderen Seite des Konvois wieder heraus.

Vier Truppentransporter existierten nicht mehr, drei weitere hatten ernsthafte Treffer abbekommen.

»Noch ein Durchgang«, befahl Flue. »Dann nehmen wir sie uns einzeln vor und vernichten sie einen nach dem anderen.«

Wieder dachte Waldman daran, zu protestieren. Diese Vorgehensweise verstieß nicht nur gegen den gesunden Verstand, sondern auch gegen Stens direkte Befehle. Als er sie auf ihren Raubzug entsandt hatte, war dies mit dem ausdrücklichen Befehl geschehen, zwar soviel Ärger wie möglich zu verursachen, aber keinesfalls auch nur das kleinste Risiko einzugehen.

»Sie haben schnelle Schiffe«, hatte Sten gesagt. »Aber das gibt Ihnen keinen Freibrief, sich unnötig in Gefahr zu begeben. Wir haben nur vier Schiffe – die Einheiten der Bhor müssen sich noch formieren und sind noch nicht kampfbereit. Kämpfen Sie hart – aber kommen Sie wieder zurück!«

Bevor Waldman sich entscheiden konnte, ob er etwas sagen sollte, tauchte die zurückhängende Eskorte auf dem Monitor auf.

Vier leichte Imperiale Kreuzer und elf schwere Zerstörer.

Die Bildschirme der Honjo-Zerstörer blinkten warnend.

Flue hatte weder die Zeit noch die Veranlassung, seine Befehle zu brüllen. Beide Zerstörer der Rebellen gingen sofort auf Fluchtgeschwindigkeit, ließen ihre Computer irrationale Zickzackkurse fliegen und legten den endgültigen Kurs zum verabredeten Treffpunkt fest.

Die Armierungsoffiziere feuerten zur Rückendeckung Kalis ab.

Und die Raumfahrer aus dem Volk der Honjo fingen an zu beten.

Ein Zerstörer explodierte in einem Feuerball, als er einen Kali-Volltreffer erhielt, und der Bug eines leichten Kreuzers löste sich in leuchtenden Nebel auf.

Doch entweder half das Beten nichts, oder die Götter, die diesen Sektor des Hyperraums kontrollierten, waren eher an einem Gemetzel interessiert.

Die Imperialen Schiffe gingen zum Gegenangriff über.

Beide Zerstörer schickten eine ganze Salve von Fox-Abfangraketen los, aber der Gegner hatte einfach zu viele Raketen abgefeuert.

Stroboskopartig stürmten blitzschnell wechselnde Eindrücke auf Waldman ein: eine Imperiale Kali im Anflug auf die *Aisling* ... Flues Gesicht auf dem Bildschirm, mit weit aufgerissenen Augen ... Distanzortungsgeräte heulten auf.

Dann riß die Verbindung mit der *Aisling* ab, der Bildschirm wurde schwarz.

»Die *Aisling* ist getroffen, Sir«, sagte Waldmans Diensthabender so tonlos, als hätte er es geübt. »Moment ... Moment ...«

Waldman ignorierte ihn.

»Navigation! Neuer Kurs! Ich will einen Kollisionskurs mit der letzten Position der *Aisling*.«

»Sir!«

»Moment ... Moment ...« wiederholte der diensthabende Offizier mit seiner monotonen Stimme. »Monitor leer, Sir. Von der *Aisling* ist nichts zu entdecken.«

»Vielen Dank, Mister. Maschinendeck! Ich würde es sehr begrüßen, wenn Sie noch ein bißchen mehr Dampf machen könnten.«

»Torpedo im Anflug«, meldete die Ortung. »Kontakt in ... sieben Sekunden ... Abwehrraketen haben versagt ... vier Sekunden ...«

Und die *Aoife* raste durch das beinahe leere Vakuum, an jener Stelle vorbei, wo sich soeben noch die *Aisling* befunden hatte. Das Vakuum war beinahe leer, doch voll genug, um die Kontrolleurin der Kali zu verwirren, die den Kontakt zu ihrer Rakete verlor und den Vogel per Fernzündung detonieren ließ.

Kein Treffer. Ein Imperialer Offizier gab von der Feuerleitstelle tonlos durch, daß die *Aoife* noch intakt war. Und nach wie vor auf voller Beschleunigung. Eine zweite Rakete wurde abgefeuert.

Doch jetzt war es zu spät. Mit eingeklemmtem Schwanz entkam die *Aoife* zuerst den Raketen, dann den sie verfolgenden Zerstörern. Die Imperialen Kreuzer waren noch viel weiter »hinter« sie zurückgefallen.

Die Schlacht hatte sieben Minuten Schiffszeit gedauert.

Imperiale Verluste: zwei leichte Begleitschiffe vernichtet. Ein schwerer Zerstörer vernichtet. Vier Transporter vernichtet. Ein leichter Kreuzer hoffnungslos beschädigt. Ein Transporter schwer beschädigt; er wurde gesprengt, nachdem die Überlebenden evakuiert worden waren. Ein Transporter wurde zu einem Werftplaneten geschleppt und dort als irreparabel verschrottet. Die anderen beiden mußten monatelang ins Reparatur-Dock, bevor sie ihren Dienst wiederaufnehmen konnten.

Fast fünfzehnhundert Verwundete.

Siebentausend ausgebildete Imperiale Raumsoldaten waren tot.

Auf der anderen Seite:

Ein vernichteter Zerstörer der Rebellen.

Zweihundertunddreiundneunzig tote Honjo-Rebellen.

Ein überwältigender Sieg für das Imperium.

Sten wandte sich mit düsterem Blick von der Gedenktafel für die Toten der *Aisling* ab. Er war gottfroh, daß Berhal Flue als explodierte Leiche auf einem Kurs ins Nirgendwo war. Denn wenn er überlebt hätte, hätte Sten ihn erschießen lassen.

Er war sogar versucht gewesen, Waldman zu entlassen, und er hätte das auch getan, wenn er nicht damit hätte rechnen müssen, dadurch jede weitere Unterstützung von den Honjo-Welten zu verlieren.

Statt dessen erklärte er die toten Honjo zu Märtyrern der Revolution, kündigte an, daß ein neues Kriegsschiff den Namen *Flue* tragen würde, und verteilte großzügig Medaillen und Bonusse für die Soldaten beider Schiffe.

Im kleinen Kreis der Offiziere der *Aoife,* der *Victory* und der *Bennington* sowie seiner noch in der Ausbildung befindlichen Bhor-Offiziere forderte er jedoch jeden auf, der sich für einen General Kuribayashi hielt, das auf der Stelle kundzutun und sich damit die Mühe zu ersparen, sich nach einer angemessenen Zahl selbstmörderisch mutiger Einwände eigenhändig den Bauch aufzuschlitzen. Sten würde diese Pflicht liebend gerne an Ort und Stelle erfüllen.

Seine Ansprache richtete sich dabei vor allem an die Bhor. Sie hatten, wie die meisten Händlerkulturen, einen besonders ausgeprägten Selbsterhaltungstrieb. Andererseits war diese Spezies von berserkerhaften Auftritten regelrecht begeistert, und Sten hatte jetzt erst einmal die Nase von Gedenktafeln gestrichen voll.

Dann versuchte er, den Vorfall einstweilen zu vergessen.

Er ging noch einmal seine Strategie durch. Konnte er momentan noch etwas tun, etwas, das er bei seinen bereits angelaufenen Plänen nicht berücksichtigt hatte? Er glaubte nicht. Die Rekruten aus den Clustern der Cal'gata würden in Kürze heimlich auf den Wolfswelten eintreffen, und Sten war auf das entsprechende Wutgeheul gefaßt, wenn er anfangen würde, Veteranen aus den Begleitschiffen der Bhor und seinen eigenen Schiffen herauszunehmen und als Ausbilder und Kommandokader einzusetzen.

Er brauchte immer noch jemanden, der Mahoneys Dokumente analysierte. Natürlich hatte er zuerst an Alex gedacht, aber er brauchte den Schotten als Chef seiner Geheimdienstabteilung.

›Wenn man eine Revolution anzettelt‹, dachte er, ›ist der schlimmste Moment eigentlich der, in dem einem zum ersten Mal auffällt, wie schwach man letztendlich mit wirklich befähigtem Personal bestückt ist.‹

Das wenige, was ihm wichtig erschien und das er von der Logistik her auch ausführen konnte, war in die Wege geleitet. Plötzlich entstand ein Bild vor seinem inneren Auge: eine gewaltige, massive Kugel kollabierten Materials aus dem Herzen eines Pulsars. Die massige Kugel hing an einer Stahltrosse. Und Sten war ein Zwerg, der mit einer Feder auf diese Kugel einschlug.

›Sehr schön‹, dachte er. ›Fällt dir noch mehr ein, was deine Laune ein wenig aufbessert?‹

Doch, da gab es noch etwas. Kilgour und Cind aufsuchen und sich an dem einen oder anderen Stregg gütlich tun. Ah ja, noch etwas. Kilgour nach einer Weile aus dem Zimmer jagen und sich einen Monat oder so an Cinds Zehen oder so gütlich tun.

Schon wesentlich besser gelaunt, suchte er seine Revoluzzerfreunde auf.

Sie waren gerade beim Packen.

Cind klärte ihn auf. Sie könnte für die Bhor sprechen, doch die waren eine Maschine – oder besser ein Moloch –, der zum Großteil aus eigenem Antrieb lief. Ihre andere vorgebliche Pflicht, nämlich Sten als Leibwächterin zu dienen, wurde bereits mehr als perfekt von den Gurkhas erledigt.

Außerdem hatte sie plötzlich gespürt, wie sich ihr Horizont weitete – sogar noch bevor Otho sich seinen kleinen Scherz erlaubt hatte –, und sie fing an, die Begrenzungen ihrer Rolle als Rüpel oder als Anführer in einer Gruppe von Rüpeln zu sehen.

Sie habe angefangen, sich für die AM_2-Problematik zu interessieren und einen womöglich einzigartigen Weg neuer Nachforschungen entdeckt, fuhr Cind fort. Das Privatkabinett hatte intensiv nach dem Material gesucht und nichts gefunden. Sie verfolgte jetzt jede Spur, die damals aufgenommen worden war, so gut es aus der Entfernung, ohne auch nur in die Nähe der Erstwelt zu gelangen, eben ging.

»Als mir das Mädel von der Idee erzählt hat«, unterbrach sie Alex, »hab ich zuerst die Stirn gerunzelt und mich gefragt, ob das ein Witz sein soll, wo doch jeder weiß, daß das Privatkabinett nur in Sackgassen herumgestochert hat.

Natürlich hat mir Cind daraufhin erklärt, daß es keinen besseren Weg gibt, Fehler zu vermeiden, als zu wissen, warum und woran deine Vorgänger gescheitert sind; dann mußt du deine Zeit nämlich nicht damit verplempern, in die gleichen Fallen zu tappen.«

Cind erzählte weiter.

Die ursprünglichen Nachforschungen hatten nicht viel ergeben, so daß sie sich bereits gefragt hatte, ob die Zeit nicht doch vergeudet sei. Doch dann fiel ihr in einem später für alle zugänglichen Überblick über die letzten Monate des Privatkabinetts die Information auf, daß sie damals unter dem Titel AM$_2$-Sekretär eigens einen Energiezaren namens Sr. Lagguth angeheuert hatten. Lagguth war nicht allzulange nach einer der ersten Vollversammlungen des Kabinetts verschwunden, und die Gerüchte besagten, daß dieses Treffen eigens als Notsitzung hinsichtlich der AM$_2$-Krise einberufen worden war.

»Tja«, meinte Sten, »da ist er höchstwahrscheinlich aufgestanden, hat ihnen erzählt: ›Ich habe keinen Schimmer‹, und dann haben sie ihn hopsgenommen.«

»Kann schon sein«, sagte Cind. »Aber zuerst wurde er von Kyes unter die Fittiche genommen.«

Kyes. Der nonhumanoide Spezialist für künstliche Intelligenz, der ebenfalls verschwunden war, nachdem das Kabinett Poyndex von seinem Posten als Chef des Mercury-Corps direkt auf einen Stuhl im Kabinett selbst befördert hatte. Auch für dieses Verschwinden gab es keinerlei Erklärungen.

Sten hatte jedoch, als Teil seiner allgemeinen Nachforschungen über das Kabinett, auch diesem Fall hinterhergespürt. Er hatte erfahren, daß Kyes' Spezies eine symbiotische Lebensform war, die ihre eigentliche Intelligenz einem Parasiten verdankte. Nach einer gewissen Zeit war die Lebensspanne dieses Parasiten jedoch abgelaufen, woraufhin sich jeder Grb'chev in einen sabbernden Idioten verwandelte. Wahrscheinlich hatte man Kyes, der die bekannte Zeitspanne schon weit überschritten hatte, eines Morgens gefunden, wie er am Fenster stand, den Sonnenaufgang beobachtete und sagte: »Es leuchtet«, und ihn daraufhin ohne viel Aufhebens in das »Grb'chev-Heim für zeitweise Verwirrte« gesteckt.

»Schon möglich«, lenkte Cind ein. »Der Kult des Ewigen Imperators glaubt jedoch daran, daß er direkt in den Dialog mit den Heiligen Sphären überführt wurde, was auch immer das zu bedeuten hat.

Trotzdem müssen wir uns das noch einmal vor Augen führen. Kyes, ein Computergenie, und sein Kumpan, ebenfalls ein Spezialist auf diesem Gebiet, beide am AM_2 interessiert. Ach ja, noch etwas. Kurz nachdem Kyes Lagguths Beichtvater wurde, verschwanden sämtliche Daten, die das Kabinett über AM_2 gesammelt hatte. Einfach weg.«

»Aha«, meinte Sten, bei dem einige Alarmglocken klingelten. »Ich halte den Bericht, auf den du gestoßen bist, für eine Fälschung. Der Imperator hat diese Dateien frisieren lassen; und zwar *nach* seiner Rückkehr. Anschließend hat er das Fiche ausgegeben, das du als Desinformation benutzt.«

»Schon möglich«, sagte sie. »Ich mache mich jedenfalls auf die Reise zu Lagguths Heimatplaneten und stelle dort ein paar dumme Fragen. Es sei denn, du hast eine bessere Idee.«

Sten hatte eine bessere Idee, doch sie diente lediglich seiner persönlichen Befindlichkeit und brachte sie alle sachlich keinen Deut weiter.

»Und du begleitest sie?« wollte er von Alex wissen.

»Hier muß ich dir ein dickes fettes ›Neiiin‹ entgegenschleudern, so wie eine fohlende Stute. Ich habe eine Verabredung mit einer Gurgel. Oder mit etwas, von dem ich hoffe, daß es die Luftröhre des Imperators ist.

Die Ideen von deinem Mädel sind nicht mal so dumm, Sten. Ich bin nach der gleichen Taktik vorgegangen. Nur daß ich mich nach dem Imp umgesehen habe. Falls du dich noch daran erinnerst: als wir im Altai-Cluster bis zur Halskrause in Terroristen steckten, hast du nach dem Imp geschrien und keine Antwort gekriegt. Du weißt schon – nachdem Iskra die Studenten massakriert hatte?«

Sten erinnerte sich. Nur zu gut. Er hatte einen Anruf nach dem anderen per Direktverbindung von der Botschaft zum Imperialen Palast auf der Erstwelt losgelassen. Man hatte ihn damit abgespeist, daß der Imperator indisponiert sei.

»Ich dachte immer, er wollte mir damals nur aus dem Weg gehen«, sagte Sten. »Ich habe nie herausgefunden, weshalb; andererseits habe ich mir seither auch keine Gedanken mehr darüber gemacht.«

»Genau. Vielleicht wollte der Imp wirklich nicht mit dir reden, alter Knabe. Ich habe mir die Mühe gemacht und alles nachgeprüft. Es gibt immer noch sichere Verbindungen zur Erstwelt, wenn man ein paar alte Kumpels von Mantis am richtigen Ort sitzen hat. Und noch ein paar andere Kollegen, die jetzt bei privaten Sicherheitsdiensten arbeiten.

Ich bin da auf eine interessante Sache gestoßen. Zur betreffenden Zeit – obwohl niemand einen Kalender darüber geführt hat – ist der Imp damals zur Erde gereist. Ohne irgendwem Bescheid zu sagen, ohne Fanfaren und Glockenklang.«

»Weshalb denn?«

»Darüber konnte ich noch nicht mal eine Theorie ausfindig machen. Ich kann mir aber nicht vorstellen, daß er ausgerechnet zu einer Zeit, wenn die Kacke so richtig am Dampfen ist, einen kleinen Angelurlaub eingeschoben haben soll. Für solche Aktionen war damals wie heute einfach nicht die richtige Zeit.

Und noch eine andere kleine Merkwürdigkeit, die mir meine Quellen innerhalb des Imperialen Militärs geflüstert haben. Zur gleichen Zeit, als der Imp angeblich zum Angeln war, wurden einige Knaben aus dem Dienst versetzt, zu besonderen Aufgaben, direkt zur Imperialen Entourage auf der Erde. Jungs von den Feuerwerkern.«

Die Feuerwerker: Bombenentschärfer und Gegenspionage-Experten. Warum bestellte sie der Imperator auf die Erde? Sten überlegte einen Augenblick und nickte dann. Es war an der Zeit, jemanden auf die Erde zu schleusen, der herausfand, was in drei Teufels Namen sich da eigentlich abgespielt hatte.

»Bin schon weg«, sagte Alex, dem das Nicken nicht entgangen war. »Obwohl ich mich nicht gerade darauf freue. Dort oben geistern noch ein paar miese Erinnerungen im Nebel herum.«

Allerdings. Sten hatte damals ein Überfallkommando zum Angriff auf die palastartige Ferienresidenz geführt, die ein Stück flußaufwärts vom alten Angelplatz des Ewigen Imperators am Umpqua River lag. Dort war das Privatkabinett zu einer Konferenz zusammengekommen.

Sten hatte als einziger von zehn Teammitgliedern überlebt. Dabei waren sie alle langjährige Mantis-Agenten gewesen, Kollegen und Freunde von Sten und Alex.

Ein weiterer Ort voller blutgetränkter Erinnerungen. Wie Vulcan.

»Suchst du nach etwas Bestimmtem?«

»Ich habe keinerlei Anhaltspunkte. Ich werde einfach ein bißchen herumwandern, die Nase in die Luft strecken und den Arsch schön am Boden lassen. Ich habe Sr. Wild gefragt, ob er mir einen Piloten und ein kleines Schiff borgt.

Er hat mir einen kleinen Flitzer und einen seiner angeblich ausgebufftesten Piloten zur Verfügung gestellt. Ein Menschenmädel namens Hotsco. Wild meinte, sie hat sich freiwillig für den Job gemeldet. Also wahrscheinlich eine Hirngeschädigte.

Hab sogar schon mit ihr geredet. Sehr hübsch, wenn man auf die schlanke Sorte abfährt, die mit dem schmalen Becken und den kleinen Möpsen und 'ner Hüfte, die man mit einer Hand umfassen kann. Ich hab ja seit jeher Angst, daß ich so eine mal im Sturm meiner romantischen Leidenschaft in der Mitte entzweibreche. Aber da sie einem nicht gerade Augenschmerzen verursacht, hab ich mich für die gute alte Liebespaartarnung entschieden. Vorausgesetzt, jemand glaubt ernsthaft, daß diese Hotsco mit ihren Haaren bis zum Hintern und den blitzenden Augen sich für einen Klotz wie mich interessieren könnte.«

Der Bhor-Geheimdienst würde Alex' Arbeit übernehmen, solange er weg war. Außerdem hatte er Marl – seine Agentin zur Ausbildung – sowie den Geheimdienstspezialisten der Bhorpolizei, Wachtmeister Paen, als verantwortliche Offiziere für sein persönliches Projekt eingesetzt: das Gegenspionageprogramm, das er über den erfolgreich umgedrehten Hohne laufen hatte. Der Imperiale Spion hatte eine Erleuchtung gehabt, genau wie Alex es Marl vorausgesagt hatte, nachdem er einige Zyklen im finstersten Verlies eines der pittoresken Gefängnisse der Bhor zugebracht hatte.

»Prima. Dann läuft also alles Tickety-Tickety, wie ein Nähmaschinchen. Was mir zu denken gibt, denn schließlich haben wir es hier nicht mit einer Nähmaschine zu tun.

Und jetzt? Bin ich etwa schon weg? Hat keiner von euch das Verlangen, mir einen Abschiedskuß zu geben? Ich habe mir extra vor zwei Epochen die Hauer geputzt.«

Sten spendierte ihm statt dessen einen Abschiedstrunk. Oder zwei. Auch Cind fand die Zeit, sich ihnen anzuschließen.

Beim Stregg beklagte er sich laut darüber, daß er jetzt die Probleme kennengelernt habe, die der Job als Galionsfigur so mit sich brächte. Nie hatte man mehr so richtig Spaß.

Cind tätschelte seine Wange.

»Es ist halt so wie in dem alten Lied«, sagte sie: »›Du stehst ganz einfach lässig rum / Und wenn was zappelt, legst du's um.‹«

›Einfach rumstehen‹, dachte Sten.

Von wegen.

Auch Ida vernachlässigte Regel 3 der Führungsvorschriften für die Obere Führungsebene, Unterparagraph D, schmählich: immer möglichst viele kleine Soldaten zwischen sich und das Bumm-Bumm da vorne schieben. Sten hatte beschlossen, die Roma so lange wie möglich im Hintergrund zu belassen, sie als weit im Raum stehende Aufklärer sowie für nicht ganz hasenreine Transporte kleiner Überfallkommandos einzusetzen. Irgendwann würden sie auffliegen, doch Sten wollte den größtmöglichen Nutzen aus diesen Händlern ziehen, bevor man sie als Feinde des Imperators identifizierte.

Das bedeutete aber auch, daß Ida selbst nicht einmal daran denken durfte, aktiv in die Geschehnisse einzugreifen.

Ida hatte sich einen großartigen Plan ausgedacht; einen, dem Sten sofort aus vollem Herzen zustimmen mußte. Sie hatte ihn nicht mit Details gelangweilt, etwa damit, um wen es sich bei dem Agenten vor Ort handelte, der diese »Bombe« legen würde.

Natürlich hatte Ida vor, den widerwärtigen Apparillo eigenhändig zu installieren. Romantiker oder Leute, die Frau Kalderash nicht näher kannten, hätten das vielleicht für ein lobenswertes Beispiel dafür gehalten, wie man seine Leute an vorderster Front führt, oder womöglich hätten sie sich wehmütig an die gute alte Zeit von Mantis erinnert.

Aber natürlich hatte Ida in Wirklichkeit herausgefunden, daß der Agent vor Ort gute Aussichten auf einen ordentlichen Batzen Profit hatte, eine Gelegenheit, die auch Jon Wild sofort witterte.

Und so kam es, daß eine krass übergewichtige und herrschsüchtige Frau in Begleitung ihres unscheinbaren Ehemannes auf der Handelswelt Giro ankam. Es sah ganz so aus, als hätte er das Geld, sie hingegen den Mumm. Doch da sie mit mehreren Millionen harter Credits auftauchten, die einen Tag nach ihrer Ankunft von der Erde überwiesen wurden, scherte sich niemand um ihre privaten Arrangements.

Zivilisationen, ob nun menschlich oder nichtmenschlich, neigen dazu, bestimmte Fiktionen zu akzeptieren. Eine der am weitesten verbreiteten ist diejenige, daß Wertpapiere aller Art – Aktien, Pfandbriefe und dergleichen – in direkter Beziehung zum Gesundheitszustand der Regierung bzw. der Aktiengesellschaft stehen. Über die Jahrhunderte hinweg haben sie alle auf die gleiche Weise funktioniert: La Bourse, Wall Street, Al-Manamah, das Drks'l-System.

Ida hatte schon vor langer Zeit herausgefunden, wie die beiden besten Regeln im Wertpapierhandel lauteten: 1. Gehe der überlieferten Weisheit aus dem Weg. 2. Die Aktien sind nicht die Firma. Ihre nichtaristotelische Herangehensweise an den Markt als wechselwirkendes System hatte ihr mehrere Zillionen Credits eingebracht.

Auf ihren periodisch auftretenden Raubzügen hatte sie neben vielen anderen schrägen Tatsachen gelernt, daß Giro eine der Welten war, die sich auf Wertpapiere und Finanzierungen spezialisiert hatten, und daß sich hier außerdem die Zentralcomputer des gesamten Systems befanden.

Der vorgeschobene Grund dafür, daß Ida – und, ja, auch ihr Mann – ihre Anlagegeschäfte nicht von einem Börsenmakler von ihrem Heimatplaneten aus erledigen ließen, bestand darin, daß sie sich gerne im Zentrum des Geschehens befanden. Auch das interessierte niemanden so richtig.

Sie und Wild hatten ihren großen Auftritt eines schönen Morgens, als die Handelsfirma Chinmil, Bosky, Trout & Grossfreund gerade ihre Türen öffnete. Ida hatte sich die Firma sorgfältig ausgesucht, und zwar nicht etwa wegen ihrer beachtlichen Größe und der überall verstreuten Zweigstellen, sondern vielmehr deshalb, weil CBT & G für ihre liberale Auslegung der Imperialen Sicherheitsbestimmungen bekannt war. Ida wußte, daß sich die Gauner in Schlips und Kragen am leichtesten blenden ließen. Sie waren nicht nur davon überzeugt, daß sie als allererste mit ihren jeweiligen betrügerischen Maschen daherkamen, sondern obendrein davon, daß alle anderen, angefangen von den Polizisten bis hinunter zu den Kunden, Vollidioten waren.

Ida tat ihre Absicht kund, ihre Beteiligungen über ihr Heimatsystem hinaus auszuweiten und zu streuen, wobei sie nicht versäumte, den gewaltigen Betrag zu erwähnen, den sie als Spielgeld veranschlagt hatten. Mit erstaunlicher Geschwindigkeit wurden sie vom Empfangschef zum Geschäftsleiter, von dort zum Juniorpartner und dann sofort zu Sr. Bosky durchgereicht.

Ida tat so, als lauschte sie seinen Ratschlägen, begab sich in die Nähe eines Zentralterminals und fing an zu kaufen. Und zu verkaufen.

Dabei redete sie unaufhörlich auf Bosky ein:

»Sr. Bosky, wenn ich also Ihren Rat befolge und langfristig in TransMig mache, das, was ich bei Cibinium habe, behalte, mich um dieses neue Angebot bei Trelawny kümmere ... Jonathan, hör auf mit der Zappelei, wir wissen schon, was wir tun ... äh, und wenn ich dann aus Soward fünf Prozent Kommunalanleihen herausziehe ... sieh dir *diese* Quote an ... das hätte ich Ihnen voraussagen können ... ein guter Tip, Sr. Bosky, und wie ich gerade sagte, ich interessiere mich für Trelawny, obwohl mir die Ertragsaussichten hier nicht unbedingt –«

Bosky blieb innerhalb eines E-Tages komplett auf der Strecke.

Ida kicherte in sich hinein. Sie fand, daß jeder, der so durchtrieben wie Chinmil und Konsorten war – besonders einer der Partner –, in der Lage sein müßte, einen Tag oder etwas länger zu verfolgen, unter welchem von Idas Bechern die Murmel lag. Doch sie plapperte immer weiter, während ihr Geld hierhin und dahin und überallhin floß.

Bosky war versucht, diese nervige Frau zum Gehen aufzufordern, doch ihm war nicht entgangen, daß Ida innerhalb zweier Börsentage ihre Investition verdoppelt hatte.

Er fing an, ihr zuzuhören. Sehr genau. Und er fing an, sein eigenes Geld und das der Firma auf Idas Spuren zu investieren.

Natürlich war das, was Ida mit ihrem Kapital anstellte, in Wirklichkeit etwas ganz anderes, als Bosky dachte, doch es würde mindestens einen Zyklus dauern, bis sich die Verwirrung lichten und Bosky aufgehen würde, wie viele Megacredits er verloren hatte.

Er bemerkte auch nicht, daß Wild während Idas Geplapper unbehelligt ein Programm in den Zentralcomputer der Firma eingespeist hatte. Stufe eins. Es dauerte eine E-Woche, bis das Programm exakt positioniert war.

In der gleichen Nacht wurde Stufe zwei aktiviert. Lange nach Mitternacht schlichen Ida und Wild aus ihrer Hotelsuite zu einem völlig sauberen und anonymen A-Grav-Gleiter, den Wild besorgt hatte, und brausten in die dunkle Nacht davon.

Am nächsten Tag erhielt Ida die obligatorische schlimme Nachricht von zu Hause. Ein billiger, dummer Trick, mit dem man sie aus jeder Grundschule für Spione hochkantig hinausgeworfen hätte. Aber trotz der großmäuligen Behauptungen der Geschäftsleute, sie hätten Geschichte, Spionage und Militärstrategie studiert, tun Geschäftsleute in Wirklichkeit nicht viel mehr, als sich einige griffige Kernsätze zu merken, mit denen sie ihre Saufkumpane davon überzeugen, daß sie gefährliche Raubtiere sind.

Ida versprach Bosky, daß sie schon bald zurückkommen würden.

Sie verließen Giro auf einem Linienschiff der Luxusklasse, gingen jedoch gleich beim ersten Zwischenstop wieder von Bord und wechselten in eins von Wilds Schiffen über, das dort für sie bereitstand. Dann verschwanden sie ganz. Sogar das Schiff, das sie für ihre Flucht benutzt hatten, wurde völlig aus den Verzeichnissen gestrichen und erhielt neue Registrierungen, angefangen von den Maschinen über den Navigationscomputer bis zur Außenhülle. Das war nur eine der vielen kulturellen Besonderheiten der Roma.

Noch bevor sie das Linienschiff verlassen hatten, war Stufe drei aktiv geworden, ein völlig automatisches Programm, das schon vor einiger Zeit eine halbe Galaxis entfernt in einer der kleinsten Zweigniederlassungen von CBT & G ins System eingespeist worden war.

Alle Investitionen Idas wurden sofort in harte Währung umgewandelt und die Credits zur Erde geordert. Den Ermittlern gelang es später, das Geld durch drei Waschanlagen zu verfolgen, bis sich die Spur verlor.

Sowohl Ida als auch Wild hatten ihr eigenes Vermögen vervielfacht und waren jetzt reich genug, um Krösus als Botenjungen anzustellen. Sie hatten dermaßen viel verdient, daß Ida sich beinahe schuldig fühlte und aus reinen Gewissensgründen für Sten und Kilgour ein Päckchen schnürte. »Wie verdammt angenehm ist es doch«, meinte sie, »wenn man in der Lage ist, Gutes zu tun, indem man Gutes tut, oder wie auch immer diese Grammatik-Typen es ausdrücken.«

Stufe zwei ging am nächsten Morgen in aller Frühe los, im gleichen Moment, als der Wertpapiermarkt seinen nächsten »Handelstag« eröffnete.

Buchstäblich.

Sechsundzwanzig kleine, aber ungewöhnlich gemeine nukleare Sprengsätze pusteten das automatisierte Computerzentrum von Giro – und damit den zentralen Wertpapiercomputer des Imperiums – vom Antlitz des Planeten. Die Sprengladungen waren von Kilgour, dem genialen Bombenbastler, entwickelt worden, noch bevor er sich auf den Weg zu seiner eigenen Mission gemacht hatte.

Verluste alles in allem: ein Hausmeister, der in einer Kantine sturzbetrunken ohnmächtig geworden war, anstatt sie routinemäßig zu verriegeln, sowie eine Handvoll finsterer Sicherheitstypen.

Nanosekunden später schlug das Desaster erste Wellen in den Liviekanälen und den heißen geschäftlichen »Drähten«. Panik. Wer … wieso … wie konnte jemand nur … was würde das jetzt … Anarchie … Widerwärtigkeit … gegen diese und jene Regel verstoßen …

Der Markt fiel im freien Fall Hunderttausende von Punkten. Und erholte sich sofort wieder, nachdem der klare Verstand wieder reagierte.

Der Horror war nicht ganz so entsetzlich. Natürlich gab es Backup-Computer. Und selbstverständlich konnte das ein Monster, das überhaupt auf die Idee kam, einen wichtigen Teil der Zivilisation zu vernichten, auf keinen Fall wissen.

Der Hauptbackup-Computer ging online.

Wilds Programm fing an zu laufen.

Ein angestellter Wertpapierhändler bemerkte es zuerst, als er seine Workstation einschaltete. Statt ihm einen Marktüberblick zu liefern, zeigte ihm sein Bildschirm das Porträt des Ewigen Imperators. Mit mürrischem Gesichtsausdruck. In voller Uniform. Sein Finger zeigte direkt auf den Angestellten. Die synthetisierte Stimme dröhnte: »DEIN IMPERIUM BRAUCHT DICH!« Dann blieb das Bild stehen und stehen ... und der Angestellte fluchte etwas von verdammten Politikern vor sich hin, von verdammten – dann hielt er erschrocken inne, blickte sich schuldbewußt um, da die Innere Sicherheit in letzter Zeit dazu übergegangen war, die Geschäftswelt zu überprüfen, und bootete erneut.

Durch das Neubooten wurde Idas Virus aktiviert, und ganz plötzlich brauchte das Imperium alles und jeden, und alle und jeder fluchten vor sich hin, ebenso wie sie fluchten, als die allgegenwärtige Warnung vor Piraten auf ihren Schirmen erschien, nachdem sie ebenfalls neu gebootet hatten ...

... und der Virus veränderte sich und verbreitete sich weiter. Verbreitete sich und veränderte sich und verbreitete sich und veränderte sich ...

... und das System des Backup-Computers stürzte ab, und während es abstürzte, übertrug es den Virus auf ein anderes Backup-System.

Das gesamte Netzwerk des Imperialen Wertpapierhandels kippte ins La-La-Land.

Es dauerte fast einen vollen Zyklus, bis wieder so etwas wie Normalität eingekehrt war. Die erste Panikreaktion eines guten Kapitalisten besteht darin, sich auf das Gold zu stürzen – alles flüssig machen und in etwas Sicheres verwandeln.

Die entsprechenden Anweisungen wurden erteilt, konnten jedoch nicht umgesetzt werden. Mehrere Devisen waren für den Markt gesperrt. Die Banken riefen Ruhetage aus. Einige durchaus kerngesunde Aktiengesellschaften wurden in den Konkurs gezwungen, nachdem die Aktionäre ihre Beteiligungen zurück-zogen. Umgekehrt erfuhren einige schwer angeschlagene Firmen nicht nur eine Daseinsverlängerung, sie standen plötzlich sogar als bombensichere Erfolgsunternehmen da. Manchmal mußten die Wertpapierhändler tatsächlich Banknoten annehmen – und die Eingänge handschriftlich quittieren! Aufträge zum Kauf oder Verkauf wurden mündlich oder handschriftlich getätigt!

Sten war hochzufrieden, insbesondere da Idas großangelegter Plan das erwünschte Endresultat zeitigte: nachdem alle Investoren sich liquide gemacht hatten und auf Nummer Sicher gegangen waren – und das hieß, die durch AM_2 abgesicherten Imperialen Credits kauften –, wurden diese Credits immer gefragter und dadurch immer teurer. Eine Zeitlang schien der Zusammenbruch unaufhaltsam, ganz egal wieviel Credits die Notenbanken des Imperiums auf den Markt warfen. Schließlich griff die Notfinanzierung des Imperiums doch noch, und das Pendel kam zur Ruhe.

Aber der Zwerg hatte mit seiner Feder zugeschlagen – und die Kugel hatte sich bewegt! Damit hatte Sten den totalen Krieg gegen das Imperiale System an einer weiteren Front eröffnet.

Sten bereitete sich eher griesgrämig ein einsames Mahl zu und versuchte sich wiederholt daran zu erinnern, daß die beste Rache darin bestand, es sich gutgehen zu lassen. Auch das Kochen war ein Hobby, das er vom Ewigen Imperator übernommen hatte.

Seine Mahlzeit bestand eigentlich nur aus einem einfachen, mit einem gut durchwachsenen Bullensteak belegten Sandwich.

Trotzdem handelte es sich hierbei womöglich um das USS, das Ultimative Steak Sandwich.

Schon früh am Tag, noch bevor der Papierkram und die Entscheidungen von allerhöchster Stelle die Chance hatten, ihn wie gewöhnlich bis zum Scheitel einzudecken, hatte er diagonale Schnitte in dem drei Zentimeter dicken Stück Fleisch vorgenommen. Das Steak kam dann in eine Marinade aus einem Teil Olivenöl aus erster Pressung und zwei Teilen Guinness – dem bemerkenswerten dunklen Bier, das er kurz vor seinem letzten persönlichen Zusammentreffen mit dem Imperator kennengelernt hatte – sowie etwas Salz, Pfeffer und ein wenig Knoblauch.

Inzwischen war es fertig für den Grillrost.

Sten nahm weiche Butter und mischte je einen Teelöffel getrocknete Petersilie, Estragon, Thymian und Oregano hinein. Die Butter strich er auf ein frisch gebackenes weiches Brötchen, wickelte es in eine Folie und hielt es warm.

Als nächstes schnitt er Zwiebeln. Viele Zwiebeln. Er sautierte sie in Butter und Paprika. Als sie zu brutzeln anfingen, erhitzte er in einer Doppelpfanne einen halben Liter Sauerrahm mit drei Eßlöffeln Meerrettich.

Als sich das Steak auf dem Grill nicht mehr bewegte, schnitt er diagonal dünne Streifen davon ab, legte das Fleisch auf das Brötchen, die Zwiebeln auf das Fleisch, gab ein wenig Meerrettich-Sauerrahm auf die Zwiebeln und schwelgte hemmungslos in Cholesterin.

Als Beilage gab es feingeschnittene Gartentomaten in einem Dressing aus Essig, Olivenöl und feingeschnittenem Schnittlauch. Und ein Bier.

Das Funkgerät summte. Es war Freston.

Er wollte wissen, ob Stens Funkgerät abgeschirmt und codiert war. Selbstverständlich war es das. Freston teilte Sten daraufhin mit, daß er gerade eine interessante Analyse des Signals abgeschlossen habe, das das Leitschiff des AM_2-Konvois bei seiner Ankunft über Dusable anscheinend ins Nichts abgestrahlt hatte.

Sten beschloß zu warten, bis Freston ausgeredet hatte, bevor er ihn zusammenscheißen und daran erinnern würde, daß er kein Funk- und Ortungsspezialist mehr war, sondern der Anführer einer Gefechtseinheit und Captain eines eigenen Schiffs, und daß er seine verdammten Kommunikationstechs gefälligst allein werkeln lassen sollte.

Das Signal, fuhr Freston fort, sei nicht einfach ins Nichts gegangen. Es sei vielmehr auf ein totes System gerichtet gewesen, irgendwo in einem vergessenen Winkel des Universums. Freston hatte sich eins der Horch-Schiffe der Bhor ausgeliehen, ihre Sensoren auf ein Breitbandmaß modifiziert, das seinen Gewohnheiten und Vorstellungen entsprach, und hatte das Schiff zu dem toten System geschickt.

Auf einem der Planeten hatte das Schiff eine kleine Relaisstation aufgespürt, aber weder eine Landung noch weitere ortungstechnische Untersuchungen riskiert, da Freston davon ausging, daß die Station vermint war.

Er fing an, zu erklären, was er da seiner Meinung nach entdeckt hatte, aber Sten bedurfte keiner weiteren Erklärung. Freston hatte die geheimnisvollen automatisierten AM_2-Versorgungskonvois eine Station weiter zurückverfolgt.

Sten ging davon aus, daß der Robotkonvoi von seinem bislang noch unbekannten Ursprungsort in diesem System ankam, dort von der Relaisstation entsprechende Anweisungen zur weiteren Reiseroute oder zu einer Umleitung der Lieferung erhielt und dann je nachdem weiter nach Dusable, zu einem anderen AM_2-Depot oder zu einem neu angewiesenen Zielort flog, oder …

Es gab noch eine ganze Reihe weiterer interessanter Möglichkeiten.

»Befindet sich das Horch-Schiff noch in dem betreffenden System?«

»Jawohl«, sagte Freston. »Ich habe ihm Befehl gegeben, sich nicht zu mucksen, alle passiven Ortungssysteme auf höchster Empfindlichkeitsstufe laufen zu lassen und ohne ausdrücklichen Befehl meinerseits keine aktiven Nachforschungen anzustellen.«

»Konnte das Bhor-Schiff bei seiner Ankunft irgendwelche Übertragungen auffangen?«

»Nein. Darüber hätte man mich unterrichtet.«

»Gab es seither welche?«

»Technisch gesehen nicht«, sagte Freston. »Doch die Sensoren des Schiffs haben vor kurzem einen verstärkten Energie-Output der Station auf allen Wellenlängen gemeldet. Als wäre sie aus dem Standby-Modus erwacht.«

Stens Abendessen war vergessen.

»Reicht die Ausrüstung auf dem Horch-Schiff aus, um eine weitere Übertragung wie diejenige, die Sie außerhalb von Dusable abgefangen haben, zu empfangen?«

»Mit Leichtigkeit.«

»Wie weit ist es entfernt?«

»Sie können in drei E-Tagen dort sein.«

Sten grinste. Freston kannte seinen Boß. »Na schön. Ist die *Aoife* startklar?«

»Jawohl.«

»Ich bin schon unterwegs. Sagen Sie dem Skipper –«

»Waldman, Sir.«

»Sagen Sie ihm oder ihr, daß das hier die große Chance ist, die Pleite mit dem Konvoi wiedergutzumachen. Sie sollen Kupplungsvorrichtungen für ein Einsatzschiff an der *Aoife* anbringen. Außerdem möchte ich, daß Sie eine Richtstrahl-Funkverbindung zwischen dem Einsatzschiff und dem Zerstörer einrichten. Und zwar gestern.«

»Jawohl, Sir. Ich nehme an, daß Sie selbst das Einsatzschiff befehligen werden?«

Sten wollte schon nicken. *Natürlich*. Dann bremste er sich. ›Ich bitte dich, mein Sohn. Du hast schon genug gesunden Menschenverstand über Bord geworfen. Führ dich jetzt nicht auf wie der letzte Operettengeneral.‹

»Nein, negativ«, sagte er zu Frestons Überraschung. »Ich möchte einen brandgefährlichen Piloten. Und ich habe auch schon die richtige Kandidatin dafür. Ende.«

Noch bevor der Bildschirm dunkel wurde, war Sten zur Tür hinaus.

Der Gurkhaposten vor der Tür befand sich noch nicht ganz in Habachtstellung, da war Sten auch schon vorbei und hinterließ ein Zucken, das man als gewinkte Antwort auf den Gruß deuten konnte.

Sten hatte einen Helm in einer Hand, über der Schulter einen Waffengurt komplett mit Pistole, Munition, Reinigungsset und Kukri, sowie in der anderen Hand einen Marschrucksack mit drei Tagesrationen und Toilettenartikeln – drei Dinge, die nie mehr als eine Armeslänge von ihm weg waren.

Ida hatte, wenn auch unbeabsichtigt, ein Exempel statuiert.

Es war höchste Zeit, ein wenig Rost abzukratzen.

Wie Sr. Ecu schon vor einem Jahrhundert oder mehr erfahren hatte, bestanden die drei größten Talente eines Diplomaten darin, niemals etwas persönlich zu nehmen, auch dann freundlich dreinzublicken, wenn das, was da beim Bankett serviert wurde, allgemein als Gummihuhn bekannt war, und, vor allen Dingen, in jeder Situation Langeweile auszuhalten.

Nicht nur die Langeweile endlos langer Konferenzen, auf denen Amateurpolitiker versuchten, möglichst viele Punkte zu machen, als handelte es sich um einen Debattierklub für Anfänger, sondern auch die Langeweile der endlosen Stunden, die man unterwegs auf Reisen verbrachte.

Ecu hatte sich schon oft gefragt, wie die Raumschiffsbesatzungen das aushielten, ohne durchzudrehen; und vor allem, wie die es ausgehalten hatten, die damals endlos in den alten Schiffen mit den konventionellen Antrieben gesessen hatten; er hatte sich sogar eingehend mit diesem Thema beschäftigt. Seine Forschungen über Morde, Meutereien und weitaus schlimmere Absonderlichkeiten, die sich besonders auf den Langzeitflügen vor den Zeiten des Stardrive ereignet hatten, belehrten ihn darüber, daß sie es eben nicht ausgehalten hatten.

Und nun, auf dem langen Rückflug von den Planeten der Cal'-

gata und besonders unter den erschwerten Bedingungen eines strikten Funkverbots, hatte er schon mit dem Gedanken gespielt, selbst ein wenig zu meutern, auch wenn er sich wiederholt ins Gedächtnis rief, daß Langeweile nicht zur Gefühlspalette der Manabi gehörte und daß die Verfassung, in der er sich befand, nur eine konditionierte Reaktion auf die vielen Jahrzehnte sein konnte, die er jetzt schon in der Gesellschaft von Menschen verbrachte.

Trotzdem erwischte ihn das, was man ihm schon als Raumkoller beschrieben hatte.

Er hatte jedes Livie an Bord der kleinen Yacht angesehen, jedes zur Verfügung stehende Buch gelesen, zahllose Berichte und Analysen verfaßt, und noch immer waren sie vier Schiffstage von Seilichi entfernt.

Schließlich führte ihn seine Langeweile wieder zu dem Reklamefiche von Marr und Senn.

Er hatte schon früher einen genaueren Blick darauf werfen wollen, war jedoch stets davor zurückgeschreckt. Der Gedanke an die Gaumenfreuden, die von den beiden Milchen zubereitet wurden, konnte einem den Rest geben, besonders angesichts der nicht gerade sehr inspirierten Verpflegung, die der Smutje auf dieser Yacht aus seinen Töpfen zauberte.

Jetzt war Ecu jedoch zuversichtlich, auch die letzten vier Tage durchzustehen, bevor er wieder richtiges Essen zu sich nehmen konnte.

Wieder berührte er die Sensorfläche, und wieder erschienen Marr und Senn vor ihm und begrüßten ihn mit Namen. Wieder schwirrten die herrlichsten Wohlgerüche um Ecus Fühler.

Und wieder kündigten die beiden Milchen ihren neuen Lieferservice an und legten sofort los, ein Menü vorzustellen.

Ecus Sinne schlugen Alarm. Gefahr. Das Menü wurde in einem völlig gelangweilten Plauderton präsentiert, als fühlten Marr und Senn sich aufgrund ökonomischer Notwendigkeit zu dieser neuen Tätigkeit gezwungen. Aber das konnte nicht sein. Vielleicht –

Beide Hologramme hörten zu reden auf. Marr und Senn blickten einander an.

»So, inzwischen müßte jeder, der unerlaubt in Ihrer Post herumschnüffelt, vor Langeweile gestorben sein«, sagte Marr.

»Ich kann es nur hoffen«, ergänzte Senn. »Sr. Ecu, wir brauchen Ihre Hilfe. Ich gehe davon aus, daß Sie es sind, der diese Nachricht sieht, und nicht –«

Er schauderte und wand sich sichtlich, geradeso, als hätte ihn ein eisiger Windhauch erfaßt. Marr stellte sich schützend vor ihn.

»– und nicht irgendwelche anderen«, fuhr er fort, als er sich wieder gefangen hatte.

»Wir sind in Schwierigkeiten. Wir müssen Kontakt zu Sten aufnehmen. Wir wissen nicht genau, ob Sie wissen, wo er sich aufhält, und der einzige Grund, weshalb wir Ihnen diese Botschaft zukommen lassen, ist der, daß Sie beide für das Tribunal gearbeitet haben, damals, in den schlimmen Zeiten jener fünf Wesen, deren Namen ich noch nicht einmal heute aussprechen möchte.

Sie sind unsere einzige Hoffnung. Sten muß uns helfen. Und jemand anderem. Den Namen dieser Person kann ich nicht aussprechen. Aber sagen Sie Sten, daß er sich an diese Person erinnern wird. Er soll sich an die Party erinnern, und das, was danach geschah. Im Garten. Die schwarze Kugel vor dem Mond, das, was nur dreimal im Jahr geschieht. Diese Person erinnert sich noch daran.

Wenn Sten sich erinnert, sagen Sie ihm, daß diese Person in Schwierigkeiten ist. Sie wird vom Imperator gejagt. Wir –«

Marr unterbrach ihn.

»Wir haben gehört, wo sich die Person aufhält«, sagte er. »Wenn der Imperator davon Wind bekommt, dann wird er auch uns jagen lassen. Wir kennen den exakten Aufenthaltsort dieser Person nicht, und wir haben das Gefühl, daß schon jetzt Netze ausgeworfen werden, irgendwo dort draußen, von Wesen, die uns nicht wohlgesonnen sind. Wenn dieser Fischer eifrig genug seine Netze auswirft, werden wir uns früher oder später darin verfangen.«

Die beiden Milchen drängten sich aneinander, um sich des kleinen Rests an Liebe und Sicherheit zu versichern, der in diesem Universum noch übrig war.

»Wir können nicht mehr sagen«, schloß Senn. »Unterrichten Sie Sten bitte von unserem Problem. Fragen Sie ihn, ob er helfen kann. Er weiß, wo er uns findet. Wir haben keine Vorschläge zu machen.

Aber … aber sagen Sie ihm folgendes: Sagen Sie ihm, er muß nicht alles aufs Spiel setzen. Das sagen wir, aber auch die betreffende Person. Falls diese Hilfe seinen Kreuzzug gefährdet, dann darf er diese Hilfe nicht leisten.

Sten darf nicht besiegt werden.«

Die scheißgefährliche, brandheiße Pilotin Hannelore La Ciotat hatte sich ernsthaft gefragt, warum sie sich eigentlich der Rebellion angeschlossen hatte – so ernsthaft, wie sich das jemand in einem Beruf fragen konnte, zu dessen Grundvoraussetzungen die Unfähigkeit gehörte, zu reden, ohne mit den Händen herumzufuchteln, und die eigene Zukunft nicht weiter als bis zum Abendessen-Sonderangebot des O-Clubs zu planen.

Niemand außer ihren Rebellenkollegen wußte, daß sie Stens Pilotin gewesen war, als er Admiral Mason und der *Caligula* aufgelauert hatte. Selbst wenn man sie dafür angeklagt hätte, hätte sie sich jederzeit darauf berufen können, daß sie um ihr eigenes Leben hätte fürchten müssen, wenn sie sich seinen Befehlen widersetzt hätte. Statt dessen gehörte sie zu den ersten Einsatzschiff-Piloten, die sich auf Stens Seite geschlagen hatten.

Dafür gab es drei Gründe. Erstens: In ihren Augen präsentierte sich das Imperium in Form fettärschiger hochrangiger Offiziere, die die taktische Notwendigkeit einfach nicht einsehen wollten, jede erreichbare Brücke, die sich in der Hauptstadt ihres Heimatplaneten spannte, mit Überschallgeschwindigkeit zu unterfliegen; Offiziere, die eines Tages darauf bestehen würden, daß sie ihr Schiff einmottete und ab sofort einen Schreibtisch flog. Zweitens: Sten war ebenfalls Pilot und sprach ihre Sprache. Drittens: Bei den Rebellen bekam sie mit Sicherheit mehr Kampfeinsätze und Flugstunden, als wenn sie weiterhin bei den monolithischen Imperialen Streitkräften blieb.

Vor dem vierten Grund scheute sie selbst zurück. Er lautete: Warum zum Teufel nicht? Und das wiederum bedeutete nichts anderes, als daß Piloten, und da ganz besonders den Piloten der Einsatzschiffe, jeglicher Verstand abging, besonders der, mit dem gesunde Menschen ausgestattet waren.

Sie lauschte Stens Einsatzbesprechung an Bord der *Aoife* mit einem gewissen Grad an Skepsis, was Sten amüsiert bemerkte.

»Sie haben noch eine Frage, Lieutenant? Entschuldigung, Captain. Übrigens, Glückwunsch zur Beförderung.«

La Ciotat zuckte die Achseln. Mehr Sterne auf der Schulter bedeutete lediglich mehr Credits, die man an der Bar des O-Club auf den Kopf hauen konnte; ansonsten flogen Piloten im Rang eines Sergeanten wie im Rang eines Admirals immer noch die gleichen Schiffe.

»Beim letzten Mal, als Sie so 'nen tollen Plan hatten«, fing sie so taktvoll an, wie es ihr möglich war, »da sagten Sie: ›Auf geht's, Hannelore, wir beide überfallen ein Schlachtschiff.‹

Das war dumm, dumm, dumm, doch wir haben den Schwachkopf kalt erwischt und sind noch einmal davongekommen. Jetzt möchten Sie es noch einmal versuchen, nur in viel größerem Stil. Wenn ich Sie richtig verstanden habe, soll mein Einsatzschiff, nur von einer lausigen nichtimperialen Blechbüchse unterstützt –«

Sten unterbrach sie. »Die *Aoife* ist nur dazu da, uns rechtzeitig aus dem Feuer zu ziehen. Mit dem Piff-Paff-Bumm selbst hat sie nichts zu tun.«

»Das ist ja noch besser. Eine Seifenkiste, die noch nicht einmal von einer lausigen nichtimperialen Blechbüchse Unterstützung erhält, soll einen ganzen Konvoi überfallen. Einen Konvoi, der zufällig das wertvollste Gut im ganzen Imperium transportiert; und Sie glauben, daß wir diese Aufgabe bewältigen?

Mann, ich glaube, wir werden dort nicht einmal mehr davonhumpeln, ganz zu schweigen davon, was Sie sich so vorstellen. Wer kümmert sich um den Geleitschutz?«

»Es gibt keinen Geleitschutz.«

»Hoppla. Sie haben nicht zugehört ... apropos, wie soll ich Sie eigentlich anreden, abgesehen von ›Sir‹? Ich meine, wie lautet Ihr Rang nach der Rebellion? Anführer? Held? Ich nehme mal an, daß Sie sich mit mehr Streifen als denen eines lumpigen Admirals dekoriert haben.«

»Versuchen Sie es doch mit Sten. Ohne Rangbezeichnung. Und auch kein ›Sir‹.«

»Na gut. Trotzdem: meinen Sie wirklich, daß das Imperium seine Bonbons ohne Geleitschutz durch's All schippern läßt?«

»Ich bin fest davon überzeugt.«

»Sten. Ich möchte gerne wissen, wie verläßlich Ihre Informationen sind.«

»Sie können unseren Geheimdienst in Frage stellen, und Sie können Ihre Frage stellen, La Ciotat. Aber Sie werden keine Antwort erhalten. Hat was damit zu tun, was Sie etwas angeht und was nicht.«

La Ciotat starrte Sten einen langen Augenblick an. »Ich bin nicht scharf auf Ihren Kadaver«, sagte sie schließlich. »Auch sonst brauche ich keinen besonderen Adrenalinstoß. Aber ich glaube, ich bin bei dieser blödsinnigen Mission dabei. Wahrscheinlich stimmt die Geschichte doch, daß ich als Zwilling zur Welt kam. Mama sagte damals angeblich, ertränkt die Blöde, und Papa hat uns verwechselt. Alles klar, Skipper, ich sage meiner Besatzung Bescheid.

Das wird ihnen schmecken. ›Die Furchtlosen Freiwilligen im Tal des Schlimmen Schlock‹, und so weiter. Ich vermute jedoch, daß ich sie eines schönen Jahres doch erst fragen muß, bevor ich sie in den Fleischwolf schmeiße.«

Kurz vor dem toten System begaben sich Sten, La Ciotat und ihre Crew an Bord des Einsatzschiffs, der *Sterns.* Die Verbindung zwischen der *Sterns,* der *Aoife* und der *Heorot,* dem mit Ortungsanlagen vollgestopften Schiff der Bhor, das noch immer nicht allzuweit von der Relaisstation entfernt mit weit geöffneten elektronischen Ohren seine Bahn zog, stand bereits.

Und dann warteten sie.

Wie immer zog sich La Ciotat vor dem Kampf in das winzige Schlupfloch zurück, das auf einem Einsatzschiff unter der Bezeichnung »Kapitänskabine« lief und aus einem Verschlag mit ausklappbarer Schreibtischplatte bestand. Aber es war immerhin eine Kabine – mitsamt einem Vorhang, den alle auf dem Schiff »Tür« nannten. Sie enthaarte sich von Kopf bis Fuß und badete in Wasser, das sie sich von den Vorräten der *Aoife* mitgebracht hatte, Wasser, das mit aromatischen Ölen von ihrem Heimatplaneten versetzt war. Sie bemalte ihr Gesicht mit der uralten und traditionellen Kriegsbemalung ihrer Familie und reinigte ihren Geist von allem Bösen, von Lust und Verlangen.

Jetzt war sie bereit zur Schlacht.

Sie fragte sich, was Sten tat. Er hatte die einzige andere Kabine des Einsatzschiffs in Beschlag genommen, die ursprünglich dem Ersten Offizier und Ingenieur zustand und freiwillig geräumt worden war. Welche Riten, wenn überhaupt, praktizierte man wohl auf seiner Welt?

Sie dachte an die Möglichkeit sofortiger Nichtexistenz. Und an die Verwicklungen, die entstehen könnten, wenn sie sich ein Tuch umwickelte, durch den Vorhang schlüpfte, zur nächsten Kabine schlich, vorsichtig anklopfte und …

Sie hielt sich zurück und ging ihre Übungen noch einmal durch, zwang sich dazu, Lust und Leidenschaft aus ihren Gedanken zu verbannen.

Worüber machte sie sich eigentlich Sorgen? Die Leere, das absolute Nichts, stand nicht ihr, sondern allein ihren Feinden bevor. Sie legte einen frischen Kampfanzug an und versuchte zu schlafen.

In der Kabine nebenan schlief Sten tief und fest. Wachte auf. Aß etwas. Dachte an nichts anderes als an den Geschmack dessen, was er in seinen Mund geschoben hatte, an das Summen der Klimaanlage im Hintergrund, das leise Brummen der Maschinen, die kleinen Witze und das schallende Gelächter aus der Messe, wo alle dreizehn Besatzungsmitglieder der *Sterns* um den Tisch saßen und auf die Schlacht warteten und dabei versuchten, den Nebenmann weder anzuschnauzen noch zu massakrieren.

Er schlief wieder ein. Vielleicht träumte er sogar.

Falls ja, so beschloß sein Bewußtsein, die jaulenden Alarmsirenen nicht wahrzunehmen, die er beim Aufwachen hörte.

Sein Blick fiel auf die Anzeige über seinem Kopf. Seit ihrer Ankunft in diesem System waren weniger als vier Schiffstage vergangen. Höchstwahrscheinlich besaß Freston abgesehen von seinen Fähigkeiten als Schiffskommandant noch einiges an besonderen Talenten und mehrere Kristallkugeln.

Heorot: »An alle Stationen! Haben –«

Aoife: »Auf Gefechtsstation!«

Sterns: »Wir haben sie!«

Sten, von der *Sterns:* »An alle Stationen! Absolute Funkstille!«

Die drei Schiffe beobachteten, wie der gewaltige Konvoi aus dem Hyperraum auf sie zugerast kam.

Der Konvoi voller AM_2 war doppelt so groß wie der, dem die Rebellen vor Dusable aufgelauert hatten.

Ein Funk-Offizier an Bord der *Heorot* fing eine kurze Anfrage vom Konvoi zur Relaisstation auf; und eine Antwort der Relaisstation an den Konvoi.

Er widerstand der Versuchung, die Signale sofort zu analysieren. Statt dessen machte er Meldung.

»An alle Stationen«, sagte Sten ruhig. »Alle Empfänger, alle Sensoren auf höchste Empfindlichkeitsstufe! Bereithalten … bereithalten … bereithalten … *Jetzt!* Captain! Volle Kraft voraus!«

La Ciotat gehorchte. Die *Sterns* raste auf den monströsen Konvoi zu.

Der Ortungsoffizier der *Heorot* »sah«, wie der Konvoi in Panik verfiel. Äußerlich war nichts auszumachen, doch der Konvoi fing plötzlich an, auf allen möglichen Frequenzen zu funken.

»Ms. Ciotat«, fuhr Sten fort, »jetzt wäre ein Kali-Abschuß wünschenswert … individuelle Steuerung … Zielobjekt … Konvoi auf dem Hauptschirm … auf mein Kommando …«

»Ms. Castaglione«, sagte Hannelore zu ihrem Armierungsoffizier.

»Erfaßt.«

»Ziel erfaßt, Sir.«

»Raus damit!« befahl Sten.

»Feuer!«

Der riesige Schiffskiller glitt aus dem mittschiffs angebrachten Torpedorohr der *Sterns*.

An Bord der *Heorot* flammten die Bildschirme auf.

»Wir haben einen Funkspruch vom Konvoi aufgefangen«, gab der Bhor-Offizier durch. »Außerdem eine Antwort von der Relaisstation … Ziel unbekannt, aber mit enormer Sendeleistung … wir empfangen ein Signal auf dem EM Subspektrum … die Computer schlagen etwas zwischen Omicron Sub Zwo und Xeta Drei vor … bislang kein früherer Gebrauch dieses Spektrums bekannt – *beim verdammten Bart meiner verdammten Mutter!*«

Der ziemlich ungewöhnliche Ausruf des Funk- und Ortungsspezialisten war die Antwort auf das, was sich auf seinen Bildschirmen abspielte: der gesamte Konvoi beging Seppuku – ein monströser Blitz, als hätte sich ein Stern in eine Supernova verwandelt! Die Explosion übertraf sogar den verheerenden Energieblitz, der entstanden war, als der kleinere Konvoi vor Dusable von den Kalis der *Victory* getroffen worden war.

Eine Sekunde später erkannte er auf einem anderen Monitor, daß sich die Robotstation auf dem toten Planeten ebenfalls selbst zerstört hatte.

An Bord der *Sterns* zeigten sämtliche Schirme Überlastung an und schalteten sich ab.

Endlich flammte ein Notschirm auf. Es war ein tertiärer Monitor, der das Bild vom Sprengkopf der Kali übertrug. Er zeigte jede Menge Nichts. Castaglione ließ den Empfänger durch sämtliche zur Verfügung stehenden Frequenzen laufen.

Nichts als Parseks und Parseks von Parseks und noch mehr Parseks.

La Ciotat zwang sich zur Ruhe, geradeso, als würde sich ungefähr jeden zweiten Tag ein aus tausend Schiffen bestehender Konvoi vor ihren Augen in Atome auflösen.

»Na schön«, brummte sie. »Ihr Geheimdienst ist Eins-A. Aber was ist das für eine lausige Entschuldigung für so eine Schlacht.«

Sten antwortete nicht sofort. Statt dessen schnappte er sich ein Mikro, das auf die Dreiwegeverbindung geschaltet war.

»*Hereot. Sterns.* Sechs Actual. Fangschaltung? Winkel?«

»*Hereot.* Beides bestätigt.«

»Habt ihr einen Empfänger?«

»Negativ. Nichts bekannt. Analyse wird fortgesetzt.«

»*Sterns* Ende.«

Jetzt lächelte Sten. »Das war verdammt noch mal wunderbar.«

»Und was haben wir davon?«

»Wir haben jetzt einen Imperator mit einem ziemlichen Hüftproblem, das sich leicht zu einem Problem auswachsen kann, das er nicht mehr vom Arsch kriegt«, sagte Sten. »Wir haben ihm gerade eine Menge AM_2 weggeschnappt, die er für seine Kumpels und Verbündeten bereithielt. Eine ganz gewaltige Riesenmenge!«

Sein Grinsen wurde breiter. La Ciotat blickte ihn mißtrauisch an. Sie war sich nicht sicher, ob sie alles verstanden hatte.

Aber so war es, obwohl es vollauf genügt hatte, aus dem Gebüsch zu springen und »Buuh!« zu schreien, damit der Große Böse Wolf einen Herzschlag erlitt und tot umfiel; eine Taktik, die sich mit Sicherheit auf unbestimmte Zeit fortsetzen ließ. Falls es ihnen gelang, auch weiterhin die Routen der AM_2-Konvois ausfindig zu machen.

Sten erkannte schlagartig, daß eine der wichtigsten Waffen des Imperators – die Tatsache, daß es keinem außer ihm erlaubt war, nahe genug an die Quelle AM_2 heranzukommen – ein zweischneidiges Schwert war. Ebenso wie die Einstellung der AM_2-Lieferungen unmittelbar nach dem Verschwinden des Imperators jeden Staatsstreich zum Fehlschlag verdammte, so konnte Stens »Buuh«-Geschrei das Imperium selbst in schwerste ökonomische Bedrängnis bringen.

Vielleicht. Zumindest so lange, bis sich der Ewige Imperator eine passende Antwort überlegt hatte.

Weit wichtiger noch: die *Hereot* hatte ein zweites, ebenso mysteriöses Signal aufgefangen, diesmal von der Relaisstation.

Wenn sie auch diesmal den Empfänger ausmachen konnten … dann war Sten der Entdeckung des Herkunftsortes von AM_2 einen Schritt näher gekommen.

Und damit auch der Vernichtung des Imperators.

Kapitel 14

41413 … 31146 … 00983 … 01507 …

Weit jenseits der Reichweite der empfindlichsten Sensoren und weit jenseits der Vorposten der Bhor entließ ein für besondere

Aufgaben umgebauter Imperialer Zerstörer ein Einsatzschiff in den Raum und raste wieder davon.

Das völlig unbewaffnete Einsatzschiff, dessen Waffensysteme durch Unmengen von Aufklärungselektronik ersetzt worden waren, glitt in Richtung Vi davon, dem Heimatplaneten der Bhor und zugleich Mittelpunkt des Lupus-Clusters. An Bord befanden sich nur wenige Besatzungsmitglieder sowie eine Agentin der Inneren Sicherheit, die gerade erst ihre Ausbildung absolviert hatte.

09856 ... 37731 ... 20691 ...

Das Einsatzschiff suchte sich einen Park-Orbit hinter einem der Monde Vis und wartete in seinem Versteck, bis der befohlene Zeitpunkt gekommen war.

Sodann setzte es unter reduziertem Schub zum Landeanflug an. Zu einem in gewisser Weise ziemlich ungewöhnlichen. Von der Planetenoberfläche sah es aus, als käme das Einsatzschiff »direkt herunter«, an einem bestimmten Punkt des Planeten, mitten in einem unwegsamen Gelände in der Nähe der Hauptstadt. Die Geschwindigkeit wurde absichtlich niedrig gehalten, um die Erhitzung der Außenhülle des Schiffes und damit die Möglichkeit einer Erfassung durch die Infrarot-Detektoren der Bhor gering zu halten.

Das Einsatzschiff wartete den richtigen Moment ab. Er kam, als einer der großen interkontinentalen, suborbitalen Transporter der Bhor von einem Landefeld aufstieg und sich auf die Reise machte.

Das Einsatzschiff stürzte im Schatten der elektronischen, infraroten und physikalischen Turbulenzen des Transporters auf die Planetenoberfläche hinunter.

An Bord stand der Einsatzleiter abwartend neben der Spionin. Der Raum glühte in augenschonender roter Beleuchtung.

Die Spionin war schwer beladen. Sie trug einen McLean-Pack vor der Brust und auf dem Rücken einen Rucksack, der eine Waffe enthielt, sowie eine Reisetasche, die ohne weiteres als Reisekoffer eines Zivilisten durchging. In der Tasche befanden sich Zivilkleidung, die übliche Spionageausrüstung sowie ein dickes Bündel Imperialer Credits und Bhor-Währung.

An ihrem Bein war der schwere Springersack festgebunden, der das wichtigste und gefährlichste Werkzeug der Spionin enthielt: eine Sender/Empfängereinheit. Das Interkom summte.

»Wir erreichen Delta Zulu«, gab der Pilot des Einsatzschiffs durch.

»Aye, Sir«, sagte der Einsatzleiter.

»Abwurfgeschwindigkeit erreicht. Zielpunkt kommt näher.«

Der Leiter spürte, wie das Einsatzschiff Schub wegnahm und aus dem Tauchflug in die Waagerechte kam.

»Aye, Sir. Luke wird geöffnet.«

Der Leiter berührte einen Knopf, und eine kreisförmige Luke öffnete sich. Mondhelle Nacht und, weit unten, glitzernder Schnee. Zwei gerippte Stahlplatten fuhren in der Mitte der offenen Luke aus. Auf einer Seite sah der Leiter gerade noch das Flackern vom Heck des Bhor-Transporters, der, ohne etwas bemerkt zu haben, nach oben verschwand.

Die Spionin schauderte, obwohl der Raum beheizt war.

»Sieht kalt aus, da unten.«

»Ihre Freunde erwarten Sie«, beruhigte sie der Leiter. »Und jetzt bitte Position einnehmen.«

Die Spionin machte einen Schritt auf die Stahlplatten hinaus. Ein wenig wankte sie im Ansturm des Windes jenseits der Luke, fing sich jedoch gleich wieder. Wie sie es gelernt hatte, packte sie die Griffe des McLean-Packs fest mit beiden Händen. An einem davon befand sich der Schalter zur Aktivierung des Antriebs.

»Zählen Sie auf dreißig, bevor Sie Ihre Tasche fallen lassen«, rief ihr der Einsatzleiter in Erinnerung. Die Spionin nickte, obwohl sie nicht richtig zuhörte.

»Countdown … zehn … neun … acht … sieben … sechs … fünf … vier … drei … LOS!«

Die Stahlplatten schnappten wieder in ihre Kammern zurück,

und die Spionin fiel auf Vi hinab. Noch während sich die Luke wieder schloß, machte der Einsatzleiter dem Piloten über die Bordverbindung Meldung.

»Absprung erfolgt, Sir.«

»Bestätigt. Kehren Sie auf Ihren Posten zurück.«

Das Einsatzschiff änderte seine Richtung und flog wieder ins All hinaus. Die Versuchung war groß, auf volle Geschwindigkeit zu gehen und schleunigst das Weite zu suchen. Doch der Pilot war kein Anfänger. Bei voller Geschwindigkeit würde man sie mit größter Wahrscheinlichkeit auf allen Schirmen ausmachen, und damit wären sämtliche Vorbereitungen für die Infiltration vergebens gewesen. Der Leiter schaute auf die geschlossene Luke hinab.

»Mögen alle deine Eier mit doppeltem Dotter versehen sein«, sagte er.

Spione brauchten alles Glück, das man ihnen nur wünschen konnte.

43491 … 29875 … 01507 …

Marl, inzwischen vom Technischen Offizier zum Fähnrich befördert, und der Bhor-Wachtmeister Paen betrachteten einen der Nachtsichtschirme in ihrem A-Grav-Leichter.

Das Bild verschwamm. Marl drückte auf einen Knopf, und das Bild wurde wieder scharf.

»Mich kriegt niemand dazu, aus einem fliegenden Einsatzschiff auszusteigen, noch nicht mal, wenn es in perfektem Zustand ist«, meinte Paen.

»Mich auch nicht«, stimmte ihm Marl zu.

Die kodierte Botschaft war von Vi aus an eine Lausch-Station des Imperialen Geheimdienstes gesandt worden, die sich in sicherer Entfernung – aber dennoch so nah wie möglich an den Wolfswelten – befand.

00983	zusätzliche
01507	Agenten
41413	dringend
31146	erforderlich
...	
30924	Berichte
32149	s
37762	t
11709	e
23249	n
03975	fängt an (fing an?)
26840	Pläne
37731	System(e)
03844	der Basalt ist wieder eingetroffen
41446	zu benutzen
...	
09856	Lieferung
37731	System
20691	M
...	
43491	werden
29875	Agent(en)
01507	bergen

Besonders stolz war Marl auf 03844, da ihr aufgefallen war, daß Hohne nicht gerade der begabteste unter den Codierern war. Kilgour hatte mit seinem Verdacht, Hohne sei eher ein besserer Amateur, da er einen bereits existierenden Code benutzte, recht behalten. Er maß der Tatsache nicht viel Bedeutung zu, daß Hohne zumindest ein prähistorisches Codesystem gewählt hatte, das bis ins finsterste Mittelalter zurückreichte, wo man noch mit Lächerlichkeiten wie Krummdolchen und Einmalpapier operierte.

Sie stellte sich vor, wie das Mitglied des Imperialen Geheimdienstes, das die Botschaft decodierte, vor sich hin fluchte, sich an seinem/ihrem Kopf (oder an mehreren Köpfen) kratzte, noch einmal auf das Code-Fiche blickte, die Zahl durch 03843 ersetzte, was »als Basis« bedeutete, und schon ergab die Nachricht einwandfrei Sinn. Der verrückte Schotte wäre stolz auf ihre Verschlagenheit.

Verdammt. Sie fing schon jetzt an, diesen Alex zu vermissen. Sie nahm sich fest vor, jetzt, wo sie einen echten Rang hatte und er rein hierarchisch gesehen nicht mehr ihr Vorgesetzter war, ihn nach seiner Rückkehr zu einigen Drinks und zu einem Abendessen zu verführen, und … wer wußte schon, was noch dabei herauskam?

Zumindest würde sie die Wahrheit über diesen Titel »Lord Kilgour von Kilgour« herausfinden. Wenn er wirklich so eine Art Baron war, was hatte er dann bei dieser Revolte zu suchen, anstatt sich dem Imperator an die Brust zu werfen?

»Sieht aus, als würde der Mensch frieren«, sagte der Bhor ohne einen Funken Mitgefühl.

»Sie friert.«

Marl verspürte einen Augenblick lang Mitleid mit der Spionin, die noch immer in einem Kilometer Höhe auf sie zuschwebte. Sie schob diese Regung beiseite. Die Frau hatte eine Wahl gehabt.

»Noch mehr Stregg?« erkundigte sich Wachtmeister Paen.

»Ich sage es zum letzten Mal: Menschen können nicht so wie ihr Bhor unablässig Stregg in sich hineinkippen und hinterher immer noch funktionieren.«

»Kilgour schon.«

»Kilgour ist auch kein Mensch.«

»Das stimmt.«

Paen leerte seinen Becher – die Miniaturnachbildung eines Trinkhorns –, schob ihn zusammen und packte ihn weg.

»Sollen wir unsere neue Freundin begrüßen gehen?«

Die beiden glitten aus dem A-Grav-Leichter und achteten peinlich darauf, die Türen nicht zuzuschlagen; das Geräusch einer zuschlagenden Tür trägt in einer stillen Nacht meilenweit. Rings um sie herum waren zwanzig schwerbewaffnete Bhor-Polizisten im schwarzen Dickicht verborgen.

Über ihnen betätigte die Spionin einige Knöpfe, und ihre Fallgeschwindigkeit verringerte sich im gleichen Maße, in dem der McLean-Generator die Schwerkraft aufhob. Das Zeitalter des simplen, individuellen Rucksackfluggeräts war noch immer nicht angebrochen, selbst mit den A-Grav-Fähigkeiten der McLean-Generatoren nicht. Aber zumindest konnte man damit alle Spielarten dieser unglaublich gefährlichen Fallschirme ersetzen.

Die Spionin steuerte auf das Ende einer großen, offenen Weidefläche zu, die als Zielpunkt angegeben war, als Endpunkt von »Lieferung System M«. Unter ihr lag schweigend der Wald. In weiter Entfernung – schätzungsweise fünf Kilometer – sah sie die Lichter eines kleinen Bauernhauses.

Genau wie geplant. Kein Hinterhalt.

Vielleicht, dachte sie mit einem leichten Schaudern, waren auch ihre Freunde, der Imperiale Meisterspion mit dem Decknamen Hohne oder seine ausgesuchten Vertreter, nicht am Treffpunkt erschienen. Aber das war kein großes Problem. Sie würde sich wie befohlen einen Planetentag lang irgendwo verstecken. Sie hatte Lebensmittel und einen Kleinkocher in ihrer Tasche, darüber hinaus würde sie ihr Springeranzug ausreichend vor der Kälte schützen.

Selbst wenn sie bis dahin nicht auftauchten, war noch nicht viel verloren. Sie würde ihren Springeranzug und den McLean-Pack vergraben und sich zur Hauptstadt durchschlagen. Sie hatte sich drei alternative Treffpunkte eingeprägt.

Noch knapp 25 Meter bis zum Bodenkontakt. Sie pendelte auf den Schnee zu.

Sie zwang sich, den Blick vom Boden abzuwenden, sie wußte, daß er unter der unschuldig aussehenden Schneedecke mit nadelspitzen Steinen übersät war. Sie schaute zum Horizont. Plötzlich fiel ihr die Warnung des Einsatzleiters wieder ein, und ihre Hand schlug auf den Knopf an ihrem Koppel, woraufhin sich der Springersack an seiner fünf Meter langen Leine abspulte, damit er beim Landeaufprall nicht mehr an ihrem Bein hing.

Die Tasche mit dem Sender fiel weniger als einen halben Meter, als auch schon der Boden heran war und gegen die Spionin prallte.

Sie vollführte den klassischen Abroller: Zehen, Knie, Nase … und dann kam der Schmerz. Sie stieß einen Fluch zwischen den Zähnen hervor, verbiß sich einen lauten Schrei und blieb reglos im Schnee liegen.

»Verdammt«, fluchte Marl, als die Polizisten auf die Spionin zuschwärmten. Sie und Paen eilten ebenfalls zu der auf dem Boden ausgestreckten Agentin. »Wenn sie das Funkgerät kaputtgemacht hat, werde ich ihr die Daumenschrauben ansetzen. Wir hinken schon viel zu sehr hinter unserem Zeitplan her.«

Es dauerte sehr lange, eines der bestgehüteten Geheimnisse des Imperiums nachzubauen – einen kompakten, superleistungsfähigen Sender; eine Zeitspanne, die einer Erklärung bedurfte, wenn die Agentin sich endlich wieder meldete.

Marl zweifelte nicht im geringsten daran, daß diese Agentin hier weich werden würde. Ansonsten mußte sie einen Gehirnscan durchführen, um an ihre Erkennungssätze, an die Kontaktpersonen, die elektronische »Faust« heranzukommen, und sie anschließend exekutieren.

Nur drei Imperiale Geheimdienstler hatten sich bislang für den Patriotismus und die Abkürzung ins Gelobte Land entschieden; drei von neunundzwanzig, die Poyndex als Reaktion auf Hohnes Nachricht von der bevorstehenden Ankunft Stens in den Lupus-Cluster entsandt hatte.

Die anderen sechsundzwanzig waren recht bequem auf verschiedenen Welten untergebracht, in Quartieren, die nicht direkt Gefängnisse, aber auch nicht direkt mit der Freiheit zu verwechseln waren. Von dort aus sendeten sie das, was man ihnen vorlegte.

Marl, und durch sie Kilgour, und durch ihn wiederum Sten, kontrollierten das gesamte Spionagenetz des Ewigen Imperators auf den Wolfswelten.

Genau so, wie Alex es geplant hatte.

Vor einiger Zeit hatte eine Kollegin Rykors einen ungewöhnlichen Auftrag erhalten. Als Spezialistin für Rekrutierungen zum Militärdienst war sie beauftragt worden, eine Kampagne zu entwerfen, die auf die besiegten Tahn-Welten zugeschnitten war. Zuerst war Rykor die Idee etwas geschmacklos vorgekommen, doch sie war pragmatisch genug, um sich daran zu erinnern, daß das Militär immer seine besiegten und in den Staub getrampelten Feinde zu solchen Leistungen heranzog.

Ihre Kollegin hatte ihr jedoch berichtet, daß ihre Befehle eindeutig darauf hinausliefen, mit dieser Kampagne die alte Samuraikultur der Tahn wiederzuerwecken – eine tödliche historische Fehlentwicklung, die der Imperator nach dem Sieg über die Tahn auszulöschen geschworen hatte.

Sehr interessant. Rykor fand es unbegreiflich, daß der Imperator ernsthaft daran glauben konnte, Armut dadurch zu bekämpfen, daß man die Armen in Uniformen steckte. Das Konzept beinhaltete jedoch mehr als nur das – und eine komplette Analyse erbrachte einen weiteren Beweis dafür, daß sich der Imperator anscheinend immer mehr zum Psychopathen entwickelte. Offensichtlich baute er eine Armee auf, die er auch einzusetzen gedachte. Da es keine Bedrohung von außen gab, die ein so gewaltiges stehendes Heer rechtfertigte, lag der Zweck dieser neuen Verbände wohl eindeutig darin, gegen die Feinde im Innern vorzugehen. Mit anderen Worten, gegen die Bürger des Imperiums.

Da die Anschauungen der Tahn Fremdenhaß, rassische Überlegenheit, den Glauben, daß Gnade eine Schwäche war und die Starken das Recht hatten, die Schwächeren zu unterdrücken, beinhalteten, würde diese neue Musterarmee des Imperators sich als barbarisches Instrument erweisen.

Rykor hatte insgeheim Nachforschungen angestellt und herausgefunden, daß auch andere Welten mit unzivilisierten Kulturen plötzlich im Mittelpunkt des Imperialen Interesses standen.

Höchst interessant.

Glücklicherweise ließ sich diese Kampagne sehr leicht zerstören – zumindest für eine Person mit Rykors Fähigkeiten auf dem Gebiet der Massenpsychologie.

Rykor hatte jeden Psychologen und jeden Studenten der Psychologie aufgetrieben, der in der Lage war, einige grundlegende Voraussetzungen zu erfüllen: Reisen Sie gerne? Macht es Ihnen etwas aus, allein zu sein? Können Sie sich ohne Schuldgefühle einer Notlüge bedienen? Können Sie eine Arbeit annehmen, deren Resultate Sie nicht sehen werden? Können Sie eine Aufgabe durchführen, für die Sie nicht sofort belohnt werden? Und so weiter und so fort.

Leider war es ihr nicht möglich, ganze Bataillone von Gegenpropagandaspezialisten zu finden, so wie es sicherlich gelungen wäre, hätte sie noch im Dienste des Imperators gestanden.

Doch das Gegengift zu diesem mörderischen psychologischen Virus verbreitete sich wie von selbst rasch genug. Es funktionierte, weil es die Kampagne des Imperators bei der Wurzel packte – und gerade genug Wahrheit enthielt, um unangenehm zu sein.

Nehmen wir einen von Rykors Freiwilligen namens Stengers. Er bekam einen sauberen Hintergrund verpaßt und wurde auf einem Imperialen Planeten abgesetzt, von wo aus er ganz offen als Student der Soziologie nach Heath reiste – dem ehemaligen Hauptplaneten der Tahn. Zufälligerweise deckte sich seine Reiseroute mit der einer Vorausabteilung der Imperialen Rekrutierungskampagne. Er traf überall kurz nach dieser Vorausabteilung ein, aber immer kurz vor dem eigentlichen Rekrutierungsteam selbst.

Stengers tat nichts anderes, als einige verwirrende Fragen zu stellen, besonders an diejenigen jungen Tahn, die mit dem Gedanken spielten, in die Dienste des Imperialen Militärs zu treten.

Fragen wie zum Beispiel: »Also, wenn der Imperator wirklich möchte, daß ihr euch erhebt und die Ehre der Tahn wiederherstellt, warum will er, daß ihr so weit entfernt von eurer Heimat dient? Es ist ziemlich schwer, Ehre im Verborgenen zu erlangen, wie schon eines eurer eigenen Sprichwörter besagt.«

Manchmal ging er auch ein bißchen direkter vor: »Interessant. Ihr sagt, daß allein aus diesem Landkreis achtzehn Tahn zum Militär gegangen sind? Und keiner ist aus dem Imperialen Dienst zurückgekehrt? Zwei von ihnen sind tot? Wie traurig, so weit entfernt von der Heimat zu sterben, und dann auch noch für jemanden, der ein solches Opfer noch nicht einmal zu würdigen weiß.«

Oder noch dichter dran: »Wenn der Imperator plötzlich soviel auf die Tahn und ihren Ältestenrat gibt, warum geht es dann in diesem ganzen Distrikt hier zu wie im Armenhaus des Imperiums? Warum müssen wir hier vor einem Feuer aus Schweinemist frieren, wo das Imperium doch so superreich ist? Warum gibt es auf dem Planeten, von dem ich stamme und der nicht reicher als dieser hier ist, AM_2-Heizungen in jedem Haushalt – sogar in meinem abgelegenen Haus in den Bergen? Das verstehe ich nicht.«

Oder ganz brutal: »Es kommt mir nicht so vor, als würde jemals etwas aus den Tahn-Welten werden, wenn der Imperator eure besten Leute aussiebt und sie dann in den Randwelten verheizt.«

Stengers und seine Kollegen trugen eine Reihe sorgfältig ausgesuchter, halbvergessener Kriegsballaden der Tahn vor, in denen es hauptsächlich darum ging, daß der Imperator und seine Lieblinge nichts als Würmer unter den Stiefeln der Tahn waren …

Der nächste Bericht des Rekrutierungsteams zur Erstwelt enthielt einige enttäuschende Statistiken hinsichtlich eines deutlichen Einbruchs bei den Freiwilligenzahlen für den Militärdienst des Imperators …

Sten hatte Kilgour zu höchster Vorsicht auf der Erde ermahnt. Auch wenn sich die schiefgelaufene Mission am Umpqua River damals gegen das Privatkabinett gerichtet hatte, so blieben Sicherheitsleute eben immer Sicherheitsleute. Es war gut möglich, daß die Schurken, die sich um das beinahe verlassene Dörfchen Coos Bay herumtrieben, das Sten und Alex als Basis benutzt hatten, immer noch der gleichen Beschäftigung nachgingen, auch wenn sie inzwischen einem neuen Herrn dienten. Gestapo bleibt Gestapo, wie schon der nur scheinbar veraltete Spruch besagte.

›Kein Problem‹, fluchte Kilgour. Er hatte vor, sich von der Provinz Oregon fernzuhalten. Alex hoffte, daß die Lösung des Geheimnisses, dem er auf der Spur war – der Grund für die mysteriöse Reise des Imperators zur Erde – weit, weit weg von dieser Gegend zu finden war. In diesem Fall bedeutete weit weg der nächstgelegene vollausgestattete Raumhafen.

San Francisco, die größte Stadt Kaliforniens, rühmte sich einer Bevölkerung von beinahe 100.000 Einwohnern. Das junge Liebespaar – zumindest Hotsco qualifizierte sich für diese Bezeichnung – war angeblich mit einem Shuttledienst in einer der Rentnergemeinden im Süden Kaliforniens gelandet, irgendwo in der Nähe der winzigen Provinzhauptstadt Santa Ana. Von dort aus waren sie an Bord eines Luxusgleiters über die San-Joaquin-Sümpfe zu dem Dörfchen Bakersfield geflogen und gemütlich weiter nach Norden getingelt.

Tatsächlich lag Hotscos Schmugglerschiff fünfzig Meter unterhalb des Wasserspiegels in der Nähe der Pelikaninsel in der großen Bucht vor der Stadt versteckt. Mit einem einzigen Piepser von Hotscos Transponder ließ sich eine automatische Rettungsaktion einleiten.

Da sie hier die Touristen spielten, suchten sich Hotsco und Kilgour eine Unterkunft in einer der neuen Pensionen im pseudoviktorianischen Stil, die in der Wildnis hoch über den Twin Peaks erbaut worden waren. Sie wunderten sich darüber, daß es hier einst eine Brücke gegeben haben sollte, und lauschten den Visionären, die behaupteten, daß die Meerenge eines Tages wieder von einer Brücke überspannt werden würde. Die Einladung, ein gefährliches Tier in dem verwilderten Dschungel zu jagen, der einst ein Park gewesen war, lehnten sie dankend ab. Sie hörten Unterhaltungen, in denen darüber diskutiert wurde, ob man die Hügel des Mission District abtragen sollte, da es Leute gab, die ernsthaft behaupteten, die flachen Erhebungen seien nichts als Schutt ehemaliger Hochhäuser, die bei einem großen Erdbeben zusammengefallen waren. Sie tanzten im Saal eines gewaltigen Hauses hoch über der Klippe, das einem anderen nachempfunden sein sollte, das schon vor der Ära des Imperators und vor drei gewaltigen Erdbeben an gleicher Stelle zerstört worden war.

Sie lehnten auch eine Einladung zweier recht hübscher junger Frauen dankend ab, sich beim Liebestanz des Weisen Merkins gemeinsam mit ihnen sexuellen Ekstasen hinzugeben. Kostenlos. Alex fand, daß Hotsco einen nicht uninteressierten Eindruck machte und dann leicht enttäuscht wirkte, als er sie daran erinnerte, daß ein junges Liebespaar normalerweise zumindest eine Zeitlang nur Augen füreinander habe, bevor sich Appetit auf Abwechslung einstelle. Er merkte sich jedoch, daß die junge Frau anscheinend interessante Vorstellungen auf dem Gebiet der Freizeitgestaltung hatte.

Und sie aßen. Krabben, die sie eigenhändig in einem gemieteten Kleinboot in der Nähe einer anderen eingestürzten Brücke gefangen hatten. Sauerteigbrot. Gekochten Fisch. Rohen Fisch auf kunstvoll arrangierten Reiskuchen. Lammbraten. Unter einem Stein geröstetes Hühnchen. Alex, der noch nie ein Schlemmer, geschweige denn ein Gourmet gewesen war, dachte ernsthaft darüber nach, ob er seine Einstellung zur Nahrungsaufnahme nicht doch ändern sollte.

Und sie unterhielten sich. Sie unterhielten sich mit jedem, der ihnen über den Weg lief. Besonders in den Bars und angesagten

Lokalen rund um den kleinen Raumhafen ein Stück südlich der Stadt. Alex trat als selbständiger Geschäftsmann im Import/Exportgeschäft für Luxuswaren auf, Hotsco als seine neue Geschäfts- und Lebenspartnerin. Sie interessierten sich dafür, was die Leute hier unter einem guten Exportartikel der Erde verstanden; schließlich war es die Heimat der Menschen und müßte eigentlich Kunden im ganzen Imperium ansprechen. Vor allen Dingen waren sie an einem Artikel interessiert, der sich legal und moralisch einwandfrei exportieren ließ.

Nach sechs E-Tagen – Alex grinste in sich hinein: hier handelte es sich wirklich einmal um echte E-Tage – hatte Alex sein Opfer gefunden, ohne daß es bisher aufgefallen wäre, daß er sie kräftig ausgehorcht hatte. Eine Zollbeamtin mit echtem Missionswillen, was nichts anderes hieß, als einem eingebauten Riecher für Mißstände, besonders dann, wenn jemand sich an höhere Vorgesetzte wandte, um die rechtmäßige Abwicklung gesetzlich genau vorgeschriebener Vorgänge zu umgehen. Kilgour stimmte ihr mit einem entrüsteten »Tststs« zu. Keiner von ihnen würde jemals ... derartig verabscheuungswürdige Praktiken ... Geschäfte müssen ordentlich abgewickelt werden ... wenn Sie mich fragen, Ms. Tjanting ... eine der finstersten Seiten meines Berufszweiges ... manche Händler ... habe sogar schon was von ganz hohen Beamten läuten gehört, die sich über Recht und Gesetz hinwegsetzen ...

Die Pumpe mußte nicht besonders geschmiert werden.

Sehr hohe Beamte, allerdings. Direkt von der Erstwelt, ehrlich. Und genau innerhalb der Zeitvorgaben, die Alex ganz besonders interessierten.

Die Raumüberwachung der Erde hatte den Zoll darüber informiert, daß die Provinz Oregon für den gesamten nichtstandardisierten Verkehr innerhalb der Atmosphäre und im erdnahen Raum gesperrt sei. Was Tjanting überhaupt nichts ausmachte. Sie wußte, daß der Imperator sein Domizil dort oben hatte, und was er oder seine Leute taten oder nicht taten, das ging sie nichts an.

Als gute Bürgerin wäre sie wahrscheinlich neugierig gewesen, wenn der Imperator sich selbst dort aufgehalten hätte. Aber natürlich war er gar nicht dagewesen.

Woher sie das wisse, hakte Alex nach.

Außerdem regte sie sich aus einem ganz anderen Grund auf. Tjanting wußte, daß der Imperator nicht sehr begeistert wäre, wenn er wüßte, welche Freiheiten man sich hier in seinem Namen herausnahm.

Ungefähr zwei Wochen vor der Ankündigung, fuhr Tjanting fort, sei ein kommerzieller Transporter in San Fran gelandet, und der habe beabsichtigt, seine Zollangelegenheiten in diesem Hafen zu erledigen, um dann zu seinem Endziel weiterzufliegen – zum einige Kilometer entfernten Domizil des Imperators. Kaum habe sie das Schiff betreten, sei ihr auch so einiges merkwürdig vorgekommen. Das Schiff sei tipptopp sauber gewesen, und die Besatzung habe sämtliche Befehle, ohne zu murren, unverzüglich ausgeführt, gerade so wie Soldaten der Raumflotte. Doch das sei reine Vermutung. Was sie wirklich stutzig gemacht habe, sei die Ladung gewesen.

Zuerst habe ihr der Skipper des Transporters den Zugang zum Frachtraum mit der Behauptung verweigert, es handele sich um geheime Verschlußsachen des Imperialen Hofes. Es habe jedoch keinerlei Papiere gegeben, die seine Behauptungen bestätigt hätten. Also hätte er alle möglichen Dinge, Grundnahrungsmittel und dergleichen, zu dem Anwesen am Fluß schaffen können; Dinge, für die der Imperator – wie jeder andere Bürger auch – Gebühren an die Erdregierung zu entrichten habe.

Tjanting habe darauf bestanden, daß der Frachtraum geöffnet wurde, ansonsten hätte sie den Sicherheitsdienst gerufen, Schiff und Ladung beschlagnahmen und die Mannschaft einsperren lassen. Der Captain habe widerstrebend nachgegeben.

»Die Ladung bestand aus medizinischen Apparaturen«, fuhr Tjanting fort, »hochentwickelte Apparaturen und Gerätschaften, als wollte jemand eine sehr kleine, aber hervorragende chirurgische Abteilung einrichten. So jedenfalls hat sich ein Kollege, der auf derlei Waren spezialisiert ist, ausgedrückt, als ich ihn angerufen und ihm das Fracht-Fiche durchgegeben habe.«

Das Problem hatte nicht darin bestanden, daß für die Fracht Zollgebühren fällig gewesen wären; unter humanitären Gesichtspunkten hätte das wahrscheinlich nicht einmal zugetroffen. Die Frage, die Tjanting seit damals beschäftigte und die ihr niemand beantwortete, war folgende: Wozu diente dieses Material überhaupt? Die Zollbehörde war auch für Quarantäne- und Gesundheitsfragen zuständig. War jemand vom Imperialen Hof erkrankt, mußte jemand dringend operiert werden? Ihrer Meinung nach sah das ganz nach einer Seuche aus.

Sie berichtete die Angelegenheit ihren Vorgesetzten und wurde damit vertröstet, daß man den Stab des Imperators in Oregon befragen wolle. Das dauerte mehrere Minuten, denn in Oregon wußte niemand etwas von einer derartigen Lieferung. Tjanting war sich sicher, einen besonders raffinierten Schmugglerring aufgedeckt zu haben, dessen Mitglieder ein bisher unbekanntes Maß an Frechheit und Selbstvertrauen an den Tag legten.

Dann kam ein zweiter Anruf aus dem Norden, und noch bevor ihre Schicht zu Ende war, wurde sie vom Raumhafen abgezogen und bekam von ihrem Vorgesetzten einen kräftigen Rüffel wegen ihres »unerwünschten Herumschnüffelns in den Angelegenheiten des Imperators«. Tjanting mußte sich auch anhören, daß sie einen schlechten Ruf als Wichtigtuerin genoß, und ihr wurde dringend geraten, sich um diesen charakterlichen Mangel zu kümmern, andernfalls würde sie bei der nächsten dienstlichen Beurteilung heruntergestuft.

Inzwischen schäumte die Frau vor Empörung, und Alex mußte sie beruhigen. Er spendierte ihr noch einen Drink – eine wirklich ekelhafte Mischung aus einem süßlichen Likör namens Campari, mit Kohlensäure versetztem Wasser und einem Schuß Brandy obendrauf. Alex hielt das für eine unverzeihliche Vergeudung von Brandy, sagte aber nichts.

Während Hotsco ihm mit mitfühlendem Geschwätz Rückendeckung gab, überlegte Alex fieberhaft: ›Kurz bevor der Imp antanzt, baut hier irgendein Bursche ein hochgezüchtetes Lazarett auf. Dabei dürfte man annehmen, daß das Feriendomizil des Imp ohnehin über eine medizinische Grundausstattung verfügt. Also war da etwas ganz Besonderes geplant, wie mir scheint. Eine Operation?

Sollte gar der Ewige Imperator selbst operiert werden?

Eine kleine Schnippelei, sorgsam unter dem Deckmäntelchen der Verschwiegenheit …?

Herrje! Schon komisch‹, dachte Kilgour.

›Andererseits ist es ganz einfach‹, ging ihm dann angesichts der Anwesenheit all dieser Bombenexperten auf dem Besitz des Imperators plötzlich ein Licht auf. Jemandem auf chirurgischem Wege eine Bombe einzupflanzen, war Kilgour nicht fremd – dieses Hilfsmittel war schon öfters bei gefährlichen Fanatikern zum Einsatz gekommen. Kilgour hatte auch von mutigen Leuten gehört, die sich vor einem Himmelfahrtskommando eine Bombe hatten einsetzen lassen, um jede Möglichkeit auszuschließen, gefangen und gefoltert zu werden und damit ihre Kollegen preiszugeben.

Eine Bombe *herauszunehmen* war jedoch ein neuer Dreh. Und genau das hatte seiner Meinung nach stattgefunden.

›Hmmm‹, überlegte Alex. ›Aha. Jetzt wissen wir auch, wo der Knallermann herkommt, der immer hochgeht, wenn der Imp stirbt! Er ist tief im Bauch dieses Irren versteckt, vielleicht dort, wo einmal sein Blinddarm war. Ist ja auch egal. Die Frage lautet vielmehr: Wer hat ihn da hineingebastelt?

Je tiefer ich buddele, desto weniger bin ich mir der Dinge sicher‹, wunderte er sich.

›Na und? Wenn du ein Leben gewollt hättest, in dem es nichts als das Absolute gibt, dann hättest du ja Mönch werden können. Oder gemeiner Soldat bleiben.‹

Alex weigerte sich weiterzudenken. Aus unvollständigen Daten gezogene Folgerungen führten fast immer zu waghalsigen Schlüssen. Er würde später näher darüber nachdenken.

Sie fütterten Tjanting noch mit ein paar Drinks und erzählten ihr dann, daß sie wieder zurück ins Hotel müßten.

Tjanting sah ihnen nach. Nach einigen Sekunden runzelte sie die Stirn, und ein eigenartiger Ausdruck zeichnete sich auf ihrem Gesicht ab.

Ein halbes Universum entfernt tranken zwei Männer Schnaps; sie kippten sich den Selbstgebrannten in einer rollenden Bar nicht weit von einer Baustelle entfernt hinter die Binde. Einer der Männer war Vertragsschweißer, der andere der Vizepräsident einer Bank, der sich ab und zu gerne unters Volk mischte.

»Hast du schon gehört, was passiert ist, als der Ewige Imperator sich ein Joygirl geholt hat?« fragte der Schweißer. »Beim ersten Mal sagt er: Ich mach dich fertig, daß du nur so stöhnst. Er tut es, und sie tut es auch.

Beim zweiten Mal sagt er: Ich mach dich fertig, daß du nur so schreist. Er tut es, und sie tut es auch.

Dann sagt er: Beim nächsten Mal bring ich dich ordentlich zum Schwitzen. Das Joygirl lehnt sich zurück und sagt: Hä? Und er sagt: Klar, beim nächsten Mal ist es nämlich Hochsommer ...«

Der Bankier kicherte höflich. »Nach allem, was ich so gehört habe, ist der Imperator doch immer der Ansicht, daß ein Mann gewisse Dinge selbst erledigen muß. In diesem Fall handelt es sich eben um den Kleinkram.«

Der Schweißer erwiderte das höfliche Lachen, wurde jedoch gleich darauf wieder ernst. »Ist dir schon aufgefallen, Els, daß der Imperator bei seinen offiziellen Auftritten niemals mit einer Frau auf dem Bildschirm zu sehen ist?«

»Warum auch?«

»Aus keinem besonderen Grund«, antwortete der Schweißer. »Aber wenn du der Oberguru wärst, dann würde ich doch mal annehmen, daß dir überall Massen von scharfen Mädels auflauern, hab ich recht? Stell dir nur vor, du würdest morgen in die oberste Chefetage befördert, na?«

»Schon möglich. Aber da hätte meine Frau auch noch ein Wörtchen mitzureden.«

»Auch in dieser Hinsicht hat der Imperator nichts zu bieten.«

»Vielleicht lebt er deswegen ewig«, gab der Bankier zu bedenken. »Er spart sich seine wertvollen natürlichen Kräfte auf.«

»Vorausgesetzt, er hat überhaupt welche.«

Beide Männer lachten, dann konzentrierte sich ihre Aufmerksamkeit wieder auf den Livie-Schirm, auf dem soeben das dritte Viertel des A-Grav-Ball-Matches losging.

Beide »Witze« entstammten Rykors Werkstatt. Mehr oder weniger lustig bewirkten sie genau das, was sie sollten: das Image des Imperators, omnipotent zu sein, anzukratzen. In diesem Beispiel sogar recht direkt.

Diese und andere Witze machten gemeinsam mit einigen wirklich fiesen, hinter der vorgehaltenen Hand geflüsterten Gerüchten die Runde durch das Imperium – und zwar mit einer Geschwindigkeit, die sogar noch leicht über dem Stardrive lag.

Alex' allabendliche rituelle Handlung bestand darin, ihr Zimmer nach Wanzen und anderen unliebsamen Gästen abzusuchen. Erst dann machte er sich in der Naßzelle frisch. Anschließend duschte Hotsco, puderte sich die Nase und legte sich neben ihn in das große, altmodische Federbett. Aber nur um zu schlafen. Als Profi und Moralist, der er war, dachte Alex nicht im Traum daran, eine Tarnung derart schändlich auszunutzen. Außerdem fand er die schlanke junge Frau nicht im geringsten attraktiv. Sie war einfach nicht sein Typ.

Das log er sich jedenfalls in immer kürzeren Abständen vor.

Er wusch und schrubbte an sich herum, genoß den Luxus des weichen Wassers, das gegen seinen Körper prasselte, und erinnerte sich an Zeiten und Einsätze, in denen es Wasser ausschließlich zum Trinken gegeben hatte, und nicht einmal dafür genug. Er drehte sich um, um den Wasserstrahl von BRAUSE auf STRAHL zu stellen, als plötzlich ein Kichern an sein Ohr drang, ein Kichern, das Alex' Expertenohren auf weniger als zwei Zentimeter Entfernung peilten.

»Rück rüber«, sagte Hotsco. »Und gib mir die Seife. Dein Rücken kann auch eine Abreibung vertragen.«

»Äh, Mädel …«

»Ich sagte, rück rüber.«

Alex tat, wie ihm befohlen. Hotsco fing an, ihm den Rücken zu schrubben, wobei sie die Seife in langsamen, sinnlichen Kreisbewegungen über seine Haut gleiten ließ.

»Ich seh nicht hin«, sagte sie. »Aber ich habe da so eine Vermutung, was der Schotte unter seinem Kilt trägt.«

»Und?« fragte Alex, über dessen Gesicht sich jetzt ein Grinsen zog. »Willst du mal etwas anfassen, das fünfundzwanzig Zentimeter lang ist? Dann mußt du zwanzigmal unter meinen Sporran greifen.«

Hotsco lachte. Ihre Finger bewegten sich weiter, verfolgten eine gezackte rote Kerbe auf Kilgours Bizeps.

»Was ist das?« staunte sie.

»Da hab ich blöderweise Zick gemacht, als Zack angesagt war. Narben sind eine gute Methode, um dein Ego vor dem Überschnappen zu bewahren.

He, Mädel, ich glaub, jetzt schrubbst du schon meine Brust!«

»Ganz recht«, sagte Hotsco verträumt. »Außerdem ist das nicht mehr die Seife.«

»Wenn ich mich jetzt umdrehe«, sagte Alex mit leicht belegter Stimme, »dann kann aus Spaß sehr schnell Ernst werden.«

»Mhmm.«

Alex drehte sich um und hob Hotsco in seine Arme. Ihre Lippen fanden sich, und Hotscos Beine wanden sich um seine Hüften.

Einige Zeit später kamen sie aus der Dusche heraus. Sie mußten Kilgours Bademantel als Handtuch benutzen, denn der ganze Raum sah aus, als sei darin eine Wasserbombe hochgegangen.

Draußen leuchtete der Mond über der Bucht und den verlöschenden Lichtern von San Francisco.

»Und jetzt«, meinte Alex, »hauen wir uns in die Federn, und ich muß mir keine Sorgen mehr darüber machen, ob meine McLean-Kraft allmählich nachläßt.«

»So nennst du das also?« staunte Hotsco. Sie ging zum Schminktisch, holte eine Tube mit aromatischem Öl heraus und fing an, es sich langsam in die Haut einzureiben, wobei sie lächelnd über ihre Schulter blickte.

»Wenn du das Mädel mit der Seife bist«, meldete sich Alex zu Wort, »dann wäre es doch nicht mehr als gerecht, wenn ich den Burschen mit den Flutschefingern spiele, oder?«

Er nahm ihr die Tube aus der Hand, drückte ein wenig Öl auf seine Finger, und dann, ganz plötzlich, gewann sein Instinkt die Oberhand über seine Lust. Er warf Hotsco zur Seite, quer über das Bett. Sie landete in den Federn, viel zu erschrocken, um einen Schrei auszustoßen – und dann explodierte der Spiegel über dem Schminktisch.

Kilgour machte eine Rolle rückwärts Richtung Tür, kam hoch, hatte wie durch Zauberei die Pistole in der Hand, kniete, legte an … drei Schuß krachten wie einer … und draußen auf dem Balkon ging die Brust des Mordschützen in Fetzen.

Jemand oder etwas fiel krachend gegen die Tür, und Kilgour schickte drei weitere AM$_2$-Geschosse durch das splitternde Holz. Von der anderen Seite ertönte ein Schrei.

Alex packte den winzigen Transponder, ihre einzige Hintertür, schob ihn in den Mund und schnappte sich Hotsco mit einem Arm. Dann machte er zwei gewaltige Schritte quer durch das Zimmer, zerbrach das, was vom Rahmen der Balkontür übrig war, stieg auf den Balkon hinaus und sprang. Hotsco schrie leise auf.

Bis zum grasbewachsenen Boden waren es sieben Meter. Alex fiel, drehte seinen Körper im Fallen, nahm die Beine zusammen und benutzte den uniformierten Polizisten, der zu ihm hochstarrte, als Trampolin.

Die Rippen des Polizisten knackten gräßlich, und er stieß ein blutiges Gurgeln aus. Kilgour ging in die Knie und fing die Wucht der Landung auf. Sofort stand er wieder aufrecht und eilte in das schützende Gebüsch, das das Hotel umgab, ohne Hotsco oder die Pistole fallen zu lassen.

Dicht neben ihm explodierte ein AM_2-Geschoß im weichen Boden – ›also sind's die Jungs des Imperators‹, stellte Kilgour fest. Er wirbelte herum und pumpte, ohne genau zu zielen, vier Schuß in das Zimmer, das sie gerade eben überstürzt geräumt hatten.

Dann raste er weiter.

Bis sich das Überfallkommando, besser gesagt der aus Polizisten und Innerer Sicherheit zusammengesetzte Killertrupp recht besann, war das weiße Schemen des nackten Schwerweltlers im Unterholz verschwunden.

Jetzt jaulten Sirenen los. Lichter blinkten und Funkgeräte quäkten durcheinander.

Aber Kilgour war weg.

Erst nach zwei Kilometern blieb Alex stehen. Er schätzte, daß er sich irgendwo nahe der Spitze der Halbinsel befand, mitten in dem ausgedehnten Dschungel, in dem Tiger, die man vor einigen Menschenaltern aus dem Zoo befreit hatte, ihr Unwesen trieben.

›Das sollten sich die Kätzchen sehr genau überlegen‹, dachte er. ›Ich bin jetzt nämlich nicht zum Scherzen aufgelegt und hatte für den Rest dieses netten Abends ganz andere Pläne.‹

Obwohl Hotsco auf »der anderen Seite des Gesetzes« aufgewachsen war, war sie an derlei Geschehnisse nicht gewöhnt; schon gar nicht, wenn sie mit Lichtgeschwindigkeit über sie hereinbrachen. Aber sie hätte sich eher die Zunge abgebissen, als vor Alex das Gesicht zu verlieren.

»Ich vermute«, sagte sie lässig, »das Imperium hat Lunte gerochen.«

»Genau«, gab Alex zurück. »Die hatten Willyguns. Die Zolltante hat uns verpetzt. Ich hab ohnehin ihren Nachnamen nicht richtig verstanden, Hotsco … lautete er nicht Campbell?«

Er schien überhaupt nicht zu bemerken, daß sie beide splitternackt waren und ihre einzige Verteidigung gegen eine Stadt und eine Welt, die sich schon bald mit Gebrüll auf sie stürzen würden, aus einer Pistole und einem Transponder bestand.

»Was nun?« frage Hotsco.

»Wir haben zwei Möglichkeiten«, erläuterte Alex. »Nummer eins: wir spüren die beiden Mädels vom Liebestanz beim alten Merkins auf. Die werden nicht gleich erbleichen, wenn ein junges verliebtes Paar vor ihrer Tür steht, nackt wie Gott sie schuf. Dort können wir mit der Sache fortfahren, die wir kaum – 'tschuldigung, Mädel – angefangen hatten, als die Kacke zu dampfen anfing. Hast du noch die Karte von denen?«

»Die mußte ich leider zurücklassen«, antwortete Hotsco. Jetzt, nachdem der Schock nachgelassen hatte, kam ihr die ganze Situation plötzlich sehr komisch vor. »Im Hotel. Soll ich sie rasch holen gehen?«

Alex überlegte.

»Lieber nicht«, sagte er dann mit ernstem Gesicht. »War nur so ein Gedanke. Also Option Nummer zwei: Wir schlagen uns zu den Docks durch, und entweder klauen wir dort ein Boot oder wir schwimmen zu der Insel mit den Vögeln mit den großen Schnäbeln rüber. Alcatruss?«

»Schwimmen? Ich kann nicht schwimmen.«

»Kein Problem, Mädel. Ich brauch nur einen Arm, um die Haie zu vertreiben. Dann halte ich dich eben mit dem anderen Arm und klemme mir den Schießprügel zwischen die Kiefer. Wie sich's für einen braven Schotten ziemt. Dann kann ich immer noch mit den Füßen strampeln und mit dem natürlichen Ruder lenken, mit dem mich der liebe Herrgott ausgestattet hat. Es kann nicht weiter als einen oder zwei Kilometer bis dort rüber sein. Eine erfrischende Schwimmrunde am Morgen. Ich verspüre einen großen Drang, ohne unnötigen Zeitverlust zu dem kleinen Spielchen zurückzukehren, das du mir vorhin beibringen wolltest. Wollen wir los?«

Er verbeugte sich förmlich, nahm ihren Arm, und dann machten sie sich auf den Weg nach Süden, geradewegs auf das kleine Fischerdörfchen zu.

Flottenadmiral Anders, Chef der Imperialen Raumflottenoperationen, überflog die Prognosen auf den fünf Wandschirmen, dann fiel sein Blick auf die sechzehn Fiches, die sich auf seinem Schreibtisch stapelten. Sein Gesicht war ausdruckslos. Er hatte gelernt, daß ein richtiger Kriegsherr im Augenblick der Entscheidung so auszusehen hatte.

Er war nicht sicher, was er davon halten sollte, da er, wie ihm sein Geheimdienstchef versichert hatte, der erste war, der diese Daten zu sehen und damit die Gelegenheit bekam, sie zu analysieren. Immerhin bestand zunächst die Möglichkeit, soufflierte ihm sein Verstand behutsam, daß der Ewige Imperator keinen Scherz gemacht hatte, als er vor einiger Zeit sagte, Anders werde sich, wenn das Problem Sten aus dem Weg geräumt war, auf irgendeinem vergessenen Planeten als Kommandant zweier Ruderboote und einer Sandbank wiederfinden. Er wollte jetzt unbedingt vermeiden, einen weiteren Fehler zu begehen.

Er beschloß, zunächst einmal skeptisch zu sein. Da er ein listiger Mann war, drückte er seine Zweifel immer auf diese Art und Weise aus.

»Nennen Sie mir«, sagte er, »drei Gründe, warum ich glauben sollte, daß dieses Ystrn-System der Ausgangspunkt für den nächsten Überfall des Verräters Sten ist. Und wie kommt Ihr Nachrichtendienst auf die Idee, daß er sich ausgerechnet Al-Sufi als Ziel ausgesucht hat?«

Anders' Vize Sheffries fragte sich bei der Konzentration mit zwei aufeinanderfolgenden Fragen, ob sie jetzt drei oder sechs Gründe vorbringen sollte. So oder so – sie war jedenfalls von ihrem begriffsstutzigen Vorgesetzten mehr als enttäuscht. Sie hatte drei Dreier parat.

»Erstens: Al-Sufi ist eins der drei größten AM$_2$-Verteilungszentren des Imperiums. Zweitens: Sten hat schon einmal ein solches Depot angegriffen. Drittens: Revolutionäre mit beschränkten Mitteln, wie dieser Sten –«

»Es heißt: der *Verräter* Sten!« fuhr Anders dazwischen.

»'tschuldigung. Verräter wie Sten, die über kaum Schlachtschiffe und Truppen verfügen, haben es normalerweise auf spektakuläre Ziele abgesehen. Insbesondere, wenn diese Ziele dem Feind einen möglichst großen Schaden zufügen, 'tschuldigung, den Heimatplaneten, gegen die sie rebellieren. Der Fachausdruck dafür lautet ›Neuralgische Ziele‹. Mit anderen Worten –«

»Mit anderen Worten«, unterbrach sie Anders, »nachdem er einen kleinen Erfolg mit seinem Angriff auf Dusable verbuchen konnte, warum sollte er da nicht als nächstes Al-Sufi angreifen.«

»Vielen Dank, Sir. Sie haben meine Gedanken auf bewundernswerte Weise zusammengefaßt. Viertens: die Schlacht um Al-Sufi/Durer, im Volk allgemein als Durer bekannt, war einer der größten Siege des Imperators im Tahn-Krieg. Es wäre nur zu logisch, wenn der Verräter Sten versuchte, dieses Bild in den Dreck zu ziehen.

Fünftens: da Sten augenscheinlich – obwohl uns da nur unzureichende Daten vorliegen – zum Zeitpunkt der Al-Sufi/Durer-Schlacht nicht im Dienste der Imperialen Streitkräfte stand –«

Anders brachte Sheffries mit einer ungeduldigen Handbewegung zum Schweigen. »Schon gut«, sagte er. »Sie haben mich überzeugt.

Für diese Operation brauchen wir drei Flotten. Alarmieren Sie meinen Stab. Ich werde meinen Plan so bald wie möglich bekanntgeben.«

»Drei Flotten, Sir?«

»Genau. Ich schlage vor, diese Rebellion mit einem Schlag zu vernichten. Ich möchte, daß sich alle meine Soldaten ihrer Beteiligung an diesem denkwürdigen, schicksalhaften Augenblick bewußt sind.«

»Sir. Die Plus/Minus-Wahrscheinlichkeit meiner Prognose beträgt nur 80 Prozent. Außerdem habe ich noch keinerlei Prognosen dahingehend angestellt, ob Sten – ich meine, der Verräter Sten – persönlich an dem Überfall teilnimmt.«

»Natürlich macht er selbst mit«, fuhr ihr Anders ungeduldig dazwischen. »Ich würde es tun. Sie würden es tun.« Er lächelte. »Der Ewige Imperator wird sich über diese Neuigkeiten freuen. Sobald der Verräter Sten vernichtet ist, Sheffries, werde ich höchstpersönlich dafür sorgen, daß Sie zum Flaggoffizier ernannt werden.«

Sheffries gelang es, ein erfreutes Gesicht aufzusetzen; sie salutierte und ging hinaus. ›Wunderbar‹, dachte sie finster. ›Und falls irgend etwas schiefgeht, dann heißt es: Würden Sie bitte die Füße über Kreuz legen, Commander Sheffries, wir haben leider nur drei Nägel …‹

Sten brütete gerade über dem ›Überfall auf Al-Sufi‹ und dem besten Dreh hinsichtlich der Darstellung des Rendezvous-Punktes im Ystrn-System, als die Nachricht mit dem Vermerk STRENG GEHEIM von einem Laufboten aus dem Nachrichtenzentrum überbracht wurde. Sie stammte von Seilichi, von Sr. Ecu.

Er fluchte, fand eine Dekodierungsmaschine und gab Porenmuster, Retinareflex, persönlichen Kode und alles weitere ein.

Dann überflog er Ecus Nachricht und den Appell von Marr und Senn.

Verdammt. Er wußte, von welcher anderen Person sie sprachen. Natürlich handelte es sich um Haines. Ja, er erinnerte sich nur zu gut und mit bebendem Herzen an diese Party, den Garten und an die schwarze Kugel vor dem Mond.

Es war logisch, daß dieser Verrückte, der sich Ewiger Imperator nannte, alle Leute, die Sten näher kannten, festnehmen und einem Gehirnscan unterziehen ließ.

Er war froh, daß es Haines offensichtlich gelungen war, dem Netz zu entwischen, doch dann fragte er sich, ob der Imperator und sein Satrap Poyndex das Netz erneut ausgeworfen und sie vielleicht doch erwischt hatten. Oder ob sie ihre Suche ausgedehnt und sich Marr und Senn geschnappt hatten, nachdem die ihren »Reklamezettel« losgeschickt hatten. Die dritte und wahrscheinlichste Möglichkeit bestand darin, daß Poyndex' IS-Leute Marrs und Senns amateurhaften kryptographischen Versuch entdeckt und sich auf die Lauer gelegt hatten.

Erster Impuls: aufsatteln und zur Rettung eilen.

Dieser Adrenalinstoß wurde eiskalt abgebremst.

›Von wegen. Darüber bist du doch wohl hinaus. Du hattest die Chuzpe, dich zu erheben, dich selbst zum Gesetzlosen zu machen und die Rebellion gegen den Imperator auszurufen. Das ist in Ordnung. Jeder hat das Recht, sich seine eigene Selbstmord-Methode auszusuchen.

Aber es gibt viele andere, die sich dir angeschlossen haben. Bist du für die nicht auch verantwortlich? Also kannst du dich nicht allein aufgrund einer vagen Hoffnung gleich in das nächste Abenteuer stürzen! Du mußt dich um die wichtigen Dinge kümmern.

Es wäre schließlich nicht das erste Mal, daß du einen Freund oder sogar eine Geliebte im Stich lassen mußt, um die Mission nicht zu gefährden, oder?‹

Natürlich.

Das Funkgerät summte. Sten drückte auf den Kontaktschalter.

»Ja?«

»Mister Kilgour«, berichtete der Funkoffizier. »Auf dem Weg hierher. Ankunft in etwa einer E-Stunde. Mission erfolgreich abgeschlossen. Ich habe ihn jetzt dran.«

Sten wollte gerade sagen, daß er mit Alex erst nach seiner Ankunft sprechen wollte, überlegte es sich jedoch anders.

»Verschlüsselt?«

»Selbstverständlich, Sir.«

»Stellen Sie ihn durch.«

Das Bild wechselte. Alex war zu sehen, an seiner Seite eine schüchtern lächelnde Frau. ›Oje‹, dachte Sten. ›Das muß diese Schmugglerin sein, die sich freiwillig dafür gemeldet hat, Kilgour zur Erde zu bringen.‹ Sten blickte seinen Freund an.

»Willkommen daheim«, sagte er.

»Danke, Boß.«

»Ich will dir nicht zu nahe treten, aber … du siehst ziemlich abgerissen aus.«

»Ich hab mir da eine ziemlich vertrackte Aufgabe gestellt.«

»Bist du aufgeflogen?«

»Jawoll. Aber nicht durch den Imp, obwohl ich eine interessante Begegnung mit ein paar IS-Typen hatte. Ich werd's dir aber nicht auf die Nase binden. Außerdem bin ich auch der eigentlichen Sache auf die Spur gekommen, aber das erzähle ich dir nur unter vier Augen.

Was war denn während meiner Abwesenheit so alles los?«

Sten klärte Alex rasch auf und erzählte ihm auch von Marrs und Senns Nachricht, ohne ihn jedoch von seiner Entscheidung in Kenntnis zu setzen.

»Aha.« Alex nickte. »Weiß schon. Du hast keine Wahl, was?«

Sten antwortete nicht.

»Sobald ich zurück bin, mache ich die *Victory* klar zum Abflug, alter Knabe. Dauert nur einen E-Tag.«

Sten blinzelte.

Alex lächelte. »Du hast dich anders entschieden, stimmt's? Du hast an Pflicht und Verantwortung gedacht, stimmt's?«

»So was in der Richtung.«

»Tja … denk mal an all die Jungs und Mädels, die mit dir Rebellen spielen. Einige sind aus ganz eigennützigen Gründen dabei. Andere wollen der noblen Sache der Zivilisation dienen. Aber die meisten sind dabei, weil sie dich und dein nettes Gesicht mögen, alter Knabe.

In gewisser Hinsicht ist das jetzt ein schwieriger Abschnitt in deinem Leben, mein lieber Sten. Wir alle sollten unsere Entscheidungen logisch und im Hinblick auf den Nutzen für alle Lebewesen treffen.

Aber so funktioniert's nun mal nicht.

Und wenn dir so viele Narren nachlaufen, weil du ein netter Kerl bist, warum solltest du dann nicht ebenso denken wie sie? Und einfach so das Leben für einen Rebellenkumpel aufs Spiel setzen, hm? Denn wenn du nicht gewillt bist, auf diese Weise mit wehenden Fahnen unterzugehen, dann sind wir keinen Deut besser als der Imp und sollten am besten sofort mit dem ganzen Quatsch aufhören.

Du solltest nicht warten, bis dir die Stunde schlägt und so was alles.

Ich denke, dir bleibt keine andere Wahl, als Haines und diese beiden Pelzkugeln zu suchen.«

Es war völlig falsch und so ziemlich das Dümmste, was Sten tun konnte, warum entschied er sich dann dafür? Scheißegal, die Rebellion war ohnehin zum Scheitern verurteilt. Er hatte so gut wie keine Chance, das Imperium zu stürzen. Warum also nicht mit wehenden Fahnen und einer noblen Geste untergehen?

»Sprich weiter«, sagte er. Dann kam er wieder zu sich, und ein bösartiges Grinsen zog sich über sein Gesicht. Er erinnerte sich an einen tollkühnen Plan, den er einmal vor dem Ausbruch aus einem Gefängnis ausgeheckt hatte, und er dachte daran, daß man den gleichen Trick vielleicht noch einmal einsetzen konnte.

»Negativ, Mister Kilgour. Die *Victory* werde ich nicht brauchen. Alles was ich brauche, ist eine Robo-Kiste der Bhor und die *Aoife*. Ich muß mich nicht um jeden Preis zum Don Quickshot machen. Ach ja, und ein Livie-Team und ein paar Schauspieler. Ich brauche drei Piloten, zwei Schlägertypen und einen Idioten mit Stahlzähnen. Ungewaschen und ziemlich bescheuert muß er aussehen. Und dann brauche ich noch so an die fünfzehn süße, verschreckt aussehende Kinder.

Und jetzt beweg deinen Hintern hierher. Ich brauche deine Talente. Und jemanden, der die Festung hält, solange ich weg bin und Sir Gawain spiele. Aus und Ende.«

Stens Plan stand nach weniger als einem Tag.

Er begab sich zwar immer noch in die Fänge des Todes, doch wenigstens auf gerissene, schmutzige, heimtückische Weise anstelle eines blödsinnigen »Angriffs in voller Uniform und unter wildem Gefuchtel mit einem Büchsenöffner mit Elfenbeingriff«, was er schon seit jeher verabscheut hatte.

»Soward Control, hier Transporter *Juliette*. Befinden uns noch im Raum, Koordinaten übertragen … jetzt. Verwenden Einflugschneise Quebec Neun Sieben für Handelsschiffe. Erbitten Landeanweisungen. Over.«

Und so kam der Terror auf die Erstwelt.

»*Juliette*, hier Soward Control. Wir haben Ihre Koordinaten. Übermitteln Landedaten … jetzt. Bitte Daten eingeben und nach Beendigung Ihres Anflugs das ALS von Quebec Neun Sieben aktivieren, over.«

»Soward, hier *Juliette*. Warten Sie … oje, ich habe hier ein kleines Problem mit Ihren Daten, Control. Sie wollen uns weit draußen in der südöstlichen Ecke abstellen, richtig?«

»Bestätigt.«

»Da muß ich Sie um einen Gefallen bitten, Soward. Kann ich nicht ein bißchen näher ran? Ich habe eine ganze Landung voller Stipendiaten an Bord, und die Schüler wären wirklich ganz aus dem Häuschen, wenn wir ein bißchen näher an allem dran wären. Außerdem müssen sie dann nicht so weit bis zum Terminal laufen. Kriegen wir einen Transferbus?«

»Hier Soward. Kein Problem. Wir bringen Sie gleich hier drüben unter, direkt neben dem Tower. Übertragen neue Daten … jetzt. Und was den Bus betrifft … wir haben nur einen kommerziellen Dienst. Soll ich einen Leichter bestellen?«

»Hier *Juliette.* Danke für die Änderung. Und, äh, negativ wegen des kommerziellen Leichters. Meine Kinder haben nicht viel Geld. Die ganze Ladung besteht aus diesen bedürftigen Schülern.«

»Roger. Vielleicht können wir –«

Das Signal von der *Juliette* brach ab.

»*Juliette,* hier Soward Control. *Juliette*, bitte antworten Sie.«

Statisches Rauschen. Keine Antwort. Der Controller drückte automatisch auf die Tasten NOTFALL und STANDBY.

»Hier Tower«, sagte er. »Ich habe ein hereinkommendes Schiff, schon fast unten, und plötzlich ist der Funkkontakt abgebrochen. Der Pilot sagte, sie hätten Kinder an Bord. Alles bereithalten.«

Rettungsmannschaften begaben sich in ihre Fahrzeuge.

Der Raumhafenlotse berührte ein Sensorfeld und suchte alle Standardlandefrequenzen sowie die Imperialen Notruffrequenzen ab.

»*Juliette,* hier –«

Die *Juliette* meldete sich wieder, doch jetzt sprach eine andere Stimme.

»Hier Soward Landekontrolle. Identifzieren Sie sich. Ist dort die *Juliette*?«

Ein Lachen.

»Ja. Genau. Ist das hier der Hebel für die visuelle Übertragung … jawoll. Und los.«

Ein Schirm wurde hell und gab den Blick auf eine entsetzliche Szene auf der Kommandobrücke der *Juliette* frei. Die vier Besatzungsmitglieder lagen in großen Blutlachen auf dem Boden. Vor dem Empfänger stand ein wild dreinblickender Mann in einem verdreckten und befleckten Kombi. Er hielt eine Pistole in der Hand.

Hinter ihm waren zwei ebenso abstoßende Spießgesellen zu sehen. Jeder hielt ein sich windendes Kind fest und drückte ihm ein Messer an die Kehle.

»Sie sehen, was hier los ist«, sagte der Mann. »Ich will jetzt eine Direktleitung zu einer Imperialen Livie-Station. Sofort!«

»Das kann ich nicht …«

Der Mann machte eine kurze Handbewegung, und einer seiner Kollegen schlitzte eine Kehle auf. Blut sprudelte, das andere Kind kreischte, und ein Körper fiel leblos zu Boden.

»Hol dir das nächste«, sagte der Mann, und sein Kollege verschwand, um kurz darauf mit einem weiteren Kind im Schlepptau wieder aufzutauchen. »Siehst du? Wir machen hier keine Späßchen. Besorge uns sofort eine –«

Der Mann von Soward Control hämmerte bereits auf seine Tastatur ein.

»Und daß du mir ja überzeugend klingst«, sagte der Kidnapper. »Ich hab hier nämlich noch vierzehn Dreckfresser, denen ich mit größtem Vergnügen den Hals durchschneiden würde. Oder vielleicht fällt mir auch noch was ganz anderes ein … was Schlimmeres.«

Und so nahm das Drama der *Juliette* seinen Lauf. Die Einspeisung wurde live über den Sender KBNSQ ausgestrahlt, der seine Lizenz inzwischen zurückerhalten hatte, zur Zeit aber von einem neuen, auf der Erstwelt gelegenen Hauptquartier aus sendete.

Die Erstwelt hielt den Atem an, während der heruntergekommene Transporter über dem Raumhafen Soward kreiste. Der Mann verkündete seine Forderungen.

»Ich will eine Verbindung zum Ewigen Imperator. Nicht mit so 'nem verdammten Funkgerät wie dem hier. Sondern von Angesicht zu Angesicht. Er muß da etwas klarstellen. Er muß damit aufhören, meiner Familie das anzutun, was er schon die ganze Zeit über tut. Es ist nicht in Ordnung, daß ein derart mächtiger Mann sich mit ein paar kleinen Untertanen auf einer Hinterwäldlerwelt anlegt, das ist einfach nicht in Ordnung. Das muß ein Ende haben, und zwar sofort. Meine Familie ist schon beinahe ausgelöscht.

Verdammt, wenn sich nicht bald etwas ändert, dann ist mir alles egal und ich lasse diesen verdammten Transporter mit voller Geschwindigkeit in seinen verdammten Palast rasen. Sagen Sie das dem Imperator.«

Geiselrettungsteams wurden zusammengestellt und warteten, ob man ihnen als letzte mögliche Maßnahme befahl, die *Juliette* zu stürmen. Die Schiffe der Imperialen Flotte, die in der Nähe der Erstwelt kreuzten, kamen dichter heran. Die bereits in Alarmbereitschaft versetzten Sicherheitskräfte von Arundel saßen einsatzbereit vor ihren Luftabwehrraketen und würden bei einer Annäherung der *Juliette* sofort feuern.

Selbstverständlich durfte es und würde es keine persönliche Unterredung zwischen dem Imperator und den Männern an Bord der *Juliette* geben. Man durfte sich dem Terror nicht beugen.

Vermittler übernahmen die langwierigen Verhandlungen, mit denen sie die Entführer so lange langweilen wollten, bis sie sich ergaben. Doch die Entführer reagierten nicht. Ihre einzige Antwort bestand darin, daß sie ihre Forderungen wiederholten, ausdruckslos in die Kamera starrten oder die Verbindung hin und wieder ohne jede Warnung abbrachen.

Für die Livies war das ein gefundenes Fressen. Die Geschichte bot alles, was man sich nur wünschen konne. Durchgedrehte Terroristen; die niedlichsten Kids vor der Kamera, seit man den Kinderstar Shirlee Rich mit ihrem Orang Utan im Bett erwischt hatte; verständnisvolle Psychodoktoren, die die Situation endlos analysierten; Experten, die herauszufinden versuchten, von welchem Planeten die noch immer unbekannten Terroristen stammen mochten; am Himmel kreuzende Kriegsschiffe; unbekannte Truppenbewegungen, über die nicht einmal der abgebrühteste Livie-Show-Gastgeber spekulieren durfte, um zu verhindern, daß möglicherweise ein geheimer Rettungsplan aufgeckt wurde; Versicherungsmanager aus der Chefetage von Lloyds, die erläuterten, was mit dem Transporter *Juliette* alles geschehen sein mochte, seit er während des Tahn-Kriegs bei der Durchführung eines Imperialen Spezialauftrags verschwunden war; entschlossen aussehende Waffenspezialisten, die bereit waren, alles – auch ihr Leben – zu opfern.

Und das Beste dabei: es geschah *wirklich*.

Das einzige Hindernis, das sich der *Aoife* in den Weg stellte, als sie sich der Erstwelt näherte, war mechanisch, einfältig und mindestens schon seit drei Zyklen veraltet. Berhal Waldman mußte die Aufforderung zur Identifzierung nicht einmal analysieren, weil er sie sofort in einem Standard-Code-Fiche entdeckte. Alle waren mit etwas anderem beschäftigt.

Die *Aoife* landete ohne Schwierigkeiten.

Niemand nahm von ihr Notiz, nicht einmal das winzige Dorf am anderen Ende des engen Tals. Dieser widerliche Unhold an Bord der *Juliette* hatte gerade das nächste Kind abgeschlachtet.

Der Zerstörer war ein kleines Schiff – zumindest im All, verglichen mit einem Schlachtelefanten und Trägerschiff wie der *Victory*, oder auf der weiten, leeren Fläche eines Landefeldes, wo das Auge keinen Vergleich fand. Der Turm, neben dem er landete, sah hingegen vergleichsweise wie ein Kinderspielzeug aus. Waldmans Finger huschten über die Tasten und ließen die *Aoife* auf ihren McLean-Generatoren knapp über dem Boden schweben. Es wäre ziemlich unhöflich gewesen, inmitten dieses wunderhübsch angelegten Gartens einen fünf Meter tiefen Abdruck zu hinterlassen. Nicht nur aus ästhetischen Gründen. Man hätte zusätzlich eventuellen Neugierigen unnötige Anhaltspunkte dafür gegeben, was geschehen war.

Vom Turm her war keine Bewegung festzustellen.

Die Schnellfeuerkanonen der *Aoife* schwenkten herum, Honjofinger lagen feuerbereit auf den Auslösern.

Die Rampe des Schiffs glitt heraus und senkte sich auf den Boden. Sten trat hinaus. Er trug einen gepanzerten Kampfanzug und eine Willygun. Doch das Visier an seinem Helm stand offen.

Waldman hielt das für einwandfrei verrückt; drinnen konnte die Innere Sicherheit auf der Lauer liegen. Sten fiel jedoch keine andere Methode ein, wie er jemandem klarmachen konnte, daß man ihn nicht angreifen, sondern retten wollte.

Als er die Tür beinahe erreicht hatte, öffnete sie sich.

Marr und Senn standen auf der Schwelle.

»Ich muß schon sagen«, sagte Marr, »Ihr Auftritt erfolgt in einem wahrlich barocken Stil, mein junger Captain.«

»Allerdings. Sehr barock. Jetzt aber nichts wie weg hier, bevor uns jemand in der Mitte entzweibarockt. Aphorismen heben wir uns für später auf, Leute.«

Und plötzlich stand auch Haines in der Tür.

»Hat ja lange genug gedauert.«

»Tut mir leid, aber ich mußte kurz anhalten und mir die Schuhe zubinden.«

Hinter Haines wurde ein Mann sichtbar. Schlank. Frühe Glatzenbildung. Nicht jung, nicht alt. Die Kleidung etwa zehn Jahre hinter der neuesten Mode zurück. Sten tippte auf Haines' Ehemann. Nicht gerade die Sorte Mann, mit der er sie in Verbindung gebracht hätte.

›Mach dir mal darüber keine Sorgen, du Idiot. So wie du es auch immer allen anderen rätst. Und jetzt Schluß.‹

Senn, Haines und Sam'l liefen auf das Schiff zu. Marr zögerte einen Moment, dann bückte er sich und hob einen kleinen, mehrfarbigen Kieselstein auf.

»Vielleicht bleibt nichts mehr übrig, wohin wir zurückkehren können.«

Dann begab auch er sich an Bord der *Aoife* und Sten folgte ihm.

»Abheben, Sir?« fragte Waldman, als Sten wieder auf der Brücke stand.

»Moment noch.«

Er betrachtete einen Bildschirm, der einen Ausschnitt der Brücke der *Juliette* zeigte. Vor der Kamera war niemand zu sehen, weder Geisel noch Terrorist.

»Strahlen Sie es aus.«

»Jawohl, Sir.« Der Funker neben dem Bildschirm drückte auf einen Knopf, und die *Aoife* sandte einen einzigen kodierten Buchstaben an die *Juliette.*

Absolutes Chaos auf dem Monitor.

Brüllen. Schreie. Die Entführer bellten unverständliche Worte. Ein junges Mädchen riß sich los und versuchte wegzurennen. Sie wurde niedergeschossen. Der Entführer kreischte etwas in einer nicht zu übersetzenden Sprache. Seine Pistole schwang herum und zuckte. Genau in den Empfänger. Funkstille.

»Meine Güte, meine Güte«, stöhnte Marr und legte die Arme um Senn. »Diese armen kleinen Menschenkinder!«

»Tja«, sagte Sten. »Schlimm, schlimm. Und es wird immer schlimmer. Berhal Waldman, bringen Sie uns weg von hier. Ungefähr fünfhundert Meter, bitte.«

Die *Aoife* schoß himmelwärts.

Sten erwies sich als wahrhaftiger Prophet. Ein zweiter Bildschirm erwachte zum Leben. Diesmal handelte es sich um einen kommerziellen Sender.

Farbschmierer … Schärfe … ein zerfetztes Raumschiff … McLean-Generatoren aus … ein Schleier aus dem Heck des Schiffes, als der Yukawa-Antrieb auf volle Kraft ging …

Unzusammenhängendes Geschrei von einem Livie-Reporter: »Grauen … das Grauen … oh, dieses Grauen …«

»Vollgas nach Hause, wenn ich bitten darf, James.«

Die *Aoife* raste in den Hyperraum, gefolgt von einem Knall, als die Luft in das Vakuum rauschte, das der Zerstörer hinterließ.

Diese Explosion verhallte ungehört, wurde von einer weitaus größeren übertönt, als die *Juliette* mitten auf das Hauptlandefeld von Soward hinunterknallte. Es gab kein Feuer und auch keinen Schrott. Nur einen rauchenden Krater.

Sten wandte sich betrübt ab, als die Empfänger der *Aoife* die Verbindung zu der kommerziellen Sendung verloren.

»Was für eine schlimme Sache«, sagte er. »Alle diese netten Kinderlein, wie Erdbeermarmelade über das Gelände verschmiert. Erdbeer? Eher Tomate. Schmeckt salziger.

Und so sinnlos. Wie unangenehm für sie, obwohl sie später wahrscheinlich sowieso alle Axtmörder oder Rechtsanwälte oder etwas Ähnliches geworden wären. Für uns kam es jedoch gerade günstig.

Oder wie Mister Kilgour sagen würde: ›Der Herr hat's gegeben, der Herr hat's genommen.‹«

Marr und Senn rissen sich aus ihrem erstarrten Entsetzen und richteten ihre großen Augen auf Sten. Haines brachte die Sache auf den Punkt.

»Weißt du, daß du ein ausgemachtes Arschloch bist, Sten?«

»Das hat meine Mutter auch immer gesagt«, stimmte ihr Sten fröhlich zu.

»Danke«, sagte sie ziemlich ernst.

»Ach was, nicht der Rede wert. Du kennst mich doch. Sankt Sten. Töter tugendhafter Jungfrauen, Retter der Drachen.«

Inmitten dieser Frotzelei fühlte sich Sten plötzlich außerordentlich wohl in seiner Haut. Und zu seinem großen Erstaunen waren sie alle ungeschoren davongekommen.

Offiziell wurde der *Juliette*-Zwischenfall als tragisches Ereignis gehandelt, ein weiteres Beispiel für die wachsende kollektive Psychopathologie einer überdrehten Zivilisation. Insgeheim waren sich die Spezialisten jedoch ziemlich sicher, daß man sie an der Nase herumgeführt hatte. Nicht, daß von dem Band, das Stens Schauspieler während des Fluges von Vi aufgenommen hatten, auch nur eine winzige Spur übriggeblieben wäre. Von der Robo-Kiste der Bhor war bis auf ein Loch im Landefeld und ein paar fettigen Rauchfahnen überhaupt nichts übriggeblieben. Doch die Spezialisten wußten, daß sie wenigstens ein paar Kohlenstoffreste der mindestens achtzehn Personen hätten finden müssen, die vor oder während der Bruchlandung gestorben waren, und wenn sie noch so heftig zerrissen worden waren.

Als Sten ein Gerücht darüber zu Ohren kam, fluchte er ordentlich. Wenn er ein wenig mehr über die Sache nachgedacht hätte, hätte er bestimmt zehn oder mehr tote Rinder aus der Metzgerei besorgen können, und dann hätte wirklich *niemand* etwas gemerkt.

Drei gewaltige Imperiale Schlachtflotten stießen aus dem Hyperraum in das Ystrn-System vor; sämtliche Waffenstationen waren besetzt und brannten darauf, die Rebellion zu zerschlagen.

Sechs Planeten kreisten mitsamt ihren Monden und kleineren Trabanten um einen toten Stern.

Nichts.

Kein Sten.

Keine Rebellenflotte.

Überhaupt nichts.

Und wenn man den höchst gründlichen, sorgfältigen Analysen trauen konnte, war noch niemals zuvor irgendein bekanntes Schiff in dieses System eingedrungen. Es war auf einer Sternenkarte vermerkt und seither niemals erforscht worden. Was nicht heißen mußte, daß es dort nichts zu erforschen gab.

Stens großer Bluff hatte funktioniert. Besser gesagt, er funktionierte immer noch. Er hatte natürlich niemals daran gedacht, Al-Sufi zu überfallen oder sich sonst mit seiner winzigen Kriegsflotte so nahe an die Erstwelt heranzuwagen.

Die Täuschung, die durch Hohnes umgedrehtes Netz gesickert und auch von anderen Agenten im ganzen Imperium weitergeleitet worden war, stellte lediglich einen ersten Schritt dar.

Sten spielte Lügenpoker mit dem Imperator.

Diesmal war wirklich nichts da.

Beim nächsten Mal waren möglicherweise sehr wohl Spuren zu finden, die darauf hindeuteten, daß Sten oder einige seiner Schiffe vor kurzem hier vorbeigekommen waren.

Da der Imperator es sich nicht leisten konnte, Berichte über Stens Aufenthalt zu ignorieren, konnte man dieses Spiel nicht nur endlos weiterspielen und dabei AM_2, Imperiale Schiffe und Nachschub sowie den Glauben, den die Imperiale Raumflotte noch an ihren Geheimdienst und an den Arsch des Imperators hatte, zersetzen – es würde sich sogar auszahlen.

Und zwar so heftig, daß es die Imperialen Kräfte bis auf die Knochen erschüttern würde.

Kapitel 15

Subadar-Major Chethabahadur salutierte kurz. »Sir! Wie befohlen angetreten, Sir!«

»Setzen Sie sich, Subadar-Major«, sagte Poyndex. »Kein Anlaß zur Förmlichkeit.«

Chethabahadur ließ seinen kleinen schlanken Körper steif auf einen Sessel nieder.

»Ich fürchte, ich habe einige unangenehme Nachrichten«, sagte Poyndex. »Tut mir leid, daß ausgerechnet ich sie überbringen muß. Aber es hat keinen Sinn, um den heißen Brei herumzureden und dadurch alles noch viel schlimmer zu machen. Also heraus damit. Wie Sie wissen, hält der Ewige Imperator große Stücke auf

Sie und Ihre Kumpane wegen der ihm gegenüber jahrelang ergeben geleisteten Dienste.«

Chethabahadur blinzelte. Nur ganz kurz. Alle anderen Reaktionen wurden rechtzeitig zurückgehalten. Der Ausdruck »Ihre Kumpane« reichte aus, um dafür die Kehle aufgeschlitzt zu bekommen. Die »jahrelang ergeben geleisteten Dienste« zählten mittlerweile mehrere Jahrhunderte, und das wiederum bedeutete, daß Poyndex es verdient hätte, die Kehle ein zweites Mal aufgeschlitzt zu bekommen. Und was die »großen Stücke« anging – das war beinahe zu viel.

Der Subadar-Major stellte auch weiterhin seinen gelassenen Gesichtsausdruck zur Schau und wunderte sich insgeheim über die Vielzahl der Wunder, die dafür gesorgt hatten, daß dieser Kriecher nach soviel geballtem Unsinn noch immer am Leben war.

»Doch, doch, und zwar ganz, ganz große Stücke«, wiederholte Poyndex. »Leider befindet er sich momentan in einer schrecklichen Situation. Geld ist heutzutage sehr knapp, wie Sie sicher selbst wissen. Einschränkungen und Sparmaßnahmen machen auch vor den Streitkräften nicht halt.«

»Jawohl, Sir«, erwiderte Chethabahadur. »Die Gurkhas haben dem stets Rechnung getragen. Sollten weitere Einschränkungen erforderlich sein, Sir … seien Sie versichert, daß wir bereit sind.«

Poyndex lächelte herablassend. »Wie großzügig. Aber das wird nicht nötig sein … unter diesen Umständen. Wissen Sie, man hat mich damit beauftragt, Ihre Einheit aufzulösen. Wie bereits gesagt, tut mir das sehr leid. Aber in Zeiten wie diesen müssen wir alle Opfer bringen.«

Ohne zu zögern sagte Chethabahadur: »Sie müssen sich nicht entschuldigen, Sir. Sagen Sie dem Imperator bitte, daß die Gurkhas jeden seiner Befehle befolgen. Wenn er uns entlassen muß, Sir … und nach Nepal zurückschicken … nun, dann soll es so geschehen. Und zwar ohne Beschwerden, Sir. Versichern Sie ihm das.«

Poyndex lächelte erneut. »Das werde ich tun. Das werde ich ganz gewiß tun.«

Der Subadar-Major erhob sich und salutierte erneut steif. »Wenn das alles ist, Sir, werde ich mich jetzt entfernen und meine Männer informieren.«

Poyndex ließ sich zu einer schwachen Antwort auf den militärischen Gruß hinreißen. »Ja ... das ist dann alles ... Und vielen Dank für alles.«

»Wir sind *Ihnen* zu Dank verpflichtet, Sir«, gab Chethabahadur zurück. Er machte kehrt und marschierte hinaus.

Poyndex ließ sich wieder in seinen Sessel zurücksinken. Er war zufrieden mit sich und wie er diese schwierige Aufgabe gemeistert hatte ... obwohl es ihn schon einigermaßen erstaunte, wie leicht der Gurkha-Major die Nachricht aufgenommen hatte.

Was für eine Loyalität.

Blinde, ignorante Loyalität.

Poyndex lachte. Er schaltete sein Interkom ein und befahl einer Truppe der Inneren Sicherheit, die Posten der ausscheidenden Gurkhas einzunehmen.

Draußen, auf dem Korridor, der ein Stockwerk unterhalb der Privaträume des Imperators von Poyndex' Büro wegführte, mußte sich Chethabahadur schwer beherrschen, um nicht vor Freude in die Luft zu springen und die Hacken aneinanderzuschlagen.

Er und seine Männer hatten sich schon lange wegen der sich zunehmend verwirrenden Persönlichkeit des Imperators Sorgen gemacht. Seine Handlungen und Entscheidungen drehten ihnen den Magen um. Sie konnten nicht verstehen, wie sich ein Soldat, den sie immer bewundert hatten – Ian Mahoney – in einen Verräter verwandelt haben sollte. Und sie konnten erst recht nicht daran glauben, daß Sten, der einmal ihr Kommandeur gewesen war und noch immer, soviel sie wußten, einen Zug Gurkhas unter seinem Kommando hatte, jemals Verrat begehen würde – auch nicht an dem tollwütigen Ungeheuer, in das sich der Imperator verwandelt hatte.

Die Gurkhas wollten schon lange den Dienst quittieren. Einzig und allein ihr Schwur hatte sie davon abgehalten; und die Gewißheit, daß der Imperator diesen Wunsch als schwere Beleidigung empfunden hätte.

Er hätte sie alle töten lassen.

Schlimmer noch: sie sorgten sich um ihre Landsleute im fernen Nepal. Keiner der Gurkhas zweifelte daran, daß der Imperator nach einem derartigen Verrat Nepal vom Angesicht der Erde getilgt hätte.

Aber jetzt! Freude über Freude, jetzt waren die Gurkhas gefeuert, und der Himmel lachte! Was für ein Segen, der da aus dem Mund des Barbaren Poyndex auf sie niedergegangen war.

Was nicht hieß, daß Chethabahadur ihm sein ungehobeltes Verhalten verzieh.

Eines Tages würde er ihn dafür umbringen.

Falls das nicht möglich war, dann würde eben Chethabahadurs Sohn Poyndex' Sohn umbringen.

Dir Gurkhas rühmten sich eines sehr langen Gedächtnisses.

Poyndex sah staunend zu, wie sich die Frau, Baseeker, vor dem Ewigen Imperator erniedrigte.

»O Herr, Eure wundersame Gegenwart blendet mich. Meine Glieder zittern. Mein Verstand fiebert. Meine Zunge ist ein geschwollener Stummel, der die Worte nicht zu formen vermag, um Euren Glanz in angemessener Weise zu verkünden.«

Poyndex verbiß sich ein Grinsen. Er fand, daß ihre Zunge sehr gut funktionierte. Die neue Priesterin des Kultes des Ewigen Imperators lag vor ihrem Gott im Staub seines Bürofußbodens.

»Erhebe dich«, sagte der Imperator feierlich. Poyndex zeigte sich nicht sehr überrascht, wie ernst der Imperator diese Audienz nahm.

Baseeker erhob sich auf die Knie, schlug demütig den Kopf mehrere Male gegen den Fußboden und richtete sich dann wieder ganz auf. Poyndex bemerkte das zufriedene Glitzern in den Augen des Imperators und gratulierte sich zu seiner Idee, die ehemalige Hohepriesterin Zoran ersetzen zu lassen. Baseeker hatte sein Training sehr gut angenommen und es dann um einige hundert Prozent verbessert.

»Aber bitte setz dich doch«, sagte der Imperator und bemühte sich um die Frau. »Darf ich dir eine Erfrischung anbieten?«

Baseeker schob sich auf den ihr zugewiesenen Stuhl, blieb jedoch auf der Kante hocken, als käme entspanntes Sitzen einem blasphemischen Akt gleich. »Vielen Dank, Herr. Aber erlaubt mir, die ich nur bescheiden nach der Wahrheit suche, Eure Freundlichkeit zurückzuweisen. Ich kann zu dieser Zeit unmöglich Nahrung zu mir nehmen. Erlaubt mir statt dessen, meinen Geist am Äther Eurer Heiligen Gegenwart zu laben.«

Poyndex fragte sich, ob Baseeker jemals so etwas wie Hunger verspürte – abgesehen vielleicht von persönlichem Ehrgeiz. Sie bestand fast nur aus Sehnen und Knochen, die von einer so blassen Haut zusammengehalten wurden, daß sie beinahe durchsichtig wirkte. Ihr Alter konnte man nicht einmal schätzen, ihr Gesicht war eigentümlich verkniffen, scharfe Schneidezähne blitzten hinter schmalen Lippen hervor, die Augen glänzten wie kleine, helle Perlen.

»Wenn es dir gefällt«, erwiderte der Imperator und winkte großspurig.

Baseeker nickte und schlang ihr weißes Gewand um knochige Knie.

Der Imperator wies auf ein Blatt Papier auf seinem Schreibtisch. »Ich habe mir deine Vorschläge, was die Neuorganisation betrifft, sorgfältig angesehen«, sagte er. »Sehr eindrucksvoll.«

»Vielen Dank, Herr«, sagte Baseeker. »Ohne Eure Inspiration hätte es niemals geschehen können. Offen gesagt, meine verstorbene Vorgängerin Zoran hat den Kult in einem großen Durcheinander zurückgelassen. Unser Zweck erschöpft sich in Eurer Verherrlichung … und darin, Euren Untertanen von Eurer gewaltigen göttlichen Mission zu berichten. Doch diese Aspekte waren beschämend vernachlässigt worden.«

»Wie ich sehe, hast du ein neues Programm hinzugefügt«, sagte der Imperator. «Ein Vorschlag, nach dem in allen Hauptstädten des Imperiums Kultzentren errichtet werden sollten.«

Baseeker senkte den Kopf. »Ich hoffte auf Euer Wohlgefallen und Eure Zustimmung.«

Poyndex richtete den Blick nach oben, um nicht laut loszuplatzen. Er fiel auf das Gemälde über dem Imperator, ein ultraromantisches Porträt des muskelstarrenden Imperators in heldenhafter Pose. Das Gemälde sollte an die Schlacht bei den Toren erinnern, die er, dem Bild nach zu urteilen, eigenhändig gewonnen hatte. Poyndex wußte, daß der Imperator sich nicht einmal in der Nähe der eigentlichen Kampfhandlungen aufgehalten hatte.

Das Gemälde gehörte zu einer ganzen Galerie von Darstellungen, die die Taten des Imperators glorifizierten. Sie stammten aus der geschmacklosen Sammlung des verstorbenen Großindustriellen Tanz Sullamora. Poyndex' IS-Truppen waren damit beauftragt worden, sie ausfindig zu machen, und hatten sie schließlich auf einem Abfallhaufen des Museums gefunden – wo sie auch hingehörten. Jetzt hingen sie eins neben dem anderen an den Wänden des Büros. Der Effekt war, gelinde ausgedrückt, beunruhigend. Ringsumher Imperiale Augen, die salbungsvoll auf einen herabblickten. Es war wie ein Rausch nach dem Genuß von verdorbenem Narkobier.

Er zwang sich, die Gedanken wieder auf die Unterredung zu konzentrieren. Er sah Baseekers kleine Augen heller flackern. »Verglichen mit meiner eigentlichen Vision, o Herr, ist dieser Vorschlag gar nichts«, sagte sie voller heiligem Eifer. »Ich sehe Tempel, die Eurer Heiligkeit huldigen, in jeder kleinen und großen

Stadt des Imperiums. Dort können sich Eure Untertanen versammeln und sich in Eurem Glanz sonnen.«

»Ehrlich?« fragte der Imperator erstaunt. »Ich wußte nicht, daß es so viele Konvertierte gibt.«

»Wie könnte es anders sein, Herr?« fragte Baseeker. »Steht denn nicht in Euren Heiligen Schriften geschrieben, daß die Zahl Eurer Anbeter schon bald die der Sterne am Himmel übertreffen wird? Und daß sie Euren Namen als den des einzig wahren Gottes, unseres Gottes, preisen werden?«

Jetzt wirkte sogar der Imperator ein wenig verlegen und hüstelte in seine Faust. »Äh … ja. Wenn du es so ausdrücken willst … Vermutlich hört es sich ganz vernünftig an.«

»Was uns zur Umsetzung dieses Programms fehlt, sind lediglich Spenden, Herr«, sagte Baseeker.

Der Imperator zog die Stirn kraus. »Ich habe bereits mehr als genug Spenden zur Verfügung gestellt, oder etwa nicht?«

»Oh, doch, das habt Ihr, Herr«, beeilte sich Baseeker zu sagen. »Und meiner Meinung nach ist das eine unfaire – fast schon blasphemische – Last gewesen. Meiner Ansicht nach sollten diejenigen, die den größten Nutzen daraus ziehen, auch am meisten dafür bezahlen. Eure bescheidenen Untertanen, Herr, sollten diejenigen sein, die diese Kosten tragen.

Ich finde es nicht schrecklich, daß ein lebender Gott für seine eigenen Tempel zahlt. Uns jedoch – Euren getreuen Untertanen – wird diese kleine Freude verweigert, Herr. Und ich fürchte, es liegt am Versagen unserer politischen Führer. Sie sind viel zu sehr damit beschäftigt, sich die eigenen Taschen zu füllen.«

»Sehr schön gesagt«, pflichtete ihr der Imperator bei. »Wie erfrischend.«

Er wandte sich an Poyndex. »Die Pfennigfuchser im Parlament gehen mir allmählich auf die Nerven. Es wird Zeit, daß sie anstelle ihrer Mäuler ihre Geldbeutel strapazieren. Setzen Sie sich mit Avri zusammen und tüfteln Sie irgendein Spendengesetz aus. Eine so loyale Untertanin wie diese Frau hier sollte nicht überall um Spenden für ein so nobles Vorhaben betteln müssen.«

»Jawohl, Euer Hoheit. Ich kümmere mich sofort darum.«

Der Imperator wandte sich wieder Baseeker zu. »Ich habe nur eine Bitte.«

»Was Ihr wollt, Herr.«

»Ich möchte, daß du sämtliche Mitgliederdateien durchsiebst und mir die eifrigsten Gläubigen heraussuchst.«

»Wir alle würden unser Leben für Euch hingeben, Herr.«

»Schon … Aber es gibt immer einige, die eifriger bei der Sache sind als andere. Du weißt schon, welche Sorte ich meine.«

Baseeker nickte. Das Wort »Fanatiker« lag in der Luft.

»Ich möchte, daß sie in einer Kerntruppe organisiert werden. Ich denke da an eine Art Sonderausbildung, die von Poyndex' Leuten durchgeführt werden könnte.«

»Jawohl, Herr.«

»Sie sollen sich bereithalten. So lange, bis sie von mir hören. Dann jedoch müssen sie sofort handeln, ohne zu fragen.«

»Jawohl, Herr. Diese … Aufträge … an die Ihr denkt … Ich vermute, daß es sich um gefährliche Aufgaben handelt.«

»Richtig. Möglicherweise um selbstmörderische Aufgaben.«

Baseeker lächelte. »Ich weiß genau, welche Art von Personen dafür in Frage kommt«, sagte sie mit Rattenzähnen, die jedes einzelne Wort des Satzes vom anderen abbissen.

Poyndex lief es eiskalt über den Rücken. Es war nichts Neues, religiöse Fanatiker als Attentäter zu benutzen, doch die Vorstellung eines Kultisten mit weit aufgerissenen Augen, der ein blutiges Messer schwingt, war eindeutig unangenehm. Er verdrängte dieses Bild sogleich wieder. So erschreckend die Idee auch war, immerhin konnte er gewisse Vorteile nicht abstreiten.

»Sehr schön. Wir verstehen uns also«, faßte der Imperator den Stand der Diskussion zusammen. »Und jetzt … wenn du mich entschuldigst …«

Baseeker sprang auf. »Aber gewiß, Herr. Und vielen Dank dafür, daß Ihr mir einige Momente Eurer wertvollen Zeit geschenkt habt.«

Sie ließ sich auf die Knie fallen und schlug den Kopf dreimal auf den Fußboden. »Gepriesen sei Euer Name ... Gepriesen sei Euer Name ...«

Schon war sie weg.

Der Imperator wandte sich mit einem breiten Grinsen Poyndex zu. »Erstaunlich. Die halten mich wirklich für einen Gott.«

»Zweifellos, Euer Majestät«, erwiderte Poyndex. Sein Überlebenstrieb riet ihm jedoch, nicht zurückzugrinsen. »Ihr Glaube mag zwar kindisch sein ... aber es ist ihnen sicherlich ernst damit.«

Der Ewige Imperator blickte auf die Tür, durch die Baseeker soeben verschwunden war. »Kinder und Narren ...« murmelte er.

Die Stimmung fiel von ihm ab, und der Imperator nahm eine Flasche Scotch von seinem Schreibtisch. Rasch goß er sich ein Glas ein und trank es ebenso rasch leer.

»Und jetzt vom Erhabenen zur gottverdammten Narretei«, sagte der Imperator. »Mir liegt eine Beschwerde meines Kämmerers vor – Sie betreffend.«

Poyndex hob eine Braue. »Worum geht es, Euer Hoheit?«

»Offensichtlich sind die Ordensvergaben, mit denen ich Sie beauftragt habe, noch immer nicht auf seinem Schreibtisch angekommen. Dabei bereitet er gerade jetzt eine Verleihungszeremonie vor. Eine Zeremonie, die, wie ich hier leider ergänzen muß, bereits in zwei Wochen stattfinden wird.«

»Das tut mir sehr leid, Sir«, sagte Poyndex sehr kleinlaut. »Es war mein Fehler. Und ich kann keine Entschuldigung vorweisen.«

»Allerdings«, schnaubte der Ewige Imperator. »Um Himmels willen, Poyndex, wir wissen beide, daß derlei Dinge bedeutungslos sind. Aber Medaillen und Auszeichnungen sind gute Reklame für uns. Besonders in Zeiten wie diesen.«

»Jawohl, Euer Hoheit. Es tut mir leid, Euer Hoheit. Ich werde mich sofort darum kümmern.«

»Lassen Sie's gut sein«, sagte der Imperator. »Schicken Sie mir die Liste. Ich kümmere mich darum.« Er schüttelte den Kopf. »Warum auch nicht. Anscheinend muß ich mich sowieso um jeden Dreck selbst kümmern.«

»Sehr wohl, Sir.«

Der Imperator trank mehr Scotch, seine Gereiztheit schwand. »Ich vermute, Sie haben momentan alle Hände voll zu tun«, erkundigte er sich.

»Es ist trotzdem keine Entschuldigung, Sir. Aber vielen Dank.«

»Danken Sie mir noch nicht«, sagte der Imperator. »Ich habe nämlich noch einen großen Anschlag auf Sie vor.«

»Worum handelt es sich, Sir?«

»Ich habe mir Gedanken über unsere Probleme mit Sten gemacht. Er hat uns schon zuviel Schaden zugefügt. Aber nur deshalb, weil er derjenige ist, der bereits in Schwung ist. Solange wir noch Geschwindigkeit aufnehmen, kann er uns nach Belieben erneut treffen und dabei sein Bild als großer Held der Massen und dergleichen Quatsch aufbauen.«

»Er wird bald zusammenbrechen, Sir«, kommentierte Poyndex.

»Ich verlasse mich nicht gerne auf mein Glück oder die Fehler anderer«, gab der Imperator zurück. »Wir müssen die Sache jetzt selbst in die Hand nehmen. Setzen Sie ihn so unter Druck, daß er nicht mehr weiß, wo oben und unten ist.«

»Ich möchte nicht negativ wirken, Sir«, erwiderte Poyndex, »aber wir haben unsere Kräfte bereits bis an die Belastungsgrenzen ausgedehnt … sogar ein Stück darüber hinaus. Momentan sind sogar unsere Reserveeinheiten eingespannt.«

»Dann spannen Sie sie noch mehr ein«, sagte der Imperator.

»Aber … falls es zu einem Notfall kommt, Sir …«

Die Augen des Imperators blitzten auf. »Hören Sie mit diesem

Mist auf! Sten hat uns wiederholt überrascht! Er trifft uns, wo er will! Meine Lieblingsnachrichtensender, meine AM_2-Depots und jetzt auch noch den Finanzmarkt.«

Poyndex schien verwirrt. »Den Finanzmarkt? Ich dachte, die Wirtschaft leidet wegen der Krise. Wie kann denn Sten –«

Der Imperator warf ihm einen zornigen Blick zu. »Stellen Sie sich nicht blöd. Die ganze Sache roch förmlich nach einer Guerilla-Aktion. Das war keinesfalls natürlich. Nein. Das war Stens Werk. Oder das seiner Leute.«

»Verstehe … Euer Majestät«, sagte Poyndex zögernd, ohne es eigentlich zu verstehen.

Der Imperator schnaubte frustriert. »Kriegen Sie das endlich einmal in Ihren Dickschädel hinein, Poyndex: wir haben es bereits mit einem Notfall zu tun. Und wenn wir dieses Feuer nicht rasch austreten, dann stecken wir bald noch tiefer im Dreck. Habe ich mich verständlich ausgedrückt?«

»Jawohl, Sir.«

»Gut. Jetzt sehen Sie sich das hier einmal an.« Der Imperator schob die Flasche beiseite und breitete eine Karte seines Imperiums auf dem Schreibtisch aus. Als Poyndex sich darüber beugte, fielen ihm sofort die vielen Kreise, Kreuze und Pfeile auf, die der Imperator darauf gekritzelt hatte.

»Das hier sind die Gebiete, die ich für am verwundbarsten halte«, sagte der Imperator und zeigte hier- und da- und dorthin. »Das sind vermutlich seine nächsten Ziele. Wir können sie abdecken, wenn wir die 5. Garde von Solfi abziehen … dann die Flotte in die Nähe von Bordbuch verschieben …«

Poyndex sah staunend zu, wie der Imperator auf der Karte herumfuhrwerkte und seine Verbände hin und her schob.

Jedesmal, wenn er mit dem Finger das Papier berührte, wirbelte er Hunderte von Schiffen und zigtausend Soldaten quer durch die Sterncluster.

Und das alles, um einen einzigen Mann zu jagen.

Viel später, als er sich wieder in seinem eigenen kleinen Reich tief im Bauch von Schloß Arundel befand, dachte Poyndex über den Zustand des Imperiums nach.

Er berührte einen Sensor auf seinem Schreibtisch. Das Gemälde auf der gegenüberliegenden Wand löste sich auf und wurde durch eine elektronische Version der Karte ersetzt, die ihm der Imperator gezeigt hatte: die strategische Lagekarte. Krisenlichter blinkten.

Poyndex überflog die schlechten Nachrichten. Lebensmittelaufstände. Wiederholte Stromausfälle. Wilde Streiks. Sein Blick schweifte weiter. Geldmärkte im Aufruhr, Rohstoffengpässe, besorgte Firmenberichte, Anfragen um Anfragen nach mehr AM_2.

Die schlechten Nachrichten erstreckten sich nicht nur auf zivile Bereiche. Stens Attacken gegen das Imperium hinterließen überall auf dem Plan ihre Spuren. Ebenso wie die Kriegs- und Unabhängigkeitserklärungen vieler ehemaliger Verbündeter des Imperators.

Tote Agenten, aufgeflogene Missionen und andere Geheimdienstpannen zu Lasten des Imperiums waren ebenfalls verbucht.

Jedes normale Wesen wäre angesichts dieser Daten wahrscheinlich verzweifelt. Poyndex war weit davon entfernt, normal zu sein. In jedem Versagen sah er eine neue Möglichkeit, in jeder Katastrophe einen neuen verborgenen Schatz.

Poyndex hatte in sehr kurzer Zeit sehr viel vom Ewigen Imperator gelernt. Erfolg verlangte nach einer Perspektive … und viel Geduld.

In diesem Fall war es Poyndex, nicht der Imperator, der langfristig plante.

Während er seine schwarzuniformierten Adjutanten in dem riesigen Raum hin und her gehen sah, überdachte Poyndex erneut die Sachlage. Wieder kam er zu dem Schluß, daß sich der Imperator täuschte. Er nahm die Bedrohung durch Sten viel zu ernst.

Poyndex ging davon aus, daß Sten durch die Aufmerkamkeit,

die ihm der Imperator zukommen ließ, sogar noch gestärkt wurde. Wenn man ihn offiziell ganz einfach ignorierte, würden sich seine Possen schon von selbst entlarven. Doch je mehr der Imperator herumtobte und Schiffe und Truppen durch die Gegend schob, desto attraktiver erschien Sten den Feinden des Imperators.

Alle Daten besagten, daß die Chancen schlecht für Sten standen. Im Vergleich zu dem Moloch, den das Imperium darstellte, verfügte er nur über eine lächerlich kleine Streitmacht und so gut wie keine Reserven.

Sten konnte sich keinen einzigen Fehler leisten. Der Imperator hingegen viele.

Aus irgendeinem Grund wollte der Imperator das nicht einsehen. Er war von diesem Sten wie besessen. Nur wenige andere Dinge fesselten seine Aufmerksamkeit in diesem Maße.

Ein großer blinder Fleck.

Über Poyndex' Lippen spielte ein dünnes Lächeln. Er kam sich sehr gerissen vor, weil er die Obsession des Imperators noch angeheizt hatte. Und selbst um den blinden Fleck herumnavigiert war.

Er hatte den Imperator vor diesem und jenem gewarnt – aber nur, um sich selbst zu schützen, falls alles schiefging. In der Zwischenzeit hatte er den Imperator erfolgreich von der Außenwelt isoliert und seine eigenen Leute ins Spiel gebracht.

Die Gurkhas waren die letzten der alten Garde, die gingen.

Damit war der Imperator völlig von ihm abhängig. Poyndex hatte Zorans Nachfolgerin ausgewählt; Poyndex kontrollierte sämtliche Leute in der näheren Umgebung des Imperators; und Poyndex bestärkte den Imperator in seinem Wahn, sooft er konnte.

Tatsächlich war er dem Imperator bereits so unverzichtbar geworden, daß er schon absichtlich einige Fehler begangen hatte; beispielsweise das Versäumnis bezüglich des Unsinns mit dem Ehrenbankett für die Medaillenempfänger.

Der Imperator mochte verrückt sein, aber er war gewiß kein Narr. Er wußte ebensogut wie Poyndex, daß es nichts Gefährlicheres gab als einen unverzichtbaren Mann.

Deshalb mußte Poyndex hin und wieder etwas versieben. Gerade so viel, daß der Imperator nicht anfing, ihn zu verabscheuen.

Er sah zum Lageplan auf. Sein Blick fiel nicht auf die schlechten Nachrichten, sondern auf die Ausdehnung des Imperiums.

Ein Imperium, das sich in gewisser Hinsicht *seinem* Willen beugte.

Nicht dem des Imperators.

Und mit jedem Tag, der verging, während der Imperator weiter abbaute, vergrößerte sich Poyndex' Einfluß.

Er beging nicht den Fehler, sich selbst als Imperator zu sehen. Jedenfalls nicht oft.

Zu Zeiten des Privatkabinetts hatte Poyndex selbst miterleben können, was mit dem Imperium geschah, wenn ihm keine Galionsfigur mehr vorstand, die ihm eine Form gab.

Nein. Der Imperator war absolut wichtig. Zumindest seine Gegenwart. Seine Legende.

Es gab nur ein einziges Manko bei dieser Sache. Poyndex würde unweigerlich altern.

Schwach werden.

Und dann sterben.

Der Imperator hingegen war unsterblich.

Was, wenn Poyndex irgendwie hinter dieses Geheimnis kommen könnte?

Was, wenn er … ewig leben könnte?

Poyndex berührte den Sensor, und der Plan verwandelte sich wieder in ein Wandgemälde.

Es gab mehr Möglichkeiten, als selbst Poyndex sich ausmalen konnte.

Und Poyndex war ein erfahrener Träumer.

Kapitel 16

»Ich weiß nicht, wie sie Ihren Aufenthaltsort ausfindig gemacht haben«, sagte Sr. Ecu. Sein Holo-Bild flimmerte leicht.

»Tatsache ist, daß sie bereits zum Lupus-Cluster unterwegs sind. Eine Delegation von 260 Personen, angeführt von den drei obersten Anführern der Zaginows.«

»Von einem erfahrenen Diplomaten zum anderen gesprochen: das finde ich nicht gerade berauschend«, erwiderte Sten. »Das heißt, daß ich unsere Operationsbasis schnellstens verlegen muß.«

»Ich denke, es wäre ein Fehler, sie nicht zu empfangen«, sagte Sr. Ecu und peitschte mit dem Schwanz die Luft von Seilichi. Der Schub ließ ihn quer durch das Gemach treiben.

»Ich weiß, es ist gefährlich, keine bösen Absichten vorauszusetzen.« Ein erneutes Zucken mit dem Schwanz, und der Manabi stand wieder unbeweglich in der Luft. »Wie auch immer ... wenn die Zaginows sich uns anschließen ... dann ist das ein schwerer Schlag für den Imperator. Vergessen Sie das nicht. Eine *gesamte* Region mit Hunderten von Clustern, die zu uns überläuft. Allein der Propagandawert käme jeder erfolgreichen militärischen Aktion gleich, die Sie sich vorstellen können.«

Sten tappte nervös mit dem Fuß auf dem kalten Steinboden der Funkzentrale der Bhor. »Ich weiß. Ich weiß. Aber ich darf über dieses beunruhigende kleine Detail, daß die Zaginows uns nicht nur miteinander in Verbindung gebracht, sondern auch herausgefunden haben, wo ich mich verstecke, nicht einfach hinwegsehen.«

»Ich war nicht minder überrascht, als Sie es jetzt sind, als sie vor meiner Tür standen und verlangten, sich mit Ihnen zu treffen«, erwiderte Sr. Ecu. »Zuerst vermutete ich eine undichte Stelle. Dann dachte ich, die Manabi seien dem Untergang geweiht. Ich stellte mir vor, daß bereits ein Imperialer Planetenzerstörer zu uns unterwegs sei.

Aber nachdem ich mich mit ihnen unterhalten und von meinen Techs etliche Prognosen habe erstellen lassen, bin ich zu dem Schluß gekommen – nicht zuletzt in Verbindung mit meinen persönlichen Kenntnissen über die Zaginows –, daß nur eine sehr geringe Wahrscheinlichkeit besteht, daß das Ganze eine Falle ist.«

»Diese *geringe* Wahrscheinlichkeit stört mich daran«, sagte Sten. »Ebenso wie ein großes *warum so?* Mit anderen Worten: wenn sie schon so scharf darauf sind, sich der Revolution anzuschließen … warum haben sie dann nicht gleich bei Ihnen unterschrieben? Warum ist es so wichtig, daß sie sich mit mir persönlich treffen?«

»Weil die Zaginows noch nicht restlos überzeugt sind«, sagte Sr. Ecu. »Sie sind sich nur sicher, daß wir einen gemeinsamen Feind haben. Sie sind nicht sicher, ob wir über die Mittel verfügen, etwas gegen diesen Feind zu unternehmen.«

Sr. Ecu trieb näher an die Kameralinse heran. »Es hängt nur von Ihnen ab, Sten. Sie tendieren bereits sehr stark zu unserer Seite. Sonst würden sie nicht ein derartiges Risiko auf sich nehmen.«

»Was raten Sie mir also?« fragte Sten. »Ein wenig diplomatisches Halligalli, um sie ganz herüberzuziehen?«

»Halligalli? Diesen Ausdruck verstehe ich nicht.«

»Die große Show eben.«

»Oh. Sehr bildhaft. Richtig. Genau so lautet mein Ratschlag. Eine sehr große Show.«

Sten zögerte. »Haben Sie sie gefragt, wie sie uns auf die Spur gekommen sind?«

»Ja. Sie sagten, sie haben eins und eins und jede Menge hoffnungsfrohe Vermutungen zusammengezählt. Die gleiche Nichtlogik benutzten sie, um Sie in den Bhor-Welten festzumachen. Natürlich habe ich sie in ihrer Überzeugung nicht bestärkt. Die Zaginows haben mich nicht einmal darum gebeten. Bei ihrem Abschied baten sie mich nur höflich, Sie davon zu unterrichten, daß sie auf dem Weg seien.«

Sten seufzte. »Na schön. Was soll's? Ich gehe das Risiko ein. Wenn wir falsch liegen, bin ich ohnehin viel zu tot, um nachzuzählen, wie oft man mich zum Narren gehalten hat.«

»Damit sind Sie nicht allein, Sten«, sagte Sr. Ecu trocken. »Angeblich besteht das Leben nach dem Tode hauptsächlich aus Narren wie uns.«

»Jetzt fühle ich mich schon viel besser.« Sten verzog das Gesicht. »Danke.«

Sr. Ecus Abbild verblaßte.

Sten fing sofort an, seine Gedanken zu ordnen. Doch sein Hirn war bereits mit so vielen widerspüchlichen Details dieses komplexen Krieges vollgestopft, den er gegen den Imperator führte, daß er schon bald um die eigene Achse rotierte.

Er brauchte Rat. Und zwar dringend.

»Sr. Ecu behauptet also, diese Leute habe hauptsächlich ihr pures Glück zu uns geführt?« fragte Rykor.

»Unterm Strich sieht es ganz so aus«, antwortete Sten.

»An Glück glaub ich nicht«, warf Alex ein. »Außer mein armer eigener Pelz bettelt darum.«

»Natürlich gibt es so etwas wie Glück«, widersprach ihm Otho. »Die Bhor wissen das. Glück gibt es in drei Varianten: blind, dumm und hinterhältig.«

»Wir haben schon in Küchen gearbeitet, in denen uns alle drei Varianten auf einmal begegnet sind«, sagte Marr.

»Und ebenso in einem Schnellrestaurant«, ergänzte Senn.

»Ich muß Sr. Ecus Worten glauben«, sagte Sten. »Und ich bin davon überzeugt, daß die Zaginows ein großes Risiko auf sich genommen haben. Was, wenn sie sich geirrt hätten? Sie hätten sich ebensogut dem Imperator in die Arme werfen und rufen können: ›Hier, nimm mich, ich bin ein Verräter!‹«

»Sehr putzig«, sagte Marr. »Gefällt mir.«

»Sei still«, zischte Senn ihn an. »Das hier ist ernst.«

»Ich habe es ernst gemeint, mein Lieber.« Er tätschelte Senns Knie. »Das werde ich dir eines schönen Abends genauer erklären.«

»Wenn man intensiv darüber nachdenkt«, sagte Rykor und verlagerte ihre gewaltige Masse im Wasserbecken, »ergeben ihre Handlungen durchaus einen gewissen Sinn.«

»Gut«, meinte Sten. »Der ist mir nämlich in letzter Zeit etwas abhanden gekommen. Erkläre mir die Sache. Und benutze bitte keine komplizierten Wörter, so wie ›der‹ oder ›und‹.«

»Ich glaube, es hängt mit der Natur der Zaginows zusammen, Sten«, sagte Rykor. »Sie sind Wirtschaftsflüchtlinge. Flüchtlinge waren schon immer bereit, große Risiken auf sich zu nehmen. Wenn man nur sehr wenig besitzt, gibt einem das Glücksspiel das Gefühl größerer Macht. Als hätte man doch noch die Kontrolle über das eigene Schicksal in die Hand genommen.«

Sten nickte. Das ergab allerdings einen Sinn. Er hatte schon einmal mit der Zaginow-Region zu tun gehabt. Fast die gesamte, viele Milliarden zählende Bevölkerung dieser Region, sowohl was die Menschen als auch die Nonhumanoiden anging, setzte sich aus den Nachfahren armer Arbeiter zusammen, die auf der Suche nach Arbeitsmöglichkeiten quer durch das gesamte Universum getingelt waren. Schon die geringste Verschlechterung der Wirtschaftslage ließ diese Leute verarmen.

Wie Stens eigene Familie besaßen sie kaum mehr als ihre Träume und ihre Kraft und Ausdauer. Einige endeten in Sklavenfabriken wie Vulcan. Diejenigen, die etwas mehr Glück hatten – schon wieder dieses Wort! –, landeten irgendwann in einer Region aus unzähligen Sternenclustern, die unter dem Namen Zaginows bekannt war. Dort endete ihr Wanderleben. Die Flüchtlinge schlugen Wurzeln.

Dort in den Zaginows herrschte ein eigenartiger Sinn für Zusammenhalt und eine gemeinsame Weltanschauung. Obwohl es keine dominante Spezies oder Rasse gab, sah man die Leute als

Leute an, egal ob schwarz, weiß oder grün, ob Festkörper oder geleeförmig, ob mit Haut oder Schuppen.

Sten erinnerte sich an den großen Gewinn, den sein Vater einmal bei den Xypaca-Wettkämpfen hatte einstreichen wollen. Die Tatsache, daß er am Ende draufzahlte – was ihm zusätzliche Jahre auf seinen Arbeitsvertrag einbrachte –, hatte ihn nicht davon abgehalten, weiterhin dieses Risiko einzugehen. Es hatte ihn nur noch mehr dazu verleitet, auf alles mögliche zu setzen, um der Knochenmühle von Vulcan zu entkommen.

O ja. Er verstand die Zaginows nur zu gut.

»Vielleicht ist es für sie nur ein Spiel, mein guter Sten«, meinte Alex, »aber, wie du weißt, haben sie nicht viel zu verlieren.«

Auch das war richtig. Kurz vor dem Debakel im Altai-Cluster hatte der Imperator Sten zu den Zaginows geschickt, um ihnen ein paar grundsätzliche diplomatische Streicheleinheiten zu verpassen. Er ging davon aus, daß die Mission ein Erfolg gewesen war. Zumindest war es ihm gelungen, ohne allzuviel zu lügen, so etwas wie eine Übereinkunft zusammenzuschustern.

»Beim letzten Mal, als ich mit ihnen zu tun hatte, ging es dort drunter und drüber«, sagte Sten. »Vor dem Tahn-Krieg waren die Zaginows ziemlich autark und einigermaßen wohlhabend. Die Wirtschaft stand auf einer soliden landwirtschaftlichen Basis, dazu etwas Schwerindustrie und Bergbau. Und sie verfügten über ein riesiges Reservoir von Arbeitskräften. Dabei waren die meisten von ihnen gut ausgebildet.«

Othos schwere Braue sträubte sich. »Von diesem Hintergrund wußte ich nichts«, brummte er. »Ich dachte immer, die Zaginows seien für ihre Rüstungsindustrie bekannt.«

»Wie ich bereits sagte … das war vor dem Krieg mit den Tahn. Dann kreuzte der gute alte Tanz Sullamora mit dem Geld des Imperators auf – und mit der Faust des Imperators. Und bevor man sich versah, hatte er die gesamte Region in eine gigantische Waffenschmiede verwandelt.«

Doch als der Krieg vorüber war …«

»Aha«, entfuhr es Alex. »Das hinterhältige Glück. Wie ich bereits sagte.«

»Kanonen kann man nicht essen«, gab Marr zu bedenken.

»Genau. Die Waffenschmieden bekamen keine Aufträge mehr, und ihre Wirtschaft brach zusammen.«

»Aber … beim Barte meiner Mutter … warum haben sie sich nicht auf ihre alten Werte besonnen?«

»Das war nicht möglich«, sagte Sten. »Nicht ohne größere Investitionen für die Umrüstung der Maschinen und so weiter. Als der Geldfluß versiegte, konnte sie das Privatkabinett nicht schnell genug loswerden.

Inzwischen weiß ich, daß es für sie nach der Rückkehr des Imperators sogar noch schlimmer wurde. Natürlich hielt er sie bei der Stange. Etwa, indem er mich vorbeischickte. Aber es war einfacher und billiger, sie fallenzulassen. Sie in aller Stille verrecken zu lassen.«

»Aber jetzt geschieht nix mehr in der Stille der Nacht«, sagte Alex.

»Wir dürfen nicht vergessen, daß Sr. Ecu die Sache nicht für absolut sicher hielt«, gab Rykor zu bedenken. »Wir müssen immer noch ziemliche Überzeugungsarbeit leisten.«

Sten nickte. »Er sagte, wir sollten eine große Show abziehen. Eine sehr große Show. Leider gibt es hier nicht viel, mit dem wir groß angeben könnten. Wir haben nicht genug Truppen für eine eindrucksvolle Parade, keine Flotten zum Vorüberdonnernlassen. Jedes Wesen mit halbwegs klarem Verstand sieht sofort, daß der Imperator nur einmal kräftig pusten muß, um uns von der Platte zu fegen.«

Senn schraubte sich aus seinem Sessel und ließ sich auf den Boden fallen. »Das ist doch überhaupt nicht das Problem«, sagte er. »Sie kommen vor allen Dingen hierher, um *dich* zu sehen, nicht Truppen und Flotten.«

Marr landete neben seinem Geliebten auf dem Boden. »Der Imperator besitzt alle Truppen und Flotten, die es nur gibt«, sagte er. »Unsere Freunde *wissen*, was sie sich damit einhandeln. Eine Abreibung, die sich gewaschen hat.«

»Und zwar ohne vorher geküßt zu werden«, ergänzte Senn.

Rykor wälzte sich in ihrem Becken zur Seite; Wasser schwappte über den Rand. »Die beiden Flauschigen sprechen einige wichtige Punkte an«, sagte sie zu Sten. »An deiner Stelle würde ich ihnen zuhören.«

»Ich höre doch zu, verdammt noch mal«, stieß Sten hervor und blickte auf das merkwürdige Pärchen hinab. »Was habt ihr euch denn ausgedacht?«

»Wenn wir wollen, daß sie mit uns ins Bett steigen«, sagte Marr, »dann müssen wir sie zunächst in Stimmung bringen.«

»Mit anderen Worten, ein kleines Vorspiel«, kicherte Senn. »Etwas, das ihrem Liebesleben schon seit viel zu langer Zeit fehlt.«

»Und du, mein lieber Sten, wirst uns dabei behilflich sein«, meinte Marr.

»Ich? Wie denn?«

»Es ist höchste Zeit, o Großer Anführer der Revolution, deinen grauen Zellen ein wenig Ruhe zu gönnen«, sagte Senn.

»Du mußt von diesen luftigen Höhen der Anführerschaft herabsteigen«, intonierte Marr mit gespielter Theatralik, »und dich unter das gemeine Volk mischen.«

Sten warf ihnen einen mißtrauischen Blick zu. »Um was zu tun?«

»Ach … Uns nur ein wenig zur Hand gehen«, sagte Marr.

Senn giggelte wieder. »Und Töpfe schrubben.«

»Warum sollte ich freiwillig so etwas tun?« wollte Sten wissen.

»Weil in diesem Fall, mein lieber Sten, die Diplomatie in der Küche beginnt«, belehrte ihn Marr.

»Wir schmeißen eine kleine Dinnerparty«, führte Senn genauer aus. »… für 260 und ein paar zerquetschte liebeshungrige Wesen.«

»Wenn wir mit den Zaginows fertig sind«, sagte Marr, »rutschen sie vor dir auf den Knien und halten um deine Hand an.«

»Zumindest wollen sie unter deine Bettdecke«, beschwichtigte Senn.

Sten wollte Einspruch erheben. Nicht wegen der Dinnerparty. Das hörte sich hervorragend an, besonders wenn sie von den beiden besten Caterern des Imperiums ausgerichtet wurde. Aber so gerne er einige ihrer Geheimnisse ausspioniert hätte, er war sich nicht ganz sicher, ob er bereit war, Töpfe zu schrubben, um einen Blick hineinwerfen zu dürfen.

Dann sah er das Grinsen auf Kilgours Gesicht. Otho hatte praktisch eine Pfote in den Mund gestopft, um nicht laut loszulachen. Rykor vermied tunlichst, ihn anzusehen, doch das heftige Zittern ihrer Wampe verriet sie.

Sten seufzte. »Also gut. Worauf warten wir eigentlich noch? Los geht's!«

Er marschierte davon. Sten. Der meistgesuchte Mann im ganzen Universum, auch unter dem Namen Held der Revolution bekannt.

Befördert zum Obertopfschrubber für die gute Sache.

Sten wischte das Hühnerblut an seiner Schürze ab, nahm die Nachricht aus der Hand des Boten entgegen und überflog sie.

»Jetzt ist es offiziell«, sagte er. »Die Zaginows treffen morgen abend hier ein.«

»Da bleibt uns nicht viel Zeit«, rief Senn besorgt.

»Wir kommen schon hin, mein lieber Senn«, beruhigte ihn Marr. »Othos Kombüse ist weitaus besser ausgerüstet, als ich dachte. Wir müssen nicht allzuviel schummeln.«

Sten hob ein Beil und nahm seine Arbeit wieder auf, die darin bestand, ein Huhn in Stücke zu hacken. »Ich möchte eure Fähigkeiten nicht unbedingt in Frage stellen«, sagte er, »aber ich weiß wirklich nicht, wie ihr ein Menü von diesen Ausmaßen plant.«

»Na ja … Wir wollen sie in erster Linie beeindrucken«, antwortete Marr. »Damit sich das Dinner auf deinen Erfolg auswirkt. Schließlich wollen wir mit diesen Leuten Geschäfte machen …«

Eine Klaue schoß aus der wunderbaren Weichheit von Marrs Fell. Sie spießte eine Tomate auf und warf sie in kochendes Wasser. »Wir wollen, daß sie uns mögen. Herrje, wir wollen nicht, daß sie den Eindruck erhalten, wir hielten uns für etwas Besseres als sie!«

Marr hob die Tomate aus dem heißen Bad und wirbelte sie in die andere Pfote, wo eine andere Klaue in Windeseile die Haut abpellte. Schlitz, schäl, einfach so. Vor lauter Staunen klappte Sten der Unterkiefer runter.

Marr lief jetzt auf Automatik und wiederholte den Prozeß. Eine weitere Tomate wurde geschält. Schlitz, schäl, einfach so. »Haute Cuisine ist definitiv out, out, out«, sagte er.

»Das würde auch nicht funktionieren«, stimmte ihm Senn zu. »Überhaupt nicht.« Seine widerlich scharfen Krallen zuckten durch einen Haufen gelber Zwiebeln und schälten und hackten sie so flink, daß Sten nicht das geringste Beißen in seinen Augen verspürte.

»Wir haben uns für ortsübliche Gerichte entschieden«, sagte Marr. »Essen, von dem man annehmen kann, daß es aus der Küche eines ganz durchschnittlichen Wesens stammt. Trotzdem ein wenig exotisch und gewagt, denn schließlich kommt es aus einem anderen Land.«

»Darüber hinaus erhalten wir dadurch ein übergeordnetes Motto für den Abend«, sagte Senn und nahm sich die nächste Zwiebel vor. »So eine Art Flaggenparade aller Nationen. Das paßt zu dem zusammengewürfelten Haufen, der die Zaginows ausmacht.«

»Wir *lieben* solche Themen«, sagte Marr.

Sten hörte nur mit halbem Ohr zu. Er war viel zu sehr damit

beschäftigt, den beiden Milchen bei der Arbeit zuzusehen. Marr und Senn waren lebende Küchenmaschinen, die voller kleiner Tricks steckten.

»Großartig. Großartig. Ein Motto und das alles«, sagte Sten. »Aber bevor ihr eure Pläne noch weiter ausführt, muß ich euch eine Frage stellen.«

»Immer munter drauflosgefragt, mein Lieber«, forderte ihn Marr auf und ließ die letzte geschälte Tomate fallen.

»Ich kann mit Zwiebeln nicht so umgehen wie Senn …«, sagte Sten und zeigte auf den pelzigen kleinen Wirbelwind, der gewaltige Berge von dem Zeug kleinhackte. »Ich bin nicht dafür geschaffen. Aber dieser Trick mit den Tomaten … Jedesmal, wenn ich Tomaten schäle, verstümmele ich die Dinger. Ein Pfund Schale pro zehn Gramm Tomaten.«

»Armes Ding«, bedauerte ihn Marr.

»Du mußt sie nur vorher in kochendes Wasser geben«, sagte Senn leise, wobei er sich Mühe gab, nach Ich-halte-dich-wirklich-wirklich-wirklich-nicht-für-blöd zu klingen.

»Und das will unser aller Anführer sein«, sagte Marr.

»Ich habe mal davon gelesen, ist schon eine Zeitlang her«, sagte Sten kleinlaut. »Aber ich bin noch nicht dazu gekommen, es auszuprobieren.«

»Nur ruhig, mein Lieber«, redete ihm Senn zu. »Natürlich bist du noch nicht dazu gekommen.«

Die Küche war mit dem herrlichen Aroma von Tomaten, Knoblauch und in zischendem Olivenöl brutzelnden Zwiebeln erfüllt. Marr kostete, gab noch etwas Paprika hinzu, rührte ein wenig um und nickte Senn zu, der daraufhin das frische Hühnerfleisch hineinschüttete.

Marr setzte einen Deckel auf den Kessel und ließ den Inhalt köcheln. »Wenn das Essen serviert wird«, verriet er Sten, »solltest du bei der Suppe vielleicht etwas vorsichtig sein.«

Sten warf einen Blick in den großen Kessel. »Meiner Meinung nach ist da genug drin, daß ich auch noch etwas abbekomme.«

Senn lachte. »Das schon, wir haben mehr als genug. Aber hier handelt es sich um ein Spezialrezept. Bricht garantiert die Spannung schon auf den ersten Schlag. Jedenfalls bei den Gästen. Nicht beim Gastgeber. Gastgeber sollten sich bei diesem Gang zurückhalten.«

»Nachdem wir es durch ein Sieb gegossen haben, rühren wir etwas Mehl und Sahne hinein, damit es schön leicht schmeckt«, erläuterte Marr.

»Und dann ... kurz bevor wir es auftragen ... kommt Wodka hinein. Viel Wodka! Und ... voilà!« sagte Senn. »Schon steht die schönste ungarische Tomaten-Wodka-Suppe auf dem Tisch! Ziemlich heftig, das Zeug.«

»So eine Art Zungenlöser, was?« kommentierte Sten trocken. »Habt ihr jemals über eine Karriere als Verhörleiter bei Mantis nachgedacht?«

»Amateure«, schniefte Senn abwertend.

»Das wäre für uns keine Herausforderung«, ergänzte Marr.

»Nachdem wir die Delegation der Zaginows gut abgefüllt haben«, sagte Senn, »müssen wir nur noch ihre Courage ein wenig aufpäppeln.« Er bestäubte einige mit jeder Menge Salz und Pfeffer bedeckte Fleischstückchen mit Mehl.

Marr vermischte gehackte Zwiebeln, Pfefferschoten und geriebenen Knoblauch miteinander. »Wir machen sie stark für ihr großes Gelöbnis«, sagte er.

Senn kicherte. »Sozusagen.«

»Reiß dich zusammen«, sagte Marr und stellte eine mit Olivenöl benetzte Pfanne auf den Herd.

»Ich kann nicht anders«, erwiderte Senn, der sich jetzt so richtig eingekichert hatte. »Mein Hirn funktioniert einfach so. Besonders dann, wenn wir Gebirgsaustern zubereiten.«

Sten zog die Stirn raus. Er nahm ein Stück von dem mehlbedeckten Fleisch und roch daran. »Das kommt mir nicht wie Austern vor.«

»Es sind Kalbshoden, mein Lieber«, erklärte Marr. »Die werden den kleinen Rackern abgeschnitten, noch bevor sie alt genug sind, um zu wissen, was ihnen da verlorengeht.«

»Wir bereiten sie auf baskische Weise zu«, sagte Senn. »Die Vorstellung ist so sexy. Muskelbepackte Machos mit einer gewaltigen Libido.«

»Da würdest du am liebsten jeden Tag Eier rösten, was?« meinte Marr.

Sten blickte auf das Fleisch in seiner Hand. »Tut mir leid, Jungs«, sagte er. »Ich hoffe, ihr wißt, daß ihr sie für einen guten Zweck losgeworden seid.«

»Jetzt müssen wir noch was für ihre geistigen Bedürfnisse tun«, sagte Marr.

Sten schaute mißtrauisch auf den großen Haufen Vogelteile, den er mit seinem Beil zerteilt hatte. »Grips durch verdammte Hühnchen? Ihr macht wohl Witze.«

»Das sind dumme Tiere, richtig«, sagte Senn. »Aber sie sind so willig. Besonders im gerupften und zubereiteten Zustand. Siehst du, wie geduldig sie auf ihre Marinade warten?«

»Wie die Zaginows?« vermutete Sten.

»Ausgezeichnet, mein lieber Sten. Allmählich kommst du dahinter«, sagte Marr. »An diesem Punkt müßten wir unsere neuen Freunde soweit haben … Wenn sie erst einmal mittels ihrer Geschmacksknospen willenlos geworden sind, gibt es endlose Möglichkeiten hinsichtlich einer Allianz.«

»Sei nicht so anzüglich«, sagte Senn und wedelte mit einer gewürzbestäubten Pfote vor Sten herum. »Hör nicht auf ihn. Schließlich heißt das Gericht ›Dummes Huhn‹.«

Marr legte das Bündel Porree, das er gerade kleinschnitt, zur

Seite. »Hast du schon mal davon gehört?« Er schien enttäuscht zu sein.

»Aus Jamaica, richtig?« fragte Sten. »Eine Insel auf der alten Erde, wo man Seilfasern raucht und lächerliche kleine Fruchtgetränke mit Schirmchen obendrauf schlürft.«

Marr entrang sich ein Seufzer. »Brauchen wir nicht noch mehr saubere Töpfe?«

»Auf keinen Fall«, antwortete Sten. »Ich habe bisher immer nur von ›Dummes Huhn‹ reden gehört. Ich rühre mich nicht von der Stelle, bevor ich nicht gesehen habe, wie das hier zubereitet wird.«

»Schlaumeierei ist in der Küche allein dem Koch vorbehalten«, sagte Marr. »Topfschrubber haben gefälligst über die tollen Witze des Kochs zu lachen. Topfschrubber schälen Kartoffeln. Topfschrubber leben in ständiger Ehrfurcht vor dem Genie des Kochs. Topfschrubber wischen den Rotz vom Fußboden. Topfschrubber müssen sich viel ducken, wenn scharfe Gegenstände in ihre Richtung fliegen, falls sie den armen Koch wütend machen ... um nur einige Dinge zu nennen, die Topfschrubber zu tun haben.«

Marr schniefte. »Was sie ganz bestimmt nicht tun, ist, schlaue Bemerkungen ablassen. Topfschrubber sind nicht schlau. Niemals!«

»Ich verspreche, es wird nie wieder vorkommen«, sagte Sten.

»So schlau war er auch wieder nicht«, meinte Senn.

»Na gut«, sagte Marr. »*Es* darf bleiben. Aber nur wenn *es* verspricht, die Klappe zu halten.«

»Mmmmphh«, grunzte Sten und zeigte auf seine fest verschlossenen Lippen.

»Genaugenommen handelt es sich hier um ein Gericht, das sogar ein Topfschrubber beim ersten Mal hinkriegen dürfte«, fuhr Marr fort. »Es schmeckt nur kompliziert.«

Er berührte einen Schalter unter dem Hackbrett, und ein Metallmixer klappte nach oben. Ganze Pfoten voller gehackter Pfefferschoten und Porree wanderten in den Mixer, dazu kamen einige Lorbeerblätter, gemahlener Ingwer und gewürfelter Knoblauch.

»Und jetzt die Nelken«, sagte Marr. »Das ist das A und O. Pro Kilo Fleisch nimmt man ungefähr fünf Eßlöffel. Dazu je ein Teelöffel Muskatnuß, Zimt, Salz und Pfeffer.«

Er schüttete die Gewürze in den Mixer und drückte auf den Knopf. Als das Ganze anfing durcheinanderzuwirbeln, kippte er Öl dazu.

»Erdnußöl«, erklärte er. »Nur so viel, damit alles zusammenhält.«

Nach wenigen Umdrehungen war es fertig. Sten warf einen Blick auf die klebrige Pampe.

»Noch etwas, das Topfschrubber tun: Pampe über Hühnchen schmieren.«

»Das stimmt. Köche schmieren niemals Pampe irgendwo drauf«, bestätigte Senn. »Pelzige Köche schon gar nicht.«

Sten, der vergleichsweise haarlose Topfschrubber, fing an, die Marinade über die Hühnchen zu verteilen. Eigentlich machte es ihm gar nichts aus. Es roch herrlich. Als er daran dachte, wie wunderbar das alles schmecken würde, wenn Marr und Senn es erst einmal vom Grill nahmen, lief ihm das Wasser im Mund zusammen.

Drüben in der Ecke hörte er Marr und Senn über die relativen Verdienste von Pinienkernen in libanesischem Pilaf debattieren. Rings um ihn her wallten die warmen Gerüche von einem Dutzend oder mehr blubbernder und garender Gerichte.

Er fühlte sich erholt ... wieder klar im Kopf.

Alles in allem, dachte er, wäre er lieber Topfschrubber als der Held der Revolution.

Marr und Senn betrachteten Stens strahlendes Gesicht, während er ein Hühnchen nach dem anderen bestrich.

»Glaubst du, er ist soweit?« flüsterte Marr.

»Keine Frage«, erwiderte Senn. »Ich klopfe mir nicht gerne auf die Schulter, aber ich finde, hier haben wir eine unserer besten Arbeiten abgeliefert.«

»Niemand will wahrhaben, daß das Allerwichtigste bei einer Dinnerparty die Vorbereitung des Gastgebers ist«, sagte Marr.

»Ein bißchen Küchenzauber«, pflichtete ihm Senn bei, »funktioniert immer.«

Die Anführerin der Zaginows spießte noch ein Stück dieses unglaublich sahnigen Gebäcks auf. Sie betrachtete es, als wollte sie nicht glauben, daß ihr Körper fähig war, noch mehr davon aufzunehmen. Die Gabel setzte ihren Weg fort, und das Teigteilchen verschwand in ihrem Mund.

Sie schloß die Augen. Ihre elfenbeinfarbenen Züge boten ein Bild vollster Zufriedenheit. Die Zunge kostete. Mmmmh.

Als sie die Augen wieder aufschlug, sah sie, daß Sten sie angrinste.

»Oh, rülps«, sagte sie. »Oh, Himmel. Jetzt kann ich aber *wirklich* nichts mehr essen.«

»Ich denke, die Köche werden Ihnen vergeben, Ms. Sowazi, wenn Sie sich vom Schlachtfeld zurückziehen«, beruhigte sie Sten. »Sie haben bestimmt Ihr Bestes getan.«

Er sah sich im Bankettsaal um. Marr und Senn hatten die zugige Halle der Bhor in ein Wunder aus festlichen Blumen und subtiler Beleuchtung verwandelt.

Die anderen Gäste waren ebenso abgefüllt und zufrieden wie Sowazi.

Zwei Stunden lang hatten Marr und Senn einen Konvoi herrlichster Gerichte nach dem anderen durch den Raum dirigiert. Ob die Mahlzeiten für Menschen oder Nonhumanoide zubereitet waren, sie wurden samt und sonders freudig begrüßt und mit großem Enthusiasmus verzehrt.

Jetzt lagen überall die Ellbogen oder vergleichbare Körperteile auf dem Tisch. Die Besucher schwatzten in gelöster Stimmung mit Stens Kollegen, als sei man einander schon lange in dickster Freundschaft verbunden.

Als I-Tüpfelchen hatten Marr und Senn Speisekarten ausdrucken lassen, die sich jedes Mitglied der Zaginow-Delegation als Souvenir mitnehmen konnte.

»Das machen wir immer so«, sagte Marr. »Man will doch den Leuten zu Hause zeigen, wie gut man es sich hat gehen lassen. Außerdem ist es wunderbare Reklame für uns.«

»Keine ›Reklame‹, mein Lieber«, widersprach ihm Senn. »Nicht in diesem Fall. Du darfst nicht vergessen, daß wir jetzt Revolutionäre sind. Der militärische Ausdruck dafür lautet ›Propaganda‹.«

»Kommt auf dasselbe heraus«, meinte Marr.

»Stimmt. Aber Propaganda hört sich viel romantischer an.«

Sten mußte zugeben, daß die Speisekarten hervorragend zu Propagandazwecken geeignet waren.

Auf der Rückseite prangte ein Bild von ihm selbst, flankiert von seinen Meisterköchen Marr und Senn. Vorne hatte Senn sein »Motto« verewigt: »EIN FEST FÜR ALLE WESEN.«

Das Menü für Humanoide lautete folgendermaßen:

SUPPE
Tomaten mit Wodka Ungarische Art
Miso Saki Shrimp

SALAT
Kambodschanischer Rohfisch
Tomaten-Gurken Raita

VORSPEISEN
Baskische Bergaustern
Russische Blini und Kaviar
Gefüllte Pilze Armenische Art

HAUPTSPEISEN
»Dummes Huhn« Jamaikanische Art
Geröstetes Lamm Marokkanisch
Gegrilltes Lachssteak
Gemüsekebab mit Süßhülsen, gegrillt

BEILAGEN
Libanesisches Reispilaf
Rosmarinkartoffeln
Kubanische Schwarze Bohnen & Reis

NACHSPEISE
Käsekuchen auf New Yorker Art
Schwedische Pfannkuchen mit Preiselbeeren

Die einzelnen Posten, die auf den Karten für die Nonhumanoiden aufgelistet waren, lasen sich nicht minder eindrucksvoll.

Sten erblickte Marr, der hinter einer Tür hervorlugte. Er sah Sten und winkte ihm zu. Es war höchste Zeit.

Sten wandte sich an Sowazi. »Sieht so aus, als würde man uns zu Kaffee und Cognac rufen«, sagte er.

Sie lachte tief und freudig. »Gibt es auch Zigarren?«

»Zigarren gibt es auch«, versprach Sten.

»Dann führen Sie mich doch bitte, Sr. Sten.«

Während er sich erhob, um ihrer Bitte Folge zu leisten, signalisierte er Marr den Erfolg mit erhobenem Daumen. Alles verlief nach Plan.

»Unsere Position ist folgendermaßen«, sagte Moshi-Kamal. Er war das zweite Mitglied der Troika, die die Zaginows regierte. »Wir sind bereit, an Bord zu kommen. Aber wir brauchen Rückversicherungen.«

»Die kann ich Ihnen nicht bieten«, erwiderte Sten. »Wenn Sie sich bitte in Erinnerung rufen – ich habe die Unterhaltung mit der Aussage begonnen, daß alle Chancen entschieden gegen uns stehen. Wenn Sie sich uns anschließen … könnte das ebensogut ein selbstmörderischer Akt sein.«

»Ihr eigenes Verhalten weist jedoch keinesfalls auf diese Aussage hin, Sr. Sten«, warf Truiz, das nonhumanoide Mitglied der Troika, ein. »Sie kämpfen gut. Logisch. Gewiß nicht wie ein potentieller Selbstmörder. Außerdem konnten Sie viele Erfolge verbuchen.«

»Die sehen gut aus«, sagte Sten. »Aber es sind bei weitem nicht genug. Der Imperator hat eine Serie schlechter Tage gehabt. Was er sich leisten kann. Wenn ich nur einen einzigen schlechten Tag erwische … ist es aus und vorbei.«

»Warum sind Sie so ehrlich?« fragte Sowazi. »Ich hätte eher erwartet, daß Sie die positiven Seiten herausstellen. Die Flotten, die Sie kommandieren. Die Siege. Die wachsende Zahl Ihrer Verbündeten.«

Sie umfaßte mit einer Handbewegung den gemütlichen alten Waffensaal, in den Marr und Senn den Raum eigens für diese Unterhaltung verwandelt hatten. »Sie sitzen hier ganz entspannt, dinieren luxuriös und drehen dem Imperator und seinen Bluthunden eine lange Nase. Warum prahlen Sie nicht mit diesen Dingen, um uns auf Ihre Seite zu ziehen?«

»Das könnte ich sehr wohl tun«, gab Sten zurück. »Der Nachteil wäre der, daß ich nicht mehr auf Sie zählen könnte, sobald ich Sie in meinem Lager hätte. Sobald etwas Schlimmes passiert – und ich kann Ihnen versprechen, daß schlimme Dinge passieren werden –, würden Sie erkennen, daß ich Sie belogen habe. Und mich im Stich lassen.

Es darf in dieser Angelegenheit keine Mißverständnisse geben«, sagte Sten. »Dieser Kampf wird bis zum Ende geführt werden. Der Imperator wird uns kein Pardon geben. Wenn wir verlieren, sind wir tot.«

»Das verstehe ich wohl«, erwiderte Truiz. Die kleinen Fühler unterhalb iher Augen waren vor Enttäuschung ganz rot. »Aber das Bild, das Sie malen, ist so trostlos. Geben Sie uns ein wenig Hoffnung.«

Sten beugte sich nach vorn. »In diesem Moment habe ich die Truppen des Imperators über das halbe Universum verteilt. Ich habe sie dazu gebracht, dem eigenen Schwanz nachzujagen. Aber das kann nicht mehr lange so weitergehen.

Ich brauche dringend und sofort zwei Dinge. Reserven. Und eine Eröffnung. Ohne das erste wird es schwierig, das zweite durchzuführen.«

»Glauben Sie, daß Ihnen diese Eröffnung gelingen wird?« wollte Moshi-Kamal wissen.

Sten wartete eine Weile, als dächte er ernsthaft darüber nach. »Zweifellos«, log er. »Egal, wie wir die Prognosen auch lesen, sie laufen alle auf das gleiche hinaus. Der Schwung des Kampfes liegt bei uns. Früher oder später wird uns der Durchbruch gelingen.«

»Dann wollen wir dabeisein«, sagte Sowazi. »Dieser ... dieses ... dieses Wesen ist unerträglich geworden.«

»Er zwingt uns dazu, eine seiner Provinzen zu werden«, sagte Moshi-Kamal. »Er zwingt uns unter seinen Stiefel. Die Zaginows haben ein langes Gedächtnis. Wir stammen alle von Arbeitern ab. Von der Klasse, die von den Bossen in dunkle Löcher mit scharfkantigen Maschinen gesperrt wird.«

»Das ist wahr«, stimmte ihm Truiz zu. »Alle unsere Vorfahren sind vor dem einen oder anderen Despoten geflohen. Wir können uns nicht in ein Leben dreinfügen, dem sie entkommen sind.«

»Wissen Sie eigentlich, daß er sich als Gottheit hinstellt?« zischte Sowazi. «Er schickt diese ... diese Wesen überall herum, die verkünden, er sei ein Heiliges Ding. Sie wollen ihm in unseren Städten Tempel errichten. Das ist ... eine Riesensauerei!«

Sten mußte dazu keinen Kommentar abgeben. Statt dessen blickte er von einem seiner Gäste zum anderen.

»Dann stoßen Sie also zu uns ... ohne Rückversicherungen?«

»Auch ohne Rückversicherungen«, sage Moshi-Kamal. »Wir sind dabei.«

»Und vielleicht sind wir sogar in der Lage, Ihr erstes Problem zu lösen«, sagte Sowazi.

»Wie denn das?«

»Na, die Reservetruppen«, sagte Truiz. »Wir gehen davon aus, daß Sie mehr Personal als Schiffe und Waffen zur Verfügung haben, richtig?«

»Ihre Annahme ist richtig.«

»Ihnen ist sicher bekannt, daß wir Tausende von Fertigungsstätten zur Herstellung dieser Artikel besitzen; Fabriken, die uns damals vom Imperator aufgezwungen wurden.«

»Das wußte ich«, antwortete Sten. »Ich weiß auch, daß sie bereits seit einiger Zeit stillgelegt sind. Meiner Meinung nach ist das meiste davon verrottet oder als Schrott verkauft worden.«

»Nur wenigen Fabriken ist es so ergangen«, erwiderte Moshi-Kamal. »Die meisten sind hervorragend in Schuß. Das ist einer der Flüche, aber auch der Vorteile der Zaginows. Wir können einfach nicht mit ansehen, wenn gute Maschinen vor die Hunde gehen.«

»Unsere Leute hatten keine Arbeit mehr«, erläuterte Sowazi. »Aber ihre Fabriken haben sie trotzdem gepflegt.«

»Wollen Sie damit sagen, daß Sie eine schlüsselfertige Industrie anzubieten haben?« fragte Sten ungläubig. »Daß Sie jederzeit damit anfangen können, Schiffe und Waffen zu produzieren?«

Die kleinen Fühler unter Truiz' Augen zitterten vor Vergnügen. »Wir können innerhalb einer E-Woche mit der Produktion beginnen«, sagte sie. »Sie müssen nur Ihre Truppen herbeischaffen.«

Jetzt brauchte Sten nur noch eine Eröffnung.

Der blasse, schlanke Grb'chev baute sich vor Cind auf. Der rote Fleck, der sich quer über seinen weichen Schädel erstreckte, pulsierte vor Neugier. »Ihr Wunsch ist höchst ungewöhnlich«, sagte er. »Nur wenige Menschen besuchen diesen Ort.«

Cind ließ den Blick über das kleine Gebäude mit den verspiegelten Wänden wandern, in denen sich die weitläufigen Gärten ringsum spiegelten. »Das kann ich mir kaum vorstellen«, sagte sie. »Es ist so schön hier.«

Der Grb'chev betätigte einen Schalter, und die Tür glitt auf. Er führte Cind ins Innere des Hauses. »Sr. Kyes hatte eine besondere Vorliebe für Schönheit«, sagte er. »Besonders für zurückhaltende Schönheit.«

Cind lächelte bescheiden. »Davon habe ich einiges in meinen Studien über Sr. Kyes erfahren«, sagte sie. »Er war ein sehr vielschichtiger Charakter. Sogar für einen Grb'chev.«

»Sogar für einen Grb'chev«, bestätigte ihr Begleiter. »Was mich zu meiner anfänglichen Bemerkung zurückführt. In unserer Kultur ist Sr. Kyes ein Held. Seine Intelligenz, sein Erfindungsreichtum und sein Gespür für geschäftliche Angelegenheiten haben bereits Legendencharakter angenommen.

Wir haben seine alte Geschäftszentrale in ein Museum verwandelt. Für einige von uns ist es so etwas wie ein Schrein.« Cind und ihr Führer schritten durch das helle, freundliche Foyer des Museums. »Aber ich dachte immer, nur ein Angehöriger unserer Kultur könnte Sr. Kyes etwas abgewinnen.«

»Dann muß ich mich für meine Spezies entschuldigen«, lenkte Cind ein. »Schließlich dürfte kaum jemand daran zweifeln, daß die Grb'chev zu den intelligentesten Lebewesen des gesamten Imperiums gehören.«

»Das ist wahr«, meinte ihr Begleiter. An dieser Stelle war Bescheidenheit nicht angebracht.

»Und Sr. Kyes war zweifellos der intelligenteste Grb'chev seiner Zeit«, fügte Cind hinzu.

»Einige meinen sogar, aller Zeiten«, sagte der Grb'chev.

»Wie also ist es möglich, daß ein vernünftiges Wesen, insbesondere eine Studentin wie ich, kein Interesse daran zeigen sollte, aus erster Hand zu erfahren, wie Sr. Kyes lebte und arbeitete?«

»Sie sind eine sehr kluge junge Frau«, sagte ihr Begleiter. Ein weiterer Schalter ließ die nächste Tür aufgleiten. Sie betraten die Bibliothek. Auf der anderen Seite des Raums arbeitete eine Gestalt an einem Monitor. Ein Mensch.

»Heute ist ein höchst glücklicher Tag für Sie und Ihre Forschungen«, sagte ihr Begleiter, als er die Gestalt erblickte. »Wie ich bereits sagte, nur wenige Menschen teilen Ihr Interesse hinsichtlich Sr. Kyes. Einer von ihnen gehört dem Museumspersonal an. Und zu meiner Überraschung fällt Ihr Besuch ausgerechnet auf den Tag, an dem er hier arbeitet.« Ihr Begleiter tippte der Gestalt auf die Schulter.

Der Mann wandte sich um. Auf seinem Gesicht lag ein erwartungsvolles Lächeln.

»Ms. Cind, darf ich Ihnen eine unserer langjährigen Forscherpersönlichkeiten vorstellen … Sr. Lagguth.«

Lagguth erhob sich, und sie schüttelten sich die Hände. »Freut mich, Sie kennenzulernen«, sagte er. »Eine Freude, die mir beinahe entgangen wäre. Normalerweise hätte ich heute Ruhetag. Aber einer meiner Kollegen hat sich krankgemeldet.«

»Welch glücklicher Zufall«, sagte der Grb'chev.

»Allerdings. Ein glücklicher Zufall«, echote Cind und betrachtete sich ihre Beute von oben bis unten.

Es handelte sich keinesfalls um einen Zufall. Und für Lagguth würde er sich schon gar nicht als glücklich erweisen.

Lagguth hatte zahllose Nächte qualvoll gelitten und sich die Gesichter der unerbittlichen Gestalten vorgestellt, die eines Tages auftauchen und ihn holen würden. Sie waren immer sehr groß. Immer schwarz gekleidet. Manchmal kamen sie mit gezückten Pistolen. Manchmal mit blutigen Fängen. Aber immer sagten sie das gleiche: ›Du weißt zuviel, Lagguth. Deshalb mußt du sterben.‹

Die Frau, die jetzt vor ihm stand, war genau dieser Alptraum, nur in einer netteren Verpackung. Sie trug keine sichtbare Waffe. Und anstelle blutiger Fänge blitzten kleine weiße Zähne.

»Sie wissen zuviel, Lagguth«, sagte Cind. »Und wenn Sie mir nicht helfen ... wird man Sie deswegen umbringen.«

»Ich war nur ein Mitläufer«, stöhnte Lagguth.

»Den Leiter des AM_2-Büros des Privatkabinetts würde ich nicht gerade als Mitläufer bezeichnen«, fuhr Cind ihn an.

»Ich hatte keinerlei Macht. Keine Autorität. Ich habe nur Befehle befolgt. Mehr nicht. Ich habe niemandem damit weh getan!«

»Allein Ihre Anwesenheit beweist, daß Sie mit den Mördern des Imperators gemeinsame Sache gemacht haben«, sagte Cind. «Und was die Autorität angeht ... Es gibt da Tausende von Lebewesen, deren Angehörige aufgrund der Energieverknappung erfroren oder verhungert sind; die würden sicher gern wegen der Autorität, die Sie ausgeübt haben, ein Wörtchen mit Ihnen wechseln.«

Lagguth konnte nichts mehr sagen. Er ließ den Kopf hängen.

»Also. Reden Sie, Lagguth. Oder ich mache Ihren Aufenthaltsort bekannt. Dann erwischen Sie entweder die Häscher des Imperators oder der Pöbel. Sie tun mir beinahe leid, Sie armselige Entschuldigung für eine Lebensform.«

»Werden Sie für mich eintreten?« flehte Lagguth. »Werden Sie Sr. Sten erzählen, daß ich mich kooperativ gezeigt habe?«

Cinds Stimme klang jetzt etwas weicher. »Ja. Ich werde für Sie eintreten.« Dann ließ sie wieder die Peitsche knallen: »Und jetzt reden Sie, Lagguth! Sagen Sie mir alles!«

Lagguth redete. Er erzählte ihr von dem seltsamen Programm, das er für Sr. Kyes zusammengestellt hatte. Vorgeblich diente es der Suche nach dem AM_2-Versteck des Imperators. Das berichtete Kyes auch seinen Kabinettskollegen.

»Mir kam es jedoch so vor, als sei er gar nicht so sehr an AM_2 interessiert. Er suchte etwas viel Wichtigeres. Für *ihn* viel Wichtigeres.«

»In welcher Hinsicht?«

»Na ja, wir sammelten alles, was über AM_2 bekannt war. Von der Zusammensetzung bis hin zu den bekannten Routen der AM_2-Konvois, bevor die Lieferungen auf so geheimnisvolle Weise eingestellt wurden. Damit fütterten wir den Wundercomputer, den er entwickelt hatte.«

Er zeigte auf das kleine Terminal, das in einer Ecke der Bibliothek stand. »Das steht mit ihm in Verbindung. Er funktioniert immer noch. Aber leider ist er der einzige seiner Art, ein Prototyp. Ich bezweifle, daß es jemanden gibt, der das Programm, das Kyes entwickelt hat, innerhalb einer Lebensspanne entschlüsseln kann.«

Cind riß ihn wieder aus seinen Träumen über Kyes' Genie. »Weiter. Ich habe nicht viel Zeit.«

»Ja, richtig. Wie bereits gesagt, wir fütterten sämtliche Daten über AM_2 in den Computer. Aber wir gaben auch alles ein, was über den Imperator bekannt war. Dafür erhielten wir Hilfe von Sr. Poyndex.«

Cinds Augen weiteten sich. »Poyndex. Er hatte auch damit zu tun?!«

»Aber ja. Er wußte etwas über Kyes. Ich weiß nicht, was. Aber Kyes hat den Spieß umgedreht und dieses Wissen gegen *ihn* angewandt. Ihn in unseren Kreis gezogen. Er war es, der Poyndex zu einem Mitglied des Kabinetts machte. Offensichtlich war es Teil eines Tauschhandels.«

»Offensichtlich«, sagte Cind. Die Details dieses Handels waren sicherlich interessant, doch sie bezweifelte, daß sie ihr bei ihrer Aufgabe weiterhelfen würden. »Na schön. Sie haben den Computer also mit allen möglichen Daten gefüttert. Und dann? Was hat Kyes daraus erfahren?«

»Ich bin mir nicht sicher«, antwortete Lagguth. »Aber ich weiß, daß er gewisse Schlüsse daraus gezogen hat. Er war plötzlich sehr aufgeregt. Sie müssen wissen, daß er seine Gefühle normalerweise nicht zeigte. Doch damals war er sehr aufgeregt und befahl, das Programm abzuschalten. Dann reiste er ab. In sehr großer Eile.«

»Wohin ging er?« wollte Cind wissen.

»Auch das weiß ich nicht. Ich weiß nur, daß er die Erstwelt verließ und sehr weit weg reiste. Und als er zurückkehrte ... war sein Gehirn ... tot.«

Cind wußte, was das bedeutete. Die Grb'chev waren die einzige bekannte höherentwickelte Spezies, die durch Symbiose entstanden war. Ihre Körper – hochgewachsene, schön anzusehende Gestalten – gehörten einer ursprünglich geistig extrem zurückgebliebenen Rasse. Ihre »Gehirne« waren eigentlich das Ergebnis einer Art Virus, der sich in den vielfältigen Hohlräumen in den Köpfen der blödsinnigen Wesen niedergelassen und sich zu einem beeindruckenden Intellekt entwickelt hatte.

Der Fluch der Grb'chev bestand darin, daß dieses »Gehirn« eine genau festgelegte Lebenserwartung von 126 Jahren hatte. Kyes gehörte zu den wenigen Grb'chev, von denen bekannt wurde, daß sie einige Jahre länger gelebt hatten. Die Tragödie bestand darin, daß der Körper glücklich umnachtet noch mindestens weitere einhundert Jahre lebte.

Cind hatte auf den Straßen des Heimatplaneten der Grb'chev viele Beispiele dieser lebenden Toten umherwandeln sehen. Dauerhafte und schreckliche Mahnmale dessen, was jeden Angehörigen dieser Spezies erwartete.

Cind deutete auf das Terminal. »Haben Sie versucht herauszufinden, was Kyes in jenen letzten Tagen getan hat?«

Lagguth zögerte. Dann schüttelte er traurig den Kopf. »Ich bin kein sehr mutiger Mensch«, sagte er und lachte krächzend. »Falls Ihnen das noch nicht aufgefallen sein sollte. Jeden Tag meines Lebens verbrachte ich in der Angst, daß jemand wie Sie mich aufspüren würde ... oder jemand Schlimmeres. Daß man mich umbringen oder einem Gehirnscan unterziehen würde, um an mein geringes Wissen zu kommen.

Deshalb ... obwohl ich wahnsinnig gerne wissen würde, auf was Kyes da gestoßen ist ... konnte ich mich nicht dazu aufraffen, etwas in dieser Richtung zu unternehmen.«

Das Geräusch drang durch eine Tür direkt neben dem Computerterminal. Cinds Hand glitt sofort zu der Stelle hinab, an der sie ihre versteckte Waffe trug.

»Keine Sorge«, beschwichtigte Lagguth sie. »Er muß nur gefüttert werden.«

Cind zog die Stirn in Falten. »*Wer* muß gefüttert werden?«

»Sr. Kyes natürlich«, sagte Lagguth. »Möchten Sie ihn sehen?«

»Er ist hier?« fragte Cind erstaunt.

»Warum nicht? Das, was von ihm übrig ist, ist hier so gut aufgehoben wie an jedem anderen Ort. Tatsächlich ist es ein verdammt gutes Heim. Sie geben ihm sozusagen sein Gnadenbrot, wie einem hervorragenden Rennpferd. Er bekommt alles, was er will, obwohl er, wenn ich ehrlich sein soll, viel zu blöde ist, um zu wissen, was er will. Manchmal müssen wir ihm ein bißchen dabei helfen.«

Lagguth erhob sich. »Ich muß ihn jetzt wirklich füttern. Es wäre grausam, ihn warten zu lassen.«

Cind folgte ihm in den angrenzenden Raum.

Er war hell und freundlich, voller Spielsachen und in leuchtenden Farben eingerichtet. Kyes hockte auf einem leicht überdimensionierten Stuhl und kicherte in einen riesigen Vid-Monitor hinein, auf dem ein Kinderfilm zu sehen war: kleine Wesen, die umherwuselten und einander auf die Köpfe schlugen.

Kyes sah Lagguth an. »Hunger«, sagte er.

»Keine Bange. Ich habe was ganz Leckeres für Sie«, sagte Lagguth.

Cind schauderte es, als sie zusah, wie Lagguth die Person, die einmal ein ganzes Imperium regiert hatte, mit dem Löffel fütterte.

Essen tropfte aus Kyes' Mundwinkel. Er zeigte auf Cind. »Wer? Hübsch?«

»Eine Freundin, die Sie besuchen will, Sr. Kyes«, sagte Lagguth.

Cind überwand ihren Schock und ging an Kyes' Seite. Sie nahm Lagguth das Essen aus der Hand. Kyes sah zu ihr auf. Seine Augen waren weit aufgerissen. Nicht die Spur von Intelligenz zeigte sich darin. Er öffnete den Mund. Cind fütterte ihn. Beim Essen schmatzte er laut mit den Lippen. Stieß auf. Und kicherte wieder.

»Lustig«, sagte er.

»Sehr lustig«, sagte Cind. »Guter Junge.«

Kyes tätschelte sie. »Schön«, sagte er. »Wie schön?«

»Ist es hier nicht immer schön?« fragte Cind.

Kyes nickte heftig. »Schön … Immer schön.«

Cind riß sich zusammen. Jetzt konnte nur eine Grausamkeit folgen. »Was ist, wenn der Imperator kommt?« fragte sie. »Was ist, wenn er kommt und Sie holt?«

Das unschuldige Wesen, das einmal Kyes gewesen war, wich erschrocken zurück. »Nein. Er nicht. Nicht holen. Bitte! Nicht weggehen!«

Cind hakte nach: »Wohin nicht gehen?«

»Woanders«, stöhnte Kyes. »Schlimmer Ort. Imperator dort. Ich nicht schön.«

»Lassen Sie ihn«, bat Lagguth. »Er kann Ihnen nicht mehr sagen. Sehen Sie nicht, daß er Angst hat?«

Kyes hatte sich zu einer Kugel zusammengerollt und schluchzte. In dem riesigen Stuhl wirkte er klein und hilflos.

Cind ließ nicht nach. »Was haben Sie herausgefunden?« bohrte sie. »Was haben Sie an diesem schlimmen Ort entdeckt?«

»Imperator. Habe gesagt.«

»Was noch?«

Kyes kreischte in einer dumpfen Erinnerung auf. Eine genetische Heimsuchung. »Für immer«, weinte er. »Finden für immer.«

»Sehen Sie, was ich meine?« sagte Lagguth. »Sie kriegen nur Unsinn aus ihm heraus. Das sagt er immer, wenn er Angst hat. ›Für immer.‹ Er sagt es immer und immer wieder: ›Für immer.‹«

Kyes nickte. »Nicht schön, für immer. Nicht schön.«

Cind klopfte ihm beruhigend auf die Schulter. Dann wandte sie sich wieder an Lagguth: »Jetzt will ich den Computer sehen.«

Als sie das Zimmer verließen, erholte Kyes sich allmählich wieder. Er richtete sich in seinem Stuhl auf, wischte sich die Tränen ab und fing vorsichtig damit an, wieder auf den Monitor zu starren und die kleinen Wesen anzukichern.

Der kleine Mond war eine schweigende Wildnis der Zerstörung. Cind bewegte sich durch Bombenkrater und verbogene, geschmolzene Verkleidungen, deren ehemalige Funktion kaum noch zu erkennen war.

Die Sensoren in ihrem Handgerät nahmen Daten auf und schlugen wie wild aus. Cind mühte sich über die Oberfläche des Mondes, blieb hier und da stehen, um den Schutt mit ihrem Gerät näher zu untersuchen. Die Daten wurden direkt an den Rechner an Bord des Schiffes in der Umlaufbahn weitergegeben und die Ergebnisse zurückgefunkt. Ihr Helmfunk zwitscherte.

Bislang hatte sie alles, was sie in den Datenbanken des Computers in Kyes' Museum entdeckt hatte, bestätigt gefunden.

Der Mond war ein umsichtig errichtetes Sende- und Empfangszentrum gewesen. Eine Abkürzung auf der Straße, die zum großen Geheimnis des Imperators führte: dem AM$_2$-Versteck.

Kyes hingegen war nicht mit dieser Zielsetzung an diesen trostlosen Ort gekommen. Da war sich Cind völlig sicher. Er hatte den Imperator selbst finden wollen. Die Person, die damals von den meisten für tot gehalten wurde. Und er hatte ihn gefunden. Hier auf diesem Planetoiden.

Sie stellte sich vor, wie Kyes, angesichts seines baldigen »Todes« beinahe wahnsinnig vor Angst, den Imperator anflehte. Ihm alles anbot. Ihn verzweifelt bat, ihn, Kyes, zu retten.

Die sabbernde Hülle im Museum der Grb'chev war der lebende Beweis dafür, daß seine Bitten zurückgewiesen worden waren.

Cind suchte das Gebiet mehrere Stunden lang ab. Schließlich war sie damit fertig. Es war Zeit, Sten von ihren Ergebnissen zu unterrichten.

Dieser Außenposten war der Ort, an dem sich einst die Spuren zu zwei Geheimnissen gekreuzt hatten.

Das erste war das Geheimnis um AM_2.

Das zweite war die scheinbare Unsterblichkeit des Imperators.

Cind war sehr erschöpft, als sie durchfunkte, daß man sie wieder an Bord holen sollte. Nicht von der Arbeit. Sondern von dem niederschmetternden Gedanken daran, daß sich das Wissen, obwohl sie bei dieser Jagd sehr viel herausgefunden hatte, einfach nicht zusammenfügen wollte.

Und sie rief alle Bärte sämtlicher Mütter aller Bhor an, daß sie nicht zur gleichen Tür wieder herauskam, durch die sie eingetreten war.

Haines ging die Papiere, die sie in der Hand hielt, mit langerworbener Erfahrung durch. »Sobald wir seine Dateien geordnet hatten«, sagte sie, »wurde rasch klar, was Mahoney über den Ewigen Imperator herausgefunden zu haben glaubte.«

»Nämlich?« Sten gestikulierte heftig auf das Hologramm der ehemaligen Kommissarin des Morddezernats ein. Es kam von dem kleinen Bhordomizil, in dem er sie untergebracht hatte – gemeinsam mit ihrem Ehemann und Mahoneys Schatzkisten.

»Nicht so eilig«, sagte Haines. »Tatsachen sollte man immer ihre eigene Zeit gewähren.«

Sten verzog das Gesicht. »Entschuldige, bitte.«

»Als erstes schicke ich dir ein physiologisches Profil des Imperators, das Mahoney als Modell entworfen hat. Mein Mann und ich haben es durch unsere eigene Arbeit bestätigt und von Rykor gegenprüfen lassen. Es ist absolut bombensicher. Schau es dir mal an, wenn du Zeit hast.«

»Ich glaube es dir auch so«, erwiderte Sten.

»Als nächstes dann die Gegenstücke, die Mahoney zu diesem Profil entwickelt hat. Er verglich das Modellprofil mit den anderen Zeiten, zu denen der Imperator angeblich gestorben ist … und dann wieder in voller Lebensgröße auftauchte. Es war jedesmal eindeutig das gleiche Lebewesen. Es gab keine Möglichkeit für einen Doppelgänger. Auch hier konnten wir Mahoneys Daten nur bestätigen.«

Sten stöhnte auf. »Schon wieder dieser Wiederauferstehungskram. Dieser verdammte Mahoney hat dich aus seinem Grab heraus bekehrt.«

»Ich habe mich zu nichts bekehren lassen«, widersprach ihm Haines. »Wenn aber diese Tatsachen Hinweise auf einen Mordverdächtigen wären … dann würde ich mir den Dreckskerl schnappen und erwartungsfroh meinem Staatsanwalt vorführen. Sieh den Tatsachen ins Gesicht, Sten. Es ist eindeutig eine Möglichkeit.«

»Ich sehe mir diesen Geist an, wenn er mir gegenübersteht und ich ihn anfassen kann«, sagte Sten. »In der Zwischenzeit … wohin führt uns das eigentlich?«

Haines legte eine kleine Pause ein. Sie überlegte, wie sie weitermachen sollte. »Es führt uns zu einem noch weitaus erschreckenderen Puzzle. Mein Mann und ich sind ausgehend von Mahoneys Arbeit noch einen Schritt weiter gegangen.«

»Was habt ihr getan?«

»Wir haben uns dieses Profil vorgenommen; das, worüber wir uns alle einig sind. Wir haben es aktualisiert und mit dem Mann verglichen, vor dem wir uns momentan alle ducken und fürchten.«

»Und?« Sten wagte kaum zu fragen. »Es ist immer noch der gleiche Kerl, oder?«

»Ja. Es ist der gleiche Kerl. Und wieder nicht. Der Imperator ist rundum der gleiche. Aber wenn man ihn sich genauer ansieht, unterscheidet er sich sehr stark in seinem Verhalten.«

»Na wunderbar«, stöhnte Sten.

»Tut mir leid, wenn ich es dir einfach so in den Schoß kippe«, sagte Haines mit vor Sympathie warmer Stimme. »Aber, wie es in den Livies immer so schön heißt: ›Das sind nun mal die Tatsachen, meine Dame.‹«

Sten bedankte sich und unterbrach die Verbindung.

Er lehnte sich zurück und ließ die Information sacken. Die Neuigkeiten mündeten alle in die gleiche beunruhigende Gleichung: Gleich aber anders ergibt trotzdem anders.

Das Funkgerät summte. Der diensthabende Offizier teilte ihm mit, er habe Cind in der Leitung. Es sei wichtig.

Während sich Sten noch nach vorne beugte, um zu antworten, klingelte eine bange Frage in seinem Hinterkopf: Wenn das nicht der Ewige Imperator war … gegen *wen* kämpfte er dann, verdammt noch mal, wirklich?

Kapitel 17

Solon Kenna stand auf der breiten Rednerplattform, einem Block aus reinem weißen Marmor, der aus der Mauer gegenüber dem Parlamentsgebäude ragte. Neben ihm stand Tyrenne Walsh und trug wie eh und je sein strahlendes Gesicht zur Schau. Hinter ihnen hing ein Porträt des Ewigen Imperators, das über drei Stockwerke in Anspruch nahm.

Kennas gewaltige und schneidende Stimme dröhnte über die aberhundert hier versammelten Politiker hinweg: »Meine sehr geschätzten Repräsentanten … Treue Imperiale Bürger … Hochverehrte Anwesende.

An diesem historischen Tag stehen mein Kollege und ich in tiefer Bescheidenheit vor Ihnen.«

Kennas Stimme kippte in einen salbungsvollen, zurückgenommeneren Ton. Mit dem Zucken eines Fingers wies er den beschränkten Walsh an, sich zu verneigen.

»Die Bewohner von Dusable erfreuen sich bereits sehr vieler Ehrenbezeugungen von Seiten unseres geliebten Imperators«, sagte er.

Kennas ausgefuchstes, erfahrenes Politikerhirn registrierte, daß niemand in der gesamten Gruppe an dieser Stelle auch nur zusammengezuckt war – einer Gruppe, die jede Ecke und jeden Winkel des gesamten Imperiums repräsentierte. Nirgendwo hatte er auch nur ein Flüstern bezüglich der Erniedrigung feststellen können, die seine Leute erst vor kurzem aus der Hand des ärgsten Feindes des Imperators erlitten hatten: aus der Hand Stens.

Kenna wies auf das überlebensgroße Porträt des Imperators, das auf sie alle herabblickte. »Aus Gründen, die nur unser weiser Führer erläutern kann, ist das Volk von Dusable erneut geehrt worden.«

Während er redete, schweifte Kennas geübter Blick über die Menge. Er spürte ihre Stärken und ihre Schwächen. Machte Parteigänger und Feinde aus. Er mochte von Sten erniedrigt worden sein, doch das bedeutete noch lange nicht, daß er seine Fähigkeiten als Manipulator verloren hatte.

Er und Avri hatten diesen Moment umsichtig vorbereitet. Im Anschluß daran würden sie den Erlaß des Imperators präsentieren. Einen höchst kontroversen Erlaß, bei dem man sich zu Anfang nicht sicher gewesen war, ob er auch durchgehen würde.

Viele Gefälligkeiten und noch mehr Geld waren in den dunklen Korridoren des Parlaments hin und her geschoben worden. Die gute alte Mordida brachte der List des Imperators eine Vielzahl von Stimmen ein. Aus Gründen, die Kenna lieber nicht näher erörterte, hatte auch Poyndex freiwillig seine Hilfe angeboten. Man hatte sämtliche alten Datenbestände über die Oppositionsvertreter nach Ansatzpunkten für schwache Stellen und Erpressungen durchkämmt. Das brachte noch mehr Stimmen.

Trotzdem würde es sehr knapp werden.

In der Politik reicht knapp allemal aus, ein Königreich zu regieren.

»Verehrte Anwesende, ich bin hier, um Ihnen diesen bemerkenswerten Vorschlag zu unterbreiten. Man verlangt von uns, daß wir den Schleier von unseren Augen ziehen. Damit wir das sehen, was wir vor lauter Blindheit all die Jahre nicht sehen konnten.

Nämlich die Tatsache, daß wir mit dem Glück geschlagen sind, in Zeiten zu leben, in denen ein lebendiger Gott unter uns wandelt. Und dieser Gott ist unser guter und heiliger Ewiger Imperator. Dessen Unsterblichkeit vor uns steht wie ein eherner Schild gegen die harten Schläge der Geschichte.

In der Verkörperung seines Wesens schreitet unser Ruhm uns immer weiter voraus. Unser Ruhm, der auch der seine ist. Und sein Ruhm, der auch unserer ist.

Verehrte Anwesende … Ich richte die Frage an Sie. Lassen Sie uns jetzt ein für alle Mal bekräftigen, daß der Ewige Imperator unser rechtmäßiger Gott ist.«

Eine leichte Unruhe kam auf. Die Katze war aus dem Sack.

Der Imperator verlangte eine parlamentarische Bestätigung seiner Göttlichkeit.

Kenna wandte sich an den Sprecher, eine alte, würdevolle Marionette des Imperators. »Sr. Sprecher«, intonierte Kenna, »stellen Sie die Frage.«

Die graue Schnauze des Sprechers schob sich nach vorne, die implantierten Eckzähne entlarvten eine seltsame Eitelkeit in diesem uralten, faltigen Gesicht. »In Sachen PB 600323, Titel ›Erklärung der Göttlichkeit des Ewigen Imperators‹, Untertitel ›Es soll beschlossen werden, daß der Imperator den Titel ›Heilig‹ sowie alle anderen Wortformen, die allgemein als Bezeichnung der respektvollen Anbetung bekannt sind, tragen darf‹ … wie entscheiden Sie, verehrte Anwesende?

Alle, die dafür sind … sagen Ja.«

Ein choreographierter vielstimmiger »Ja«-Chor erhob sich in der Halle – übertönt von lauten Protestrufen. Die Rufe wuchsen sich zu einem Gebrüll aus, das den weiteren Fortgang des Geschehens unter sich begrub. Eine einzige Stimme erhob sich über den Lärm.

»Sr. Sprecher! Sr. Sprecher! Zur Tagesordnung, bitte. Zur Tagesordnung!«

Der Sprecher versuchte die Stimme zu ignorieren. Sein Hammer fuhr dröhnend nieder. Er fühlte sich besonders beschämt, weil die Stimme einem Angehörigen seiner eigenen Spezies gehörte, einem gewissen Nikolayevich, einem jungen Heißsporn von Keiler.

Der Hammer klopfte ein wildes Stakkato. Pultmikros verstärkten die Schläge, und das Hämmern donnerte durch die Halle. Doch eine ungehorsame Meute nahm Nikolayevichs Schrei auf: »*Tagesordnung! Tagesordnung!*« Mehr Stimmen kamen hinzu und übertönten die hämmernden Schläge. »*Laßt ihn reden! Laßt ihn reden!*«

Der Sprecher richtete seine hilflosen alten Augen auf Kenna. Es gab nichts mehr, was er tun konnte. Jedenfalls nicht in aller Öffentlichkeit. Kenna bedeutete ihm: *Laßt ihn reden!* Dann schob er eine Hand in die Tasche und löste einen Alarm in Arundel aus.

»Der Vorsitz ruft Sr. Nikolayevich, den Repräsentanten des großen und loyalen Sverdlovsk-Clusters.«

Der Sprecher schaltete das Mikro ein, das die Anmerkungen Nikolayevichs für alle verständlich machen würde.

»Sr. Sprecher«, rief der junge Keiler, »wir protestieren aufs schärfste gegen diese Vorgehensweise. Wir lassen uns nicht dahingehend manipulieren, über die Köpfe der Mehrheit hinweg einen derartigen Beschluß zum Gesetz zu erheben.«

»Von hier aus, junger Mann«, sagte der Sprecher mit dramatischem Sarkasmus, »gab es an einer Mehrheit für den Beschluß nichts zu rütteln. Die ›Jas‹ waren überwältigend. Wenn Sie mir jetzt freundlicherweise erlauben würden, die ›Neins‹ aufzurufen, werden Sie sehen, auf welch schwachen Füßen Ihr Einspruch steht.«

»Wir haben ein Recht darauf, eine mündliche Abstimmung abzulehnen und eine namentliche Abstimmung zu verlangen«, beharrte Nikolayevich. »Laßt uns aufstehen und unsere Völker sehen, wie sich jeder einzelne von uns in dieser Angelegenheit entschieden hat. Wenn der Imperator ein Gott sein soll … dann sollen seine Bürger sehen, daß wir darin übereinstimmen. Wir tragen die Verantwortung dafür.«

Der Sprecher warf Kenna einen hilfesuchenden Blick zu. Kenna bedeutete ihm, die Sache noch eine Weile hinzuziehen. *Verzögerungstaktik.*

»Na schön«, sagte der Sprecher. »Ich werde eine namentliche Abstimmung einberufen.«

Nikolayevich grunzte zufrieden. Er witterte bereits seinen Sieg.

Der Sprecher schnaubte: »Wenn Sie diese Angelegenheit jedoch als so sensibel ansehen – obwohl ich nicht begreife, wie auch nur einer unter Ihnen die Heiligkeit unseres Imperators anzweifeln kann –, werde ich zunächst einen weiteren Punkt zur Debatte stellen.«

»Einspruch!« rief Nikolayevich. »Der Vorsitz darf nichts zur Debatte stellen, solange der vorherige Punkt nicht abgehandelt wurde!«

Der Rebell aus dem Sverdlovsk-Cluster kannte seine Rechte sehr genau. Ebenso der verschlagene alte Sprecher. Er mochte zwar eine Marionette sein, doch er war eine sehr fähige Marionette.

»Die Versammlung hat aber das Recht, oder die Pflicht, wie Sie es nennen würden, über die Art einer Abstimmung zu entscheiden. Sie meinen, sie sollte durch Stimmenauszählung erfolgen. Ich hingegen meine, wir sollten es per Akklamation durchführen.«

Nikolayevich sah sich um. Seine Kollegen führten eine rasche Zählung durch, um die eigene Stärke zu eruieren. Dann kam die Antwort. Einige Wankelmütige waren durch Nikolayevichs mutiges Auftreten gestärkt worden. In diesem kurzen Augenblick stand alles auf der Kippe.

»Stellen Sie die Frage, Sr. Sprecher«, sagte er kühl. »Ich denke, Sie werden die lauten ›Nein‹-Rufe vernehmen, die dieser Blasphemie gebühren.«

Er ließ sich auf seine Bank zurückfallen, nickte nach links und rechts und war mit sich selbst zufrieden.

Der Sprecher setzte einen milden Blick auf. »Den näheren Umständen Ihres Einspruchs zufolge«, sagte er, »halte ich es für ungebührlich, die Angelegenheit derart überstürzt zu Ende zu bringen. Nein. Auge um Auge, Sir. Ich plädiere für eine Einzelabstimmung.«

Empört schnellte Nikolayevich aus seinem Sitz hoch. »Sr. Sprecher, das ist unglaublich. Sie berufen eine Einzelabstimmung ein, um herauszufinden, ob eine Einzelabstimmung durchgeführt werden darf?« Er wandte sich mit vor Verwunderung hochgezogenen Schultern an seine aufrührerischen Kollegen. Bellendes Gelächter. Doch das Lachen klang gezwungen.

»Ja. Genau das habe ich vor«, sagte der Sprecher. »Ich bin froh, daß meine Gedanken so unmißverständlich angekommen sind. Ich muß zugeben, daß ich mir manchmal angesichts der Reaktionen der jungen Repräsentanten ernsthaft Sorgen darüber mache, ob nicht bereits die Senilität von mir Besitz ergriffen hat.«

Jetzt brandete Gelächter in den Reihen der Parteigänger des Imperators auf. Nikolayevich wollte sich jedoch nicht so leicht abspeisen lassen.

»Aber dieser Schwachsinn wird Stunden dauern, Sr. Sprecher«, protestierte er. »Einen nach dem anderen über seine Entscheidung zu befragen, ist der Gipfel der Narretei.«

»Und trotzdem werden wir auf diese Weise verfahren«, erwiderte der Sprecher.

Er wandte sich an den Gerichtsdiener: »Gerichtsdiener! Rufen Sie zur Abstimmung!«

Der Gerichtsdiener begab sich nach vorne und öffnete das dicke offizielle Logbuch.

Dann fing er an, die lange Liste herunterzuleiern: »Ms. Dexter … aus der großen Region von Cogli, wie lautet Ihre Entscheidung?«

»Ich stimme mit ›Ja‹, Sr. Sprecher.«

Und so ging es immer weiter. Die Repräsentanten erhoben sich einer nach dem anderen. Jede Stimme wurde sorgfältig in das Logbuch eingetragen.

Kennas Parteigänger verteilten sich überall in der großen Halle. Mit Hilfe des Sprechers war es ihm gelungen, die Attacke seiner Gegner fürs erste abzuwehren. Wenn er diese Abstimmung gewann, war sein zweiter Sieg gesichert.

Nikolayevichs Kollegen arbeiteten eifrig, um ihre Parteigänger bei der Stange zu halten. Doch die Zeit … die langsame, sich dahinschleppende Zeit … arbeitete gegen sie.

Trotzdem bebte Kenna noch immer vor Wut. Jawohl, er würde gewinnen; doch jetzt hatte die alte Regel, daß knapp allemal ausreicht, einen faden Beigeschmack. Nach Nikolayevichs Ausfall, der von vielen anderen lautstark unterstützt worden war, würde alles außer dem totalen Sieg als Manipulation erscheinen.

So hatte der Imperator sich seinen ersten Tag als Gott sicherlich nicht vorgestellt.

Die Abstimmung kam zum Ende. Kenna hatte gewonnen. Aber nur mit hauchdünner Mehrheit. Er sah, wie Nikolayevich und seine Leute hier knufften und dort in Hörorgane brüllten.

Und er konnte sehen, daß der junge Keiler Fortschritte machte. Einer seiner Agenten in Nikolayevichs Stab gab eine Meldung an das Funkgerät in Kennas Stehpult durch. Die Meldung besagte, daß Nikolayevich und seine Kollegen sich dazu entschlossen hatten, eine akklamatorische Abstimmung – sollte es denn zu einer kommen – mit einer ungestümen Demonstration zu unterbinden.

Kenna zermarterte sich das Hirn nach weiteren Verzögerungstaktiken. Doch sosehr er auch grübelte, es fiel ihm nichts ein. Wenn das hier vorüber war, würde ihn der Imperator in der Luft zerreißen.

Wo zum Teufel war er überhaupt. Ein schöner Gott. Wenn man ihn brauchte, war er nicht da.

Der Sprecher gab ihm aufgeregt ein Zeichen. Was sollte er tun? Kenna blieb keine Wahl. Er bedeutete ihm, die Abstimmung einzuberufen.

»Verehrte Anwesende«, verkündete der Sprecher, »zum zweiten Mal an diesem Tage rufe ich zur Abstimmung auf … und zwar in Sachen PB 600323, Titel ›Erklärung der Göttlichkeit des Ewigen Imperators‹ –«

Erstaunte Gesichter wandten sich um.

Ein weißgekleidetes Kontingent von Kultisten tanzte durch die gewaltigen Türen herein, die in die große Halle führten. Ihre Gesichter strahlten vor Ekstase. Einige schwenkten an langen Ketten klingende Weihrauchgefäße, andere streuten Rosenblätter auf den Weg. Ausnahmslos trugen sie kleine Messer in den Stricken, die als Gürtel um ihre Hüften geschlungen waren. Die Messer hatten scharfe Klingen und waren festlich mit flatternden roten Bändern verziert.

Vorneweg tänzelte die skelettartige Gestalt ihrer Hohepriesterin – Baseeker.

Hinter ihnen marschierte ein Trupp schwarzuniformierter IS-Offiziere mit knirschenden Stiefeln über die Rosenblätter. Ihre Blicke wanderten rastlos durch die Menge, ständig auf der Suche nach Gefahrenherden. Sie hielten ihre Waffen schußbereit vor der Brust.

In ihrer Mitte befand sich der Ewige Imperator.

Sobald Kenna und die anderen ihn erblickten, gewahrte keiner von ihnen mehr die anderen winzigen Details des Auftritts. Etwa den zweiten IS-Trupp, der unter Führung von Poyndex direkt hinter dem Imperator hereinmarschierte. Oder die Scharfschützenteams in Tarnanzügen, die sich sofort im Raum verteilten und ihre Positionen einnahmen. Oder Avri, die nicht näher definierte Personen zwischen die Reihen der Repräsentanten lotste. Als sie verteilt waren, entdeckte sie Nikolayevich und schob sich auf ihn zu.

Doch all diese Dinge nahm die Versammlung nur verschwommen und am Rande wahr. Ihre gesamte Aufmerkamkeit wurde vom Ewigen Imperator gefangengenommen.

Er war so herausgeputzt, wie sie ihn noch nie gesehen hatten. Lange, goldene Gewänder umspielten wallend seine muskulöse Gestalt. Das Material phosphoreszierte und verlieh ihm ein geisterhaftes Schimmern. Ein ebenso schimmernder Goldreif umkränzte seine dunklen Locken. In der Hand trug er einen Stab aus goldenem Metall, der sich an der Spitze zu einer runden Standarte verbreiterte. Auf dieser Fläche flammte das Symbol für AM_2.

Die Imperiale Formation rauschte den breiten Gang entlang und schwenkte auf die marmorne Plattform des Sprechers zu. Der Ewige Imperator schritt direkt bis zum Rand des Podiums und wandte sich dann dem Parlament zu. Waffen klirrten, und Stiefel kamen knallend zum Stillstand, als sich die Soldaten links und rechts vom Podium aufstellten.

Baseeker und die Kultisten strömten um die Soldaten herum, versammelten sich um den Imperator und warfen sich ihm zu Füßen. Ein Nest aus weißgekleideten Engeln mit Messern.

Kenna kam aus dem Staunen nicht mehr heraus. Auch die anderen starrten ungläubig auf das Geschehen. All die alte Mythen nahmen Gestalt an und breiteten sich wie Nebel rings um sie aus. Ein uralter Nebel, der aus den kalten Tiefen mehrerer Jahrtausende heranwehte. Das war das Wesen, das sie alle schon seit so langer Zeit regierte.

Vielleicht war er wirklich ein Gott.

»Mir wurde berichtet«, sagte der Imperator mit leiser Stimme, »daß es in dieser Versammlung zu Mißtönen gekommen ist.«

Sein Publikum mußte sich nicht anstrengen, um ihn zu hören. Denn obwohl seine Stimme leise war, wirkte sie irgendwie bedrohlich.

»Für gewöhnlich schenke ich eurem Gejammer keine Beachtung«, fuhr der Imperator fort. »Dieses Recht gestand ich euch zu, als ich dieses Parlament kraft der Imperialen Verfassung ermächtigte. Es ist, zugegebenermaßen, eine rechte Plage. Aber das liegt nun einmal in der Natur der Demokratie begründet, und ich hatte genügend Zeit, mich daran zu gewöhnen.«

Nikolayevich, der unter den Zuhörern stand, bemerkte kaum, daß sich ihm jemand näherte. Es war Avri.

»Die Natur dieser Mißtöne hat mich jedoch dazu bewogen, hier vor euch zu erscheinen. Offensichtlich sollen eurem Imperator einige Auszeichnungen zuteil werden. Auszeichnungen, die ich, wie ich hier anführen muß, keinesfalls verlangt habe. Sie wurden mir von meinen Untertanen auferlegt.« Die Hand des Imperators vollführte eine Geste, die die weißgekleideten Kultisten umfaßte.

»Sie behaupten, ich sei ein Gott. Sie haben mir Tempel errichtet. Tempel, in denen Millionen anderer Gleichgesinnter mich anbeten. In diesen Tempeln wird Weisheit und Geduld und Sanftmut gepredigt; Attribute, die ihrer Überzeugung nach der Grundstock meiner Göttlichkeit sind.«

Nikolayevich spürte eine Bewegung an seiner Gürteltasche; ein kleines Päckchen fiel hinein. Er strich sofort darüber. Vermutlich eine Nachricht von einem Verbündeten, dachte er. Er kümmerte sich nicht weiter um die Gestalt, die sich zielstrebig von ihm entfernte.

»Ich habe immer die Religionsfreiheit für meine Untertanen hochgehalten. Deshalb war ich nicht wenig schockiert darüber, als ich erfahren mußte, daß diese sanften Wesen, die mich anbeten, auf brutale Weise ihrer religiösen Überzeugungen wegen verfolgt werden.

Ich verfüge jetzt sogar über unwiderlegbare Beweise dafür, daß diese Verfolgung in direkter Verbindung zu der Verschwörung steht, die der Verräter Sten gegen mich angezettelt hat. Unaussprechliche Taten wurden von Sten gegen die Gläubigen ausgeführt, weil er meinte, ihre tief empfundenen Wahrheiten stünden ihm auf dem Weg zu meinem Thron im Wege.

Denn wenn ich ein Gott bin, würde sich ihm wohl niemand mehr anschließen. Ihr seht also, sogar mein größter Feind ist ein Gläubiger. Ein Satan, der nur als Gegenbild zu seinem perfekten Herrn existieren kann.«

Sein seltsamer logischer Eiertanz brach einen Augenblick lang den Zauber, der Nikolayevich gepackt hatte. Er zog die Nachricht aus seiner Gürteltasche. Ein in Papier eingewickelter Klumpen. Er rollte ihn aus. Der Klumpen entpuppte sich als Eckzahn, als langer, leicht gewundener Hauer; das Ende des Stumpfs war blutverschmiert. Auf dem Stoßzahn war ein Zierring zu erkennen.

Der Ring, den Nikolayevich seiner Geliebten an ihrem ersten Paarungstag geschenkt hatte. »Vor diesem Hintergrund ist die Gesetzesvorlage zu sehen, die euer Sprecher heute zur Abstimmung vorgelegt hat. Ein Hintergrund, den ich bis zu diesem Augenblick aus Gründen der Staatssicherheit hinsichtlich des Verräters Sten geheimgehalten habe.

Der Erlaß wird der Verfolgung dieser unschuldigen Wesen ein Ende bereiten. Ein Erlaß, der zugleich einen schwerwiegenden moralischen Schlag gegen meinen schlimmsten Feind bedeutet.

Ein Erlaß, der das anerkennt, was schon all die Jahrtausende so schmerzlich offensichtlich war. Ich habe lange Zeit über euch und eure Vorfahren gewacht. Ich habe euch ernährt und gekleidet, habe die Bedingungen geschaffen, unter denen ihr euch in Frieden entfalten konntet.«

Der Kopf des Imperators senkte sich. »Ach«, sagte er, »manchmal bin ich es so leid ...«

»Heil dem Heiligen Imperator!« kreischte Baseeker. »Heil, o Großer Herr!«

Die anderen Kultisten nahmen den Schrei auf: »Heil dem Heiligen Imperator! Lobet ihn! Lobet ihn!«

Kenna stieß Walsh mit dem Ellbogen an. Noch einmal. Walshs Blick wurde etwas klarer. »Lobet ihn!« rief Kenna. Noch ein Stoß in Walshs Seite. »Lobet ihn!« rief er wieder.

Walsh grinste ihn dümmlich an. »Lobet ihn!« rief er dann. »Lobet ihn!« Drunten in der Zuschauermenge wurden Nikolayevich und die anderen sich plötzlich der Tatsache bewußt, daß einige in nächster Nähe stehende Gestalten sie genau beobachteten.

Nikolayevich schluckte. Er wußte, daß der Stoßzahn seiner Geliebten nicht die einzige blutige Botschaft war, die an diesem Tag überreicht worden war.

»Heil dem Heiligen Imperator«, stimmte Nikolayevich ein. Im nächsten Augenblick schlossen sich ihm Hunderte von Stimmen an. *»Lobet ihn! Lobet ihn!«*

Der Imperator lächelte und breitete die Arme aus. Dann machte er kehrt und rauschte mit seiner Gefolgschaft von der Plattform herab.

Er eilte den Gang entlang, nickte hierhin und dorthin, und trotz seines schnellen Schrittes sah Poyndex deutlich, wie sehr er die Rufe *»Heil dem Heiligen Imperator«* genoß.

Poyndex verließ die Halle als letzter. Er hörte noch, wie der Hammer des Sprechers erneut klopfte. Dann sein Ruf: »In Sachen PB 600323, Titel ›Erklärung der Göttlichkeit des Ewigen Imperators‹ ... wie entscheiden Sie, verehrte Anwesende? ·

Alle, die dafür sind, rufen jetzt ›Ja‹!«

Ein donnerndes *»Ja!«* brandete auf.

Poyndex machte sich nicht die Mühe, den Aufruf für die »Neins« abzuwarten.

Kapitel 18

»Nichts?« Flottenadmiral Madoera warf dem diensthabenden Funkoffizier einen finsteren Blick zu. Er mußte sich zurückhalten, um nicht ein »Immer noch nicht?« hinzuzufügen.

»Nein, Sir. Die *Neosho* meldet keinerlei Funksprüche, auf keiner Frequenz und von keinem Planeten des Systems aus. Alle Funk-Frequenzen sind sauber. Und keinerlei Anzeichen von Schiffen, weder von feindlichen noch von eigenen.

Ich habe sämtliche Überprüfungen doppelt durchführen lassen. Wir empfangen jede Menge Mist von dem Radiostern, deshalb wollte ich auf Nummer Sicher gehen, bevor ich Bericht erstatte.«

»In Ordnung. Stellen Sie einen Vorabbericht zur Erstwelt zusammen, in dem Sie herausstreichen, daß der Geheimdienst wieder versagt hat. Weder Sten noch sonst etwas. Wir lassen die Sondergeschwader nur zur Sicherheit kurz nachsehen.«

»Sir ... wir können keine Funksprüche absetzen, bevor wir nicht selbst aus dem Einflußbereich des Sterns heraus sind. Sämtliche Fernverbindungen sind tot.«

»Auch egal. Dann berichten wir eben in aller Vollständigkeit, sobald wir das System verlassen haben. Es wird wohl keine besonders große Überraschung sein ...«

Nach einer kleinen Pause fügte er hinzu: »... jedenfalls nicht für die Schwachköpfe, die sich für einen Geheimdienst halten.«

Madoera und sein Sondergeschwader hatten schon zu viele Schiffstage und -monate damit verbracht, Gerüchten über den Aufenthaltsort des flüchtigen Verräters Sten nachzujagen, als daß sie sich jetzt noch groß wunderten. Madoeras Meinung nach war diese neue Innere Sicherheit, die das alte Mercury Corps ersetzt hatte, nicht einmal dazu in der Lage, Pisse aus einem Stiefel auszukippen, selbst wenn die Gebrauchsanleitung dafür auf dem Absatz stünde.

Keine einzige der als Alpha-Eins eingestuften Geschichten hatte sich als wahr erwiesen. Entweder war Sten noch nie dort gewesen, oder er war mit großer Geschwindigkeit dort vorbeigezischt, oder man hatte unbekannte Schiffe in einem Cluster gesichtet und sie sofort zu vermeintlichen Rebellenschiffen erklärt.

Warum, fragte er sich, merkten die bei IS nicht endlich, daß alle diese Geschichten höchstwahrscheinlich blanker Humbug waren, da jedes Sonnensystem, in das man seine Flotte geschickt hatte, sich als tot, verlassen oder absolut weit weg vom Schuß erwiesen hatte. Genau wie dieses hier. Es hatte nicht einmal einen Namen, und seine einzigen Koordinaten stammten von einem astronavigatorisch erfaßten Radiopulsar namens NP0406Y32.

Vielleicht sollte er dem verdammten Ding einen Namen geben; »Poyndex« wäre nicht schlecht.

Genau. Und sich einem Loyalitätsausschuß stellen, sobald er wieder auf der Erstwelt war. Obwohl er in diesem Augenblick daran zweifelte, jemals wieder in die Zivilisation zurückzukehren. Er und seine Raumfahrer und seine Raumsoldaten würden weiterhin ihre Energie und ihre Zeit damit vergeuden, das Hinterland abzuklopfen, bis irgendwann einmal jemand entdeckte, daß dieser Sten an Altersschwäche gestorben war, woraufhin sie hoffentlich alle wieder nach Hause durften. Oder vielleicht gingen die Unterlagen über das Sondergeschwader ganz einfach verloren, und die Flotte würde bis in alle Ewigkeiten weitersuchen, wie der *Fliegende Holländer,* oder wie diese Legende hieß.

Verdammt noch mal.

Madoera marschierte wutentbrannt auf die Brücke seines Flaggschiffs. Er warf einen Blick auf einen großen Monitor, auf dem das System zu sehen war; ein Durcheinander verbrannter Planeten, die sich zu dicht an einem Pulsar befanden, dessen Abbild – natürlich virtuell, wie alles auf diesem Bildschirm – am oberen Rand des Schirms blitzte. Er langte einem Wachoffizier über die Schulter und drückte auf drei Tasten.

Ein weiterer Bildschirm flammte auf. Auf ihm war nur Madoeras Sondergeschwader zu sehen. Eine schwere Schlachtflotte, bestehend aus einem Einsatzschiffträger/Flaggschiff, der *Geomys Royal,* einem modernen Schlachtschiff, der *Pharma,* zwei Kreuzerdivisionen, eine davon mit zwei schweren, die andere mit drei leichten Kreuzern, dazu sieben Zerstörer zur Abschirmung. Eine weitere Kreuzerdivision hielt sich in Reserve; sie war mit drei leichten Kreuzern und vier Zerstörern ausgerüstet. Sein logistischer Anhang war bescheiden: zwei Versorgungsschiffe und ein Tender, eskortiert von zwei Zerstörern.

Eine Streitmacht, mit der man etwas anfangen konnte. Sollte er die Rebellen jemals – er selbst glaubte, daß es niemals soweit kommen würde – zum Kampf stellen, würde es nicht lange dauern. Kurz aber blutig, da war er sich sicher. Sten war fehlgeleitet, aber nicht dumm, und er und alle seine Kumpane mußten sich darüber im klaren sein, daß sie, falls sie sich ergaben, ihre Lebensspanne bestenfalls so lange verlängerten, bis ein Tribunal zusammengestellt war, das mit ihnen kurzen Prozeß machte.

In diesem Wissen hatte Madoera als Dauerbefehl erlassen, daß beim Aufeinandertreffen mit einem Rebellenschiff extreme Sicherheitsvorkehrungen eingehalten werden mußten, da die Rebellen mit Sicherheit jede Finte und jeden Trick versuchen und bis zum letzten Wesen kämpfen würden. Madoera würde ebenso handeln, sollte er jemals in die Lage kommen, seine Fesseln so radikal wie Sten abzuschütteln.

Er blickte auf den Bildschirm und fragte sich, ob er in letzter Zeit irgendwelche Übungen vergessen hatte oder ob er noch einen obskuren Notfall simulieren könnte, nur damit seine Raumfahrer nicht aus lauter Langeweile dem Schlendrian verfielen.

›Ach, verdammt‹, beschloß er. Es war schlimm genug, daß man sie sinnlos durch die Gegend jagte. Zumindest diesmal mußten seine Leute nicht denken, daß ihr Alter sie ebenso triezte, wie alle anderen das taten.

»Sind ins System eingetaucht«, berichtete der Wachoffizier.

»Vielen Dank, Sr. Ein Vorbeiflug. Doppelrauten-Formation.«

Zumindest konnten seine Navigatoren jetzt unter Beweis stellen, wie gut sie die komplexe Formationsbildung beherrschten. Besonders mit der tatsächlichen Schwierigkeit, ihre Funkverbindung aufrechtzuerhalten, während der Pulsar seinen rauschenden Wirrwarr im Hintergrund ausstrahlte. ›Na, hoffentlich gibt es dabei keine Kollision, sonst lande ich doch noch auf einem netten kleinen Wasserplaneten mit richtigen Schiffen. Schiffen mit Rudern.‹

Madoera hörte mit halbem Ohr zu, wie der Navigator seines Flaggschiffs die Befehle für die synchronisierten Flugbahnen des Geschwaders ausgab. Er gähnte.

In diesem Moment griffen die Rebellen an.

Es gab keinerlei Vorwarnung. Die beiden Zerstörer, die als Flankenschutz dienten, hörten ganz einfach auf zu existieren. Jemand brüllte »Alarm!«, und dann blinkten Schiffe auf sämtlichen Bildschirmen der *Geomys Royal*. Sie stürzten sich von »hinten« auf das Sondergeschwader.

Madoera erkannte, daß sie über die genaue Flugbahn seines Verbandes informiert gewesen sein mußten, sonst hätten sie sich nicht so dicht in seinem Kielwasser bewegen können.

Die Imperialen Schiffe waren zwar auf allgemeiner Bereitschaft, doch die Gefechtsstationen standen noch auf Standby, und einige Raketen lagen noch nicht einmal in ihren Abschußschächten. Es war nicht nötig gewesen, einen teuren Gefechtskopf oder ein noch wertvolleres Besatzungsmitglied durch eine weitere Trockenübung unnötig aufs Spiel zu setzen.

Ein kurzer Moment der Panik, die sofort von Madoera und anderen Offizieren niedergebrüllt wurde, erfaßte die Imperiale Truppe. Dann kehrte wieder Ordnung ein. Madoera hatte seine Rekruten in langen Monaten des Drills in abgehärtete Profis verwandelt.

Zahlenkolonnen, die die näher kommenden Angreifer darstellten, schwirrten über den Bildschirm.

»Sir«, gab ein weiblicher Deckoffizier durch. »Wir werden von sechs wahrscheinlich schweren Kreuzern und zehn Zerstörern angegriffen.«

»Danke, das sehe ich selbst. Welche Klasse? Welcher Herkunft?«

»Sir … *Jane's* hat hierzu keine Daten«, sagte die Frau. »Unbekannt. Wir wissen nur, daß sie dem allerneuesten Design entsprechen. *Jane's* bietet die Theorie an, daß es sich um Neukonstruktionen handelt.«

Eine weitere Welle von Angreifern erschien, diesmal von »unten«.

»Drei Schlachtschiffe, sieben Kreuzer, zwanzig Zerstörer, Sir. Kommen näher. Ich habe eine ID, Sir. Hinsichtlich der Schlachtschiffe. *Jane's* hat einen Eintrag. Alle drei wurden von den Cal'gata entworfen und gebaut. Vor dem Tahn-Krieg. *Jane's* führt sie als eingemottet und zum Verkauf stehend. Fünf der Zerstörer stammen von den Honjo, einen davon haben wir eindeutig identifiziert. Die *Aoife*.«

Sten. Ganz sicher.

Wo zum Teufel befand sich jetzt die *Victory*? Der Saukerl dirigierte seinen Hinterhalt bestimmt von ihrer Brücke aus. Wenn Madoera Stens Flaggschiff entdeckte, gelang es einem Selbstmordkommando aus einigen Zerstörern vielleicht, den Drahtzieher auszuschalten. Doch die *Victory* war auf keinem Bildschirm zu sehen. In gewisser Hinsicht machte das alles sogar noch schlimmer. Es bedeutete, daß die Rebellion und ihre Streitkräfte schon so stark waren, daß ihr Anführer seine Truppen nicht mehr persönlich in die Schlacht führen mußte.

»An alle Stationen«, kam die monotone Stimme eines Abwehrraketentechs. »Mehrfachabschuß feindlicher Kalis … versuche abzufangen auf …«

»Fox-Stationen. Umschalten auf Vor-Ort-Kontrolle. Anfordern und feuern nach Gutdünken.«

Madoera kaute nachdenklich an seiner Oberlippe.

»Kreuzerdivision Eins auf direkte Attacke gegen die Schlachtschiffe ansetzen«, befahl er. »Und stellen Sie mich zur *Neosho* durch. Geben Sie Befehl, sie soll sich heraushalten, in den offenen Raum hinausfliegen und Bericht erstatten. Captain, jagen Sie Ihre Einsatzschiffe raus. Sofort!«

»Jawohl, Sir!«

»Sir … die *Neosho* antwortet nicht. Wir können sie auch auf dem Schirm nicht ausmachen.«

Er hatte nicht einmal gesehen, ob der Zerstörer vernichtet worden war.

Madoera dachte angestrengt nach. »Na schön. Schicken Sie die Reserve los, weit hinaus auf die Flanke. Die Versorgungseinheiten sollen sich der Hauptflotte anschließen. Und sagen Sie der *Parma* –«

»Nachricht von der *Parma*, Sir. Vier Treffer. Brücke zerstört. Sämtliche Gefechtsstationen unter Kommando vor Ort. Antriebsregulierung ausgefallen. Das Schiff wird vom Maschinenraum aus gesteuert.«

Ein anderer Schirm zeigte jetzt einen dritten Schwarm, der sich auf das Imperiale Sondergeschwader stürzte.

»Woher haben die bloß –«, kreischte jemand laut auf.

»Sofort Ruhe auf Ihrer Station, Mister!« wurde er zurechtgewiesen. «Berichten Sie so, wie Sie es gelernt haben!«

Madoera blieb ruhig. Er schloß die Augen. Sein Hirn arbeitete fieberhaft einen Schlachtplan aus.

»Haben Sie Kontakt zu Kreuzerdivision Zwo?«

»Kontakt steht, wenn auch sehr verrauscht. Zuviel Interferenzen von dem Pulsar.«

»Geben Sie Befehl durch: Feindberührung vermeiden. Alle sollen sich hinter die *Parma* und die *Geomys Royal* zurückziehen und eine unregelmäßige Flugbahn weg von den Kampfhandlungen einschlagen. Sie sollen sich auf keinen Fall von den Rebellen in einen Kampf verwickeln lassen. Sie sollen nicht versuchen, mit dem Sondergeschwader in Kontakt zu bleiben.«

»Nachricht abgesandt, Sir. Und bestätigt.«

»In Ordnung, Captain. Wir machen uns jetzt daran, eine Wagenburg zu bauen.«

Madoera befahl den Überresten seines Sondergeschwaders – einem beschädigten Schlachtschiff, seinem Flaggschiff und dem Rest – eine Kugelformation einzunehmen und einen Zufallskurs zu fliegen, damit sie kein leichtes Ziel boten. Der Befehl an die beiden schweren Kreuzer, die er zum Angriff von der Flanke geordert hatte, wurde nicht geändert.

Er würde sie verlieren, aber vielleicht trugen sie dazu bei, die Rebellen zu verwirren, zumindest lange genug, bis Madoera so etwas wie einen Ausbruch in die Weg leiten konnte.

»Sir«, kam es aus einem Lautsprecher, »Kontakt von der *Aleksyev*. Sie berichtet –«

Die *Geomys Royal* erbebte, als sie von einem Sprengkopf getroffen wurde. Metall kreischte, und Männer brüllten. Die Normalbeleuchtung fiel aus, doch ein zweiter Stromkreis übernahm sofort. Madoera wurde es leicht übel, als die McLean-Generatoren ausfielen und er zu Boden geschleudert wurde; dann sprangen die Generatoren wieder an, doch jetzt war »unten« da, wo vor einigen Sekunden noch »seitlich« gewesen war.

»Alle Stationen, Schadensmeldungen durchgeben …«

Die *Aoife* näherte sich mit voller Geschwindigkeit der »Mitte« des Kampfgebiets. Berhal Waldman stand hinter seinem Deckoffizier und spürte nicht, wie seine Finger versuchten, sich in die stählerne Lehne des Stuhls zu graben.

Sein Zerstörer befand sich an der Spitze der V-Formation. Die anderen vier Schiffe waren ebenfalls mit Honjo-Männern und

-Frauen besetzt, die gemeutert und ihre Schiffe übernommen hatten, um sich den Rebellen anzuschließen. Sie waren tatsächlich ganz reguläre Freiwillige. Und sie alle hatten geschworen, die *Aisling* zu rächen.

»An alle Einheiten, alle Einheiten«, befahl Waldman. »Waffensysteme mit meinem Schiff koppeln ... auf meinen Befehl ... jetzt.«

Die Schiffe gehorchten. Dann: »An alle Stationen, fertigmachen zum Feuern.

Sehr gut. Ziel ... feindliches Schlachtschiff. Goblin ... halbe Geschwindigkeit. Feuer!«

Mittelstrecken-Schiff-Schiff-Raketen schossen aus ihren Schächten auf die *Parma* zu.

»Ziel ... feindliches Schlachtschiff«, sagte Berhal Waldman. Er ignorierte seinen Gefechtsoffizier; schließlich war sie nicht auf der *Aoife* gewesen, als ihr Schwesterschiff vernichtet worden war. Das hier war seine Party. »Kali-Abschuß. Ein Rohr pro Schiff. Kali-Offiziere ... Kontakt zu Sprengköpfen aufnehmen ... Feuer!«

Beim Imperialen Schlachtschiff blitzte es mehrfach auf, als seine Abfangraketen und Laserbatterien sich daranmachten, die näher kommenden Raketen der Honjo-Zerstörer abzuschießen. In dem ganzen Durcheinander verwechselten die Abfangsysteme die monströsen Kali-Schiffskiller mit den kleineren Goblins und setzten ihre Prioritäten nicht richtig.

Eine Goblin kam durch und schaltete auf der *Parma* zwei Gefechtsstationen – und vierzig Besatzungsmitglieder – aus. Und dann schlugen beide Kalis ein. Die *Parma* zerbarst in zwei Teile, in vier – und dann zerstob sie in Fragmente.

Jetzt widmeten sich die Honjo der *Geomys Royal*.

Auf Madoeras Hauptbildschirm verschwand eine Imperiale Einheit nach der anderen; oder sie meldete BESCHÄDIGT/KAMPFUNFÄHIG an die *Geomys Royal*.

Das reichte. Flottenadmiral Madoera krallte sich ein Mikro und schickte eine unverschlüsselte Nachricht los.

»An alle Imperialen Einheiten ... an alle Imperialen Einheiten. Hier Admiral Madoera. Alle Einheiten Kampfhandlungen einstellen. Ich wiederhole: Kampfhandlungen einstellen. Auf individuelle Flugbahnen gehen und sofort mit Höchstgeschwindigkeit zur Basis absetzen. Das ist ein Befehl.«

Er ließ das Mikro fallen.

»Captain, stellen Sie eine Verbindung mit Ihrem Einsatzschiff-Geschwader her. Ich will, daß sie die Rebellen unter allen Umständen aufhalten. Diese Rückendeckung betrifft alle Einheiten. Wir müssen –«

»Rakete kommt auf uns zu ... kommt näher ... Ablenkung negativ ... Abwehrfeuer negativ ... Kontakt!«

Die Goblin schlug ungefähr zweihundert Meter hinter der Brücke der *Geomys Royal* ein. Direkt hinter der Rakete kam eine Kali. Die Kali-Pilotin flog ihren Vogel direkt in den Feuerball, zählte auf eins und löste dann manuell die Detonation aus.

Ein Blitz wie bei einer Supernova ... und dort, wo sich soeben noch die *Geomys Royal* und Flottenadmiral Madoera befunden hatten, war nur noch schwarzes All zu sehen.

Die Überlebenden des Imperialen Sondergeschwaders – ein schwerer Kreuzer, ein leichter Kreuzer, drei Zerstörer und der Flottentender – flohen mit höchster Geschwindigkeit. Ihre Flugbahn brachte sie dicht an den Pulsar heran, führte sie an ihm vorbei und dann hinaus in die Leere zwischen den Sternen.

Ihre Flugbahn war nur konsequent, denn sie führte in einen Sektor, aus dem die Rebellen nicht angegriffen hatten.

Genau dort warteten Sten und die *Victory.*

»An alle Einsatzschiffe«, gab Captain Freston durch, »wir haben sechs Imperiale Schiffe in unserem Sektor. Alle Einheiten erfragen Daten vom Zentralcomputer. Angriff erfolgt unter Geschwaderkontrolle. Jetzt. Ich wiederhole: angreifen!«

Hannelore La Ciotat und die übrigen Piloten machten sich genüßlich an die Arbeit.

Sten schaute von der Brücke der *Victory* aus zu, bis der letzte Leuchtpunkt, der ein Imperiales Schiff symbolisiert hatte, auf seinem Schirm verschwunden war. Sein Gesicht glich einer Maske. Genau wie bei der *Caligula* waren soeben Lebewesen gestorben, die die gleiche Uniform trugen, die Sten getragen hatte, Leute, mit denen oder unter deren Kommando Sten vielleicht schon gedient hatte oder mit denen er in einer Raumhafenkneipe einen gebechert hatte.

Kilgours Gesicht war ebenso ausdruckslos.

»Sämtliche –« Freston zögerte einen Moment – »sämtliche feindlichen Elemente vernichtet.«

»Sehr gut. Phase zwei.«

Stens Truppe war es nicht erlaubt, sich einfach vom Schlachtfeld zu entfernen, die Augen vom Gemetzel abgewandt.

Vierzig Transporter, die von den Zaginows und den Cal'gata zur Verfügung gestellt worden waren, durchsuchten das System. Mit ihnen flogen zehn bewaffnete Handelsschiffe der Bhor. Sie verfolgten jedes Fragment eines Imperialen Schiffs, das sie auf ihren Schirmen ausmachen konnten. Diese Fragmente wurden entweder von Sprengmannschaften, die sich zu den Wrackteilen begaben und Sprengladungen anbrachten, weiter zerstört oder, wenn es sich um größere Teile handelte, von den bewaffneten Hilfsschiffen mittels Goblins oder Lasern pulverisiert.

Wenigstens war es nicht nötig, jeden Überlebenden, den sie fanden, zu töten. Viele gab es ohnehin nicht. Der Krieg im All ist nicht gnädiger als Seeschlachten, die weit entfernt von der Küste ausgetragen werden.

Alle Imperialen Verwundeten, die gerettet wurden, erhielten medizinische Versorgung; anschließend wurden sie mit den unverletzten Überlebenden zu einem Planeten am Rande des Lupus-Clusters geflogen. Auf dieser vergessenen, aber vergleichsweise paradiesischen Welt erhielten sie Nahrung, Unterkunft und regelmäßige medizinische Betreuung.

Aber das war auch schon alles, bis der Krieg beendet sein und entweder Sten oder der Imperator den Sieg errungen haben würde. Keine Post, keine Benachrichtigung an Freunde oder Verwandte.

Denn dieser seit langer Zeit – genauer: seit dem Schwindel mit dem Ystrn-System – geplante Hinterhalt diente vor allem einem Ziel: eine komplette Imperiale Flotte sollte sich scheinbar in Nichts auflösen.

Sten hatte absichtlich den Sektor in der Nähe von NP0406Y32 zur Durchführung seines Plans gewählt, da der Pulsar jeden Notruf unmöglich machte. Seine Strategie hatte sich perfekt bewährt.

Sechsundzwanzig Kriegsschiffe samt Besatzung und Admiral waren verschwunden.

Spurlos.

Diese Geschichte würde dafür sorgen, daß selbst die mutigsten Soldaten einen leichten Schauer verspüren würden.

Und so wie Ystrn die Bühne für diese Schlacht bereitet hatte, so würde NP0406Y32 neue Möglichkeiten eröffnen.

Der Essay sollte angeblich ursprünglich eine Rede gewesen sein, die der Ewige Imperator bei der Verabschiedungsfeier einer der renommiertesten Flottenakademien des Imperiums gehalten hatte; sie wurde auch in *Fleet Proceedings* abgedruckt. In der Rede sprach der Imperator davon, daß die frisch ernannten Offiziere schwierigen, aber auch großen Zeiten entgegensahen. Und daß, wie schon seit jeher, diejenigen, die ihre Truppen an vorderster Front in den Kampf führten, am ehesten berücksichtigt und ausgezeichnet würden.

Die zweite Notiz war irgendwo auf der letzten Seite der *Impe-*

rial Times versteckt; es war ein Artikel, den niemand, der noch recht bei Trost war, zum Spaß lesen würde, höchstens um sich über die Beförderungen, Auszeichnungen und Versetzungen aller Imperialen Offiziere zu informieren.

Sieben Admirale hatten sich dazu entschlossen, vorzeitig in den Ruhestand zu treten. Alle sieben waren respektierte Persönlichkeiten, doch, wie Analytiker aufdeckten, ebenfalls Persönlichkeiten, die hinsichtlich des Führungsprinzips eher an Schlachtenanalysen und rationale Schlußfolgerungen glaubten als an den noblen Schlachtenlenker, der seine Flotte von der raketenzerrissenen Brücke seines Flaggschiffs aus dirigierte.

Der nächste Artikel drehte sich um die Indienststellung eines neuen Superschlachtschiffs, der *Durer.* Ihr wurde die besondere Ehre zuteil, daß der Ewige Imperator sie persönlich als Kommandoschiff ausgewählt hatte. Kommandoschiff, wie der Kommentator betonte; keine Yacht zu Repräsentationszwecken.

Alle diese eher kleinen Verlautbarungen wurden in kaum genutzten Medien oder »auf der letzten Seite« veröffentlicht.

Etwas anders lag der Fall bei der Titelgeschichte der *Imperial Times.* Die Imperialen Schlachtflotten sollten aufgestockt werden, und zwar innerhalb kürzester Zeit. In knapp sechs E-Monaten mußten sämtliche Gefechtseinheiten bereit sein.

Die letzte Verlautbarung war ein großangelegtes Medienspektakel. Mit großem Gestus wurde überall hinausposaunt, daß Flottenadmiral Anders und der restliche Imperiale Generalstab den Ewigen Imperator dazu aufgefordert hatten, ihnen mit seiner jahrhundertealten Weisheit und Erfahrung zur Seite zu stehen, um die letzten Spuren des Banditen Sten auszulöschen.

Die Rebellen hatten den Imperator aus seinem Bunker herausgelockt.

Jetzt war er verletzbar.

Stens nächster Schlag würde auf das Herz des Imperiums zielen – und auf den Imperator selbst.

Kapitel 19

Die gewaltigen Flottenverbände der Rebellen zogen sich in der interstellaren Leere in der Nähe einer riesigen Spiralgalaxis zusammen. Eine Leere, die nicht allzuweit von der Erstwelt und dem Mittelpunkt des Imperiums entfernt war.

Tausende von Schiffen waren versammelt. Zaginows, Cal'gata, Honjo, Bhor. Plus weitere Schiffe von Einzelpersonen, Kulturen, Planeten, ja sogar ganzen Sternclustern, von denen Sten noch nie zuvor etwas gehört hatte. Mehrere Imperiale Geschwader waren geschlossen »desertiert«. Andere Schiffe, manchmal sogar einzelne Personen, hatten sich auf eigene Faust ins Lager der Aufständischen durchgeschlagen.

Sten fragte sich manchmal, was sie wohl für Motive hatten. Gold? Götter? Ruhm? Hin und wieder vielleicht sogar ein unbestimmtes Gefühl von Ungerechtigkeit, ein Verlangen, der Tyrannei des Imperators ein Ende zu setzen. Es hatte viele Generationen und Jahrhunderte gedauert, doch letztendlich hatte der Hammer sein samtenes Polster abgestreift.

Die Leuchtpunkte auf dem Bildschirm im Strategieraum der *Victory* symbolisierten jetzt ganze Flotten statt einzelner Schiffe.

Trotzdem lehnte sich immer noch weniger als ein Zehntel des gesamten Imperiums gegen den Imperator auf.

Sten war der Meinung, das könnte ausreichen.

Befehle wurden ausgegeben. Die Rebellion sollte ins Herz des Imperiums getragen werden – mit der Erstwelt als offensichtlichem Ziel der Attacke. Aber natürlich würden sich ihnen Imperiale Flotten in den Weg stellen, lange bevor sie Gelegenheit haben würden, die Zentralwelt des Imperiums direkt anzugreifen.

Und das würde zugleich die letzte Schlacht sein; zumindest hoffte Sten das.

Das eigentliche Ziel war nämlich nicht die Erstwelt, sondern die Flotten. Sobald das Imperium nicht mehr dazu in der Lage war, einen Krieg zu führen, konnten die Erstwelt oder jeder beliebige andere Planet nach Gutdünken angegriffen, erobert, isoliert oder ignoriert werden.

Sein eigener Verstand und die Analyse seines Stabes sagten ihm, daß damit der Sieg so gut wie errungen wäre. Die Schätzungen beliefen sich momentan, in Anbetracht der gegenwärtigen Kräfteverteilung und der Tatsache, daß die Rebellen einen taktischen Vorteil hatten, auf 61 zu 39 für einen Sieg der Flotte Stens. Dabei war die schreckliche Zahl von 35 Prozent Verlusten für die Rebellenstreitmacht einkalkuliert.

Doch das Blutvergießen war unvermeidlich; es gab keine friedvollere Alternative.

So würde es geschehen.

»Der Verräter bewegt sich also«, sagte der Imperator. Etwas, das man ein Lächeln hätte nennen können, kroch über seine Lippen und verflog sofort wieder.

»Jawohl, Sir«, erwiderte Admiral de Court. »Genau wie es Ihre Einschätzungen und unsere Prognosen voraussagten.« De Court war einer der sieben Admirale mit Computerhirn, die laut der *Imperial Times* vorzeitig in den Ruhestand getreten waren. In Wirklichkeit hatten sie Sonderaufgaben übernommen und unterstanden als Schattengeneralstab dem direkten Befehl des Imperators.

Natürlich würde niemals irgend jemand etwas von ihren neuen Aufgaben erfahren. Keiner der sieben war so unloyal, daß er jemals durchsickern lassen würde, daß die endgültige Vernichtung Stens einer anderen Quelle als dem Genie des Ewigen Imperators selbst entsprungen war.

So unloyal waren sie nicht – und auch nicht so selbstmörderisch.

Admiral de Court schien nicht gerade erfreut darüber, daß die vorausgesagten Ereignisse sich tatsächlich einstellten.

»Was besagen die Zahlen?« wollte der Ewige Imperator wissen.

»51 Prozent Wahrscheinlichkeit für einen Sieg des Imperiums.«

»Mehr nicht?« Der Imperator war verblüfft.

»Jawohl, Sir. Zu viele Schiffe der Imperialen Flotten bestehen aus relativ neu formierten Verbänden.«

»Ich habe doch schon vor Monaten die geheime Mobilmachung befohlen.«

De Court schwieg. Nicht einmal der Ewige Imperator konnte Otto Weddigens oder *Golden Hinds* durch einfaches Handauflegen erschaffen.

»Vorausberechnete Verluste?«

»Einiges über 70 Prozent.«

Ein langes Schweigen folgte. Dann: »Akzeptabel.«

De Court fuhr mit der Zunge über die trockenen Lippen. Als derjenige der Technokraten-Admirale mit dem meisten diplomatischen Geschick war er auserwählt worden, dem Imperator diesen Entwurf zu präsentieren.

»Noch eine Sache, Sir. Wir haben zwei Einzelprognosen, beide nicht eindeutig quantifizierbar, aber mit einem Näherungswert von ungefähr 82 Prozent, daß der Verräter Sten in dieser Schlacht getötet wird. Und … und Sie ebenfalls, Sir.«

Der Imperator war jetzt sehr still.

»Sir.«

Immer noch keine Antwort. Endlich kam ein leises: »Vielen Dank, Admiral.« Und nach einer kurzen Pause flüsterte der Ewige Imperator: »Sie können gehen.«

Erkundungsschiffe, dann Zerstörer, und kurz darauf leichte Kreuzer trafen zwischen den Galaxien plötzlich und unerwartet in verbissener Raserei aufeinander. Schiffe schwärmten durchs All, feuerten Raketen ab, wurden getroffen, lösten sich in Nichts auf.

Gerade weil es unerwartet stattfand, verlief das Scharmützel ungewöhnlich blutig.

»Der Saukerl hat uns also in die Falle gelockt«, zischte Sten.

»Ich würde es nicht so hart ausdrücken«, sagte Freston. »Aber es sieht so aus, als hätte er nicht einfach tatenlos auf uns gewartet.«

Kilgour ging aufgebracht auf und ab.

»Skipper«, sagte er, »ich weiß nicht, was mit unserem Geheimdienst los ist. Aber ich werde mir einige dieser Gonaden zum Frühstück einverleiben. Momentan habe ich keine Zeit für solche Spielchen. Es sieht folgendermaßen aus:

Der Imp hat seine Flotten bereits mobilgemacht, richtig? Das ist keine vollständige Katastrophe, auch wenn der Imp wahrscheinlich denkt, er hat uns damit erledigt. Trotzdem sehen die Prognosen nicht gerade rosig aus.«

»Erzähl nur weiter«, forderte ihn Sten auf.

»Wir hauen die Schwachköpfe zu Klump. Ungefähr 80 Prozent der Imp-Leute werden ihre Heimat niemals wiedersehen. Der Preis dafür ist hoch: wir fahren selbst 75 Prozent Verluste ein. Der reinste Kilkenny-Katzenkrieg, alter Freund.

Dafür werden wir höchstwahrscheinlich auch den Imperator in diesem Blutbad erwischen. Und mit der gleichen Wahrscheinlichkeit selbst dabei draufgehen.«

Sten nicke.

Er starrte, ohne etwas zu erkennen, auf die Bildschirme, während er seine eigenen Zahlen durchging.

Wahrscheinlich würde er in dieser Schlacht in der galaktischen Dunkelheit sterben. Na schön. Sten wunderte sich, daß er diese Erkenntnis mit einem gewissen Maß an Gleichmut hinnahm; zumindest hatte er sein Bewußtsein soweit genarrt, das zu glauben.

Jedenfalls würde auch der Ewige Imperator sterben.

Und die Imperiale Streitmacht wäre zerschmettert.

Aber eine Flotte konnte wieder aufgebaut werden.

Besonders dann, wenn der Imperator wieder zurückkehrte. Sten bemerkte, daß er Haines' Bestätigung von Mahoneys unwahrscheinlicher Theorie inzwischen akzeptiert hatte. Der Imperator würde zurückkehren und im Tausch gegen die Versorgung mit AM$_2$ erneut den Thron angeboten bekommen.

Der Imperator würde mindestens drei, womöglich sogar sechs E-Jahre von der Bildfläche verschwunden sein. In dieser Zeit würde das »zivilisierte« Universum noch tiefer im Chaos versinken. Und dann würde ein Verrückter zurückkehren und sich den Weg zu einem verlorenen Königreich freikämpfen. Ein fünfter Reiter der Apokalypse.

Wie lange würde es dauern, bis wieder eine Rebellion in die Gänge kam? Eine Rebellion, die nicht nur darauf zielte, daß der Neue Boß den Alten Boß ersetzte? Eine Rebellion, die nicht nach dem Muster der Tahn-Kriege oder des Mueller-Aufstands gestrickt war?

Nein.

Sten erteilte seine Befehle und zog sich in die Einsamkeit der Admiralsgemächer der *Victory* zurück. Die Rebellen mußten in die Defensive gehen. Er konnte und wollte nicht erlauben, daß es zu dieser prognostizierten Orgie gegenseitiger Vernichtung kam. Nicht, wenn es unwahrscheinlich war, daß dabei dieser Tumor, der sich selbst Ewiger Imperator nannte, ein für alle Mal entfernt wurde.

Nein. Im Notfall konnte man sich sogar zurückziehen. Neu formieren. Alles neu überdenken. Oder, als schlimmste Möglichkeit, dem Beispiel zahlloser Befreiungsarmeen aus den vergangenen Jahrhunderten folgen und die Waffen niederlegen, untertauchen und noch einmal ganz von vorne anfangen.

›Verflixt noch mal‹, dachte Sten. ›Wenn die ganze Sache auf diese Weise endet, muß ich mich irgendwo verkriechen. Mein Gesicht und meinen Namen ändern und es noch einmal versuchen.

Dann aber ganz allein.

Mit einer Bombe oder einer Flinte.

Ich werde mich nicht ergeben‹, gelobte sich Sten. ›Aber jetzt ist es höchste Zeit, all diese Leute, die mir gefolgt sind, vor dem Tod zu bewahren.‹

Abblasen, riet ihm sein Verstand. Rückzug. Passivität.

Andere Möglichkeiten fielen ihm nicht ein.

Er dachte an Alk – oder an Stregg. Doch das war auch keine Lösung. Er ließ sich in einen Sessel fallen und starrte hinaus in das Kaleidoskop des Hyperraums.

Sekunden … Minuten … Stunden … Jahrhunderte später quäkte das Interkom auf ihn ein.

Sten hieb auf den Schalter und knurrte, ließ es jedoch sofort wieder bleiben. Alex starrte ihn vom Monitor an. Sein Gesicht und seine Stimme waren völlig ausdruckslos.

»Funkspruch von den Imperialen«, sagte er ohne jede Einleitung. »Per Richtstrahl. Auf einer Frequenz, die, wie Freston meint, exklusiv für den Imperator reserviert ist. Und die *Victory* ist eines der wenigen Schiffe mit den entsprechenden Geräten, um sie aufzufangen. Schließlich hat der Imp dieses Schiff für seinen Privatgebrauch bauen lassen.«

»Weißt du, woher der Funkspruch kommt?«

»Keine Ahnung, Sten. Von keinem irgendwo verzeichneten Planeten. Vermutlich von einem Schiff. Einem Schiff der Imperialen Streitmacht, würde ich meinen.

Und … Die Nachricht ist unverschlüsselt. Bild und Ton. Mit einem Vermerk, daß sie allein für dich bestimmt ist.«

Sten wollte bereits anordnen, sie in seine Gemächer durchzustellen, zögerte dann jedoch. Nein. Selbst zu diesem Zeitpunkt, in diesem Augenblick kurz vor dem Sturm, war es nicht unwahrscheinlich, daß der Ewige Imperator etwas Bedeutungsloses übermittelte, um dann überall die Geschichte zu verbreiten, die Nachricht habe private Anweisungen des Imperators an einen seiner Doppelagenten enthalten.

»Bleib dran«, befahl Sten. »Ich komme gleich runter. Bereite alles zu einer Projektion auf der Brücke vor.«

»Bist du dir da sicher, Boß?«

»Absolut. Ich bin allmählich zu alt, um Spielchen zu spielen. Halte dich bereit.«

Der Bildschirm zeigte den Ewigen Imperator. Er stand allein auf der beeindruckenden Brücke eines Schlachtschiffs. Der *Durer*? Er trug eine nachtschwarze Uniform, auf deren Brust sein goldenes Symbol prangte: die Buchstaben AM_2 über der Atomstruktur des Nullelements.

»Diese Nachricht ist allein für Sten bestimmt.

Ich grüße dich.

Einst warst du mein treuester Diener. Jetzt hast du dich zu meinem tödlichsten Feind erklärt. Ich weiß nicht, warum. Ich war immer der Meinung, daß du mir gut gedient hast, deshalb machte ich dich zum Herrscher über vieles, in der Absicht, dir damit eine Freude zu bereiten. Offensichtlich lag ich damit falsch.

Und zu meiner großen Sorge mußte ich erkennen, daß einige meiner Untertanen sich übergangen fühlen, daß sie glauben, ich hätte sie zurückgesetzt oder schlecht behandelt – trotz all meiner Anstrengungen, ihnen zu helfen, so gut es in diesen stürmischen Zeiten eben geht.

Ich könnte argumentieren, ich könnte mich mit dir streiten, ich könnte versuchen, einen umfassenderen Blick auf das Chaos zu gewähren, das uns alle in diesem Imperium bedroht.

Aber das werde ich nicht tun. Möglich, daß einige meiner Statthalter ihre eigenen unmoralischen Maßstäbe angelegt haben, unter dem Deckmantel meiner Regentschaft, die seit jeher danach strebte, für alle nur das Beste zu wollen, sowohl für Menschen als auch Nonhumanoide; eine Regentschaft in Frieden und Gerechtigkeit, die schon zu einer Zeit begann, bevor man Zeit überhaupt aufschrieb, und die mit dem Einverständnis aller meiner Mitbürger so lange fortbestehen wird, bis die Zeit sich einmal ihrem Ende zuneigt.

Viele Wesen, darunter nicht wenige meiner besten und treuesten Diener, sind gestorben. Sie sind in diesem mörderischen Streit gestorben, den die Geschichte nicht einmal mit einer Fußnote würdigen wird. Man wird sich nicht mehr daran erinnern, weil ich eine Lösung vorschlage, eine Lösung, bei der sich niemand beschweren wird.

Du, Sten, behauptest, meine Regentschaft sei autokratisch, sogar diktatorisch. Na schön.

Ich fordere dich dazu auf, diese Regentschaft mit mir zu teilen.

Nicht als Mitregent. Das würdest du und diejenigen, die sich mit dir gegen mich erhoben haben, zu schnell als billigen Bestechungsversuch abtun.

Nein. Ich biete dir an, die Macht mit mir und meinem Parlament und den Repräsentanten deiner Wahl zu teilen – in der Form, über die wir beide als die repräsentativste und gerechteste übereinkommen.

Ich schlage weiterhin einen sofortigen Waffenstillstand vor, um weiteres Blutvergießen zu verhindern. Dieser Waffenstillstand wird nur von kurzer Dauer sein, damit keine Seite behaupten kann, die Gegenseite benutze ihn dazu, eine vorteilhaftere Position einzunehmen, um den Gegner zu vernichten. Meiner Meinung nach müßten zwei E-Wochen ausreichen.

Nach Ablauf dieser Frist sollten wir beide uns treffen. Wir sollten uns mit unseren besten Ratgebern und Verbündeten zusammensetzen, um den Boden für eine neue, vielversprechende Ära des Imperiums vorzubereiten.

Ich schlage weiterhin vor, daß wir uns auf neutralem Boden treffen, auf Seilichi, dem Heimatplaneten der angesehensten, unparteiischsten Wesen, die dieses Universum je gekannt hat, der Manabi. Ich wäre außerdem sehr dafür, daß ihr hochverehrter Weiser, Sr. Ecu, unsere Verhandlungen leitet.

Ich forderte dich auf, Sten, als ehrenhaftes Wesen mein höchst großzügiges Angebot anzunehmen.

Jetzt liegt es allein an dir, zu verhindern, daß die Sterne in unschuldiges Blut getaucht werden.«

Dann wurde der Schirm schwarz.

Gemurmel machte sich auf der Brücke der *Victory* breit. Plötzlich verstummten alle Anwesenden und blickten Sten an.

›Verdammter Drecksack‹, dachte er.

›Er hat uns erwischt.

Und es gibt keinen Ausweg.

Es gibt überhaupt keinen gangbaren Weg mehr.‹

Kapitel 20

Sten rieb sich die müden Augen und versuchte nachzudenken. In den vergangenen beiden Wochen hatte er nicht viel geschlafen. Die kurzen Phasen, die er dafür hatte erübrigen können, waren zudem immer wieder von Boten, Anrufen und Delegationen seiner Verbündeten unterbrochen worden. Selbst wenn er allein mit Cind war, hämmerten seine Gedanken auf ihn ein.

Cind hatte vor zwanzig Stunden alle hinausgescheucht und Sten dazu gezwungen, eine Ruhepause einzulegen. Er hatte tief, aber nicht sehr gut geschlafen.

Jetzt leitete er seine letzte Besprechung. Seine Verbündeten hatten ihm präsentiert, was sie von dieser Schönen Neuen Welt der Geteilten Macht erwarteten. Ein gewisser Prozentsatz davon bestand entweder aus frommen Wünschen oder sollte erst dann erwähnt werden, wenn die Umwandlung vollzogen war. Und diese letzte Annahme ähnelte nur zu sehr dem Fell des noch nicht gefangenen Bären …

Die Einsatzbesprechung verlief, wie alles bei Sten und seinen Rebellen, sehr formlos. Die Runde bestand hauptsächlich aus der bewährten alten Garde: außer Sten selbst noch Kilgour, Cind, Rykor. Sogar Otho, bei dem man zumindest darauf zählen konnte, daß er der Sache einen handfesten Touch verlieh.

Sten wünschte sich, Sr. Ecu wäre anwesend oder zumindest per Zusatzschaltung dabei. Doch sie durften nicht riskieren, daß der Imperator auch nur annähernd auf den Gedanken kam, Sten und die Manabi könnten unter einer Decke stecken.

Eskortiert von fünf Kreuzern und elf Zerstörern bewegte sich die *Victory* auf einer Kreisbahn um einen unbewohnten Planeten, weniger als zwanzig Lichtjahre von Seilichi entfernt.

Nicht daß es bei dieser Sitzung unbedingt viel zu sagen gegeben hätte – sie hatten alles bereits dutzendmal durchgekaut. Sten wunderte sich über Alex, der in den letzten Tagen unnatürlich ruhig gewesen war und sich mit seinen Ratschlägen zurückgehalten hatte.

Sten goß sich ein Glas mit einem Getränk aus Kräutern und Proteinen ein, nahm einen kräftigen Schluck und schüttelte sich. Warum schmeckte alles, was einem angeblich guttat, so ekelhaft?

»Ich frage mich, wie lange es dauert, bis uns der Imperator aufs Kreuz legt«, sagte er.

»Das hängt davon ab«, erwiderte Rykor, »wie gut wir die erste Krise in den Griff bekommen, nachdem uns der Imperator widerwillig auf seinem Thron ein wenig Platz gemacht hat. Wenn unsere Lösung mit der des Imperators übereinstimmt und nach außen das Bild erhalten bleibt, daß er nach wie vor allein die Zügel der Macht in Händen hält … dann würde ich schätzen … ungefähr zwei E-Jahre später.

Wenn jedoch Meinungsverschiedenheiten auftauchen und eventuell sogar unser Vorschlag übernommen wird … dann höchstens drei Zyklen später.

So oder so wird es innerhalb von fünf E-Jahren den Versuch einer Konterrevolution geben, die entweder vom Ewigen Imperator selbst geplant oder, was wahrscheinlicher ist, von seinen Anhängern in allen Ehren ausgeheckt werden wird.

Doch vorausgesetzt, wir gehen mit der angebrachten Umsicht und hervorragender Planung an die Arbeit und haben obendrein anderthalb Ozeane voller Glück zur Verfügung, dann dürften wir durchaus in der Lage sein, den ersten Anschlag auf die neue Regierung zu überleben.«

»Alle diese Prognosen«, sagte Sten trocken, »gestehen der Koalition mehr Zeit zu, als uns zur Verfügung stehen würde, wenn wir den Kampf wählen. Zeit genug, um herauszufinden, wie wir den Imperator beseitigen müssen, bevor er es mit uns tut.«

Kilgour schüttelte den Kopf. »Vielleicht pinkle ich jetzt auf die Hochzeitstafel, aber ich muß die ganze Zeit an einen Ort namens Glencoe, einen Clan namens Campbell und einen Politiker namens Dalrymple denken.«

»Und was soll das bedeuten?« grummelte Otho.

»Ach, das sind nur meine ureigenen, wachsenden Befürchtungen, alter Knabe. Wenn man es mit einem Irren zu tun hat, hilft einem Logik nicht weiter.«

»Wir haben das doch alles bereits durchgekaut«, sagte Sten. »Der Imperator wird wohl kaum gleich jetzt eine krumme Tour riskieren. Schließlich hat er dieses Treffen vorgeschlagen; er würde sich also ins eigene Fleisch schneiden und seine Fahne mit Blut bekleckern. Natürlich ist er verrückt, natürlich will er seine Trommel mit meiner Haut bespannen – aber das wird er sicherlich nicht versuchen, solange wir unter dem Schutz der Manabi stehen.«

Ein Funkgerät summte. Alex ging hinüber und las die Nachricht auf dem Schirm. Er tippte eine Antwort ein und schaltete wieder aus.

»Also gut«, sagte er. »Dein Taxi zur Konferenz kommt.«

»Und warum fliegen wir nicht mit der *Victory* hin?« fragte

Otho. »Soll Sten vielleicht wie ein Bartloser auftreten, mit einem mickrigen Handelsschiff?«

»Dicht dran«, stimmte ihm Alex zu. »Er nimmt einen Transporter. Ich hab mir ein Linienschiff von den Zaginows ausgeliehen. Sten kommt als Mann des Friedens, das sollen alle sofort mitkriegen. Stimmt's, Rykor?«

Rykor wälzte sich nachdenklich in ihrem Behälter hin und her.

»Wie dumm von mir«, sagte sie. »Dabei bin ich diejenige, die sich etwas darauf einbildet, keine voreiligen Schlüsse zu ziehen. Trotzdem bin ich immer davon ausgegangen, daß Sten mit der *Victory* landet, mit einer angemessenen Eskorte seiner Verbündeten.

Wie auch immer ... Was genau schlagen Sie denn vor, Sr. Kilgour?«

»Sten geht mit nur einem einzigen Adjutanten nach Seilichi. Mit meiner Wenigkeit. Wir haben eine stehende Verbindung vom Linienschiff zur *Victory*, die sich ein Stück weit vom Planeten und den Flotten des Imps entfernt aufhält.

Wir werden nicht wie blutrünstige Rebellen aussehen, sondern wie rechtschaffene, und damit meine ich auch rechtschaffene, Freunde des Friedens. David gegen die Pharisäer, oder wie die Geschichte hieß.

Das macht gleich was für die Livie-Teams her, denke ich.«

Rykor schloß die Augen und stellte sich das alles bildlich vor. Doch, das sah gewiß recht eindrucksvoll aus. Sten – ein einzelner kleiner Mensch – tritt dem Imperator siegreich entgegen.

»Sie, Rykor, brauchen wir hier oben. Sie verfolgen das Geschehen und bewahren einen kühlen Kopf.«

Cind sprang auf. »Sten wird nicht ohne Eskorte dort hinuntergehen.«

»Wacker gesprochen«, sagte Alex. »Aber genau das wird er tun. Auch deine Bhor und die Gurkhas könnten gegen eine Lasersalve aus einem Schlachtschiff nichts ausrichten. Ansonsten hat es nicht viel Sinn, eine kriegerische Show abzuziehen, außer daß wir denen zeigen, wie groß unsere Langschwerter sind, oder was meinst du, Mädel?«

Cind wollte ihm widersprechen, doch Alex wiegte den Kopf nur leicht zur Seite. Sie verstummte sofort.

Auch Sten sah Kilgour verwundert an. Alex erwiderte seinen Blick ausdruckslos. ›Aha‹, dachte Sten. ›Was schadet es schon, wenn er recht hat?‹

»Wir machen es so, wie Alex es vorgeschlagen hat«, sagte Sten, bevor Otho auch noch einen polternden Einwand vorbringen konnte.

»Der Imperator trägt immer einen schmucklosen weißen Anzug, wenn alle anderen in Galauniform aufkreuzen. Wir spielen eine andere Variante des gleichen Spiels.

Meine Adjutanten sollen dafür sorgen, daß meine Ausgehuniform wie aus dem Ei gepellt ist. Und jetzt sage ich den anderen Bescheid. Ich möchte etwas ekelhaft Langweiliges zu essen und noch ein bißchen Schlaf. Wir sind soweit.«

Sr. Ecu schwebte in der Mitte des riesigen Landefelds, das sich innerhalb des »Kraters« des Gästezentrums befand. Seine Sinne waren auf das Äußerste gespannt. Dieses Treffen und die folgenden Konferenzen waren womöglich nicht nur der Höhepunkt seines eigenen Lebens, sondern zugleich der Höhepunkt in der Geschichte der Manabi.

Seine Spezies hatte den Imperator und das Imperium seit jeher mit Skepsis und mit einem gewissen Maß an Abneigung betrachtet. Seine Autorität sorgte für Kontinuität, ein gewisses Maß an Frieden und Wohlstand für unzählige Welten. Aber zu welchem Preis? Zum Preis der Tyrannei. Zu manchen Zeiten hatte sie sich eher wohlwollend gegeben, zu anderen Zeiten aber auch ein ganz anderes Gesicht gezeigt, etwa bei solch schrecklichen kriegerischen Auseinandersetzungen wie dem Mueller-Aufstand und den Tahn-Kriegen, die, wenn man die Rhetorik einmal beiseite ließ,

338

aus keinem anderen Grund ausgefochten worden waren, als die Regentschaft des Imperators aufrechtzuerhalten. Ecu hatte lange darüber nachgedacht, ob es möglich war, die Exzesse des Imperators zu korrigieren und trotzdem die Vorteile beizubehalten.

War diese Chance möglicherweise jetzt gekommen?

›Wie romantisch‹, höhnte sein Verstand. ›Und das ausgerechnet von einem Wesen, das die meiste Zeit seines Lebens im Labyrinth der Diplomatie verbracht und dabei versucht hat, wirklich Sinnvolles von dummem Geschwätz zu unterscheiden.

Glaubst du wirklich, der Ewige Frieden entspringt einem Treffen zwischen einem Wesen, das du für ziemlich verrückt hältst, und einem jungen Rebellen, der noch vor wenigen Jahren als Killer für eben diesen Verrückten gearbeitet hat? Und bei dem man davon ausgehen muß, daß er getreu der menschlichen Natur, die stets nach Macht giert, innerhalb kürzester Zeit selbst den Imperator spielen will?‹

Trotzdem.

Die Livie-Kameras, die entlang des »Randes« des Gästezentrums aufgebaut waren, waren die beinahe unheimliche Stille allmählich leid – unbewegte Bilder, auf denen lediglich der rotschwarze Körper des Manabi über dem Bodenbelag schwebte. Die Reporter hatten sich wieder der Tätigkeit gewidmet, der sie offensichtlich niemals müde wurden, nämlich sich gegenseitig zu befragen, was das Ganze eigentlich zu bedeuten hatte.

Ein peitschendes Geräusch störte ihren aufgeregten Ringelpiez. Hoch über ihren Köpfen senkte sich das Schiff des Ewigen Imperators, von einem winzigen Lotsenschiff dirigiert, langsam auf seinen Landeplatz herab. Ecu erkannte die *Normandie* wieder, den alten, geheimen, waffenstarrenden Luxustransporter des Imperators. Eigenartig. Ecu hatte eigentlich erwartet, daß er soviel Eindruck wie möglich hinterlassen wollen und mit seinem neuesten Schlachtschiff, der *Durer,* aufkreuzen würde. Er wußte, daß über ihnen, gleich außerhalb der Atmosphäre, eine ganze Imperiale Schlachtflotte zum Schutz des Imperators im geosynchronen Orbit kreiste.

Ecu verspürte einen Funken Hoffnung. Vielleicht wollte der Imperator absichtlich kein kriegerisches Bild vermitteln.

Sekunden später erfuhr er, daß er sich in diesem Punkt getäuscht hatte; eine Landerampe wurde ausgefahren, und schwer bewaffnete Menschen in den schwarzen Uniformen der Inneren Sicherheit trabten in Gruppenformation heraus und nahmen rings um das Schiff Aufstellung.

Sonst kam niemand die Rampe herunter.

Dann von oben ein Heulen, und Stens Schiff senkte sich auf das Landefeld. Es handelte sich um das zivile Linienschiff, das man Ecu angekündigt hatte. Es schaltete von Yukawa-Drive auf McLean-Generatoren um und setzte auf seinen seitlichen Auslegern auf.

In einem dieser Landebeine gähnte ein weites Portal auf, und zwei Gestalten traten daraus hervor. Sten und Alex Kilgour.

Kilgour trug die komplette Tracht eines irdischen Schottenlords, inklusive Barett, Kilt und Sporran. Doch in seinem Strumpf steckte kein *sgean dubh,* an seinem Gürtel hing keine Dolchscheide, und auch die große Lederhülle für das Breitschwert war leer. Kilgour hatte noch nicht einmal eine Pistole in dem Sporran versteckt, der vor seinem Unterleib baumelte.

Sten trug ein hellblaues, bis zum Hals geknöpftes Hemd und gleichfarbige Hosen; auf eine Kopfbedeckung oder seine Orden hatte er verzichtet.

Ihnen folgte kein einziger Leibwächter. Die beiden traten hinaus in das sanfte Sonnenlicht und warteten.

Auf der anderen Seite des Feldes knallten Stiefelabsätze und schepperten Waffen. Die IS-Truppe ging in Habachtstellung.

Der Ewige Imperator und seine Entourage kamen die Rampe herab. Wie erwartet, trug er eine einfache schwarze Uniform mit dem Emblem des Imperiums auf der Brust. Um den Hals hing nur ein einziger Orden, den einer der Livie-Reporter mit gedämpfter Stimme korrekt als die Friedensbringer-Auszeichnung identifizierte, die dem Imperator nach Beendigung des Mueller-Aufstands verliehen worden war.

Dann zählte der Reporter die Würdenträger im Gefolge des Imperators auf: Avri, die Chefin seines politischen Stabs; Tyrenne Walsh, Galionsfigur der Regierung von Dusable und Zugpferd des Ewigen Imperators im Parlament; und so weiter, angefangen von Herzog Soundso bis hin zum Protokollarischen Sekretär Soundso. Eine Person nannte der Reporter falsch, doch Ecu kannte sie ohnehin: Solon Kenna. Der Ewige Imperator hatte seine klügsten politischen Köpfe mitgebracht. Wieder fühlte Ecu, wie sich dieses schreckliche Ding namens Hoffnung in seiner Seele regte.

Das beste war jedoch, daß Poyndex überhaupt nicht dabei war. Auch das ein günstiges Zeichen dafür, daß die Konferenz tatsächlich zum Ziel hatte, dem Imperium ein gewisses Maß an Frieden zu bringen.

Sten und Alex setzten sich in Richtung auf die Imperiale Gruppe in Bewegung, um sie zu begrüßen. Die Entourage blieb stehen, und der Ewige Imperator ging allein weiter.

»Sten«, sagte er. Es war eine völlig neutrale Aussage.

Sten mußte sich zusammenreißen, um nicht wie ein Trottel zu salutieren. Gewisse jahrelange Gewohnheiten legt man nicht so leicht ab.

»Euer Hoheit.«

»Sollen wir anfangen?«

Sten zwang sich zu einem Lächeln und nickte.

Sten und der Ewige Imperator standen allein auf einem Balkon nahe des oberen Randes des Gästezentrums. Der Balkon war nicht viel mehr als ein Geländer am äußeren, beinahe senkrecht abfallenden Hang des wie ein Vulkan angelegten Zentrums.

Nachdem die Konferenzteilnehmer in ihre Unterkünfte eingewiesen worden warnen, hatte der Imperator Ecu darum gebeten,

Sten für ein paar Augenblicke allein sprechen zu dürfen. Dieses Treffen fand außerhalb des Protokolls statt.

Ecu hatte sich bei Sten erkundigt, der zuerst gezögert, dann jedoch zugestimmt hatte.

Es war gerade Abenddämmerung. Der Himmel hoch über ihnen glühte violett und färbte das breite Tal rings um das Zentrum. Der junge Manabi, der sie zu dem Balkon führte, teilte ihnen mit, daß niemand etwas davon erfahren würde, besonders die Reporter nicht, die indiskret genug wären, die beiden mit einem Richtmikrophon zu belauschen. Sten und der Imperator blickten einander an, und Sten hätte beinahe gelächelt. So indiskret war nun wirklich niemand, das wußte er genau.

Zwei Sessel und ein großer, mit McLean-Generatoren ausgerüsteter Wagen standen an der Rückseite des Balkons. Der Imperator ging darauf zu und öffnete die Türen.

»Scotch, Stregg, Alk. Reines Quill. Bier, Tees. Sogar Wasser. Die Manabi sorgen sich offensichtlich darum, daß wir trockene Kehlen bekommen könnten.«

Er drehte sich zu Sten um. »Wie wär's mit einem Drink?«

»Nein«, sagte Sten. »Nein danke.«

Der Imperator nahm eine Flasche Stregg heraus. Er drehte sie hin und her. »Das hier habe ich immer gerne getrunken«, sagte er, »aber ich glaube, ich habe den Geschmack daran verloren. Ist das nicht eigenartig?«

Er blickte Sten direkt ins Gesicht, dann fingen seine Augen wieder an zu wandern. Sten empfand den Blick als unangenehm, erlaubte sich aber nicht, wegzusehen. Nach einigen Sekunden schaute der Imperator woandershin.

Er ging zum Rand des Balkons, setzte sich auf das Geländer und schaute in das Tal hinaus.

»Ungewöhnliche Wesen, diese Manabi«, sinnierte er. »Die einzigen Spuren ihrer Zivilisation befinden sich unter der Erde. Mir käme es eigenartig vor, beunruhigend, daß dann, wenn ich im

Dunkel der ewigen Nacht verschwände, keine einziges Zeichen dafür zurückbliebe, daß ich jemals existiert habe … kein Abdruck meiner eigenen Art auf dem Gesicht des Planeten.«

Sten wußte darauf keine Antwort. Wieder blickte ihn der Imperator an, mit dem gleichen irren Flackern in den Augen.

»Erinnerst du dich noch an das erste Mal, als wir uns trafen?«

»Das erste offizielle Treffen, Sir?«

»Nein, ich meine den Abend nach dem Empire Day. Als du Chef meiner Leibgarde warst. Ich nehme an, du hast davon gehört, daß ich die Gurkhas entlassen habe. Eine exotische Truppe, gewiß, aber meiner Meinung nach waren ihre Fähigkeiten doch sehr begrenzt. Egal. An jenem Abend habe ich dich jedenfalls darum gebeten, dein Messer sehen zu dürfen. Hast du es eigentlich immer noch?«

»Ja.«

»Darf ich es noch einmal sehen?«

Jetzt lächelte Sten. »Ich hoffe, draußen stehen keine Sicherheitstypen, die das jetzt mißverstehen«, sagte er. Er krümmte die Finger und ließ die Waffe aus dem Arm in seine Hand gleiten. Er reichte sie dem Ewigen Imperator, der sie neugierig betrachtete und wieder zurückgab.

»Genau wie ich es in Erinnerung habe. Weißt du, so manches Mal habe ich von diesem Messer geträumt. Ich erinnere mich nicht mehr an die Situation in diesem Traum, aber sein Symbolismus in bezug auf dich hätte mir schon damals auffallen müssen.«

Sten brauchte einen Augenblick, bis er verstand, was der Imperator damit meinte. Bevor er widersprechen konnte, fuhr der Imperator fort: »Es war ein interessanter Abend. Du hast mich mit dem Stregg bekannt gemacht, ich erinnere mich noch genau. Und ich habe etwas gekocht. Ich weiß nur nicht mehr –«

»Es war etwas, das Sie Angelo Stew nannten.«

»Ah, genau.« Der Imperator schwieg einen Moment. »Auch dafür finde ich jetzt kaum noch Zeit. Kochen. Vielleicht kann ich mich jetzt, wo diese … Meinungsverschiedenheit aus der Welt geräumt wird, schon bald wieder meinen alten Hobbys widmen. Wer weiß? Vielleicht komme ich sogar dazu, wieder eine Gitarre zu bauen.« Sein Ausdruck verhärtete sich. »Es ist gut, wenn man in den späten Jahren ein Hobby hat, stimmt's?«

Sten hielt es für das beste zu schweigen.

»Empire Day. Vermutlich war damals schon der Wurm drin. Hakone. Die Tahn. Mahoney. Der Altai-Cluster … Herrje!«

Der Imperator blickte Sten durchdringend an. »Du weißt nicht, was du da verlangst, Sten. Wie das alles weitergeht, und immer weiter und weiter, und niemals zeigt jemand auch nur die geringste Dankbarkeit.«

»Sir. Ich habe nichts verlangt. Diese Teilhabe an der Macht ist –«

»Natürlich hast du das nicht verlangt«, sagte der Imperator mit einer gewissen Verdrießlichkeit in der Stimme. »Aber glaubst du etwa, daß ich nach all diesen Jahrhunderten noch immer nicht Bescheid wüßte? Gestehe mir doch wenigstens zu, daß ich kein Idiot bin.«

»Dafür habe ich Sie nie gehalten, Euer Majestät.«

»Nicht?« Der flackernde Blick wandte sich ab und verlor sich in der immer dunkler werdenden Landschaft weit unter ihnen. »Wie kahl«, sinnierte der Imperator. »Wie öde.«

Er erhob sich. »Ich habe vor, in meiner Unterkunft zu essen«, sagte er und lächelte. »Ich finde, Bankette und öffentliche Feierlichkeiten können warten, bis wir zu einer Art von Übereinkunft gekommen sind. Bist du auch meiner Meinung?«

»Mir ist das egal«, antwortete Sten. »Aber ich halte nicht besonders viel von zehn Gängen und einigen erzwungenen Trinksprüchen.«

Das Lächeln des Imperators wurde breiter. »Das war einer der Gründe dafür, weshalb ich dich damals so geschätzt habe; vielleicht sogar gemocht. Du hattest kein Interesse an Heuchelei. Manchmal frage ich mich, wie es *so weit* mit dir kommen konnte.«

Er nickte und ging, noch immer lächelnd, wieder hinein.

Alex Kilgour begleitete Sten zu seinem Quartier und begab sich dann kräftig gähnend in seine eigene Unterkunft.

Sobald er die Tür hinter sich geschlossen hatte, entledigte er sich des Aufzugs, den er insgeheim die Lord-Kilgour-Verkleidung nannte, und schüttelte auch die gespielte Erschöpfung ab. Dann nahm er einen phototropischen Tarnanzug aus dem Koffer und streifte ihn über; die Riemen des Koffers verwandelten sich in einen Klettergürtel. Zum Schluß holte er eine kleine Dose Klettergarn aus seinem Sporran.

›Und jetzt‹, dachte er, ›wollen wir mal testen, ob das Glück der Spinnen allen Schotten hold ist, oder nur dem alten Bobbie the Brucie.‹

Das Problem lag nur darin, daß er nicht ganz sicher war, wie sich Glück definieren ließ.

Der IS-Techniker hörte seine Bänder wieder und wieder ab. Er versuchte herauszufinden, wo dieses störende Summen auf einer der langwelligen Frequenzen herkam. Es kam nicht von der *Normandie,* auch nicht vom Imperialen Stab. Und auch nicht von der Ausrüstung der Livie-Teams.

Er hatte den Ursprung der statischen Störung bis ins Gästezentrum zurückverfolgt, doch sie stammte auch nicht von den elektronischen Einrichtungen der Manabi.

Schließlich kam der Tech auf des Rätsels Lösung. Das Summen ging von dem tragbaren Funkgerät aus, das der Adjutant des Rebellen mit sich trug. ›Typisch‹, dachte er. ›Nicht mal ein Handitalki können sie benutzen, ohne es kaputtzumachen.‹

Aber das Brummen nervte. Wenn die Konferenz losging, wäre es wirklich das beste, einen seiner Vorgesetzten darum zu bitten, daß sie den Blödmann darauf ansprachen und ihm eine neue Quasselkiste nahelegten.

Doch zunächst einmal widmete er sich wieder seiner eigentlichen Aufgabe; er hatte nämlich sicherzustellen, daß die Verbindung zwischen dem Landungsboot und der Vorrichtung, die ganz neu an Bord der *Normandie* installiert worden war, perfekt funktionierte.

Der Ewige Imperator nahm Avri zweimal auf die Art, die ihm am besten gefiel. Die Frau biß heftig ins Kopfkissen. In Arundel würden selbst sensible Gemüter zu mitternächtlicher Stunde einen Schrei aus den Privatgemächern des Imperators ignorieren, doch hier auf Seilichi konnte man damit leicht unnötig Alarm auslösen.

Der Imperator ging zur Naßzelle, blieb jedoch unterwegs stehen und nahm ein kleines Objekt aus einem Regal. Er kehrte zum Bett zurück, fuhr mit der Hand in einer Art zärtlichen Geste über Avris kurzgeschorenes Haar, und als die Spitze des Injektors das verlängerte Mark der Frau berührte, drückte er auf den Kolben.

Avri fiel sofort in tiefe Bewußtlosigkeit.

Es sollte ihr letzter Schlaf sein.

Der Imperator erhob sich und legte einen schwarzen Overall mit eingebauten Klettergurten und Kletterschuhe mit dünnen aber festen Sohlen an, wie man sie beim Bergsteigen verwendete. Darüber zog er eine Maschenweste und machte die Verschlüsse zu. Erneut wünschte er sich eine Pistole, doch er wußte, daß es kaum Chancen gab, eine Schußwaffe durch die automatischen Sicherheitskontrollen der Manabi zu schmuggeln. Das hier mußte reichen.

Er ging in die Knie und schob das Doppelfenster zum Balkon auf. Tief unter ihm, in der Mitte des Kraters, lagen Stens Schiff, die *Normandie* und das Landungsboot. Es war sehr dunkel und sehr still. Er glaubte, den einsamen Wachtposten zu erkennen, der vor der Rampe der *Normandie* einige Schritte ging, kehrtmachte und dann wieder zurückmarschierte. Er spielte keine Rolle. Der Tag, an dem sich der Imperator nicht mehr an einem Wachtposten vorbeischleichen konnte, war der Tag, an dem er bereitwillig eingestehen würde, daß er der Idiot war, für den ihn Sten und offensichtlich der gesamte Rest des Imperiums hielten.

Links und rechts von seinem Apartment schliefen seine Berater und angeblichen Vertrauten. ›Träumt nur schön weiter, meine Diener‹, dachte er. ›Denn jetzt leistet ihr dem Imperium den größten Dienst, den ihr euch nur erträumen könnt. Und euer Opfer wird nicht vergebens sein.‹

Sein Blick fiel auf Avris nackte, schlanke Gestalt. Ein Hauch von Bedauern stieg in ihm auf. Aber nicht lange. Ein Opfer ist nur dann sinnvoll, wenn man etwas wirklich Wichtiges hingibt.

Außerdem fing sie allmählich an, ihn zu langweilen.

Er hatte bereits daran gedacht, sich anderen, erfahreneren Frauen zu widmen, die seine Aufmerksamkeit erregt hatten.

Er löste eine Dose Klettergarn von der Weste, drückte auf die Düse, und das Ende der aus einem einzigen Molekül bestehenden Kette verband sich mit dem Geländer des Balkons. Der Imperator schob die Hände in spezielle Klemmschleifen, denn der Versuch, an dem Garn mit bloßen Händen hinunterzuklettern, wäre dem Versuch gleichgekommen, an einer biegsamen Rasierklinge entlangzurutschen.

Der Ewige Imperator schob sich über die Kante das Balkons. Seine Nerven vibrierten, und sein Blut sang in einer Weise, wie er es schon seit Jahren nicht mehr erlebt hatte, als er sich in die Nacht hinuntergleiten ließ.

Kilgour fühlte sich ziemlich wohl. Eine Zehe stand auf einem festen Vorsprung von beinahe drei Zentimetern Breite, und ein Arm sowie eine Sicherheitsschlinge waren um einen schmalen Sims geschlungen.

Er hätte tanzen können.

Er hielt Wache wie eine große, unsichtbare Spinne, denn seine phototropische Uniform hatte jetzt exakt die Farbe und das Muster des künstlichen Gesteins angenommen, aus dem die Manabi das Gästezentrum erbaut hatten.

Eine Bewegung seitlich und ein Stück unterhalb seines Standorts erweckte seine Aufmerksamkeit. Er stellte das Nachtglas schärfer und holte das Bild heran.

›Die Bude des Imp! Dacht ich mir's doch. Und schon kommt ein Kerl da rausgekrochen. Was für ein Glück, hm? Eher das Gegenteil.‹

Echtes Glück – aber wer glaubt schon wirklich, daß es so was gibt – hätte darin bestanden, wenn Alex eine ganze verkrampfte Nacht hier draußen verbracht hätte, ohne daß das Geringste geschehen wäre und die Konferenz wie erwartet ihren Anfang hätte nehmen können.

›Aber wer ist dieser dünne Typ, der da drüben an der Schnur baumelt? Der Imp höchstpersönlich?‹

Alex zog die Stirn kraus und ging in Gedanken noch einmal seine unterschiedlichen Prognosen hinsichtlich möglicher Imperialer Schurkereien durch.

Er hatte zwar mit einigen hinterhältigen Maßnahmen hier auf Seilichi gerechnet, aber keiner seiner Pläne wollte zu dem passen, was sich hier offensichtlich abspielte.

Noch an Bord der *Victory* hatte Alex nach der letzten Besprechung mit Sten heimlich Cind und Otho in sein Quartier mitgenommen. Es war der einzige Ort an Bord der *Victory*, an dem gewährleistet war, daß er weder von Freston noch von Sten abgehört werden konnte. Vor allem nicht von Sten. Trotzdem war er sich nach dem Blick, den ihm der Boß zugeworfen hatte, ziemlich sicher, daß Sten ahnte, was da vor sich ging.

»Sobald wir gelandet sind«, hatte er ihnen eröffnet, »möchte ich, daß ihr euch bereithaltet. Auf mein Kommando hin, oder das von Sten, oder falls im Lauf der Dinge die Verbindung zwischen uns unterbrochen wird, möchte ich, daß ihr die Brücke übernehmt und die Befehle, die ich euch vor unserer Abreise geben werde, durchlest und befolgt. Auch wenn das bedeutet, Captain Freston seines Amtes zu entheben, falls er zu argumentieren anfängt.

Ich weiß, es ist allerhand verlangt, aber ich muß euch schwören lassen, daß ihr die Anweisungen ohne Wenn und Aber befolgt, in dem Vertrauen, daß ich nur das Beste für Sten und seine verdammte Rebellion will, die uns höchstwahrscheinlich alle um Kopf und Kragen bringen wird.

Wenn ihr mir vertraut, wenn ihr Sten vertraut ... dann tut ihr das, was ich von euch verlange.«

Cind und Otho hatten darüber nachgedacht. Cind hatte als erste genickt. Sie hatte Alex im Verdacht, für ein Ereignis zu planen, das mittlerweile zu ihrem schlimmsten Alptraum geworden war – einem Alptraum, aus dem sie keine Möglichkeit sah, sich zu befreien, außer durch einen selbstmörderischen Kampf bis aufs Messer. Dann hatte Otho gegrunzt. Auch er würde den Befehl befolgen.

Kilgour zeigte sich sehr zufrieden mit ihrem Vertrauensbeweis. Und schickte sie hinaus.

Er hatte nachgedacht ... Glencoe ... Ein gruseliges, schmales, regengetränktes, ödes Tal auf der alten Erde, dessen Lord sich bis zur letzten Minute darum gedrückt hatte, seinem unrechtmäßigen König den Ergebenheitseid zu leisten, und der dann auch durch die Winterstürme von dieser unangenehmen aber notwendigen Pflicht zunächst bewahrt wurde.

Der Lord hatte nicht damit gerechnet, daß der Thronräuber einen Politiker namens Dalrymple eingesetzt haben könnte, der bei einem, der nicht unterschrieben hatte, ein Exempel statuieren wollte; außerdem hatte er nicht bedacht, daß es einen verräterischen Clan namens Campbells gab, die nur zu sehr darauf erpicht waren, sich die Gunst des elenden Engländers William zu erschleichen.

Campbell-Soldaten tauchten in dem Glen auf, und man gewährte ihnen die traditionelle Gastfreundschaft der Highlands. Verrat ruhte in ihren Herzen, Verrat, den sie nicht schnell genug in die Tat umsetzen konnten. In dieser Nacht kamen Feuer und Axt über Glencoe, und Frauen und Kinder flohen schreiend hinaus in Schnee und Eis und in die Arme des frostigen Todes.

›Glencoe‹, hatte Alex gedacht. ›Im Gegensatz zu den schönsten Plänen wartet Verrat manchmal nicht den besten Moment ab, wartet nicht, bis sich der Mond verdunkelt und der Rabe seinen Todesschrei ausstößt.‹

Und deshalb war er schon bei ihrer Ankunft auf Seilichi darauf vorbereitet gewesen, daß der Imperator sie hereinlegen wollte; war es von dem Augenblick an gewesen, an dem sie mit dem Linienschiff der Zaginows gelandet waren, und war es auch jetzt, als er sah, wie sich der schwarzgekleidete Mann, der aussah wie der Imperator selbst, vom Fenster seines Apartments aus abseilte.

Den Flur vor dem Wohnquartier der Imperialen hatte er bereits mit einem mechanischen Sensor ausgestattet; außerdem wußte er, daß jede Regung von jedem Mitglied des Imperialen Trosses bei den Manabi sofort Alarm auslösen würde. Auch wenn sie kein kriegerisches Volk waren, hatten die Manabi eine gut organisierte Nachtwache eingerichtet.

Alex dachte noch einen kurzen Augenblick nach und wünschte sich dabei sehnlichst, daß es ihm doch irgendwie gelungen wäre, ein Scharfschützengewehr nach Seilichi zu schmuggeln – ›und dann hätten wir ja gesehen, wozu ein echter Experte fähig ist, was?‹

Mit einem Mal glaubte er, den Plan des Imperators durchschaut zu haben, drückte auf einen Schalter an seinem Handgelenk und kletterte an seinem eigenen Klettergarn wieder hinauf, wie eine Fliege, die vor der Flamme flüchtet, einer Flamme, von der Alex wußte, daß sie in nur wenigen Augenblicken schreckliche Wirklichkeit werden würde.

Der Techniker der Inneren Sicherheit schlief tief und fest, weit entfernt von seinen Instrumenten. Er erfuhr nie, daß diese nervige statische Unregelmäßigkeit, dieses Rauschen, in dem Augenblick aufhörte, als Alex sein Handitalki antippte. Das Rauschen war absichtlich ausgestrahlt worden.

Es gibt mindestens zwei Arten, eine Warnung auszustrahlen. Die erste und am weitesten verbreitete besteht darin, ein Geräusch zu verursachen, sobald Gefahr droht. Die zweite, geschicktere besteht darin, beim Anzeichen von Gefahr ein Geräusch abzubrechen.

Wie Sherlock Holmes' berühmter Hund, der nachts nichts unternahm, löste der Abbruch des absichtlich ausgestrahlten Rauschens aus Kilgours Gerät an Bord von zwei Raumschiffen den Alarm aus.

Auf der *Victory* jaulte der allgemeine Alarm los. Das Schiff, ohnehin in Einsatzbereitschaft, ging auf volle Gefechtsbereitschaft.

Cind, Otho, Freston und Lalbahadur hatten nicht geschlafen und auch gar nicht erst in Erwägung gezogen, sich vom Dienst abzumelden, bevor Sten zurückgekehrt war – selbst wenn sie dafür auf Stimulanzien und kalte Duschen hätten zurückgreifen müssen.

»Alle Stationen bereit, Sir«, gab der diensthabende Offizier durch. »Von außen sind dabei keine Signale für volle Gefechtsbereitschaft feststellbar.«

»Sehr gut«, sagte Freston und drehte sich zu Cind um. »Ich habe von Mister Kilgour den Befehl erhalten, mich im Falle eines Alarms Ihrem Kommando zu unterstellen und Ihren Anweisungen absolut Folge zu leisten. Übernehmen Sie.«

»Vielen Dank.« Cind atmete tief durch und gab ihr Porenmuster in das kleine Lesegerät ein, das Alex ihr beim Verlassen der *Victory* überreicht hatte.

Die Anweisungen waren einfach:

SOLANGE IHR NICHT BEDROHT WERDET, IM GEGENWÄRTIGEN ORBIT VERWEILEN. KEINE, ICH WIEDERHOLE, KEINE OFFENSIVEN MASSNAHMEN GEGEN DAS IMPERIUM ERGREIFEN; NICHT VERSUCHEN, ICH WIEDERHOLE, NICHT VERSUCHEN, SICH DEM PLANETEN ZU NÄHERN ODER GAR ZU LANDEN. RICHTET BESONDERE AUFMERKSAMKEIT AUF FREQ QUEBEC VIERUNDDREISSIG ALPHA. SOLLTEN IMPERIALE KAMPFEINHEITEN EINEN ANGRIFF VERSUCHEN, KONTAKT ABBRECHEN UND HEIMLICH NACH (eine Reihe von Koordinaten) ABSETZEN. DAS IST UNSER TREFFPUNKT. WENN BEIM ZWEITEN VERSUCH KEIN KONTAKT ZUSTANDE KOMMT, STEHT DIE *VICTORY* AB DANN UNTER UNABHÄNGIGEM KOMMANDO UND FÜHRT EIGENSTÄNDIG ALLE AKTIONEN DURCH, DIE ZU DIESEM ZEITPUNKT ANGEBRACHT SIND. VIEL GLÜCK.

… und dann das Gekritzel von Kilgours Unterschrift.

»Wir warten also ab«, interpretierte Otho.

Cind knurrte. Das Geräusch verriet ihre Ausbildung bei den Bhor. Dann knirschte sie mit den Zähnen und stieß mürrisch hervor: »Wir warten.«

Als die Füße des Imperators den Boden berührten, ließ er sich auf die Knie sinken. Er brach das Klettergarn ab und hakte die Klemmschleifen aus.

Nur wenige Scheinwerfer funkelten auf dem Landefeld rings um die drei Schiffe. Außer dem einzelnen Posten an der Rampe der *Normandie* war noch immer keinerlei Bewegung festzustellen.

In geduckter Haltung huschte der Imperator auf das Landungsboot zu.

Das unterbrochene statische Rauschen war auch das Signal für ein zweites Schiff.

Hannelore La Ciotat war schlagartig hellwach, sprang aus ihrer Koje und stand kurz darauf auf der Brücke des Einsatzschiffs. Der Vollalarm ihres Einsatzschiffs war ein zivilisiertes Gong ... gong, der synthetisierte Klang einer Glocke. Es war jedoch mehr als laut genug, um bis in den letzten Winkel der engen Mannschaftsräume gehört zu werden.

La Ciotat schloß das Visier ihres Raumanzuges und hätte beinahe ihren wachhabenden Waffenoffizier/Ersten Offizier aus dem Kommandantensitz gestoßen.

»Ich löse Sie ab, Mister.« Ihre Finger huschten über die Kontrollen. ENERGIEERZEUGER ... HOCHFAHREN ... ALLE SYSTEME AUF STANDBY ... MANNSCHAFT BEREIT ... WAFFENSYSTEME BEREIT ...

Sie hantierte an den Kontrollen, und das Einsatzschiff löste sich mit Hilfe der McLean-Generatoren vom Boden, riß das Tarnnetz in Fetzen, das La Ciotat und ihre Besatzung einen Tag zuvor über das winzige Schiff geworfen hatten.

Das Einsatzschiff war kurz hinter der ersten Biegung eines Canyons versteckt, der zu dem breiten Tal führte, in dessen Mitte das Gästezentrum lag.

La Ciotat ließ das Schiff wie ein Gespenst um die Biegung schweben.

»Ich habe das Zentrum auf dem Direktsichtschirm«, sagte sie zu ihrem Ersten Offizier.

»Roger. Alle Monitore zeigen das gleiche.«

»Antriebsstatus?«

»Verdammt heiß, Hannelore.«

Und dann wartete auch sie.

»Raus aus der Kiste, alter Knabe! Der Imp geht um!«

Stens Gedanken lösten sich nur schwer aus einem verschwommenen, schrecklichen Traum; Kilgour riß ihn hoch.

»Was zum –«

»Sei still!«

Alex warf ihm einen phototropischen Anzug hin. Sten zog ihn ohne Widerworte an und sah sich nach den Stiefeln um.

»Keine Zeit, Sten! Los, komm!«

Kilgour drängte ihn zur Tür, die weit offenstand und den Blick auf einen verlassenen, hellbeleuchteten Korridor freigab. Sten verfiel in einen stolpernden, alptraumhaften Dauerlauf, noch nicht ganz sicher, ob er noch schlief und träumte, doch der Teppich fühlte sich schmerzhaft rauh unter seinen Füßen an. Alex schob ihn um eine Ecke und eine Rampe hinauf zum oberen Rand des Kraters.

»Wohin gehen wir –«

»Wenn du noch einen Ton sagst, schlag ich dich bewußtlos, ich schwör's. Wir befinden uns mitten im Auge des Sturms!«

Eine große, verriegelte Tür, die auf einen Balkon an der Außenseite des Kraters führte. Ohne abzubremsen ließ sich Alex gegen die Tür prallen, die daraufhin krachend zerbarst. Eine Alarmsirene heulte los – Feuer, Eindringlinge, was auch immer –, doch es spielte keine Rolle mehr.

Der Ewige Imperator hetzte durch die Luke des Landungsbootes. Der Wachhabende schnellte erschrocken hoch, obwohl er entsprechende Anweisungen erhalten hatte.

»Abheben«, fauchte ihn der Imperator an, drehte sich um und betätigte den Schalter LUKE SCHLIESSEN.

»Funkspruch wie befohlen!«

»Jawohl, Sir!«

Der Offizier hob eine Sicherheitskappe hoch, tippte auf einer erst vor kurzem installierten Konsole eine Zahlenkombination ein, und die Maschine auf der anderen Seite des Landefeldes, im Innern der *Normandie*, fing an, ihre Sekunden herunterzuticken.

Weit oben im All hämmerte das Signal die *Durer*, ihre Eskorte und die Mannschaften in Gefechtsbereitschaft.

Der McLean-Antrieb ließ das winzige Landungsboot abheben.

An der Rampe der *Normandie* wurde der Wachtposten plötzlich richtig wach und riß seine Willygun hoch. Was spielte sich hier verdammt noch mal ab? Warum hatte ihm niemand etwas davon gesagt? Dieser verdammte Corporal hatte kein Sterbenswörtchen –

Eine frische Morgenbrise strich über den Balkon; Sten spürte es nicht einmal. Alex sprach in sein Funkgerät.

»Taxi! Auf diese Station!«

»Verstanden«, ertönte die ruhige, unaufgeregte Stimme einer Frau, die Sten wiederzuerkennen glaubte. »Sind schon unterwegs.«

»Du hattest also recht«, sagte Sten, der allmählich zu sich kam.

»Jawoll. Der Drecksack hat sich durch die Hintertür davongeschlichen. Solo.«

»Um Himmels willen! Wir müssen die Manabi alarmieren«, sagte Sten, obwohl er wußte, daß es dazu zu spät war.

»Was können die schon –« gab Kilgour grimmig zurück. Im gleichen Moment kreischte das Funkgerät auf, als die *Normandie* absichtlich anfing, den Funkverkehr auf allen Frequenzen zu stören.

Auf der anderen Seite des Tals tauchte eine winzige Sonne auf. La Ciotats Einsatzschiff, das auf sie zuraste.

Der Kommandant des Imperialen Landungsbootes kippte sein Schiff in die Vertikale und gab Vollschub auf den Yukawa-Antrieb, katapultierte das kleine Raumschiff förmlich zu den Sternen hinauf. Noch innerhalb der Atmosphäre ging er auf Stardrive, und das Landungsboot verschwand im All.

Auf der *Normandie* schloß sich ein Relais.

Ecu wurde durch das brüllende Jaulen des Landungsbootes aus dem Schlaf gerissen. Seine Sensoren nahmen sofort etwas wahr und holten ihn aus jenem anderen Universum, in dem er sich zu

Zeiten anderer Bewußtseinszustände aufhielt; ein Universum leise klingender Kristalle in einem gehauchten Wind, wo selbst die Gedanken empfindungsfähig, wunderschön und sichtbar waren, ein nichtkörperliches Universum ständig sich erweiternder Horizonte.

Noch in diesem veränderten Bewußtseinszustand schwebte er auf eine vorgebaute Konsole zu, die Ausblick auf den Mittelpunkt des Gästezentrums bot. Seine Sensoren nahmen eben noch den Feuerstrahl wahr, auf dem das Imperiale Landungsboot im All verschwand.

Ecu spürte, wie sich die Schwingen seines Geistes wie seine eigenen großen Flügel ausbreiteten, und er spürte, wie sich dieses andere Universum vor ihm öffnete, ihn willkommen hieß, wie eine seidene Brücke.

Als das Jaulen aus den Lautsprechern einsetzte, hämmerte La Ciotat auf dem Funkgerät herum.

»Ma'am, ich habe keinen Kontakt mehr zu –«

»Abstellen!« Sie hatte den Balkon jetzt auf dem Direktsichtschirm. La Ciotat ließ das Einsatzschiff auf das Gästezentrum zuheulen und wendete es so schnell um 180 Grad, daß die McLean-Generatoren einen Moment brauchten, um oben und unten zu definieren; sie gab mit den Yukawas Gegenschub, und das Schiff rutschte ein Stück zu dem Balkon hinab, rückwärts, mit gegen den synthetischen Stein schrammenden Heckflossen.

Ihr Erster Offizier hatte das Außenluk bereits geöffnet, und schon kam Sten hindurch – geflogen. Alex hatte ihn gepackt und fünf Meter durch die Luft geschleudert, kaum daß die Luke weit genug offen war. Eine Sekunde später ging der Erste Offizier zu Boden, als Alex auf sie prallte. Die Frau schnaufte tief durch und rechnete ernsthaft damit, sich einige Rippen gebrochen zu haben. Kilgour rollte sich von ihr herunter, nahm sie nicht einmal wahr, knallte auf die Schließhebel der Luke und schrie: »Los, raus hier!«

La Ciotat legte den Hebel des Yukawa-Antriebs um, ließ das Einsatzschiff einen regelrechten Satz nach vorne machen, hinaus in die freie Luft. Ihr Daumen bewegte sich gerade auf die STARDRIVE-Konsole zu, als …

Der letzte Schaltkreis schloß sich.

Der Imperator hatte sich nicht nur deshalb für die *Normandie* entschieden, weil es ihm widerstrebte, die *Durer* zu opfern, sondern weil die Yacht über großartige Vorrats- und Banketträume verfügte.

Große Räumlichkeiten, die man förmlich ausgekratzt und mit AM_2 aufgefüllt hatte. Das jetzt, auf sein Kommando hin, detonierte.

Eine Frage würde sich niemals mehr beantworten lassen: War Sr. Ecu bereits vor der Explosion »tot« – wenn man von der Definition herkömmlicher Wesen ausging –, oder starb er erst zu dem Zeitpunkt, an dem Kilotonnen von Antimaterie Zwei, der gewaltigsten bekannten Energie, detonierten?

Als die Bombe des Imperators hochging, bot das Gästezentrum vom All aus gesehen für eine Nanosekunde das Bild eines echten Vulkanausbruchs.

Dann verschwand das Tal selbst in einer Folgeexplosion, einem Blitz, der sich schneller ausbreitete, als das Auge ihn verfolgen konnte, und der dabei seinen eigenen Geröllauswurf einholte und verschlang.

Ungefähr die Hälfte der Manabi starb in diesem blitzartigen Holocaust, bei dem ein Viertel ihres Planeten zerrissen und nach einem Erdbeben jenseits aller Vorstellungskraft abgesprengt wurde.

Dann wurde von der *Durer* aus ein Planetenkiller abgefeuert, ein Sprengkopf von der Größe eines Zerstörers, besser gesagt, ein mit einem Stardrive-Generator versehener Zweistufensprengkopf mit einer Ummantelung aus Imperium X und mehr Tonnen AM_2 als jeder normale Sprengkopf. Die erste Stufe schlug direkt dort ein, wo das Gästezentrum sich befunden hatte; von dort aus wurde die zweite Stufe gezündet, die sich ihren Weg direkt zum Kern des Planeten bohrte.

Sie mußte die Planetenhülle nicht völlig durchdringen, damit die Hauptladung zur vollen Entfaltung kam, doch nach der Vorarbeit, die durch die AM_2-Explosion auf der *Normandie* geleistet worden war, erreichte sie tatsächlich beinahe den Mittelpunkt.

Einen Augenblick lang sah der Heimatplanet der Manabi wie eine Festlaterne aus, als sei seine Landmasse durchsichtig und als könnte der Betrachter direkt bis zum geschmolzenen Kern hindurchsehen. Er blähte sich auf ... wurde größer ... und explodierte.

Seilichi spie und wütete und schleuderte seine Kontinente, seine Ozeane und seine Atmosphäre von sich, weit ins All hinaus, und dann brach der Planet völlig auseinander, wobei sein Magma wie der flüssige Kern eines Kinderbonbons auslief.

Draußen im All erloschen sämtliche Schlachtmonitore, bis ein zweiter Stromkreis einsprang.

Der Ewige Imperator blickte ungerührt auf die brodelnde Wolke aus glühenden Gasen und Trümmern, die einmal Seilichi gewesen war. »Haben Sie Kontakt mit der *Durer*?«

»Hergestellt.«

Der Imperator nahm das Mikrophon entgegen.

»Hier spricht der Imperator«, sagte er ohne Einleitung. »Haben nach unserem Abflug noch irgendwelche Funksprüche oder Schiffe Seilichi verlassen?«

»Einen Augenblick, Sir ... Nein, Sir. Ein einziger Funkspruch, direkt vom Gästezentrum aus, Empfänger unbekannt, keine Antwort bekannt. Sonst nichts.«

Der Imperator gab das Mikrophon an den Kommandanten des Landungsboots zurück.

›Sehr schön‹, dachte er. ›Es ist vorbei. Jetzt ist ein wenig Schadensbegrenzung und Hausputz angesagt. Aber das größte Problem hätten wir damit vom Tisch.‹

Es war beinahe schade, daß Sten niemals erfahren würde, daß er zu keinem Zeitpunkt eine ernsthafte Bedrohung für das Imperium dargestellt hatte. Niemand hatte ihn, den Imperator, je ernsthaft bedrohen können. Niemals.

Von Anfang an nicht.

›Wann war das eigentlich gewesen, dieser Anfang?‹ rumorte es in seinen Gedanken.

›Vielleicht …

Vielleicht auf der Insel Maui.

Vor Tausenden von Jahren. Als man die Zeitrechnung noch nach der Geburt eines toten Gottes datierte.

Maui …

In einem Regen von Glassplittern …‹

Buch III

DRACHEN-VARIANTE

Kapitel 21

Maui, A.D. 2174

Der Junge hastete über die unter ihm wegsackenden Planken auf das nächste Schiffswrack zu, schoß wie ein Pfeil über das Vorderdeck. Gerade noch rechtzeitig sah er das geteerte Tau, mit dem das Boot an seinem Nachbarn festgemacht war, stieß sich mit rutschendem Fuß vom Schanzdeck ab – dann war er in der Luft. Unter sich sah er den Morast und den Schlamm von Moaloea Bay, die träge Brandung, die das verdreckte Wasser gegen die schwarzen Schiffskörper schleuderte. Er landete, fiel beinahe, hechtete über den aufgetürmten Haufen Unrat auf dem Vorderdeck und warf sich flach auf den Boden.

Hinter ihm verwandelte sich das Keuchen in lautes Rufen. Sie waren zu sechst. Alle älter und größer als er.

Sie wollten nur mal sehen, hatten sie gesagt, was der Junge in seinem zerlumpten und ausgedienten Militärrucksack mit sich herumschleppte. Was sie sagten und was sie wollten, spielte keine Rolle. Ihre Absicht war eindeutig. Der Junge hatte einen neuen Weg durch die Bucht genommen, sich durch das Labyrinth aus gestrandeten Schuten, halbgesunkenen Luftkissenbooten, Fischkuttern und mit Ruder versehenen Hausbooten, die vor zwei Generationen den Reichen gehört haben mochten, gekämpft. Er schlich sich an den kleinen Dschunken der chinesischen Familien vorbei, die noch immer so auf ihren Booten lebten wir vor tausend Jahren, und arbeitete sich beharrlich zum Schiffskanal vor. Jenseits des Kanals, am anderen Ufer, lag Kahanamoku City.

Der Junge wußte, daß ihn die sechs anderen nicht umbringen

würden, wenn sie ihn fanden. Zumindest höchstwahrscheinlich nicht. Aber mit ziemlicher Sicherheit würden sie ihn verprügeln. Das war nicht das Problem. Er war schon öfter verprügelt worden und würde sich dem wieder stellen; und diejenigen, die ihn vertrimmten, durften selbst mit einigen Schrammen als Souvenirs rechnen. Nur das, was sich in seinem Rucksack befand, ließ ihn davonlaufen. Und er würde auch darum kämpfen.

Denn sie wollten ihm den Rucksack wegnehmen und ihn aufmachen. Dann würden sie sich über die darin verborgenen Schätze lustig machen, sie kaputtmachen und in das trübe Wasser werfen. Drei Bücher. Echte Bücher. Bücher, die der alte Mann, dem der Trödelladen am Pier gehörte, nicht haben wollte. Ein dickes Buch und zwei dünnere. Das dicke war sehr alt, in kleiner Schrift gedruckt und hieß *Tausendundeine* Nacht. Er wußte nicht, wovon es handelte, doch ein kurzer Blick auf einige Seiten versprach Abenteuer mit seltsamen Wesen an fremden Orten, mit Geschöpfen, die Rok und Dschinn hießen. Das zweite Buch sah ebenso undurchschaubar aus, war jedoch ebenso vielversprechend: *Die Befreiung von der Schwerkraft. Gleichungen und frühe Experimente des Lord Archibald McLean.* Vielleicht konnte er daraus lernen, weshalb sich diese gewaltigen Barken mit Fracht vollstopfen konnten und sich dann trotzdem ohne Anstrengung in die Luft erhoben und über die Slums der Bucht hinwegdüsten, hinaus bis hinter die Absperrungen, hinter denen die Liegeplätze der großen Raketen lagen. Das letzte Buch war mitteldick: *Sternenkind. Eine Jugend im All.* Das Holo der Autorin auf der Rückseite des Umschlags sah nicht sehr vielversprechend aus, aber was machte das schon? Immerhin war sie von diesem Planeten weg gewesen, und sie sah nicht viel älter aus als der Junge selbst.

Mehrere dumpfe Erschütterungen. Jetzt waren sie auf diesem Wrack. Ein violettes, dann ein gelbes Funkeln. Nein. Leong Suk würde sich schämen. Ein Gedanke schoß ihm durch den Kopf, ein Gedanke, der älter als der Junge selbst war. Es ist nicht schlimm, sich zu schämen – wenn man später noch lebt und dieses Gefühl spüren kann.

Lautes Geheul. Sie hatten ihn entdeckt! Eine Hand packte ihn von oben herab, um ihn hochzuziehen, einer geballten Faust oder einem Stockhieb entgegen. Der Junge packte eine Glasvase, die wohl schon vor langer Zeit hier vergessen worden war, und schlug sie quer über eine Metallstange seitlich neben sich. Das Glas zerbarst, und der Junge sprang auf die Beine. Und dann zog er die Vase wie einen Säbel quer über das Gesicht des älteren Jungen.

Blut. Ein Aufschrei. Noch ein Schrei, diesmal von dem Jungen selbst, als der ältere Junge hinfiel und der Junge sich auf den nächsten Verfolger stürzte. Ein zweiter Hieb; Blut spritzte aus dem Arm des zweiten Übeltäters. Dann ein paar Schreie, und fünf Jugendliche stoben davon, als wären sämtliche Seeteufel hinter ihnen her. Einer lag winselnd auf den Planken und schlug die Hände vor das zerschnittene Gesicht.

Der Junge kam wieder zu sich. Er stahl sich seitlich davon und sprang auf das Deck eines Schwimmbaggers hinunter, ohne auf die Rufe der Besatzung zu achten, die dabei war, die Ketten und Schaufeln zu säubern, sprang von dessen Heck auf ein noch kleineres Boot hinab, noch ein Sprung … und dann war er verschwunden. Er hörte erst dann zu laufen auf, als er sich auf das Heck eines gerade ablegenden Schleppers gestemmt hatte, der zur anderen Seite des Kanals übersetzte. Dort ließ er sich keuchend gegen die Drahtseile der Reling fallen. Er hielt noch immer die zerbrochene Vase in der Hand. Jetzt war sie violett, gelb … und scharlachrot. Der Junge ließ sie ins Wasser fallen.

Er dachte ausgiebig darüber nach, was passiert war. Er hatte nicht das Gefühl, einen großen Sieg errungen zu haben oder etwas dergleichen. Er verspürte keinen Stolz. Aber die drei Bücher lagen unberührt und sicher in seinem Rucksack. Er kam zu dem Schluß, daß er jetzt wußte, was er zuvor nicht gekannt hatte. Man mußte wissen, was einem zustoßen konnte. Und man sollte sich stets einen Vorteil verschaffen. Etwas, von dem die anderen nichts wußten. Vielleicht eine Waffe … vielleicht … vielleicht einfach dadurch, daß man etwas Besonderes wußte. Er schüttelte den Kopf. Er wußte nicht, wohin ihn dieser Gedanke führte, aber er würde später darauf zurückkommen. Er hatte an diesem Tag etwas Wichtiges gelernt.

Der Junge hieß Kea Richards. Er war acht Jahre alt.

Im 21. Jahrhundert war Hawaii ein verrottender Slum. Die letzten Eingeborenen hausten in Reservaten, am Leben gehalten von den Sozialhilfeschecks der Regierung, die damit ihr schlechtes Wissen beruhigte. Bis auf einige Zoos und Botanische Gärten war die örtliche Flora und Fauna fast völlig ausgerottet. Die Bevölkerung belief sich auf knapp 20 Millionen. Wie meistens hatte sich das Geschehen in der großen Welt für die Inseln nicht sehr vorteilhaft ausgewirkt, angefangen vom Abstieg der Chinesen in die Barbarei, bevor sie am Ende des 20. Jahrhunderts den Bambusvorhang erneut zuzogen, über die Anarchie, die Japan erschütterte, bis hin zu den Religionskriegen, die aus Indonesien eine analphabetische Theokratie machten, den Erdbeben und den antiasiatischen Gesetzen, die die Regierung von Nordamerika in den ersten Dekaden des neuen Jahrhunderts verabschiedete – kurz vor ihrem Kollaps und der Übernahme, infolge derer die Erde schließlich doch noch eine gemeinsame Regierung bekam.

Von allen Inseln waren Maui und Oahu noch am wenigsten verdreckt, da auf ihnen der größte Wohlstand herrschte. Wobei »am wenigsten verdreckt« bedeutete, daß sie sich genauso weit vom ursprünglichen paradiesischen Zustand entfernt hatten wie das Manhattan des 20. Jahrhunderts von jener Felseninsel, die Peter Minuit im 17. Jahrhundert von den Indianern erworben hatte. Die Große Insel von Hawaii war weder ländlich noch urban, sondern ganz einfach erbärmlich arm und diente als Reservoir für billige Arbeitskräfte.

Das Zentrum von Hawaii bestand jetzt aus Maui/Molokai/Lanai/Kahoolawe/Molokini. In dunkler Vergangenheit waren sie einmal eine einzige Insel gewesen, und die Menschen waren gerade dabei, sie mittels schwimmender Barrikaden und Dämme wieder zu vereinen. Ausschlaggebend war der Aufbruch ins All. Hawaii war der perfekte Startplatz für die Raketen, die von hier aus zu den terrageformten neuen Welten – zum Mars und einigen Jupiter- und Saturnmonden – flogen. Oder aber, was weniger oft geschah, dorthin, wo die großen Segelschiffe auf die Komplettierung ihrer Mannschaften für die oft generationenumspannende Reise zu den Sternen warteten. Hawaii war auch der Startort von zwei der fünf wirklich diesen Namen verdienenden Sternenschiffe gewesen, die die Menschheit jemals gebaut und auf Forschungsreisen geschickt hatte. Unternehmen, die ganze Regierungen in den Ruin gestürzt hatten.

Maui war von Geschäften überzogen. Bars, Maschinenhersteller, Import/Export-Firmen und alle möglichen anderen Unternehmen. Auf dem Meer schaukelte ein Schiff neben dem anderen, entweder vor Anker oder mit anderen vertäut, angefangen von kleinen Skiffs bis zu riesigen Restaurantbooten. Rings um die Inseln trieben gewaltige Hamilton-Barrieren auf dem Wasser, die nach dem Muster der Gezeitenbarrieren auf der Themse entworfen worden waren und sich bei Hurrikanen oder Tsunamis innerhalb weniger Minuten automatisch zu schwimmenden Wellenbrechern aufrichteten. Es gab sogar noch größere Wellenbrecher, die im tiefen Wasser des ehemaligen Kealaikahiki-Kanals lagen, dort, wo die Raketen stationiert waren.

Als Kea Richards geboren wurde, besaßen seine Eltern ein kleines Restaurant auf der Großen Insel, in der Innenstadt von Hilo. Kea erinnerte sich nur dunkel daran, wie sein Vater und seine Großmutter von früheren Zeiten, damals auf dem Festland, erzählt hatten. In dem Restaurant gab es so ziemlich alles, und Kea wußte noch, wie sein Vater damit geprahlt hatte, daß sie alles auf den Tisch zaubern konnten, was man nur bestellte, solange sie nur ein Rezept und die Zutaten dafür hatten. Er glaubte sogar, daß sie einige Male dahingehend herausgefordert worden waren, und er erinnerte sich schwach daran, daß sie mit einigen eigenartigen Gerichten mit noch eigenartigeren Namen bei diesen Herausforderungen triumphiert hatten. Er selbst fand es immer aufregend, wenn sein Vater eine Kiste auf den Stuhl neben dem Herd stellte, seinen Sohn darauf setzte und so tat, als würde er ihn beim Kochen um Rat fragen.

Er hatte große Schwierigkeiten, sich an seine Mutter zu erinnern, abgesehen von der Tatsache, daß sie sehr, sehr hübsch gewesen war. Aber vielleicht erinnerte er sich nur deshalb an ihre Schönheit, weil Leong Suk immer davon sprach – wenn auch nicht sehr wohlwollend. Sie war halb Thai, halb Irin gewesen; von ihr hatte Kea seine Augen, die so blau waren wie der Winterhimmel, wenn die Passatwinde die Luftverschmutzung hinwegbliesen. Kea war ihr einziges Kind, und genauso hatte sie es gewollt. Der Junge war nie dahintergekommen, warum sein Vater manchmal ein bestimmtes Lied sang, von dem Kea nur noch die Zeile »Oblahdee/ Oblahdah/ Life goes on …« einfiel, doch diese Zeile sorgte stets für einen handfesten Hauskrach.

Keas Mutter verschwand, als der Junge eben fünf Jahre alt war. Sein Vater suchte sie, befürchtete das Schlimmste, wobei er nicht sicher war, was das Schlimmste für ihn war. Er fand seine Frau wieder – das heißt, er fand heraus, was mit ihr geschehen war. Sie hatte sich freiwillig auf einen Longliner gemeldet. Der alte Richards erschauerte, eine Reaktion, die Kea erst nach vielen Jahren verstand, als er in der Lage war, einige der inzwischen der Allgemeinheit zugänglich gemachten Berichte zu lesen, in denen von den elenden, mörderischen und wahnwitzigen Zuständen erzählt wurde, die auf den monströsen Segelschiffen geherrscht haben mußten, sogar noch bevor jeglicher Kontakt mit ihnen auf ihrer Reise zu den Sternen abbrach.

Kea Richards weinte ein wenig. Dann sagten sie dem Jungen, es sei nicht so schlimm. Seine Mutter sei dort draußen viel glücklicher, und sie selbst könnten hier viel glücklicher sein. Nur sie drei. Zwei Jahre später schlug der Tsunami zu.

Als der Ozean verschwand, kletterte Kea gerade einen Baum hinauf. Ein Mädchen hatte behauptet, auf dem Baum hinge eine Kokosnuß, und da die Umweltverschmutzung schon Jahrzehnte zuvor die einheimischen Kokospalmen umgebracht hatte, wollte Kea wissen, wie die Frucht aussah. Er hatte seine Füße mit einer Seilschlinge verbunden, eine Sicherheitsleine um den Stamm geschlungen, und so kroch er behende an der Palme empor. Zufällig warf er einen Blick aufs Meer und wäre vor Staunen beinahe erstarrt. Es sah aus wie Ebbe, nur daß sich das Wasser mit einem gewaltigen Brüllen zurückzog, bis weit hinaus in die Hilo Bay. So etwas hatte er noch nie gesehen. Gestrandete Fische zappelten im plötzlich offen zutage tretenden Grundschlamm. Das Wrack eines Bootes wurde wieder und wieder um die eigene Achse gewirbelt, während der Pazifik angesaugt wurde, als hätte jemand den Stöpsel aus der Badewanne gezogen.

Zweitausend Kilometer weiter draußen auf dem Meer hatte ein unterseeisches Beben stattgefunden und drei Wellen in Richtung auf die Inselgruppe von Hawaii in Bewegung gesetzt. Jede von ihnen war nur einen halben Meter hoch – doch zwischen den Wellenkämmen lagen an die hundert Kilometer. Die Instrumente hatten das Beben registriert. Sie hätten sofort Alarm schlagen müssen. Doch als der Tsunami kam, schrillte keine einzige Sirene in der City von Hilo. Die großen Barrieren, die den Maui-Komplex und die Startbasis der Raketen schützten, schoben sich wie geplant in Position. Rings um Hilo gab es so etwas nicht.

Kea hörte Schreie. Er sah Leute durcheinanderrennen. Einige liefen aus Neugier zum Strand, andere rannten in entgegengesetzter Richtung davon. Am anderen Ende der Straße sah er seinen Vater. Er rief nach Kea. Kea stieß einen Pfiff aus und sah seinen Vater energisch gestikulieren. Kea gehorchte und war schon dabei, den Baum wieder hinunterzurutschen.

Er hörte das Brüllen. Das Meer kam nach Hilo zurück, so wie es das in weniger als einem Jahrhundert bereits viermal getan hatte. Der Meeresboden hatte die Basis der seismographischen Wellen verlangsamt, und jetzt, wo das Wasser vor der Küste immer flacher wurde, türmten sich die Wellen auf. Die erste Welle war nicht die größte, die Kea jemals gesehen hatte; sein Vater hatte ihn schon einmal nach Oahu mitgenommen und ihm während der Winterstürme die Nordküste gezeigt. Damals hatte er beim Anblick der großen Brecher gezittert. Zehn Meter hohe Wasserwände waren gegen die Küste gedonnert. Die Welle jetzt war, wie es später hieß, nur fünf Meter hoch. Aber sie kam mit einer Geschwindigkeit von fast 800 Stundenkilometern heran.

Die erste Welle zerschmetterte den großen Wellenbrecher, als wäre er gar nicht vorhanden, und rollte weiter, sich überschlagend, schäumend, alles vernichtend. Sie zerfetzte Häuser, Schiffe, Gebäude, Autos, Luftkissenfahrzeuge, Männer, Frauen. Zerfetzte sie und benutzte sie als Rammböcke für die nächsten Hindernisse. Die Vorderseite der Welle war eine massive Wand aus Schutt und Geröll. Kea bildete sich ein, er hätte noch gesehen, wie sein Vater davonzulaufen versuchte, wie die Welle ihn und ihr winziges Haus mitsamt dem Restaurant erwischte. Vielleicht hatte er es auch nicht gesehen.

Anderthalb Tage später wachte er in einem Armenhospital auf. Die Insassen eines Fischerboots hatten ihn gefunden; er war noch immer an diesem Baum festgebunden gewesen und beinahe einen Kilometer vom Land entfernt auf dem Meer getrieben.

Die Leichen seines Vaters und seiner Großmutter wurden niemals gefunden.

Kea landete jedoch nicht in einem Waisenhaus. Eine ältere Frau erschien in dem Hospital. Leong Suk. Sie erzählte den Behörden, sie habe früher einmal für die Familie Richards gearbeitet und sei dort immer gut behandelt worden. Kea konnte sich nicht mehr an sie erinnern, doch er ging noch am selben Tag mit Leong Suk nach Hause. Sie besaß einen kleinen Laden in einer Seitenstraße in Kahanamoku City und verkaufte dort unverderbliche Lebensmittel und Kurzwaren. Sie und Kea wohnten über dem Laden. An diesem ersten Tag erklärte sie Kea die Regeln. Er mußte ein guter Junge sein. Das bedeutete, er mußte gewisse Zeiten einhalten und ihr im Laden helfen, wenn sie seine Hilfe benötigte. Er durfte ihr keinen Ärger machen. Sie sagte, sie sei zu alt, um ihm die Hölle heiß zu machen und wüßte nicht, was sie tun würde, wenn er sich schlimm aufführte. Und noch etwas. Kea mußte lernen, denn das sei der einzige Weg, der ihn aus diesem Slum herausführen würde. Es war ihr egal, was später aus ihm werden würde, aber er würde sein Leben nicht in Kahanamoku City verbringen. Kea nickte finster. Er wußte, daß sie recht hatte. Dieser Ort hatte ihm bereits seine ganze Familie geraubt. Er hatte den Eindruck, daß er versuchen würde, auch ihn zu töten.

Kea, ohnehin ein wohlerzogener Junge, machte Leong Suk keinen Ärger – außer, als es um die Schule ging. Nach zwei Wochen im öffentlichen Gymnasium kam er nach Hause. Er würde dort überhaupt nichts lernen, behauptete er. Leong Suk war skeptisch. Er bewies es ihr, indem er ihr Kapitel für Kapitel aufsagte, was seine Klasse im nächsten Quartal lernen sollte. Sie überlegte, wer als Tutor für ihn in Frage kommen könnte. Kea hatte schon bald einen passenden Kandidaten ausfindig gemacht.

Drei Straßen weiter lag die Straße der Gottesmänner. Winzige Ladenfronten, jede davon mit einem anderen Schamanen oder Priester bestückt, die alle nach Konvertiten und Jüngern Ausschau hielten. Kea kam nach Hause gerannt und erzählte ihr atemlos von einem von ihnen. Der Tempel des Universalen Wissens. Etwas größer als die anderen Bruchbuden und vollgestopft mit Fiches, Mikrofiches und Stapeln über Stapeln von Büchern. Er verfügte sogar über einen altersschwachen Computer mit einer Verbindung zur Universitätsbibliothek.

Leong Suk versprach dem Jungen, daß sie diesen Tempel aufsuchen würden. Drinnen roch es ein wenig muffig, ein wenig übel, so wie der »Priester« selbst, ein beinahe glatzköpfiger, unterwürfiger Mann, der sich Tompkins nannte. Jawohl, er meinte, was er sagte. Zuviel Wissen hatte noch keinem geschadet. Nur wenn ein Lebewesen »alles« wüßte, könne es Perfektion erlangen, und es müsse ein Leben lang studieren und, wenn es gesegnet war, noch einige weitere Leben dranhängen. Erst dann erfolge die Umsetzung. Er hörte zu, wie Kea laut vorlas. Stellte ihm einige Fragen, die einen Oberstufenschüler in Verlegenheit gebracht hätten. Tompkins strahlte. Jawohl, er würde Kea mit Freuden als Schüler aufnehmen. Sein Lohn dafür belief sich auf ... er war erstaunlich gering. Leong Suk sah, wie Tompkins den Jungen betrachtete, und bat Kea, nach draußen zu gehen. Sie wies den Mann an, den Jungen mit seiner Religion zu verschonen. Sollte Kea sich dafür entscheiden, ein Gläubiger zu werden ... dann sollte es eben so sein. Darin sehe er überhaupt kein Problem, erwiderte der kleine Mann sanft.

Und noch etwas, sagte die alte Frau ... und Tompkins zuckte leicht zusammen, als Perlmutt an Leong Suks runzeligem Handgelenk aufblitzte und die Spitze eines doppelseitig geschliffenen Schmetterlingsmessers seine Brust berührte. »Denken Sie nicht einmal im Traum daran, den Jungen anzurühren. Denn wenn Sie das tun ... dann fragen Sie sich bald, warum Ihr Freund, der Tod, so lange braucht, um Sie zu finden.« Tompkins lief es eiskalt über den Rücken ... und das Messer verschwand wieder.

Ob Leong Suk richtig gehandelt hatte oder nicht, der Mann war für Kea jedenfalls niemals etwas anderes als ein absolut korrekter Lehrmeister. Welchen privaten Gelüsten Tompkins auch frönen mochte, sie lösten sich angesichts der Tatsache in Ehrfurcht auf, daß der Junge alles, was man ihm vorsetzte, anscheinend mühelos in sich aufsog. Besonders glänzte er in Mathematik, Ingenieurwesen, Physik und allen anderen praktischen Fächern. Er schien wenig Interesse an der Entwicklung von Theorien zu haben. Als er zwölf Jahre alt war, fragte ihn Tompkins, warum er sich weniger für die Sozialwissenschaften interessierte, obwohl er auch auf diesem Gebiet enorm viel las. Kea blickte Tompkins prüfend an, als sei er sich nicht sicher, ob er dem Mann trauen dürfe.

»Wenn mich hier etwas herausholen wird, Mister, dann ist das technisches Wissen. Weg von hier … und dort hinauf.« Er zeigte nach oben, und Tompkins brauchte einen Moment, bis er begriff, daß diese Geste sehr weit hinausreichte. Bis zu den Sternen.

Richards lernte auch andere Dinge. Wie man rasch und erfolgreich jemanden übers Ohr haut. Wie man Falschgeld erkennt und es ablehnt, ohne ein großes Getue darum zu machen. Er sprach vier der zwölf Sprachen, die in seinem Viertel gesprochen wurden, und kam in drei weiteren einigermaßen zurecht. Er wuchs zu einem großen, kräftigen und gutaussehenden jungen Mann heran. Sein Lächeln und seine blauen Augen bescherten ihm Lehrer auf anderen Gebieten – oder besser: Lehrerinnen. Einige davon waren die kichernden Mädchen in seinem Alter. Einige waren ältere Teenager. Und einige hatten Ehemänner. Er lernte, in jedem Schlafzimmer zunächst hinter den Vorhang zu schauen, bevor er die Hosen auszog. Er lernte, vom Balkon im zweiten Stock zu springen und sich auf der dunklen Straße abzurollen, ohne sich dabei die Knochen zu brechen.

Er lernte, wo man jemanden treffen mußte, wenn man ihm mehr weh tun wollte als sich selbst. Und, was noch wichtiger war, er lernte, wann er zuschlagen mußte und wann nicht. Manchmal genügte eine Faust nicht. Manchmal brauchte er einen Vorteil. Er lernte mit diesen Dingen umzugehen. An Lehrern mangelte es ihm nicht. Die Aufruhrpolizei hielt es für nötig, in Mannschaftsstärke durch Kahanamoku City zu patrouillieren, mit A-Grav-Gleitern als Rückendeckung.

Als er vierzehn Jahre alt war, unterzog Tompkins ihn einer ganzen Reihe von Prüfungen. Er schaffte sie mit links. Tompkins verriet Kea nicht, worin sie bestanden; doch er informierte Leong Suk darüber, daß der Junge gerade die Standardaufnahmeprüfung der Raumakademie auf dem Festland bestanden hatte.

»Soll er denn dorthin?« fragte Leong Suk skeptisch. Tompkins schüttelte den Kopf. Selbst wenn Kea wirklich in den Weltraum hinaus wollte, so war das nicht der richtige Weg. Die Akademie hätte aus ihm einen Soldaten gemacht; aber das entsprach längst nicht dem Potential, das Tompkins in ihm zu erkennen glaubte. Doch er weigerte sich, ihr mehr zu verraten.

Das Raumschiff war winzig klein, jedenfalls im Vergleich zu den Aufnahmen, die Kea schon von den Longlinern gesehen hatte, die draußen im All schwebten; aber auch im Vergleich zu den Raketen, die wie eine Kette von Orangen mit ihren Antriebsdüsen unterhalb des Wasserspiegels draußen hinter der Barriere hockten. Auf der Hülle war weder eine Bezeichnung noch eine besondere Markierung zu sehen. Doch Kea wußte, daß die *Discovery* ein Raumschiff war. Es war eins der fünf echten Raumschiffe, und das einzige, das sich noch auf der Erde befand. Zwei andere waren bereits verschrottet worden, und die restlichen beiden kreisten nutzlos wie Mottenkugeln um den Mars.

Der Stardrive des Schiffes war einfach. Idiotensicher. Nur ein Zwinkern – Alpha Centauri. Ein Wort – Luyten 726-B. Ein ganzer Satz – Epsilon Indi. Eine halbe Tasse Kaffee – Arcturus. Das einzige Problem war der Treibstoff für diesen Antrieb. Die *Discovery* hatte zwei Reisen absolviert und würde wahrscheinlich auf keine dritte mehr gehen. Es waren jeweils fünf Jahre, die Besessenheit eines Manhattan-Projekts und die kompletten Ressourcen einer Regierung nötig gewesen, um den Treibstoff, eine exotische synthetische Verbindung, für jede dieser Reisen herzustellen. Und auch dann war der Stoff nur dazu in der Lage, die Maschinen auf halbe Kraft hochzubringen. Das Schiff war eine Mißgeburt, wie Leonardos Panzer, Lilienthals Flugzeug, die *Titanic* oder die *Savannah*.

Kea starrte wie hypnotisiert auf die elegante Form und träumte von den Orten, an denen sie gewesen war, und von denen, zu denen sie eines Tages wieder fliegen könnte. Als es Abend wurde, verließ er den Raumhafen. Aber er kam wieder. Immer wieder.

Als Tompkins starb, war Kea sechzehn Jahre alt. Nachdem die Leichenbestatter gegangen waren, sahen er und Leong Suk einander an. »Wir müssen herausfinden, ob er Verwandte hat, und uns mit ihnen in Verbindung setzen«, sagte sie ernst. Sie durchsuchten die traurigen Überreste und die aufgestapelten Papiere eines gescheiterten Lebens. Sie fanden keinen Hinweis darauf, daß Tompkins Freunde oder Bekannte auf der Erde oder anderen Planeten hatte. Aber sie fanden einen kleinen antiken Safe. Leong Suk seufzte schwer, teilte Kea dann aber doch mit, daß sie ihn öffnen mußten. Ob er jemanden mit dieser Fertigkeit kannte?

Kea kannte jemanden: sich selbst. Ein älterer Junge hatte ihm gezeigt, wie es ging. Kea drehte am Einstellrad, preßte das Ohr gegen die Tür und lauschte. Er hörte, wie die Zahnräder einrasteten, genau wie es ihm dieser Junge damals gesagt hatte. Im Safe lagen zwei Umschläge. Einer von ihnen enthielt fast zweitausend Dollar in neuen Credits – und ein Testament. Das Geld war für Kea bestimmt. Der andere Umschlag enthielt Formulare und genaue Anweisungen, wie sie auszufüllen und an wen sie zu schicken waren. Die alte Frau und der Junge blickten einander in dem muffigen Laden an. Aber die Anweisungen waren eindeutig.

Kea füllte die Formulare aus und schickte sie an die genannte Person auf dem Festland. Nach einer Woche kam ein dicker Brief zurück. Er sollte eine bestimmte Person in Oahu aufsuchen. Diese

Person würde ihn einigen Tests unterziehen. Kea befolgte auch diese Anweisungen. Sie warteten.

Sechs Wochen nachdem sie zu dem Schluß gekommen waren, daß die ganze Geschichte entweder ein fauler Witz oder völliger Schwachsinn gewesen war, erreichte ihn ein weiterer Brief. Er stammte vom Direktor des Zulassungsbüros des California Institute of Technology in Pasadena City in der Provinz Kalifornien. Er wurde in die Anfängerklasse des Herbstes A.D. 2182 herzlich eingeladen. Kea Richards hatte gewonnen. Er würde in Kahanamoku City weder leben noch sterben müssen. Jetzt war er endlich frei.

Kapitel 22

Pasadena, A.D. 2183

Kea saß auf dem Rand von Millikans' Pot und wartete auf die Schlaumeier. Bis jetzt hatte er noch keinen einzigen getroffen. Cal Tech, die Technische Hochschule in Kalifornien, war eine ziemliche Enttäuschung, das wurde ihm jetzt, zu Beginn seines zweiten Studienjahres, klar. Sein erstes Jahr war ein einziges Durcheinander aus überfüllten Seminaren, teuren Fiches, Einsamkeit und Arbeit gewesen. Dabei war ihm nicht viel Zeit geblieben, die Welt, in der er sich jetzt befand, genauer unter die Lupe zu nehmen. Der dumpfe Eindruck war womöglich durch Leong Suks Tod kurz vor Weihnachten 2182 noch verstärkt worden. Man hatte Kea erst nach der Beerdigung davon verständigt.

Cal Tech war ein ebenso großer Humbug wie die meisten Religionen auf der Straße der Gottesmänner. Und wie jeder gute Schwindel sah es von außen blendend aus. Das Institut konnte mehr Nobelpreisträger vorweisen als Houston oder sogar Luanda, doch die meisten von ihnen unterrichteten nicht mehr als einen oder zwei Einführungskurse und vielleicht noch ein Doktorandenprogramm, an dem ohnehin nur eine begrenzte Anzahl handverlesener Jünger teilnehmen durfte. Die Uni ging mit mittlerweile 25.000 Studenten auf ihren 300jährigen Geburtstag zu und war ein Prunkstück der allermodernsten Architektur und Vorstellungskraft. Zu den wenigen Gebäuden, die noch aus der »alten Zeit« übrig waren, bevor die Universität anfing, sich wie ein Krebsgeschwür auszubreiten, und sich bei diesem Prozeß nicht nur ein nahe gelegenes Gymnasium, sondern gleich die ganze Innenstadt einverleibt hatte, gehörten der altertümliche Brunnen, auf dem Kea saß, und die im spanischen Stil errichtete Kerkhoff Hall gegenüber, die mittlerweile zur Einweisung der Erstsemester benutzt wurde.

Die Arbeit war zwar hart, bestand zum Großteil jedoch aus Pauken: Wissen einbläuen und zu den regelmäßig angesetzten Prüfungen wiederkäuen. Beide Theoriekurse, für die er sich in diesem Semester qualifiziert hatte, schienen lediglich die Weiterführung oder Abwandlung der Erkenntnisse der Vergangenheit zu predigen, statt die Studenten auch nur mit dem geringsten wirklich originellen Gedankengut zu konfrontieren.

Er war nicht so verblasen, daß er von Cal Tech echte Perfektion erwartet hätte oder daß ihm hier wirklich die Geheimnisse der Altvorderen vermittelt würden. Er hatte jedoch erwartet, daß die Schule zumindest mit ein paar originellen Köpfen aufwartete, die auch über den Tellerrand der bloßen Wiederholungen der vergangenen Irrtümer hinwegblickten. Vielleicht gab es diese Weisen ja, und er war zu jung und zu dumm, um zu erkennen, wer und wo sie waren. Vielleicht hatten die kühnsten Denker auch einfach die Schnauze voll gehabt und lehrten jetzt irgendwo weit weg von der Erde, auf Ganymed oder auf dem Mars. Wenn das stimmte – warum besuchten dann so viele Außenweltler Cal Tech?

Keas Zweifel schlugen sich nicht in seiner Arbeit nieder. Er hielt gute Durchschnittsnoten und stand in beiden vergangenen Jahren auf der Stipendiatenliste. Er war ringsum abgesichert. Er mußte nichts anderes tun, als seinen Notendurchschnitt, sein Lächeln, seine Moral und seine Genitalien nicht sinken zu lassen, dann würde er sich zu einem Senkrechtstarter des 22. Jahrhunderts entwickeln. Und das hieß, dachte er angeödet, daß er von einer der Superdesign-Anlagen wie Wozniak City geschluckt werden würde und eventuell, wenn er sich ordentlich aufführte, irgendwann einmal einer »besonders eleganten« Computerlösung seinen Namen aufdrücken durfte; oder aber, was noch bescheuerter war, einen tertiären Prozeß in der Synthetisierungs-Industrie nach sich benennen. Vielleicht würden sie ihn mit einem kostenlosen vierzehntägigen Urlaub mit allen Schikanen auf Nix Olympica belohnen. Natürlich auf einem der kleineren Gipfel.

Kea mußte plötzlich grinsen. ›Du hast recht, Junge‹, dachte er. ›Selbstmord ist die einzige Lösung. Leg dich vor den nächsten Schienenbus, der vorbeikommt, mein trauriger Jüngling. Apropos …‹ Er schaute auf die Armbanduhr – in diesem Jahr war der letzte Schrei, die Uhr am Handgelenk zu tragen – und sah, daß es höchste Zeit war, sich auf die Socken zu machen, wenn er nicht zu spät zur Arbeit kommen wollte. Ihm blieb gerade noch genug Zeit, seinen Aktenkoffer in seiner ein ganzes Stück vom Unigelände entfernten Unterkunft – einem winzigen, viel zu teuren Zimmer auf dem Dachboden – abzustellen und die Klamotten zu wechseln.

›Vergiß doch all den Mist, der dir durch den Kopf geht‹, dachte er. ›Du wirst schon nicht als Rädchen in irgendeinem Räderwerk enden. Du kannst sogar wieder nach Maui zurückgehen und als Gangster ganz von vorn anfangen, bevor du dir das antun läßt. Oder dich als Freiwilliger auf einem Longliner melden …‹

Ein Schauer lief ihm über den Rücken. Plötzlich wurde ihm kalt. Er suchte mit dem Daumen nach dem Reißverschluß seiner

Jacke. Die herbstliche Sonne war zweifellos nicht mehr so warm, wie es den Anschein hatte.

Das Lokal, mehr Kneipe als Restaurant, in dem Kea arbeitete, lag mitten im miesesten Stadtbezirk. Nachdem er sich durch geologische Schichten aus Wandverkleidungen, Farbe und ranzigen Tapeten durchgearbeitet hatte, war er darauf gestoßen, daß die Kneipe vor ungefähr einer Million Jahren einmal den Namen »Gay Cantina« getragen hatte. Heute trug sie, soweit sich jemand erinnern konnte, überhaupt keinen Namen. Man nannte sie einfach »die Schnapsbude da drüben«. Sämtliche Lizenzen lauteten auf den Namen des Eigentümers, einen finsteren Schlägertypen namens Bruno, und alles wurde stets bar bezahlt.

Bruno hatte zuerst nicht glauben wollen, daß jemand, der so gut wie Richards aussah – das hieß, jemand ohne die sonst im Viertel üblichen Narben im Gesicht – und der obendrein Cal Tech besuchte, sich in seiner Kneipe nach einem Job erkundigen würde. Doch Kea, der sich oft an die Kochkünste seines Vaters erinnerte und während der vergangenen Jahre die Mahlzeiten für sich und Leong Suk zubereitet hatte, ließ nicht locker. Außerdem, dachte er, wäre es bestimmt ein besonderes Fest, mitzuerleben, was geschah, wenn der erste Schluckspecht ein Lob auf den Jungen aussprach. Bruno wollte es mit ihm probieren.

Inzwischen befand sich ein kleiner, V-förmiger Einschnitt auf dem Tresen, umgeben von einem dunklen Fleck. Nach diesem Zwischenfall wurde Richards von den Bewohnern des Viertels in Ruhe gelassen, vor allen Dingen deshalb, weil er, nachdem er das Küchenmesser und die Hand des Widerlings aus dem Tresen gezogen hatte, nicht die Polizei gerufen hatte.

Kea arbeitete von vier Uhr nachmittags bis zu der nicht genau festgelegten Zeit, zu der die Bude dichtgemacht wurde – und das war immer dann, wenn der letzte Betrunkene hinausgewankt war und keine weiteren mehr hereinwankten. Die meiste Zeit über war die Kneipe ziemlich leer, und Kea konnte seinem Studium nachgehen. Aber nicht an diesem Abend. Es war sehr voll, immer wieder strömten hungrige und teilweise sogar nüchterne Kunden herein. Ungefähr um neun Uhr fielen zehn Sturzbetrunkene ein. Es war eine ganz normale Nacht. Dann tauchte auch noch Austin Bargeta auf. Kea, der gerade ein belegtes Brot mit Ei, Käse und Schinken für einen der Trunkenbolde zubereitete, sah ihn nicht sofort. Doch er erkannte Bargetas ziemlich auffällige Stimme, als er nach der Karte rief. Kea hatte sie schon einige Male zuvor gehört. Er und Bargeta quälten sich gemeinsam durch »Partikeltheorie und ihre konkrete Anwendung im Yukawa-Antrieb«.

Die Bargetas waren superreich. Die Familie war vor vier Generationen gegründet worden, als ein brillanter Designer seine ersten Billionen machte, indem er unter anderem eines der ersten tragbaren astrographischen Instrumente baute. Dann hatte er die Tochter eines der einflußreichsten japanischen Yakuza-Bankiers geheiratet und mit ihr die neue Dynastie gegründet. Inzwischen gehörte die Familie schon zum alten Geldadel. Der Großteil ihres Vermögens steckte in Holding-Gesellschaften, der Rest im interplanetarischen Bau- und Transportwesen. Jede Generation der Bargeta wurde vor die Wahl gestellt: ein Kind konnte entweder Familienoberhaupt oder Kartellbaby werden. Das Familienoberhaupt mußte sich durch die Führung der mit vielen Risiken behafteten Bau- und Transportabteilung bewähren, während die Bankiers sich hinter den Kulissen um alle anderen Bereiche der beinahe von selbst laufenden Geldmaschine kümmerten. Dem Auserwählten winkten Wohlstand und Macht jenseits jeglicher Vorstellungskraft.

Nach allem, was Kea so gehört hatte, war Austin Bargeta im Rennen um die Thronfolge. Das Problem bestand in der Frage, wie lange ihn der Familienname noch davor bewahren würde, als mißratener Thronfolger in die Dunkelheit verstoßen zu werden.

»Austin.«

Bargeta mußte dreimal blinzeln, bis er Richards erkannte. Was weniger daran lag, daß er ein Snob war, wie Kea klar wurde, sondern daß er kaum nüchterner als die zehn Betrunkenen hinter ihm war.

»Ach du bist's, Richards«, sagte Bargeta. »Du hockst doch in einem meiner Kurse. Was treibst du denn hier?«

»Einige von uns müssen arbeiten«, erwiderte Kea. »Du hast doch schon mal was von Arbeit gehört, oder? Das, was die meisten Leute so tun. Für Geld, du weißt schon.«

»Wie? Ach so, tut mir leid. Wollte dich nicht … und so weiter … wollte nicht auftreten wie … wie ein Elendstourist, du verstehst mich doch.«

»Schon gut, Austin. Aber ich muß dir noch etwas auf den Zahn fühlen. Das hier ist eindeutig nicht deine Gegend.«

»Warum nicht?« Bargeta blickte sich um und schien doch nichts wahrzunehmen, weder die vollgekritzelten Wände noch die verdreckte Decke noch das Publikum der Kneipe. »Sieht doch ziemlich … du weißt schon, authentisch aus.«

»Das ist es, allerdings. Na schön.« Kea zuckte die Achseln. Dann wollen wir den Jungen mal füttern und anschließend wieder hinausbugsieren. In Keas Augen war Austin ein verwöhnter Junge, auch wenn er ein Jahr älter und eine Klasse über ihm war. »Möchtest du was essen?«

Bargeta konzentrierte sich auf die Speisekarte. Er war noch immer am Lesen, als einer der Betrunkenen losgrölte. »He, Süßer, wenn du deinem Schätzchen genug in die Ohren gesäuselt hast, würde ich gern was zu Fressen bestellen!« Kea ignorierte die Pöbelei. Bargeta nicht. Er wirbelte von seinem Hocker am Tresen herunter; sein Gesicht lief rot an, als wäre er in einem Vid. ›Na prima‹, dachte Kea.

»Gehe ich recht in der Annahme«, sagte Austin für alle klar verständlich, »daß du deine Mutter Hämorrhoide nennst, weil sie so ein verdammtes Arschloch ist? Oder täusche ich mich da?«

Der Betrunkene kämpfte sich auf die Beine. Während Kea sich unauffällig in Richtung Kasse schob, fiel ihm auf, daß der Mann Samoaner war. Es gab nicht allzuviele Menschen, die in Pasadena herumliefen und zwei Meter auf zwei Meter maßen. Kea wußte auch, daß die Kultur der Samoaner maternalistisch war und daß Bargeta, um es kurz zu sagen, platt gemacht werden würde. Bargeta stellte sich wie die Karikatur eines Kampfsportlers auf, und dann walzte der Samoaner auf ihn zu.

Kea nahm eine Rolle Viertelcreditmünzen aus der Kasse. Bargeta erwischte den Samoaner mit einem Handkantenschlag. Der Mann grunzte, zeigte aber keinerlei weitere Reaktion. Dann holte er aus. Der Hieb traf Austin nur an der Schulter und ließ ihn über die Theke segeln. Kea schob Bargeta die Münzrolle in die Hand. Austins Finger legten sich um die Rolle, gaben an sein Hirn weiter, was sie da umschlossen hielten, dann kam er wieder hoch und hatte jede Doo-Woo-Dingsbums-Selbstverteidigungstechnik vergessen. Er schlug ziemlich wüst und fest entschlossen zu.

Der Samoaner machte sich nicht einmal die Mühe, dem Schlag auszuweichen. Austins Hieb traf ihn seitlich am Kiefer, und Richards hörte Knochen brechen und Knorpel knacken. Blut spritzte hervor, der Samoaner schrie vor Schmerzen und ließ sich auf den Hintern fallen. Sein Kiefer hing schief und merkwürdig locker herab. Seine Freunde waren aufgesprungen – und Kea hatte das Hackbeil in der Hand und den Code für die Polizei gedrückt, bevor sie auf Bargeta losgehen konnten. Unter diesen Umständen war es absolut in Ordnung, wenn man die Bullen rief, schließlich gehörte keiner der Betrunkenen zum Viertel.

Als die Aufruhrbekämpfung eintraf, hatte Kea die Münzrolle Bargetas Fingern unauffällig entwunden und wieder in der Kassenschublade verschwinden lassen. Sie schoben den Samoaner mit dem zerschlagenen Gesicht in einen Wagen und rieten seinen Freunden, sich schleunigst von hier zu verziehen. Dann widmeten sie sich Austin. Wieder erklärte Kea aus einem Impuls heraus, daß er sich um ihn kümmern würde. Er rief ein Taxi, vergewisserte sich, daß Bargeta genug Geld für die Heimfahrt bei sich hatte, und machte die Küche dicht. Der Gedanke, daß er wohl nie einen guten Machiavellianer abgeben würde, schoß ihm durch den Kopf.

Drei Tage später, bei der nächsten Veranstaltung von Partikellangeweile etc., überprüfte Kea die Ergebnisse eines besonders fiesen Tests, den sie in der letzten Stunde geschrieben hatten. Was dem Kurs an interessantem Stoff fehlte, machte die Lehrkraft an Strenge wieder wett. Zweitbester. ›Nicht schlecht‹, dachte Kea. Er hätte noch besser sein können, doch in der Nacht zuvor war er mit einer der Bedienungen nach Hause gegangen, die ihm unbedingt ihre neue Wohnung und andere womöglich interessante Dinge zeigen wollte, und war daher mit mehr als nur einem kleinen Kater angetreten. Austins Stimme schnarrte hinter seinem Rücken: »Ach, Mist. Dabei habe ich für diesen Test extra gelernt.« Kea entdeckte Bargetas Namen weit unten. Wie gehabt.

Kea drehte sich um. Bargeta schielte nach links und rechts. Niemand sonst hielt sich in der Nähe des Schwarzen Bretts auf. »Weißt du«, sagte Bargeta mit gesenkter Stimme, »so betrunken war ich gar nicht. Und ich vergesse nie etwas. Sieht ganz so aus, als hättest du mich davor bewahrt, an einer eurer Kneipenwände zerquetscht zu werden.«

Kea grinste. Wenn man von dieser Stimme und seiner »Gutsherrenart« absah, war Bargeta nicht einmal so unsympathisch. »Du warst nicht in Gefahr. So ein sauberer Bursche wie du … den hättest du doch glatt platt gemacht. Vielleicht wäre aber auch ein Blitz aus heiterem Himmel durchs Dach gekommen – denn bestimmt hätte sich Vishnu eingemischt, um deinen Arsch zu retten.«

»War der Kerl wirklich so groß?«

»Noch größer.«

Austin lachte. »Wie gesagt, du hast was bei mir gut. Wenn, besser gesagt falls dieser Kurs jemals zu Ende geht, würde ich dir gern einen Humpen oder zwei ausgeben. Was nicht heißen soll, daß ich das bin, wessen mich dieser Schienenbus beschuldigt hat. Es sei denn«, sagte er mit gespieltem Erschrecken, das sich in echte Sorge verwandelte, als ihm schlagartig klar wurde, daß er Kea unbeabsichtigt beleidigt haben könnte, »du bist ein … ein … Nicht, daß ich etwas dagegen hätte, falls du einer von denen bist, die, äh, ich meine, du weißt schon … nicht soviel von Frauen halten.«

Kea schüttelte den Kopf. »Keinesfalls. Ich bin ein ganz normal gepolter, gieriger Schluckspecht.«

»Gut. Sehr schön. Dabei kommt mir der Gedanke, daß wir uns vielleicht über ein paar andere Sachen unterhalten könnten. Über einige andere Schwierigkeiten, in die ich gestolpert bin. Vielleicht kannst du mir auch da ein paar nützliche Tips geben.«

Nach einigen Bieren kam Austin mit seinem Vorschlag heraus. Er gab freimütig zu, daß er nicht gerade zu den großen Leuchten von Cal Tech gehörte. Bei seinem Notendurchschnitt würde er das Institut garantiert nicht mehr lange besuchen können, was einige Leute nicht sehr erfreuen würde. Mit einige Leute meinte er, da war sich Kea ziemlich sicher, die Entscheidungsträger der Familie Bargeta. Austin wollte Kea als Tutor engagieren. Richards wollte schon ablehnen, doch plötzlich hatte er so etwas wie einen Moment der Erkenntnis. ›Da will dir jemand einen Vorteil verschaffen‹, dachte er. ›Genau wie damals die zerbrochene Vase. Genau wie die Münzrolle, die du diesem Jungen in die Hand gedrückt hast. Das darfst du nicht ablehnen.‹ Er nahm an.

Der Nachhilfeunterricht erwies sich als nicht besonders schwierig. Austin war ein gelehriger Schüler. Natürlich rann das, was Kea ihm in das eine Ohr hineinstopfte, innerhalb einer Woche aus dem anderen wieder heraus, aber was spielte das schon für eine Rolle? Keiner der Professoren schien sich für etwas anderes zu interessieren, als daß die Studenten das herrliche, vor ihnen ausgebreitete Wissen wiederkäuten. Außerdem sah es nicht danach aus, als würde Austin jemals etwas von dem Wissen, das er sich angeblich erworben hatte, auch tatsächlich anwenden müssen. In diesem Punkt begeisterte sich Kea dafür, wie schlau er Bargeta wirklich machen konnte, wenn er sämtliche Möglichkeiten ausschöpfte – so wie er damals alles versucht hatte, um von Kahanamoku City wegzukommen. Die Antwort lautete: sehr schlau. Denn Richards entdeckte, daß auch die Universität ihre eigene Unterwelt hatte, die ebenso funktionierte wie die auf Maui. Examen konnten gekauft werden. Lehrkräfte konnten bestochen werden, damit sie Hausarbeiten verfaßten oder die bloße Anwesenheit honorierten. In manchen Fällen, wenn der Lehrer ein ausgesprochener Scharlatan war, ging es sogar so weit, daß Noten abgeändert wurden. Am Ende des Semesters hatte sich Austins Notendurchschnitt merklich verbessert. »Und das alles nur«, wunderte sich Austin, »weil du mir gezeigt hast, wie man sich auf die wirklich wichtigen Dinge konzentriert.«

Noch bevor das nächste Semester anfing, fragte Austin Kea, ob er bei ihm einziehen wolle. Richards packte die Gelegenheit beim Schopf. Es war nicht so, daß sie einander auf den Füßen gestanden hätten, schließlich besaß Bargeta ein ganzes Haus, das frei auf einem eigenen Grundstück stand. Sechs Zimmer, eine Haushaltshilfe, ein Koch und ein Hausmeister, der sich um alle anderen Kleinigkeiten kümmerte. Austin stellte seinen neuen Freund seinen alten Freunden vor. Der hochgewachsene und ungeschliffene Kea mit der seltsamen, exotischen Herkunft erschien dem Kreis um Bargeta zunächst wie ein Wunderknabe. Man ging davon aus, daß Austin ihn, wie alle seine bisherigen Freunde, egal ob männlich oder weiblich, früher oder später fallenlassen würde. Aber Kea war eine Ausnahme. Und allmählich akzeptierten sie ihn bei ihren Zusammenkünften.

Kea studierte die reichen jungen Leute und ihre Eigenarten sorgfältig. Er lernte alles, was ihm die Oberschicht beibringen konnte. Es war faszinierend. Die Regeln entsprachen bis ins Detail denjenigen, die auch die Triaden auf Maui ihren Mitgliedern abverlangten. Und die Strafen für einen Fehltritt kamen ihm ebenso grausam vor, auch wenn sie körperlich nicht so drastisch ausfielen. Manchmal hatte er den Eindruck, als sähe er Austin Bargeta so, wie er wirklich war: ein oberflächlicher, bei flüchtigem Hinsehen charmanter Benutzer, der Kea wie eine Marionette dirigierte. Und er erkannte, daß die Familie Bargeta, auch wenn er nur ein Mitglied persönlich kennengelernt hatte, Teil einer großen Verschwörung war, die den Status quo aufrechterhalten wollte; einen Status quo, der die Menschheit davon abhielt, ihre wahre Bestimmung zu finden.

Natürlich förderte das zugleich eine Frage aus seinem tiefsten Inneren zutage: Welche Bestimmung, Kea? Er konnte sie nicht beantworten, er spürte lediglich, daß die Menschheit sich selbst von einem großen Ziel abhielt, einem Ziel, das draußen zwischen den Sternen lag, einem Ziel, das sie mit anderen Lebewesen teilte, die ebenso intelligent oder intelligenter als die Menschen waren.

Die Raumfahrt gab es jetzt schon mehr als 200 Jahre, und was hatte man bisher erreicht? Das Sonnensystem war erforscht und einige Welten waren einem Terraforming-Prozeß unterzogen worden. Ungefähr 50 Longliners hatten sich auf die Reise ins Unbekannte gemacht, und diejenigen, die sich noch einmal gemeldet hatten, berichteten von einer grenzenlosen Leere dort draußen, und vom Grauen und der Degeneration auf den Schiffen. Einige wenige fremde Sonnensysteme waren von den unglaublich teuren Sternenschiffen besucht worden. Eine einzige außerirdische Rasse hatte man dabei entdeckt. ›Was für eine Leistung‹, dachte er hämisch.

Austins letztes und Keas vorletztes Semester verliefen ebenfalls problemlos. Bargeta machte seinen Abschluß. Nicht mit Auszeichnung – das hätte keine noch so hohe Bestechung zuwege gebracht –, aber bequem im oberen Drittel seines Jahrgangs. Kea war Bester seines Semesters. Er wußte, daß er im nächsten Jahr der beste Absolvent des gesamten Instituts sein würde. Mit diesem Abschluß dürfte er keine Schwierigkeiten haben, eine geeignete Anstellung zu finden. Vielleicht bei Bargeta Shipping. Vielleicht woanders. Schon bald, womöglich schon in drei oder vier Jahren, würde Kea ins All reisen. Die Zukunft sah rosig aus. An diesem langen, durchfeierten Wochenende, das Bargeta nach seinem Diplom veranstaltete und an dem er die Katze aus dem Sack ließ, wurde sie sogar blendend. Er wußte, daß er Kea viel verdankte, und er wollte, daß auch alle anderen es erfuhren, besonders seine Familie. Er wollte, daß Kea diesen Sommer bei ihm als Gast verlebte – oder zumindest einen Teil des Sommers, denn dieser Sommer würde doppelt so lange dauern wie alle anderen, die Kea jemals erlebt habe. Kea müsse noch einige kleine Korrekturen an seinen Plänen vornehmen; er könne sein letztes Jahr am Cal Tech nicht vor dem ersten Semester '85 beginnen.

Austins Grinsen wurde breiter, als er sah, wie Kea bei den Vorschlägen hinsichtlich seines zukünftigen Lebens die Stirn kraus zog. Dann erklärte er ihm alles. Der Grund für Keas verspätete Rückkehr zur Schule lag an der Fahrtzeit. Im kommenden September würde er sich nämlich noch immer im Feriendomizil der Familie Bargeta aufhalten. In Yarmouth, in der Nähe der Ophir-Schlucht, die heute ein Süßwasserozean ist.

Auf dem Mars.

Während Austin ihn angrinste, kam sich Kea plötzlich wie schwerelos an Bord eines der frühen Raketenraumschiffe vor. Die Schule konnte warten. Seine Karriere konnte warten. Der Weltraum … Es war der Anfang vom Ende.

Mars, A.D. 2184

Sie hieß Tamara. Sie war siebzehn. Groß. Dunkelhaarig. Ein schlanker, kurvenreicher Körper. Kecke Brüste. Augen, die herausforderten, Augen, die Kea verrieten, daß keine Aufforderung verboten war – solange er den Mut hatte, ihr auch zu folgen. Und sie war Austins Schwester.

Sie sah ihm nur vage ähnlich. Sie war perfekt. Vielleicht bemerkte Kea, daß die wenigen Kleinigkeiten, die Gott Tamara vorenthalten hatte, von den besten kosmetischen Chirurgen nachgereicht worden waren. Aber selbst wenn – es hätte ihn wahrscheinlich wenig gekümmert. Es lag wohl daran, daß Kea von so vielen Dingen wie betäubt war, daß er sie erst nach einer gewissen Zeit wahrnahm.

Seine Hirntrunkenheit hatte in dem Moment eingesetzt, als das Schiff abhob. Eine Vergnügungsreise zum Mars war nach wie vor nur wenigen reichen Leuten vorbehalten; die Fahrt kostete in etwa soviel wie die allerbeste Luxuskabine auf einem Luxuskreuzfahrtschiff auf der Erde zur Zeit der Cunards. Die Suite, die er sich mit Austin und einem völlig mit Berichten überladenen Faktotum der Familie teilte, war die größte auf diesem Transporter. Sie maß vier auf sieben Meter. Austin erzählte Kea, daß das immer der schlimmste Teil der Reise sei – und daß er sich wie in einer Mausefalle fühle.

Kea fiel es nicht einmal auf. Zum einen war die Suite nicht viel kleiner als die Wohnung, in der er und Leong Suk lange Jahre gelebt hatten. Zum anderen besaß die Suite ein »Bullauge« – eigentlich einen Vid-Bildschirm, der mit Aufnahmegeräten an mehreren Stellen der Außenhülle des Raumschiffs in Verbindung stand. Auf den Bildern, die die Frontkamera lieferte, wurde der Mars immer größer. Als sich das Raumschiff dem Planeten des Kriegsgottes näherte, konnte Kea die ersten Details erkennen. Valles Marineris. Tharsis. Olympus Mons. Alles gewaltig und spektakulär. Aber was Kea am meisten faszinierte, waren die von Menschenhand geschaffenen Gebilde. Nicht nur der Dunst der neuen Marsatmosphäre, die Meere und Seen, die funkelnden Lichter der neuen Städte, sondern die Wunder außerhalb des Planeten, von denen man einigen erlaubt hatte, zur Erinnerung und als Mahnmale bestehenzubleiben. Eine Raumstation. Die *Erste Basis* auf Deimos. Einer der großen Spiegel, mit deren Hilfe man die Eiskappen geschmolzen hatte und der im geosynchronen Orbit über dem Nordpol hing.

Ihm wurde klar, daß zumindest dieser Spiegel kein freiwillig zurückgelassenes Monument war. Er war das zentrale Stück eines Schrotthaufens. Kea schmeichelte sich bis auf die Brücke zu den Piloten vor, lernte, wie man die Aufnahmekontrollen bediente, und untersuchte den Schrott, der um den Planeten kreiste. Die Gründe dafür kannte er selbst nicht. Doch dort schwebten tote Fernraumschiffe, die er aus Büchern, Museen und von Modellen her kannte, die er sich damals als Junge nie hatte leisten können. Ein Longliner, der niemals fertiggestellt und auf die Reise geschickt worden war. Eine Raumstation, ausgebrannt und zerfranst. Kea erinnerte sich, von dieser Katastrophe gelesen zu haben, die sich vor etwa einhundert Jahren ereignet hatte.

Und auf einer Seite, ganz allein, ein winziges Schiff. Noch eins dieser Sternenschiffe. Das zweite, das er jemals gesehen hatte. Er wunderte sich, weshalb er offensichtlich der einzige war, der sie als Mischung aus Triumph und Niederlage betrachtete, als Versprechen und Tragödie zugleich. Als unvollkommen. Als Raumschiffe, denen es verdammt noch mal nur an der richtigen Energiequelle fehlte …

Kea kehrte zur Suite zurück und bereitete sich auf die Landung vor. Bargeta Senior, Austins Vater, erwartete sie. Ein furchteinflößender Mann. Kea fragte sich, ob er dem Mann mit den gleichen Gefühlen gegenübergetreten wäre, wenn er nicht gewußt hätte, wieviel Macht er in seinen Händen hielt. Er kam zu dem Schluß, daß es nichts daran geändert hätte. Es lag an Bargetas Gesicht. Harte, taxierende Augen. Die dünnen Lippen eines gestrengen Zuchtmeisters. Und dabei die Gesichtszüge eines Genußmenschen und ein Körper, der nicht durch körperliche Arbeit, sondern nur durch hochbezahlte Trainer so in Form gehalten werden konnte. Es war das gleiche Gesicht, erkannte Kea, das Austin einst tragen würde, sollte man ihn auserwählen, Bargeta abzulösen. In etwa vierzig Jahren.

Mr. Bargeta war sehr freundlich zu Kea. Er erwies sich dem Mann gegenüber, der seinem Jungen aus dieser schwachsinnigen Schule herausgeholfen hatte, in die er da gerutscht war, als sehr dankbar. Er sagte, Austin habe Richards oft in seinen Briefen erwähnt. Kea wußte, daß er log. Austin setzte sich mit seiner Familie nur dann in Verbindung, wenn er etwas wollte, und dann sehr knapp und direkt; dabei ging es entweder um einen Vorschuß oder um eine Erhöhung der Zahlungen für das nächste Semester.

Der ältere Mann sagte, daß sie vor Keas Rückreise zur Erde miteinander über die Zukunft reden müßten. Über Keas Zukunft. Kea kam sich vor, als wäre er mitten in einem Mafiavid aus dem 20. Jahrhundert, und zwar in der Szene, in der man versuchte, ihn zu einem Mitglied der Verbrecherfamilie zu machen. Das war wahrscheinlich nicht nur romantische Dummheit, dachte er, schob den Gedanken jedoch rasch beiseite.

Auf dem Anwesen hielten sich zwischen zehn und fünfzehn Bargetas auf, darunter Cousins und Cousinen und angeheiratete Familienmitglieder. Und das Personal der Familie. Er fragte nach, und man klärte ihn darüber auf, daß man für jeden »Gast« dreißig Männer oder Frauen beschäftigte. Zu »besonderen« Anlässen natürlich mehr. Kea fühlte sich daran erinnert, daß die Superreichen sich doch deutlich vom gemeinen Volk unterschieden.

Der Besitz der Bargetas war nur einhundert Meter von der Kante der beinahe senkrecht in die Tiefe stürzenden Klippe entfernt, an deren Fuß sich der neue Ozean befand. Auf dem gleichen Grundstück war damals eine der ersten Blasen errichtet, später von den Bargetas erworben und in einen Vergnügungsdom umgewandelt worden. Das war es auch geblieben, selbst als die

Kunststoffkuppel, für die schon bald keine Verwendung mehr bestanden hatte, abgerissen worden war. Auf dem Gelände standen jetzt mehrere Häuser und Nebengebäude sowie Hallen zum Trinken oder Tennisspielen. Selbst Kea konnte sich dafür begeistern, was man auf einem Planeten mit niedriger Schwerkraft so alles mit einem Ball anstellen konnte. Hinzu kamen Rasenflächen. Beheizte Schwimmbäder. Erst vor kurzem hatte man am Klippenrand eine Cabana errichtet. Von dort aus führte ein runder, rundum verglaster Fahrstuhl mit einer McLean-Plattform bis hinunter zu einem schwimmenden Dock, das auf dem schäumenden Ozean schaukelte.

Genau dort schwamm Tamara in sein Bewußtsein. Im wahrsten Sinne des Wortes. Er mühte sich gerade mit den Segeln und dem Tauwerk eines Trimaran ab, der am Dock festgemacht war. Kea war zwar auf der Erde schon einige Male gesegelt, aber nur auf Booten mit einem Rumpf. Er versuchte gerade sich vorzustellen, was wohl bei einer scharfen Wende mit dem Boot passieren würde. Vielleicht würde es zu schlingern anfangen; vielleicht würde ein Ausleger abbrechen – dann könnte er versuchen, es wie einen Katamaran zu steuern. Vielleicht würde es aber auch völlig manövrierunfähig werden … Und dann kam Tamara wie ein Seehund aus dem Wasser aufs Deck geschossen.

Zuerst dachte er, sie hätte überhaupt nichts an; dann sah er, daß die Farbe ihres winzigen, einteiligen Badeanzugs genau auf ihre tiefgebräunte Haut abgestimmt war. Nachdem er sich vom ersten Schreck erholt hatte, fragte er sich, warum sie nicht zitterte. Er selbst trug einen einteiligen Neoprenanzug mit kurzen Armen und Beinen gegen die frische Brise und das kalte Wasser. Dann fiel ihm die Miniheizung auf, die in Höhe der Taille in ihrem Badeanzug versteckt war. Ohne ein Wort zu sagen, kam Tamara auf ihn zugeschlendert. Sie betrachtete Kea interessiert. Kea drehte sich ein wenig zur Seite. Sein Anzug lag sehr eng an, und er wollte sich nicht in eine peinliche Situation bringen.

»Du bist Austins Heiliger Georg.« Ihre Stimme klang wie ein Schnurren.

»Stimmt. Meine Karte habe ich leider in der anderen Rüstung vergessen. Drachen retten, Jungfrauen erschlagen, das sind so meine Spezialitäten.«

Tamara lachte. »Na ja, hier auf dem Mars gibt es jedenfalls keine Drachen. Du kannst dich also entspannen.« Sie stellte sich vor und ließ sich neben ihm nieder, wobei ihre Schulter die seine berührte. »Sieht so aus, als würde dir die Familie etwas schulden, weil du meinem Bruder geholfen hast«, sagte sie.

Kea zuckte die Achseln. »Meiner Meinung nach nicht. Wir sind quitt.«

»Kann schon sein. Bleibst du den ganzen Sommer über bei uns?«

»Genau. Der Rückflugtermin auf meinem Ticket wurde offengelassen. Aber Austin meinte, am besten nehmen wir die … wie heißt sie gleich … die *Copernicus*. Sie soll am … herrje, ich habe mich noch immer nicht darum gekümmert, wie hier die Monate gezählt werden … Jedenfalls nach Erddatum gemessen, fliegt sie in der ersten Septemberwoche.« Kea erkannte flüchtig, daß er hirnlos drauflosquasselte.

»Da ist noch lange hin«, erwiderte sie. »Wir müssen dafür sorgen, daß du dich nicht langweilst. Findest du nicht auch?«

»Ich, äh, glaube nicht, daß … Ich meine, wie kann man sich auf dem Mars langweilen?«

»Das ist nicht die Art von Langeweile, von der ich geredet habe«, verkündete Tamara mit Nachdruck. Sie fuhr mit einem Fingernagel an Keas Arm hinunter; er fühlte sich heiß an, wie ein Brandeisen. Sie stand schon wieder. »Der Mondaufgang auf dem Mars ist etwas ganz Besonderes. Am besten sieht man ihn von der Cabana aus. Sie liegt ein wenig von den anderen Gebäuden entfernt, deshalb stört dort kein Licht.«

Sie ging zur Kante des Trimaran. »Weit genug entfernt«, fuhr sie fort, »um so ungestört zu sein, wie man nur möchte.« Sie lächelte, als ob sie an etwas denken oder sich an etwas erinnern würde; dann hechtete sie mit einem Kopfsprung in das sprudelnde, mit CO_2 versetzte Wasser. Keas Mund war wie ausgetrocknet.

Die Cabana verfügte über vier Schlafzimmer. Alle vier waren vorbereitet. Vier Männer mit nichtssagendem Gesichtsausdruck standen als Personal zur Verfügung. Sie fragten, ob Kea etwas brauche, ob sie etwas für ihn tun könnten. Sie zeigten ihm, wo man die Getränke kühlte und wo es etwas zu essen gab, und sie wiesen ihn darauf hin, daß er nur das Funkgerät antippen müßte, und innerhalb weniger Minuten wäre jemand bei ihm. Dann zogen sie sich zurück. Der Hauptraum der Cabana war kreisförmig, mit gläsernen Wänden, die sich auf Knopfdruck abdunkeln ließen. Genau in der Mitte stand ein riesiges, in den Boden eingelassenes Sofa vor einem Kamin; unter der Abzugshaube des Kamins lagen Holzscheite, die bei der Berührung mit einem brennenden Streichholz sofort fauchend aufloderten. Ein offener Kamin? Auf dem Mars? Das war angesichts des Umweltgesetzes und all der Beglaubigungen und Erlaubnisscheine, die nötig waren, bevor man irgend etwas mit einem Baum anstellen konnte, höchst unwahrscheinlich. Kea fand schnell heraus, daß die Feuerstelle künstlich war. Nach einigen Augenblicken hatte er die korrekte Einstellung vorgenommen, bei der die Scheite weit heruntergebrannt waren und die kleinen Flammen zuckende Schatten an die Wände warfen. Fehlten nur noch die Drinks.

Und Tamara war da. Sie trug grellgrüne Hosen, dazu ein passendes, ärmelloses Top. Die Hose war bis weit unterhalb ihres Bauchnabels ausgeschnitten, und das Top endete ungefähr an ihrem Rippenbogen. Ungefähr. Tamara nahm zwei bereits gefüllte Gläser in die Hand; eine mit einem Stück Stoff umhüllte Flasche stand bereits wieder in dem Kübel neben ihr.

»Auf … die Nacht«, sagte sie. Sie tranken. Dann füllten sie ihre Gläser erneut und kehrten zu der Couch zurück. Sie unterhielten sich. Kea konnte sich später nie mehr daran erinnern, worüber sie sich eigentlich unterhalten hatten. Jedenfalls erzählte er ihr seine Lebensgeschichte, und Tamara hörte völlig fasziniert zu. Sie saß dicht neben ihm. Dann gingen ihm die Worte aus.

Tamara setzte ihr Glas ab. Irgendwie war es ihnen gelungen, die Flasche mit diesem perlenden Wein restlos zu leeren. Sie streckte eine Hand aus und berührte seine Lippen.

»Weich«, murmelte sie. Sie beugte sich näher heran, und ihre Zunge zuckte über Keas Lippen. Er fing an, sie zu küssen – da zog sie sich zurück. Sie stand auf und entfernte sich mit schaukelnden Hüften ein Stück von ihm. An dem Top mußte ein Halter versteckt gewesen sein, denn plötzlich löste es sich. Tamara streifte es über die Schultern, drehte sich um und sah ihn mit ernstem Gesichtsausdruck an.

Sie berührte ihre Körpermitte, und die Hose glitt herunter, verwandelte sich in einen seidenen Teich zu ihren Füßen. Tamara stieg aus dem Teich und streckte sich lang und genüßlich. Kea starrte sie an, unfähig, sich zu bewegen oder zu sprechen. Langsam ging sie in ein abgedunkeltes Zimmer, drehte sich noch einmal um und lächelte. Dann verschwand sie in dem Schlafzimmer. Eine künstliche Kerze verbreitete anheimelndes Licht.
Kea löste sich aus seiner Starre. Jetzt war er bereit, ihr zu folgen.

»Nein«, sagte Tamara. »Diesmal … diesmal siehst du einfach nur zu.« Sie wickelte ihre Schärpe auf und fing an, sie in bestimmten Abständen zu verknoten. »Beim nächsten Mal … bist du dran.«

Der Mars wurde ein verschwommener Schatten, ein undeutlicher Fleck. Das Zentrum der Welt war allein Tamaras Körper. Die Nächte waren ein Wirbel aus Bewegung, Ekstase, einem plötzlichen Aufblitzen süßer Qual, die Tage bestanden aus Erforschung und Wagemut. Sie liebten sich überall. Tamaras Leidenschaft schien sich zu steigern, je größer die Gefahr war, daß sie dabei entdeckt oder überrascht wurden. Insbesondere dann, wenn es sich dabei um ein Familienmitglied handeln konnte. Kea kam nicht gerade als Unschuldslamm in Tamaras Bett. Sie lernte auch von ihm.

Sie wollte etwas Neues. Und so zeigte er ihr, anfangs noch widerstrebend, einige der Techniken, die er ein- oder zweimal in den Bordellen von Maui ausprobiert hatte oder von denen er bisher selbst nur gehört hatte.

Sie lernte rasch und praktizierte diese Abseitigkeiten als eifrige Schülerin. Sie kombinierte sie mit anderen Fertigkeiten, mit denen sie bereits vertraut war. Am liebsten mochte sie Sex als in die Länge gezogenen, exotischen Akt mit einem blitz- oder schockartigen Höhepunkt aus Schmerzlust. Kea kam sich manchmal vor wie ein Stück Holz, das am Rande eines Mahlstroms kreiste und dann hinuntergezogen wurde bis in sein Zentrum.

Er war in Tamara verliebt. Das konnte eine Katastrophe für ihn bedeuten. Seinen Untergang. Aber so war es eben. Was die Sache noch schlimmer – oder vielleicht auch besser – machte, war die Tatsache, daß Tamara ebenso berauscht, leidenschaftlich und hingerissen zu sein schien wie Kea. Kea erlaubte sich sogar, von einer Zukunft zu träumen; von einer Zukunft, die sich gehörig von der unterschied, die er sich zuvor ausgemalt hatte. Eine Zukunft, die aus zwei Menschen bestand.

Kea staunte. Tamara schien ihm wirklich jeden Wunsch mit größter Begeisterung zu erfüllen. Es war fast so, als wäre er der Herrscher, und nicht … Seine Gedanken scheuten sich, den Rest zu formulieren. Einmal fuhren sie zu den Werften von Capen City. Ihn faszinierte die Ansammlung so vieler unterschiedlicher Schiffstypen. Hier landeten die Raketen auf großen, hochaufragenden Gerüsten statt im Wasser, und Kea konnte sogar unter ihren gewaltigen Hüllen hindurchgehen und erst jetzt richtig begreifen, wie riesig sie waren. Tamara, die sich nicht sonderlich für die

Schiffe selbst interessierte – »Aber Schatz, uns *gehört* die Hälfte davon!« –, bekam ihre Kicks von den Farben, dem Dreck und der lauernden Gefahr. Mehrere Male sagte sie ihm, wie sicher sie sich an seiner Seite fühlte.

Etwas störte Kea. Warum waren die Besatzungen dieser Raumschiffe so nachlässig gekleidet, ganz anders als in den Vids, die sich immer noch hin und wieder mit der Raumfahrt beschäftigten? Warum waren so viele Stellenausschreibungen vor dem örtlichen Heuerbüro angepinnt? Und warum waren diese Nachrichten so verwittert, als hätte man sie schon vor sehr langer Zeit dort aufgehängt und als wäre niemand verzweifelt genug, um darauf zu reagieren?

Tamara und Kea fanden einen Platz in einer überfüllten Kneipe, die sich Café nannte, tranken eine schrecklich süße Mixtur, die Tamara beim Barkeeper bestellt hatte, und er versuchte, die Sache zu durchdenken. Abgesehen von den Bodencrews waren alle Leute, die sie getroffen hatten, egal ob Männer oder Frauen, Raumfahrer. Sie begaben sich hinaus ins absolute Vakuum. Weshalb drehten sich dann alle Unterhaltungen, die er belauschte, um Suff oder Drogen und darum, wie voll sie in der Nacht zuvor mal wieder gewesen waren? Oder aber darum, wie schrecklich die Bedingungen an Bord waren und welches das allerletzte Höllenschiff war, auf dem man bloß nicht anheuern sollte. Sie redeten nicht wie Wissenschaftler oder Ingenieure, sondern ihre mit schwerer Zunge heruntergeleierten Monologe oder plötzlichen Wutausbrüche enthüllten arme, verzweifelte Menschen. Es hörte sich an wie im Säuferheim. Warum waren die Augen dieser mutigen Raumpioniere so stumpf? So tot?

Hier hörte er zum ersten Mal den Begriff Schleuse 33, ein Ausdruck, der immer so benutzt wurde, als handele es sich dabei um das Tor zum Hades. Er fragte nach und erfuhr, daß es sich dabei um die Standardabschottung zwischen den Bereichen Maschinen/Mannschaften und Fracht/Passagiere handelte. Etwas war da faul. Sehr faul. Aber er wußte nicht, was. Er trank aus und nahm Tamaras Hand. Sie starrte wie verzaubert eine Frau am anderen Ende des Tresens an, deren speckiger, tief ausgeschnittener Schiffsanzug sehr viel Haut sehen ließ – und diese Haut war über und über mit Tätowierungen bedeckt. Die Frau schien ebenso interessiert an Tamara Bargeta zu sein.

Tamara zog mißmutig die Stirn kraus, als Kea sagte, er wolle gehen, doch sie widersprach nicht. Als sie die Kneipe verließen, schenkte sie der tätowierten Frau ein breites Lächeln, ein Lächeln, an das sich Kea nur zu gut aus anderen, intimen Situationen erinnerte. In dieser Nacht schlief er allein. Er wollte Tamara nicht mit seinen finsteren Gedanken verstören, die sich noch immer mit dem beschäftigten, was er da gesehen hatte. Er versuchte zu begreifen, was das alles zu bedeuten hatte. Am nächsten Tag fegte sie alle seine Entschuldigungen mit einem Lachen beiseite. Sie war am Abend noch einmal nach Capen City geflogen, um ein paar »alte Freunde« zu besuchen.

Das Ende kam eine Woche später im hellen Sonnenlicht, an Deck des Trimaran, auf dem alles begonnen hatte. Kea hatte den ganzen Morgen damit verbracht, sich auf diesen Moment vorzubereiten, sich die richtigen Worte zurechtzulegen. Dann war es soweit. Er hoffte inständig, daß er sich auf diese Herzensangelegenheit so vorbereitet hatte, als wäre es die wichtigste Prüfung, die er jemals ablegen würde. Und als genau das stellte sie sich heraus.

Tamara hörte seinem Gestammel, das recht bald flüssiger wurde, schweigend zu. Dann war er fertig. Kea wartete auf eine Antwort. Er erhielt sie in Form eines Kicherns, das schnell zu lautem Gelächter wurde. »Kea«, sagte sie, nachdem sie sich vor Lachen ausgeschüttet hatte. »Sage mir bitte, ob ich völlig danebenliege. Du findest, wir sollten … zusammensein? Wenn dieser Sommer vorüber ist? Sogar dort, auf der Erde?« Kea spürte, wie sein Innerstes Purzelbäume schlug, als hätte er gerade einen A-

Grav-Schacht betreten, in dem die McLean-Generatoren ausgefallen waren. Er nickte.

»Zusammen*leben*? Oder ... oder meinst du mit einem Vertrag? Kea, mein Schatz, du hörst dich an wie ein Oldie, der etwas von heiraten faselt! Ach, mein Lieber, das ist wirklich köstlich. *Du? Mich*? Oje, oje!« Sie wollte sich schon wieder ausschütten vor Lachen. Kea stand auf, ging wie betäubt über das Deck und stieg in den Fahrstuhl, der ihn hinauf zum Rand der Klippe brachte.

Kurz darauf fand er sich im großen Haus wieder. Es war dunkel. Kea hatte weder gegessen noch sein Zimmer aufgesucht. Er hatte versucht, für alle diese Bargetas unsichtbar zu sein. Ein Dienerpaar fragte, ob er etwas brauche. Kea schüttelte den Kopf. Er sah, wie die Augen der Frau sanft wurden. Sie wollte etwas sagen, legte jedoch nur die Hand auf seinen Arm. Dann machte sie ein erschrockenes Gesicht und lief eilig davon.

Er wußte nicht, was er jetzt tun sollte. Wie konnte er Tamara für den Rest des Sommers aus dem Weg gehen, eines Sommers, der sich direkt vom Paradies in ein Fegefeuer verwandelt hatte? Er konnte nicht einfach abreisen. Austin war sein Freund. Alles, wonach ihn verlangte, war ein Versteck, wo er sich verkriechen konnte, um die tiefe Wunde zu lecken, die Tamara ihm gerissen hatte.

Er hörte ein Lachen. Austin. »Ach du Schreck«, sagte er mit seiner markanten Stimme. »Hat er das ernst gemeint?«

»Wenn nicht, dann ist er der größte Spaßvogel auf dem ganzen Mars.« Tamara.

»Ich vermute, es kam nicht ganz unerwartet«, sagte jemand mit nachdenklicher Stimme. Bargeta Senior.

»Tut mir leid, Vater«, sagte Tamara. »Aber ich dachte –«

»Du mußt dich dafür nicht entschuldigen«, unterbrach sie ihr Vater. »Es geht mich nichts an, ob dir dieser einfache Bursche gefallen hat oder nicht. Oder wie du dich kratzt, wenn es dich juckt.

Es wäre wohl höchst heuchlerisch, wenn ich von meiner Tochter verlangte, in Abgeschiedenheit von der Welt zu leben, wo doch jeder weiß, daß die Familie seit jeher eine gewisse Vorliebe für die … rauhere Seite des Lebens gehabt hat, was?«

Jetzt lachten alle drei. Gelöstes Familiengelächter nach der nebensächlichen Erwähnung eines kleinen offenen Geheimnisses.

»Dann ist es also mein Fehler.« Austin.

»Eigentlich nicht«, erläuterte sein Vater. »Du bist lediglich an eine Lektion erinnert worden, die deinem Bewußtsein vielleicht schon entfallen war, als du den jungen Mann für seine Unterstützung damit belohnt hast, daß du ihm Zugang zu deinem Leben gewährt hast. Aber es ist keine neue Lektion. Erinnere dich daran, wie schlimm es für dich war, als du erfahren hast, daß deine Kindermädchen keine Bargetas waren und auf eine ganz bestimmte Art behandelt werden mußten. Denk an die Kinder, die wir unseren Dienern erlaubten, damit ihr Spielkameraden hattet, und wie du geweint hast, als die Zeit gekommen war, sie wegzuschicken. Mach dir keine Vorwürfe, Austin. Wir müssen diese Lektion immer wieder von neuem lernen.«

»Und was tun wir jetzt?« Tamara. »Ich meine, ich kann mir gut vorstellen, wie öde es wird, wenn wir Kea bis zum Ende des Sommers wie einen mondsüchtigen Bauernburschen hier herumschmollen lassen.«

»Keine Sorge«, sagte Bargeta Senior. »Vielleicht verschwindet er einfach. Oder er springt in eine Schlucht. Oder er segelt in den Sonnenuntergang davon. Mondsüchtige Einfaltspinsel tun oft derlei Dinge.«

Das Klingen von Gläsern. Jemand goß ein Getränk ein. Dann Austins Stimme: »Eigentlich ist diese ganze Geschichte, wenn man nicht näher darüber nachdenkt, ziemlich lustig, Vater. Findest du nicht?«

Tamaras Gekicher. Ein leises Lachen von Bargeta. Dann lachten alle drei laut los. Herzhaftes, unbeschwertes Lachen. Kea hörte nichts mehr davon. Ihre Heiterkeit verschwand aus seinem Bewußtsein. Ebenso wie die Bargetas und Yarmouth selbst. Das einzige, was ihm in diesem ganzen Universum noch blieb, war ein vergilbter, halbzerrissener Aufruf mit der Aufschrift STELLEN FREI an der Wand eines Anmusterungsbüros für Raumschiffs- besatzungen.

Kapitel 23

Alva Sektor, A.D. 2193

Die Anzeige pulsierte hektisch rot auf dem Monitor. »Da! Schon wieder, Murph!« zwitscherte Vasoovan. »Auf ein Uhr.«

Captain Murphy »Murph« Selfridge quetschte sich in den Na- vigationswürfel. Er war ein großer, kräftiger, ehemals athletischer Mann, der mit den Jahren ein wenig aus dem Leim gegangen war. Er beugte sich über seinen Ersten Offizier. Das Licht pulsierte ihm entgegen. Kea Richards sah zu, wie die plumpen Züge seines Kom- mandanten einen ochsenhaften Ausdruck annahmen, während er verdutzt auf den blinkenden Punkt starrte. »Keine Ahnung«, sagte der Captain schließlich. »Immer noch die gleichen Koordinaten?«

»Die gleichen verdammten Koordinaten, Murph«, bestätigte Vasoovan.

»Bist du sicher, daß du keinen Mist gebaut hast?« fragte Murph zur Sicherheit noch einmal nach. »Vielleicht ist es besser, wenn du es noch einmal durchlaufen läßt.«

Die Osiranerin seufzte den Märtyrerseufzer der Untergeord- neten. »Wenn Sie meinen, Captain«, zwitscherte sie. Schlanke ro- safarbene Fühler bewegten sich flink über die Comp-Einheit, berührten Sensorfelder, drehten an Anzeigen.

Richards und die beiden Wissenschaftler verhielten sich still. Sie saßen um den winzig kleinen Tisch in einer Ecke der winzig kleinen Kommandozentrale dieser per Bastelanleitung zusammengenieteten Kiste von Raumschiff, die irgendein Verkaufsmanager auf den unpassenden Namen *Destiny I* getauft hatte, und hatten die Spielkarten in ihren Händen vergessen. Eine *Destiny* II gab es nicht. Das erste Modell war so miserabel konstruiert und hergestellt worden, daß nur die zehn Schiffe der ersten Serie gebaut worden waren. Und die hatte man nach Kilogramm verkauft. Richards' knickerige Company hatte zwei davon gekauft und in Dienst gestellt. Die letzten fünf E-Monate hatte Richards sein ganzes Können als Chefingenieur dafür aufwenden müssen, daß die *Destiny I* nicht auseinanderbrach und weiterhin Kurs auf diese mysteriösen Signale aus dem Alva Sektor hielt.

Vasoovan bootete erneut. Der Bildschirm wurde dunkel und zeigte dann wieder ein Bild. Das Licht blinkte immer noch. Diesmal jedoch auf sechs Uhr. »Was zum Kuckuck ist da los, Vasoovan?« wollte Murph wissen. »Wie kommt es, daß dieser Blödmann ständig um uns herumkreiselt?«

»Ich kann nichts dafür«, protestierte Vasoovan, die allmählich sauer wurde. »Ich mache hier nur meinen Job. So wie alle anderen auch.« Sie wandte dem Captain ihr großes ovales Gesicht zu. Vasoovan war von Natur aus mit dem permanenten Grinsen eines Raubtiers ausgestattet. Auch nach fünf Monaten ständigen Kontakts mit der Nonhumanoiden bereitete Richards dieser Gesichtsausdruck Unbehagen. Er sah, wie zwei von Vasoovans Augenstengeln Murph auf der Suche nach Anzeichen einer Widerrede musterten. Die beiden anderen Stengel schwenkten über Murphs Kopf, um Richards und die Wissenschaftler zu beobachten.

Die Frau tat so, als bemerke sie nichts, und strich sich eine dunkle Locke aus den Augen. Der andere Wissenschaftler zeigte Vasoovan sein wohlgeformtes Profil. Nur Kea starrte zurück. Er wußte, daß er der Osiranerin keinen Vorteil einräumen durfte. »Was gibt's da zu glotzen, Richards?« zwitscherte Vasoovan schrill.

»Offensichtlich nicht viel«, sagte Kea. »Meiner Meinung nach ist es nicht sehr unterhaltsam, wenn man dem Captain und dem Ersten Offizier dabei zusieht, wie sie ständig heimlich herumtuscheln.«

»Du hast keinen Grund zu meckern«, sagte Murph. »Du kriegst dreifache Heuer für diesen Trip, außerdem einige saftige Bonusse, wenn wir wirklich etwas finden.«

Richards zeigte auf das wandernde Licht auf dem Navigationsschirm. »Wenn das da unser Bonus ist, Captain«, sagte er, »dann würde ich mir nicht erst den Kopf darüber zerbrechen, wofür ich das Geld nach unserer Rückkehr ausgebe. Von meiner Warte aus gesehen ist das Geld der Firma ziemlich sicher.«

»Komm schon, Kea«, drängte der Captain. »Sei nicht immer so negativ. Wir haben hier ein gutes Team beisammen. Und wir werden die Sache auf jeden Fall irgendwie schaukeln.«

Kea zuckte die Achseln. »Klar, Murph. Wie du meinst.«

»Die sind dran schuld«, sagte Vasoovan und zeigte auf die beiden Wissenschaftler. »Das war doch alles ihre Idee. Wißt ihr, was ich glaube? Ich werde euch sagen, was ich glaube –«

Dr. Castro Fazlur, der Chefwissenschaftler der Expedition, unterbrach die Nonhumanoide. »Es glaubt doch tatsächlich, es sei in der Lage, Denkprozesse auszuführen, Ruth. Wirklich amüsant, was?« Seine Lippen verzogen sich zu einem nicht sehr amüsierten Lächeln.

Dr. Ruth Yuen, Fazlurs Assistentin und Geliebte, senkte ihren schönen Kopf. Sie versuchte sich aus der Schußlinie zu halten. »Na, komm schon, Ruth. Sei ehrlich.« Fazlur machte Druck. Sein feingeschnittenes Graufuchsgesicht schob sich nach vorne. »Findest du es nicht auch tragisch, daß die einzige angeblich intelligente Spezies, die die Menschheit im Weltall gefunden hat, aus diesen Dingern mit Fühlern dran besteht?«

»Paß bloß auf, Fazlur«, zischte Vasoovan.

Der Wissenschaftler ignorierte die Warnung. »Ich würde sagen, es liegt an den Augenstengeln«, sagte Fazlur. »Das meiste, was ein Osiraner oder eine Osiranerin an IQ aufzuweisen hat, geht für die Kontrolle dieser primitiven biologischen Funktion drauf. Das erklärt auch die begrenzte Sprachfähigkeit. Dir ist sicher aufgefallen, Ruth, daß es den Slang einer gemeinen Schiffsratte spricht. Offensichtlich sind seine geistigen Fähigkeiten zu bescheiden, um das Vokabular eines zivilisierten Wesens anzunehmen.«

Vasoovan wechselte die Farbe – von leichtem Pink zu sattem Rot. Ein kräftiger Tentakel entrollte sich, suchte nach einem schweren Objekt, das er werfen konnte, und zuckte sogleich wieder zurück, als der Captain ihm einen Klaps verpaßte. »Hört schon auf, Leute. Nicht so verbissen. Ich habe auch ohne euch genug Probleme«, bat sie Murph.

Genau in diesem Augenblick spürte Kea, wie sich ein warmer, wohlgeformter Fuß gegen seine Wade drückte. Er wanderte sein Bein hinauf, schmiegte sich weiter oben an ... noch weiter. Ruths dunkle Augen blitzten. Ihre rote Zungenspitze befeuchtete ihre Oberlippe. Es war dieser Tamara-Blick. Plötzlich stürzte die ohnehin schon beengte Welt der *Destiny I* über ihm zusammen. Er warf seine Karten auf den Tisch und sagte: »Ich hau mich noch ein bißchen aufs Ohr. Wenn ihr euch entschieden habt, wohin es als nächstes gehen soll, könnt ihr mich ja wecken.« Er stand auf, wich Ruths verletztem Blick aus und verließ den Raum. Als er den Korridor entlangging, verebbte das vertraute Gebrabbel der sich streitenden Stimmen.

Zu seinem Erstaunen fand er die Naßzelle einmal nicht besetzt vor. Der Rest der Besatzung, insgesamt fünfzehn Leute, war entweder bei der Arbeit oder in der Koje. Das verschaffte ihm eine der seltenen Gelegenheiten, den Dreck abzuschrubben, den die überforderten Lufterneuerungssysteme der *Destiny I* unablässig ausspuckten. Seit Monaten liefen alle schon in dem immer penetranter werdenden Miasma ihres eigenen Gestanks herum und aßen abgestandene Rationen absolut künstlich hergestellten Fraßes, denn der knappe Wasservorrat bedeutete gleichzeitig, daß sie so gut wie kein frisches Gemüse aus den hydroponischen Anlagen erhielten.

Die nadeldünnen Strahlen hörten schlagartig auf, als seine Heißwasserration aufgebraucht war. Kea verspürte nicht die geringste Reue, als er erneut auf den Knopf drückte und der Duschkopf wieder Wasser spie. Scheiß auf diese Geizhälse von der Company. Ein herrlicher Nebel breitete sich in der Kabine aus. Kea trug dick Seife auf und fing an, sich abzureiben.

Die Expedition zum Alva Sektor hatte von Anfang an unter einem schlechten Stern gestanden. Wider besseres Wissen hatte Kea auf diesem Seelenverkäufer angeheuert. Chefingenieur eines Schrottkübels zu sein, entsprach bestimmt nicht dem, was er sich vom Leben versprochen hatte. Er hatte einst große Träume gehabt. Träume, die den Versuch wert gewesen wären, sie in die Wirklichkeit umzusetzen. Und dann hatte er alles wegen dieses verzogenen Mädchens über Bord geworfen. Wäre so etwas jemand anderem passiert, hätte er bestimmt darüber gelacht. Doch die Erinnerung an dieses herzlose Gelächter auf dem Mars würde ihn noch jahrelang verfolgen. Er war so jung und dumm, daß er sich nicht einmal fragte, warum die erste Raumfracht-Gesellschaft, die er aufsuchte, sofort auf ihn ansprang, als sei er aus purem Gold. Klar, er hatte ihren Befähigungstest mit links bestanden und die Prüfung nach einem Drittel der veranschlagten Zeit abgelegt. Kea hatte halb damit gerechnet, daß man ihn trotz seiner Examensnoten ablehnen würde, denn letztendlich verfügte er über keinerlei Erfahrung. Er war auch davon ausgegangen, daß die Konkurrenz bei etwas so Exotischem wie einer Karriere im Weltraum beachtlich sein würde. Besonders jetzt, da private Firmen, die gewaltige Profite und garantierte Monopole witterten, sich auf die wenigen Brücken zu den Sternen stürzten, die mit Regierungsgeldern entstanden waren.

Er kam allmählich dahinter, wie falsch er mit seinen Ansichten lag, als ihn sein erster Job als Putzer an Bord eines Frachters nach Epsilon Indi führte. Seine Mannschaftskollegen waren so dumpf wie der Chefingenieur, und der konnte seine Gehirnzellen an den Fingern seiner verkrüppelten rechten Hand abzählen. Was der Mannschaft an Intelligenz fehlte, machte sie mit Trägheit und Raffgier wieder wett. Jedes Mal, wenn das Schiff abfliegen sollte, lag darin die einzige Möglichkeit des Captain, sie aus den Suff- und Narkohöhlen herauszulocken, um seinen nächsten Auftrag zu erledigen.

Sein nächster Job – ein weiter Sprung aus Arcturus hinaus – lieferte den Beweis dafür, daß das erste Schiff keinesfalls eine Ausnahme gewesen war. Soweit es überhaupt im Bereich des Möglichen lag, waren die Knalltüten, aus denen sich diesmal Mannschaft und Offiziere zusammensetzten, noch unfähiger. Diese Reise endete beinahe mit einer Katastrophe, als der Captain einen eindeutig verzeichneten Meteoritengürtel einfach ignorierte und sein Schiff von den Steinbrocken durchlöchert wurde. Vier Besatzungsmitglieder starben, bevor es Kea gelang, den betreffenden Sektor abzudichten und das Loch zu versiegeln. Seine Kenntnisse des Yukawa-Antriebs wurden getestet, als man herausfand, daß die Maschine beschädigt war. Niemand an Bord war dazu in der Lage, sie zu reparieren. Während der nächsten 72 Stunden wurde viel gebetet, während Kea versuchte, den Stardrive irgendwie zum Laufen zu bringen. Der Sprung nach Hause verlief dann ohne weitere Zwischenfälle.

Danach war er von seinem gegenwärtigen Arbeitgeber rekrutiert worden: Galiot Inc., eine Tochterfirma des gigantischen SpaceWays-Konzerns. »Galiot ist eine verdammt gute und brandneue Abteilung, mein Sohn«, hatte der Anwerber geprahlt. »Du wirst Dinge sehen und Sachen tun, von denen normale Menschen noch nicht einmal träumen. Unsere Aufgabe besteht darin, uns neue Möglichkeiten und Ideen auszudenken, mit denen Space-Ways Geld verdienen kann. Sie stecken jede Menge Credits in unsere Expeditionen. Wenn du bei uns mitmachst, mein Sohn, dann hast du dich für höchste Qualität entschieden. Für Galiot Inc. ist das Allerbeste gerade gut genug. Hier ist alles vom Feinsten.« Kea hatte zugesagt, nachdem man ihn zwei Besoldungsgruppen hochgestuft hatte. Von dort aus dauerte es nicht lange, bis er sich zum Chefingenieur emporgearbeitet hatte.

›Genau‹, dachte er, als die nadelfeinen Wasserstrahlen seine vor Anspannung verknoteten Muskeln lösten, ›der Weg war zwar nicht lang, aber er war gewiß steinig.‹ Das lag nicht allein am Risiko. Ach was, das Risiko war eher das Salz in der Suppe. Hier bekam er eine Chance, die Träume seiner Knabenzeit auszuleben: Raumschiffe, die sich auf der Suche nach Abenteuern in unbekannte Weiten vorwagten. Aber Galiot tat ihr Bestes, um den Expeditionen jedes Gefühl des Wunderbaren auszutreiben. Sie stellten nur die billigsten Leute ein und kauften nur die schäbigste Ausrüstung, was eine intellektuell befriedigende Zusammenarbeit unmöglich und selbst die allernötigsten Routinehandgriffe aufgrund mangelnder Qualität von Maschinen und Werkzeugen zu frustrierender Knochenarbeit machte. Die Gesellschaft hatte ein Talent dafür, jeden Auftrag in höllische Langeweile zu verwandeln – dazwischen hatte man immer wieder Angst vor einem sinnlosen Tod, wenn die schäbige technische Ausrüstung wieder einmal bei der kleinsten Belastung zu versagen drohte.

›Was um alles in der Welt tust du hier eigentlich, Richards? Du hängst auf dieser Expedition fest, die mindestens ein E-Jahr dauern wird, umgeben von den erbärmlichsten, streitsüchtigsten und rüpelhaftesten Angestellten von Galiot Inc. Du hättest ebensogut auf Basis Zehn bleiben und auf einen anderen Kontrakt warten können. Na schön, du hast dich zu Tode gelangweilt. Aber was ist denn so neu und großartig daran, für Galiot Inc. zu arbeiten? Du hättest es dir denken können. Verdammt noch mal, du wußtest es, Richards. Du wußtest es bereits zu dem Zeitpunkt, als du ihnen noch hättest sagen können, sie sollen sich ihren Kontrakt dorthin stecken, wo die Sonne niemals scheint.‹

Er hörte, wie die Tür zum Duschraum aufging. Durch die Dampfwolken sah er eine üppige weibliche Gestalt aus ihrem enganliegenden Overall schlüpfen. Sämtliche Alarmglocken fingen an zu klingeln. Dr. Ruth Yuen lächelte durch den feinen Nebel und legte sich plötzlich auf die schmale Umkleidebank des Duschraums. »Mmmmmm«, schnurrte sie. »Ich mag es, wenn meine Männer schön sauber sind.«

Beim letzten Mal, als sie seine Kajüte verließ, hatte sich Richard geschworen, die Geschichte damit als beendet zu betrachten. Aus und vorbei. Die Frau war gefährlicher als alles andere an Bord des Schiffes oder draußen im ewig kalten Weltraum. Die Garantie für ein Messer im Rücken. ›Also, sag nein, Richards. Sag nein. Schick sie zu ihrem Vollzeitliebhaber und Boß, Dr. Castro Fazlur, zurück.

Mach schon, Richards.‹

Aber seine Füße bewegten sich vorwärts, trugen ihn aus der Duschkabine. Ruths Lächeln wurde breiter. Sie sah aus halbgeschlossenen Augen zu ihm auf, streckte eine Hand nach ihm aus. Ihre Finger streichelten seinen Bauch, glitten tiefer. Ihr linkes Bein hob sich vom Boden, das Knie beugte sich, und sie setzte einen Fuß auf die Bank. Dann spreizte sie die Beine und fing an, sich zu streicheln.

»Worauf wartest du, Richards? Brauchst du eine schriftliche Einladung?« Als er sich über sie kniete, hob sie die Beine und schlang sie fest um seine Hüften.

›Klar, Richards. Sag nein.

Genauso, wie du auch zu dieser Company nein gesagt hast.‹

Gerüchte über Operation Alva waren ihm schon zu Ohren gekommen, bevor er Captain Selfridge gefragt hatte, ob er sich der

Mannschaft anschließen dürfe. Es hieß, eine routinemäßige Überprüfung des entfernten Alva Sektors habe eine starke, periodisch auftretende Störung der normalen Hintergrundstrahlung ergeben. Das Pulsieren kam aus einem Gebiet, in dem nichts Bekanntes existierte. Es war kein Schwarzes Loch und auch kein anderes jener hypothetischen Gebilde, deren Vorhandensein von den Physikern des 22. Jahrhunderts postuliert wurde, um das immer noch Unerklärliche zu erklären. Doch zumindest schien das Piepen und Summen einer »natürlichen« Quelle zu entstammen – soweit jemand das beurteilen konnte.

Die Gerüchte über das unerklärliche Phänomen hatten Kea in eine seltsame Aufregung versetzt. Der kleine Junge und der Abenteurer in ihm wollten unbedingt selbst nachschauen gehen. Er wollte der erste sein, der etwas erfuhr, vor allen anderen. Den Sinn für das Wunderbare wiederentdecken. Dann gewann sein hart erworbener Zynismus wieder die Oberhand. Galiot Inc. würde sich nicht für die Sache interessieren, wenn nicht garantiert eine Menge Geld dahintersteckte. Der erforderliche Bericht für die Regierung würde schließlich erstellt, zusammengetragen und in irgendeinem bürokratischen Schwarzen Loch vergessen werden. Also kehrte er in eins der Zimmer zurück, die die Gesellschaft ihren vorübergehend kontraktlosen Arbeitern zur Verfügung stellte, und vergrub sich in seiner ständig wachsenden Sammlung historischer Abhandlungen. Dann hörte er von Dr. Fazlurs Ankunft. Der Wissenschaftler war ein bekannter Experte auf dem Gebiet der Theorie paralleler Universen. Kea hätte beinahe nichts von diesen Neuigkeiten erfahren. Er hatte schon viel zu viele dieser Lieblingsexperten von Galiot kennengelernt. Meistens stellten sie sich als windige Mietprofessoren heraus, die keine Skrupel hatten, sich die Tatsachen zurechtzubiegen, um die Erwartungen ihres Auftraggebers zu erfüllen. Er war davon ausgegangen, daß Fazlur nur deswegen dabei war, um den Bericht zu schreiben und dafür zu sorgen, daß die Regierung die erforderlichen Lizenzen verlän-

gerte. Diese Vermutung schien sich zu bestätigen, als er von Fazlurs entzückender »Assistentin«, Dr. Ruth Yuen, erfuhr – und
daß Fazlur sie gerne in aller Öffentlichkeit abküßte und be-
grabschte. Der Mann war offensichtlich eher Playboy als Wissenschaftler. Dann kam ihm zu Ohren, daß Fazlur viele Tonnen
Ausrüstung aus dem Schiff, das ihn und Yuen nach Basis Zehn
gebracht hatte, an Bord der *Destiny I* umladen ließ.

»Die Gesellschaft hat endlich die Geldmaschine angekurbelt«,
meinte ein alter Raumfahrer in einer von Keas Stammkneipen
dazu. »Da muß ein ganz großes Ding drin sein!«

Ein kleiner Wald aus Spezialantennen wurde von rund um die
Uhr arbeitenden Mannschaften auf der Außenhülle von Basis
Zehn angebracht. Kea hatte es bei seiner Rückkehr von einem
kurz dazwischengeschobenen einwöchigen Einsatz selbst gesehen. Als sein Schiff in Richtung der Andockbucht von Basis Zehn
vorüberglitt, war Kea die eigenartige Konfiguration aufgefallen,
die Fazlur angeordnet hatte: Drähte, die von Türmen gespannt
und miteinander verwoben waren, so daß sie ein feingewobenes
Gitternetz bildeten, das wohl als Empfänger dienen sollte. Der
alte Raumfahrer hatte nicht übertrieben, als er meinte, die Geldmaschine laufe auf vollen Touren. Es mußte sich tatsächlich um
eine größere Sache handeln.

Kea war in seinem Zimmer auf und ab gegangen. Hatte Gib-
bon aufgeschlagen und kurz darauf wieder in die Ecke geworfen.
Hatte in der *Anabasis* herumgeblättert. Auch sie in die Ecke geworfen. Ebenso erging es Plutarchs Biographien. Und Churchill.
Viel zu viele Stunden vergingen. Als er die Nachricht von Captain Selfridge erhielt, daß er eine Mannschaft für eine Expedition
zum Alva Sektor zusammenstellte, war er so schnell zu diesem
Treffen geeilt, wie es einem jungen Mann auf einer Welt mit drei-
viertel Erd-Schwerkraft möglich war.

»Die Gesellschaft hält große Stücke auf dich, Richards«, hatte
Selfridge gesagt.

»Danke, Captain.«

»Laß den Captain weg«, protestierte der Mann. »Ich habe es lieber, wenn es auf meinem Schiff lässig zugeht. Nicht so förmlich. Das ergibt 'ne bessere Gemeinschaft. Auf diese Weise können wir alle besser an einem Strang ziehen, wenn es wirklich hart auf hart kommt … Nenn mich einfach Murph.«

»Klar … Murph«, sagte Kea und dachte sogleich daran, daß es vernünftiger wäre, auf der Stelle wieder auszusteigen. Nur ein Idiot heuert auf einem Schiff an, dessen Captain sagt: »Nenn mich einfach Murph.«

»So ist's recht, Richards. Immer schön locker, dann kommen wir prima miteinander aus. Du stehst übrigens ganz weit oben auf der Liste, die mir die Gesellschaft rübergeschoben hat, nachdem ich gesagt hatte, daß ich für die Expedition noch einen Chefingenieur brauche. Jetzt, wo ich dich kenne und wir uns unterhalten haben, verstehe ich auch, warum.«

Dazu sagte Kea nichts. Er hätte die Sache platzen lassen. Seit er in der Unterkunft des Captain angekommen war, hatte er vielleicht fünfzehn Worte gesagt. Wenn der alte Murph sich für die Auswahl der anderen genausoviel Zeit ließ, hatten sie am Schluß eine Mannschaft zusammen, vor der es selbst Long John Silver gegraust hätte. »Eine Sache sollte ich noch erwähnen«, fuhr Murph fort. »Ich habe eine Osiranerin als Ersten Offizier. Sie heißt Vasoovan. Hast du damit Probleme?«

Murph hatte Keas gehobene Augenbraue sofort mißverstanden. »Ich nehm's dir nicht übel, wenn du Vorurteile gegen Nonhumanoide hast. Immerhin nimmt sie einem guten Mann den Job weg und das alles. Aber auch wenn sie nur ein Käfer ist, diese Vasoovan ist mir ausdrücklich empfohlen worden.«

»Nein. Ich habe keine Probleme mit einer Osiranerin … Murph«, sagte Kea schließlich. Das war keine Lüge. Er war selbst zu sehr Mischling, als daß er auf die Idee gekommen wäre, Vorurteile zu hegen. Er hatte im allgemeinen viel Gutes über die Osiraner gehört. Aber nicht als Angestellte einer Gesellschaft. Die Osiraner waren eine ziemlich stolze Spezies und mochten sich nicht mit dem Gedanken anfreunden, von den Menschen bevormundet zu werden, nur weil sie diejenigen waren, die den ersten Kontakt hergestellt hatten. Die einzigen, die freiwillig für Menschen arbeiteten, das wußte Kea nur zu gut, waren die Unzufriedenen und Unfähigen. Das wiederum hieß, daß Murphs Erster Offizier höchstwahrscheinlich eine Verliererin mit einem Riesenego war. Noch ein schlimmes Zeichen. Was hatte es zu bedeuten, daß sein eigener Name auf der Liste der empfohlenen Leute stand?

»Also, wir haben es hier mit einem wirklich heiklen Auftrag zu tun«, sagte Murph. »Du kriegst also Gefahrenzulage. Dreifachen Lohn, mein Freund. Garantiert ein Jahr lang.«

Kea lächelte und tat so, als freue er sich riesig darüber. ›Das erklärt so einiges‹, dachte er dabei. ›Als einer der jüngsten Chefingenieure ist dreifacher Lohn bei dieser Gesellschaft ziemlich wenig. Das erklärt auch die Osiranerin. Wir haben es also mit absoluten Niedriglöhnen zu tun. Und der gute alte Murph sieht so aus, als müsse er für billiges Geld arbeiten.‹

»Plus Prämien, wenn wir den Schinken nach Hause bringen«, schob Murph noch nach.

»Hinter was sind wir denn her?«

»Wahrscheinlich hast du die Geschichten in den Bars gehört. Von den wilden Signalen, die sie aus dem Alva Sektor empfangen.«

»Klar. Jeder hat davon gehört.«

Gelächter. »Dachte ich mir. Auf Basis Zehn gibt es keine Geheimnisse. Wie auch immer, sie kriegen diese Signale rein. Der betreffende Angestellte hat einen Bericht darüber zusammengestellt, ganz nach Vorschrift. Dem Gesetz nach muß die Gesellschaft aber ungeklärtes Zeug wie das hier melden, das ist 'n Abkommen mit denen ganz oben. Dienst an der Öffentlichkeit und all dieser Quatsch.«

Dienst an der Öffentlichkeit, das hieß reine Forschung und

Entwicklung. Das war die Kröte, die die großen Konzerne schlucken mußten, um an die Rechte zur kommerziellen Nutzung des Weltraums zu kommen. Tatsächlich wurde nur sehr wenig Geld dafür ausgegeben. SpaceWays und seine Konkurrenten erfüllten nur die allernotwendigsten Auflagen.

»Der Bericht wurde weitergereicht«, fuhr Murph fort, »und alle dachten, damit sei der Käse gegessen und mitsamt dem ganzen anderen Kram ein für allemal begraben. An dieser Stelle kommt Fazlur ins Spiel. Der Doc ist Experte für die Theorie paralleler Universen. Verlang jetzt bitte nicht, daß ich dir das erkläre, ich bin ein Sternencowboy und kein Intellektueller.«

»Versprochen«, sagte Kea.

»Dieser Fazlur kriegt also den Bericht vor Augen. Flippt völlig aus. Jagt ihn durch die Computer, und – bingo! – Volltreffer. Der Beweis dafür, daß es ein paralleles Universum gibt, wie er sagt. Ein Leck im All.«

»Warum hört die Gesellschaft auf ihn?« Kea ließ sich nichts anmerken, obwohl sein Herz wie wild hämmerte. »Wieso interessiert sie sich dafür? Oder ist da vielleicht doch eine Menge Geld zu holen?«

»Kein Geld«, erwiderte Murph. »Bestimmt nicht. Diese Expedition erfolgt, und hier darf ich zitieren, ›rein im Interesse des Fortschritts der Wissenschaft‹, Ende des beschissenen Zitats.«

Kea starrte ihn einfach an, mit dem Verarsch-mich-bloß-nicht-Blick des arbeitenden Dumpflings. Murph lachte. »Genau. So sieht's aus. Unsere furchtlose Konzernmutter, SpaceWays, steckt nämlich offensichtlich politisch in der Patsche. Einige Regierungstypen sind der Ansicht, die Forschungsgelder würden zu sehr gestreckt.«

»Deshalb brauchen sie jetzt einen schönen Knochen, den sie den Hunden vorwerfen können.«

»Du hast's erfaßt. Und Fazlur geht's genauso. Er ist zwar ein Eierkopf, aber er hat eine gute Nase fürs Geschäft. Und Beziehungen. Ein Vizepräsident sieht die Möglichkeit, eine Stufe hoch-zufallen, und hast du nicht gesehen, plötzlich haben wir eine wis-senschaftliche Mission zu erfüllen.«

›So läuft der Hase also‹, dachte Kea. ›Eine kleine, billige An-strengung, um den guten Willen zu zeigen. Dieses Ding ist von Anfang an vergeigt.‹

»Also, Richards, ich habe mein Tänzchen aufgeführt, besser geht's nicht. Was meinst du? Bist du dabei?«

Kea überlegte hin und her. Und noch einmal. Es sah noch im-mer nicht gut aus. Andererseits … ein Paralleluniversum? Die an-dere Seite der Münze Gottes? Und es gab dort ein meßbares Leck … Eine Tür. Eine Tür nach …

Wohin?

Richards mußte es wissen. »Ja«, sagte er. »Ich bin dabei.«

Kea sah Ruth nach, wie sie den Korridor hinabschlenderte. Sie blieb vor der Tür stehen, drehte sich um, schenkte ihm ein ver-worfenes Grinsen, dann fuhr die Tür zischend auf. Sie ver-schwand im Kontrollraum. Kea wartete noch einige Sekunden. Es sah nicht gut aus, wenn sie gemeinsam zurückkamen.

Murphs Durchsage mit der Bitte um eine Zusammenkunft auf der Brücke hatte sie mitten in der zweiten wilden Nummer er-wischt. Die Stimme aus Keas Zimmerlautsprecher war kaum ver-stummt, da streiften sie auch schon die Kleider über. Jetzt mußte er sich ein wenig Zeit lassen, damit Fazlur keinen Verdacht schöpfte. Kea ärgerte sich, daß er sich überhaupt auf diese prekäre Geschichte eingelassen hatte. Die Frau hatte ihm von Anfang an Avancen gemacht. Ihr Körper und ihr Blick forderten einen förm-lich dazu auf, herauszufinden, was sie alles wußte. Es war eine ganze Menge. Sie hatte ihm erzählt, daß Fazlur ein Schwein sei, daß sie sich seinem Willen füge, weil sie sonst ihren Job verlieren würde und dann nur eine Wissenschaftlerin mehr sei, die ihre Haut zu Markte trage.

»Ich muß das einsetzen, was mir die Natur gegeben hat«, hatte sie gesagt und dabei mit einem wohlgeformten Finger über noch wohlgeformteres nacktes Fleisch gestrichen. Aber Kea war bald aufgefallen, daß die Gefahr, erwischt zu werden, und die Probleme, die sich unweigerlich daraus ergeben würden, für sie erst die Würze am Sex ausmachten. Schon wieder. Wie bei Tamara. ›Faß dir an die eigene Nase, Richards‹, hatte er gedacht. ›Es macht dich schließlich auch an. Jedesmal, wenn sie an die Tür klopft, machst du auf.‹

Das Nervigste an der ganzen Geschichte, das war Kea klar, war die Tatsache, daß sie wie eine Lektion aus dem Handbuch für Vulgärpsychologie war. Eine Obsession, die in direkter Verbindung zu seinem Fehlschlag mit Tamara stand. Daß der Sex absolut phantastisch war, trug natürlich auch dazu bei. Kea fühlte sich weitaus jünger als achtundzwanzig, schämte sich seiner Sucht und kam zu dem Entschluß, daß mittlerweile genug Zeit verstrichen war. Auf der Brücke warteten schon alle auf ihn. Murph, Vasoovan und Fazlur. Hinter ihnen stand Ruth und warf ihm einen stummen Kuß zu.

»Wo bleibst du denn, Richards?« zwitscherte Vasoovan gereizt.

Fazlur schaute ihn an. Hatte er Verdacht geschöpft?

»Ein kleines Problem im Maschinenraum«, sagte Kea.

»Schon wieder ein Leck in der Versiegelung?« fragte Murph besorgt.

»Genau, Murph, schon wieder ein Leck in der Versiegelung.« Kea sah, wie sich Fazlur abwandte. Gab er sich damit zufrieden? »Was ist denn los?« erkundigte sich Kea.

Murph wies mit dem Daumen auf Fazlur. »Das kann dir der Doc beantworten.« Er drehte sich zu Fazlur um. »Warum klären Sie uns nicht auf?«

»Genau, Fazlur«, stichelte Vasoovan. »Erzähl uns doch, warum du uns schon fünf Monate lang einer dicken fetten Null hinterherrasen läßt.«

»Es handelt sich keineswegs um ein Phantom, meine hirnlose Freundin. Das darf ich euch allen versichern. Bei unserem Start war das Signal, das wir von der scheinbaren Unregelmäßigkeit im Alva Sektor empfingen, zweifellos gleichmäßig und stark. Das Dilemma stellte sich erst ein, als wir näher kamen. Das gleichmäßige Pulsieren, das wir empfingen, schien sich aufzulösen.«

»Ich glaube eher, daß deine Ausrüstung im Arsch ist, so sieht's aus«, sagte Vasoovan. »Du hast da etwas gesehen, was es gar nicht gibt.«

»Und wofür hältst du diese Blinklichter auf dem Monitor, du Schwachkopf? Der gehört jedenfalls nicht zu meiner Ausrüstung.« Vasoovan schwieg. Auch die Augenstiele bewegten sich nicht. Ob sie nun herumwanderten oder nicht, die Blips auf dem Bildschirm zeugten davon, daß dort etwas war. Fazlur grinste Vasoovan höhnisch an und wurde dann wieder ernst. »Ich habe sämtliche Aufnahmen von Vasoovans Sichtungen gesammelt. Dann habe ich die Daten zusammengeworfen. Um zu sehen, ob es so etwas wie ein Muster gibt.«

»Und so war es auch«, vermutete Kea laut. Sonst würden sie jetzt wohl kaum hier zusammensitzen und darüber reden.

»Und so war es auch, genau«, bestätigte Fazlur freudestrahlend. »Betrachtet man diese Signale isoliert, sieht es aus, als tauchten sie mal hier, mal da auf. Von ein Uhr nach sechs Uhr. Nach neun Uhr … Tut man jedoch einen Schritt zurück und betrachtet die Sache aus einer gewissen Entfernung, fällt auf, daß sich die Neun wiederholt, dann die Sechs, und dann wieder die Eins.« Beim Reden malte er etwas auf ein Blatt. Das Ergebnis sah wie ein umgedrehtes U aus.

»Woher kommen die Signale?« fragte Richards.

»Ein Teil davon resultiert aus der Präsenz von Schwarzer Materie«, sagte Fazlur. »Daran besteht kein Zweifel. Da sind sehr starke Gravitationskräfte am Werk, und ich bin der erste, der zugibt, nicht daran gedacht zu haben. Aber das ist nicht die ganze

Antwort. Ich glaube, was da wirklich passiert, ist folgendes: wir blicken auf ein Paralleluniversum, das durch eine Diskontinuität ›sickert‹. Es ist wohlbekannt, daß in einem frühen Entwicklungsstadium unseres Universums positive Ionen so komprimiert wurden, daß kein Licht mehr entkommen konnte. Als sich die Ionen trennten – so stellen wir es uns heute vor –, brach das Licht aus diesem dichten Ionennebel hervor. Ich glaube, daß etwas Ähnliches in unserem nicht ganz so theoretischen Paralleluniversum vor sich geht. Das Licht drängt mit aller Gewalt heraus. Und findet den Weg des geringsten Widerstands durch die Diskontinuität und in unser Universum herein.«

»Gute Arbeit, Doc«, lobte Murph. »Vermutlich. Aber das zu entscheiden, überlasse ich unseren Bossen. Wenn ich ehrlich sein soll, ist das, was Sie da erzählen, möglicherweise die Antwort. Aber diese Antwort klingt mir überhaupt nicht nach einer fetten Prämie. Ich hoffe, Sie können das besser verkaufen, wenn wir wieder zurück auf Basis Zehn sind.«

»Ich werde es noch viel besser machen«, sagte Fazlur grinsend. »Ich kann uns dort hinbringen … und es beweisen!«

»Jetzt hör aber auf, Fazlur!« protestierte Vasoovan lautstark und setzte ihr breitestes Raubtiergrinsen auf. »Wir wollen doch keine Dummheiten machen. Ich kaufe dir deine Theorie auch so ab. Ich unterstütze dich sogar bei den Bossen der Gesellschaft, wenn ich dadurch meinen Anteil an der Prämie kriege. Aber hier und jetzt müssen wir den Tatsachen ins Auge schauen, und die lauten nun mal – Ionennebel oder nicht –, daß wir nicht wissen, wie wir überhaupt von hier nach dort kommen sollen!«

»Doch, das wissen wir«, gab Fazlur zurück. Er zog einen geraden Strich durch das umgedrehte U und machte bei elf Uhr einen Kreis. »Das ist unser Kurs für den nächsten Sprung.« Allgemeines Schweigen. Kea sah, wie Ruth erstaunt nachdachte, dann nickte. Ihrer Meinung nach hatte er recht.

Schließlich brach Murph das Schweigen. »Meine Fresse, Doc,

das ist 'n dickes Ei und so weiter. Aber ich glaube, wir haben genug. Die Politicos sind bestimmt überglücklich, daß wir überhaupt etwas getan haben. Das heißt: auch die Gesellschaft ist glücklich. Ende der Geschichte.«

»Seien Sie kein Narr«, sagte Fazlur. »Wenn ich recht behalte, dann reden wir hier von der größten Entdeckung seit Galilei. Es geht um die Neudefinition der Realität selbst. Vergessen Sie den Ruhm, auch wenn jedes einzelne Besatzungsmitglied der *Destiny I* in die Geschichtsbücher eingehen wird. Denken Sie an den Reichtum, Mann. An den Reichtum!«

Murph wandte sich an Kea: »Wie sieht's momentan aus?«

»Die Maschine ist soweit in Ordnung. Alles andere ist so lala. Inklusive Treibstoff.« Kea blieb keine andere Wahl, als ehrlich zu sein.

»Ich weiß nicht«, sagte Murph. »Mir ist einfach nicht wohl dabei, diese Entscheidung allein zu treffen.«

»Jedenfalls können wir die Verantwortlichen nicht mal kurz anrufen«, meinte Vasoovan. »Wir sind zu weit weg.«

»Wenn Sie jetzt wieder umkehren«, grollte Fazlur warnend, »dann sorge ich dafür, daß Sie gefeuert werden und ein für alle Mal aus dem Geschäft sind, das schwöre ich.«

»Ich bitte Sie, Doc«, beschwichtigte Murph. »Seien Sie doch nicht so. Ich habe nur gesagt, daß mir nicht wohl dabei ist, die Sache allein zu entscheiden.«

»Ich übernehme die Verantwortung«, sagte Fazlur.

»Das wäre nicht rechtens«, konterte Murph. Damit meinte er, daß es nicht ausreichte, um seinen dicken Hintern zu retten. »Wie wär's, wenn wir darüber abstimmen? Nur die Offiziere und Sie beide? Die Mannschaft brauchen wir nicht zu fragen.«

Kea hätte beinahe laut gelacht. Ein Schiffskommandant, der abstimmen läßt. Statt dessen sagte er: »Warum nicht?« Und hob die Hand. »Fangen wir mit mir an. Ich bin dafür, daß wir hinfliegen.«

»Verdammt seist du!« fluchte Vasoovan. »Ich stimme für den Heimflug.«

Fazlur und Ruth schlossen sich Kea an. Jetzt konnte Murph sehen, woher der Wind wehte. »Na schön. Ich schließe mich der Mehrheit an. Tut mir leid, Vasoovan, aber ich muß hier für Frieden sorgen. Das ist mein Job.«

Und so begann der letzte Abschnitt der Operation Alva so zynisch und so halbherzig wie der erste. Kea machte sich nichts daraus. Er war fest entschlossen, die andere Seite von Gottes großer Münze zu sehen. Ein alter Satz kam ihm in den Sinn: »Das ist der Stoff, aus dem die Träume sind.«

Ein feiner Feuerregen stand wie ein Vorhang quer im All. Und dieser Vorhang schien sich in einem sanften kosmischen Wind leicht zu wellen und zu bauschen. Das war die Stelle, an der sich zwei Universen berührten ... und ineinandersickerten.

Kea betrachtete das Bild auf dem Hauptmonitor des Schiffes und sah, wie sich dort ein unablässiges Werden und Vergehen abspielte, als kleine Partikel aus einem Universum mit jenen aus dem anderen in Berührung kamen und in winzigen Lichtblitzen explodierten. Lichtblitze, die ständig an dem wallenden Vorhang auf und nieder tanzten, den Fazlur eine »Diskontinuität« genannt hatte. ›Diskontinuität?‹ dachte Kea. ›Nein. Das ist eher der Eingang zum Paradies. Oder zur Hölle.‹

Fazlurs Stimme ertönte hinter ihm. »Und jetzt, Richards, wenn Sie noch ein Stück näher heran könnten ...«

Kea betätigte den Joystick. Auf dem Schirm wurde die Schöpfkelle sichtbar, die er unter Anleitung von Fazlur und Ruth gebastelt hatte. Sie bestand aus einer kleinen zylinderförmigen Einheit, die als Schiff-Schiff-Kurzstreckenkurier entworfen worden war und die jetzt ein Netz aus eigens präparierten Kunststoffdrähten vor sich herschob. Auf einem Balken am unteren Rand des Schirms liefen ständig Zahlen durch.

»Nur noch ein wenig mehr …« krächzte Fazlur. »Ein Stück noch …«

Plötzlich war das Netz der Kelle voller Lichtblitze. Antipartikel kollidierten mit Partikeln. In den Kunststoffdrähten des Netzes spielte sich ein kleines Drama ab. Kea hielt die Kelle stur auf Eintauchkurs. Es war nicht schwer. Die Sensoren des Joystick wiesen keinerlei Abweichungen auf. Als die Lichtblitze abrupt aufhörten, beendete die Kelle ihren Ausflug und kehrte ins normale All zurück.

Hinter Kea ertönte Fazlurs hämische Stimme. »Ich habe es geschafft! Geschafft!« Kea wußte, daß Fazlur seinen Namen bereits in den Geschichtsbüchern sah. Der erste Wissenschaftler, der ein anderes Universum erforschte – und sei es nur per Fernbedienung. Er gab ein Kommando ein, das die Kelle automatisch zurückholte, und schwenkte seinen Stuhl herum.

»Was hast du geschafft?« setzte sofort Vasoovans enervierendes Gezwitscher ein. »Wir sind genauso daran beteiligt wie du, Kumpel. Wir sind ein Team, stimmt's? Habe ich recht, Murph? Wir kriegen alle den gleichen Anteil.«

»Hm, äh … darüber müssen wir uns noch mal unterhalten«, murmelte Murph. »Mal sehen, was die Vorschriften besagen.«

Kea wußte schon jetzt, daß der gute alte Teamspieler Murph die Prämie nur unter den Rängen aufzuteilen gedachte. Er sah, wie diese eifrigen alten Augen in diesem entwaffnend gutmütigen Gesicht voller Berechnung funkelten. ›Mal sehen‹, dachte er jetzt wahrscheinlich … ›Auf diese Weise könnte ich mit Fazlur fifty-fifty machen … Das wäre dann … äh, also … was war die höchste Prämie, die die Company bis jetzt ausgezahlt hat?‹

»Ich kenne diese Vorschriften nicht, Murph«, kreischte Vasoovan. »Hier geht es nach den Expeditionsregeln. Fazlur kriegt als Teamchef zwanzig Prozent. Wir teilen uns den Rest. Zu gleichen Teilen.«

»Hört ihr jetzt endlich auf damit!« brüllte Fazlur. »Wen küm-

mert die Prämie? Die könnt ihr in ein Glas kippen, runter-
schlucken und wieder auspinkeln.«

»Hören Sie«, meinte Murph. »Wenn Sie Ihren Anteil nicht wollen … Wir teilen ihn gerne unter uns auf. Stimmt's, Vasoovan?«

»Genau, Murph.«

Kea mischte sich ein. »Warum erklären Sie es ihnen nicht, Fazlur?« Er hatte die Kelle bereits zum dritten Mal durchgezogen.
Und er hatte Fazlur und Ruth über die Schulter geschaut,
während sie rechneten und rechneten. Er hatte eine ungefähre
Vorstellung davon, was Fazlur entdeckt hatte. Aber sie war sehr,
sehr vage.

Fazlur nickte. Er rückte sein zerklüftetes, trotzdem attraktives
Gesicht ins rechte Licht. »Es ist ganz einfach«, sagt er. »Wir haben uns gerade eben in ein anderes Universum vorgewagt – und
Beweise für seine grundsätzliche Beschaffenheit mitgebracht.
Dieses Material kann in unserem eigenen Universum zur Quelle
unbegrenzter Energie werden. Eine kleine Flasche davon, meine
Freunde, könnte den Energiebedarf einer ganzen Großstadt und
ihrer Bewohner für hundert Jahre decken.« Fazlur kicherte vor
sich hin. Das Kichern verwandelte sich in lautes Lachen. In der
Kabine herrschte Schweigen, bis er wieder aufhörte. »Soviel zu
eurer blöden Prämie«, sagte er.

Keas vage Vorstellung wurde ganz allmählich konkreter. Energie … Treibstoff. Kriege waren deswegen geführt worden. Hunderttausende waren auf den Ölfeldern gestorben. Energie … Waffen. Hunderttausende und mehr waren in der Vergangenheit im
nuklearen Bombardement gestorben. Energie. Reichtum. Die
größten Vermögen – und Familien – waren auf diesem Gold gegründet worden. Er sah die anderen im Raum an. Jeder von ihnen
hatte es jetzt auf seine eigene Weise verstanden. Selbst der letzte
Schmiermaxe hätte es kapiert. Man kam nicht zur Raumfahrt …
blieb dabei … und hatte von diesen Dingen absolut keine Ahnung.
Kea sah Murph an: Raumfahrergesicht. Clownsgesicht. Aber auf

seltsame Weise düster. Vasoovan: das rosige Gesicht blasser als jemals zuvor. Breites Raubtiergrinsen. Die Fühler rollten sich zusammen und wieder aus. Ruth: leuchtende Augen. Die rote Zungenspitze stieß zwischen den Lippen hervor. Und er selbst.

Er wünschte, er könnte sich jetzt selbst sehen.

»Äh ... Doc ...« hob Murph an. Kehlig. »Wie nennen Sie dieses ... äh ... dieses Zeugs?«

»Eine gute Frage, Murph«, gab Fazlur zurück. Kea konnte es ihm nicht verdenken, daß er seinen Triumph bis in die Zehenspitzen auskostete. »Es ist das Gegenteil der Materie in unserem Universum. Aber wir können es nicht Antimaterie nennen. Antimaterie haben wir bereits in diesem Universum. Vielleicht sollten wir es auf ganz einfache Weise ausdrücken.« Er wandte sich an Ruth. »Etwas, das sich vermarkten läßt. Etwas, was sogar der Allerdümmste sich merken kann. Bislang war das immer sehr hilfreich, wenn ich den Fördergremien meine Arbeit vorgestellt habe.«

»Ganz einfach.« Sie zuckte die Achseln. »Wenn nicht Antimaterie ... dann ist es eine neue Antimaterie. Wir müssen das Neue betonen.«

»Wie wäre es mit Antimaterie Zwei«, schlug Kea vor.

»Gefällt mir«, sagte Ruth. »Es ist einfach.«

»Antimaterie Zwei ... Ja, das ist gut. Sehr gut sogar. Mit dieser Überschrift haben wir ihre Aufmerksamkeit.« Fazlur war zufrieden.

»Was mir daran gefällt,« sagte Murph, »ist, daß es prima auf ein Gebäude paßt. AM_2.« Er malte die Symbole in die Luft: AM_2.

»Wie sicher ist die Sache, Doc?« zwitscherte Vasoovan. »Kannst du das auch beweisen?«

Fazlur erhob sich, drehte sich um und blickte wieder auf den Bildschirm und den Vorhang aus Feuer. »Ich bin sicher. Sehr sicher. Und ich habe den Beweis. Aber er ist nicht hundertprozentig. Aber bei dieser Sache, meine Freunde, müssen wir absolut sicher sein. Sonst …« Er drehte sich um, während hinter ihm das Feuer weiterhin über den Monitor regnete. »Es gibt genügend Leute, die über Leichen gehen würden, um die Kontrolle über das hier zu erlangen. Darüber müßt ihr euch im klaren sein.«

Fazlur sah sie entschlossen an. Einen nach dem anderen. Auch Kea. Richards dachte an die Bargetas, an die anderen großen Familien und Vermögen. Er dachte an die Möglichkeiten und die Bedrohung, die sie in AM$_2$ sehen würden. Der entscheidende Punkt war die Kontrolle. Die da oben gegen die hier unten. Fazlur hatte recht. Diejenigen, die bereits alles hatten, würden mit Anwälten und Schriftstücken anrücken – und mit gedungenen Mördern. Kea nickte. Er wußte Bescheid. Die anderen auch.

»Wenn wir irgendwelche Rechte – knallharte und unverbrüchliche Rechte – an unserer Entdeckung haben wollen«, sagte Fazlur, »müssen wir diesen Beweis patentierbar machen. Ein so starkes Patent, daß niemand unsere Rechte daran in Frage stellen kann.«

»Wie kriegen wir diesen Beweis, Doc?« fragte Murph.

Fazlur deutete auf den Schirm. »Dazu müssen wir dort hinein«, antwortete er. »Und wieder zurückkommen.«

Kea hatte noch nie eine so gnadenlose Stille gehört. Es gab keinen Streit. Auch keine hitzigen Diskussionen. Niemand fragte: Ist das denn möglich? Sind Sie sicher? Was, wenn nicht? Jeder hatte den Kampf mit sich selbst auszufechten. Sie alle kannten Fazlurs Antworten: Ja, ich bin sicher. Ich weiß nicht … Ich bin auch noch nicht dort gewesen. Kea schluckte. Er blickte auf den Monitor. Er sah den sanften Feuerregen, das Wallen und Wogen des Alls, verlockender als jede Frau, die er gekannt hatte.

Er … mußte … es … einfach … selbst … sehen.

Und wieder dieser Satz: »Der Stoff, aus dem die Träume sind.«

Kea räusperte sich und rief damit die anderen ins wirkliche Leben zurück.

»Ich finde, wir sollten es wagen.«

es war ein Ort wie der andere.

aber nicht vertraut.

es war …

nicht.

es gefällt mir nicht.

warum?

weiß ich nicht.

ist es kälter?

nein, aber … mir ist kalt.

ist es dunkler?

nein, aber ich … kann nichts sehen.

was spielt sich denn dort ab?

ich …

habe mich verirrt.

Eine Art Vibrieren brachte sie in die Normalität zurück. Sie blickten einander verwundert an. Ruths Hand bewegte sich auf Keas Hand zu. Fazlur sah es. Ein Leuchten glomm in seinen Augen auf. Dann verlagerte sich seine Aufmerksamkeit wieder auf den Schirm. »Wir sind auf der anderen Seite«, sagte er leise.

Kea sah auf. Die Kameras am Heck des Schiffes machten einen Schwenk. Der Feuervorhang lag hinter ihnen.

Die *Destiny I* war hindurch.

»Haben Diskontinuität passiert«, sagte Murph. Seine Stimme klang spröde und professionell. »Auf den Zeittick …«

Vasoovans Zwitschern klang moduliert: »Überprüfung. Koordinaten … x350 … Berechnung läuft …«

»Halbe Kraft«, mischte sich Kea ein. »Schub gleichmäßig. Alle Funktionen normal.«

»Meldungen … positiv an den Lukensensoren, Doktor«, sagte Ruth. Völlig ruhig.

»Kurs jetzt Steuerbord neun … Danke, Ruth. Nicht mehr ganz so viele Daten, bitte … So ist es gut.«

Fazlur überwachte die hereinkommenden Daten; seine Finger flogen über die Tastatur. Er nickte. Ja. Ja. Und ja. Dann stellte er das Gerät ab. »Ich glaube, jetzt können wir nach Hause fliegen, Captain«, sagte er formell.

Murph nickte ihm zu. Steif. »Danke, Doktor.« Dann: »Vasoovan. Kurs auf XO setzen ... Wir fliegen heim.«

Es erschien wie ein Fleck auf dem Bildschirm, der die Farben/Nichtfarben dieses eigenartigen Universums abbildete.

Ein infinitesimaler Fleck.

»Murph! Auf elf Uhr!«

»Was zum Teufel ist das denn?«

»Keine Ahnung. Ein winziger Mond vielleicht.«

»Geh nicht zu nah ran.«

»Nö. Nicht zu nah. Aber vielleicht sollten wir –«

Zwei Formen näherten sich einander im All. Aus Masse zusammengesetzt. Einer Möglichkeit dieser Masse. Und einer Verschiebung von Schwerkraft.

Aber eine dieser Formen bestand aus dem Stoff der einen Realität.

Die andere aus dem Stoff der anderen.

Gegenstände ziehen sich an.

Was aber tun doppelte Gegensätze?

Die Explosion erwischte die *Destiny I* mittschiffs, zerriß sie wie ein Hai, der sich in einen fettleibigen Thunfisch verbiß.

Fünfzehn starben.

Fünf überlebten.

Die Götter dieses Abschnitts des Universums waren gnädig mit den fünfzehn.

Kea erwachte. Es war dunkel und blutig. Ein beißender Gestank.

Kein Schmerz.

Empfindungslosigkeit.

Er hörte Stimmen.

»Alle tot.« Ein Jaulen.

»Wir sind da, Murph! Wir sind da. Wir leben noch.«

Ich auch, wollte Kea sagen. Ich lebe auch noch.

Nicht einmal ein Stöhnen entrang sich seiner Kehle.

»Was sollen wir tun? Großer Gott, was sollen wir bloß tun?«

»Ich würde dich umbringen, Murph. Ich würde dich wirklich umbringen, wenn wir dann nicht ganz allein wären.«

»Ich muß nachdenken. Ich muß nachdenken.«

»Du bist dran schuld, Murph. Wir hätten niemals herkommen sollen, du verdammter Idiot!«

Überprüft den Schaden, wollte Kea sagen. Es drängte ihn verzweifelt dazu … Überprüft den Schaden.

Er spürte, wie sich seine Lippen zum Sprechen zusammenzogen.

Eine Welle stürzte über ihm zusammen und riß ihn mit sich.

Er hatte Durst.

O Gott, was hatte er für einen Durst.

Eine Stimme. Ruths Stimme.

»Herrje, ich weiß auch nicht. Er hat sich etwas gebrochen oder sonst was. Innen drin. Ich bin keine Ärztin.«

»Was ist mit Fazlur?« Murphs Stimme.

»Ist doch egal«, ertönte ein Zwitschern. Vasoovan. »Er hat uns hier reingeritten.«

»Castro geht es noch schlechter«, hörte er Ruth sagen. »Ich habe die Anweisungen in der Erste-Hilfe-Ausrüstung befolgt, so gut ich konnte. Der Stumpf hat zu bluten aufgehört, falls das ein Trost ist.« Ihre Stimme war kalt.

»Immer noch bewußtlos?«

»Immer noch. Gott sei Dank. Was glaubst du, wie gräßlich er sonst schreien würde?«

›Wasser‹, dachte Kea. ›Ich habe so schrecklichen Durst.‹

»Wir haben praktisch keine Rationen mehr«, schrillte Vasoovan. »Und nur ganz wenig Wasser.«

»Ich schlage vor, wir erlösen beide von ihrer Qual. Dann können wir ein bißchen länger leben.«

»Das wäre nicht rechtens«, sagte Ruth. Mit Nachdruck.

»Nö«, meinte Murph. »Das nicht … Außerdem kosten sie uns nichts, solange sie bewußtlos sind. Höchstens Luft. Und davon haben wir genug.«

Die Wogen hoben Kea erneut auf und trugen ihn davon.

Schmerzen. Ganze Wellen und einzelne Stiche.

Aber sie waren erträglich. Und die Gefühllosigkeit war verschwunden.

Immer noch kein Licht. Seine Augen … fühlten sich … verkrustet an. Getrocknetes … Was? … Blut? Ja, Blut.

»Herrschaft, dieser Anzug stinkt vielleicht«, hörte er Murph sagen.

Verschlüsse wurden geöffnet. Dann war das Klappern von Ausrüstungsteilen zu hören, die zu Boden fielen.

»Hast du es diesmal bis zur Antriebseinheit geschafft?« fragte Ruth.

»Ja. Sie ist nicht allzusehr demoliert. Und die Verbindung zu den Kontrollen ist unterbrochen.«

»Kriegen wir es wieder hin?« Wieder das Gezwitscher.

Kea hörte Murph aufstöhnen. »Ich sagte doch, der Antrieb ist nicht zu schlimm demoliert. Das heißt … man kann ihn reparieren. Aber ich kann's nicht. Und auch keiner von euch.«

Kea brachte das Wort mit Mühe heraus: »Wasser.«

»He, das ist Richards«, sagte Murph.

»Was will er denn?« fragte Vasoovan.

»Wasser. Er sagte ›Wasser‹«, erwiderte Ruth. »Ich hole ihm einen Schluck.«

»He, Murph«, sagte Vasoovan. »Darüber haben wir uns nicht

unterhalten. Vorhin hast du gesagt, sie kosten uns nichts, erinnerst du dich noch?«

»Ich erinnere mich.«

Kea hatte plötzlich Angst davor, daß sie eine Entscheidung treffen würden. Und noch mehr Angst davor, wie sie ausfallen würde. Wo war Ruth? Warum sprach sie nicht zu seinen Gunsten?

›Warte nicht auf Ruth!‹

»Ich kann's reparieren«, krächzte Kea.

»Er ist wach«, sagte Ruth. Was bedeutete: Er hat unser Gespräch gehört.

»Was sagst du da, Partner?« Das war Murph. Jovial. Kea spürte, daß er näher rückte. Stellte sich vor, wie er auf ihn herabblickte. »Hast du gesagt, du kannst ihn reparieren? Den Antrieb?«

Kea wollte mehr sagen. Viel mehr. Aber er hatte nicht die Kraft dazu. Es gab also nur eine Antwort. »Wasser«, krächzte er. Dann kippte er wieder nach hinten. Es war sein erstes und letztes Angebot.

Ein Rascheln. Kühles Wasser benetzte seine Lippen. Der Geruch von Parfum hüllte ihn ein, zusammen mit einer Stimme. »Oh, mein Liebling«, sagte Ruth. »Ich bin so froh, daß du lebst.« Ein Kuß streifte seine Wange.

Er schlief.

Kea stützte sich auf seinen gesunden Arm, um sich einen besseren Überblick zu verschaffen. Der andere war an seinem Körper festgebunden. »Das hier ist ein intaktes Siegel«, sagte er. »Das ist ein Verschlußring. Jetzt … hebt es hoch, dann seht ihr eine Y-förmige Vertiefung.«

Auf dem Bildschirm sah er Murphs in Handschuhen steckende Hände, die seinen Anweisungen folgten. Er war zwischen der Antriebseinheit und einem Träger eingezwängt. »Hab ich«, sagte Murph.

»Gut. In deiner Gürteltasche findest du ein passendes Werkzeug. Aber bevor du den Deckel aufmachst … mußt du unbedingt einen Schutzschirm davorschalten.«

»Alles klar«, sagte Murph und machte sich an die Arbeit.

»Hat keinen Sinn, sich wegen Krebs zu sorgen«, zwitscherte Vasoovan. »Niemand von uns wird so lange leben.«

»Wie humorvoll«, sagte Ruth. »Das hält uns bei Laune.«

Kea ignorierte den Beginn einer weiteren Streiterei. Er ließ sich wieder auf die Pritsche fallen. »Gebt mir ein wenig Suppe«, sagte er. Ruth warf ihm einen vernichtenden Blick zu.

»Du hast deine Ration schon gehabt«, sagte Vasoovan.

»Suppe«, sagte Kea. Er war krank. Er brauchte mehr. Ende der Diskussion. Kea blickte auf den Schirm, wo Murph immer noch im Antriebsraum arbeitete. Sobald der Deckel ab war, müßte der nächste Schritt ziemlich leicht sein. Wieder nagte der Hunger unter seinen Rippen. So scharf, als wären sie auseinandergerissen und nicht nur gebrochen.

Er stemmte sich hoch und sah Ruth an; sein Rücken gab ihm dabei kaum Unterstützung. Sie saß immer noch im Sessel. Vasoovan sah zu und hatte ihren Spaß dabei. »Wie kommst du dazu, anderen Leuten Befehle zu erteilen?« knurrte Ruth. »Wie kommst du dazu, die Regeln zu brechen und mehr als alle anderen essen und trinken zu wollen?«

»Spielt keine Rolle«, sagte Kea. »Tu's einfach. Oder sie werden dich dazu zwingen.«

Hysterisches Gezwitscher. »Kein Essen, keine Arbeit. Der Junge fährt einen harten Kurs.« Alle vier Augenstengel Vasoovans wandten sich Ruth zu. »Gib ihm, wonach er verlangt«, sagte sie. »Oder wir stecken dich zu Fazlur in die Suppe.« Ruth tat, was sie sagte.

Kea wartete ab. Murph würde in etwa vier Stunden soweit sein, daß er den nächsten kleinen Schritt machen konnte. Dann würde Kea das nächste bißchen Wissen gegen Nahrung eintauschen.

Und dann noch ein bißchen. Bis alles erledigt war. ›In etwa zwei Wochen‹, dachte er. ›Dann werden wir weitersehen.‹

Fazlur war drei Tage zuvor gestorben. Er hatte sich endlos hin und her geworfen, nie mehr ganz das Bewußtsein erlangt, war aber auch nie soweit besinnungslos gewesen, daß er keine Schmerzen verspürt hätte. Niemand hatte den Versuch unternommen, ihm zu helfen, schon gar nicht, ihn zu füttern oder ihm etwas zu trinken zu geben. Kea hatte sich nicht für Fazlur eingesetzt. Warum auch? Sie hätten es ohnehin abgelehnt, ihm zu helfen. Keas Kuhhandel hätte sich nicht auf Fazlur ausdehnen lassen. Momentan waren Murph, Vasoovan und Ruth am Drücker. Bis seine Wunden verheilt waren, war Kea hilflos.

Außerdem war Fazlur, in Vasoovans Raubtierlogik, derjenige, auf den man am ehesten verzichten konnte. »Wenn wir Glück haben und es schaffen, brauchen wir ihn nicht. Jedenfalls nicht lebend. Wir haben seinen Beweis. Seinen absoluten Beweis. Steht alles in seinem Datenordner.«

»Ich wünschte nur, wir hätten es schon hinter uns«, sagte Ruth. »Ich halte dieses höllische Stöhnen nicht länger aus. Manchmal hörte er sich so an, wenn wir uns liebten. Ein echtes Schwein.« Kea wandte sich von ihnen ab und widmete sich seinen eigenen Gedanken. Und dem Schlaf.

Einige Zeit später glitt Kea in eine Art Halbschlaf. Fazlur stöhnte. Die anderen gaben Schlafgeräusche von sich. Plötzlich hörte er eine Bewegung; leise Schritte; der Geruch süßen Parfums. Das Stöhnen hörte auf. Dann wieder die leisen Schritte.

Am nächsten Tag entdeckten sie, daß Fazlur tot war.

»Laßt ihn durch den Regenerator laufen«, hatte Vasoovan gezwitschert. »Gebt ihn in die Suppe.« Sie redete von dem Nahrungsbrei, der aus ihrem eigenen Abfall und den verschwindend geringen Mengen an Pflanzenproteinen hergestellt wurde, die der beschädigte Hydroponik-Raum noch hergab.

»Warum nicht?« hatte Ruth ihr beigepflichtet. »Dazu können

wir ihn noch gebrauchen. Irgendwie kommt es mir auch sehr passend vor.«

Kea hatte zugesehen, wie sie die Leiche aus dem Zimmer trugen. Wieder nagte der Hunger an ihm. Er hörte leichte Schritte. Ruths Parfum. Ohne aufzusehen nahm er die Schale von ihr entgegen. Er trank. Es schmeckte nach nichts. Armer Fazlur.

Der Vorhang zwischen den Universen hing verheißungsvoll vor ihnen. Wenn die Dinge etwa anders gelaufen wären, vermutete Kea, hätte man ihn bestimmt »Fazlurs Diskontinuität« genannt. Er sah sich um. Vasoovan. Murph. Ruth. Niemand hier würde Fazlur auch nur einen Krümel vom Ruhm lassen. Er selbst hingegen ... nun, er hatte so seine eigenen Vorstellungen. Er mußte sie nur noch formulieren.

»Wir sind soweit«, sagte Vasoovan.

Kea kämpfte sich hoch. Allmählich kehrte das Leben in seinen festgebundenen Arm zurück. Er wurde wieder stärker. Ein bißchen. »Noch ein Punkt«, verkündete Kea, »bevor wir wieder hinüberwechseln.«

Sie drehten sich erschrocken zu ihm um.

»Keine Sorge. Der Antrieb ist in Ordnung«, sagte er. »Ich möchte euch nur daran erinnern, daß wir auf der anderen Seite noch eine Reise von fünf Monaten vor uns haben.«

»Ja? Und?« Das kam von Murph.

»Da jetzt alles wieder gut läuft, könnte einer von euch auf den Gedanken kommen, ich sei jetzt nicht mehr so wichtig. Daß man auf den Chefingenieur gut verzichten kann – so wie auf den Chefwissenschaftler.« Kein Widerspruch. Keine aufgebrachten Gegenreden. Nur Schweigen. »Ich habe Vorkehrungen getroffen, damit wir weiterhin Freunde bleiben«, fuhr Kea fort. »Ich habe den Antrieb repariert, schön und gut. Aber ich habe Murph eine kleine Sonderaufgabe ausführen lassen. Einen zusätzlichen Schritt.«

»Was denn?« knurrte Murph wütend.

»Ich habe den Antrieb so eingestellt, daß er sich in einigen Monaten abschaltet. Und wenn er verreckt, meine lieben Freunde in der Not … dann werdet ihr mich wieder brauchen. Garantiert.«

Kea ließ sich wieder auf die Pritsche sinken. »Und jetzt hindurch mit der Kiste, verdammt noch mal!«

Sie schafften es.

Eine Woche später entdeckten sie das Leck.

»Es ist nicht mein Fehler, Murph!«

»Du solltest doch alles überprüfen!«

»Habe ich auch. Es ist nicht mein Fehler, wenn ich etwas übersehen habe. Ich bin kein Ingenieur.« Zwei ihrer Augenstiele schwenkten zu Kea, der zusammengerollt auf der Pritsche lag. Sie hatten seine Aufgaben untereinander aufgeteilt. Kea schwieg.

»Hört endlich mit dieser Streiterei auf«, sagte Ruth. »Das Leck ist dicht. Gut. Jetzt lautet die Frage: Haben wir noch genug?«

»Keine Chance«, antwortete Murph. »Der größte Teil der fünf Monate liegt noch vor uns. Und –« Er verstummte. Tiefes Schweigen.

Vasoovan beendete den Satz für ihn: »Und wir atmen zu viert.«

Jetzt war es heraus. Kea hatte bereits darauf gewartet.

»Genau«, sagte Murph.

»Ja … verstehe«, sagte Ruth.

Sie drehten sich alle um und schauten zu Kea hinüber. Die acht Augen der drei Lebewesen betrachteten ihn, ihren Luft verbrauchenden Gefährten.

»Es könnte trotzdem knapp werden«, sagte Murph. »Vielleicht immer noch ein Monat zu wenig.«

»Bis dahin muß uns etwas anderes eingefallen sein«, meinte Ruth.

»Und was ist mit dem kleinen Trick, mit dem er uns hereingelegt hat?« wollte Murph wissen.

»Ich glaube, er hat gelogen«, sagte Ruth.

Kea grinste sie an. Ein großes, breites Grinsen. Ein Grinsen, das direkt aus den Gassen von Maui kam.

»Ja, aber vielleicht auch nicht«, sagte Vasoovan. Die acht Augen wandten sich wieder ab. Aber Kea blieb wachsam.

»Was sollen wir tun?« fragte Murph.

»Ganz einfach«, antwortete Vasoovan. »Wir brauchen Kea. Wir brauchen dich. Und wir brauchen mich. Ich bin die Navi –«

Kea wußte nicht, woher das Beil kam. Der Stiel war kurz, die Klinge stumpf. Ruth knallte sie direkt zwischen die vier Augenstiele. Sie war eine kleine Frau, die Kea kaum bis ans Kinn reichte. Aber sie schlug mit der Kraft des Selbsterhaltungstriebs zu. Das Beil grub sich tief in die Hirnschale der Osiranerin. Der Stiel ragte heraus, die morbide Karikatur einer menschlichen Nase. Rosafarbener Matsch quoll aus dem Spalt und tropfte auf den Boden. Die Fühler zitterten, dann waren sie still.

Ruth trat einen Schritt zurück und sah Murph an. »Und jetzt?« fragte sie.

»Sie ist mir sowieso auf die Nerven gegangen«, sagte Murph. »Dieses ewige Gezwitscher.«

»Die Rationen gehen zur Neige«, sagte Ruth.

»Ist mir auch aufgefallen. Laß uns Suppe kochen.«

Er träumte von Königen. Und großen Reichen.

Menes war der erste. Ein geschickter alter Teufel, der Ober- und Unterägypten zum ersten Imperium überhaupt zusammenfaßte. Er regierte sechzig Jahre lang. Und wurde dann von einem Nilpferd getötet.

Die Perser beugten sich Alexanders Schwert. Er starb in einem Sumpf. Kublai Khan hatte es richtig gemacht. Er quetschte die mächtigen Chinesen aus. Und starb an Altersschwäche.

Die Römer weiteten die Grenzen der bekannten Welt immer weiter aus und fielen dann berittenen Strauchdieben zum Opfer.

Elisabeth war in Ordnung. Die beste von allen. Sie war die atemberaubende Artistin unter den Monarchen. Kea fragte sich manchmal, warum sie ihre Schwester nicht früher umgebracht hatte. Statt dessen setzte sie sich der ständigen Bedrohung einer Verschwörung nach der anderen aus. Die Romantiker führten diese Schwäche auf tiefe, schwesterliche Zuneigung zurück. Kea glaubte, daß Elisabeth nur nicht wußte, daß es bereits höchste Zeit war.

Während der langen dienstfreien Stunden hatte er aus der Lektüre sehr viel über diese Menschen gelernt. Sein Interesse war durchaus kein zufälliges. Das Wesen der Macht hatte ihn in seinen Bann gezogen. Damals auf dem Mars hatte man ihn auf seiner ignoranten, seiner blinden Seite erwischt. Kea hatte sich dazu entschlossen, alles zu verstehen. Also ging er wie ein Ingenieur an das Problem heran, indem er jeden Monarchen und sein Reich auseinandernahm. Manchmal setzte er die Einzelteile wieder zusammen, um herauszufinden, wie es hätte besser funktionieren können. Er kam zu der Erkenntnis, daß es mehrere Ausformungen des gleichen Imperiums geben konnte. Es konnte eines mit Thron und Krone sein. Oder eines mit Altar und Blutopfern. Ein Militärstaat mit dazugehöriger Geheimpolizei. Ein präsidiales Amt, das auf gestohlenen Stimmen beruhte. Das Logo einer Company auf dem Dach einer Penthouse Suite. Aber ihnen allen war eines gemeinsam: ein Ideal. Eine Vorstellung davon, wie das perfekte Leben aussah. In Wirklichkeit oder nur als Versprechen. Und wenn dieses Ideal funktionieren sollte, dann mußte es alle überzeugen, von ganz oben bis ganz unten. Ein verhungerndes Volk jubelt seinem Monarchen am Festtag nicht gerne zu.

In einem Märchen hatte er von einem König aus grauer Vorzeit gelesen, der sich immer wieder verkleidet unter seine Untertanen mischte, um unverblümt zu erfahren, wo das Volk der Schuh drückte. Der Name dieses Königs war Raschid. In der wirklichen Welt horteten die Bezirksbosse, Kommissare und Priester Lebensmittel und Luxusgüter bis unter die Dächer ihrer Häuser, um sie gegen Stimmen einzutauschen. Und die Robin Hoods – Huey Long, Jess Unruh, Boris Jelzin – rissen schwachen Königen die Macht aus den Händen, um sich selbst an ihre Stelle zu setzen.

Diktatoren setzten andere Prioritäten. Kea nannte es die VGG-Herrschaft: Völkermord, Gulags und Gendarmen.

Trotzdem ... Ungeachtet der Struktur des Imperiums oder der Mittel, mit deren Hilfe sich sein Regent an der Macht hielt, am Ende hing doch alles von dem Ideal im Herzen des Königs ab, der das Imperium einst gegründet hatte.

Und Kea hatte AM_2.

Sein Arm tat weh. Das war ein gutes Zeichen. Wie der erste Schmerz nach seiner Bewußtlosigkeit zuvor. Schon bald würde er den Arm wieder benutzen können, auch wenn er es vor Murph und Ruth geheimhalten mußte. Er hatte Fieber. Eine Infektion. Ein Geschwür von der Größe einer Untertasse auf seinem Bauch. Auch das mußte er verborgen halten.

Kea hörte ein Flüstern in dem abgedunkelten Raum:

»Komm, Schatz. Ich brauche es.«

»Laß mich in Ruhe.«

»Was hast du denn auf einmal? Einmal mehr spielt doch keine Rolle.«

»Du hast unsere Abmachung nicht eingehalten. Du hast gelogen.«

»Ich konnte nicht anders, Schatz. Ich hatte Hunger. Fürchterlichen Hunger. Ich gebe dir morgen früh die Hälfte ab. Ich schwöre es.«

»Hol es jetzt«, sagte Ruth. »Ich will es jetzt, sofort.«

Stille.

Ruth lachte. »Was ist denn los? Will Papa nicht mehr Bauchklatschen spielen? Was soll das denn. Ts, ts, ts. *Es* hat Hunger. Aber Papa ist lieber egoistisch, was?«

434

Murph gab keine Antwort.

Dann hörte Kea Ruth keuchen. Und einen … zwei … drei Herzschläge lang die Geräusche eines wilden, erstickten Kampfes. Dann ein unmißverständliches Knacken.

Kea spürte, wie sich ein Knoten in seinem Inneren löste. Mit einem Mal war der Druck weg. Ein fürchterlicher Gestank stieg von dem aufgeplatzten Geschwür auf. Ein Schauer überlief ihn. Er begann zu schwitzen. Gut.

Das Fieber war gebrochen.

Als er aufwachte, stand Murph über ihm. »Du siehst besser aus.«

Kea gab keine Antwort. Und er sah sich nicht nach Ruth um.

Murph streckte sich. »Ich habe Hunger«, sagte er. »Willst du auch Suppe?«

»Ja«, erwiderte Kea. »Ich bin auch hungrig.«

»Es dauert länger als gedacht«, sagte Murph.

»Ist mir auch schon aufgefallen«, antwortete Kea, der sich die neuesten Berechnungen auf dem Monitor ansah.

»Verdammte Vasoovan«, sagte Murph. »So eine lausige Navigatorin. Zum Glück hast du ihren Fehler bemerkt und uns wieder auf den richtigen Kurs gebracht.«

»Das war reines Glück«, sagte Kea. Er humpelte zu seiner Koje zurück und ließ sich vorsichtig nieder.

»Vielleicht wird es nicht ganz so schlimm«, meinte Murph. »Vielleicht fischt uns jemand auf, wenn wir näher herankommen und sie unser SOS hören.«

»Gut möglich«, sagte Kea.

»Nur eins ist an dieser Kiste faul«, wandte Murph ein. »Und zwar dann, wenn wir einen Haufen Zeit verlieren, um diesen kleinen Trick, den du eingebaut hast, wieder klarzukriegen. Wenn die Maschine den Geist aufgibt.« Er grinste. »Wie lange, hast du gesagt, dauert diese Reparatur?«

»Davon habe ich nichts gesagt«, erwiderte Kea.

Murph sah ihn an. »Nö ... davon hast du nichts gesagt ... oder doch?«

Kea krampfte den festgebundenen Arm fester und spürte die Schneide des zurechtgefeilten Kunststofflöffels. Ein alter, vertrauter Freund aus Kindertagen. Murph kam näher heran und stierte ihn mit blutunterlaufenen Augen an. Das Fleisch hing schon recht locker um sein kantiges Raumpilotengestell. Die Wangen waren eingefallen, das Gesicht totenbleich. »Du siehst nicht so aus, als würdest du dir groß Sorgen darum machen«, sagte er. »Um die Verzögerung und das alles. Schon gar nicht über die Verspätung, an der du schuld bist.«

»Wir schaffen es«, brummte Kea.

»Ich bin vielleicht nicht der Allerschlauste«, sagte Murph. »Das weiß ich selbst. Ist mir auch egal. Von mir aus können Jungs wie du schlau sein. Alle Macht für euch, sage ich immer.«

Er kam bis an die Kante der Pritsche. Kea konnte die Muskelstränge unter dem losen Fleisch rund um seinen Hals spielen sehen. Er kratzte sich an dem festgebundenen Arm und löste dabei die Knoten.

»Klar hab ich daran gedacht, daß du vielleicht gelogen hast«, fuhr Murph fort. »So schlau bin ich noch. Ohne einen guten Riecher bringt man es nämlich auch bei Galiot nicht bis zum Captain.«

»Vermutlich«, gab Kea zurück. Er kratzte sich wieder. Der Löffel rutschte nach oben.

» Nö. Vermutlich«, wiederholte Murph. Kea sah, wie Murph seine Entscheidung traf. Er sah es in diesen triefenden Augen förmlich klicken.

Kea schoß aus der Koje hoch; die Rechte knallte gegen Murphs Kinn, die Linke – der verbundene Arm – kam frei und stieß mit dem Löffel zu. Er erwischte Murph voll in die Luftröhre. Kea sah, wie sich die Augen weiteten, spürte, wie das Fleisch nachgab. Das scharfe Zischen von Luft. Er ließ sich nach hinten fallen, während

Murph vor ihm zusammenbrach. Eine Hand schlug gegen sein Bein. Er hörte das schreckliche Pfeifen, mit dem Murph sein Leben aushauchte.

Dann war alles still.

Kea bewegte einen Fuß. Er stieß gegen Murphs Körper. Keine Reaktion. Kea ließ sich von der Schwäche überwältigen. Alle Anspannung wich von ihm. Jetzt konnte er ausruhen. Später würde er aufstehen und den Kurs erneut überprüfen. Seinen Blick über einwandfrei arbeitende Maschinen gleiten lassen.

Und dann würde er Suppe machen.

Jetzt gab es mehr als genug zu essen und zu trinken. Genug Atemluft. Es wäre schon wesentlich knapper geworden, hätte Murph nicht herausgefunden, daß er gelogen hatte.

Kapitel 24

New York City, A.D. 2194

Die Menschheit war gerade ziemlich knapp an Helden, als Kea Richards, der einzige Überlebende der *Destiny I*, von Basis Zehn zur Erde zurückkehrte. Kea wußte nicht, inwiefern ihm der Heldenbonus bei dem ultimativen Vorteil helfen würde, auf den er zufälligerweise gestoßen war, doch er war zu schlau, um ihn nicht ins Spiel zu bringen. Auf der langen Heimreise hatte er sich eine plausible Geschichte zurechtgelegt. Als Ursache der Katastrophe nannte er die wahren Fakten: eine Kollision mit einem Meteoriten. Er verschwieg lediglich, daß sie in einem anderen Universum stattgefunden hatte. Und selbstverständlich erzählte er nichts von AM_2.

Richards spielte den Bescheidenen. Er präsentierte sich als ein-

fachen, arbeitsamen Rauingenieur, dem es gelungen war, dem
Verderben den Sieg zu entreißen. Außerdem betonte er immer
wieder die »Tatsache«, daß er es allein dem Glück und seiner Ausbildung am Cal Tech zu verdanken hatte – auch wenn sie durch
finanzielle Probleme unterbrochen worden war –, daß er sich meistens unverzüglich und erfolgreich auf die auftretenden Probleme
einstellen konnte, während all diese furchtlosen Wissenschaftler
und aufopferungsvollen Raumfahrer um ihn herum mit großen,
noblen Gesten gestorben waren.

Er bezog einen enormen Vorschuß und arbeitete frohgelaunt
mit dem Ghostwriter zusammen, der sein autobiographisches Fiche vorbereitete. Er besuchte Bankette und Vorträge und nahm
mit, was sein frisch angeheuerter Agent an Land zog. Und er genoß die Partys und die anschließenden Präsentationen. Er
lächelte, lauschte den Männern und Frauen, denen er vorgestellt
wurde, den Mächtigen, die sich in der Wichtigkeit sonnten, mit
der sie das Interesse des allerneuesten Helden geweckt hatten. Er
log und log, immer wieder.

Manchmal fragte er sich, was wohl der alte Kea Richards von
ihm halten würde, der Richards von Kahanamoku und den ersten
beiden Jahren in Kalifornien. Der Richards aus der Zeit vor den
Bargetas und vor den langen, harten Jahren im All, auf der anderen Seite von Schleuse 33. ›Vergiß ihn‹, sagte er sich. ›Irgendwann
muß ein Mann erwachsen werden und die Vorstellung, das Leben
sei ein rosarotes Wunderland voller Häschen und Lämmchen,
hinter sich lassen.‹

Außerdem gab es jetzt Antimaterie Zwei. Der Schlüssel zu seiner ganz persönlichen Macht, wie er zumindest vor sich selbst
ehrlicherweise zugab. Aber es war auch das ultimative Geschenk
an die Menschheit und alle anderen Spezies, denen er bei seinen
ausgedehnten Forschungsreisen ins Universum begegnen würde.
Richards konnte sich den Luxus einer Ethik-Debatte nicht leisten; nicht einmal mit sich selbst.

Er wußte nicht so recht, was er als nächstes tun sollte. Antimaterie Zwei. Ganze Galaxien voller reiner, billiger Energie. Wie Fazlur gesagt hatte: es wird alles verändern, eine neue Zivilisation – oder eine neue Barbarei – schaffen, jedenfalls wird nichts mehr so sein wie vorher. Richards war fest davon überzeugt, daß die gewaltigen Umwälzungen in eine bessere Zukunft münden mußten. Er selbst würde dafür sorgen, daß sie allen zugute kamen. Weder Führer noch Premiers, keine Dogen und keine Rockefellers sollten Macht über das erhalten, was er schon jetzt als seine Entdeckung bezeichnete. Schon gar nicht die Bargetas. Und diese Energie sollte nicht zum Werkzeug des Bösen werden, wie es fast allen Entdeckungen ergangen war, angefangen vom Schießpulver über das Erdöl bis hin zur Atomenergie.

›Kümmere dich zunächst um deine dringlichen Probleme‹, dachte er. ›Am wichtigsten ist, am Leben zu bleiben und sich immer den Rücken freizuhalten. Dieses Geheimnis hat schon jetzt Menschenleben – und das einer Osiranerin – gekostet. Es ist den Tod ganzer Planeten wert.‹ Richards wußte auch, daß schon der geringste Hinweis auf das Geheimnis der Antimaterie Zwei und den Alva Sektor ausreichen würde, um Kidnapper mit Gehirnwäscheapparaturen und Meuchelmörder auf seine Spur zu setzen, angeheuert von denjenigen, die am meisten durch die Existenz von AM_2 zu verlieren oder zu gewinnen hatten. Das mindeste, was er zu erwarten hatte, waren gehörige Gebühren und Auflagen von Seiten der planetaren Regierungen.

So weit, so gut. Also mußte er den Alva Sektor wie eine tief im Dschungel verborgene Mine ansehen, zu der er allein den Weg kannte. Er durfte nicht in den Alva Sektor und zu der Diskontinuität im N-Raum zurückkehren, bevor er nicht sicher sein konnte, daß er nicht verfolgt wurde. Abgesehen davon war es unsinnig, in der unmittelbaren Zukunft dorthin zurückzufliegen, denn bevor Antimaterie Zwei genutzt werden konnte, mußte jemand eine Methode erfinden, um mit ihr umgehen zu können.

Eine Abschirmung. Eine natürliche oder künstliche Substanz, die solide genug und dabei formbar war und die sich sowohl Materie als auch Antimaterie gegenüber neutral verhielt.

Richards kaute an seiner Unterlippe. Das war das eigentliche Problem. Er grinste, als wäre die Vorstellung von Attentätern und Gehirnwäschern besonders belustigend. Er dachte weiter angestrengt darüber nach und kam schließlich auf den wunderbaren Trick 17, der eigentlich aus einem Dreifachpaket bestand: um Macht in Form von Energie (AM$_2$) nutzbar zu machen, mußte er Macht in Form von Reichtum und politischem Einfluß anhäufen. Was sich am leichtesten und sichersten durch die Pflege der Beziehungen zur Macht erreichen ließ. Trick 1717.

Diese dritte Macht bestand aus den Männern und Frauen, deren Egos er schmeichelte, während er mit seiner Geschichte hausieren ging. Das waren die Geschöpfe, die er umformen oder vernichten würde, während er der Menschheit half, ihr Schicksal zu erfüllen. Er erinnerte sich an den alten Spruch: Wenn du nicht Teil der Lösung bist, dann bist du ein Teil des Problems. Aber damit griff er seinem nächsten Schritt voraus.

Ein Job. Er hatte nicht die Absicht, seinen Kontrakt mit SpaceWays/Galiot zu erneuern. Nicht bei den vielen anderen Angeboten, die ihm ins Haus flatterten. Viele Konzerne wollten ihn allein schon seines Heldenfaktors wegen haben, aus dem gleichen Grund, weshalb sie A-Grav-Ball-Stars anheuerten. Man erwartete von ihm, daß er weiterhin Hände schüttelte, diesmal jedoch im Interesse derjenigen, die ihn bezahlten. Das wiederum würde ihm den Zugang zu den Hallen der Macht öffnen. Sorgfältig prüfte er die vielen Briefe, mündlichen Anfragen und Benachrichtigungen, die an ihn herangetragen wurden – alles Zeugs, das er bislang mehr oder weniger ignoriert hatte.

Eine Nachricht kam von Austin Bargeta. Er sollte ihn anrufen, egal wann, Tag und Nacht, die Privatnummer war beigelegt. Aus einem Reflex heraus knüllte Richards die Nachricht zusammen und feuerte sie in den Papierkorb. Dann fing er sich wieder. Bargeta? Eine bekannte Größe. Jemand, den wiederzusehen er sich nicht gerade gewünscht hatte. Oder irgendwann einmal, dann aber nach seinen Spielregeln. Trotz seines festen Vorsatzes, sich mit den Bargetas höchstens noch durch das Fadenkreuz eines Zielfernrohrs zu beschäftigen, hatte er davon gehört, daß Austin es geschafft hatte und der große Boß geworden war. Er hatte seinen Vater als Kopf des Bargeta-Kraken abgelöst.

Drei Jahre, nachdem Keas Leben auf dem Mars in Scherben gegangen war oder sich zumindest unwiderruflich verändert hatte, hatte der alte Bargeta Selbstmord begangen. Ein Selbstmord, dessen nähere Umstände die Klatschzeitschriften nur als unvorstellbar widerlich andeuteten.

Richards glättete das Knäuel wieder, starrte es an und dachte nach. Vielleicht … Er suchte eine Bibliothek auf und stellte einige Nachforschungen an. Die Wahrscheinlichkeit stieg.

Bargeta Ltd. gehörte noch immer zu den Giganten des 22. Jahrhunderts. Ein Gigant, der wankte. Einige unkluge Investitionen waren getätigt worden. Bargeta Transporte, der Baum, aus dem all diese herrlichen Äste und Zweige sprossen, an denen Geld wuchs, kränkelte. Der Alte hatte neue Betriebe bauen lassen, Betriebe, die ihr Produktions-Soll nie erreichten. Er hatte neue Raumschiffsmodelle in Auftrag gegeben, die auf einem bereits gesättigten Markt angeboten wurden und die anstelle echter technischer Verbesserungen nur eine neue Aufteilung der Bereiche Mannschaft/Passagiere/Antrieb zu bieten hatten. Dann war er »von uns gegangen«, und jetzt hielt Austin das Szepter in Händen.

Austin hatte es nicht besser gemacht als die Generation vor ihm, erfuhr Kea aus den Wirtschaftsblättern. Er hatte sich so lange gescheut, in den Aufsichtsratsetagen der Aktiengesellschaften mit dem eisernen Besen zu kehren, bis es fast zu spät gewesen war. Dann hatte er die Idee entwickelt, daß in Zukunft weit bessere Geschäfte damit zu machen seien, Menschen statt Frachtgut von einem Planeten zum anderen zu transportieren; er hatte ein Viertel der Bargeta-Flotte zu Linienschiffen umbauen lassen, und das zu einem Zeitpunkt, an dem eine mittelgroße Rezession das Sonnensystem erschütterte. Austin hatte stolz und höchstpersönlich auf neue Transportrouten gesetzt, Routen, die sich bislang als wenig profitabel erwiesen hatten. Bei diesen Nachrichten hatte Kea leise aufgelacht; ein Lachen, das Bargeta Senior vertraut vorgekommen wäre.

Doch jetzt zu Austin selbst. Natürlich verheiratet. Mit einer ehemaligen Schauspielerin, Miss Lachende Brüste von vor ein paar Jahren. Zwei Kinder. Häuser. Reisen. Stiftungen. ›Blablabla‹, dachte Kea. ›Wo liegt der Haken? Aha. Austin reist viel allein. Mit seiner engsten Entourage.‹ Richards zuckte bei dem Holo zusammen, das Bargeta und seinen Stab beim Besteigen eines Raumschiffs zeigte. Selbst wenn man davon ausging, daß die Aufnahme retuschiert war – es sah ganz so aus, als spielte für Austin ein angenehmes Äußeres bei der Wahl seiner Berater eine nicht unbedeutende Rolle. Es gab auch eindeutigeren Klatsch und sogar einige Holos in den sensationsgeilen und weniger zu kontrollierenden Boulevardzeitungen.

Das reichte. Kea meldete sich bei Austin, der sich höchst erfreut darüber zeigte, daß sein alter Freund und Mitbewohner, der Mann, der ihm alles beigebracht hatte, sich für ihn Zeit nahm. Sie müßten sich unbedingt treffen.

»Wie wäre es mit morgen?« Kea drängte absichtlich.

Austin überlegte und ließ den anderen ein wenig zappeln. »O je, morgen, da ist eine Sitzung. Öde, langweilig, du weißt schon, aber ich muß mich zeigen, die Fahne hochhalten, ein paar wichtige Entscheidungen treffen. Das dauert den ganzen Tag.«

»Ach so«, sagte Kea, »verstehe. Laß mich mal in meinem alten Logbuch nachschauen.«

Kea hatte festgestellt, daß die Managertypen, mit denen er zu tun hatte, ganz begeistert reagierten, wenn er nautische Fachausdrücke benutzte; Ausdrücke, die kein Raumfahrer jenseits der Schleuse 33, der etwas auf sich hielt, kannte – es sei denn aus den Dialogen drittklassiger Vids.

»Herrje, du kannst dir nicht vorstellen, wie beschäftigt ich bin«, sagte Richards. Er hatte tatsächlich mehr als genug Termine in seinem Kalender stehen. »Mal sehen … hier … nächste Woche das McLean Institut … die Sache in Neu Delhi … außerdem habe ich mit einigen Leuten ein paar sehr interessante Dinge zu bereden, weißt du, Dinge, die sich direkt aus dem ergeben, was da draußen geschehen ist, darunter auch einige kommerziell interessante Möglichkeiten, die ich mit dem verstorbenen Doktor Fazlur besprochen habe und die man auf alle Fälle weiterverfolgen sollte. Aber wir werden schon noch einen Termin finden. Irgendwann einmal. Vielleicht nachdem ich ein bißchen Startkapital zusammenhabe.«

Mit einem Schlag war Austins Sitzung uninteressant. Gleich morgen, klar doch! Kea grinste. Er schaltete ab, und das Grinsen verschwand so rasch wie Bargetas Bild. ›Na schön, du Saukerl. Diesmal nach meinen Bedingungen. Und wir werden darüber reden, daß ich dein Lieblingsabenteurer werde.‹

Sie redeten über viele Dinge, drei Tage lang, bei mehreren gemeinsamen Essen und so mancher guten Flasche. Nur vom Mars redeten sie nicht. Austin erwähnte Tamara einmal versuchsweise. Sie war inzwischen mit einem Rennfahrer verheiratet, der Hovercraft-Flitzer über den Ozean jagte und – wie altmodisch – fünf Jahre jünger als sie war. Sie lebten in ihrer neuen Wohnanlage, einer künstlichen Insel, in der Nähe der Seychellen.

Kea nickte. Er hoffte, daß sie glücklich war, und trug Austin auf, sie von ihm zu grüßen. »Erinnerst du dich noch daran, wie sie uns schnappten, weil wir vor dem blöden Erdballspiel, das an jedem Neujahrstag ausgetragen wurde, mit Säure ganz groß CALTECH auf den synthetischen Rasen der Rose Bowl gesprüht hatten? Mensch, Mensch, das waren noch Zeiten.«

Gegen Ende der Marathonsitzung, die Keas stets wacher Hinterkopf als mentalen coitus interruptus bezeichnete, hatte er einen Job. Der genaue Umfang, die finanziellen Bedingungen und jede Art von weitergehender Beschreibung dieses Jobs waren nicht definiert. »Weißt du«, fuhr Austin in diesem nasalen Ton mit dem kollegialen Geschwätz fort, das Kea beinahe vergessen hatte, »das sollen uns diese Anzugfritzen bis hinter das Komma genau ausrechnen.«

Genau so lief es nicht. Zwei Tage später erschien Kea früh morgens bei Bargeta Ltd. zur Arbeit. Die Presse, die auf geheimnisvollen Kanälen einen Hinweis bekommen hatte, traf eine Stunde später ein, woraufhin eine Pressekonferenz abgehalten wurde. Die Verhandlungen begannen. Sie wurden von den gleichen Anwälten geführt, die Kea zu dem beträchtlichen Vorschuß für seine Memoiren verholfen hatten. Kea hatte ihnen geraten, nach den Sternen zu greifen, und das taten sie auch. Einer der Unterhändler von Bargeta Ltd. war wutentbrannt in Austins Büro gestürmt. Bargeta jedoch wollte nichts von popeligen Zahlen und Klauseln wissen. Er wollte das verdammte Geschäft machen, basta. Der Mann war schließlich sein Freund.

»Außerdem«, sagte er nach einer kurzen Pause, »haben die Medien schon genug Geschrei darum gemacht, daß wir alle anderen ausgestochen haben, die ihn ebenfalls liebend gern für sich arbeiten lassen wollten. Möchten Sie vielleicht derjenige sein, der verkündet, Bargeta Ltd. kann sich den größten Helden des Universums nicht leisten? Wollen Sie das? Ich jedenfalls nicht.« Er blickte den Unterhändler an. Der Unterhändler kehrte in sein Büro zurück, nahm Kontakt mit Richards' Anwälten auf, schloß das Geschäft ab und verfaßte sein Resümee.

Zu Anfang reisten Austin und Kea sehr viel zusammen. Austin konnte nicht oft genug wiederholen, daß es wieder genau wie in den alten Tagen sei, und Kea gab sich keine Mühe, ihm zu widersprechen. ›Es funktioniert sehr gut‹, dachte Kea nach einem halben Jahr. Jetzt kam er mit den Leuten zusammen, die wirklich etwas bewegten.

Außerdem war es ihm gelungen, Bargeta einige echte Vorschläge zu unterbreiten. Vorschläge, die für jeden klar auf der Hand lagen, der nicht mit einem dicken Geldpolster um den Hintern herumlief. Vorschläge, die Bargeta Ltd. einige Millionen Credits einbringen würden. Bargeta war allmählich davon überzeugt, daß er ein gutes Geschäft gemacht hatte, als er Kea seinem Stab einverleibte – und prahlte vor seiner Frau, daß er schon immer in der Lage gewesen sei, die richtige Person auf den richtigen Stuhl zu setzen, und daß er Richards' Potential bereits vor vielen Jahren erkannt habe, schon damals am Cal Tech. Jetzt war die Zeit für die nächste Stufe gekommen. Ein guter Schwindler präpariert die Mine immer mit einigen Körnchen Gold, oder mit dem Gut, das der Markt rasch als wertvoll einschätzt. Diesmal war Cal Tech das Goldkörnchen.

Kea spürte den Professor mit dem besten Ruf der ganzen Universität auf. Eine zweifache Nobelpreisträgerin. Kea hatte sich noch als Erstsemester einen Weg in die Seminare der Dame erschwindelt und dort sehr gelitten. Dr. Feehely erinnerte sich an Richards. Sie wollte wissen, wie es ihm ergangen sei, seit er ihren Unterricht besucht hatte. Hoffentlich gut. Sie erinnerte sich, daß er nicht sehr begabt in Theorie gewesen war, aber in Sachen praktischer Anwendung so einiges versprach. Ging es ihm gut? War er glücklich? Hatte er vielleicht einen Posten irgendwo an einer Universität inne? Kea, der sich das Lachen verkneifen mußte, kam ihr mit einer plausiblen Geschichte von Laborarbeit und Studien. Der Grund dafür, daß er diese Frau mit dem Fachgebiet Mikroanalyse aufsuchte, bestand angeblich darin, daß ihm jemand ein Fiche mit einem Partikelkonzept hatte zukommen lassen, von dem er nicht das geringste verstand. Da sei ihm Doktor Feehely eingefallen. Ob sie wohl ein paar Minuten für ihn erübrigen könnte? Und ob es ihr etwas ausmache, wenn er ihre Worte auf Band mitschnitt?

Normalerweise übernahm sie keine Beraueraufträge ... aber für einen ehemaligen Studenten ... Feehely überflog das Fiche. Schnaubte. Hob die Augenbrauen. Schnaubte. Hob erneut die Augenbrauen und klappte das Lesegerät zu. »Sollten derartige Partikel wirklich existieren«, sagte sie, »dann wäre das wirklich höchst interessant. Ihr Freund hat keine adäquate Synthese vorgelegt, und die einzige Möglichkeit, wie ich mir dieses Modell mathematisch vorstellen kann, bestünde darin, daß diese Partikel aus einer Art nichtkonventioneller Materie bestehen. Ich nehme nur ungern einen so populären Ausdruck wie ›Antimaterie‹ in den Mund, denn das wäre ein fehlerhafter Name.«

»Wie würde ein solches Partikel ... falls es existiert, als anzapfbare Energiequelle funktionieren?«

Augenbrauen. Schnauben. Die Wissenschaftlerin wählte ihre Worte überaus vorsichtig. »Auch das ist nicht ganz korrekt. Aber ich will versuchen, es mit einer Analogie aus der Geschichte zu erklären. Einmal angenommen – und auch das ist unmöglich –, man könnte sicher mit diesem Partikel umgehen, dann wäre der Effekt der gleiche, als würde man Nitroglyzerin benutzen ... Sie wissen doch, was Nitroglyzerin war?«

»Nein. Aber ich werde es lernen.«

»Wie gesagt, Nitroglyzerin in einem Explosionsantrieb zu verwenden, ergibt eine Menge Energie, aber in einer Form, die die Maschine nicht bewältigen kann. Das ist natürlich alles ein Scherz, ziemlich unreif, wie ich anmerken muß. Denn ein solches Partikel kann in einem gesunden Universum nicht existieren.«

»Vielen Dank, Doktor. Ich habe meine Wette gewonnen. Würde es Ihnen etwas ausmachen, mir die entsprechenden mathematischen Begründungen dafür zu geben?«

»Tja ... na schön. Aber in diesem Fall muß ich Ihnen dafür eine Beratungsgebühr abverlangen. Ich hoffe, Ihre Wette lohnt sich wenigstens. Wie wäre es mit ... einem Mittagessen?«

Bei der Beschreibung handelte es sich natürlich um eine theoretische Abhandlung des AM_2-Partikels. Kea hatte sich während der vergangenen sechs Monate eifrig darum bemüht, diese Beschreibung aufzusetzen. Und Kea wußte von einer Maschine, die mit dieser Kraft umgehen konnte: der Stardrive. Wieder fehlte ihm jetzt nur noch der richtige Dreh. Die Wette würde sich auf jeden Fall lohnen: es ging um das ganze Universum.

Richards hätte Doktor Feehely gerne mehr als ein Mittagessen spendiert. Er hätte ein ganzes Restaurant gekauft, das nur Feehelys Lieblingsspeisen zubereitete und sie bis ans Ende ihrer Tage damit belieferte. Doch das tat er nicht. Er spendierte ihr ein Mittagessen in der Fakultätskantine. Er konnte sie auch nicht auf andere Weise dafür belohnen. Wenn das Geschäft erst einmal angelaufen war, könnte jede Verbindung zwischen ihr und Richards und AM_2 tödlich für sie enden. Darüber hinaus ging auch von Kea selbst Gefahr aus – vielleicht sogar die größte. Kea Richards wußte, daß einige Personen sterben mußten, sobald er kurz davor stand, einen ersten Gipfel der Macht zu erklimmen. Ein weiterer Spruch diente ihm als Motto: drei können ein Geheimnis hüten, wenn zwei von ihnen tot sind …

Mit den mathematischen Erläuterungen der Wissenschaftlerin und einer Kopie seiner eigenen Abhandlung in der Hand suchte er Austin auf. Er sagte ihm, er müsse ihm etwas von größter Wichtigkeit zeigen. Aber privat. Es gehe hier um viel, um zu viel. Dann erzählte er seine Geschichte. Die Geschichte, wie damals, kurz bevor die Katastrophe über die *Destiny I* hereinbrach, Doktor Fazlur einige Phänomene analysierte, die sie beobachtet und aufgezeichnet hatten, als sie dicht an einem Dunkelstern vorbeigeflogen waren. Und dann hatte er einige bemerkenswerte Gleichungen aufgestellt, die besagten, daß eine gewisse Substanz synthetisiert werden konnte; eine Substanz, die derjenigen ähnelte, die er außerhalb dieses Pulsars beobachtet hatte. Wenn seine Vermutungen stimmten, konnte diese Substanz synthetisiert werden, und dann verwandelt, und zwar in …

An diesem Punkt reichte er Austin Doktor Feehelys Ausführungen. Austin überflog die erste Seite des Bildschirms und zog die Stirn kraus. »Kea, alter Gauner«, protestierte er, »du weißt doch besser als jeder andere, wie leicht ich mich bei Zahlen verhaue. Kannst du es mir nicht im Klartext erzählen?«

»Ich wollte nur sichergehen, daß du mir glaubst. Denn sonst könntest du vielleicht auf die Idee kommen, ich sei völlig ausgerastet.« Kea fand es recht nützlich, hin und wieder die alten Sprüche der Cal Tech zu benutzen, von denen Austin so viel hielt. Dann faßte er Dr. Feehelys Ausführungen zusammen. Austin hörte schweigend zu, dachte nach und stieß schließlich ein verblüfftes »Oh« aus.

Kea beobachtete ihn aufmerksam. Kam er wirklich noch mit?

Nach einigen Sekunden sagte Bargeta mit leiser Stimme: »Wenn dieses Partikel, diese Substanz, du weißt schon, wenn man sie synthetisieren könnte … Mann, Kea, jetzt weiß ich, warum du mich aufgesucht hast. Jetzt erkenne ich, warum du dich bei einigen Dingen, die du entwickeln wolltest, so geheimnisvoll angestellt hast. Kea, ich komme mir vor wie … wie hieß der Kerl? Ich blicke sprachlos über Darien? Obwohl ich mir nicht vorstellen kann, was an Connecticut so eindrucksvoll sein sollte. Aber diese Sache ist ein Knaller. Ein sehr, sehr großer Knaller.

Ich … Ich könnte Rutherford sein. Noch besser, ich könnte ein Doktor McLean sein. Sogar noch bedeutender als er, denn das ist weitaus mehr als ein bißchen Antigravitation. Es ist einfach alles. Zuerst Stardrive, und dann finden wir garantiert einen Weg, die Substanz so umzuwandeln, daß man damit alles antreiben kann. Alles. Ich komme mir vor wie der erste Mensch, der Öl aus der Erde pumpte, egal, wie er hieß. Meine Fresse, Kea, das ist doch kein blöder Scherz oder so etwas?«

Er brauchte fast eine Woche, um sich alles hin und her zu überlegen: Es ist zu groß, zu wichtig, es kann doch nicht sein, man muß die Regierung benachrichtigen, vielleicht ein Konsortium aus Transportunternehmen gründen, wir könnten zumindest eine Machbarkeitsstudie anfertigen lassen, diese Sache macht uns wirklich reicher als diesen alten Griechen, wie heißt er noch gleich, bist du sicher, Kea, daß wir so etwas tun sollten, ich meine, du weißt ja, es gibt Dinge, die der Mensch einfach nicht wissen sollte, obwohl ich nicht viel mit dieser Traktat-Huberei im Sinn habe, aber, großer Gott, man sagt, daß sich das Genie von Generation zu Generation verwässert, und das hier würde dieses Geschwätz als totale Ente entlarven, du weißt schon, man wird mich sogar für noch größer als meinen Vater halten, größer als den allererersten Austin, derjenige, nach dem ich benannt bin, weißt du, derjenige, der diese Company damals gegründet hat …

Schließlich: »Wir tun es.«

Ein Stab aus Anwälten und Beratern wurde zusammengestellt, der genauso direkt an Keas Anweisungen gebunden war wie das Laboratorium, das er unter allerhöchster Geheimhaltung bauen ließ. Es könnte teuer werden, hatte Kea warnend gesagt, doch Austin war gewillt, zehn Prozent der Ressourcen von Bargeta Ltd. – vor Steuern – pro Jahr dranzugeben. Das Labor wurde gebaut, die allerbesten Wissenschaftler für das Projekt verpflichtet. Tests irgendwo im fernen Weltall wurden geplant, Forschungsschiffe entworfen. In der Geschäftswelt wußte bald jeder, daß Bargeta Ltd. etwas Spektakuläres vorbereitete. Es kam Keas Zwecken entgegen, daß Austin überall als derartig leichtgewichtig angesehen wurde, daß das Projekt eher als Witz kursierte, sozusagen als neuer Edsel, was immer das auch bedeutet haben mochte. Kea erzählte niemandem, weshalb er die Operation »Projekt Suk« getauft hatte.

Die gesamte Hardware und das gesamte Personal waren echt. Trotzdem war alles nur Makulatur. Kea wußte, daß AM_2 niemals künstlich hergestellt werden könnte, oder falls doch, dann würde es um ein Vielfaches teurer werden, als das jetzige Antriebselement für den Stardrive. Er riß sich zusammen. ›Man sollte niemals nie sagen‹, rief er sich ins Gedächtnis. ›Antimaterie Zwei kann im Augenblick nicht künstlich hergestellt werden, und wahrscheinlich auch in der Zukunft nicht. Dabei sollte man es belassen. Außerdem – wen kümmert das schon? Sobald wir herausgefunden haben, wie man die Partikel abschirmen kann – und das heißt auch, daß wir einen Weg entdecken, wie man Schürf- und Transportschiffe ausrüstet –, wird AM_2 billig wie Dreck. Jedenfalls für mich‹, dachte er.

Es gab drei Gründe für diese ausgefuchste Charade. Einmal würde sie eine akzeptable Erklärung dafür liefern, wo die neue Substanz irgendwann in den nächsten Jahren wirklich herkommen würde. Das war nicht ganz so wichtig. Zum zweiten kam er auf diese Weise zu Forschungsschiffen, die mit genauen Anweisungen ins All geschickt wurden. Die Anweisungen waren nur den jeweiligen Besatzungen bekannt. Sie sollten nach einem Element suchen, das als Grundsubstanz für die nötige Abschirmung in Frage kam, ein Element, das Kea X nannte. Die Forschungsberichte wurden außerdem sorgfältig dahingehend analysiert, ob sich aus ihnen nicht vielleicht ein Gedankengang entwickeln ließe, der zur künstlichen Herstellung dieser Abschirmung führen könnte.

Operation Suk bot außerdem den Vorteil, daß sie eine heimliche Rekrutierungsstation darstellte. Richards suchte die besten Forscher für das Projekt aus, und das bedeutete, einige der besten Köpfe, die die Menschheit hervorgebracht hatte. Die besten – mit zwei zusätzlichen Bedingungen. Die erste bestand darin, daß die Personen entweder ungebunden waren, ihre Familien mit ihnen reisten oder daß sie sich von ihren Verwandten verabschiedeten. Die zweite erforderte, daß jede von ihnen ein kleines Geheimnis hatte. Ein ungesühntes Verbrechen, gewisse Sexualpraktiken, politische oder soziale Theorien, die in ihrer Heimat nicht besonders beliebt waren, Alk, Drogen, oder, am allerbesten, daß sie ganz einfach Menschenfeinde waren. Diese Leute würden, falls Richards' Planung aufging, dazu benutzt werden, die Forschungen in Sachen AM$_2$ abzuschließen. Richards kaufte Basis Eins auf Deimos, um dort ein Labor einzurichten. Austin sagte er, daß hier die Hauptsuche nach dem X-Partikel stattfand. Hier gab es keine Möglichkeit, daß Geschäftsgeheimnisse zur Konkurrenz durchsickerten, denn außer sorgfältig durchleuchtetem Bargeta-Personal durfte niemand Deimos betreten; sämtliche untergeordneten Laboratorien beschränkten sich auf ein wenig aussagekräftiges Segment der Gesamtproblematik.

Und schließlich der wichtigste Punkt: Operation Suk war Keas Goldesel. Natürlich gab es Rechnungsprüfer und dergleichen, aber an dem Tag, an dem ein erfahrener Raumschiffingenieur nicht mehr in der Lage war, seiner Firma das Hemd zu klauen, während sie noch immer glaubte, sie trage das Abendkleid, an dem Tag würde wohl die Sonne verlöschen. Die Sache war um so einfacher, da Operation Suk unter derart strikter Geheimhaltung ablief.

Sechs Jahre vergingen. Kea hatte, wie es einer seiner wohlgeliteneren, weniger angesehenen und reicheren Freunde auf dem Schürfschiff ausdrückte, mehr zu tun als ein Einbeiniger beim Arschtrittwettbewerb. Drastisch, aber zutreffend.

Zum einen galt es, die Operation Suk zu führen. Da er der einzige war, der wirklich wußte, worauf das Projekt eigentlich hinauslaufen sollte, war es erforderlich, daß er sämtliche Labor- und Forschungsergebnisse vorgelegt bekam, jeden einzelnen Bericht und, was nicht selten vorkam, sogar die zugrundeliegenden Daten. Das verlieh ihm den Ruf eines Managers, der selbst anpackte, und er wurde dafür respektiert, daß man ihm nicht in die Tasche lügen konnte. Aber Respekt ersetzte weder fehlenden Schlaf noch persönliche Erholung.

Andererseits hatte er viel damit zu tun, Austin beim Management von Bargeta Ltd. unter die Arme zu greifen. Tatsächlich war es so – und Kea sorgte dafür, daß alle Leute, mit denen er zusammenkam, das unterschwellig auch mitbekamen –, daß er die Dynastie führte. Austin wurde jetzt von einer Ebene seiner Angestellten noch mehr als Dummkopf angesehen, von ihren Vorgesetzten eher als Dilettant. Kea ermutigte Austin sogar noch, sich weiter aus der Verantwortung herauszuziehen. Bleib frisch. Bleib aktiv. Wenn du dich zu tief in diese tausend Kleinigkeiten hineinwühlst, so wie ich, wer soll dann noch darauf achten, daß wir in keine Falle stolpern?

Er achtete darauf, daß Austin nominell weiterhin die Entscheidungen traf, und er ließ ihn auch einige fällen, die nicht besonders wichtig waren. Kea hätte die Sache von der offiziellen Bühne aus wesentlich präziser steuern können, doch er wußte nur zu gut, wie sensibel und paranoid die Inkompetenten waren. Er konnte auf keinen Fall riskieren, gefeuert zu werden. Abgesehen davon würde es auf seiner Ebene nicht »feuern« heißen, sondern »ausgeschieden, um Interessen persönlicher Natur zu verfolgen«.

Er reiste auch sehr viel inkognito. Er mußte sich mit den Leuten treffen, Industriebetriebe besuchen, die nichts mit Bargeta Ltd. zu tun hatten. Manchmal reiste er unter falschem Namen, mit falschen Papieren. Einer seiner Lieblingsdecknamen war H. E. Raschid, als Tribut an Burton und Scheherezade. Hin und wieder grinsten die Leute – und Richards machte sich eine geistige Notiz, daß diese Person es wert war, daß man auch weiter die Beziehung zu ihr pflegte.

Seine neuen Kontakte und Freunde gingen weit über die Geschäftswelt hinaus: Politiker; Leute, die interessanten Geschäften nachgingen, manche davon schon deutlich auf der anderen Seite des Gesetzes. Er gab großzügig, aber sehr umsichtig Geld aus. Er war stets bereit, die Kasse eines Politprofis aufzustocken, egal welcher Partei er oder sie angehörte. Schon bald kontrollierte er eine beachtliche Anzahl von Ganymeds traditionell erwerbbaren Immobilien. Außerdem gehörte ihm ein Viertel des Mondes selbst. Das Anwesen, das er dort errichten ließ, entsprach eher einem kleinen, ultra-abgesicherten Industriepark als dem weitläufigen Wohnsitz eines reichen Mannes.

Genau das war Richards inzwischen. Das hatte er nicht nur seinem verschwenderischen Gehalt bei Bargeta Ltd. zu verdanken – mit eigenem Zugang zu den Schatztruhen hinsichtlich Projekt Suk –, auch seine neuen Freunde geizten nicht mit Tips und Anregungen. Kea spielte auf jede erdenkliche legale und illegale Weise mit dem Markt, solange es noch einigermaßen unauffällig ablief. Möglicherweise würde man seine Machenschaften eines Tages unter die Lupe nehmen, doch wenn das wirklich geschehen sollte, war er entweder tot, verschwunden, oder er stand schon lange über dem Gesetz.

Dann kam der Durchbruch, in den ersten Monaten des neuen Jahrhunderts. Eine Expedition kehrte zurück. Nicht von den Sternen – Kea hatte große Mengen von Bargetas Kapital aufs Spiel gesetzt und zwei Stardrive-Expeditionen losgeschickt –, sondern aus dem Hinterhof des Sonnensystems. Aus jenem Gewirr aus Gesteinsbrocken jenseits der Plutobahn, das man einst für die Überreste eines ehemaligen elften Planeten des Systems gehalten hatte. Ein Meteorit vom Durchmesser beinahe eines Viertelkilometers war entdeckt, untersucht und mitgebracht worden. Der Captain des Schiffs berichtete von weiteren Planetoiden, die dort draußen herumtrieben und die laut Spektralanalyse aus dem gleichen Material bestanden.

Es war das X-Material. Es reagierte auf nichts, was die Bargeta-Labors mit ihm anstellten. Es war schwer zu bearbeiten, aber eine Bearbeitung war nicht völlig unmöglich. Es ließ weder Strahlung durch noch sonst etwas, womit man es bombardierte. Es reagierte nicht einmal auf ein kleines Stückchen im Labor hergestellte »konventionelle« Antimaterie.

Sein Schmelzpunkt auf der Kelvinskala lag hoch genug, um es als sinnvolle Schiffspanzerung einzusetzen, aber niedrig genug, um in einer modernen Schmiede bearbeitet zu werden.

Richards, der den Sieg schon riechen konnte, erlaubte sich in einem Anflug von Arroganz, der X-Substanz den Namen *Imperium X* zu geben. Er ließ ein bestimmtes, recht ungewöhnliches Schiff von seinem Parkorbit über dem Mars herüberkommen und im Geheimlabor auf Deimos landen. Dort verpaßte man ihm vom Bug bis zum Heck eine nur wenige Moleküle dicke Panzerung aus dem neuen Element. Das Schiff war das alte Sternenschiff, das er vor Jahren über den Polregionen des Mars inmitten eines Schrotthaufens hatte herumtreiben sehen und das er vor einiger Zeit erworben und in mehrfacher Hinsicht modifiziert hatte. Es war jetzt so ausgestattet, daß es von einem Menschen und mehreren Computern bedient werden konnte. Es war bereits aufgetankt – ein ordentlicher Anteil an Ressourcen von Projekt Suk war draufgegangen, um dieses Schiff auszustatten. Jetzt mußte es nur noch in den Alva Sektor, durch die Diskontinuität hindurch zum allerletzten Test.

Bargeta Ltd. verkündete, daß Richards sich endlich einen Urlaub gönnte. Kea sagte Austin, er würde mindestens drei E-Monate unterwegs sein. Nicht einmal seinem besten Freund wollte er sagen, wo er sich aufhalten würde. So wie es Austin ihm vor ungefähr einem Jahr geraten hatte.

»Habe ich das?«

»Allerdings. Damals hatten wir ganz schön einen im Tee. Erinnerst du dich nicht mehr? He, ich dachte immer, du bist derjenige, der nichts vergißt!«

Austin lachte nicht. In letzter Zeit hatte er sich immer öfter gefragt, was Kea eigentlich vorhatte. Manchmal … schien es so … als fahre er seinen eigenen Kurs. Zumindest verhielt er sich manchmal so, als spielte die Tatsache, daß Bargeta der Familie angehörte, keine so große Rolle mehr. Vielleicht, dachte er, sollte er einmal mit Kea darüber reden. Natürlich war er sein Freund. Aber Austin erinnerte sich wieder an den Mars, erinnerte sich daran, wie ihm sein Vater eingeschärft hatte, daß man die Lektion, wo der eigene Platz im Leben war, immer wieder von neuem lernen – und lehren – mußte. Bei Bargeta Ltd. gab es so etwas wie einen unersetzlichen Mann nicht. Das galt sogar für Familienmitglieder; erst in diesem Jahr hatte Austin einige Vettern entlassen. Niemand war derart lebenswichtig – mit Ausnahme von Austin selbst natürlich.

Zwei Tage vor seinem geplanten Verschwinden arbeitete Richards an seinem privaten, völlig autonomen Computer den erratischen Kurs aus, der ihn zum Alva Sektor bringen sollte. Der Türsummer ertönte. Seine Empfangsdame kündigte eine Besucherin an. In bewußtem Gegensatz zu Austins Harem beschäftigte Kea absichtlich Männer und Frauen nur aufgrund ihrer Kompetenz und, wenn möglich, Ungekünsteltheit. Die Besucherin hatte sich geweigert, ihren Namen preiszugeben. Die Empfangsdame wollte wissen, was sie tun sollte.

Während sie anscheinend leicht verunsichert mit ihm sprach, schaltete sie wie verabredet mit dem Fuß unter dem Schreibtisch eine Kamera im äußeren Wartezimmer ein. Ein Bildschirm flammte auf. Es handelte sich beileibe nicht um die erste Person, die ihren Namen nicht nennen wollte, um dadurch rascher ins Allerheiligste des Chefs vorgelassen zu werden. Kea starrte das Bild an. Er war einigermaßen stolz darauf, daß es seiner Zählung nach nur zwei Sekunden dauerte, bevor er mit klarer, völlig normaler Stimme sagte: »Ach ja. Führen Sie sie herein.«

Tamara. Immer noch sehr reizvoll. Sie trug einen Geschäftsanzug, der aussah, als sei er für einen Mann entworfen worden – wieder einmal war Androgynität angesagt –, doch darunter trug sie eine Bluse aus einer Art Seide, deren Farben sich im Wechselspiel von Sonne und Schatten veränderten. Darunter trug sie höchstwahrscheinlich nichts mehr. Sie sah noch immer ganz danach aus: Du kannst mich haben, wenn du willst. Aber nur, wenn du es schaffst. Einen Augenblick lang fühlte er sich wie schwerelos. Aber er ließ es sich nicht anmerken. Nicht ums Verrecken.

Er war hocherfreut, sie zu sehen, und umarmte Tamara wie eine gute, lang vermißte Freundin. Er weigerte sich, auf sein Hirn zu hören, das ihm mitteilte, wie deutlich er die harten Brustwarzen unter ihrem Anzug an seiner eigenen Brust spürte. Keine Nachrichten durchstellen. Ein Drink. Er ließ sie auf der Besuchercouch Platz nehmen und setzte sich dicht neben sie. Aber nicht zu dicht. Er sagte, er habe all die Jahre davon geträumt, sie wiederzusehen. Was sie denn in der Stadt zu tun habe? Sie wolle sich erholen, meinte Tamara. Ihre Stimme jagte ihm immer noch einen Schauer über den Rücken. Einen Schauer, der ihn daran erinnerte, daß sie ihm gezeigt hatte, was man mit kaum mehr als ein paar Eiswürfeln und einem Lederriemen alles tun konnte. Wovon sie sich erholen wolle?

»Mein Mann und ich ... das ist vorbei.« Sie zuckte die Schultern. »Er ist von seinen Rennen besessen, obwohl er in der letzten Zeit so gut wie nichts gewonnen hat. Jungs und ihre Spielsachen, du weißt schon. Vermutlich ist er nie richtig erwachsen geworden. Ich schon.«

»Tut mir leid.«

»Ich habe viel an dich denken müssen. Schon seit Jahren. Und ich dachte ...« Sie hielt inne, wartete ab, ob Kea auf das Signal reagierte.

Richards wartete ebenfalls mit geduldigem, interessiertem Gesichtsausdruck. Vielleicht wollte ihm seine alte respektierte Freundin ja eine völlig neue Idee präsentieren. Tamara versuchte es erneut.

»Weißt du, ich erinnere mich an viele Dinge noch sehr, sehr gut. Kaminfeuer. Seide. Wir haben viel gelacht. Ein unerklärlicher Sonnenbrand.« Sie zwang sich zu einem kleinen Lächeln. Kea legte die Stirn in Falten, dann erinnerte er sich bildhaft an die näheren Umstände. Tamara zog einen Augenblick die Brauen zusammen. Es lief nicht ganz so, wie sie es geplant hatte ...

»Vor allem erinnere ich mich jedoch an die Fehler, die ich gemacht habe. Besonders an einen.«

»Richtig. Ich auch.«

»Ich glaube, ich kann jetzt nur gestehen, daß ich damals ein ziemliches kleines Aas gewesen bin«, sagte sie, die Augen bescheiden niedergeschlagen, die Hände im Schoß gefaltet. »Es dauerte einige Zeit, bis ich reifer wurde. Ich kann dir nur sagen, wie leid es mir tut und daß ich es gerne wiedergutmachen würde.«

Es gelang ihr sogar, eine Träne hervorzuquetschen. Kea fand ein Taschentuch für sie. Er zuckte mit den Achseln. »Wir waren damals alle noch nicht sehr erwachsen«, sagte er. »Die Fehler halten sich wohl die Waage.«

Tamara wollte etwas sagen, ließ es dann aber sein. Verwundert dachte sie darüber nach, was Kea wohl mit seiner letzten Bemerkung gemeint haben könnte. Dann fuhr sie fort: »Zumindest war Austin nicht so dumm wie ich. Deshalb bist du nicht einfach so verschwunden, und das Leben gibt einem manchmal ... Ich meine, wir leben in der wirklichen Welt. Manchmal kriegt man eine zweite Chance, oder?«

Er nahm sie in die Arme. Küßte sie. Nicht gerade auf brüderliche Weise, aber auch nicht besonders leidenschaftlich. »Aber selbstverständlich. Und ... auch ich habe dich nie vergessen.«

Kea erhob sich und zog sie sanft mit einer Hand unter ihrem Ellbogen mit sich hoch. »Jetzt haben wir Zeit genug, um uns richtig kennenzulernen. Sieh mal, sobald ich von diesem ... dieser Geschäftsreise zurück bin, rufe ich dich an. Wir könnten uns zum Essen verabreden. Wir haben uns so viel zu erzählen.«

Er ging zu seinem Schreibtisch zurück. Tamara starrte ihn an. Dann bildete sich ein Lächeln auf ihrem Gesicht. Er erwiderte es. Sie ging langsam auf die Tür zu und öffnete sie, drehte sich noch einmal um. Er lächelte immer noch. Tamara ging hinaus, die Tür schloß sich mit einem leisen Zischen. Kurz bevor sie fest zu war und noch bevor die Dämmung das Geräusch abfing, lachte Kea.

Laut. Ein harsches, grausames Lachen. Ein Marslachen. Dann vergaß er sie.

Kea Richards verschwand aus den Gefilden der Menschen. Er und das Sternenschiff, dem er nicht einmal einen Namen gegeben hatte. Er suchte sich seinen Weg kreuz und quer durch die Galaxis zum Alva Sektor. Er näherte sich der Diskontinuität. Wieder sah er die Funken vor der schwarzen Leere zwischen den Sternen sprühen, wie ein Riesenfeuerwerk am Unabhängigkeitstag vor einer mondlosen Nacht. Dort kollidierten winzige Stückchen normaler Materie mit AM_2-Partikeln.

Er gab den Kurs ein. Durch die Diskontinuität hindurch, hinein in das andere Universum, das Universum der Schwärze und der Farben. Er navigierte auf Viertelgeschwindigkeit mit Hilfe des Blindflugsystems, das er in langen Jahren harten Nachdenkens entwickelt hatte, eine wohldurchdachte Weiterentwicklung des Navigationssystems, das Murph und Doktor Fazlur damals improvisiert hatten.

An der Nase des Schiffes hatte er ein Distanzortungsgerät angebracht, das jetzt etwas anzeigte. Er näherte sich irgendwelchem interstellaren Schutt, wahrscheinlich kaum mehr als ein halber Meter im Durchmesser. Aber es mußte sich um Antimaterie Zwei handeln; mehr als genug, um sein kleines Raumschiff zu zerschmettern. Er stellte den Stardrive ab, ging kurz auf Yukawa-Antrieb, nahm dann jeglichen Schub weg und ließ sich von der Masseträgheit auf den Brocken Antimaterie Zwei zutreiben.

Ein Blick auf ein zweites Instrument ließ ihn Hoffnung schöpfen. Es registrierte jedes Objekt, das mit der Außenhülle des Schiffs in Berührung kam, und war so sensibel, daß es auf einem Landeplatz auf der Erde einen Regentropfen gemeldet hätte – und wahrscheinlich sogar noch geringere Kontakte. Die Anzeige verriet ihm, daß sein Raumschiff seit Eintritt in dieses verrückte Universum von Partikeln getroffen worden war. AM_2-Partikeln. Ohne daß es einen besonderen Effekt gehabt hätte.

Die Signale des Distanzorters hatten sich in ein kontinuierliches *Bong-Bong* verwandelt. Richards rückte vor eine andere

Konsole. Er schlüpfte mit den Händen in Waldos und konzentrierte sich auf die Instrumente. Unterhalb der Schnauze des Schiffes öffnete sich eine Luke, aus der sich eine Sonde herausschob. Eine Klaue. Auch das war eine von Kea erdachte Modifikation. Eine Greifklaue mit Schöpfeimer, alles mit einem Überzug aus Imperium X. Kea fingerte einige Minuten an den ungewohnten Reglern herum. Schweiß tropfte auf die Konsole vor ihm. Falls er sich geirrt hatte, waren nicht nur all die Jahre vergeudet, er würde obendrein schon sehr bald sehr tot sein – falls Imperium X nicht die perfekte Abschirmung war und die AM_2 in mehr als nuklearen Höllengluten detonierte.

Die Anzeigen der Sonde besagten, daß sich der Klumpen in der Klaue befand. Mit unbewußt geschlossenen Augen und einem Bewußtsein, das sich auf eine alles auflösende Explosion einstellte, schloß Kea die Waldos. Wieder und wieder. Nichts geschah.

Er war der stolze Besitzer eines Stückchens Antimaterie Zwei. Er zog den langen Arm wieder ins Schiff zurück, und die Luke schloß sich hinter ihm. Die Innenseite des kleinen Laderaums war ebenfalls mit Imperium X verkleidet. Er betätigte einige Regler, und das Schiff ging auf Lichtgeschwindigkeit, auf eine Flugbahn, die es aus der Diskontinuität herausbringen würde. Das war der Augenblick des wirklichen Triumphes. In diesem Moment, noch vor der Forschung, der Entwicklung, dem Abbau und dem ganzen Rest, hatte Kea Richards sich zum Herrn des Universums gemacht.

Die Welt endete weniger als ein Jahr später in zwei Katastrophen, die sich innerhalb eines Monats ereigneten. Die erste hielt jeden Reporter im Sonnensystem bis hin zu den weit auseinanderliegenden Welten weiter draußen in ihrem Bann. Deimos war explodiert. Der Mond war jetzt ein vernichteter, irregulärer Asteroid wie Phobos. Die Sache war eigentlich unmöglich. Monde zerstörten sich nicht selbst. Deimos war bis auf drei oder vier Leute, die sich um die alte Basis Eins gekümmert hatten, unbewohnt gewesen. Nach und nach drangen weitere Fakten ans Licht. Allem Anschein nach war Deimos sehr wohl bewohnt gewesen. Mehrere hundert Männer und Frauen hatten in einem geheimen Laborkomplex rund um die alte Basis Eins gearbeitet. Die Anlagen gehörten Bargeta Ltd. Die Schlagzeilen wurden immer größer. Fünfhundert, nein, sechshundert … nein, vierhundertfünfzig Leute waren verschwunden. Dafür mußte jemand zur Verantwortung gezogen werden.

Die Livie- und Reporterteams belagerten das Hauptquartier von Bargeta Ltd. Der Firmensprecher, ein bleicher und erschüttert wirkender Mann, mühte sich eine vorbereitete Stellungnahme ab. Jawohl, das Labor war ein Forschungszentrum des Konzerns. Nein, er könne nicht sagen, was dort erforscht wurde, außer daß es mit Raumschiffentwicklung zu tun habe. Nein, Austin wüßte auch nicht, was da geschehen war. Wissenschaftliche Aufklärungsteams von Bargeta seien bereits dabei, die Ursache der Katastrophe zu erforschen. Nein … keine weiteren Kommentare. Die Reporter spürten Kea Richards auf. Auch er hatte ihnen nichts zu sagen. Keine Ahnung. Und absolut kein Kommentar.

»Was ist da verdammt noch mal passiert?« kreischte Bargeta.

»Keine Ahnung«, antwortete Richards. »Ich habe zwei E-Tage vorher mit Doktor Masterson, dem Direktor, gesprochen. Er teilte mir mit, daß eines der Forschungsteams eine neue, faszinierende Spur verfolge, aber sie sei so ungewöhnlich, daß er nicht näher darauf eingehen und sich lächerlich machen wolle, bevor weitere Tests durchgeführt seien. Vielleicht ist bei diesen Tests etwas schiefgelaufen.«

»Herr im Himmel«, stöhnte Austin. »Die vielen Leute. Die besten Wissenschaftler, die wir auftreiben konnten. Das waren nicht irgendwelche Arbeitsbienen oder so was. Mein Gott, mein Gott. Ist dir klar, was man uns bei der Jahresversammlung erzählen wird? Wie soll ich das den Aktionären erklären?« Kea wußte es nicht.

Die zweite Katastrophe war interner Natur. Buchhalter hatten den Abschlußbericht von Projekt Suk vorbereitet. Es war so etwas wie ein finanzielles Schwarzes Loch, dachte Austin, als er das Fiche überflog. Das Projekt hatte achtunddreißig Prozent aller Aktivposten von Bargeta Ltd. verschluckt, nicht nur der Transportgesellschaft, sondern zusätzlich der gesamten Holding. Schlimmer noch war der beigefügte geheime wissenschaftliche Bericht; es sah ganz danach aus, als seien die Versuche, Keas X-Substanz zu synthetisieren, nicht einfach nur fehlgeschlagen und hätten dabei Deimos zerstört. Vielmehr wurde ziemlich klar, daß die ganze Idee von Grund auf falsch gewesen war. Der Stein der Weisen. Eine abgasfreie Sauerstoffverbrennungsmaschine. Kalte Fusion. Bargeta war, wenn auch nicht bankrott, so doch kurz davor. Das gewaltige Firmenkonglomerat war auseinandergebrochen. Nur mit viel Glück würde es die beiden folgenden Geschäftsjahre überstehen, es sei denn, ein Wunder geschah, ein Wunder, das sich nirgendwo am Horizont abzeichnete.

Austin scrollte durch die letzte Seite und machte sich dann auf den Weg zu Kea. Er fand ihn in seinem Büro. Der große Raum war beinahe völlig ausgeräumt. In einer Ecke stapelten sich Umzugskisten.

»Was –«

Kea deutete auf einen Umschlag auf dem Schreibtisch, auf dem handschriftlich Austins Adresse stand. Bargeta überflog das Schreiben. Es war Richards' Kündigung. »Das Ganze«, sagte Kea mit offensichtlich vor Schock monotoner Stimme, »war mein Fehler. Ich … ich habe mich getäuscht. Kein Gold, kein Regenbogen.«

Bargeta suchte nach Worten, fand jedoch keine. Kea tat so, als wolle er etwas sagen, legte dann aber lediglich die Hand auf Austins Schulter. Und ging hinaus.

Bargeta wankte zum Fenster hinüber und blickte hinaus und

hinunter, zweihundert Stockwerke bis zur Madison Avenue hinab. Die Welt hatte soeben aufgehört zu existieren; für ihn, seine Familie und für Bargeta Ltd. Was jetzt? Was sollte er tun?

Als nächstes, noch bevor man eine außerordentliche Aktionärsversammlung einberufen konnte, fielen die Kurse der Bargeta-Aktien – und sämtlicher mit ihnen in Zusammenhang stehender Papiere – in den Keller. Jemand hatte den Bericht nach außen durchsickern lassen – und die Wall Street hatte auf jedem Kontinent und jedem Planeten ihre Abteilungen sitzen. Später fand man heraus, daß einen Tag vor der internen Veröffentlichung des Berichts durch die Abteilung Rechnungsprüfung jemand große Mengen Bargeta-Aktien abgestoßen hatte. Man kam jedoch nie dahinter, wer der eigentliche Besitzer dieser Aktien gewesen war, da die Zertifikate vor dem endgültigen Verkauf durch eine Vielzahl von Händen gelaufen waren.

Kea Richards war verschwunden, hatte seine Immobilien auf der Erde verlassen, seine Freunde, seine Frauen, seinen ganzen Besitz. Eigenartigerweise stellte sich heraus, daß er eher spartanisch gelebt und gar nicht soviel besessen hatte. Seine Häuser waren nur zur Hälfte eingerichtet, und zwar auf der Seite, die man von außen womöglich einsehen konnte. Oder sie waren nur mit Leihmöbeln bestückt. Das gleiche galt für seine Yacht und seine A-Grav-Gleiter.

Austin Bargeta stammelte sich durch die außerordentliche Aktionärsversammlung. Die Firmenaktionäre waren nicht weniger schockiert als Austin, nachdem sie den Bericht gelesen hatten. Sie kamen überein, sich am nächsten Tag erneut zusammenzusetzen. Austin erschien zu dieser zweiten Zusammenkunft nicht mehr. Direkt nach der Versammlung hatte er eine Pistole aus seinem privaten Wandsafe geholt, eine antike 13mm Automatik, die ihre Kugeln noch mittels Schießpulver verschoß und sich von Anfang an in Familienbesitz befand. Erst vor kurzem hatte er eigens neue Munition dafür anfertigen lassen. Jetzt zog er den Schlitten nach hinten, ließ ihn wieder nach vorne gleiten und damit eine Kugel in die Kammer rutschen. Umständlich hob er die große Pistole hoch, setzte sie sich an die Schläfe, dachte daran, daß die Bargetas zumindest ein Gespür für Ehre hatten, und drückte ab. Das Geschoß blies den Großteil der vorderen Hälfte seines Gehirns weg. Unglücklicherweise verwandelte es ihn nicht in eine Leiche. Austin Bargeta blieb am Leben – blind, stumm, mit einem Gehirn, das lediglich motorische Reaktionen ausführen konnte.

Kea Richards schickte einen Funkspruch von seinem selbstgewählten Exil auf Ganymed. Ob er irgendwie behilflich sein könne? Er verfüge über einige persönliche Credits; falls man sie benötige, damit Austin nicht der Allgemeinheit zur Last fiele, die Familie brauche nur zu fragen. Die Familie lehnte ab. Man mochte zwar bankrott sein, aber deswegen war man noch lange nicht auf Almosen angewiesen. Kea verspürte ein leises Flackern von Bedauern; der Dreckskerl hätte wenigstens besser zielen sollen.

Kea war gerächt. Und, seinem Gefühl nach, viele, viele andere mit ihm. Seine Mutter, die er nicht kannte und die in das Grauen eines Longliners getrieben worden war. Sein Vater und seine Großmutter und die anderen Bewohner von Hilo, die ertrunken waren, weil höchstwahrscheinlich einer dieser aufgeblasenen Konzerne, der sich um die Errichtung von Barrieren hätte kümmern sollen, an dieser Stelle Einsparungen vorgenommen hatte, um sich die eigenen Taschen zu füllen. Leong Suk, die niemals auch nur die Chance gehabt hatte, etwas anderes als Armut kennenzulernen, weder in ihrem Heimatland Korea noch auf Maui. Herrje, sogar dieser arme alte Dreckskerl Tompkins, der mit Sicherheit etwas Besseres verdient gehabt hätte, als sein Leben als verlachter Spinner in einer dreckigen Gasse zu verbringen. Die vielen schlechtbezahlten Arbeiter, mit denen er aufgewachsen war und mit denen er gearbeitet hatte, die schwitzten und schufteten und starben, damit Leute namens Bargeta mit Trimaranen über Marsmeere segeln konnten. Die Raumfahrer, die sich mit Alk umbrachten oder bei »Industrieunfällen« starben, weil die Betreiber von Transportunternehmen kaum Interesse an der Einhaltung von Sicherheitsstandards jenseits der gesetzlich vorgeschriebenen zeigten. Die Bargetas und ihr ausgeweidetes Firmen-Konglomerat waren die ersten. Andere würden ihnen folgen. Noch viele andere.

Kea war bereit, seine »Waffen« für die Übernahme zu schmieden. Als Deimos explodierte, war nur ein einziger Mann gestorben; einer der Feuerwerker, die Richards in der Unterwelt des Mars angeheuert hatte, ein Sprengstoffexperte, der offensichtlich nicht ganz so professionell war, wie er ständig getan hatte. Alle anderen Wissenschaftler, Techniker, das gesamte Versorgungspersonal und sämtliche Angehörigen waren schon Tage zuvor nach Ganymed evakuiert worden, dorthin, wo die eigentlichen Aufgaben auf sie warteten. Kea Richards war für seine »Jahre in der Wildnis« gerüstet.

Kapitel 25

Ganymed. A.D. 2202

Kea hatte sich eine Frist von zwanzig Jahren zur Eroberung eines Throns gesetzt – eines Throns, den er sich erst noch erschaffen mußte. So lange brauchte er nicht, denn plötzlich ging alles mit Lichtgeschwindigkeit voran. Ein Teil der Beschleunigung war beabsichtigt. Richards wußte, daß ihm nur begrenzte Zeit zur Verfügung stand, um ein absolut sicheres materielles, moralisches und ökonomisches Bollwerk zu errichten. Man würde versuchen, es ihm zu entreißen. Das »man« umfaßte nicht nur Geschäftstycoons und Megakonzerne, sondern auch Planetenregierungen. Deshalb beeilte er sich sehr. Das bißchen Zeit für sich und seine Erholung, das für ihn als Bargetas Problemlöser abgefallen war, kam ihm jetzt wie ein Leben voller luxuriösen Nichtstuns vor.

Zunächst glaubten alle daran, daß sich Kea Richards tatsächlich zurückgezogen hatte, um auf seinen ausgedehnten Besitztümern auf Ganymed mit seiner wissenschaftlichen Ausrüstung herumzuspielen. Tatsächlich baute er jedoch sein Sternenschiff so um, daß es in der Lage war, AM_2 als Treibstoff zu verwenden. Der »Treibstofftank« war nicht größer als Richards' Körper und war aus Imperium X gefertigt, ebenso die Leitungen und die Brennkammern der Maschine selbst. Ein beinahe unlösbares Problem hatte sich daraus ergeben, daß die Schmiermittel auf keinen Fall mit Antimaterie Zwei in Berührung kommen durften, aber schließlich wurde auch dieses Problem gelöst.

Nachdem sämtliche Bodentests zur Zufriedenheit verlaufen waren, bestiegen Richards und Dr. Masterson schweigend das Raumschiff. Über ihnen bedeckte die rötliche Kugel des Jupiter fast den ganzen Himmel. Kea ließ das Schiff per McLean abheben und ging dann auf Yukawa-Antrieb. Nachdem sie die Atmosphäre verlassen hatten, überprüfte er die ultrasensiblen Rezeptoren des Schiffes. Es lag in keinerlei Ortungsstrahl. Dann gingen sie auf Stardrive. AM_2-Stardrive.

Es ereignete sich nichts Spektakuläres. Stardrive war Stardrive war Hyperraum war langweilig. Nichts an diesem Testflug war besonders aufregend – außer daß der manuelle Antriebsregler blockiert war und die Beschleunigung automatisch unterbrochen wurde, bevor Richards die Hand davon nehmen konnte. Der rotgelbe Koloß Arcturus und seine zwölf Planeten hingen auf dem Schirm. In dieser E-Nacht erreichten sie noch drei andere Sonnensysteme, dabei sah der »Treibstofftank« bei der Rückkehr zum Ganymed noch genauso voll aus wie beim Abflug.

Kosten? Nicht der Rede wert. Der Treibstoff bestand aus einem kleinen Splitter des Brockens, den Kea jenseits des Alva Sektors »geschürft« hatte. Noch immer waren drei Viertel davon übrig, die auf Ganymed in einem Gewölbe aus Imperium X aufbewahrt wurden. Der Traum war Wirklichkeit geworden. Das Schiff wurde noch weiter modifiziert, sein gesamter Laderaum leergeräumt und mit Imperium X ausgekleidet.

Wieder verschwand Kea. Drei E-Monate später kam er mit einer vollen Ladung AM_2 zurück. Das war genug Antimaterie Zwei, um, wie er ausgerechnet hatte, für die gesamte Lebensdauer jedes bislang gebauten Raumschiffs die Energie zu liefern. Und dann war immer noch genug übrig, zumindest über den Daumen gepeilt, um alle Kraftwerke auf dem Mars drei E-Jahre lang zu betreiben. Kea wußte, daß er früher oder später robotisierte »Schürfschiffe« bauen mußte, die weitestgehend aus Imperium X bestanden oder komplett damit ausgekleidet waren, sie durch die Diskontinuität in das andere Universum bugsieren und dort arbeiten lassen mußte. Außerdem mußte er sich eine Art Fernbedienung ausdenken, ein Funkgerät, dessen Signale mindestens so exzentrisch ausgetüftelt sein mußten wie die Flugbahnen, mit denen Richards den Alva Sektor anflog.

Kea hatte mit einiger Belustigung die Versuche der sogenannten Ölscheichs studiert, die Kontrolle über die Erdölvorräte zur Umgestaltung der gesamten Kultur auf der Erde zu benutzen. Der Plan mochte in seiner abscheulichen Egozentrizität bewundernswert erscheinen, war in der Realität jedoch zum Untergang durch Gier und Heuchelei verurteilt. Wenn Kea diese Karte spielen mußte, dann sollte es seiner Meinung nach der allerhöchste Trumpf sein. Doch die Fernbedienung konnte warten. Jetzt war es an der Zeit, kräftig an den Käfigen zu rütteln.

Kea kehrte aus dem Ruhestand zurück und verkündete seinen Plan, Luxusschiffe zu bauen, besser gesagt Raumyachten, und sie auf der Route Erde–Mars als Erste-Klasse-Transportsystem einzusetzen. Der Preis sollte dreimal so hoch sein wie bei den bisherigen Passagen, wenn man den Gerüchten Glauben schenken konnte. Das sorgte für reichlich Belustigung in den Siedlungen, Bars und Clubs, in denen die Megareichen verkehrten. Netter Gedanke, aber so viele superreiche Narren gab es gar nicht. Nicht genug, als daß Keas Pläne sich rechnen würden. Na schön. Er würde Pleite machen und schon bald bei ihnen um einen Job betteln, den jeder von ihnen ihm gerne geben würde.

Die Schiffe wurden gebaut. Sie sahen weniger wie Luxustransporter, sondern eher wie mittelgroße Frachter aus. Und hinter Schleuse 33 ließ man einige Sektionen leer. Die letzten Änderungen wurden auf Ganymed vorgenommen. Kea hatte selbst einige seltsame Ideen, die auf dem kleinen Raumhafen auf seinem Privatgelände umgesetzt wurden. Auf Ganymed wurden die Schiffe mit Stardrive-Antrieb ausgerüstet. Aufgetankt. Und bemannt.

Da sich niemand groß um Raumfahrer kümmerte, hatte auch niemand die Werber beachtet, die sämtliche Raumhäfen durchkämmt hatten. Sie suchten nur die Besten aus, diejenigen, die noch nicht alle Illusionen verloren hatten und die Sterne noch als Herausforderung ansahen, nicht als öden Scheißjob wie jeden anderen auch. Wer die erstaunlich strengen Tests bestand, wurde zur Ausbildung zum Ganymed gebracht. Überraschenderweise zahlte man 15 Prozent von ihnen aus und brachte sie mit einer Entschuldigung auf ihre Heimatplaneten zurück; Psychologen hatten herausgefunden, daß sogar Raumfahrer vor den Sternen jenseits der »bekannten« Welten Angst haben konnten. Schließlich bekamen die Männer und Frauen die neuen Schiffe zu Gesicht. Man brachte ihnen bei, wie sie navigiert, geflogen und gewartet wurden. Dann ging es los. Zu den Sternen. Auf die Suche. Nach Schätzen. Und nach Außerirdischen.

Zwei Jahre, nachdem Kea sein erstes Sternenschiff gestartet hatte, waren bereits sieben intelligente extraterrestrische Spezies – sowohl menschliche als auch sehr menschenähnliche – entdeckt worden. Drei davon waren schon so weit entwickelt, daß sie mit der interplanetaren Raumfahrt begonnen hatten. Keine von ihnen besaß Stardrive. Sie würden ihn bekommen. Zu Richards' Bedingungen.

Keas Spionagedienst berichtete ein wenig beunruhigt, daß einige erstaunliche Gerüchte darüber kursierten, was Richards dort draußen auf Ganymed angeblich trieb. Kea seufzte. Das Geheimnis konnte nicht ewig gehütet werden. Trotz aller Vorsichtsmaßnahmen hatten zu viele Leute die Sternenschiffe von Richards' Raumhafen abheben und einfach verschwinden sehen. Außerdem erzählten Raumfahrer und Raumfahrerinnen gerne Geschichten in Bars. Es war Zeit für die nächste Stufe.

Eine neue Firma wurde in der Provinz Livonia gegründet, wo keine Fragen gestellt wurden: Clive Inc. Die Satzung wurde mit Bedacht so formuliert, daß die neue Firma alles mögliche tun konnte, angefangen von sich selbst blau anmalen oder rückwärts tanzen bis zum Terraforming der Sonne. Den Gesetzen von Livonia gemäß mußte nur ein Name auf der Urkunde erscheinen, und das war der eines Einheimischen, Yaakob Courland. Er wurde für die Benutzung seines Namens in bar ausgezahlt, sobald die Papiere komplett waren, und vergaß den Vorfall prompt wieder, denn es war bereits der fünfte Papierstapel, den er an diesem Tag unterschrieben hatte. Doch das war das letzte Mal, daß die Firma anonym agierte.

Man fragte bei den Vid/Nachrichtenteams der Erde nach, ob sie Interesse an einer Pressekonferenz hätten, in der Kea Richards eine wichtige Erklärung abgab. Sie sollte zu einer bestimmten Zeit auf dem beinahe verlassenen New Yorker Raumhafen auf Long Island abgehalten werden. Eine zweite Pressekonferenz wurde einberufen. Auf dem Mars, genauer gesagt auf dem Raumhafen von Capen City. Kea Richards würde auftreten, um eine wichtige Erklärung abzugeben. Beide Konferenzen waren für den gleichen Tag angesetzt, nur um zwei E-Stunden versetzt. Niemandem fiel dieser offensichtliche Fehler auf. Beide Konferenzen waren einigermaßen gut besucht, obwohl kaum ein Zehntel derjenigen wirklich vor Ort gewesen sein konnten, die später behaupteten, dabeigewesen zu sein.

Denn Kea selbst erschien tatsächlich zu beiden Terminen. Tatsächlich mußte er, da er Glück bei der Startfreigabe gehabt hatte, sich noch eine volle E-Stunde im Raumhafen von Capen City herumtreiben und auf die Presse warten. Seine Erklärung war einfach. Seine Forschungsabteilung hatte gewisse bahnbrechende Verbesserungen im Stardrive-Antrieb erreicht; Verbesserungen, wie seine Anwälte sagten, die diesen Antrieb als völlige Neuentwicklung auswiesen. Einige tausend Patente seien in Den Haag, auf dem Mars und an verschiedenen anderen Orten der Erde niedergelegt. Sobald sie anerkannt waren, würde jede Verletzung der Patentrechte mit den härtesten gesetzlichen Strafen geahndet. Kea malte sich aus, daß das Geschrei über den Superantrieb den ganzen Laden ohnehin eine Weile ordentlich aufmischen würde.

Nachdem er seine Erklärung auf dem Mars abgegeben hatte, landeten fünfzehn Raumschiffe, die außerhalb der Atmosphäre gewartet hatten. Jedes von ihnen hatte eine Fracht an Bord, wie sie noch kein Mensch jemals gesehen hatte. Unbekannte Mineralien. Edelsteine. Versiegelte »Pflanzen« von jenseits der Sterne. In zwei Schiffen landeten sogar Außerirdische gemeinsam mit den Menschen. Extraterrestrier, die zuvor unbekannt gewesen waren.

Kea bot der Menschheit die Sterne an. Aber er verlangte einen Preis. Der neue, verbesserte Antrieb war nicht zu verkaufen. Es wurden auch keine Lizenzen vergeben. Der gesamte Frachtverkehr, der mit dem neuen Antrieb abgewickelt wurde, müsse unter der alleinigen Kontrolle von Clive Inc. erfolgen. Daraufhin lief der winzige Fleck, den die Menschheit als ihr Universum ansah, förmlich Amok. Und alle waren hinter Kea Richards her.

Er zog sich nach Ganymed zurück und bunkerte sich ein. Im

wahrsten Sinne des Wortes, denn unter seinem Wohnhaus befanden sich noch viele unterirdische Stockwerke, in denen er und seine engsten Mitarbeiter so ziemlich alles aussitzen konnten, inklusive eines Atomschlags. Von dort aus verfolgte er amüsiert das Treiben. Alle wollten seine Schiffe benutzen. Es entstand eine gewaltige Warteliste, die so lang war, daß es fast praktischer gewesen wäre, die Waren auf konventionellem Wege zu verschiffen. Fast, aber nicht ganz. Und Richards hatte seine Preise exakt so angesetzt, wie sie sein sollten. Er verlangte 30 Prozent als Profitmarge und, zumindest momentan, noch einmal 20 Prozent für das Risiko.

Seine Kapitalistenkollegen schäumten, Anwälte rasten zwischen Gerichtssälen und Firmensitzen hin und her. Die Situation war eigentlich ganz einfach: Richards hatte seinen Freunden, die noch mit Paddeln in der Hand auf ihren schwimmenden Balken saßen, soeben das Dampfschiff vorgestellt. Das hörte sich danach an, als besäße Kea Richards ein Monopol. Unglaublich illegal. Zivile und strafrechtliche Klagen wurden angestrengt.

Richard ließ über seine Anwälte nur einen einzigen Standardkommentar abgeben: Richards sei unschuldig. Aber er glaube fest an die Gerechtigkeit und stünde in festem Vertrauen zur Weisheit der Gerichte. Leider habe man ihm untersagt, sämtliche Städte, Provinzen, Länder oder Planeten, in denen Verfahren gegen ihn liefen, mit seiner Flotte anzufliegen.

Das brachte sofort ganze Bataillone neuer Schwergewichte auf den Plan, die gerichtliche Aufhebungen zugunsten von Clive Inc. ausfüllten. Die Firmen waren so verschieden wie die Handelsgewohnheiten der Menschen, doch in einem Punkt waren sich alle einig: sie wollten oder mußten in der Lage sein, Güter von Punkt A nach Punkt B zu transportieren – und das in weniger als einer Lebensspanne. Die Transportfirmen und ihre überstürzten, wenn auch massiven Klagen waren bald vergessen.

Doch es wurden noch schwerere Geschütze aufgefahren. Die

Regierungen selbst mischten sich ein. Sie betrachteten Kea Richards als Bedrohung. Er sollte seine Wundermaschine zum Wohle der Menschheit mit allen teilen. Richards lehnte ab. Vielen Dank, aber die Menschheit würde reichlich durch Clive Inc. profitieren. Man stellte Haftbefehle gegen ihn aus. Einer kam aus der winzigen Provinz Rus, ein anderer aus Sinaloa, beides Orte, an denen man traditionellerweise mit Geld und Einfluß alles kaufen konnte. Keas Anwälte informierten das Gericht darüber, daß Kea unter diesen Umständen um sein Leben fürchten müsse und sich diesen Haftbefehlen keineswegs stellen würde.

Also gut. Dann würde er eben auf Ganymed festgenommen und dann weggeschafft werden. Die bislang unbekannten Männer, die Kea mehrerer Vergehen anklagten, wollten bewaffnete Truppen bereitstellen. Doch die Furien, die hinter Kea her waren, mußten als nächstes feststellen, daß die Credits, die er in die Politiker Ganymeds investiert hatte, eine gute Investition gewesen waren. Die Politiker verhielten sich ehrlich – das heißt, sie erinnerten sich daran, wer sie in der Vergangenheit unterstützt hatte –, und Richards blieb frei und unantastbar. Zwar saß er zumindest im Augenblick auf Ganymed »in der Falle«, aber das erschien einigermaßen lächerlich. Er hatte Zugang zu jedem Schiff, das er wollte, und konnte zu jedem Ziel seiner Wahl fliegen. Jetzt, da sich Galaxien vor ihm auftaten, fiel es Kea leicht, sich vorzustellen, eine Zeitlang auch ohne Kaviar auszukommen.

Als nächstes wurde Enteignung vorgeschlagen. Seine Schiffe sollten eingezogen werden. Man wies darauf hin, daß es sich vielleicht als etwas schwierig erweisen würde, ein Raumschiff zu »stoppen«, das jedem konventionellen Sternenschiff mit Leichtigkeit davonflog. Und wie wollte eine Regierung das draußen im offenen All überhaupt durchführen? Schließlich sahen auch die Bürokraten ein, daß so etwas wie »Halt, im Namen des Gesetzes!« zwischen den Planeten ein wenig lächerlich klang, geschweige denn zwischen den Sternen. Das Gerücht machte die

Runde, jemand hätte ihnen mühselig das Phänomen der Massenträgheit erläutert.

Die nächste Neuigkeit wollte wissen, daß Regierungsschiffe bewaffnet werden könnten. Daraufhin erfolgte eine scharfe Replik aus Richards' Hauptquartier. Erstens untersagten sämtliche Grundsatz-Verträge eine militärische Entwicklung im All. Zweitens, und das war der wichtigere Punkt, waren Keas Schiffe bewaffnet. Was durchaus der Wahrheit entsprach: Kea hatte einige winzige lunare Leichter erworben, sie mit AM_2-Stardrive ausgestattet, ihnen in die Nasen einen Distanzzünder nebst einem Sprengkopf – natürlich ebenso aus AM_2 – eingebaut und sie ebenfalls mit einem gewöhnlichen Robotpilotsystem ausgerüstet, wie es auch bei den Handelsschiffen üblich war. Jedes Sternenschiff war mit einer solchen »Rakete« ausgestattet worden. Jetzt sahen sie wie fette Haie mit einem Halterfisch aus. Die Raumschiffe selbst waren mit von der Brücke aus bedienbaren Schnellfeuerkanonen ausgerüstet, die sich im Innern jeder Frachtluke befanden.

Na schön, meinten die Politiker zerknirscht. Dann mußte man seine Schiffe eben beschlagnahmen und der Admiralitätsgerichtsbarkeit übergeben, sobald sie landeten. Keas Hauptanwalt meldete ihm ganz lässig, falls Clive Inc. irgendwelche Haftbefehle bekannt würden, käme die betreffende Firma, Stadt, Provinz etc. wie gehabt auf die schwarze Liste. Mußte Gewalt angewendet werden, dann sei das bedauerlich. Jedes Land, das eine derartige Hinterhältigkeit versuchte, würde als außerhalb des Gesetzes stehend betrachtet, nicht besser als eine Nation von Piraten. In diesem Falle würde man nicht nur Klagen am noch immer existierenden, wenn auch lächerlichen Weltgerichtshof einreichen, sondern auch Gewalt mit Gegengewalt erwidern. Der heikle Burgfrieden hielt weiter an. Er wurde durch das nie bestätigte Gerücht verlängert, daß alle neuen Raumschiffe vermint seien; jedes Vordringen über Schleuse 33 hinaus würde unweigerlich in einer Katastrophe münden.

Offensichtlich gab es Ungläubige. Denn als eines von Richards' Schiffen gerade vom Raumhafen auf Ixion, der am weitesten entwickelten Welt im System Alpha Centauri, abheben wollte, gingen das Schiff, ein Großteil des Hafens und ein Teil des Industriegebiets der Stadt in einer gigantischen Stichflamme unter. Richards' Feinde schlachteten den Vorfall aus: die neuen Maschinen seien unsicher und sollten verboten, Richards selbst verklagt werden. Kea war beunruhigt. Doch dann tauchte ein Amateur-Raumschifffreak mit einem erstaunlichen Audioband auf. Er hatte die Gespräche zwischen dem Tower und dem Schiff aufgenommen, und auf dem Band konnte jeder Zuhörer ganz deutlich vernehmen, daß das Dröhnen beim Abheben von Schreien unterbrochen wurde, und vom metallischen Krachen einer Luke außerhalb des Besatzungsbereichs; dann erklangen Schüsse, dann herrschte Stille. Die kritischen Stimmen erhielten hier nicht nur eine Antwort, sie wurden sogar in gewisser Weise in Mißkredit gezogen. Aber das war Kea zu einfach.

Er hatte die Personallisten seines nach wie vor existierenden Geheimdiensts streng durchsiebt und sich die absolut Zuverlässigsten sowie diejenigen, die sich auf einigen Spezialgebieten besonders gut auskannten, herausgesucht. Die Treuesten wählte er als Leibwächter und zur Bewachung seines Anwesens aus. Die übrigen wurden zu einem hochspezialisierten Jäger/Killer-Team. Sie machten sich auf die Suche nach den Auftraggebern der Möchtegern-Entführer. Und sie fanden sie: eine Frau und ihren Sohn, die an der Spitze von SpaceWays/Galiot standen. Kurz darauf geriet ein A-Grav-Lastgleiter außer Kontrolle und stürzte in ein Haus auf einer kleinen, privaten Ägäischen Insel. Ohne überlebende Erben wurde SpaceWays, bis die Situation geklärt war, unter Zwangsverwaltung gestellt. Die Aktion sollte sicherstellen, daß die Räuberbarone und ihre Halsabschneider die Botschaft verstanden hatten. Kea stellte mehr Sicherheitsleute ein, die mit einer neuen Aufgabe betraut wurden: sie sollten seine Raumfahrer unauffällig überwachen. Jeder, der sich einem seiner Besatzungsmitglieder näherte, ob er nun in einer Bar einem Angetrunkenen Informationen entlocken wollte oder ob man versuchte, ihn in einer dunklen Gasse zur Rede zu stellen, wurde daran gehindert und einer »unmißverständlichen Behandlung« unterzogen.

Kea kaufte noch mehr Schiffswerften und gab noch mehr Schiffe in Auftrag, die hinaus zu den Sternen flogen. Und er ließ eine neue Klasse von Raumschiffen bauen, die rings um die von Menschen besiedelten Welten stationiert wurden. Hierbei handelte es sich um AM_2-Kriegsschiffe – Patrouillenboote, die mit Fernlenkgeschossen, Torpedos, Laser- und Schnellfeuerkanonen bestückt waren und den Linienschiffen sowie den Frachtern zu den gefährlichen, also den bewohnten Welten, Begleitschutz gaben. Zwar war es den Regierungen verboten, Kriegsschiffe zu bauen, doch hatte niemand etwas von Privatunternehmen gesagt – aus dem einfachen Grund, daß vor dem AM_2-Antrieb der Bau von Kriegsschiffen eine absurde Verschwendung dargestellt hatte. Kea verbrachte einen beträchtlichen Teil seiner Zeit damit, über neue Waffen nachzudenken. Einer seiner Techniker, ein gewisser Robert Willy, hatte ihm erklärt, daß kein besonderer Grund dafür bestehe, daß ein winziges Partikel AM_2 nicht in einen Mantel aus Imperium X gepackt werden und in ein Explosionsgeschoß verwandelt werden könne, wenn der Mantel mit einer auf festen Aufprall reagierenden Sollbruchstelle ausgerüstet sei. Er glaubte auch, daß dieses Geschoß, wenn man es nur klein genug herstellte, von der neuesten Generation superleistungsfähiger und tragbarer Laser »verschossen« werden könne. Kea Richards mußte des öfteren an Alfred Nobel denken, dessen Erfindung zum Wohl der Menschheit gedacht gewesen war, und an die effektiven, wenn auch schrecklichen »Dynamitgewehre«, die anschließend hergestellt wurden – und gewährte Willy ein eigenes Forschungsteam sowie Zugang zu Antimaterie Zwei.

Die Vids und die Livies, die, wie seit jeher, die öffentliche Meinung und Befindlichkeit widerspiegelten, und nicht, wie einige Narren glaubten, sie erst schufen, zeigten Kea immer mehr als einen Befreier. Größer als Edison, größer als Ford, größer noch als McLean. Kea wußte, daß sie noch nicht einmal nahe dran waren, obwohl ihm dieser Gedanke megalomanisch vorkam. Sie verstanden noch immer nicht – wie es denjenigen, die mitten in einer gewaltigen Umwandlung stehen, oft geschieht –, daß eine totale Revolution im Gange war. Doch schon bald würden sie es verstehen.

Alles lief auf Hochtouren. Kea machte sich Sorgen, weil er wußte, was ihn als nächstes erwartete; und weil er nicht genau wußte, ob er dazu fähig war, den Menschen ihren nächsten Wunsch – die Sterne – zu verweigern.

Vielleicht hatte sich das Überfallkommando hinsichtlich des Jupiterlichts getäuscht und damit gerechnet, in finsterster Nacht operieren zu können. Vielleicht war es ihm auch egal gewesen. Jedenfalls war es zur Zeit des Angriffs nicht mehr als drei Viertel dunkel. Jupiter hing über ihnen wie das größte und bunteste Partylicht mit Querstreifen, das jemals hergestellt worden war. Es handelte sich um gut ausgebildete Kommandos, die an Modellen in Originalgröße oder zumindest an Livie-Simulationen von Keas Anwesen trainiert haben mußten.

Kaum ging der Alarm los, rollte sich Kea von dem Bett, auf das er sich vor knapp einer Stunde erschöpft geworfen hatte. Noch nicht ganz wach, stolperte er zu einem Wandschrank und streifte einen dunklen Overall über. Direkt daneben hingen ein LBE-Koppel mit einer Pistole und einem Munitionsgürtel sowie eine Maschinenpistole. Er ließ eine Patrone in die Kammer der Maschinenpistole gleiten, schlüpfte in Stiefel mit Reißverschlüssen und wünschte, daß er mehr Zeit gehabt und Willy seine AM_2-Waffe bereits entwickelt hätte. Dann trat er auf den Flur hinaus.

Der Boden unter ihm wankte, und Kea stürzte. Erst später erfuhr er, daß es sich um ein kleines robotgesteuertes Patrouillenboot gehandelt hatte, das man zur Ablenkung auf eines der Labors auf seinem Grundstück hatte stürzen lassen. Kea kam hoch, rannte weiter und erreichte einen der Vorräume des Hauses.

»Mr. Richards! Der Bunker!« Der Kommandant der Sicherheitstruppe winkte ihm zu. Dann erfolgte ein Knall, und angeblich unzerbrechliches, mit Metallstreben verstärktes Stahlplastik fiel in den Raum hinein. Der Offizier wirbelte herum, rief etwas und starb, als zwei schwarzgekleidete Männer mit ratternden Waffen herabsprangen. Einer von ihnen erblickte Richards, riß das Gewehr hoch, erkannte sein Ziel, das Gewehr wurde zur Seite geschlagen, und sie stürzten sich auf ihn. Kea zog den Abzug voll durch, und drei Salven Dauerfeuer zerrissen die beiden. ›Sie haben also genaue Anweisung, mich nicht zu töten‹, dachte er. ›Das wird sie ein wenig aufhalten.‹

Richards' Sicherheitstruppe schwärmte in den Vorraum. Einer von ihnen warf eine Splittergranate durch das Loch, aus dem die Deckenfenster herausgesprengt worden waren. Eine Explosion erfolgte, dann waren Schreie zu hören. Zum Teufel mit dem Bunker, dachte Richards. Wenn die Schweine das Haus so gut kennen, daß sie kurz vor meinem Schlafzimmer auftauchen, dann kennen sie höchstwahrscheinlich auch den Weg zum Bunker. Schüsse knatterten vor dem Haupteingang, und grelle Lichtbahnen zerschnitten die Nacht.

»Los, auf geht's!« gellte er und rannte auf den Eingang zu. ›Das ist absurd‹, dachte er. ›Gehst du deinen Leuten mit gutem Beispiel voran oder spielst du den Rasenden Roland? Du bist ein Ingenieur mit ein bißchen Erfahrung mit Hinterhofschlägereien, aber du bist nie Soldat gewesen, hast nie vorgehabt, einer zu sein, ja, du hast dir nicht einmal die Livies angesehen, in denen ihre Gemetzel glorifiziert werden.‹

Der große Vorraum des Hauses bestand nur noch aus Rauch

und Gewehrfeuer. Kea beobachtete, wie seine ›Soldaten‹, von denen die meisten in der einen oder anderen Armee innerhalb des Sonnensystems eine Ausbildung absolviert hatten, feuerten, in Deckung gingen und sich weiter nach vorne bewegten. ›Erstaunlich‹, dachte er. ›Wie in den Vids. Genau wie in den Livies.‹ Ein weiterer Gedanke kam ihm: ›Spiegeln die Livies die Wirklichkeit wider, oder äffen wir alle nur nach, was wir bei den Schauspielern gesehen haben? He, Mann, was soll das? Für solchen Unsinn hast du jetzt keine Zeit!‹ Jetzt waren noch vier Angreifer übrig, die sich hinter den soliden Kübeln mit jetzt von Kugeln durchsiebten Farnen verschanzt hatten. Noch mehr Granaten hagelten auf sie nieder – ›Die blöden Farne haben mir ohnehin nie gefallen, und wenn das hier alles vorbei ist, gibt es bestimmt eine saftige Rechnung für die Renovierung, schon komisch, was einem so alles durch den Kopf geht‹ –, und die erste Welle war ausgeschaltet.

Keas Sicherheitstruppe mochte zwar von dem ersten Angriff überrascht worden sein, doch jetzt machten sich ihre Ausbildung und der ständige Drill bezahlt. Große Tore, die wie ein Teil der drei Stockwerke hohen Mauer ausgesehen hatten, glitten zur Seite; automatische Kanonen auf Rädern rollten daraus hervor. Sie wurden wie vorgesehen hinter diesen Kübeln aufgestellt, die zugleich als Geschützstand angelegt waren, und dann röhrten sie los.

Kea zählte drei oder vier kleine Raumschiffe draußen auf den weiten Gefilden seines Anwesens. ›Das ist keine kleine Operation‹, wurde ihm schlagartig klar. Die zweite Welle kam aus ihrer Deckung und ging zum Angriff über. Die Front von Keas palastartigem Anwesen war mit einem anmutigen, gewellten, niedrigen Gitter mit engstehenden Streben verziert, das den Blick des Betrachters auf die Herrlichkeit des Hauses selbst lenkte. Dieses Gitter wurde allgemein als eines der Hauptattribute genannt, die das Haus in Architekturkreisen zu einem echten Schmuckstück gemacht hatten. Die geschwungenen Wände waren von Kea selbst in enger Zusammenarbeit mit dem Chef seiner Sicherheitstruppe so entworfen worden, daß nicht das Auge des Betrachters, sondern die Stoßrichtung der Angreifer abgelenkt wurde.

Das Geländer war gerade so hoch, daß man nicht darüberspringen konnte, und die Stangen standen weit genug auseinander, daß sie weder Deckung noch Versteck boten. Jetzt funktionierten sie wie beabsichtigt und leiteten die Angreifer direkt in Richtung Haupteingang. Direkt in die Todeszone der automatischen Kanonen.

Wieder hämmerten die Geschütze los, Feuerstöße erhellten die Nacht, Männer und Frauen schrien auf und starben. Ein verwundeter, blutüberströmter Mann torkelte mit gesenktem Gewehr durch den Qualm und wurde niedergestreckt. Er war der letzte. Ohne Zeit zu verlieren, wurde die Kanone weiter ins Freie geschoben, wo sie sofort das Feuer auf die vier Raumschiffe eröffnete. Zwei der Schiffe explodierten, ein weiteres qualmte bedrohlich, und aus dem letzten schlugen Flammen.

Keas Sicherheitskräfte teilten sich in drei Gruppen auf. Eine erstellte rings um Kea einen Verteidigungsring, die zweite griff die Schiffe an, mit dem Auftrag, sämtliche Angreifer kampfunfähig zu machen. Die dritte Gruppe machte sich daran, die Gefallenen rasch und professionell zu durchsuchen und die Verwundeten, nachdem sie entwaffnet waren, zu einem Sammelpunkt zu schleppen. Während Kea ihnen dabei zusah, verlor er allmählich das Interesse. Nach einiger Zeit kam sein Sicherheitschef auf ihn zu. »Sir, wir haben einen ersten Bericht.«

»Bitte sehr.«

»Es gab mindestens 37 Eindringlinge, möglicherweise mehr. Wir wissen nicht, wie viele sich an Bord der explodierten Schiffe befanden. Zwölf sind noch am Leben.«

»Wer sind diese Leute?«

»Sie haben keinerlei IDs bei sich. Die beiden, die sprechen können, behaupten, sie seien Unabhängige, die von Freiberuflern aus Pretoria angeheuert worden seien, mit denen sie schon öfters zusammengearbeitet hätten. Keiner von ihnen kennt den eigentlichen Auftraggeber. Vorausgesetzt, es handelte sich hier um eine Auftragsarbeit, was ich noch bezweifle.«

»Halten Sie die Augen offen. Sind Ihre beiden Verwundeten vernehmungsfähig?«

»Negativ, Sir. Momentan nicht, vielleicht auch später nicht. Diese 30-Millimeter-Kugeln reißen böse Löcher.«

»Haben Sie eine Vermutung?«

»Keine zuverlässige«, sagte der Sicherheitschef langsam. »Vielleicht Söldner, die für einen unserer Feinde arbeiten. Vielleicht Geheimdienstler, die dumm gehalten wurden, damit das hier notfalls abgestritten werden kann.« Kea nickte. Es konnte auf das Konto der Föderation gehen, aber ebensogut auf das der Erdregierung, des Mars oder jedes beliebigen Megakonzerns.

»Was sollen wir mit den Verwundeten tun, Sir? Ich meine, nachdem wir soviel wie möglich aus ihnen herausgeholt haben?« Kea zögerte. Einer seiner Mitarbeiter näherte sich.

»Sir, wir haben einen Funkspruch vom NewsTeam Elf Leda. Sie sagen, sie haben sechs Anrufe bekommen, die Schüsse und Detonationen meldeten, und wollen wissen, was los ist. Sie möchten mit Ihnen sprechen ... und sie wollen ein Team herschicken.«

Kea überlegte rasch. Seine erste Reaktion lief darauf hinaus, die Presseleute zu empfangen. Ihm bliebe noch genug Zeit, einen Bademantel anzuziehen, einen aufgebrachten Gesichtsausdruck aufzusetzen und eine Pressekonferenz nach dem Motto »Wer wagt es? Wer greift einen Unschuldigen an?« abzuhalten. Doch er überlegte es sich anders. »Erzählen Sie ihnen, meine Sicherheitskräfte würden eine extrem realistische Übung abhalten. Sie können gerne ein Nachrichtenteam herschicken – Ganymed ist ein freier Planet –, aber ich werde ihnen nicht erlauben, auf meinem Anwesen zu landen. Was mich angeht ... Ich bin gar nicht hier, sondern irgendwo im All und teste ein neues Schiff. Sie müssen sich selbst mit mir in Verbindung setzen. Sagen Sie ihnen, daß ich nach meiner Rückkehr wahrscheinlich bereit wäre, mit ihnen zu reden, obwohl Sie sich nicht vorstellen können, worüber.«

Der Mitarbeiter blinzelte – ›Schwer von Begriff‹, dachte Richards –, zog die Stirn kraus und ging davon. Kea drehte sich wieder zu seinem Sicherheitschef um. »Ist Ihre Frage damit beantwortet?«

»Jawohl, Sir.« Der Offizier zog seine Pistole aus dem Halfter, lud durch und machte sich auf den Weg zur Sammelstelle der verwundeten Angreifer.

Auch Kea verließ den zerstörten Vorplatz und richtete den Blick nach oben. Er reichte bis jenseits der gewaltigen Masse des Jupiter, die fast den ganzen Himmel ausfüllte, hin zu den besiedelten Welten hinaus. ›Jetzt werden wir abwarten. Bis jemand aufheult. Und dann werden wir wissen, wer mein größter Feind ist.‹

Aber er fand es nie heraus. In der zwielichtigen Welt der Söldner tauchten nicht einmal Gerüchte auf.

Kea machte sich noch mehr Gedanken. Der Anschlag hätte ebensogut gelingen können. Und es würde nicht der einzige und auch nicht der wuchtigste bleiben. Er war daran gescheitert, daß »sie« ihn in lebend haben wollten. Früher oder später würde jemand beschließen, daß der Status quo beibehalten werden müsse – und daß bestimmt einer von Keas Leuten das Geheimnis des Stardrive kannte.

Was natürlich nicht der Fall war. Aber das würde Kea Richards nicht mehr aus dem Grab zurückholen. Er brauchte dringend ein Wunder.

Kapitel 26

Das Wunder ereignete sich im Spätfrühling. Es wurde zuerst von einem Schiff auf der Strecke Callisto–Mars beobachtet und verfolgt. Es war ein unregelmäßig geformter Gesteinsbrocken von etwas über einem Kilometer Durchmesser. Man hätte ihn für einen kleinen Asteroiden halten können, aber seine Charakteristik zeigte keine Ähnlichkeit mit den anderen Felsklumpen, die um den Mars herumschwirrten. Der Navigator notierte sich die Flugbahn und berechnete grob die Geschwindigkeit des Meteors, dann setzte er seinen Bericht ab und vergaß die Sache wieder. Der Bericht wurde registriert, die Daten des Navigators wurden überprüft, noch einmal überprüft und extrapoliert. Der Tech von MarsNavCentral rieb sich die Augen, fluchte und rechnete das Problem erneut durch.

Die Zahlen zeigten an, daß dieser Brocken interplanetaren oder interstellaren Schutts sich auf Kollisionskurs mit dem Erdmond befand, mit einer Wahrscheinlichkeit von plusminus 15 Prozent. Der Tech benachrichtigte seinen Vorgesetzten. Sein Vorgesetzter, dem klar war, daß das jährliche Budget der Navigationszentrale demnächst überprüft werden würde, gab die Nachricht von der Existenz dieses durch das All taumelnden Steinbrockens an einen Wissenschaftsjournalisten vor Ort weiter. Der Redakteur des Journalisten wußte, womit man die Auflage steigerte und Anzeigen verkaufte: SCHLAGZEILEN! *Wissenschaftler berichten von neuem interstellaren Meteor auf Kollisionskurs mit Luna! Hochgeschwindigkeits-Asteroid rammt Mond in 158 E-Tagen! Gesamte Marsbevölkerung in Aufregung! Erde in Gefahr!*

Chaos und Wahnsinn waren die Folge, angefangen von den Wissenschaftlern bis hin zur Öffentlichkeit. Schon früh nannte ein belesener Antiquar den Felsen »Wanderer«. Der Name wurde aufgegriffen und erwies sich als einziger Punkt, über den im Sonnensystem Übereinstimmung herrschte; ansonsten sackte die Fähigkeit zum klaren Denken überall so drastisch ab wie vor langer Zeit der Ozean in der Hilo Bay. Kea verfolgte die Geschichte von Ganymed aus mit wachsender Spannung und Besorgnis.

Theorien wurden angeboten. Und überprüft. Die Solare Föderation richtete im zentralen Clarke-Komplex auf dem Mars einen provisorischen Regierungssitz ein. Es dauerte ungefähr eine Woche, bis man genug Politiker davon überzeugt hatte, daß im Notfall genug Zeit und Schiffe zur Verfügung stünden, um sie zu evakuieren, bevor Wanderer aufprallte. Dann ging es weiter mit Reden und »besorgten Ansichten«. Man erklärte den Notstand. Aber man unternahm nichts. Schlimmer noch: der Zeitpunkt der möglichen Kollision rückte näher, ohne daß auch nur ein einziger konkreter Vorschlag gemacht worden wäre.

Sollte der Mond evakuiert werden? Wie? Unter der Kraterödnis lebten fast zwei Millionen Menschen. Und was sollte mit der Bevölkerung auf der Erde geschehen? Sollten sich alle in Erwartung der gewaltigsten Sturmfluten seit Menschengedenken in höher gelegene Gebiete zurückziehen? Worte, nichts als Worte. Und keine Taten.

Kea war immer der Meinung gewesen, sein Zynismus sei zumindest in der Überzeugung gerechtfertigt, daß die Gesellschaft in ihrem gegenwärtigen Zustand es mit einem Felsbrocken aufnehmen könne. Es hätte ihn nicht verwundern dürfen, daß die Medien tönten, die Politiker debattierten, die Wissenschaftler einander mit Dezimalstellen überboten und die Bevölkerung jammerte. Zum allgemeinen Gejammere gehörte das Auftauchen neuer Propheten, die den Leuten predigten, die Zeit der Abrechnung für die Sünden der Vergangenheit sei gekommen; Menschenrotten, die wußten, daß das Ende der Welt nahte, und deshalb meinten, sich ab sofort an keine Regeln mehr halten zu müssen; Polizisten und Soldaten, die sich mehr um mögliche Krawalle sorgten, als darum, welche Aufgaben sie im Falle einer Katastrophe zu übernehmen hatten.

Worte, immer mehr Worte, während der Schicksalstag immer näher rückte. Es gab sogar ein paar ganz besonders Schlaue, die meinten, man müsse überhaupt nichts unternehmen. Schließlich handelte es sich doch um ein natürliches Geschehen, oder nicht? Die Menschheit hatte sich schließlich in der Folge einer Reihe von Katastrophen entwickelt. Auch diese war beabsichtigt, um die Menschheit auf die nächste Entwicklungsebene zu befördern. Wer sie jedoch beabsichtigte, darüber stritten sich die hohlen Geister.

Noch dreiundsiebzig Tage.

Kea ließ seinen Chefwissenschaftler Dr. Masterson zu sich kommen. Er respektierte den Mann, nicht nur seines Pragmatismus wegen, sondern auch aufgrund seiner Fähigkeit, ein Geheimnis zu hüten und ebenso individualistische wie bilderstürmerische Wissenschaftler und Techniker zu führen. Masterson stellte seine eigenen Prognosen an. Prognose A: Wanderer kollidiert mit dem Mond – Wahrscheinlichkeit 85 Prozent. B: Wanderer prallt ab und stürzt auf die Erde – 11 Prozent. C: der Mond verlagert seine Umlaufbahn näher an die Erde heran – 67 Prozent. D: der Zusammenprall ist so heftig, daß der Mond komplett vernichtet wird – 13 Prozent. E: Wanderer reißt einige ziemlich gewaltige Brocken aus dem Mond – 54 Prozent. F: einer oder mehrere dieser Bruchstücke kollidieren mit der Erde – 81 Prozent.

Die Resultate …

Kea mußte nicht weiter zuhören. Er war Wissenschaftler genug, um sich vorstellen zu können, wieviel Radioaktivität freigesetzt wurde, wenn ein kleines Stück Mond von ungefähr der Größe Wanderers auf einem Kontinent aufschlug. Er dachte auch an die Wahrscheinlichkeit schwerer Erdbeben und sogar an die geringe Möglichkeit tektonischer Verschiebungen. Wanderer schien tatsächlich den Weltuntergang zu bringen; und noch immer konnte niemand mit einem konkreten Vorschlag aufwarten, während Wanderer unbeirrt weiter auf den Mond zuraste. Klar, die Politiker wurden mit Ideen bombardiert, angefangen vom Einsatz sämtlicher Raketen im Sonnensystem, die den Mond zur Seite schieben sollten, bis zum Bau einer riesigen Kanone, die Wanderer aus seinem Kurs ballern konnte. Doch keine Vorschläge, nicht einmal diejenigen, die im Bereich des Möglichen lagen, wurden in die Tat umgesetzt. Untersuchungen wurden durchgeführt, das Militär und die Polizeikräfte in Alarmbereitschaft versetzt.

Noch 41 Tage.

Keas Meinung nach gab es nur zwei Alternativen. Die erste bestand darin, daß er in einem komplett übergeschnappten Universum lebte. Die zweite besagte, daß er selbst komplett übergeschnappt war. Denn die Lösung lag auf der Hand. Nur war noch niemand darauf gekommen. Bis jetzt noch nicht.

Kea setzte sich in Bewegung. Zuerst übermittelte er eine Nachricht an die Erde. Er murrte, weil es so lange dauerte, bis die Verbindung stand, dann nörgelte er an der verrauschten Hyperraum-Verbindung herum. Eines Tages, dachte er, mußte er sich wohl selbst einen Funk-Fritzen suchen, ihn mit einigen Assistenten, ein paar Millionen Credits und ein bißchen AM_2 versorgen und ihn damit beauftragen, sich ein System auszudenken, das es zwei Lebewesen ermöglichte, sich über eine beliebige Entfernung miteinander zu unterhalten, ohne daß es sich anhörte, als säßen beide in hohlen Fässern, und ohne daß die Vid-Übertragungen wie dreifach übereinandergelagerte Rubbelbilder aussahen. Eines Tages.

Schließlich erreichte er sein Ziel. Jon Nance, der höchstbewertete Livie-Reporter überhaupt, war sehr beschäftigt. Das Ende der Welt nahte, so hieß es allenthalben, und er hatte alle Hände voll zu tun. Kea sagte, na schön. Dann mußte er sich eben mit den anderen prügeln. Was Kea denn zu bieten habe? Das wollte er nicht sagen. Aber es war eine große Sache. Und es hatte etwas mit Wanderer zu tun. Nance zeigte sich sehr interessiert. Schließlich mußte es etwas anderes geben, als ständig über den letzten Stand der Hysterie und die lastende Untätigkeit zu berichten. Richards sagte Nance, er solle seine Koffer packen und sich mit einem Team bereit halten. Einem kompletten Aufnahmeteam plus zwei Kameras mit Fernbedienung. Außerdem brauchte er eine Live-Verbindung nach Terra. Ein Schiff, um sie abzuholen, war bereits unterwegs.

»Welche Freude«, sagte Nance säuerlich. »Ich muß ein komplettes Team loseisen, mich von meinem Schreibtisch entfernen, meinen Schönwettermann auf meinen Stuhl setzen, und meinen Produzenten und Vorgesetzten habe ich als Erklärung nichts als ein breites Grinsen zu bieten. Dafür müssen Sie schon ein bißchen deutlicher werden.«

»Schon gut«, meinte Kea. »Diese Verbindung ist nicht abhörsicher, und Ihnen vertraue ich auch nicht immer. Mein Schiff wird trotzdem in … zwei E-Stunden auf dem Kennedyport landen.«

»Herrje, ich brauche ja länger, bis ich überhaupt mit einem A-Grav-Gleiter draußen beim Raumhafen bin!«

»Das ist Ihr Problem. Zwei E-Stunden. Andernfalls miete ich mir ein Team von Dokumentarfilmern, und Ihr Sender muß mit denen über die Rechte verhandeln. So wie alle anderen auch.« Er schaltete ab. Dann erlaubte er sich ein Grinsen. Masterson mochte auf einigen Gebieten der Spezialist für Prognosen sein, aber Kea selbst war auch nicht schlecht. Prognose: Nance ist pünktlich mit seinem vollständigen Team vor Ort – 79 Prozent. Minimum.

Er gab einem Schiff, das auf seinem privaten Landeplatz bereitstand, den Befehl, nach New York zu fliegen. Das war ein Schiff. Er brauchte noch zwei weitere. Einer seiner neueren Transporter reichte aus. Er befahl Masterson und dem besten nüchternen Piloten, den er auftreiben konnte, sich fertigzumachen. Er ließ sein eigenes Schiff kommen, das Sternenschiff, das er vor langer Zeit mit dem anderen Schrott auf seiner Umlaufbahn um den Mars entdeckt hatte – das Schiff, das als erstes auf AM_2 umgerüstet worden war. Na und? Hinsichtlich toter Gegenstände hatte er sich Sentimentalitäten schon lange abgewöhnt. Außer seiner Registriernummer hatte er dem Schiff nicht einmal einen Namen gegeben. Jetzt war es an der Zeit, sich von dem Sternenschiff zu verabschieden – besonders wenn man bedachte, daß das Schiff in falsche Hände geraten und eventuell doch noch einen Hinweis auf den Alva Sektor enthalten könnte. Auf diese Weise, dachte Kea, fand es wenigstens ein würdiges Ende.

Er wies einen Piloten an, das Schiff über ein freies Gelände vor einer seiner Experimentierwerkstätten zu bringen. Eine kleine Modifikation mußte noch vorgenommen werden, denn normalerweise sind Sternenschiffe nicht mit Timern ausgestattet. Dann begab er sich selbst an Bord des Schiffes und dirigierte es in den supergesicherten AM_2-Lagerbereich. Ein ferngesteuerter, mit Imperium X ummantelter Frachtlader holte ein Stück Antimaterie Zwei aus einem Gewölbe. Während Kea das Stück vorsichtig mit dem Greifarm des Schiffes entgegennahm, dachte er daran, daß dieser knapp 500 Kilogramm schwere Block gut und gerne der Rest genau des Brockens sein konnte, den er auf der Jungfernfahrt des Schiffes im anderen Universum eingesammelt hatte. Jetzt war Kea bereit für seinen großen Auftritt.

Die beiden Schiffe verließen Ganymed und setzten ihren Kurs so, daß er den von Wanderer kreuzte. Das dritte Schiff wartete bereits. Wie erwartet, befand sich ein mürrischer, schlechtgelaunter Nance an Bord. Schlechtgelaunt aber nur so lange, bis Richards ihm seinen Vorschlag unterbreitete. Dann schmolz Nance förmlich dahin.

Kea hatte im Kontrollraum seines eigenen Schiffes eine ferngesteuerte Kamera installieren lassen; eine zweite klebte in der Luke des Schiffes, auf dem sich Masterson befand. Die drei Schiffe wurden in die Flugbahn Wanderers dirigiert. Richards kam es vor, als spüre er den wirbelnden Gesteinsbrocken auf sich zurasen, wie einen Eisenbahnzug im Tunnel. Er informierte Nance, daß er sich jetzt besser mit seinem Sender in New York in Verbindung setzte. Es blieb ihnen nicht mehr viel Zeit.

Nances Schiff hing ungefähr fünfzig Kilometer von den anderen beiden entfernt im All. Richards fand das ein wenig dicht, doch Nance verneinte. Er mußte seine »Bilder« kriegen, und kleine schwarze Punkte vor einem noch schwärzeren Hintergrund reichten ihm nicht aus. Kea dachte über die Besonderheiten der Livies nach und schüttelte sich. Wie konnte man sich nur so weit erniedrigen – schon gar sein ganzes Leben damit verbringen –, andere Wesen an seinem Geist teilnehmen zu lassen, zu riechen, was der Livie-Reporter roch, zu sehen, was er sah, und sogar das Bewußtsein, die kontrollierten Gedanken des Reporters nachzuempfinden? Mastersons Schiff war weniger als fünfzig Meter von Richards' Schiff entfernt. Kea zog sich einen Raumanzug über und ließ die Atmosphäre des Schiffes entweichen, indem er beide Schleusenschotts öffnete. Beide Schiffe waren mit einer Leine miteinander verbunden.

Nance war auf Sendung. Aus dem Orbit des Mars, wie er in seiner typisch ruhigen, trotzdem erregten Stimme sagte. Im Begriff, die spektakulärste Tat in der Geschichte der Menschheit mitzuerleben. Kea Richards stand kurz vor einem Versuch, Wanderer zu vernichten, wobei er eine neue und unbekannte Methode anwandte, eine, die etwas mit seinem geheimnisvollen Antrieb zu tun hatte. Und ganz so, wie Kea es ihm nahegelegt hatte, fragte sich Nance öffentlich, weshalb die Föderation nicht einmal versucht hatte, etwas zu unternehmen, und statt dessen noch immer auf dem Mond saß und sich die Kiefer verrenkte ... (obwohl er es selbstverständlich etwas höflicher ausdrückte).

Kea war bereit. Die automatische Kamera, natürlich ein Vid,

zeigte einen Mann in einem Raumanzug, der sich in einem Kontrollraum bewegte. Nicht gezeigt wurde, wie sich die Frachtluke des Schiffs öffnete und eine Riesenklaue den gewaltigen Brocken Antimaterie Zwei möglichst weit vom Schiff wegstreckte, so wie ein abergläubischer Bauer sich vor dem bösen Blick zu schützen versucht.

Des melodramatischen Effektes wegen hatte Richards Nance angewiesen, auf ein bestimmtes Zeichen hin einen Countdown zu beginnen. Jetzt ging es los. Eigentlich gab es nicht mehr viel zu tun. Die Flugbahn war festgesetzt, und die Kontrollen waren mit dem eingeschalteten Timer gekoppelt. Bei drei Minuten und dreißig Sekunden verließ Kea das Schiff. Er schwebte zu der Leine hinüber, kappte ihre Verbindung zu dem dem Untergang geweihten Sternenschiff und verschloß das Schleusenschott. Jede seiner Bewegungen wurde von der zweiten automatischen Kamera aufgezeichnet. Er schaltete das Vid aus, da Masterson sehr viel Wert darauf gelegt hatte, nicht auf Vid oder Livie zu erscheinen, und wechselte in den Kontrollraum des anderen Schiffs.

Eine Minute noch, hörte er Nances Stimme. Siebenundzwanzig Sekunden. Und zehn ...

Und Zero ... der Timer war abgelaufen, und das Schiff gegenüber verschwand. Es ging auf vollen Stardrive. Kaum eine Sekunde später prallte es gegen den Wanderer.

Das Livie-Aufnahmegerät, das Nance wie einen großen Helm trug, sowie die begleitende Vid-Kamera an Bord seines Schiffes würden im ultrakurzen Bereich völlig überladen und brannten aus. Kea hatte ihn gewarnt. Das Tonaufnahmegerät funktionierte jedoch noch, und Nances Stimme fuhr fort, live und direkt ins Hauptquartier des Senders nach New York zu berichten, und von dort aus zu den Planeten der Menschen.

Kea nahm die Erregung des Reporters kaum wahr. Er hatte selbst genug zu tun. Er hatte die Kontrollen des Schiffs übernommen und lenkte den Transporter mit halbem Yukawa-Schub auf den Meteor zu. Welchen Meteor? Eine Ansammlung von Schotter in loser Formation. Von Keas Schiff war nicht der kleinste Splitter mehr übrig.

Kea lauschte der Sendung, die noch immer live aus Nances Schiff kam. Es war ihm neu, daß es so viele Ausdrücke für »Held« gab. Richards lächelte. Diesmal war er wirklich ein bißchen so etwas wie ein Held. Er wunderte sich darüber, daß er sich deswegen eine Spur schämte. ›Held, was? Kea, der Held der Galaxis‹, dachte er amüsiert. Damit hatte er sich einen Namen gemacht. Die Mittel besaß er ohnehin. Wanderer hatte ihm die Bühne und die Scheinwerfer für seinen großen Auftritt geliefert. Jetzt fehlte ihm nur noch die Fanfare. Und er war sich ziemlich sicher, welche Form diese Fanfare annehmen würde, selbst wenn er noch nicht wußte, wer letztendlich auftauchen und sie ihm ins Ohr blasen würde.

Kapitel 27

Ganymed, A.D. 2212

Einer von ihnen war Premierminister eines Commonwealth. Er repräsentierte die großen Familien. Seine Kollegin war Geschäftsfrau, Vorstandsmitglied in zweitausend der exklusivsten Firmen. Ein weiterer repräsentierte das dicke Geld. Er kontrollierte den Rahm von über zwei Dritteln aller elektronisch übertragenen Bargeldgeschäfte. Der letzte war Gewerkschaftsboß von drei Kontinenten.

»Der Großteil des Militärs steht hinter uns«, sagte er. »Der Rest wird folgen, wenn wir zu einer Abmachung kommen.«

»Erstaunlich, wie schüchtern Generale doch sein können«, meinte Kea.

»Sie wären selbst gekommen«, sagte der Premierminister, »aber trotz unserer gegenteiligen Versicherungen waren sie besorgt darum, daß sie jemand sehen könnte … Ich soll sie vielmals entschuldigen und trotzdem ihre wärmsten Empfehlungen übermitteln.«

Kea schnaubte verächtlich. »Wie ich schon sagte … sehr schüchtern, die Jungs.«

Geldsack brachte die Sache auf den Punkt: »Aber sie sind trotzdem auf unserer Seite«, sagte er. »Wie Sie wissen, Mr. Richards, wäre keiner von uns hier, wenn wir nicht ordentlich unsere Hausaufgaben gemacht hätten.«

»Der Punkt ist doch folgender«, sagte die Geschäftsfrau. »Die Präsidentschaftswahlen der Föderation stehen vor der Tür. Die Zeit wird knapp. Wir müssen jetzt wissen, ob Sie unser Kandidat sein möchten.«

»Ich will ehrlich zu Ihnen sein«, sagte Kea. »Die andere Seite hat mich auch schon gefragt.«

Der Arbeiterboß lachte. »Wenn Sie nicht wüßten, daß uns das bereits bekannt ist, Mr. Richards«, sagte er, »hätten Sie uns wohl kaum über Ihre Schwelle gelassen.«

»Wir sind keine Amateure«, sagte Geldsack. »Wir sind hergekommen, um das Angebot beträchtlich zu erweitern.«

»Ich denke, es ist besser, wenn wir an diesem Punkt Schluß machen«, sagte Kea. »Mir liegt mehr daran, Ihnen meinen Standpunkt klarzumachen.«

»Machen Sie ihn klar«, meinte der Arbeiterboß.

»Ich sage Ihnen das gleiche, was ich den anderen auch gesagt habe. Ich brauche das alles nicht. Ich bin reicher, als es eigentlich erlaubt sein dürfte. Ich bin siebenundvierzig Jahre alt. Ich habe daran gedacht, ein wenig kürzerzutreten. Mich auf meinen Lorbeeren auszuruhen, wie es so schön heißt.«

Die Geschäftsfrau klatschte in die Hände. »Schöne Rede. Wir sorgen dafür, daß unsere Leute sie richtig vorbereiten.«

»Die seriösen Journalisten werden sich mit Freude darauf stürzen«, sagte der Premierminister. »Ich sehe schon jetzt die Schlagzeilen vor mir: ›Der Retter der Zivilisation lehnt alle Angebote der dankbaren Öffentlichkeit ab‹, oder so ähnlich.«

»Wir lassen die Sache ein oder zwei Wochen herumschwirren«, mischte sich der Arbeiterboß ein, »dann spielen wir den Schlamassel hoch, in den uns die hohen Tiere und die Hinterbänkler der Föderation hineingeritten haben. Bevor Sie sich versehen, liegen Ihnen die Leute bettelnd zu Füßen, garantiert.«

»Und dann geben Sie dem Drängen widerstrebend … und in aller Bescheidenheit … allmählich nach«, sagte der Premierminister.

Die Geschäftsfrau bedachte ihn mit ihrem charmantesten Lächeln. »Hatten Sie daran gedacht, Mr. Richards? Mehr oder weniger?«

Kea lachte. »Die anderen haben mir ein wenig länger Glauben geschenkt als Sie hier.«

»Deshalb sind wir auch die Nummer eins«, erwiderte Geldsack.

»Nummer eins … aber ohne einen Kandidaten«, konterte Kea. »Damit sitzen Sie mit der Konkurrenz im gleichen Boot. Auf diese Weise ersticken beide Parteien in der Schlinge des schieren Wählerverdrusses. Und selbst wenn Sie gewinnen … Die Föderation ist ein einziger Sauhaufen. Und Sie haben sie dazu gemacht. Was haben Sie diesbezüglich vor? Mit welchen großartigen Ideen können Sie aufwarten?«

Eisiges Schweigen war die Antwort. Aber Kea hielt es für notwendig, seinen Standpunkt absolut deutlich zu machen. »Der gegenwärtige Zustand der Föderation ist kein Hirngespinst, meine Freunde«, sagte er. »Die Wirtschaft liegt am Boden. Insgesamt sind zwanzig verschiedene Kriege unterschiedlicher Größe im Gange. Sie haben es mit Hungersnöten, Dürren und einer stagnierenden Industrie zu tun. Die Inflation läuft Amok, die Zinsen schießen in den Himmel … falls es überhaupt noch jemanden gibt, der Geld aufnehmen will. Abgesehen davon, meine Dame … und meine Herren, stehen Sie meiner Meinung nach recht gut da.«

»Sie müssen an uns interessiert sein«, sagte der Gewerkschaftsboß, »sonst hätten Sie Ihren Eimer vor unserer Ankunft nicht so sorgfältig mit Steinen gefüllt. Ich nehme an, daß Sie verstanden haben, was ich damit sagen will.«

»Ich habe Sie sehr wohl verstanden.«

»Damit sind wir wieder beim Preis angelangt«, sagte Geldsack.

»Was könnte ich denn noch verlangen?« fragte Kea. »Ich habe AM$_2$. Das bedeutet, daß ich bereits alles kontrolliere – angefangen ganz oben bei den Sternen.«

»Sagen Sie es uns, Mr. Richards«, sagte der Gewerkschaftsboß. »Was verlangen Sie?«

Kea sagte es ihnen. Im Gegensatz zur ersten Gruppe gab es keine Einwände, keine Verhandlungen.

Der Handel wurde an Ort und Stelle perfekt gemacht.

Port Richards, Tau Ceti, A.D. 2222

Der sanft geschwungene Hügel war wie ein Teppich mit einer dicken, flechtenartigen Pflanze überzogen, violett mit grünen, stecknadelkopfgroßen Knospen, die jeden Tag in der Abenddämmerung ein berauschendes Parfum verströmten. Kea schlenderte den Hang hinauf und atmete den Geruch tief ein. Er war allein, abgesehen von der allgegenwärtigen Sicherheitsabschirmung. Kurz bevor er den Hügelkamm erreichte, blieb er vor Anstrengung keuchend stehen, um sich auszuruhen.

Kea drehte sich um und ließ den Blick über sein Ferienlager schweifen. Das zynische Straßenkind in ihm mußte lachen. Das Zeltlager bestand aus seinem eigenen Zelt – einem zwei Stockwerke hohen Pavillon aus tatsächlich goldenem Gewebe – und mehr als sechzig kleineren Zelten für Hauspersonal, Sicherheitsleute und andere Angehörige des Trosses. Kea schnaubte verächtlich. In der Öffentlichkeit wurde sein Ausflug als einfacher Zelturlaub verkauft. Als wohlverdiente Ruhepause von der schrecklichen Last seines Amtes als Präsident der Föderation. Der Tatsache, daß er seinen Urlaub auf einer soeben freigegebenen Welt im Tau-Ceti-System verbrachte, die ihren Namen ihm zu Ehren trug, wurde von seinen Lieblingskommentatoren in den Livies viel Raum geschenkt.

»Ist es nicht überaus passend«, hatte einer von ihnen gesagt, »daß dieser bescheidene Mann ... dieser einfache Mann des Volkes ... Präsident Kea Richards ... ausgerechnet weit draußen zwischen den Sternen neue Energie tankt?«

»Die meisten Analytiker werten diese Reise als hochsymbolisch«, sagte ein anderer. »Dank Kea Richards konnte die Zivilisation ihre Grenzen bis weit hinaus ins Unbekannte ausdehnen. Jetzt ruft uns Präsident Richards in Erinnerung, daß dort draußen noch viele Welten darauf warten, von uns erobert zu werden. Daß unsere Zukunft eine niemals endende Herausforderung im Grenzland ist.«

Diese Reise ins Grenzland war ein weiterer Stein, den Kea in seine Legende mauerte, an der er seit zehn Jahren baute. Die Legende des einfachen Mannes; des hemdsärmeligen Anpackers; des Mannes, der sich sehr wohl an die bescheidenen Wurzeln seiner Herkunft erinnert. Ein ungeschliffenes Genie, das unaufhörlich nach besseren Lebensbedingungen für alle suchte.

Einiges davon entsprach sogar der Wahrheit.

Innerhalb von zehn Jahren hatte er ein kommerzielles Imperium geschaffen, größer als alles zuvor Dagewesene. Neue Ideen und neuer Unternehmungsgeist hatten neue Industrien hervorgebracht, die pausenlos Waren ausspuckten – zu Preisen, die es jedem ermöglichten, an dieser neuen Welt teilzuhaben. Nahrungsmittel ergossen sich in bislang ungekannter Fülle aus gigantischen landwirtschaftlichen Kombinaten. Wissenschaft und Erfindungsgeist explodierten förmlich. Raumsonden überbrückten gewaltige Entfernungen. Auf einer Vielzahl von Welten wie Port Richards waren Terraforming-Ingenieure dabei, der Föderation neue Gebiete zu erschließen. Selbst die Künste florierten in diesem Klima der frei fließenden Ideen und Gelder. Es bestand kein Zweifel daran, daß Kea Richards der Motor hinter all diesen Veränderungen war. Und AM_2 war der Stoff, der diesen Motor am Laufen hielt. Das Robotliefersystem war erprobt und verbessert worden. AM_2 wurde regelmäßig und in riesigen Mengen herbeigeschafft – ohne daß auch nur der Hauch einer Chance bestand, etwas über die Quelle herauszufinden.

Natürlich hatte er auch Feinde. Viele Feinde. Kea beobachtete, wie einer seiner Wachleute einen Schnüffler auf den Pfad vor ihnen richtete, um ihn nach Fallen abzusuchen. Er teilte seine Feinde in drei Kategorien ein: die Idealisten, die Neider und die Verrückten. Die Idealisten ermutigte er. Besonders die schwachen. Freie Meinungsäußerung und öffentliche Debatten verliehen seiner Regierung eine wunderbar demokratische Patina. Mit den Neidern kooperierte er, oder er vernichtete sie. Die Verrückten hingegen … Kea sah, wie zwei weitere Wachen mit schußbereiten Waffen zum Hügelkamm sprinteten … Tja, hinsichtlich der Verrückten konnte man nicht viel tun. Man konnte sich nur in acht nehmen.

Keas Verstand bestätigte ihm, daß er innerhalb von zehn Jahren ein Wunder vollbracht hatte; innerhalb zweier Amtszeiten. Fazlurs Prophezeiung, AM_2 würde die bekannte Welt auf den Kopf stellen, hatte sich als geradezu pessimistisch erwiesen. Nachdem Richards die Macht übernommen hatte, war die Welt sogar von innen nach außen gestülpt worden. Doch seine Eingeweide revoltierten dagegen. Sieh dich vor, sagten sie. Wenn du jetzt aufhörst, ist alles verloren. Alles wird sich wieder umkehren. Die Bargetas und ihresgleichen werden wieder alles an sich reißen.

Und dann kehrt alles in die Bahnen inzüchtiger Stagnation zurück. Einige der alten Familien saßen noch immer auf der Erde und warteten ab. Das waren einige der Neider, denen Kea bis zu einem gewissen Punkt ihren Willen ließ. Sollten sie doch ihre altmodischen Fabriken weiterbetreiben. Sollten sie weiterhin ihren Dreck in die Atmosphäre des Planeten blasen. Sollten sie weiterhin den Armen, die auf der Erde verblieben, das Kreuz brechen. Jeden Tag meldeten sich Hunderte von Freiwilligen zur Auswanderung von der Erde, begaben sich an Bord von Schiffen, die Kea Richards mit AM_2 ausstattete, entflohen dem Chaos und dem Elend, das Keas Widersacher veranstalteten, hin zu neuen Welten, die ihnen ihr Präsident erschlossen hatte.

›Es geht zu schnell‹, dachte Kea. ›So schnell und so reibungslos. Innerhalb von zehn Jahren wird sich das, was ich heute erreicht habe, verdoppeln. In fünfzig weiteren Jahren … wer weiß? Schade, daß ich es nicht mehr miterleben kann.‹ Bei diesem Gedanken tat sich eine tiefe, gähnende Grube in Keas Magen auf. Sie war so abgrundtief wie diejenige, die er verspürt hatte, als Fazlur vorschlug, in das andere Universum überzuwechseln. Wie sehr er sich wünschte, mitansehen zu dürfen, wie sich alles entwickelte!

Von der anderen Seite des Hügels ertönte ein donnerndes Grollen. Kea eilte zum Kamm hinauf. Er sah, wie sich ein offizielles Schiff der Föderation in seine Parkbucht senkte. Rings um es herum erstreckte sich die gewaltige, noch frische Wunde des neuen, in aller Eile errichteten Raumhafens von Port Richards. In dem Schiff befand sich die offizielle Delegation des Wahlgremiums der Föderation. Sie kamen, um ihm zu sagen, daß die Leute darum gebeten hatten, ihn weiterhin als Präsidenten zu behalten. Nicht nur für eine dritte Amtsperiode. Nicht nur für die nächsten fünf Jahre.

Kea Richards war zum Präsidenten auf Lebenszeit gewählt worden.

Überraschung.

Die Jungs hinter den Kulissen hatten sich durchgesetzt.

Aber so war die Abmachung gewesen.

Zehn Jahre zuvor, auf Ganymed, hatte der Gewerkschaftstyp geschluckt. »Was meinen Sie damit – auf Lebenszeit?«

»Bis er tot ist, Dummkopf«, hatte ihn die Geschäftsfrau angezischt. »Oder bis er freiwillig in den Ruhestand treten will.« Dann hatte sie sich an Kea gewandt: »Habe ich recht?«

»Genau so sieht's aus«, hatte Kea geantwortet. »Wenn ich den Laden übernehme … dann will ich ihn auch so führen wie meine eigene Firma. Wenn alle fünf Jahre Wahlen stattfinden, sind mir die Hände gebunden. Das zwingt mich dazu, nur kurzfristig zu denken.«

»Was hat die Opposition dazu gesagt?« hatte Geldsack gefragt.

»Die waren nicht sehr begeistert«, hatte Kea ihm geantwortet.

»Weil sie es nicht geschnallt haben?« vermutete der Gewerkschaftsboß.

»Genau«, hatte Kea erwidert. »Sie sagten, sie könnten das nicht zulassen.«

»Wo liegt das Problem?« hatte die Geschäftsfrau gesagt. »Für uns jedenfalls gibt es keins.«

»Wir können nicht alles auf einmal tun«, hatte der Premierminister eingewandt. »Wir müssen erst den Weg dorthin ebnen und akzeptierbar machen.«

»Bis zum Ende der zweiten Amtsperiode schaffen wir das sicher«, hatte der Gewerkschaftsboß gesagt. »Er ist so verdammt beliebt. Wenn Sie wissen, was ich damit ausdrücken will.«

»Wenn wir dieser Sache zustimmen …«, hatte Geldsack überlegt. »Als Ihre getreuen Parteigänger … und besten Freunde …«

Kea hatte sich verneigt … beinahe königlich … und den Satz ergänzt: »… und als zukünftige vertrauenswürdige Ratgeber …«

Geldsack hatte gelächelt … zustimmend … »Ja. Das wäre drin. Und … können wir als Ihre Ratgeber davon ausgehen, daß Sie uns anhören, wenn wir das eine oder andere hinsichtlich der AM_2-Politik anzumerken hätten?«

»Aber gewiß doch«, hatte Kea erwidert. »Schon jetzt diskutiere ich meine langfristige Politik mit meinen Managern. Die Zeit der sogenannten Monopole muß ein Ende haben. Wir sind gerade dabei, einen Plan zum lizenzierten Verkauf von AM_2, Imperium X und den dazugehörigen modifizierten Maschinen auszuarbeiten ... natürlich zu adäquaten Bedingungen.« Er hatte ihnen einen bedeutungsvollen Blick zugeworfen. »Selbstverständlich leihe ich gerne auch Ihren Vorschlägen ... was individuelle Fälle betrifft ... mein Ohr.«

Plötzlich war es durch die strahlenden Visionen neuer sagenhafter Privatvermögen, die es nur anzuhäufen galt, wesentlich heller in dem Raum geworden.

»Dann möchte ich der erste sein, der Sie Präsident nennt, Herr Präsident«, hatte der Gewerkschaftsboß gesagt und ihm die Hand entgegengestreckt. Kea hatte sie geschüttelt.

Das war es gewesen. Eine durch einen Handschlag beschlossene Präsidentschaft. Die Details konnten die Verfassungsrechtler später ausarbeiten. Kea hatte mit dem AM_2-Köder gelockt und den Fisch an Land gezogen. Und im Lauf der Zeit war er darin immer besser geworden.

Kea sah zu, wie die Delegation das Schiff verließ. Ein A-Grav-Gleiter erwartete sie, um sie zu seinem Lager zu bringen, wo sie ihm in aller Form seinen neuen Titel verleihen würden. Heute abend würden sie alle feiern. Und morgen würde er noch einige weitere Schulden begleichen.

Dann gehörte ihm alles.

Es kam ihm wie eine altmodische Hochzeit vor. Die alten Monarchen hatten ihr Geschäft verstanden. Ein Königreich war die Quelle des größten Kummers, des größten Glücks. Man war damit verheiratet. Ein Leben lang. Kea war jetzt Imperator, nur noch der Titel fehlte ihm. Er verspürte nicht einmal Gewissensbisse dabei, daß er sich diesen Titel erkauft und damit bezahlt hatte, daß er das größte Geheimnis der Geschichte für sich behielt. Die chinesischen Herrscher hatten das Geheimnis der Zeitmessung jahrhundertelang geheimgehalten. »Was soll das Volk damit anfangen?« hatten sie ihre Hofgelehrten gefragt. »Sie haben weder die Fähigkeiten noch das Durchsetzungsvermögen, um die Verantwortung für diese Erkenntnis zu übernehmen. Es sollte uns obliegen, darüber zu entscheiden. Es sollte unsere Last bleiben, unsere Last allein.«

Kea erinnerte sich an einen Satz aus seiner frühen Kindheit: »Welches dumme Schwein macht sich schon Gedanken über die Zeit?«

Er dachte an die viehische Habgier an Bord der *Destiny I*. An Ruth, die Fazlur und die Osiranerin ermordet hatte. An ihre Ermordung durch Murphs Hand. An Murphs Absichten hinsichtlich seines, Keas, Lebens. Seit damals hatte Kea seine Vorstellung vom Bösen drastisch korrigiert. Er hatte seine eigene Waagschale entworfen, und er hatte die Zivilisation für sehr mangelhaft befunden. Aber sollten derlei Dinge nicht einer »Höheren Autorität« überlassen bleiben? Gott vielleicht? Vielleicht. Aber Kea war in einem anderen Universum gewesen ... und von dort zurückgekehrt. Weder in dem einen noch dem anderen hatte er einen Gott angetroffen. Möglicherweise gab es da Etwas. Einen Gott auf seinem Thron, weit jenseits der Sterne. Aber bis jener Gott gefunden war, mußte sich diese Welt mit Kea Richards zufriedengeben.

Er machte sich auf den Rückweg, den Hügel hinab. Wenn er sich beeilte, blieb ihm bis zur Begrüßung der Delegation noch genug Zeit, sich umzuziehen. Der Leibwächter neben ihm sah erstaunt aus. Und begann zu laufen. Kea rannte schneller. Er fühlte sich jung ... und übermütig.

Plötzlich dröhnte es wie Donnergrollen an sein Ohr. Weit entfernt, aber doch sehr nahe. Ein roter Schleier senkte sich vor seinen Augen.

›Noch nicht!‹ brüllte es in ihm. ›Ich bin noch nicht … fertig!‹

Als Kea zu Boden fiel, war er bereits ohne Bewußtsein.

Voller Panik kniete der Leibwächter neben ihm nieder, drehte ihn um und suchte umständlich nach Lebenszeichen. Er fand das schwache Schlagen des Pulses. Hastig schaltete er sein Funkgerät ein. Kurz darauf wimmelte es auf dem gesamten Hügel von Fahrzeugen und aufgeregt durcheinanderlaufenden Menschen – die alle hektisch darum kämpften, das Leben des neuen Präsidenten auf Lebenszeit zu erhalten.

Ganymed, A.D. 2222

»Ihre Ärzte haben sich nicht geirrt«, sagte die Koryphäe. »Es war ein Schlaganfall.« Ihr Name war Imbrociano. Auf dem Feld anatomischer Schäden und Regeneration war sie unübertroffen.

Kea griff unbewußt nach dem tauben Ding, das sein linker Arm war. Er erinnerte sich an die Gefühllosigkeit an Bord der *Destiny I*, als der Arm am Körper festgebunden war. Diesmal war jedoch seine gesamte linke Seite unbrauchbar. Imbrociano nickte zu seinem Arm. »Das kriegen wir wieder hin«, sagte sie. »Mit Hilfe von Nerventransplantationen. Den Rest erledigen wir mit einer ziemlich komplizierten Umverdrahtung. Trotzdem muß ich Sie warnen. Sie werden eindeutig … geschwächt sein.«

Kea riß sich zusammen. Er brauchte jetzt viel Mut. »Das ist nicht meine größte Sorge«, sagte er. »Was besagt Ihre Diagnose sonst noch?«

Die Ärztin seufzte. »Leider gibt es auch da keinerlei Ungewißheiten«, antwortete sie. »Es bestehen gute Aussichten, daß es wieder vorkommt. Niemand kann sagen, wann. In einer Woche? Einem Jahr? Später? Ich kann es Ihnen nicht sagen. Was ich Ihnen jedoch sagen kann … es ist unwahrscheinlich, daß Sie einen zweiten Anfall überstehen.«

Kea lachte. Harsch. »Sie haben keine sehr guten Manieren gegenüber Bettlägerigen.«

Imbrociano zuckte die Achseln. »Lügen kostet zuviel Zeit«, meinte sie. »Und Zeit ist etwas, woran es Ihnen definitiv mangelt.«

Kea lachte wieder. Diesmal war es ein Prusten aus der Tiefe des Körpers heraus. Er lachte auf seine eigenen Kosten. Hatte sich nicht einer seiner letzten Gedanken um die Regenten gedreht, die die Herrschaft über die Zeit für sich beanspruchten? Aber nicht über alle Zeiten, dachte er. Nicht die biologische Zeit.

Imbrociano betrachtete ihn argwöhnisch und nickte dann zufrieden. »Sie nehmen es gut auf«, sagte sie. »Ohne Hysterie.«

»Dafür bin ich nicht der richtige Typ«, erwiderte Kea.

»Nein. Das dachte ich mir bereits … Herr Präsident.« Sie erhob sich. Kea hob den Arm, um sie zurückzuhalten. »Sind Sie von meinen Mitarbeitern darüber informiert worden, daß der Vorfall geheim bleiben muß?«

Imbrociano erschauerte. »Sie haben … keinen Zweifel daran gelassen, Sir. Sie hätten mir aber nicht gleich drohen müssen. Ob Präsident oder nicht, Sie sind mein Patient. Ich kenne meinen Eid.«

»Entschuldigen Sie ihren Eifer«, sagte Kea trocken. Er dachte daran, daß seine Feinde sich rasch anders entscheiden könnten, falls sie Wind von seiner Erkrankung bekamen. »Ich wäre Ihnen sehr zu Dank verpflichtet, wenn Sie hierblieben«, sagte er. »Bis ich entschieden habe, was als nächstes zu tun ist.«

»Ziehen Sie noch immer einen chirurgischen Eingriff in Betracht?« fragte sie. »Obwohl diese Prüfung ziemlich witzlos ist?«

»Ich gebe Ihnen Bescheid«, sagte Kea.

Verwirrt verließ sie das Zimmer. Aber sie war nicht verwirrter als Kea. Woran dachte er? Die beste Medizinerin der Föderation hatte ihm soeben mitgeteilt, daß er am Ende war. Seine Ratgeber drängten ihn, einen Nachfolger zu bestimmen. Also einen von ihnen. Unausgesprochen, aber ihrem Drängen implizit, war die Forderung, daß es ebenfalls höchste Zeit sei, die Quelle von Antimaterie Zwei preiszugeben.

›Wenn ich jetzt sterbe‹, dachte er, ›dann wird dieses System, dieses perfekte System, das ich entworfen habe, zwangsläufig zusammenbrechen. Alle Spuren wären wie ausgelöscht.‹ Und er würde das Geheimnis der AM_2 mit ins Grab nehmen. Dieses System war sein einziger wirklicher Schutz gegen seine Feinde gewesen. Ein Schild des Wissens gegen ihre Attentäter. Aber worin lag jetzt noch der Nutzen? Ohne AM_2 würde die Föderation zusammenbrechen, seine Anstrengungen null und nichtig sein.

›Na und? Wenn ich ihnen das Geheimnis weitergebe, wird alles nur noch schlimmer. Gräßliche Kriege würden um die Kontrolle von AM_2 geführt werden.‹ Er hatte das alles schon tausendmal durchdacht. Jedesmal hatte der Blutzoll sämtliche Vorstellungen überstiegen.

Es war zu spät, einen Erben zu produzieren. Außerdem hatte er diese Möglichkeit von Anfang an verworfen. Er wußte zuviel von Königen und ihren Kindern. Sie führten ein elendes Leben und warteten darauf, daß sie an die Reihe kamen. Manchmal verschworen sie sich gegen ihre Eltern. Zumeist verschuldeten sie den Untergang des Reiches, das ihre Eltern errichtet hatten. Man mußte sich nur die Bargetas betrachten, um zu erkennen, wie weit die Abweichung von einer Generation zur nächsten ging.

Genug der Abschweifungen. Er mußte sich entscheiden. Wer sollte sein Nachfolger sein? Wem konnte er das Geheimnis von AM_2 anvertrauen?

Die Antwort kam sehr schnell: Niemandem.

›Ich muß mich entscheiden‹, ermahnte er sich. ›Ich habe keine andere Wahl.‹

›Es muß eine andere Möglichkeit geben‹, widersprach seine innere Stimme beharrlich. ›Es muß eine geben.‹

›Aber … schließlich … muß jeder irgendwann einmal sterben.‹

›Aber wir sind nicht jeder.‹ Wieder diese Stimme. ›Wir sind etwas Besonderes. Wir wissen etwas, das sonst niemand weiß. Eine großartige, reine Sache, die sonst kein Lebender kennt ... und noch kein Lebender je gekannt hat.‹

Kea kämpfte gegen seinen Irrsinn an – denn er war davon überzeugt, irrsinnig geworden zu sein. Schließlich fiel er in einen tiefen Schlaf. Er trieb dahin. Träumte. Mitarbeiter und Krankenschwestern beobachteten ihn. Ihnen fiel die Gleichmäßigkeit seiner elektronischen Lebenssignale auf.

Dann erwachte er wieder. Erfrischt. Aufmerksam. Heißhungrig.

Er bestellte ein Frühstück.

Und er wollte Imbrociano sprechen.

Sie beantwortete alle seine Fragen und hörte dann aufmerksam zu, als er ihr seinen Vorschlag unterbreitete. In aller Ruhe. Leidenschaftslos. »Doch, das könnte ich tun«, erwiderte sie. »Ich könnte einen lebenden Körper erschaffen ... menschliche Form ... genau wie Ihren. Selbstverständlich gibt es einige theoretische Hindernisse, aber mit dem richtigen Team und ausreichenden Mitteln ... könnte es klappen.«

»Werden Sie es tun?« fragte Kea.

»Nein.«

»Warum denn nicht, um Gottes willen?«

»Man kann den Tod nicht betrügen, Herr Präsident«, antwortete sie. »Und genau das haben Sie vor. Sie müssen begreifen, daß dieses Vorhaben absolut irrational ist. Ich kann eine Kopie von Ihnen herstellen; Sie sozusagen duplizieren. Aber ... aber ich kann nichts dafür tun, daß dieser neue Organismus tatsächlich Sie sind.«

»Worin besteht der Unterschied?« drängte Kea. »Wenn er meine Gedanken denkt ... mein Wissen hat ... meine Motivationen ... identische Zellen ... das ganze Zeug, das mich ausmacht ... dann bin ich es doch! Oder nicht?«

Imbrociano seufzte. »Ich bin keine Philosophin, sondern Ärztin. Ein Philosoph könnte Ihnen den Unterschied sicherlich besser erklären.«

»Ich kann Sie sehr reich machen«, sagte Kea. »Sie mit Ehrungen überschütten.«

»Das weiß ich«, antwortete Imbrociano. »Genug, um meine ethischen Überzeugungen über Bord zu werfen. Aber wenn ich bei einem solchen Unternehmen mitmachen würde und auch noch Erfolg hätte … ich kann mich des Eindrucks nicht erwehren, daß ich damit mein eigenes Todesurteil unterschreiben würde.«

»Daran habe ich auch schon gedacht«, sagte Kea. »Wenn Sie jedoch das, was mir vorschwebt, erreichen wollen, wird es ohnehin den Rest Ihres Berufslebens in Anspruch nehmen. Es wird ein sehr gesichertes, sehr sorgenfreies Leben sein. Das garantiere ich Ihnen.«

Imbrociano dachte lange nach. Dann sagte sie: »Wenn ich es nicht tue, werden Sie jemand anderen finden. Jemand, der nicht so viel Erfahrung auf diesem Gebiet hat wie ich.«

»Da haben Sie recht«, gab Kea zu.

»Womit ich wiederum in Gefahr wäre. Schließlich weiß ich zuviel.«

»Auch damit haben Sie recht«, antwortete Kea ganz offen.

»Dann machen wir uns wohl besser an die Arbeit«, meinte Imbrociano. »Vielleicht bleibt uns nicht mehr viel Zeit.«

Ganymed, A.D. 2224

Das Glück fand wieder zu ihm zurück. Zusammen mit der Gesundheit, die er Imbrocianos Talenten zu verdanken hatte. Die Verbindung der Nerven erwies sich als einfach; die Rehabilitation als Tortur. Aber es war die Sache wert.

Richards erhob sich aus dem Sessel und ging zum anderen Ende seines Büros. Er war allein. Er verfolgte seine Fortschritte im Spiegel. Zeigte sich zufrieden. Jetzt verriet nur noch ein leichtes Hinken die letzten Spuren der Lähmung nach seinem Schlaganfall. Sie hatte sich leicht vor der Öffentlichkeit verbergen lassen. Politiker hatten Erfahrung darin, derartige Dinge zu überspielen. Zu Franklin Delano Roosevelts Zeiten, rief sich Kea ins Gedächtnis zurück, wußten nur sehr wenige Leute überhaupt, daß er sein Leben lang an den Rollstuhl gefesselt war. Er ging wieder zum Schreibtisch zurück, ließ seine fünfundneunzigjährigen Knochen in den weichen Sessel sinken und goß sich aus der Karaffe auf dem Tisch einen Drink ein.

Es war Scotch.

Er genoß den Schluck. So wie er die wenigen Minuten Stille und Frieden genoß, die ihm seine mörderischen Pflichten ließen. Dann versteifte er sich, als ihn ein plötzlicher Kopfschmerz überfiel. Sein Herz flatterte – war es soweit? Doch der Schmerz verflüchtigte sich ebenso wie die Angst. ›Gott sei Dank‹, dachte er, ›diese Sorge bin ich nun bald los. So oder so.‹

Imbrociano war fast fertig. Alles stand bereit. Er mußte nur Bescheid sagen, dann setzten sich große, dunkle Mächte in Bewegung. Kea hatte fieberhaft daran gearbeitet, diesen Punkt zu erreichen. Er hatte seinen Mitarbeiterstab umbesetzt, sämtliche Hebel betätigt, ganze Bürokratien einstürzen lassen und neu geschaffen, seine Spuren in einem Hagelsturm von Erlassen und Maßnahmen verwischt. Gewaltige Industrien standen zu seiner Verfügung, bei denen ein Manager nicht wußte, was der andere tat. Sternenschiffe waren auf seinen Befehl hierhin und dorthin geflogen. Er hatte ein ausgetüfteltes, supergeheimes Netzwerk gesponnen, mit Strohmännern und Fehlinformationen und komplexen elektronischen Irrgärten, entworfen von verschlagenen alten Spionen. In der Zwischenzeit hatten Imbrociano und ihr Team nicht minder eifrig an ihrem Projekt gearbeitet. Dabei stand ihnen die gesamte Schatzkammer der Föderation als Budget zur Verfügung.

Kea nippte an seinem Scotch und wartete, bis sich die Wärme in seine verkrampfte Seite ergoß.

Die erste Stufe seines Plans, den Tod zu betrügen, war relativ einfach. Imbrociano fertigte ein Duplikat von Richards an, das laufen, sprechen und denken konnte. Die zweite Stufe, die schon bald umgesetzt werden mußte, war noch einfacher. Wenn auch auf grauenhafte Art.

Er dirigierte seine Gedanken weg von diesem schrillen Entsetzen. Er mußte sich damit auseinandersetzen, sobald die Zeit gekommen war.

Die dritte Stufe seines Plans war unvergleichlich komplizierter. Als erstes schwebten ihm neuerliche Verbesserungen des alten Modells vor. Manipulationen an den Genen sollten sein Alter ego weniger anfällig gegenüber Krankheiten und Alter machen. Sobald der Organismus funktionierte, würde der Alterungsprozeß nach und nach umgekehrt werden. Er hatte sich ein Alter von 35 als Endpunkt ausgesucht, denn seiner Meinung nach war das seine beste Zeit gewesen. In vielerlei Hinsicht ein Höhepunkt. Wenn man den Prozeß über viele Jahre ausdehnte, würde den Leuten kaum auffallen, daß ihr Präsident auf Lebenszeit wie eine Schlange in seiner alten Hülle einen jüngeren Körper ausbildete. Theoretisch betrachtet wäre dieser neue Kea Richards in der Lage, über Jahrhunderte hinweg weiterzuleben, ohne sich je zu verbrauchen. Künstliche Unsterblichkeit.

»In der Praxis bezweifle ich das jedoch«, hatte Imbrociano gesagt. »Ein Organismus – besonders ein denkender Organismus – ist viel zu komplex. In vielerlei Hinsicht verletzbar, Gefahren ausgesetzt, die wir jetzt nicht kennen. Nicht nur physisch gesehen. Auch die psychische Seite muß in Betracht gezogen werden.«

»Ich könnte verrückt werden«, hatte Kea ungerührt gesagt. Imbrociano hatte lediglich genickt.

»Ich könnte ebensogut einem Attentat zum Opfer fallen. Oder gezwungen werden, Dinge zu tun oder aufzudecken.«

»Auch diese Möglichkeit besteht«, hatte Imbrociano gesagt.

Diese Probleme hatten den Schlüsselteil des großen Entwurfs bestimmt. Da er in seinem tiefsten Innern Ingenieur war, war Kea von einer Maschine ausgegangen. Einer Beurteilungsmaschine. Ausgerüstet mit leistungsfähigen logischen Programmen. Mit weitreichenden Sensoren, die das Alter ego überwachten. Eine Maschine, die seine geistige und körperliche Verfassung kontrollierte, ebenso Bedrohungen von außen einschätzte. Dem Organismus selbst würde eine Bombe eingepflanzt werden. Wurde er von Folter, einem Gehirnscan oder einem tödlichen Angriff bedroht, ging die Bombe mit gewaltiger Kraft hoch und tötete alles im weiten Umfeld. Das gleiche geschah, wenn die Beurteilungsmaschine entschied, daß er geistig nicht mehr in der Lage war, die Föderation zu regieren. Kea nannte das den Caligula-Faktor. Er hatte keine Lust, zu einem Tyrannen zu mutieren, der über eine niemals endende Hölle herrschte.

Er war stolz auf sich gewesen, so zu denken. Noch immer war er stolz darauf, dachte er und hob das Glas mit dem Scotch an die Lippen. Es war sein eigenes, geheimes Geschenk an sein ewiges Königreich. Wenn er jedoch ganz ehrlich zu sich war, mußte er zugeben, daß er seine Definition von geistiger Verwirrung recht weit angelegt hatte. Aber während dieser Anfälle von Ehrlichkeit hatte er das Problem soweit rationalisiert, daß sein zukünftiges Ich schließlich eine gewisse Überlebenschance haben mußte. Es war unmöglich, sämtliche Umstände zu bedenken, mit denen er es im Laufe der Jahrhunderte zu tun bekommen würde. Was heute als verrückt erschien, konnte sich in weiter Zukunft als unabdingbares Überlebensprinzip erweisen.

Die Maschine, die alles überwachte, befand sich in einem völlig automatisierten Hospitalschiff; ein Schiff, das nicht nur völlig überzogen ausgestattet war, versehen mit meterdicken Metallstreben, wo ein Zentimeter jahrzehntelangen Schutz geboten hätte, sondern auch mit Programmen und Möglichkeiten zur eigenen Fehlererkennung und -behebung.

Er hatte es dort versteckt, wo es keiner seiner Feinde je finden würde – in dem alternativen Universum, der Quelle der Antimaterie Zwei.

In Gedanken nannte er diesen Ort N-Raum.

Und gesetzt den Fall, seine Feinde spürten das Schiff doch auf, so war es mit den besten Waffen seines Zeitalters ausgerüstet. Es war unwahrscheinlich, daß ein Angreifer sein Vorhaben überlebte. Das Hospitalschiff stand bereit und wartete auf das Signal, das es zu vollem Leben erwecken würde. Nach diesem Signal machte sich die Robotbesatzung des Schiffes daran, den nächsten Kea Richards zu gestalten, um denjenigen zu ersetzen, der gerade … beiseite geschafft worden war. Das Fleisch wurde aus den Genen gezüchtet, die Imbrociano gerade jetzt aus regelmäßigen Biopsien sammelte. Die Gedanken – das Es, die gesamten unterbewußten Instinkte des Kea Richards – wurden ebenso perfekt rekonstruiert. Bis hin zu den allerletzten Gedanken kurz vor seinem … Tod.

»Das dauert eine gewisse Zeit«, hatte ihn Imbrociano gewarnt. »Etwas länger als drei Jahre, bis das Duplikat fertig ist. Sie müssen sich dieser Lücken bewußt sein.«

Er hatte das Problem durch die Installation eines ausgeklügelten Biblitothekscomputers gemeistert, der alle erhältlichen Nachrichten und Wissensquellen innerhalb der Föderation speicherte. Alle diese Daten wurden dem neuen Organismus nach seiner Erweckung zugeführt – während sogenannter Tutorien. Aber er mußte sich vorsehen. Der Organismus war jeweils ganz neu. Ungewohnt. Imbrocianos Psychotechs hatten ihn davor gewarnt, daß zuviel Wissen ohne praktische Erfahrung das neue Wesen verderben könne, bevor es richtig in Aktion trat.

Die Rückkehr zur Macht konnte nur Schritt für Schritt erfolgen. Eine Erfahrung nach der anderen, wobei nach jedem Schritt neues Bewußtsein zugefüttert wurde. Und an jedem beliebigen Punkt konnte die Maschine den neuen Organismus als unvollkommen definieren und zerstören ... um wieder von vorne anzufangen.

Eigenartigerweise hatte sich die politische Seite als leichteste Aufgabe bei seiner Vorbereitung auf die Unsterblichkeit erwiesen.

Denn seine Trumpfkarte war AM_2.

Wenn er starb, würden die AM_2-Lieferungen automatisch eingestellt. Bis zu Keas Rückkehr würde für einen Usurpator nichts mehr übrigbleiben. Ein wirtschaftliches Chaos wäre die Folge. Eine dreijährige Energieverknappung. Der Thronräuber würde so geschwächt sein, daß er bei der geringsten Berührung kippte, sobald Kea Richards sich von den Toten zurückmeldete.

Als neugeborener Held.

Es war eine machtvolle Legende, auf die er da aufbauen konnte.

Imbrociano erwartete ihn.

Er trank aus, stellte das Glas auf das Tablett und schob alles von sich. Dann klingelte er nach Kemper, seinem Stabschef. Sie gingen noch einmal alles durch, was während seiner Abwesenheit erledigt werden mußte. Letzte gesetzgeberische Einzelheiten. Beförderungen. Dergleichen Dinge. Seine Mitarbeiter hatten sich widerwillig an sein gelegentliches mysteriöses Verschwinden gewöhnt. Er hatte sich sogar regelmäßig davongestohlen, um diese Toleranz weiter auszubauen. Manchmal in Verkleidung, als einfacher Ingenieur Raschid. Manchmal in Begleitung einiger Erwählter, um ein bißchen Geheimpolitik zu betreiben.

»Was sollen wir bei einem Notfall tun, Herr Präsident?« fragte Kemper dienstbeflissen. Er kannte die Antwort, wollte aber dennoch seiner Pflicht nachkommen und danach fragen. »Wie können wir Sie im Notfall erreichen?«

Richards gab ihm die übliche Antwort: »Machen Sie sich keine Sorgen. Ich komme bald zurück.«

Nachdem Kemper gegangen war, zog Richards ein voluminöses Reiseset aus einer Schublade und drückte auf eine Erhebung unter der Schreibtischplatte. Ein Segment der Wandvertäfelung glitt zur Seite. Kea schob sich in den dunklen Durchgang, und die Täfelung schloß sich hinter ihm. Kurz darauf war er an Bord einer kleinen Raumyacht und hörte zu, wie der Captain mit seinem Ersten Offizier plauderte und dabei auf grünes Licht vom Tower wartete. Kea drehte sich in seinem Sessel um und vergewisserte sich, daß Imbrociano und ihre Leute es bequem hatten. Imbrociano winkte ihm zu. Lächelte. Ein trauriges Lächeln. Kea erwiderte ihr Winken und lehnte sich zum Start zurück.

Dann erfolgte der Schock der Beschleunigung … ein Donnern in den Ohren … dann die Schwerelosigkeit. Kea genoß jeden einzelnen Sinneseindruck des Flugs. Als könnte es sein letzter sein.

Imbrocianos Stimme drang an sein Ohr: »Möchten Sie ein Beruhigungsmittel?«

Er wandte sich zu ihr um und winkte sie auf den Sitz neben sich. Sie kam nach vorn. Ihre Augen lagen aufgrund des Schlafmangels tief in den Höhlen. »Lieber nicht«, sagte Kea. »Ich möchte lieber … ich weiß auch nicht … bei vollem Bewußtsein bleiben.«

»Das verstehe ich«, erwiderte Imbrociano. »Aber wir erreichen unser Ziel ohnehin erst morgen. Warum gönnen Sie sich nicht ein wenig Ruhe?«

»Falls das hier nicht klappt«, sagte Kea, »habe ich schon bald mehr als genug Zeit dafür. Permanente Ruhe.«

»Sie können es immer noch abbrechen«, erinnerte ihn Imbrociano. »Wirklich. Ich rate es Ihnen sogar.«

»Ich habe meine Entscheidung getroffen«, gab Kea zurück. »Sie müssen sich nicht schuldig fühlen.«

Imbrociano versank in Schweigen. Zupfte an ihrem Ärmel. Dann sagte sie: »Falls es Ihnen hilft: ich kann Ihnen versprechen, daß Sie morgen keinerlei Schmerzen verspüren werden. Ich gebe Ihnen als erstes ein Beruhigungsmittel. Sie werden keine Angst haben. Als nächstes kommt die tödliche Dosis. Sie werden sie inhalieren … und noch bevor Sie ganz ausgeatmet haben, sind Sie … tot.«

»Besser gesagt, wiedergeboren«, widersprach Kea mit erzwungener Heiterkeit. »Oder, wie manche sagen würden, von einem Gefäß ins andere übergewechselt.«

»Aber das können unmöglich Sie sein!« entfuhr es ihr. »Vielleicht bei oberflächlicher Betrachtung, ja. Es wird reden, gehen und denken wie Sie, in jeder Hinsicht. Und doch können das nicht Sie sein. Die Essenz in jedem von uns ist es, die uns zu Individuen macht. Die Seele.«

»Sie hören sich wie ein Priester an«, sagte Kea. »Ich bin Ingenieur. Pragmatiker. Wenn es wie eine Ente läuft … wie eine Ente redet …dann muß es einfach Kea Richards sein.«

Imbrociano legte den Kopf nach hinten. Müde. Geschlagen. Dann tätschelte sie seinen Arm. Stand auf. Ging zu ihrem Platz zurück.

Kea tat das, was jetzt gleich geschehen mußte, unendlich leid. Er kramte seinen Reisekoffer hervor, schob einen kleinen Deckel zur Seite, unter dem sich eine Vertiefung verbarg. Ein wärmeempfindlicher Schalter. Richards mochte Imbrociano wirklich. Trotz ihrer steifen Art war sie zutiefst menschlich: behaftet mit dem Fluch der Empathie.

Seine Zuneigung zu ihr war der zweite Grund dafür gewesen, weshalb er sich entschlossen hatte, seinen Plan zu ändern. Der erste Grund war rein pragmatischer Natur. Es war das beste, mit größtmöglicher Wirkung anzufangen. Ein ominöser Unfall. Ein Finger am Auslöser, der hierin und dahin zeigte, und dann politische Säuberungen. Die Regierung in heller Aufregung. Der Jubel bei seiner wundersamen Rückkehr würde viele Fragen ersticken. Um einige würde er mit obskuren Hinweisen auf verborgene Feinde herumkommen. Den Rest würde er dadurch tilgen, indem er einfach die Geschichte umschrieb.

Dazu hatte er mehr als genug Zeit.

Der zweite Grund war Mitleid. Für Imbrociano. Er könnte den Gedanken nicht ertragen, wie sehr es sie verletzte, daß er sie belogen hatte. Es war ein schreckliches Gefühl für jemanden, der sich gerade mit dem eigenen Tod konfrontiert sah. Sogar schlimmer als der Verrat selbst.

Er vertraute ihr.

Aber er durfte das Risiko nicht eingehen.

Vertraue keinem, hatte einst ein alter König einem anderen geraten. Schon gar nicht mir, deinem Freund ... Vor allem mir nicht!

O ja. Die Entscheidung war ihm schwergefallen. Aber die Notwendigkeit hatte die Oberhand gewonnen. Er wußte, daß er Imbrociano immer nachtrauern würde. So wie vielen anderen auch. Das war die Bürde der Könige. Die Last, die er zu tragen hatte.

Er bewegte seine Finger auf die Vertiefung in seinem Koffer zu. Sobald er sie berührte, würde die Bombe das Schiff vernichten. Alle würden sterben. Sofort. Bis auf ... ihn?

Plötzlich war er in Schweiß gebadet. Sein Herz hämmerte wie wild gegen die Rippen.

›Und wenn Imbrociano doch recht hat?

Womit?

Meiner Seele?

Ja ... Deine Seele. Deine verdammte S ...‹

Kea erschauerte in einem tiefen Atemzug. Atmete wieder aus. Nahm noch einen Zug. Er schloß die Augen und dachte an den sanften Vorhang aus Feuer, der sich im kosmischen Wind bauschte. Er trieb jetzt durch ihn hindurch. Er sah die Partikel umherspringen, als seien sie lebendig.

Jetzt? Sollte er es jetzt tun?

Nein.

Einen Augenblick noch.

Noch einen Gedanken.

Kea zog die stickige Kabinenluft ein. Sie schmeckte süß.

›Ich werde König sein, für alle Zeiten‹, dachte er.
›Der Ewige Imperator.‹
Er drückte auf den Auslöser.

Kapitel 28

N-Space, Jahr Eins

Der Mann saß still in seinem Sessel und betrachtete die Farbe/Nichtfarbe durch etwas, das wie die Hauptluke des Schiffes aussah. Er war gebräunt und muskulös und hatte auffallend blaue Augen. Er trug ein weißes, enganliegendes Gewand und weiche weiße Pantoffeln. Schon seit vielen … Tagen? … Wochen? … Monaten? hatte er flirrende Lichter betrachtet. Diese Bezeichnungen ergaben nur einen sehr verschleierten Sinn.

Der Anblick wurde ihm nie langweilig, nicht einmal dann, wenn ihm die Augen weh taten. Es war immer das gleiche Bild. Und doch anders. Formen und Muster, ständig in Veränderung begriffen. Platzende Farbkleckse. Es war immer so tröstlich. Aber heute nicht. Heute löste es nur Spannungen in ihm aus. Ein Verlangen. Die Geborgenheit der Kabine fühlte sich erdrückend an.

Ein Gedanke erwachte in ihm. Er spähte durch die Luke. Die Stimme hatte gesagt, das sei der Ort, an dem sich zwei Universen berührten. Eine Art Tor. Ja, das wußte er. Aber wie hieß das? Eine Antwort schlich sich in sein Bewußtsein: … Diskontinuität.

Fazlurs Diskontinuität.

Er zuckte zusammen. Spürte, wie sich die Haare an seinen Unterarmen aufrichteten. Wo kam das her? Von der Stimme? Nein. Es kam von …

Innen!

Der Mann erhob sich und ging mit kleinen Schritten zur gegenüberliegenden Kabinenwand. Dort hing ein Spiegel an der Wand. Er blickte hinein. Sah das Gesicht. Zum ersten Mal kam es ihm ... vertraut vor. Als gehörte es nicht ... einem anderen? Ja. Das war's. Er strich mit der Hand über eine Wange. Noch einmal ... das Gefühl war so ... unglaublich ... vertraut. Er blickte in diese Augen. Sah die verschlagenen Fältchen in den Augenwinkeln. Das Blau, das sich so rasch in ein kaltes Grau verwandeln konnte. Er lachte. Hörte, wie sich das Echo dieses Lachens im Zimmer brach.

Großer Gott. Das Geräusch war so herrlich.

Er berührte die Oberfläche des Spiegels, zeichnete mit zitternden Fingern die Umrisse des Spiegelbildes nach.

Beinahe hätte er geweint, weil er sich dort wiederfand.

Dann riß er sich zusammen. Er machte einen Schritt zurück. Stemmte die Hände in die Hüften ... posierte allein für sich. Er betrachtete sein Spiegelbild lange und aufmerksam. Suchte nach dem kleinsten Anzeichen von Schwäche. Fand keines. Er nickte. Zufrieden.

Ein Gedanke sprang ihn an: Der immerwährende König.

Er zog die Stirn kraus. Wie lautete der Rest? Damals, als ...

Er erinnerte sich.

»Ich bin der Imperator«, sagte er laut.

Er grinste sein Spiegelbild an.

»Der Ewige Imperator.«

Buch IV

KÖNIG IN GEFAHR

Kapitel 29

Verschwommen. Sehr verschwommen. Noch schlimmer … dann etwas besser, als das Objektiv automatisch scharfstellte.

Eine leicht abschüssige Bergwiese. Eine Reihe von Hügelkuppen ringsumher. Die Kuppen waren mit Höhleneingängen übersät. ›Anpassung‹, sagte Stens Bewußtsein. ›Du befindest dich mitten in einer Stadt.‹ Die Oberfläche dieser Wiese war künstlich. Ebenso wie die Hügelkuppen. Die gähnenden Höhlen waren Zugänge, die in gewaltige unterirdische Komplexe führten.

Fast am Ende der Wiese erhob sich die Ruine eines ehemals niedrigen Gebäudes mit gewölbten Öffnungen. Es war absichtlich eingedrückt worden, als sich ein riesiges Imperiales Schlachtschiff zur Landung auf ihm niedergelassen hatte.

Vor dem Gebäude stand eine Plattform.

Korrektur. Ein Gerüst.

Darauf stand ein schwarzgekleideter Mann, den Kopf halb von einer Kapuze verdeckt. Er hielt eine Pistole in der Hand.

Vor ihm zwei Imperiale Soldaten in voller Kampfmontur. Zwischen ihnen eingekeilt ein großes Wesen mit goldenem Fell.

Ein rascher Blick in die Runde: auf der »Wiese« standen dichtgedrängt viele dieser goldenen Kreaturen. Zwischen ihnen und dem Gerüst weitere Imperiale Truppen in der braungefleckten Kampfuniform der Garde. Die Mündungen ihrer Waffen zielten auf die Menge.

Ein pelziger Kopf huschte im Unschärfebereich durch sein Gesichtsfeld.

Eine Bewegung. Jetzt konnte Sten das Gerüst wieder sehen.

Geräusche: Trommelwirbel.

Geräusche: ohrenbetäubendes Pfeifen.

»Der Kerl, der hier den Hauptdarsteller abgibt, ist Dr. Tangeri«, erläuterte Alex' Stimme. »Da du weißt, daß die Cal'gata nicht sprechen, sondern pfeifen, kannst du dir ausmalen, daß sie nicht gerade begeistert darüber sind, daß ihr Anführer den Abgang machen will. Wir befinden uns hier an dem Ort, den die Cal'gata ihre ›Versammlungsstätte‹ nennen. So was wie ein Parlament. Jedenfalls war es das bis vor kurzem noch.«

Eine Lautsprecherstimme dröhnte los. Ihr Echo wurde von dem Schlachtschiff zurückgeworfen.

»Du kannst die Worte nicht verstehen. Der Kerl mit dem Mikro hat eine völlig veraltete Ausrüstung. Er erzählt den Cal'gata, daß jetzt die Strafe für Hochverrat vollstreckt wird und daß weitere Bestrafungen folgen werden.«

Die Echos verklangen, und Tangeri wurde mit dem Gesicht zur Menge gedreht. Im gleichen Moment kam die Hand des Henkers hoch, und die Pistole feuerte. Die Vorderseite von Tangeris Schädel explodierte, der Körper fiel in sich zusammen.

Die Soldaten schleuderten den Leichnam nach vorne, von dem Gerüst herunter.

»Und jetzt«, meldete sich Kilgours Stimme wieder, »wird es interessant.«

Pfiffe, lauter und lauter, dann gedämpft durch die Regler des Aufnahmegeräts. Schwarzbild.

»Der Kerl, der den Recorder trägt, geht näher ran.«

Unscharfe Bewegungen. Rennen. Er bewegt sich mit der Menge. Gewehrschüsse. Schreie. Menschliche Schreie. Vorwärtsrennen. Ein kreischender Tangeri mit blutgetränktem Fell schwenkt eine Imperiale Willygun.

Die Perspektive kippt und wechselt mehrmals. Er bewegt sich über etwas hinweg. Etwas Weiches. Ein Körper. Ein zerrissener Imperialer Soldat.

Unbändiges Gebrüll.

Schwarzbild.

»Das Schlachtschiff hat mit einer Schnellfeuerkanone losgeballert.«

Wieder ein Bild. Der Himmel. Ein Fleck ein Objekt ein herabstürzender Habicht ... Explosion. TONAUSFALL ... dissonantes Kreischen ... Schwarzbild.

»Wie's aussieht«, erläuterte Kilgours Stimme, »hat es einer der Cal'gata geschafft, mit einer kleinen Nuckelpinne abzuheben, und die Begleitschiffe des Schlachtschiffs haben es nicht geschafft, ihn aufzuhalten. Und er dachte, ein Schlachtschiff gegen sein Leben, das ist doch ein gutes Geschäft.

Ich finde, der Junge hat recht.«

Dann wieder Bewegung. Rufe. Dann Himmel, und Sten stöhnte auf, als ihn der Schmerz erfaßte. Dann schwarz und aus.

Er konnte sehen. Noch jemand konnte sehen.

Jetzt war er weit von der Versammlungsstätte entfernt. Sie lag tief unter ihm. Das Schlachtschiff war von lodernden Flammen umgeben, der Platz sah verlassen aus. Ein Schwarm Imperialer Zerstörer kreiste im Luftraum über dem Wrack. Plötzlich verwandelte sich ein Zerstörer in einen Feuerball, und wieder schaltete das Aufnahmegerät ab.

Sten streifte den Livie-Helm ab.

»Was geschah mit dem ersten Cal'gata? Mit dem, der die ersten Aufnahmen machte?«

Alex zuckte mit grimmigem Grinsen die Schultern.

»Keine Ahnung. Wahrscheinlich umgekommen. Warum hätte sonst ein anderer die Ausrüstung aufgehoben? Aber zu deiner Information: das Schlachtschiff war die *Odessa,* und die Imperialen büßten zwei Bataillone der 2. Gardedivision ein. Der Schmuggler von Wilds Truppe, der uns das Band gebracht hat, meinte, daß auch an die 10.000 Cal'gata draufgegangen sind. Ich muß nicht eigens betonen, daß die offiziellen Nachrichten des Imperiums kein Wort über den Vorfall berichtet haben.«

»Also das verstehen sie unter Werbekampagne«, sagte Cind bitter. »Vermutlich bemühen sich solche Mörder wie die Gardisten sehr darum, eine nette, harmlose Bezeichnung für ihre eigentliche Beschäftigung zu finden.«

»Es ist schlimm genug, daß die Garde solche Befehle befolgt«, grollte Otho. »Schlimmer ist jedoch, daß der Imperator diese Vorfälle Gerechtigkeit nennt.«

Sten erhob sich, ging zu einem Bildschirm hinüber, starrte das Bild an und dachte nach. Die *Victory* und ihre Eskorte hingen im interstellaren Raum, weit weg von allen von Menschen besiedelten Planeten.

»Dann bin ich also tot«, überlegte er laut, »aber die Rebellion geht weiter.«

»Wie ein Sommerfeuer in einer Eisoase, ein Feuer, das zertreten, aber nicht ganz gelöscht wurde und jederzeit wieder aufflammen kann«, bestätigte Otho. »An einer Stelle verglimmt es, an der anderen lodert es wieder auf. Hier lassen sie sich auf ein Gefecht ein, dort klatschen sie einen Imperialen Wachtposten mit einem Stein an sein Wachhaus.«

»Und, wie du gesehen hast, die Cal'gata geben nicht auf«, fügte Alex hinzu. »Genau wie die Zaginows. Womöglich hat der Imp genug Streitkräfte beisammen, um sie zu vernichten, aber nach meiner Vermutung erst in frühestens drei oder vier E-Tagen.

Einige deiner Verbündeten haben um Frieden gebeten, andere jedoch sind auf die Barrikaden gegangen oder leisten passiven Widerstand, aus Gründen, die nur sie kennen.

Außerdem finden auf der Erstwelt Säuberungen statt, in der Garde, quer durch alle Streitkräfte, sogar innerhalb des Parlaments, in dem sowieso nur Arschkriecher hocken. Der Imp hat ziemliche Probleme am Hals, alter Knabe.«

Die hatte der Ewige Imperator allerdings. Er mochte glauben, Sten getötet zu haben, doch der Preis dafür war wesentlich höher ausgefallen, als er erwartet hatte. Die Vernichtung der Manabi, einer Rasse, die überall als Ideal respektiert und bewundert wurde, hatte ein unterschwelliges Unbehagen in sämtlichen raumfahrenden Zivilisationen ausgelöst.

Natürlich lief die Propagandamaschine des Imperiums auf Hochtouren. In ihrer Version war der Imperator von Sten in eine Falle gelockt worden und hatte dem Inferno nur knapp entkommen können, nachdem er den Anführer der Rebellen im Zweikampf besiegt und getötet hatte. Merkwürdigerweise brachte das nicht viel.

Sten war tot, der Imperator lebte, mehr kam dabei nicht heraus.

Und es war vielen Wesen klar, daß das Angebot des Imperators hinsichtlich Frieden und Machtteilung nicht mehr bedeutet hatte, als viele ohnehin vermutet hatten; es war nur ein Köder für die Falle gewesen, die der Imperator selbst gestellt hatte.

Die Rebellion flammte auf, erstarb, erhob sich wieder, flackerte weiter, zersplitterte die ohnehin schon überdehnten Kräfte und Möglichkeiten des Imperiums.

Sten hatte keine Zeit darauf verschwendet, die Manabi zu betrauern, und sich auch nicht dafür verflucht, daß er jene letzte Schlacht nicht ausgefochten hatte, trotz aller Konsequenzen. Er konnte nicht. Er war hereingelegt worden. Na und? Der Krieg hatte soeben erst begonnen.

Ihm war nicht aufgefallen, daß er laut gesprochen hatte, bis er Othos zustimmendes Grollen hörte. Er drehte sich um.

»Allerdings«, sage Otho. »Die Zeit ist gekommen, daß du dich wieder zeigst. Du bist nicht gestorben. Die Zeit ist reif dafür, daß du erneut mit deiner Streitmacht zuschlägst.«

Alex und Cind schüttelten den Kopf. Alex wollte etwas sagen, ließ dann aber Cind den Vortritt.

»Wenn wir das tun«, gab sie zu bedenken, »und die Schlachtflotten wieder zusammenstellen, die nicht von den Imperialen Streitkräften vernichtet worden oder in unbekannte Ecken des Universums geflohen sind – woher wissen wir dann, daß wir nicht wieder an der gleichen Stelle ankommen, an der wir schon einmal gestanden haben? Auge in Auge mit einem weiteren Pyrrhus-Sieg, bei dem alle draufgehen und keiner gewinnt?

Auf diese Art haben meine Vorfahren, die Jann, immer gekämpft. Es gibt unzählige Geschichten und Balladen, wie wir bis zum letzten Mann und zur letzten Frau durchgehalten haben.

Sehr eindrucksvoll«, sagte sie mit vor Sarkasmus triefender Stimme, »und sehr inspirierend für junge Helden. Aber für mich funktionierte es nicht mehr so recht, später, als ich erwachsen geworden war und herausfand, daß wir nicht nur diese Schlachten verloren hatten, sondern sehr oft den ganzen Krieg.

Oder, wie Alex es ausdrücken würde: macht sich gut, taugt aber nix.«

Kilgour nickte.

»Das Mädel hat es besser ausgedrückt, als ich es selbst könnte. Ich sage nur: Culloden, damit unser Otho nach der Sitzung was zum Nachschlagen hat.«

Sten nickte Alex und Cind zustimmend zu; er erinnerte sich an seinen ersten Ausbilder, einen Kriegsveteranen namens Lanzotta, der gleich am ersten Ausbildungstag der angetretenen Rekrutenformation erklärt hatte:

»*Der eine oder andere General hat einmal gesagt, die Aufgabe eines Soldaten besteht nicht darin, zu kämpfen, sondern zu sterben. Falls einer von euch Pilzflechten es bis zur Prüfung schafft, wird er den Soldaten auf der gegnerischen Seite dabei helfen, für ihr Vaterland zu sterben. (…) Wir bilden Kampfmaschinen aus, keine Verlierer.*«

»Rykor«, sagte Sten. »Logikcheck.«

Die Psychologin winkte mit einer Flosse aus ihrem Tank herüber. Sie betrauerte die Manabi, insbesondere Sr. Ecu, mehr als alle anderen. ›Vielleicht‹, dachte sie und versuchte den großen Schmerz zu verdrängen, der ihr immer wieder Tränen die ledrigen Wangen hinunterrinnen ließ, ›vielleicht haben die anderen als erfahrene Soldaten nur schon viel öfter geliebte Wesen verloren als ich.

All die Jahre, die vielen Jahrzehnte‹, dachte sie weiter. ›Immer wieder habe ich die blutige Arbeit für den Imperator erledigt, und nur, weil selten ein Leichnam vor mir lag‹ – ein kurzer Gedankenblitz erinnerte sie an einen Kleinkriminellen, der sich beim Gehirnscan vor ihren Augen in den Tod wand –, ›glaubte ich, ich wüßte, wie man mit dem Verlust umgeht.

Lerne daraus, Rykor. Lerne, daß alles, was du predigst, logisch und praktisch sein kann. Aber der nächste Patient, der nicht in der Lage zu sein scheint, die Wahrheit deiner tröstlichen Worte oder deiner Logik zu akzeptieren – halte ihn nicht für schwerfällig oder widerspenstig.‹

»Fahr fort, Sten«, sagte sie und zwang sich zur Aufmerksamkeit.

»Wenn ich plötzlich von den Toten wiederauferstehe, werde ich vermutlich eine beachtliche Anzahl von Verbündeten gewinnen, alte und neue. Ignoriere das. Wenn ich aber weiterhin als tot gelte … wird dann die Verfolgung und Bestrafung meiner ehemaligen Freunde schlimmer ausfallen? Werden mehr Leben ausgelöscht, als wenn ich den Stein von meinem Grab rolle?«

Rykor dachte intensiv nach.

»Nein«, sagte sie schließlich. »Deine Logik ist akzeptabel. Verfolgung … irrationale Rache, wie sie der Imperator momentan übt … ist schrecklich. Aber ein offener Krieg fordert weitaus mehr Verluste, inklusive der Unschuldigen.«

»Das dachte ich auch«, sagte Sten.

»Also gut, Soldaten, hier ist mein Plan«, verkündete er dann. »Wir haben den offenen, geradlinigen Angriff ausprobiert, und er hat nicht so richtig funktioniert. Vielleicht war es mein Fehler, denn ich habe noch nie zu den Kriegern gehört, die sich in der prallen Mittagssonne am wohlsten fühlen. Reflexionen an der Rüstung sind mir ein Greuel, wenn nicht mehr.«

Sten war überrascht, daß er schon wieder so etwas wie einen Scherz zuwege brachte. Na schön, es sah also ganz so aus, als würde er die herbe Lektion des Krieges erneut lernen: wer seine Gefallenen zu lange betrauert, wird ihnen bald folgen.

»Diesmal gehen wir die Sache richtig an. Im Dunkeln, im Nebel, von hinten und mit einem Dolch im Ärmel. Und ich denke, daß ein Teil des Plans darin besteht, daß ich weiterhin als tot gelte.

Keine Feldschlachten mehr, Leute, nur noch im äußersten Notfall. Jetzt geht es dem Imperator selbst an den Kragen. Und dieses Mal schnappen wir ihn uns, oder wir töten ihn. So oder so.«

Er blickte sich um. Rykor schwieg. Otho legte die Stirn in Falten und grunzte dann seine Zustimmung. Cind und Alex nickten, ebenso Captain Freston.

»Bin froh, das zu hören, mein Freund. Lang lebe Mantis und so weiter«, sagte Alex. »Das paßt ganz gut zu meinen Plänen. Ich hätte gerne die Erlaubnis zu einem kleinen Alleingang. Ich will Poyndex.«

Alex erklärte, daß er die neuen Säuberungen analysiert habe. Einige der Opfer waren offene oder auch geheime Verbündete Stens. Andere hatten offensichtlich den Ewigen Imperator beleidigt. Doch andere Hinrichtungen oder Gefängnisstrafen ließen sich nicht so eindeutig erklären.

»Ich hab versucht, die grundsätzliche Unfähigkeit eines jeden Tyrannen mit ins Spiel zu bringen«, fuhr Alex fort. »Aber der Computer hat sich an meinen Gedankengängen verschluckt und meinte nur, ich soll's noch mal probieren.«

Was er auch getan hatte. Dabei war er auf Poyndex gekommen. Und hatte zähneknirschend anerkennen müssen, daß der Mann wirklich schlau war. Zuerst hatte er gedacht, daß Poyndex der Säuberungsliste die Namen seiner eigenen Feinde hinzufügte; das tat jeder Geheimdienstchef normalerweise, wenn sein Herrscher ein paar Köpfe rollen sehen wollte. Aber Poyndex war weitaus gerissener. Er hatte keine Probleme, seine Feinde dann zu beseitigen, wenn er es für richtig hielt, denn der Imperator hatte ihm sehr viel Autorität übertragen – nicht zuletzt die Erlaubnis, seine eigenen Widersacher zu töten, ohne sich deswegen das Mäntelchen des Imperators umhängen zu müssen.

Die Erklärung war schließlich ganz einfach. Alex glaubte, daß Poyndex versuchte, sich selbst – und nur sich – für den Imperator unverzichtbar zu machen.

»Ohne dabei den Imperator merken zu lassen«, fügte Alex hinzu, »daß Poyndex selbst große Ambitionen auf den Thron hat, aber das kommt noch, das kommt bestimmt.«

Alex erfuhr, daß die Gurkhas entlassen worden waren. Zuerst hielt er es für eine Laune des Imperators, weil ein Zug oder so sich freiwillig gemeldet hatte, unter Sten zu dienen, bevor er die Rebellion ausrief. Dann dachte er, man habe sie entfernt, um Poyndex' eigener Schöpfung, der Inneren Sicherheit, das Terrain zu überlassen. Das war jedoch nur ein Teil der Begründung, der allerdings im gleichen Maß auch auf den Austausch des Mercury Corps und der Sektion Mantis gegen die IS zutraf.

Poyndex führte aber noch weitaus mehr im Schilde, davon war Alex überzeugt. Poyndex beabsichtigte, die einzige Verbindung des Imperators zur Außenwelt zu sein – zu seinen Offizieren, seiner Armee, seinem Parlament, seinem Volk.

»Natürlich ist der Mann kirre«, sagte Alex. »Bevor er die einzige Verbindung zwischen dem Imperator und seinem Thron wird, macht der Imp ihn einen Kopf kürzer. Man denke nur an einige Jungs aus der Vergangenheit: Bismarck. Yezov. Himmler. Kissinger. Jhones.

Die einzige graue Eminenz, die nicht stolperte, war Richelieu. Poyndex ist zwar recht fähig, aber er ist kein Richelieu.«

Aber all das lag in der Zukunft. Gegenwärtig gelang es ihm sehr gut, den Ewigen Imperator zu isolieren. Wenn man jetzt noch bedachte, daß Poyndex ohnehin ein Wendehals war, der zunächst während des Interregnums dem Mercury Corps vorgestanden hatte, dann von den Verschwörern ins Privatkabinett geholt worden war und schließlich seine Kabinettskollegen an den Imperator ausgeliefert hatte …

»Ich habe so einen Plan«, erklärte Alex. »Ich will ein bißchen mit beiden Köpfen spielen. Mit dem von Poyndex, und dem von meinem Freund, dem Imp.

Wie in den bekannten Gedichtzeilen: ›Sie jagten, bis es dunkel ward/ doch fanden sie weder Feder noch Kopf/ und auch sonst kein Zeichen, daß hier die Stelle war/ wo der Bäcker traf auf den Snark.‹«

Sten beobachtete seinen Freund. Er wußte, daß Alex nur dann weiter ins Detail gehen würde, wenn man ihn eigens dazu aufforderte. Sollte Kilgour doch sein eigenes Ding durchziehen.

»Wie willst du an ihn herankommen?« fragte Sten. »Soweit ich weiß, kommt der Schurke so gut wie nie aus Arundel heraus, es sei denn, er geht mit dem Imperator auf Reisen.«

Alex grinste.

»Ich habe mich gut mit Marr und Senn angefreundet. Auch wenn sie schon pensioniert sind und nicht mehr so gut mit dem Imp stehen, kennen sie sich doch ziemlich gut in Arundel aus. In dem neuen Arundel. Und das wurde exakt nach den Plänen des alten Arundel gebaut, behaupten sie; die beiden sind nämlich mit dem Architekten sehr gut befreundet. Sie kennen wirklich jeden Winkel auswendig, denn sie waren schon dort, bevor du mit deinen Folien und Lageplänen aufgekreuzt bist.«

Sten zog die Stirn kraus. Arundel war die Festung des Imperators auf der Erstwelt, die zur dreifachen Größe aufgeblasene Kopie einer Burg aus der Frühzeit der Erde, komplett mit weitläufigen Befestigungs- und Gartenanlagen ringsherum, sowie mit unterirdischen Kommandobunkern und Quartieren. Die Festung war gleich zu Beginn des Tahn-Krieges bei einem fehlgeschlagenen Versuch, den Imperator zu töten, zerstört worden. Nach der Rückkehr des Imperators war das Schloß neu aufgebaut worden.

Dann kapierte er. Er erinnerte sich an diese mehrschichtige Lagekarte und an seine eigene Zeit als gewissenhafter Anführer der Imperialen Leibgarde. Und er erinnerte sich an einen gewissen Gefängnisausbruch einige Monate später, ein Ausbruch aus den Verliesen Arundels.

Sten nickte.

»Du machst das schon, Alex«, sagte er. »Welche Art von Unterstützung brauchst du?«

»Ich habe alles, was ich brauche. Wild leiht mir ein Schiff. Einen Piloten habe ich auch schon. Auf der Erstwelt wird mich jemand erwarten. Und ab dann lautet das Motto: einer rein, zwei raus.«

Alex salutierte sehr präzise, geradeso, als wären er und Sten wieder beim Militär. Sten war etwas verwirrt, stellte sich aber in Habachtstellung vor ihn hin und erwiderte den Gruß. Es war ein sehr spröder, sehr militärischer Abschied.

Dann war Kilgour auch schon weg.

Alex hatte nicht die ganze Wahrheit gesagt. Er war zu dem Schluß gekommen, daß sein Plan hinsichtlich Poyndex am besten als Soloaktion über die Bühne ging. Aber es steckte mehr dahinter.

Sein Nacken kribbelte noch immer.

Er genoß jeden einzelnen Tag, jede Minute, denn er hatte das unbestimmte Gefühl, es könnte sich sehr wohl um seine letzte handeln. Er hatte sein Haus – seine gewaltigen Ländereien und seine Schlösser auf Edinburgh – in Ordnung gebracht. Vorausgesetzt, sie waren inzwischen nicht vom Imperator niedergebrannt worden.

Jetzt war es soweit.

›Wenigstens folge ich der eigenen Vernunft‹, dachte er, ›und nehme den kleinen Sten nicht mit.‹

Sofort verscheuchte er diese Stimmung und die Gedanken.

›Hat keinen Sinn, sich wie ein tapferer Nordmann hinzustellen und anzufangen, über das Schicksal zu brüten. Damals auf der Erde, vor vielen Äonen, haben wir uns ihr Gejammer angehört, dann haben wir uns hinter sie geschlichen und ihnen die Kehlen aufgeschlitzt.

Immer mit einem Lächeln auf den Lippen von der Bühne abtreten, alter Knabe.‹

Er stand vor der Tür zu seinem eigenen Quartier. Als er die Hand auf den Öffner legte und die Tür aufglitt, hörte er ein Kichern.

Die erste Frau, die er sah, war Marl.

›Großer Gott‹, dachte er. ›Ich war felsenfest davon überzeugt, daß mich das Mädel während der Ausbildung so komisch angeschaut hat, und der Herr weiß, daß sie eine tolle Frau ist, mit Kraft in den Knochen und einem Hirn unter der Schädeldecke. Genau mein Typ, ich hatte auch schon über uns beide nachgedacht.‹

Aber die kleine Hotsco hatte zuerst die Initiative ergriffen, und Alex, nett wie er nun mal war, hatte nicht genau gewußt, was er, wenn überhaupt, zu Marl sagen sollte – vorausgesetzt, er hatte sich hinsichtlich der gegenseitigen Anziehung nicht getäuscht. Und da er nun mal kein Egoist war, hatte er sich aus der Spionageabteilung, die er aufgebaut hatte, soweit wie möglich herausgehalten.

Gleich nachdem sich die Tür hinter ihm geschlossen hatte, fiel ihm auf, daß Marl heute, im engen Wickelrock und in dieser luftigen Bluse, besonders atemberaubend aussah.

Ebenso wie Hotsco, die eins von Alex' Hemden und einen Hauch Parfum hinter jedem Ohr trug.

›Oje‹, dachte er, ›das kann ja heiter werden.‹

»Meine Damen«, brachte er gerade noch heraus.

Marl und Hotsco sahen einander an und lachten. Jetzt entdeckte Alex die leere Flasche in dem Eiskübel.

»Kommt mir so vor«, sagte Hotsco, »als wüßte unser Held nicht so recht, was er jetzt tun soll.«

»Ich glaube«, nuschelte Alex, »ich brauche einen kleinen Drink.«

Hotsco stand auf und holte ihm einen Drink aus der Bar der kleinen Wohnung. Stregg. Mit Eis.

»Deine Freundin Marl ist vor einigen Stunden hier aufgekreuzt. Sie hat mir ein paar Geschichten über Spione und so weiter erzählt. Wir haben uns ... ein wenig unterhalten.«

Hotscos Zunge kam heraus und ... befeuchtete ihre Lippen.

»Wie sich herausstellte, haben wir einige ... gemeinsame Interessen«, sagte sie. »Abgesehen von dir, meine ich.«

»Oje.«

Jetzt fing Marl zu lachen an.

»Solange Sten offiziell tot ist«, sagte sie, »gibt es in Richtung Gegenspionage nicht mehr viel zu tun. Die Bhor haben alles gut in der Hand. Und da ich der Sektion vorstehe, habe ich mir selbst ins Gewissen geredet. Ich habe mir gesagt, daß ich zuviel arbeite und dringend eine Pause brauche.«

Alex kippte den Stregg, und während seine Speiseröhre allmählich aus dem Hyperraum zurückkehrte, goß er sich gleich noch einen ein.

»Marl kam vorbei«, sagte Hotsco, »und ich habe sie hereingebeten. Sie ist eine tolle Frau, weißt du.«

»Weiß ich«, sagte Alex mit mißtrauischem Unterton.

»Auf ihrem Planeten gibt es ein paar ... gute alte interessante Sitten«, schnurrte Hotsco. »Sitten und Gebräuche, die uns beiden durchaus gefallen könnten.«

»Oje.«

»Du wiederholst dich, Alex.«

Marl und Hotsco versuchten beide, mit wenig Erfolg, ernst zu bleiben.

»Ich habe mir überlegt, daß sie vielleicht mit uns zur Erstwelt kommen könnte«, sagte Hotsco. »Die Reise dauert ziemlich lange, wie du vielleicht weißt. Sie fand die Idee wunderbar. Also half ich ihr beim Packen. Sie ist reisefertig. Ist das nicht aufregend?«

Alex erholte sich langsam.

»Ja, klar doch. Wenn du willst, jederzeit, Marl. Wahrscheinlich hältst du die Reise in die Höhle des Löwen für eine Vergnügungsfahrt, aber von mir aus, bitte sehr.«

Marl kam auf ihn zu und küßte ihn beruhigend und dankbar auf die Wange.

»Wann geht's los?«

»Ich dachte, wir zischen gleich ab«, meinte Alex. »Hotscos Schiff ist vollgetankt und startklar.«

»Müssen wir denn sofort weg?« erkundigte sich Hotsco. »Ich habe noch mit Marr und Senn gesprochen … sie liefern uns gleich ein herrliches Abschiedsessen. Reicht die Frühschicht nicht aus?«

»Warum ausgerechnet morgen früh?«

Hotsco ging zu dem gewaltigen runden Bett und ließ sich der Länge nach darauf fallen. Angeblich war es einst für eine der Lieblingsvergnügungen des Imperators gebaut worden. Sie streckte sich und rollte darauf herum wie ein kleines Kätzchen.

»Ich finde, hier ist viel mehr Platz«, gurrte sie. »Viel mehr als auf meinem Schiff. Selbst wenn wir die Kojen in meiner Kabine zusammenrücken. Stimmt's, Marl?«

»Oje«, war alles, was Alex jetzt noch herausbrachte.

Kapitel 30

»Nieder mit dem Imperator!« schrie die Frau mit vor Haß verzerrtem Mund.

»Tod dem Schlächter der Manabi!« rief ein anderes Wesen mit zum Bersten geschwollenen Sprechorganen.

»Tötet den großen Gotteslästerer!« brüllte ein Bär von einem Mann. »Tötet ihn!«

Die drei gehörten zu einer Gruppe von fünfzig Agitatoren, die die Menge bis zum Siedepunkt anfeuerten. Dabei wäre das nicht einmal nötig gewesen. Mehr als 20.000 Personen hatten sich vor dem Parlamentsgebäude versammelt.

Sie wurden von einer wankenden Linie schwarzuniformierter Sturmtruppen der Inneren Sicherheit zurückgedrängt.

Spruchbänder von der Größe kleiner Gebäude entrollten sich in den Reihen der Demonstranten. Das größte, in der Mitte, war eine riesenhafte Vergrößerung des Gesichts des Imperators. Mit blutroter Farbe stand darüber das Wort MÖRDER geschrieben.

Jetzt fing die Menge wie mit einer Stimme zu skandieren an: *»Nieder mit dem Imperator! Nieder mit dem Imperator!«*

Poyndex' A-Grav-Gleiter zischte über die Menge. Er schaltete sein Mikro an: »Bringt die Panzer heran«, sagte er gelassen. »Dann Alpha- und Beta-Kompanien aktivieren.«

»Jawohl, Sir«, erwiderte die Stimme seines Adjutanten.

Poyndex beobachtete mit professionellem Interesse, wie sich neun riesige Personentransporter heranschoben. Sie schlugen von drei Seiten zu und drängten die Menge gegen die Front des Parlamentsgebäudes. Dichte Wolken aus Senfgas stoben aus den Gefechtstürmen. Als ein Aufschrei durch die Menge ging und die Demonstranten schockiert zurückwichen, kamen Hunderte von IS-Soldaten aus ihren Verstecken hervor und gingen mit Schlagstöcken und Betäubungsknüppeln zum Angriff über.

An Poyndex' Gürtel schrillte ein Funksprechgerät. Leicht irritiert blickte er darauf hinunter. Dann sah er das rote Blinklicht. Es war der Imperator.

Poyndex stöhnte. Sogar mitten in einem Aufstand hatte der Imperator Vorrang.

Er übergab das Kommando an seinen Adjutanten, wendete den A-Grav-Gleiter und flog nach Arundel zurück.

Poyndex sah der Sitzung mit alles anderem als freudigen Gefühlen entgegen. Da sich gerade ein ausgewachsener Krawall in seinem eigenen Hinterhof abspielte, war der Imperator sicherlich nicht der glücklichste aller Alleinherrscher.

Er machte sich auf das Schlimmste gefaßt.

»Ich habe die Schnauze voll von diesem Unsinn«, brüllte der Imperator. »Haben die denn nicht kapiert, daß sie verloren haben? Sten ist tot. Der Kopf ist abgetrennt. Ihnen bleibt nichts anderes übrig, als zu verbluten und zu sterben, verdammt noch mal!«

Er richtete anklagend einen Finger auf Poyndex. »Sie machen nicht genug Druck. Sie lehnen sich einfach zurück und ruhen sich auf *meinen* Lorbeeren aus, auf *meinem* Sieg.«

»Die Rebellen können nicht mehr lange durchhalten, Euer Hoheit«, erwiderte Poyndex. »Es ist nur eine Frage der Zeit.«

Die Faust des Imperators krachte auf den Schreibtisch. Ein ganzer Stapel Berichte ergoß sich über den Fußboden. »Zeit? Erzählen Sie mir nichts von Zeit!

Meine Flotten sind nach wie vor über zwei Drittel des Imperiums verstreut. Es vergeht kaum ein Tag, an dem die Zaginows, die Honjo, die Bhor oder sonst eine Gruppe Unzufriedener nicht auf eine neue, interessante Idee kommen, mich bloßzustellen.

Schlimmer noch … dieser Wahnsinn kostet mich ein Vermögen. Das Geld fließt aus mir heraus wie Blut aus einer angestochenen Sau. Und jede Woche, die mir diese Idioten Widerstand leisten, verschiebt den Zeitpunkt, zu dem wir uns von dieser Katastrophe erholt haben werden, um mindestens ein Jahr.«

Der Imperator funkelte Poyndex an, als wäre er der Ursprung all dieses Elends. »Sie halten uns für schwach, Poyndex«, sagte er. »Sogar nach der Sache mit den Manabi glauben sie nicht, daß wir den Mumm haben, unseren Kurs zu halten.«

»Nur noch ein paar Tage, Euer Majestät«, sagte Poyndex, »dann bricht die Opposition zusammen. Das besagen alle unsere Prognosen.«

»Scheiß auf unsere Prognosen«, knurrte der Imperator. »Mein

Gefühl sagt mir etwas anderes. Mein Gefühl sagt mir, daß diese Sache mittlerweile eine Eigendynamik entwickelt hat. Dieses verdammte Durcheinander vor dem Parlament ist nur ein weiterer Beweis dafür. Das hätte zuvor niemand auch nur gewagt. Wie zum Teufel sind die überhaupt auf das Palastgelände gekommen?«

Poyndex verzog sein Gesicht zu einer Grimasse. »Dort haben wir bald aufgeräumt, Euer Majestät. Und die Rädelsführer werden der Justiz übergeben.«

»Vergessen Sie die Justiz!« sagte der Imperator. »Ich bin der Richter. Ich bin die Geschworenen.«

Einen Augenblick schwieg er gedankenverloren. Dann sah er zu Poyndex auf. Als er wieder zu sprechen anfing, tat er das so leise, daß Poyndex alle Mühe hatte, ihn zu verstehen.

»Warum machen sie mich nur so wütend?« fragte er. »Ich kann freundlich sein. Großzügig. Fragen Sie meine Freunde.« Der Imperator sah sich in dem leeren Raum um, als suche er sie. Unbewußt bewegte sich seine Hand nach vorne – und legte sich auf die Sprechanlage. Hielt dann inne. Es gab niemanden, den er anrufen konnte. Die Hand zuckte zurück.

Poyndex verhielt sich ganz still. Jetzt war nicht der Augenblick, sich ins Rampenlicht zu schieben. Er sah zu, wie sich ein ganzes Kaleidoskop von Gefühlen auf dem Gesicht des Imperators widerspiegelte. Dann verwandelten sich die Züge in Stein.

Er wandte sich an Poyndex. »Ich muß jetzt meine Gottheit festigen«, sagte er. »Diesen Widerstand ein für alle Mal zerschmettern.«

»Jawohl, Euer Majestät«, sagte Poyndex und erwartete seine Befehle.

»Sie sollen das gleiche Schicksal wie die Manabi erleiden«, sagte der Imperator. »Ich will, daß ihre Heimatplaneten zerstört werden. Wenn sie und ihre Schiffe zurückkehren, sollen sie nur mehr Staub vorfinden.«

»Jawohl, Euer Hoheit.« Poyndex dachte bereits darüber nach,

wie er den Befehl umsetzen, welche Schiffe, Teams und bewährten Offiziere er dafür auswählen konnte.

»Es ist nicht notwendig, daß die Explosionen simultan stattfinden«, sagte der Imperator. »Die einzelnen Planeten sollten in kurzen Abständen von höchstens einigen Stunden vernichtet werden, damit sich die Nachricht verbreiten kann.

Und wenn ich damit fertig bin, werden sie bei Gott wissen, was Terror ist. Dann haben sie meinen Zorn kennengelernt. Sie wollen ein besseres Leben? Von mir aus. Sollen sie im Jenseits danach suchen.«

Er funkelte Poyndex an. »Warum sind Sie noch hier?« knurrte er. »Sie haben gehört, was ich will. Führen Sie meine Befehle aus.«

»Sofort, Euer Hoheit«, erwiderte Poyndex. Er erhob sich rasch, salutierte und ging auf die Tür zu.

»Noch was, Poyndex«, sagte der Ewige Imperator.

»Jawohl, Euer Majestät.«

»Wenn es wieder einen Krawall geben sollte … Lassen Sie den Quatsch mit dem Gas. Setzen Sie Kanonen ein. Haben Sie mich verstanden?«

»Absolut, Euer Hoheit.«

Der Imperator starrte auf die Tür, die sich zischend hinter Poyndex schloß. Vielleicht hatte er dem Mann zuviel Spielraum gelassen. In letzter Zeit waren ihm die unzähligen IS-Leute rings um ihn herum aufgefallen. Alles Leute, die unter Poyndex' Kommando standen.

Ihm wurde plötzlich klar, daß er völlig isoliert war. Von anderen Meinungen abgeschnitten. Alle um ihn herum waren Fremde. Das war nicht gesund.

Warum nur hatte er alles soweit kommen lassen? Die Antwort lag auf der Hand. Angst. Vor dem Tod. Was scherte ihn das Duplikat, das ihn ersetzen konnte. Das war doch nicht wirklich *er*, oder? Er hatte sich von der Beurteilungsmaschine befreit – und sich einen Fluch eingehandelt. Den Fluch der Sterblichkeit.

Also brauchte er Poyndex und seine Leute, die ihn beschützten. Er brauchte rings um sich einen so engen Sicherheitsring, daß niemand ihn durchdringen konnte.

›Ja. Was aber, wenn sich Poyndex gegen dich stellt? So wie er sich gegen das Privatkabinett gestellt hat.‹

Der Imperator glaubte nicht, daß das geschehen würde. Poyndex war ehrgeizig, sogar sehr. Aber er war nicht derjenige, der gerne im Rampenlicht stand. Er zog lieber im Hintergrund die Fäden. Hinter dem Thron.

Trotzdem ... war es doch sein Ziel, zu regieren! Den Imperator zu seiner hilflosen Marionette zu machen.

In diesem Moment entschied der Imperator, welches Schicksal Poyndex erleiden sollte. Aber er würde sich noch ein bißchen Zeit dafür lassen.

Noch viel mehr Blut mußte vergossen werden. Und wenn dann alles vorüber war, würde er einen Sündenbock brauchen.

In den Augen des Ewigen Imperators sah Poyndex wie der perfekte Sündenbock aus.

Kapitel 31

»Jedesmal, wenn ich eine neue Spur entdecke«, sagte Cind, »denke ich, jetzt habe ich ihn, diesmal habe ich ihn erwischt, den Saukerl.«

Cind hob eine Handvoll Sand hoch und ließ ihn langsam wieder herunterrieseln. »Aber kurz darauf stecke ich wieder in einer Sackgasse fest, und der Schurke dreht mir eine lange Nase. Ich kann beinahe hören, wie er mich auslacht.«

»Das geht dir nicht allein so«, meinte Haines. »Ich habe sämtliche Akten von Mahoney durchkämmt und einige hervorragende Spuren gefunden. Aber sie lösen sich alle in Nichts auf, kaum daß ich angefangen habe, sie zu verfolgen. Ich komme mir schon wie ein blutiger Anfänger vor.«

»Trotzdem bin ich davon überzeugt, daß wir auf dem richtigen Weg sind«, widersprach ihr Sten. »Ich glaube fest daran, daß es der schnellste und am wenigsten blutige Weg ist, ihn zu besiegen. Sobald wir wissen, wo der Imperator sein AM_2 herkriegt, können wir ihm an die Gurgel gehen.«

»Das hat noch niemand geschafft«, sagte Cind. »Die Geschichte des Imperiums strotzt von derlei Fehlversuchen. Denke nur daran, was mit Kyes passiert ist.«

Schweigen hüllte die kleine Gruppe ein. Sie lagen an einem der idyllischen Sandstrände Nebtas. Es war ein richtig fauler Tag. Leise plätscherten die Wellen an den Strand. Flugtiere schwebten über dem Wasser und stießen klagende Schreie aus.

Doch die Schönheit des Tages fiel den Verschwörern nicht auf. Außer einem. Dem sanften Riesen, Haines' Ehemann Sam'l. Er hörte ihrem Gespräch interessiert zu, doch ein Teil seiner Gedanken war weit weg und schaukelte mit den geflügelten Wesen durch die Lüfte.

»Entdeckungen sind eine bemerkenswerte Sache«, sagte er ein wenig träumerisch. »Es gibt bewegende Geschichten über Wesen, die viel gewagt und gelitten haben, um ihr Ziel zu erreichen. Ich habe viele dieser Legenden als Junge gelesen. Wahrscheinlich bin ich deshalb Archäologe geworden. Damit ich selbst Abenteuer erleben kann.«

Sten lächelte. Er konnte diesen großen, etwas schwerfälligen Mann gut leiden. Er hatte gelernt, ihm geduldig zuzuhören. Denn Sam'l hatte immer etwas zu sagen.

»Und? Hast du viele Abenteuer erlebt?«

»Aber ja. Viele. Wenn wir irgendwann mal wieder an einem schönen Abend beisammensitzen und ich zuviel Wein getrunken habe, werde ich dich damit langweilen. Denn allein dafür sind sie gut … für eine paar nette Anekdoten.

Dabei sind die größten Entdeckungen in den Kellern der Museen zu machen. Unglaubliche Dinge. Verblüffende Gedanken. Alles übereinandergekippt, bis irgendwann einmal ein gelangweilter Student darin herumwühlt.«

»Du willst damit sagen, daß die Antwort möglicherweise direkt vor unserer Nase liegt«, sagte Sten.

»So etwas in der Art«, bestätigte Sam'l. »Vielleicht müssen wir nur noch einmal alles durchsehen, was wir bereits haben. Von allen Seiten betrachten. Bis wir den richtigen Blickwinkel gefunden haben.«

»Und wo sollen wir anfangen?« wollte Cind wissen.

»Warum nicht mit dem Element selbst?« fragte Sam'l zurück. »Antimaterie Zwei.«

»Wenn es Gold wäre, oder Eisen, oder von mir aus Imperium X«, sagte Cind, »dann hätten wir eine ziemlich gute Vorstellung davon, wo wir zu suchen hätten. Wir müßten die Gesetze der Planetargeologie und drei oder vier andere Wissenschaften beachten.«

»Das ist alles durchaus interessant«, sagte Haines. »Mit anderen Worten – Antimaterie Zwei hat kein Gegenstück in der Natur.«

»Es besteht die Möglichkeit«, sagte Cind, »daß AM_2 von einem Ort des Universums stammt, der bis jetzt nicht entdeckt wurde. Jedenfalls von keinem anderen als dem Imperator. Aber genau das ist ein Teil der Annahme, von der ich ausgegangen bin. Sie hat mich nirgendwohin geführt, nur auf sehr alte, sehr kalte Spuren.«

»Wie sieht es mit einem anderen Universum aus?« schlug Sam'l, der Träumer, vor. »Mit einem Parallel-Universum? Das würde jedenfalls erklären, warum es in der uns bekannten Welt nichts gibt, was der Struktur von AM_2 entsprechen würde.«

»Ich will ja kein Spielverderber sein«, sagte Sten, »aber ich hatte immer den Eindruck, daß alle, die sich mit der Theorie alternativer Universen beschäftigten, ein bißchen neben der Spur laufen, oder? Und daß die moderne Wissenschaft darin übereingekommen ist, daß etwas Derartiges nicht existiert?«

Haines zuckte zusammen. »In Mahoneys Akten findet sich etwas zu diesem Thema«, sagte sie. »Damals habe ich diesem Aspekt nicht viel Beachtung geschenkt.«

»Was hatte er zu sagen?« hakte Sten nach.

»Nichts Spezifisches«, antwortete Haines. »Bis auf die Tatsache, daß der Imperator ihm jedes Mal auszuweichen schien, wenn er darauf drängte, die Forschung in Richtung der Theorie über Parallel-Universen voranzutreiben. Mahoney zufolge hat man einigen sehr prominenten Wissenschaftlern, die sich zu weit in dieses Gebiet vorgewagt hatten, empfindlich die Flügel gestutzt.«

»Vielleicht sollte ich jetzt endlich aufwachen«, sagte Sten, »und ein paar von Ians wirren Ideen mehr Aufmerksamkeit schenken.«

»Etwa der Sache mit der Unsterblichkeit?« sagte Haines lachend.

»Genau. Vielleicht hat das eine ja mit dem anderen zu tun.«

»Mir gefällt das«, warf Sam'l ein. »Eine Antwort auf zwei Fragen. Das ergibt allemal eine elegante Lösung.«

»Hinter dieser Geschichte war auch Kyes her«, sagte Cind. »Und er kam ziemlich dicht ran.«

»Ich weiß nicht, wo der Imperator sein Kaninchen herzaubert«, sagte Sten. »Er stirbt. Er kehrt zurück. Ich ignoriere jetzt Haines' Informationen, daß wir es diesmal vielleicht nicht mit exakt derselben Person zu tun haben. Für den Augenblick lassen wir das einmal beiseite und halten uns an das, was wir wissen.

Erstens ... Jedesmal, wenn er verschwindet, bleibt er, Mahoney zufolge, drei Jahre lang weg. Beim letzten Mal waren es sechs, aber ich denke, das können wir getrost als Ausnahme von der Regel ansehen.

Wie auch immer, drei Jahre lang sieht und hört niemand etwas von ihm. Das heißt, er muß ein Versteck haben. Ein so gutes Versteck, daß es – und das sage ich wirklich nicht gerne – seit einigen tausend Jahren niemandem gelungen ist, es ausfindig zu machen.

Zweitens … Antimaterie Zwei stammt von einem mindestens ebenso geheimnisvollen Ort. Das Privatkabinett hat zu seinem großen Leidwesen erfahren, *wie* gut versteckt dieser Ort ist.«

»Es wäre ziemlich dumm, zwei verschiedene Orte zu benutzen, um so ziemlich die gleiche Sache zu erreichen«, sagte Cind.

»Eines ist der Imperator bestimmt nicht«, meinte Haines. »Dumm.«

»Wenn wir also den einen Ort finden«, sagte Sten, »haben wir auch den anderen.«

»Denken wir immer noch an die Möglichkeit eines alternativen Universums?« erkundigte sich Sam'l.

Sten zuckte die Achseln. »Die Hypothese ist nicht schlechter als jede andere.«

»Für unsere Bedürfnisse ist sie sogar deutlich besser als viele andere«, sagte Sam'l. »Der Imperator würde einen Zugang und einen Ausgang brauchen. Eine Tür sozusagen. Ein Tor zwischen den Universen.«

»Echt?« Sten sah ihn ausdruckslos an.

»Wenn ich mich an die Physiklektionen während meines Grundstudiums recht erinnere«, meinte Sam'l, »dann müßte die Art von Tor, von der wir hier sprechen, eine Störung im kosmischen Hintergrund verursachen. Eine Diskontinuität nennt man so etwas, glaube ich.«

Jetzt hatte Sten es kapiert. »Endlich reden wir von einer meßbaren Größe, anstelle von Niemandsländern und Geisterorten. Wenn es im kosmischen Hintergrund einen Blip gibt, besteht die Chance, daß wir die Stelle finden.«

»Mit der Einschränkung, daß wir nicht wissen, in welcher Richtung wir suchen müssen«, beschied Haines. »Der Himmel ist weit. Wenn wir das alles Stück für Stück abklappern wollen, dauert es mehr als zwei oder drei Ewigkeiten.«

»Da bin ich mir nicht so sicher«, sagte Cind.

Alle sahen sie an. Bettelten um einen Hinweis.

»Es gab noch einige weitere Orte, für die sich Kyes interessierte und die er nicht mehr überprüfen konnte«, sagte sie. »Hierbei handelt es sich um Orte, von denen Kyes annahm, daß der Imperator sie jedesmal, wenn er zurückkehrte, als Verstecke benutzte. Sämtliche Wahrscheinlichkeitsrechnungen und Computersimulationen bestätigen die Richtigkeit seiner Annahmen. Sie passen ins Profil.«

»Ich finde, wir sollten die Daten mit Mahoneys Angaben korrelieren«, sagte Haines zu Cind. »Ian hat ziemlich in die gleiche Richtung gearbeitet.«

»Gute Idee«, pflichtete ihr Cind bei und lächelte Haines zu. Sie konnte sie gut leiden. Und als Stens frühere Geliebte hielt auch Haines viel von Cinds gutem Geschmack.

»Wenn es sich hier um einen Mordfall handeln würde«, fuhr Haines fort, »was ja auf schreckliche Weise zutrifft, und ich hätte den Ort entdeckt, an dem das Verbrechen geplant wurde, dann würde ich als nächstes versuchen, die Funkverbindungen anzuzapfen. Alles bis oben hin mit Wanzen vollpacken. Und darauf warten, daß der Verdächtige anruft. Sobald er das tut, muß ich nur noch den Anruf zurückverfolgen.«

»Um bei deiner Analogie zu bleiben, meine Liebe«, sagte Sam'l und streichelte die Hand seiner Frau, »so glaube ich, daß du nicht einmal abwarten mußt. Die Verbindung müßte kontinuierlich offen sein, vorausgesetzt, daß alle unsere Theorien Hand und Fuß haben. Der Imperator müßte in ständiger Verbindung mit seinem Versteck stehen und ... Liebling, ist dir eigentlich aufgefallen, daß ich schon wie ein Livie-Bulle rede? Und müßte nicht auch eine offene Verbindung zu einer Relaisstation bestehen, wie zu derjenigen, die Kyes' letztes Ziel gewesen zu sein scheint? Es muß mehr als nur eine davon geben, denn der Imperator überläßt wohl kaum etwas mehr dem Zufall als, sagen wir, Schliemann.«

Sten zwang sich zur Ruhe. Er wollte den Augenblick nicht verderben. »Zumindest wäre es eine Überprüfung wert.«

»Es taugt mehr als das«, erwiderte Cind. »Alle meine Instinkte schlagen Alarm und sagen mir, daß wir diese Richtung einschlagen sollten.«

»Dann laß dich von ihnen leiten«, ermunterte sie Haines. »Instinkt ist das, was die Anfänger von den Profis unterscheidet.«

Sam'l unterbrach die Unterhaltung auf seine verschwommene, träumerische Art. »Ich frage mich die ganze Zeit über«, sagte er, »wie unser Leben aussehen würde, wenn man AM_2 kopieren und künstlich herstellen könnte – so wie viele der normalen Elemente. Wie anders alles gekommen wäre, wenn wir es so leicht brauen könnten wie unsere Gastgeber, die Bhor, ihren Stregg.«

Ein ironisches Lächeln spielte um seine Lippen. »Aber ich vermute, daß etwas Derartiges höchst unwahrscheinlich ist. AM_2 tatsächlich synthetisch herzustellen, meine ich. Mein Lehrbuch sagte dazu, wenn ich mich recht entsinne, daß selbst dann, wenn es möglich wäre, die Kosten das ganze Unterfangen zu einer nutzlosen Übung degradieren würden.«

»Mahoney dachte anders darüber«, warf Haines ein.

Sten sprang auf. »Was?«

»Ich sagte, Mahoney dachte anders darüber. In seinen Unterlagen findet sich ein Haufen Material über synthetische AM_2. Unter der Überschrift ›Desinformation‹. Ich habe gerade erst angefangen, diesen Bereich durchzusehen.«

Sie tippte sich gegen die Stirn und wühlte in ihrem Gedächtnis. »In einer Datei stand ganz explizit etwas zu diesem Gedanken. Etwas, worauf Mahoney dich aufmerksam machen wollte.«

Sten nickte. Sie hatte ihm bereits einige Einträge gezeigt, die Mahoney mit einem *S* markiert hatte, damit Sten sie sich genauer ansah.

Haines erinnerte sich und lächelte. »Ach, ja. Etwas über ein ›Projekt Bravo‹.« Sie blickte Sten an. »Weißt du etwas darüber?«

Cind sah, daß Sten unwillkürlich zusammenzuckte. Sie sah, wie alle Farbe aus seinem Gesicht wich. Was stimmte mit ihm nicht? Sie streckte die Hand aus, um die seine zu berühren. Sie war kalt.

»Ja«, sagte Sten. Seine Stimme war voller Bitterkeit. »Ich weiß, was dieses Projekt Bravo bedeutet.«

Dann erst sah er die Besorgnis in Cinds Gesicht. Und in dem von Haines. Sogar der kaum zu beeindruckende Sam'l hatte die Stirn in Falten gelegt.

Er zwang sich, wieder etwas fröhlicher zu klingen. »Aber zuerst muß ich mein Gedächtnis eingehend überprüfen«, sagte er. »Mit Rykor.«

Sein Inneres fühlte sich alles andere als beruhigt an. Ja, er mußte sich mit Rykor unterhalten, das stimmte.

Über einen Alptraum.

Er war wieder auf Vulcan.

Karl Sten. Ein junger Mig, fast noch ein Kind, das zum Delinq geworden war und nur noch wenige Stunden zu leben hatte, bis Thoresens Killer es aufspürten.

Bet war bei ihm. So jung und wunderschön. Und Oron. Dieser schrille Genius mit dem gelöschten Gehirn, der nur die Gegenwart kannte.

Mahoney baute sich vor ihm auf. Ein viel jüngerer Mahoney. Stark und selbstbewußt. Aber der halbwüchsige Sten war sich nicht sicher, ob er ihm vertrauen durfte.

»Ich brauche eine Bestätigung für Thoresens Plan«, sagte Mahoney. »Ich habe mich in den Zentralcomputer und die der Manags eingeklinkt, aber dort war außer Warnungen vor weiteren Nachforschungen nichts über Projekt Bravo zu finden.«

Projekt Bravo! Da war es wieder. Sten spürte einen quälenden Druck in seiner Brust. Ein Seufzer entrang sich seinem Innersten und brach wieder ab.

Ruhig, Sten, kam Rykors Stimme ... *Es ist vergangen. Es ist vor-*

bei. Du hast das alles längst hinter dir ... Er verspürte einen leisen Stich. Und dann entspannte er sich, als das Beruhigungsmittel zu wirken begann. Er hörte weit entfernte Kratzgeräusche. Rykor an der Tastatur. Sie versuchte, ihm Bilder zu entlocken. Und Mahoneys großes, freundliches Gesicht wurde weggerissen ...

Einer von Thoresens Leuten auf Rundgang. Sten kam von hinten auf ihn zu. Seine Hand beschrieb einen Halbkreis um die Kehle des Mannes. Sein Messer stieß zu. Er hörte das Gurgeln und spürte, wie das Leben entwich. Kein Anzeichen von Reue. Nur ein eigenartiges Aufflackern von Genugtuung ... Selbsthaß stieg auf ... überflutete ihn förmlich ... So viele Leben hatte er ausgelöscht ... Gemordet ... Rykors tröstende Stimme drang an sein Ohr: *Laß los, mein Freund, laß alles hinter dir.*

Aber das konnte er nicht. Der Mann war tot. Weggeputzt. Wie ein lästiges Insekt. Sten stöhnte. Mein Gott, vergib mir ... und dann noch ein Stich ... und das Beruhigungsmittel breitete sich in seinen Venen aus ... Das Bild sprang zu –

Sie befanden sich im Innern des Auges, hatten Thoresens versteckten Safe entdeckt. Sten besprühte das Sensorschloß. Eine eiskalte Flüssigkeit von null Grad Kelvin ließ den Stahl kristallisieren. Er nahm einen Hammer und schlug dagegen. Das Metall zersprang. Die Tür ging auf. Sie waren drin! Sten verspürte eine längst vergangene Erregung. Sah zu Bet und Oron. Alle drei grinsten wie Irre, weil sie Thoresen mit seinen eigenen Waffen geschlagen hatten.

... Wieder der Stich des Beruhigungsmittels. Sten stemmte sich gegen den Schrecken, der jetzt folgte, verscheuchte die raschelnden Fledermausflügel seiner dunkelsten Erinnerungen. Sein hämmerndes Herz kam wieder zur Ruhe. Er fühlte die angenehme Härte des Untersuchungstisches unter sich, die an seinem Kopf, seinen Armen und Beinen befestigten Elektroden. Er hörte ein Plätschern. Das war Rykor, die sich wieder in ihr Becken begab. Er mußte keine Angst mehr haben. Vertraue Rykor. Wenn

Rykor den Gehirnscanner bediente, war er sicher. Sten ließ die Bilder weiterlaufen …

Weiter. Das nächste.

Sten griff in Thoresens Safe. Fand das Dokument inmitten von Papierstapeln und Bündeln Imperialer Credits. Die Mappe. Dick und rot. Vorne drauf die Beschriftung: Projekt Bravo.

Die Bilder kamen jetzt langsamer. Weiter. Weiter. Weiter … Oron nimmt die Mappe. Weiter! Die Papiere ergießen sich auf den Boden. Weiter! Sten versucht, sie hastig einzusammeln, stopft sie in die Mappe zurück, ohne sie zu ordnen … Und er sah … Weiter! O Gott, einer der Delinqs geht zu Boden … sein Brustkorb weggerissen … Und …

Das Bild erstarrte. Sten spürte, daß es ihm hochkam. Er hörte Rykors Murmeln … Zu weit … Rückwärts … Sten erschauerte beim Stich der Nadel und …

Weiter!

Zurück zu den Papieren … er beugt sich darüber … langsamer … Weiter! Langsamer … Jetzt konnte er sie sehen. Immer eine Seite. Weiter! Eine Seite springt ihm ins Auge – FREIZEITKUPPEL 26: EINE ZUSAMMENFASSUNG DER EREIGNISSE … Weiter!

…Warte. Muß anhalten. Ich muß es sehen. Geh zurück … *Nein, das ist nicht gut, Sten. Laß es hinter dir. Mach weiter …* Rykors Stimme. Sten weigerte sich. Kämpfte gegen die Stimme an. Diese freundliche, lockende Stimme. Wieder dieses stechende Gefühl. Jetzt mußte er gegen das Beruhigungsmittel ankämpfen.

Sten stieß den Schleier zur Seite. Zwang das Bild weiterzulaufen. *Er* hatte hier die Kontrolle, verdammt!

Und die Agonie der Freizeitkuppel 26 schlug wieder über ihm zusammen.

Die *Pinte.*

Aufgebrachte Stimmen. Aufreißer und Schausteller gehen ihrem Gewerbe nach. Joyboys und Joygirls verstärkt unterwegs, plündern die Taschen der Migs, um Thoresens Schatzkiste damit zu füllen. Es gab noch mehr. Spielautomaten, gurrende Verlockungen. Brabbelnde Betrunkene. Wachmänner, die mit gezückten Knüppeln in die Menge fahren.

An jenem Tag hielten sich 1.365 Personen in der *Pinte* auf.

Darunter –

Sten spürte, wie sich seinen Lippen ein Freudenschrei entrang. Da war Amos, sein Vater, und Freed, seine Mutter – und da waren Johs und Ahd, sein Bruder und seine Schwester. Er rief sie. Doch sie konnten ihn nicht hören.

Hör auf damit, Sten, zischte Rykor. Aber er hörte nicht auf sie. Er konnte es einfach nicht … denn er wußte, was als nächstes geschehen würde …

Sten versuchte erneut, seiner Familie etwas zuzurufen. Angst erfaßte ihn, seine Stimme verebbte zu einem Flüstern. Er sah, wie sie die Pinte betraten, sah, wie sich die großen Türen des Foyers hinter ihnen schlossen.

Er stand da. Wie erstarrt. Wartete.

Mehr Stimmen.

»Dann weg mit Sechsundzwanzig«, sagte Thoresen.

»Aber … da sind an die vierzehnhundert Leute«, protestierte der Tech.

»Sie haben Ihre Befehle.«

Hochdruckbolzen zündeten rings um die Wandverkleidungen der Kuppel.

Stens Körper wand sich auf dem Untersuchungstisch. Rykor saß vor den Konsolen des Gehirnscanners und konnte nur hilflos zusehen. Wenn sie jetzt eingriff, würde sie so viel Schaden anrichten, daß Sten Glück haben würde, wenn er dabei starb.

Sten zuckte erneut zusammen, als er das taifunartige Fauchen der ins All entweichenden Luft hörte. Und er war gezwungen zuzusehen, saß in der Falle seines eigenen närrischen Selbst, als –

Fast wie in Zeitlupe erfaßte der saugende Hurrikan die Bartheken und Sitzecken der *Pinte* mitsamt den Leuten und spie sie durch die Löcher hinaus in die Schwärze des Alls.

Er hörte die Stimme des Techs: »Ist ja gut. Es waren doch nur Migs.«

Dann der Cheftech: »Stimmt auch wieder. Nur Migs, nichts weiter.«

Sten schluchzte.

Rykor bearbeitete ihn mehrere Stunden lang, wobei sie all ihre psychiatrischen Fähigkeiten und ihr ganzes Arsenal an Pharmazeutika einsetzte, um ihn wenigstens einigermaßen wieder in die Normalität zurückzuholen.

Dann schickte sie ihn wieder zurück. In die Zeit nach dem Alptraum der Geschehnisse in der *Pinte*. Zurück zu Projekt Bravo.

Und zu dem Geheimnis, für das Thoresen selbst später gestorben war.

Das Geheimnis synthetischer AM_2.

Sten wickelte sich eng in eine Decke. Er war schweißgebadet, doch er fror trotzdem. Er fühlte sich, als hätte man ihn aufgeschnitten, ausgeweidet und weggeworfen.

Er nahm den Becher von Rykor entgegen und schlürfte eine dicke, heiße, nahrhafte Brühe. Rykors Flosse berührte einen Regler, und leise Musik ertönte. Entspannungsmusik. Er schloß die Augen und ließ sich lange von der Musik überfluten.

Dann machte er die Augen wieder auf und trank erneut. Er sah, wie ihn Rykors große, mitfühlende Augen aufmerksam beobachteten.

Sten verzog das Gesicht. »Nie wieder«, krächzte er.

»Es tut mir leid, mein lieber Freund«, sagte Rykor. Ihre volle Stimme verlieh den leeren Worten echte Bedeutung.

»Mir auch«, sagte Sten. »Wenigstens ... wissen wir jetzt Bescheid. Es ist möglich, AM_2 künstlich herzustellen ... Und wir haben die Formel und die Versuchsanordnung. Ich bin zwar kein Chemiker, aber es hört sich an, als sei es ziemlich kompliziert und höllisch teuer. Doch was soll's? Bei entsprechenden Mengen sinkt der Preis.«

Er hielt inne und überlegte.

»Und das wird dieses ganze verdammte Universum auf den Kopf stellen, oder nicht?«

»Was hast du mit diesem Wissen vor?« erkundigte sich Rykor.

»Ich weiß es noch nicht genau«, sagte Sten. »Jetzt sieht sehr vieles ganz anders aus.«

Er hob seine müden Augen und sah Rykor bittend an: »Sag jetzt noch niemandem etwas davon. Ich brauche Zeit zum Nachdenken.«

Rykor betrachtete ihn. Überlegte. ›Er ist mein Freund. Ein zuverlässiger Freund. Aber einige Geheimnisse sind wie Würmer, die alles zernagen und das Gute verderben.‹

»Wenn mir etwas zustößt«, sagte Sten, »bist du im Besitz aller Informationen. Tu damit, was du für richtig hältst.«

»Na schön«, sagte Rykor. »Ich warte.«

»Danke.« Stens Stimme klang schwach. Dann sank sein Kopf zur Seite. Rykors Flosse schnellte vor und fing die Tasse auf, bevor sich ihr Inhalt über die Decke ergießen konnte.

Er schlief viele Stunden lang. Es war ein traumloser Schlaf.

Kapitel 32

Hotsco überließ es ihrer Nummer zwei, das Schiff mit seiner heißen Fracht zur Erstwelt zu fliegen. Sie hatte schon so oft Ladungen zur Erstwelt und wieder zurück geschmuggelt, daß es für sie keine Herausforderung mehr darstellte. Und ihre Vertreterin hatte bereits Bemerkungen dahingehend fallenlassen, daß sie ihr eigenes Schiff haben wolle, sobald diese absurde Aktion vorüber war, mit der sich Jon Wild in den Dienst der sozialen Gerechtigkeit und derlei Quatsch stellte.

Der dritte Grund bestand darin, daß Hotsco Besseres zu tun hatte. Ebenso wie Marl. Und Alex. Als sie sich dem Hauptplaneten des Imperiums allmählich näherten, war er gottfroh darüber, daß er einigermaßen in Form geblieben und obendrein ein Schwerweltler war.

Hotsco hatte recht behalten. Marls Kultur verfügte über einige sehr interessante, manchmal sogar exzessive Sitten und Gebräuche. Sie war eine wahre Schönheit, dachte er voller Zärtlichkeit. Ebenso wie Hotsco. Er fragte sich, was wohl seine liebe Mama dazu sagen würde, wenn er sie beide mit nach Hause brächte, um sie ihr vorzustellen. Hmmm. Das bedurfte noch einiger Vorarbeit.

Außerdem würde er ohnehin auf der Erstwelt sterben, rief er sich ins Gedächtnis.

Als Hotscos Schiff, die *Rum Row,* sich dem ersten der ausgeklügelten Verteidigungsringe der Erstwelt näherte, übernahm Hotsco die Brücke.

Sten hatte damals auf ein geschicktes Ablenkungsmanöver zurückgegriffen, um die *Victory* zur Rettung von Haines und den anderen auf der Erstwelt zu landen. Hotsco brauchte das nicht. Sie ging runter wie ein Geist, vorbei an automatischen Abwehreinrichtungen, die wie festgerostet wirkten, durch ein weitmaschiges Netz aus Patrouillenbooten, einmal sogar auf Sichtweite an einem Imperialen Zerstörer vorbei.

Sie brachte das Schiff in die Atmosphäre und landete es um Mitternacht an einer der tiefsten Stellen des Flusses Wye, der sich durch das grüne, geschützte Wye-Tal schlängelte. Falls die Landung von einem der fanatischen Angler, die den Wye als ihr Mekka betrachteten, beobachtet worden war, dann würde er Sten und die

Seinen wohl als Personifikationen des Leibhaftigen einstufen und die schlimmste Strafe für gerechtfertigt halten, die der Ewige Imperator sich ausdenken konnte. Kilgour, von dem man wußte, daß er ab und zu einen Köder ins Wasser hielt, um die wilden Lachsgötter zu besänftigen, ohne jedoch jemals eines der drei Meter langen Monster an den Haken bekommen zu haben, schämte sich ein bißchen. Aber nur ein bißchen.

Er stieß sich in einem Raumanzug von der Schleuse des Schiffes ab und schwamm zum Ufer. Die *Rum Row* lag sieben Meter unter dem Wasserspiegel auf dem Grund des Flusses. Das war nicht sehr tief, aber die schwarze Beschichtung würde das Schiff hoffentlich mit dem Untergrund verschmelzen lassen. Sollte ein Patrouillengleiter mit Sensoren den Wye überfliegen, würde selbstverständlich weder die Qualität der Tarnung noch die Wassertiefe das Schiff vor der Entdeckung bewahren.

Aber warum sich über derlei Probleme den Kopf zerbrechen?

Er vergrub den Anzug unter einer Schicht Torf, um ihn bei Bedarf rasch wieder hervorziehen zu können, und machte sich sogleich auf den Weg nach Ashley-on-Wye, der Kleinstadt auf halber Strecke das Tal hinauf, wo er sein Versteck einzurichten gedachte. Die Stadt sah verlassen aus. Stille, menschenleere Straßen mit Kopfsteinpflaster. Aus einer Bar drangen Lebenszeichen; noch lange nach der Sperrstunde wurden hier Lieder geträllert, Barmädchen gezwickt und Krüge geleert. Kilgour ignorierte seinen Durst und ging weiter.

Das Blue Bhor war dunkel.

Kilgour ließ sich unauffällig unter einem Busch nieder und wartete auf den Tagesanbruch. Entweder war sein Freund weggezogen, bankrott gegangen oder womöglich vergangener Sünden wegen von der IS oder den Wildhütern festgenommen worden; vielleicht trieb er sich auch draußen beim Fischräubern herum, oder er war …

Genau bei Tagesanbruch trat Chris Frye, Ex-Mantis-Mitglied,

Eigentümer des Blue Bhor, fanatischer Angler und hervorragender Koch und Trinker, aus der Seitentür seines Wirtshauses. In der Hand trug er eine Angel und eine Fischreuse.

Er schlenderte an einem Busch vorüber und erstarrte. Blieb stehen. Kratzte sich verwirrt am Kopf und wühlte dann in seiner Reuse herum, um sicherzugehen, daß er nichts vergessen hatte.

»Du kannst das Possenspiel ruhig lassen«, riet ihm Alex. »Ich hab mich nur gefragt, ob du's noch draufhast und dir mein Zeichen auffällt.«

Frye nahm die winzige bunte Metallklammer, die eine Blüte hätte sein können, von einem Zweig und schob sie in die Tasche, während Alex unter dem Busch hervorkroch.

»Ich bitte dich, Kilgour, diese Reflexe als Fischer hatte ich schon lange, bevor ich in den Dienst des verdammten Imperators trat. Was treibst du denn auf der Erstwelt? Du bist doch angeblich tot, genau wie dein verräterischer Freund, wenn man den Lügen der schwachsinnigen Propagandamühle Glauben schenkt.«

»Sämtliche Gerüchte bezüglich meines Dahinscheidens sind hiermit widerlegt. Hab eh damit gerechnet, daß du dem Quatsch, der in letzter Zeit so verbreitet wird, keine Bedeutung beimißt. Wie schlimm ist es denn?«

»Ziemlich«, sagte Frye gelassen. »Jeder, der etwas mit Mercury oder Mantis zu tun hatte, selbst damals, wird nicht gerade als beispielhafter Bürger angesehen. Bis jetzt ist noch niemand eingeknastet worden, aber sie beobachten uns ziemlich mißtrauisch.

Das habe ich jedenfalls von Freunden gehört, die gelegentlich vorbeikommen. Die meisten Leute hier im Tal erinnern sich nicht daran, was für ein Soldat ich früher mal war, würden es wohl auch nicht rausposaunen, wenn sie es wüßten. Ich sag dir eins, Alex, ich weiß nicht, was mit diesem Imperator passiert ist, als er weg war – aber eins ist sicher: da stimmt was nicht.

Um die Wahrheit zu sagen: als sie Mahoney erschossen haben und anschließend Sten die Piratenflagge hißte, war ich drauf und dran, die Bude zuzumachen, abzuhauen und mich euch anzuschließen. Das einzige, was mich daran hinderte, war ein ausgeprägtes Gefühl von Feigheit und mein Alter.«

Die beiden sahen einander an. Seit Mantis waren allerdings eine Menge Jahre vergangen, und fast noch einmal so viele, seit sie Fryes Blue Bhor als Versteck benutzt hatten, damals, als Sten den Mordanschlag auf den Imperator untersucht hatte.

»Du siehst ein bißchen älter, ein bißchen grauer und ein bißchen fetter aus«, bemerkte Frye.

»Geht es uns nicht allen so, alter Schwede?« gab Alex zurück. »Und wie lebt sich's so als Kneipier?«

»Die Tür bleibt offen.« Fryes Geschäfte – der Restaurantbetrieb, die Übernachtungen, die Lunchpakete, seine Dienste als Jagd- und Angelführer sowie der Alk für die begeisterten Rutenquäler, die das Blue Bhor besuchten – brachten ordentlich Credits in die Kasse, und Fryes Vorliebe für gutes Essen und Trinken und seine Großzügigkeit seinen Freunden gegenüber ließen sie in dieser Kasse nicht sehr alt werden. »Ich nehme an, du willst etwas von mir.«

»Nicht viel. Nur einen Platz, an dem sich ein paar Freunde von mir einige Tage lang ungestört aufhalten können.«

»Wie viele?«

»Zwölf.«

»Ungefähr die Besatzung eines kleinen Raumschiffs«, sagte Frye. »Dachte noch, daß ich so um Mitternacht was gehört habe. Tja, dann herzlich willkommen bei den Feinden des Königs und so weiter. Dieser verdammte Imperator. Nur eine Frage noch, damit ich leise aufschreien und damit die ganze Stadt aufwecken kann. Ist Sten auch dabei?«

»Nein. Ich bin der heißeste der ganzen Bande, und ich werde auch nicht lange bleiben.«

»Dann geh deine Leute holen. Ich wußte, daß mir in letzter Zeit etwas im Leben fehlte. Das Lauschen auf die Schritte des Henkers, das Klopfen an der Tür, das Warten auf den eisigen Griff an der Schulter. Aber ich finde es prima, wieder dabeizusein, besonders, wenn es sich um etwas handelt, das sich ziemlich nach Hochverrat anhört. Ich kann dir nicht sagen, wie sehr ich mich freue, dich wiederzusehen, Kilgour.«

Da die Bewohner von Ashley-on-Wye aus Gewohnheit sehr lange schlafen, war es kein Problem, Marl, Hotsco und die anderen Schmuggler ohne Aufsehen in das Gasthaus zu schleusen.

Dann warteten sie bis zum Einbruch der Nacht. Frye bewirtete sie überschwenglich und fragte ständig, ob er ihnen nicht irgendwie helfen könnte. Ein Gleiter? Credits? Frye hatte einige interessante Dinge vorrätig, die man irgendwo vergraben und dann hochgehen lassen konnte. Falsche Pässe? Vielleicht brauchte Alex ja jemanden zur Rückendeckung?

Nein. Nichts von alledem. Alles, was Alex nicht hatte, konnte er stehlen.

Er küßte Hotsco und Marl zum Abschied.

»Ihr wißt, was ihr zu tun habt, klar? Wenn ihr nach einer Woche nichts von mir gehört habt oder wenn alles darauf hindeutet, daß ich entdeckt worden bin oder daß ihr beobachtet werdet, müßt ihr mir versprechen, daß ihr euch so schnell aus dem Staub macht, als wäre ein Campbell hinter euren Röcken her; alles klar?«

Die beiden Frauen versprachen es.

Sie sahen ihm nach, wie er in der Dunkelheit verschwand, wie jeder x-beliebige Arbeiter, der zur Stadtmitte unterwegs war, oder vielleicht auch zu einem Gleiterlandeplatz oder der Röhrenbahn, um zu irgendeinem anderen Ort auf der Erstwelt zu gelangen.

Sie blickten einander an.

»Wie lange?« fragte Marl.

»Wir warten, bis es auf Sheol gefriert«, sagte Hotsco.

»Gut. Und wenn sie Alex schnappen?«

»Dann holen wir ihn raus«, sagte Hotsco leise. »Und wenn wir ihn mitten aus Arundel rausboxen müssen.«

Sie drückten die Handflächen gegeneinander. Der Pakt war geschlossen.

Kapitel 33

›Da hast du mir ja wieder mal was Schönes eingebrockt, Sten‹, dachte Cind. ›Ich war einmal eine nette, unschuldige Scharfschützin, die nichts weiter brauchte als hin und wieder einen kleinen Adrenalinstoß, wenn eine Kugel zu dicht neben mir einschlug; die Möglichkeit, zu beweisen, daß ich jeden austricksen kann, der mir mit so einer Kugel zu nahe kam; und vielleicht eine kleine Medaille und eine Prämie, um diesen Körper zur nächsten Verpuppung zu ermuntern.

Aber nein. Da mußte dieser Sten auftauchen und mich zu größeren Abenteuern ermutigen, bis ich selbst zum Angriff brüllte und andere Leute losschickte, damit sie herausfanden, ob der Feind an so etwas wie Wiedergeburt glaubt. Mich durch dunkle Gassen schlich, in denen anstelle der Regeln des Landkriegs eher die Ethik hinterhältiger Meuchelmörder herrschte. Schließlich dem mächtigsten Herrscher aller Zeiten den Hochverrat androhte. Spionierte, betrog, stahl und Attentate verübte.

Ts, ts, ts‹, dachte sie.

›Und das alles nur, weil du zu diesem angeblichen Halbgott von einem Kriegsherrn aufgeschaut hast und der Ansicht warst, daß er einsam aussieht und einen netten Hintern hat.‹

Trotzdem gab es wenigstens einige ausgleichende Faktoren, die einem die irreguläre Kriegführung versüßten, fiel ihr ein, als sie wie nebenbei in den Spiegel schaute.

Etwa die Art, wie sie jetzt aussah. Vom Scheitel bis zur Sohle verriet ihre Erscheinung Reichtum und Wohlstand. Alle ihre Kleider und Accessoires waren nach ihrer geheimen Landung in einer Stadt auf der anderen Hemisphäre des Planeten Prestonpas eigens für sie von Hand angefertigt worden.

Kilgour hatte ihr einmal geraten, wenn man eine Rolle spielte, dann mußte man sie vom Kopf aus spielen. ›Also habe ich mir zunächst mal eine neue Haut verschafft‹, dachte sie. Vier Monatsgehälter für etwas, das Sten, da er nun mal ein Mann war, wahrscheinlich als nettes, einfaches kleines Nichts bewundern und dann nicht weiter beachten würde. Und was war über die neue Haut zu sagen? Sie hatte sich einer kompletten Hautbehandlung inklusive Massage und Hairstyling unterzogen. Sie bemerkte amüsiert, daß ihr militärisch kurzes Haar dem Stylisten zwar nicht viel Spielraum für seine Kreativität ließ, diese Tatsache sich aber nicht im geringsten auf die Höhe der Rechnung auswirkte. Aber diesen Preis mußte man als reiche Tussi nun einmal bezahlen.

Cind ließ ihren gemieteten Stewart-Henry-Sportgleiter von der Parkbucht außer Sichtweite des Anwesens aufsteigen und hielt auf den Eingang weiter unten am Tor zu.

Dieses Reichsein, dachte sie, wobei ihr der Geruch der mit Tierhäuten bespannten Sitze des Sportgleiters in die Nase stieg und sie die handpolierte Innenausstattung bewunderte, die höchstwahrscheinlich aus echtem Holz bestand, konnte einen richtig süchtig machen.

Mit einigen Einschränkungen, wie sie zugeben mußte. Da war zum Beispiel die kleine Handtasche neben ihr. Kaum hatte man sein Funkgerät, die nötigsten Werkzeuge, einen Recorder und eine Handfeuerwaffe darin verstaut, blieb kein Platz mehr für die anderen Sachen. Sie vermutete, daß einer der Gründe, weshalb sich die Reichen Diener hielten, darin zu suchen war, daß sie jemanden brauchten, der ihnen das Kosmetik-Köfferchen und die Wagenschlüssel hinterhertrug.

Sie stellte den A-Grav-Gleiter vor dem geschlossenen Tor des Anwesens ab. Schwerer Stahl in einem steinernen Portal. Die Besucherkontrolle am Pfosten leuchtete auf.

»Können wir Ihnen helfen?«

»Brett von Mowatt«, sagte sie. »Plath Gesellschaft für Architektur. Ich werde erwartet.«

»Wir heißen Sie herzlich willkommen«, sagte die weiche Stimme. »Bitte fahren Sie direkt zum Haupteingang weiter. Dort wird Sie jemand empfangen.«

Das Tor öffnete sich, und Cind folgte mit dem A-Grav-Gleiter dem langen, gewundenen Kiesweg, vorbei an einem frisch polierten Schild, auf dem SHAHRYAR stand, vorbei an manikürten Rasenflächen, vorbei an kunstvoll gestutzten Sträuchern und Bäumen, vorbei an Steinbrunnen, bis hin zum großen hochaufragenden Herrenhaus in der Mitte des Anwesens.

Sie staunte.

Ein nicht unbeträchtlicher Teil ihrer Verwunderung rührte daher, daß sie wußte, daß sie hier vor einem der Verbindungspunkte des Ewigen Imperators stand. Kyes' Computerdaten und Mahoneys spärliche Informationen besagten, daß dieses Haus zu mehreren anderen gehörte, die überall im Universum verstreut waren und nur einem einzigen Zweck dienten:

Wenn der Ewige Imperator »von den Toten auferstand« – sie erschauerte ein wenig, da sie zwar nicht daran glaubte, aber sich nur allzugut an die Bhor-Legenden von denjenigen erinnerte, die auf die andere Seite des Lebens gegangen waren –, dann war dieses Haus sein erster Anlaufpunkt. Vorausgesetzt, Kyes' Analyse war korrekt, wurde er hier auf den neuesten Stand dessen gebracht, was sich in den Jahren seit seinem Tod oder seiner Ermordung im Imperium ereignet hatte.

Außerdem wunderte sie sich darüber, diesmal im Zorn, daß der Imperator, sobald er sich ausreichend unterrichtet fühlte, das Anwesen wieder verlassen und den Befehl zu seiner spurlosen Beseitigung geben würde. ›Was für ein Dreckskerl‹, dachte sie. ›Was wäre denn dabei, wenn man das Grundstück den Einheimischen als Park stiften würde? Sarla, es ist genau das gleiche, was der Blödmann, wie mir Sten erzählt hat, der Provinz Oregon auf der Erde angetan hat. Los, los, haut alle vom Fluß ab. Laßt eure Häuser, eure Geschäfte, eure Leben zurück. Hier, nehmt das Geld und geht dem Imperator nicht länger auf die Nerven. Er möchte in Ruhe angeln.‹

Sie wandte sich wieder ihrer gegenwärtigen Aufgabe zu.

Es war nicht allzu schwer gewesen, diese Station anhand der Daten ausfindig zu machen. Profil: ein ständig mit Personal bestücktes Herrenhaus oder etwas Ähnliches, das angeblich einer Familie oder einer Einzelperson gehört, die es nur selten benutzt. Trotzdem war das Haus mit dem jeweils allerneuesten Bibliothekscomputer und dem dazugehörigen Personal ausgerüstet, das ihn mit fast allen technischen, militärischen und wissenschaftlichen Daten fütterte.

›Interessant‹, dachte Cind. ›Allein schon der Grundgedanke ist eine Analyse wert. Er hat hier eine beinahe absolut sichere Methode entwickelt. Weil – wie Alex gesagt hat – niemand die Reichen so genau unter die Lupe nimmt.‹ Er sagte, Ian Mahoney habe es einmal am besten ausgedrückt: »Willst du ein Versteck einrichten, ein Team in Stellung gehen lassen oder sonst etwas Ruchloses durchziehen? Dann such dir keine Lagerhalle in einem Slum, es sei denn, du bist ein Amateur oder ein Krimineller. Du suchst dir lieber eine nette, wenn möglich künstlerisch angehauchte Gegend, wo sich niemand darum kümmert, wer kommt und wer geht ...«

Das verschaffte einem völlige Sicherheit. Es war deshalb so völlig sicher, weil man, allein um auf die Idee zu kommen, daß etwas wie dieses Haus überhaupt existierte, die Tatsache akzeptieren mußte, daß ein Toter ins Reich des Lebenden zurückkehren konnte.

Dieses Haus war erst das dritte Anwesen, das Cinds Profil annähernd entsprach. Die beiden anderen hatten mit einer Wahrscheinlichkeit von weniger als 50 Prozent abgeschnitten, doch dieses hier kam auf 93 Prozent. Die Deckgeschichte – ein Kuriosum, das ab und zu in den Livies von Prestonpas aufgegriffen wurde – lautete folgendermaßen: das Anwesen gehörte der Familie Shahryar, einer ehemaligen Handelsdynastie, die sich auf geradezu exzentrische Weise dem Reisen hingab. Die Familie kaufte manchmal Anwesen auf einem Planeten, von dem sie nur gehört hatte, richtete sie vollständig ein und besuchte sie vielleicht erst in der nächsten Generation oder noch später. Wenn jemand aus dem Familienkreis zu Besuch kam, verlangte er jedoch äußerste Diskretion.

Vor der hohen, zweiflügeligen Eingangstür zum Haupthaus wartete eine Frau auf Cind. Entweder war das Portal mit einem Gegengewicht versehen, oder die Frau hatte einen Bhor oder einen Schwerweltler zur Hand, der ihr das verdammte Ding auf- und zumachte, dachte Cind. Die Frau, Kyes' Analyse zufolge eine Ms. Analiza Ochio, war die Bibliothekarin des Anwesens. Sie wußte wahrscheinlich nichts von alledem und glaubte die Geschichte der Shahryars wirklich; sie war aufgrund ihrer fachlichen Fähigkeiten und ihrem Hang zum Leben in relativer Einsamkeit – und womöglich einer gewissen Naivität wegen – für ihre derzeitige Anstellung ausgesucht worden.

Sie war mit dem Plath-Institut und seinen Dokumentationen vertraut.

»Würden Sie – äh … wie lautet die korrekte Anrede in Ihrem Falle, Milady?«

»Einfach Brett«, erwiderte Cind lächelnd. »Titel sind nur dazu da, um im Restaurant einen besseren Platz zu bekommen, sonst nichts. Meistens jedenfalls.«

Ms. Ochio bat sie herein. Erfrischungen? Natürlich. Wir haben fast alles. Es mag hier zwar einsam sein, aber sehr komfortabel.

Einen Kaffee vielleicht? Nein, danke, gegessen habe ich schon vorhin im Hotel. Sie plauderten noch eine Weile, dann:

»Wenn Sie mich jetzt genauer über Ihr Anliegen unterrichten möchten, Brett? Ich bin sehr neugierig, was genau Sie an diesem Anwesen interessiert.«

Cind erklärte es ihr; die neueste Reihe, die bei Plath veröffentlicht werden sollte, drehte sich um die Wohnungen der Superreichen. Nicht nur um das Blendwerk, die Stuckarbeiten, wie groß der Speisesaal war, von wie vielen Planeten der Kristallüster stammte oder mit welchen seltenen Mineralien der Swimmingpool abgedeckt wurde – selbstverständlich wird auch darüber geschrieben, denn deswegen kaufen Krethi und Plethi solche Sachen –, es geht auch darum, wie praktisch diese großzügigen Paläste eigentlich sind. Jedes Fiche sollte nicht nur einen kompletten Grundriß enthalten, sondern Livie-Porträts von jedem Zimmer. Auf einer B-Spur sollten die Bewohner oder das Personal der Häuser darüber diskutieren, wie gut oder überlegt der Entwurf des Gebäudes sei; auf einer C-Spur lieferte dann einer von Plaths exklusiven Architekten eine eingehende Analyse.

Ms. Ochios Lächeln war wie weggeblasen.

»Sie meinen *jedes* Zimmer?«

»Na ja«, meinte Cind, »ich glaube nicht, daß wir uns für jedes Badezimmer interessieren, es sei denn, es hat etwas Einzigartiges vorzuweisen.«

»Das tut mir leid«, sagte die Frau. »Aber das ist nicht möglich. Das Grundstück ... einige der Nebengebäude ... das erste und der Großteil des zweiten Stockwerks sowie die Bibliothek stehen Ihnen mehr oder weniger offen. Erst vor drei Wochen hat eine der hiesigen Gartengesellschaften einen Teil des Hauses besichtigt. Diese Räume können Sie selbstverständlich gerne aufnehmen.

Aber der Rest des Gebäudes, insbesondere die oberen Wohnräume? Nein. Die Familie Shahryar legt sehr viel Wert auf Privatsphäre, das hat man mir dargelegt, als ich meinen Vertrag unterzeichnete, und mir ausdrückliche Instruktionen gegeben. Also … wenn Sie das wirklich auf diese Weise geplant haben, so fürchte ich, daß Sie die Reise umsonst gemacht haben.«

»Können Sie nicht mit der Familie in Verbindung treten? Um sicherzugehen?« fragte Cind. »Ach ja. Hätte ich beinahe vergessen. Sehr zurückgezogen. Da kann man nichts machen. Zum Glück werde ich nicht nach Quantität bezahlt.«

Sie erhob sich.

»Dürfte ich mich noch rasch frisch machen? Und wenn Sie mir dann, nur um meine persönliche Neugier zu befriedigen, den Teil des Hauses zeigen würden, der für die Öffentlichkeit zugelassen ist?«

»Aber gerne. Die Erfrischungsräume befinden sich gleich hinter den Türen zur Bibliothek«, sagte Ms. Ochio.

Cind öffnete die Tür und ging nach draußen. Im gleichen Moment schleuderte sie ein kleines Objekt hinter sich, direkt auf den Tisch und vor die Bibliothekarin, schloß die Augen, duckte sich und schützte ihr Gesicht vor dem blauen Blitz.

Ochio blieb kaum Zeit, sich über das kleine eiförmige Ding zu wundern, schon explodierte die Bestergranate. Die Frau sank in sich zusammen. Erst in zwei E-Stunden würde sie wieder zu sich kommen und nichts von ihrem Zeitverlust bemerken.

Cind durchsuchte die Frau. Kein Lebenszeichen-Indikator, der einen Alarm auslöste – sie war schon beim Betreten des Zimmers einige Male gegen Ochio gestoßen und war sich ziemlich sicher, daß sie sauber war. Kein Funkgerät, kein Panikknopf, nichts. Cind zog sie hinter eines der beiden kleinen Sofas im Wohnzimmer.

Zwei Stunden …

Mit gezogener, halb verdeckt gehaltener Pistole stahl sie sich aus der Tür.

Sie warf einen Blick auf die Türen zur Bibliothek. Vielleicht. Den Angaben von Kyes' Computer zufolge, die er aus der Befragung einer anderen Bibliothekarin des Imperators erhalten hatte, gab es zwei Sysop-Stationen. Eine war die Zentralstation für die Bibliothek, die andere war mit einem Code verschlüsselt und erlaubte den Zugriff auf gewisse unbekannte Dateien. Informationen für den zukünftigen Imperator.

Wenn ihr Zeit genug blieb und sie bis dahin noch nicht entdeckt worden war, würde sie versuchen, sich einen Zugang zu den Dateien zu verschaffen; aber das war nicht ihr eigentliches Anliegen.

Sie ging die Treppe hinauf, verzichtete auf den A-Grav-Lift, aus Angst davor, jemanden auf einen vermeintlich verirrten Eindringling aufmerksam zu machen, und stieg bis ins obere Stockwerk hinauf. Nach allem, was Ochio gesagt hatte, mußte sich genau hier das befinden, was sie suchte.

Bei ihrem Flug über das Anwesen hatte sie auf dem Dach nichts festgestellt, was einer Sendeantenne ähnelte. Also mußte sie sich entweder in einem Zimmer befinden oder – sie verzog das Gesicht – irgendwo unter den Dachtraufen des Hauses versteckt sein. Na schön. Es wäre nicht der erste gruselige Dachboden, auf dem sie herumkriechen würde. Wenn sie auch dort keinen Erfolg hatte, blieb ihr immer noch die Möglichkeit, die Nebengebäude zu durchsuchen. Dabei standen die Chancen jedoch nicht schlecht, den Sicherheitskräften in die Arme zu laufen; bei ihrem Überflug hatte sie uniformierte Wachen über das Gelände patrouillieren sehen.

Sie ging eilig durch das obere Stockwerk des Gebäudes, wobei sie jeden Raum mit der Routine eines hervorragend ausgebildeten Sicherheitsspezialisten überprüfte. Sauber … sauber … sauber …

Alle Räume machten einen ziemlich harmlosen Eindruck und waren so eingerichtet, als erwarte man jeden Augenblick die Ankunft der offensichtlich weitverzweigten Shahryar-Familie und ihres entsprechend zahlreichen Personals.

Alles blitzeblank.

Cind ging durch eine Tür neben der gewundenen Treppe,

blickte sich um – Kholeric, dieses Schlafzimmer mußte für das letzte Küchenmädchen im ersten Ausbildungsjahr gedacht sein, und auch sie durfte nicht sehr groß geraten sein, nein, das war wohl nichts von Interesse – und wieder hinaus …

Sie hielt inne, noch bevor sich die Tür wieder geschlossen hatte. Schaute nach links und rechts in den Flur. Auf die Treppe. Derjenige, der dieses Stockwerk entworfen hatte, mußte entweder betrunken oder ein Stümper gewesen sein. Oder Cind war noch schlechter in Geometrie, als sie immer gedacht hatte. Noch einmal hinein in das Zimmer. Nein, der Raum war noch immer zu winzig für den Platz, den er angeblich in Anspruch nahm. Vielleicht, dachte sie, ist dieses Zimmer auch für jemanden mit einer ausgeprägten Analfixierung gebaut worden, denn niemand braucht ein so großes Badezimmer.

Das Badezimmer war verschlossen. Cind holte zwei der »notwendigen Werkzeuge« aus ihrer Handtasche. Mit dem ersten fuhr sie über Tür und Rahmen. Der kleine »Wanzenfresser« zeigte an, daß sich allem Anschein nach keine Überwachungsmonitore auf der anderen Seite befanden. Das zweite Werkzeug widmete sich dem Porenmuster-Schloß; es war schon eigenartig, ein Badezimmer *von außen* zu verschließen. Der elektronische Dietrich summte, analysierte, und dann schnappte das Schloß auf. Cind drückte die Tür auf. Heureka.

Die Funk-Station war High Tech und vollautomatisiert. Cind ging die Checkliste durch, die ihr Freston zusammengestellt hatte, und machte sich mit laufendem Recorder an die Arbeit. Da sie nicht unbedingt eine Spezialistin für Fernkommunikationsanlagen war, wußte sie nicht genau, ob sie die erwünschten Informationen auch bekam, doch die Empfangs/Kontroll/Sendeeinrichtung für die offensichtlich an einem anderen Ort im Haus oder auf dem Areal versteckte Antenne sah ganz so aus, als sei das Gerät nur dazu da, ein Richtfunksignal von woher auch immer empfangen zu können.

Und »woher auch immer« konnte in diesem Fall sehr wohl die Zufluchtsstätte des Imperators sein.

Sie überprüfte den Hochleistungssender, der daneben stand. Er war vollautomatisch, und sie scheute sich davor, ihn zu verstellen. Höchstwahrscheinlich war er dazu da, ein »Nicht-herkommen«-Signal an den reisenden Imperator auszustrahlen, wenn der Zweck des Anwesens entdeckt worden war.

Sie hatte gefunden, was sie hier finden wollte; jedenfalls hoffte sie das. Und sie hatte keine Spuren hinterlassen, da sie ihre Fingerspitzen und Handflächen mit einer Plastikbeschichtung versehen hatte, so daß auch ein sorgfältiges Bestäuben der wenigen Dinge, die sie angefaßt hatte, keine brauchbaren Abdrücke ergeben würde. Sie verließ den Raum und schloß die Tür wieder hinter sich ab.

Und jetzt noch den Zuckerguß.

Ihr blieb noch immer eine knappe Stunde. Bisher hatte sie von unten weder Alarm noch verdächtige Geräusche wahrgenommen. Falls nötig, konnte sie jederzeit wieder in das Wohnzimmer schleichen und Ochio noch einmal zwei Stunden ausschalten.

Der Vorraum war noch immer menschenleer. Cind knackte die Tür zur Bibliothek. Die riesige Galerie wölbte sich weit oben zu einer transparenten Tageslichtkuppel. Fiches, Bänder, Files und sogar Bücher reihten sich dicht an dicht in den Regalen, die vom Boden bis zu einer Höhe von zehn Metern reichten. ›Genau so eine Bibliothek hätte Sten auch gerne‹, dachte sie. ›Wenn das alles vorbei ist. Falls es jemals vorbei ist.‹

Sie sah sich nach Anzeichen von Leben um. Nichts.

Cind betrat den Raum. Neben der Tür stand die Sysop-Station. Ochios Station. Wo war die andere? Diejenige mit all den interessanten geheimen Dateien.

Sie entdeckte Kabel, die durch die Wand verschwanden. Kabel, das hieß, jemand war sehr besorgt hinsichtlich der Übertragungssicherheit.

Cind verließ die Bibliothek und fand einen weiteren unauffälligen Raum, der Wand an Wand mit der Bibliothek lag. Sie knackte den Türcode und ging hinein.

›Freude, Freude, Freude‹, dachte sie, als sie die Computerstation erblickte. ›Ich weiß nicht, was ich hier eigentlich machen soll. *Probieren geht über studieren*‹, und sie setzte sich vor die Tastatur. Eine Tastatur, um Himmels willen. Der Computer wird bestimmt noch mit Kohle betrieben, und der Bildschirm ist monochrom. Alle haben gelacht, als ich …

Sie berührte die Taste fürs Leerzeichen. Der Bildschirm leuchtete auf.

BEREIT. AKTUELLES DATUM UND STATION EINGEBEN.

Cind riet die zweite Antwort und klapperte auf der Tastatur herum.

Zuerst das Datum, dann SHAHRYAR.

SYSOP LOGGED ON. ZUGANGSCODE EINGEBEN.

Ach du Schreck.

Äh … Imperator. Nein. Imperium. Nein. Oh. Kleinen Moment noch.

ZUGANGSCODE EINGEBEN. SIE HABEN DREISSIG
SEKUNDEN BIS ZUM ALARM.

Der Name trieb langsam an die Oberfläche ihres Bewußtseins. Sie stieß ein kleines Stoßgebet aus und tippte:

RASCHID.

IN ORDNUNG. ZUGANG ZUM SYSTEM GEWÄHRT.

Niemals. So einfach kann es nicht sein. Trotzdem:

KOORDINATEN ERBETEN, SENDESTATION ZU SHAHRYAR
EMPFÄNGER.

BITTE WARTEN.

Ein Licht begann zu blinken.

›Ich bin drin‹, durchfuhr es sie, dann hörte sie das Scharren von Füßen vor der Tür, ließ sich vom Stuhl fallen, und schon stürmten die beiden Sicherheitstechs durch die Tür. Sie trugen Gasmasken und volle Panzerung, doch es nützte ihnen nicht viel, als Cind beide mit zwei sicheren Schüssen unter die Visiere ausschaltete, anschließend zwei Schuß in den verlogenen Computerschirm jagte und dann durch die Tür nach draußen hechtete.

Sie schlug auf dem Boden auf, rutschte, rollte sich ab und erledigte den Wächter, der als Rückendeckung neben der Tür stehengeblieben war; dann gab sie zwei Schuß auf eine weitere Wachfrau ab, die eine Treppe herunterkam – verdammt, vorbei, aber ich habe dir bestimmt ein paar graue Strähnen verschafft, gute Frau.

Cind benötigte jetzt schwerere Artillerie. Sie schob die Pistole in ihren Gürtel, schnappte sich das Gewehr des toten Wachmanns – eine Imperiale Willygun, wie ihr auffiel, und schäm dich, daß du aufgeflogen bist –, schob den Riegel auf Automatik und schickte eine Salve los, die die Tür zur Bibliothek zerfetzte.

Jetzt gingen sämtliche Alarmsirenen schreiendheulendkreischend los, Stimmen ertönten, und Cind sah ein Gesicht um die Ecke spähen. Sie schickte einen Feuerstoß in die Richtung; eine weitere Salve löste ein riesiges Fenster samt Rahmen, Alarmanlage und allem anderen aus der Wand, und schon sprang sie durch den neugeschaffenen Ausgang.

›Verdammt noch mal, wie in einem dieser Überfallkurse‹, dachte sie, setzte über einen Busch, spürte, wie das ultrateure Kleid in Fetzen ging, rollte sich seitlich über den Boden, schoß ... schoß ... schoß ...

›So, das wird sie erst mal die Köpfe einziehen und mindestens eine Minute nachdenken lassen; letztendlich haben sie wahrscheinlich alle eine Imperiale Ausbildung durchgemacht, aber ihre Reflexe sind etwas langsam, und warum kann ich diesen verdammten Autoschlüssel nicht finden.‹

Sie fand ihn, als sie sich schon hinter die Konsole des Stewart-Henry schob ... ENERGIEERZEUGER HOCHFAHREN ... WAHLHEBEL AUF GESCHWINDIGKEIT ... WARTEN, BIS DIE KÜHLFLÜSSIGKEIT FLIESST ... Komm schon, es ist mir wirklich egal, ob deine handgefertigte Luxusmaschine wie ein Teekessel überkocht …BEREIT … BEREIT …

Senkrecht nach oben, Vollgas nach vorne, und die Beifahrertür sowie ein Stück von dem handpolierten Armaturenbrett explodierten, dann war der A-Grav-Gleiter in der Luft. Geradeaus, vergiß den Schlängelweg, auf die Tore zu – und sie ließ sich aus drei Metern Höhe aus dem Wagen fallen, landete mit 20 km/h auf dem Rasen, rollte sich ab und fand sich hinter einem dieser blöden Büsche wieder, der so gestutzt war, daß er wie ein blödes Tier aussah, dann rannte sie, tief geduckt, jeden Quadratzentimeter Deckung nutzend.

Der Stewart-Henry ging zehn Meter vor dem Tor und etwa fünfzehn Meter über dem Boden in Flammen auf – diese Saukerle mußten eine Art Anti-Flugzeug-Vorrichtung in ihrem verdammten Tor eingebaut haben – und bohrte sich in den manikürten Rasen.

Der Zaun … noch nicht … warte noch einen Moment …

Mach schon, du dummer A-Grav-Gleiter …

Die Sprengladungen, die sie vorsorglich im Kofferraum des Sportgleiters installiert hatte, gingen hoch und bliesen die Steinsäulen mitsamt dem Metallgitter in einem gewaltigen Feuerball nach draußen.

Cind fetzte das Alarmsystem des Zauns, der mit gezackten Glassplittern besetzt war, außer Kraft; offensichtlich traute man der Elektronik nicht so recht. ›Wahrscheinlich schreiben sie es dem allgemeinen Niedergang zu.

Hoffe ich jedenfalls. Und jetzt: auf und davon.

Genau wie bei einem Überfallkurs‹, dachte sie. ›Zuerst das Gewehr quer über die Mauerkrone, seitlich auf die Mauer hechten, herunterrollen lassen, in Feuerposition landen.‹

Es gab nichts, worauf sie schießen konnte.

Im Laufschritt rannte sie davon, hinein in das Unterholz, das das Anwesen umgab, dankbar dafür, daß der Imperator seine herrschaftlichen Häuser nur auf richtig großen Grundstücken bauen ließ und sie auch weit vom Schuß in die Landschaft stellte.

Vor ihr lag ein Querfeldeinlauf von über drei Kilometern bis zu der Stelle, an der sie ihr Fahrzeug versteckt hatte. Einen ganz gewöhnlichen A-Grav-Gleiter, den sie auf dem hiesigen grauen Markt gekauft hatte.

Sie rekapitulierte den Schaden – nicht das Kostüm oder ihre Kratzer, sondern ihren Auftrag. ›Nicht der Rede wert‹, dachte sie. Da der Imperator und seine Leute davon ausgingen, daß Sten und seine Leute tot waren, und sie selbst keine bekannte Größe in den Akten des Imperiums war – jedenfalls hatte das der Geheimdienst der Rebellen bestätigt –, lief die logische Interpretation darauf hinaus, daß hier ein erstklassiger Computergangster einen spektakulären Coup versucht hatte. Und wenn jemand bei der Inneren Sicherheit die Fakten zusammenzählte und von der schlimmsten Erklärung ausging – nun, darüber hatte sie sich mit Sten unterhalten, und er hatte gemeint, daß es nicht schaden würde, wenn der Imperator den Eindruck erhalten würde, daß ihm ein unbekannter Höllenhund dicht auf den Fersen war.

›Zumindest konnte ich auf diese Weise mal Dame von Welt spielen‹, dachte Cind. ›Für eine Amateurin habe ich mich als reiche Tante nicht allzu dumm angestellt.

Und ich glaube, ich bin dem Imperator einen Schritt näher gekommen.‹

Kapitel 34

Der Ewige Imperator wäre ganz und gar nicht erfreut gewesen, hätte er gewußt, zu welchen Zwecken Sten und Cind seine ehemalige Suite an Bord der *Victory* mißbrauchten. Das luxuriös ausgestattete Schlafquartier mit seinem sportplatzgroßen Bett war mit Fiches, Ausdrucken und handgeschriebenen Notizen übersät.

Sten und Cind selbst kauerten auf dem Bett und planten den Abgang des Imperators.

Sie gingen sämtliche Informationen durch, die Cind mitgebracht hatte. Und überprüften alles noch ein zweites Mal. Endlich waren sie durch. Jetzt fehlte nur noch ein Stück des Puzzles.

»Meiner Meinung nach gibt es nur diese eine Erklärung dafür«, sagte Sten. »Diese Signalantenne muß der Schlüssel sein.«

»Dadurch wissen wir wenigstens, in welcher Richtung wir suchen müssen«, bestätigte Cind.

Sten zog eine Grimasse. »Richtig. Aber um den genauen Punkt zu finden, brauchen wir eine zweite Peilung. Momentan wissen wir lediglich, daß sich das Versteck des Imperators irgendwo zwischen Punkt A und der Unendlichkeit befindet.«

Cind nickte, seufzte erschöpft und ließ sich auf das Bett zurückfallen. Während ein Teil von Stens Gedanken sich noch mit dem Problem beschäftigte, registrierte ein anderer die schlanke Gestalt seiner Geliebten. Sie steckte von Kopf bis Fuß in einem enganliegenden Hausanzug. Es war schon sehr lange her, daß sie mehrere Stunden am Stück miteinander verbracht hatten.

Ein kleiner Teil von ihm verlangte das Unmögliche. Daß ihr Leben anders verlaufen wäre. Daß er und Cind normale Menschen mit normalen Problemen wären. Statt dessen verlangte der Kurs, auf dem er sich befand, daß er das Leben derjenigen Person, die ihm am nächsten stand, immer wieder aufs Spiel setzte.

»Herrje, da soll ich doch zur bartlosen Mutter werden«, stieß die Frau seiner Träume plötzlich hervor und setzte sich abrupt im Bett auf. »Warte mal, Moment, da haben wir's doch!«

»Was hast du?«

Cind schüttelte ungeduldig den Kopf und fing an, in den Notizen herumzuwühlen. »Ich bin nicht ganz sicher … aber wenn du eine Sekunde die Klappe halten könntest, mein Liebster, dann …«

Ihre Stimme verebbte, als sie einen kleinen Computer unter dem Stapel hervorzog und sogleich anfing, Daten einzugeben. Sten tat wie befohlen und schaute mit wachsendem Interesse zu, wie sie vor sich hin murmelnd immer neue Informationen zusammensuchte.

Schließlich blickte sie auf. Ihre Augen glänzten vor Erregung. »Ich glaube, ich hab's«, sagte sie. »Die andere Peilung, meine ich. Zumindest den Weg, wie wir sie finden.«

Cind rückte näher an Sten heran, damit er den kleinen Bildschirm betrachten konnte. » Sieh her … dieser winzige Faktor, der uns die ganze Zeit über einen Strich durch die Rechnung gemacht hat. Wir gingen davon aus, daß er statisch sei. Oder vielleicht sogar eine vertrackte Streustrahlung von diesem ganzen Sicherheitskram. Aber sieh nur, die Erklärung liegt ganz woanders.«

Sie beobachtete Sten argwöhnisch, während er sich die Daten auf dem Bildschirm ansah. »Vielleicht bin ich auch völlig durchgedreht«, sagte sie, plötzlich von Selbstzweifeln gepackt. »Vielleicht hat sich mein Hirn ja in einen von Kilgours geliebten Haggis verwandelt.«

»Nein!« sagte Sten und gab eilig ein Überprüfungsprogramm ein. »Ich bin mir ziemlich sicher, daß dein Hirn perfekt funktioniert.«

Ein Grinsen ließ seine Mundwinkel bis zu den Ohren wandern. »Es ist ein zweiter Peilstrahl, du hast völlig recht. Er muß es sein. Auf einer anderen Frequenz und in eine komplett andere Richtung!«

Sten loggte sich rasch in den Hauptrechner der *Victory* ein und ließ die Daten durchlaufen. Nach einigen Minuten erhielt er die Antwort. »Wir haben ihn«, stieß er hervor. »Es gibt keine andere Möglichkeit.«

Cind schnaubte triumphierend. »Jetzt müssen wir dieses bärtige Wunder nur noch verfolgen … und Punkt B lokalisieren. Bei dem es sich ... wie ich hoffe ... um eine der Relaisstationen handelt, die Kyes entdeckt hat. Und zwar eine, die sich noch nicht selbst zerstört hat. Von dort aus haben wir die zweite Peilung – voll in die Eier des Imperators!«

Cind kniete sich auf das Bett und hob ihre reizende Hand, um vor Sten zu salutieren. Sie sah unglaublich sexy aus. »Sir! Mit allem Respekt erbitte ich die Erlaubnis, den Fall bearbeiten zu dürfen.«

Sten verabscheute die Antwort, die er ihr geben mußte. Er mußte ihr Gesuch ablehnen, was jede Menge Erklärungen nach sich ziehen würde. Und Cind würde sie ihm nicht abkaufen.

Diesmal war er an der Reihe. Er mußte gehen. Allein.

Nicht nur aus Liebe. Oder aus Angst, sie zu verlieren. ›Na ja, nicht nur‹, gestand er sich ein und wandte sich wieder den nackten Fakten der Angelegenheit zu.

Als Kyes dem Imperator auf dieser ausgebrannten AM$_2$-Station entgegengetreten war, war er mit einem kompletten Team ehemaliger Mantis-Agenten dort aufgetaucht. Trotzdem war ihm ein Fehler unterlaufen, und die Station hatte sich selbst vernichtet.

So geschickt Cind als Soldatin auch sein mochte, sie verfügte nicht über die Erfahrung eines jeden Mitglieds des Teams ergrauter Haudegen. Dabei ging Sten davon aus, daß die Relaisstation mit weitaus mehr Verteidigungsmitteln ausgestattet war als lediglich mit einem Selbstzerstörungsmechanismus.

Sten hatte sein halbes Leben bei Mantis zugebracht. Es war nicht sein Ego, das ihm sagte, er sei der Allerbeste der Besten. Sein eingebauter Mantis-Rechner bestätigte ihm diese Einschätzung als knallharte Wahrheit.

Er war die einzig logische Wahl für diese Mission.

Wie jedoch sollte er Cind das alles erklären – so, daß sie es auch akzeptierte und die Situation ungeschminkt, ohne Emotionen betrachtete? Ohne daß sie Mittel und Wege suchte, ihren Liebsten vor der Gefahr zu bewahren?

Er bemerkte die aufgeregte Röte auf ihren Wangen. Das tanzende Licht in ihren Augen. Er haßte es, diesen Blick abwürgen zu müssen.

Sten sagte es ihr. Sie schrie ihn an. Sie argumentierte. Sie bettelte. Aber er gab nicht nach.

Schließlich einigten sie sich. Zumindest beschlossen sie eine Feuerpause und kamen darin überein, die Sache eine Weile ruhen zu lassen.

Auf der wackeligen Theorie aufbauend, daß man nicht zugleich essen und wütend sein kann, gab er zur Kantine durch, daß sie das Essen in der Suite servieren sollten.

Die erste Hälfte der Mahlzeit verbrachten sie schweigend. Die zweite bei vorsichtigem Geplauder. Als sie bei der Karaffe mit dem uralten Portwein angelangt waren, hatte sich das Geplauder in ein ernsthaftes Gespräch verwandelt.

Sten erzählte ihr von Rykor, dem Gehirnscan und dem Projekt Bravo.

»Ich weiß immer noch nicht, was ich damit anfangen soll«, sagte er.

»Manche Leute würden es in wasserdichte Patente umwandeln«, meinte Cind, »sich dann zurücklehnen und ein Riesenvermögen scheffeln.«

»Ich weiß, daß ich das nicht tun möchte«, erwiderte Sten.

»Dachte ich mir schon«, gab Cind ironisch lächelnd zurück.

»Abgesehen davon hat die Möglichkeit, AM_2 künstlich herzustellen, nicht sehr viel mit dem Problem zu tun, mit dem wir uns gerade herumschlagen«, sagte Sten. »Vermutlich ist ein Grund, weshalb ich die Entscheidung vor mir herschiebe, daß ich nicht weiß, wie die Sache ausgehen wird.«

»Ich habe auch schon daran gedacht. Manchmal wache ich schweißgebadet auf und frage mich … was geschieht, wenn der Imperator gewinnt?«

Sten gab ihr keine Antwort, sondern goß die Gläser nach.

» Aber solche Gedanken sind witzlos«, sagte Cind. »Entweder er gewinnt, oder er gewinnt nicht. Manchmal erspart einem der Fatalismus der Bhor eine Menge Qualen.«

Nachdenklich ließ sie den Portwein in ihrem Glas kreisen. Sten sah, daß ihr eine bestimmte Frage auf der Zunge lag. Dann sagte sie, ohne den Blick zu heben: »Was geschieht, wenn *wir* gewinnen? Wer oder was tritt an die Stelle des Imperators?«

Sten schüttelte den Kopf. »Das habe ich nicht zu entscheiden. Soweit die Sache mich betrifft, handelt es sich hier um eine Revolution, keinen Staatsstreich. Diese Entscheidungen müssen andere Leute treffen. Es ist ihre Zukunft. Sie haben zu wählen.«

»Ich glaube, du bist ein bißchen zu naiv, wenn du denkst, es geht so einfach über die Bühne«, erwiderte Cind. »Du wirst der Mann der Stunde sein. Der Retter. Außerdem gibt es da noch das AM_2, egal ob natürlich oder synthetisch, aus einem alternativen Universum oder einer Fabrik. Du wirst derjenige sein, der die Schlüssel in Händen hält … die Schlüssel zum Königreich des Imperators.«

»Dieser Gedanke gefällt mir ganz und gar nicht«, sagte Sten geradeheraus.

Cind legte ihre Hand auf seine. » Das weiß ich doch. Deswegen liebe ich dich. Und deswegen möchte ich auch, daß du darüber nachdenkst. Denn wenn der Augenblick gekommen ist, bleibt dir nicht mehr viel Zeit zum Überlegen.«

»Mir fällt da gerade auf, daß du nicht gesagt hast, was ich deiner Meinung nach tun soll.«

»Ich bin die letzte Person, die dazu etwas sagen kann«, meinte Cind. »Ob ich glaube, daß du einen guten Regenten abgibst? Aber klar doch. Hätte ich dich lieber ganz allein für mich? Das wäre mir, klar doch, noch lieber.«

Sie drückte seine Hand. »Nicht vergessen: ich bin voreingenommen.«

Sten errötete leicht. Es war ihm peinlich. »Wie süß«, sagte sie.

»Du wirst ja rot. Jetzt habe ich etwas gegen dich in der Hand. Der große Anführer der Rebellen wird rot wie ein kleiner Junge.«

»Das ist Erpressung.«

»Stimmt.«

Sie erhob sich und rutschte auf seinen Schoß. Sten hatte plötzlich alle Hände voll mit einer sich windenden, fordernden Frau zu tun, die ihm obendrein den Hals küßte und an seinen Ohrläppchen knabberte.

»Was gibst du mir, wenn ich es nicht verrate?« flüsterte sie. Wie gemein.

Stens Hände wanderten geschäftig über den enganliegenden Anzug, zeichneten die Kurven nach, erforschten die Vertiefungen.

»Das verrate ich dir gleich«, sagte er. »Aber zuerst mußt du mir verraten, wie du dieses Ding ausziehst.«

Sie nahm seine Hand ... und zeigte es ihm.

Das Flüstern drang heiß in sein Ohr: »Hier ... und da. Genau ... hier ... muß man ... drücken.«

Kapitel 35

Die Stiefelabsätze der Wache knallten immer lauter und näher. Alex hing wie eine Spinne im Netz über dem gewaltigen Burgtor, das den Weg von dem ausgedehnten Paradeplatz oder Burghof zum Schloß Arundel selbst versperrte. Er wartete geduldig, behielt seinen Timer im Auge und versuchte, das Prickeln in seinem Nacken zu ignorieren.

Je mehr er sich der Festung des Imperators genähert hatte, desto stärker war sein eigenartiges Gefühl geworden. Dabei hatte er keine konkreten Anhaltspunkte für seinen Todestick bekommen.

Kilgours Eindringen war ein Kinderspiel gewesen. Bis jetzt. Und das auch nur seiner eigenen untertreibenden Definition zufolge.

Von Ashley-on-Wye aus war er mit öffentlichen Verkehrsmitteln bis in die nächste größere Stadt gefahren. Dort hatte er überprüft, ob es auf der Erstwelt in letzter Zeit Veränderungen hinsichtlich der erforderlichen Ausweise gegeben hatte. Seine gefälschten ID-Karten funktionierten einwandfrei. Dann hatte er eines der schäbigeren Viertel der Stadt aufgesucht und dort auf einem der gutbesuchten Grauen Märkte einen noch registrierten A-Grav-Gleiter gekauft, wobei unangenehme Fragen hinsichtlich Wohnort, Arbeitsplatz, Begründung der Barzahlung, Referenzen und so weiter, die ein seriöser Händler garantiert gestellt hätte, unter den Tisch fielen.

Der Gleiter mochte zwar registriert sein, doch sein Antrieb war in unaussprechlichem Zustand: der McLean-Generator schaffte es gerade noch, die Karre drei Meter in die Luft zu heben, und das auch nur mit einer seitlichen Schräglage von 15 Grad. Die Höchstgeschwindigkeit betrug 55 km/h.

Alex spendierte dem angeblichen Bruder des Verkäufers noch einmal hundert Credits, damit er den Wagen richtig zum Laufen brachte. Er wußte, daß dieser »Bruder« die Reparatur auch nur improvisieren und wahrscheinlich in die Reservebehälter der Schmierflüssigkeit eine Art Sirup einfüllen würde – im gefrorenen Zustand. Aber was spielte das schon für eine Rolle? Das Gefährt mußte ohnehin nur noch eine Fahrt absolvieren.

Zwanzig Kilometer außerhalb von Fowler, der Stadt, die der Imperialen Residenz am nächsten lag, fand Alex eine mit Abfall übersäte Wiese, direkt hinter einem der vielen öffentlichen Parks der Erstwelt. ›Na prima‹, dachte er. ›Da baut man einen Park und stellt die Verschmutzung unter Strafe, und es gibt immer noch genug Schwachköpfe, die ihren Abfall einfach zehn Meter neben dem Eingangstor wegschmeißen. Allerdings ist das genau das, was ich gesucht habe.‹ Er steuerte den A-Grav-Gleiter in die Mitte des

Grundstücks, ließ ihn zum Parken auf den Boden sinken, zerstörte die Zündung und einige ausgewählte Teile des Antriebs, riß die Registrierungsplakette ab und vergrub sie. Dann ließ er das Wrack zurück.

Er fuhr per Anhalter in die Stadt und verschwand in ihren Wolkenkratzerslums.

Stufe eins, zwei und drei waren damit erfolgreich erledigt: Landung auf der Erstwelt, Errichtung eines sicheren Basislagers und unbemerktes Eindringen nach Fowler. Jetzt folgte eine kleine Verschnaufpause. Immerhin bestand die Möglichkeit, daß man ihm seit seiner Ankunft auf den Fersen war und die Innere Sicherheit des Imperators ihm lediglich genug Leine ließ, um zu sehen, welche Missetaten er im Schilde führte. ›Ziemlich unwahrscheinlich‹, dachte er. ›Aber soll ich meinen Hals in die Schlinge stecken? Ich habe doch nur den einen.‹

Er hatte dieses Zimmer gemietet, weil es zwei getrennte »Hintertüren« besaß. Eine führte auf eine verrostete Feuerleiter hinauf, die Alex heimlich verstärkt hatte; die zweite von der anderen Seite des Eckraums auf die umliegenden Dächer, wie gemacht für einen raschen Abgang. Außerdem verfügte das Zimmer über eine halbwegs taugliche Küche, so daß Alex nicht gezwungen war, sich den Blicken der Öffentlichkeit zu präsentieren.

Nach einer Woche, in der er sich mucksmäuschenstill verhalten und abgepackte Nahrung von der Qualität von Militärrationen zu sich genommen hatte, kam er zu dem Schluß, daß ihm niemand gefolgt war. Auf zum nächsten Streich.

Er besorgte sich eine Flasche teuren Brandy und rief sich ins Gedächtnis, daß er die Flasche woanders wegwerfen mußte, um keinen Verdacht zu erregen, da die Leute in dem Viertel, in dem er sein Quartier bezogen hatte, sich normalerweise billigeren Vergnügungen von der Qualität gefilterten Industriealkohols oder Selbstgebranntem hingaben. Und er heckte seine weiteren Pläne aus.

Stufe vier bedeutete, so nahe wie möglich an Arundel heranzukommen. Stufe fünf: Eindringen in das Schloß des Imperators. Stufe sechs besagte lediglich: raus und weg, hoffentlich in einer Flucht ohne Hindernisse.

Alex' Plan – einer rein, zwei raus – bestand darin, daß er bei seinem Weg nach draußen einen Partner haben würde.

Poyndex. Er war sich ziemlich sicher, daß der Mann einige Einwände gegen eine Verschleppung vorbringen und eventuell handgreiflich, zumindest jedoch laut werden würde.

Weder das eine noch das andere wollte so recht zu Kilgours Plan passen, besonders angesichts der Tatsache, daß ein Tohuwabohu für ihn einige unangenehme Nebenwirkungen zeitigen konnte, beispielsweise seinen Tod. Damit sein Gesamtplan also reibungslos über die Bühne gehen konnte, mußte Poyndex leise und spurlos verschwinden. Der Snark mußte ein Boojum sein. Diese Unterscheidung wollte er jedoch endgültig erst dann treffen, wenn sie in die Pläne von Alex, Sten und der Rebellion paßten.

Alex' ehrgeiziger Plan bestand darin, Poyndex direkt in den Knast der *Victory* zu bringen. Dort würde man ihn vor die gleiche Wahl wie Hohne, den Imperialen Agenten auf Vi, stellen: Seiten wechseln oder Gehirnscan.

Als Zyniker malte sich Alex aus, daß Poyndex, der bewährte Profi, der schon einmal sein Mäntelchen gewechselt hatte, nicht einmal so lange wie Hohne zaudern würde.

Sämtliche Quellen, die Alex hinsichtlich der Erstwelt konsultiert hatte, besagten, daß Poyndex als rechte Hand des Imperators die Finger überall drin hatte. Sein Wissen über die strenggehüteten Geheimnisse des Imperators würde ihnen in den letzten Tagen sehr zugute kommen.

Zu diesem Zeitpunkt plante Alex, Poyndex öffentlich auftreten zu lassen. Das würde dem Imperium einen weiteren Schlag versetzen.

Jetzt mußte er der Miezekatze nur noch die Glocke an den Schwanz binden …

Er zwang sich dazu, dem leisen Singsang in seinem Hinterkopf keinerlei Aufmerksamkeit zu schenken: »Und lange, sehr lange saß das Mägdelein/ Mit den güldenen Kämmen im Haar/ Wartete auf den Liebsten fein/ Der für immer gegangen war …«

Vielleicht mußte er diesmal dran glauben. Er hatte so ein gewisses Gefühl. Vielleicht war es sein letzter Auftritt – na und? Er war noch nie der Vorstellung erlegen, unsterblich zu sein oder eines Tages im hohen Alter in einem Bett mit seidenen Bezügen sanft zu entschlafen. Aber er war fest entschlossen, zumindest seinen Überfall auf Poyndex erfolgreich durchzuziehen, bevor er eine Reise zur Insel der Seligen in Betracht zog.

Er murmelte vor sich hin und trank die Flasche aus, machte dann wie ein krächzender Seher weiter, der in einer kahlen Heidelandschaft vor seinem Kessel Sprüche aufsagt und an nichts anderes als Tod und Verderben denkt. ›Nicht abschweifen, Kumpel.‹ Aber wenn er tatsächlich ein Seher war und sein Plan auch im nüchternen Licht des Morgens etwas taugte, sah Alex eine kleine Welle von Verbrechen für Fowlers nähere Zukunft voraus. An diesem Punkt angekommen, schaltete er die einzige Lichtquelle in dem schäbigen Zimmer aus und rollte sich zum Schlafen zusammen.

Er schlief. Falls er geträumt hatte, so erinnerte er sich nach dem Erwachen nicht mehr daran. Er ignorierte den Kater und ging noch einmal seine trunkenen Pläne vom Vorabend durch. Sie klangen immer noch recht vernünftig. Alex ging nach draußen, nahm ein Bier und einen Teller fettiger Eier zu sich und legte sich noch einmal bis zum Abend aufs Ohr.

Der erste Diebstahl fand bei einem Krankenwagen statt, der hinter der Notaufnahme geparkt hatte. Da Kilgour bei Mantis eine medizinische Grundausbildung genossen hatte, wußte er genau, welche Bestandteile der Ausrüstung des Wagens er entwenden mußte. Er fand, was er suchte, fluchte leise über die Unhandlichkeit eines der Objekte und verschwand, nicht ohne die

Tür des Krankenwagens wieder hinter sich verschlossen zu haben.

Er verstaute sein Diebesgut und warf einen Blick auf die Uhr. ›Sehr gut‹, dachte er. ›Wenn ich mich beeile, bleibt mir immer noch reichlich Zeit. Die Bistros schließen frühestens in drei Stunden.‹ Und wieder ging er in die Nacht hinaus, machte sich auf den Weg quer durch die Stadt, in ein Viertel, wo ein unvergittertes Fenster nicht sofort an einen Backstein und eine sauber kalkulierte Flugbahn denken ließ.

›Die Bude ist rammelvoll‹, dachte er, als er durch den Maschendraht auf die Luxuswagen blickte, die hinter der exklusiven Pinte geparkt standen. ›Ein, zwei Wächter plus ein paar Einparker. Kein Problem.‹

Er benutzte einen kleinen Laser, um ein Kilgour-großes Loch in den Zaun zu schneiden, und quetschte sich durch. Er entwendete die Registrierplaketten von sechs A-Grav-Gleitern und brachte fünf davon wieder an. Aber an ganz anderen Wagen. Mit der sechsten Plakette ging er wieder zu seiner Wohnung zurück. Kurz und schmerzlos. Kilgour belohnte sich mit ein paar Bieren in einer Kneipe mit erweiterter Sperrstunde. Er bezahlte einige Runden und machte sich ein paar Freunde.

Am nächsten Tag hing er faul herum, absolvierte lediglich ein paar Streckübungen und begab sich nur zum Essen und einem kleineren Einkaufsbummel nach draußen. Er kaufte getrocknete Rationen für drei Tage, einen Rucksack, Kochgeschirr, eine Taschenlampe, einen Tarnoverall und eine Tarndecke. Er wünschte sich, die phototropischen Tarnanzüge von Mantis seien frei erhältlich, was sie selbstverständlich nicht waren. Er hatte sich auch keinen mitgebracht, da er nichts bei sich hatte, was bei einer zufälligen Durchsuchung auch nur den geringsten Verdacht erweckt hätte. Die Vogelkundlerausrüstung mußte genügen. Sein letzter Kauf bestand in einem kleinen »Überlebensmesser« mit großer Klinge. Der nächste Anlaufpunkt war ein Laden für Hobbyelektroniker, wo er einige unverdächtige Artikel sowie die Werkzeuge und Schaltungen, um sie zu modifizieren, einkaufte.

Dann erlaubte er sich eine der beiden Annehmlichkeiten, die er sich von dieser Mission versprochen hatte. Er fand einen Lebensmittelhändler und kaufte drei Kilo billiges dünngeschnittenes Rindfleisch, dann Salz, frische Petersilie und eine Kollektion getrockneter Gewürze. In seiner Unterkunft schnitt er das Rindfleisch in kleine Streifen von ungefähr drei Zentimetern Breite. Die Streifen legte er in eine Marinade aus Sojasoße, Wasser, ein wenig billigem Wein, etwas scharfer Soße und Gewürzen: Knoblauch, eine Handvoll Lorbeeren, Bohnenkraut und Pfeffer. Der Knoblauch, die Beeren und die Gewürze wurden ein wenig sautiert und dann zischend heiß in den Rest der Marinade geschüttet. Dann wurden die Rindfleischstreifen einen ganzen Tag darin eingeweicht.

Um Mitternacht ging er wieder in die Kneipe, die er in der vorangegangenen Nacht ausgekundschaftet hatte. Einer seiner neuen Freunde wartete auf ihn. Er hatte etwas organisiert, woran Kilgour Interesse geäußert hatte. Eigentlich hatte er eine ganze Auswahl dabei. Kilgour machte sich über die Mini-Willygun lustig, obwohl das die Waffe war, die er am liebsten genommen hätte. Statt dessen erzählte er dem Hehler: »Wenn ich mit so einer Privatartillerie des Imperators geschnappt werde, dann bin ich reif für den Sprung vom Gerüst, und ich habe keine Lust, meine Ahnen zu besuchen, jedenfalls nicht in der nächsten Zeit.« Außerdem würde das verhindern, daß der Hehler auf den Gedanken käme, Kilgour habe ein größeres Ding vor, und dem örtlichen Wachtmeister, dem er den einen oder anderen Hinweis schuldete, ein Liedchen von dem Fremden vorsang.

Aus dem gleichen Grund wies er eine großkalibrige Handfeuerwaffe und einen Karabiner mit ausklappbarem Kolben zurück, obwohl es sich um konventionelle Projektilwaffen handelte. Er wählte ein Kleinkalibermodell zum Zielscheibenschießen aus und feilschte dann noch eine halbe Stunde um den Preis. »Ich will doch nicht mehr als ordentlich bluffen«, log er.

Glücklich und zufrieden darüber, daß er den Hehler davon überzeugt hatte, daß er wirklich nur ein Schmalspurgauner war, trabte er nach Hause und legte sich ins Bett.

Früh am nächsten Morgen widmete er sich seiner ersten Annehmlichkeit. Die Rindfleischstreifen wurden abgetrocknet und auf den Tisch gelegt. Darüber warf Alex etwas Salz; mindestens eine Handvoll pro Streifen. Anschließend hackte er die Petersilie. Dann folgten sehr großzügige Prisen eines Potpourris aus den Gewürzen, die er gekauft hatte. Thymian, mehr Bohnenkraut, süßes Basilikum, Pfeffer, Knoblauchpfeffer, Kräuterpfeffer, Majoran. Und etwas Kümmel, zum Trotz. Er drückte die Gewürze mit der flachen Seite des Messers in das Fleisch, dann drehte er die Streifen um und würzte auch die andere Seite. Das Fleisch wanderte dann in den behelfsmäßigen Herd der Wohnung, der auf niedrigste Temperatur gestellt wurde, wobei ein Korken die Herdklappe einen oder zwei Zentimeter offenstehen ließ.

Solange das Fleisch trocknete, machte er sich an der elektronischen Ausrüstung zu schaffen und verwandelte unschuldige Artikel in professionelles Einbrecherwerkzeug.

Er machte ein langes Nickerchen, um Energie für die Dinge, die da kommen sollten, zu sammeln. Als er kurz vor der Abenddämmerung erwachte, hatten sich die Fleischstreifen vor Trockenheit gekrümmt. Sie waren dunkelbraun, sahen ziemlich abstoßend aus und wogen kaum mehr als ein Kilo. Er bewunderte seine Charque. ›Jetzt bin ich auch so ein toller Koch wie der Imp, wie Marr und Senn und sogar wie mein kleiner Sten. Das Zeug hier wird sich ganz problemlos kauen lassen.‹ Er versiegelte die Charque in einer wasserdichten Packung. Dann suchte er alle seine anderen Sachen zusammen und verwischte sämtliche Spuren. Falls die Sicherheit jemals diese Wohnung finden sollte, würden ihnen auch ihre schlauesten Schnüffler nichts verraten, bis auf die Tatsache, daß dieses Loch von einem Sauberkeitsfanatiker gemietet worden war.

Er machte sich auf die Suche nach der zweiten Annehmlichkeit, wobei er seinen gesamten Abfall, angefangen von der Brandyflasche bis hin zu den Elektronikwerkzeugen, die er gekauft hatte, in einem Industrieabfallcontainer versenkte.

Er fand ein Restaurant, das groß genug war, daß man sich nicht mehr an ihn erinnern würde, und das trotzdem schon von außen recht anregend roch. Dort aß er. Zuerst stopfte er sich mit Proteinen voll, obwohl er wußte, daß das nicht die beste Art war, sich auf sein großes Solo vorzubereiten, aber er dachte sich: ›Scheiß auf die Ernährungswissenschaftler. Ich will was Handfestes haben und nicht Gestrüpp und Pampe essen. Drei Seafood-Cocktails. Zwei große Steaks, ultrakurz angebraten. Als Beilage sautierte Pilze. Einen großen Salat, einfach angemacht. Eine halbe Flasche Wein, um der Verdauung auf die Sprünge zu helfen.‹ Die Bedienung runzelte mißtrauisch die Stirn, seufzte, sagte aber nichts. Teil zwei bestand aus einer Ladung Kohlenhydrate. Er stopfte Pasta in allen auf der Speisekarte angebotenen Variationen in sich hinein, bis er sogar bei seinem Bauch einen Drang nach außen feststellte. Er trank gewaltige Mengen. Wasser. Einen Krug nach dem anderen. Wasserrationen.

Wenig später war er mit seiner Vielfraß-Nummer fertig und rollte – nach einem Trinkgeld, das eines Lord Kilgour würdig gewesen war – hinaus. Er klaute einen teuren A-Grav-Gleiter, dessen Alarmanlage und Wegfahrsperre ihm keinerlei Probleme bereiteten. An diesem Wagen befestigte er die Registrierplakette, die er auf dem Parkplatz mitgenommen hatte, und die Plakette dieses Wagens wiederum an dem direkt vor ihm. ›Verwirrung soll meine Grabinschrift lauten‹, dachte er bei sich und steuerte den A-Grav-Gleiter zu seinem Slum zurück. Das war ein wenig riskant, da er den offensichtlich nicht hierher gehörenden Wagen so lange am Straßenrand parken mußte, bis er seine Sachen geholt hatte; dann verabschiedete er sich von dem Slum. ›Ich weiß, daß diese Gegend hier nicht gerade gemütlich ist, aber in ungefähr einer Stunde werde ich voller Zärtlichkeit an mein nettes Zuhause zurückdenken.‹

Er sprang in den Wagen und war auch schon weg. Er hielt auf seinen Ausgangsort zu – den ultraluxuriösen Teil von Fowler, die weitläufigen Anwesen der Wohlhabenden, die sich so nahe wie möglich um den Imperator und seinen Palast angesiedelt hatten.

Jetzt würde sich seine Tauschaktion mit den Registrierplaketten in der vergangenen Nacht bezahlt machen, falls überhaupt schon jemand etwas bemerkt hatte. Wenn es bereits aufgefallen war und ihn die Bullen anhielten, dann erwarteten sie einen Scherzbold, keinen Kriminellen. Bedauerlich für sie, dachte er, und vergewisserte sich, daß die Pistole in seinem Schoß geladen und gesichert war.

Das Imperiale Gelände rings um Arundel war von einer Mauer umgeben und mit allen erdenklichen Sicherheitsmaßnahmen ausgestattet. Alex parkte seinen gestohlenen Wagen in der Straße, die am dichtesten an der Mauer vorbeiführte, und schulterte seine Ausrüstung. Noch eine Rechtfertigung für die vertauschten Plaketten. Wenn der Wagen als gestohlen gemeldet wurde, tauchte er auf dem Fahndungsblatt jedes Streifenbullen auf, weil die Karre einem Reichen gehörte. Jedenfalls seine Registriernummer. Und diese Plakette befand sich an einem völlig anderen Fahrzeug am Tatort des Diebstahls, was die ganze Situation noch mehr durcheinanderbringen dürfte.

Kilgour brauchte den teuren Sportgleiter an der Stelle, an der er ihn geparkt hatte, und er brauchte ihn dort mindestens drei Tage lang – und er wußte, daß jeder Geldbezirk, besonders einer, der so dicht an Arundel lag, patrouilliert wurde. Außerdem hatte er den Wagen für seine wilde Flucht eingeplant, zusammen mit Poyndex zurück nach Ashley-on-Wye.

›Verwirrung allen meinen Feinden‹, dachte er, als er auf der

Straßenseite gegenüber der Mauer saß und die Sicherheitsein-
richtungen in Augenschein nahm. Innerhalb von zwei Stunden
hatte er das System des Imperators im Kopf. Eine Wache zu Fuß
alle anderthalb Stunden, dazu eine, die gut genug ausgebildet war,
um ihre Runden zu variieren. Ein Sensor direkt vor der Mauer.
Einer obendrauf. Der gerollte Z-Draht auf der Mauer selbst war
wahrscheinlich präpariert. Er war sich ziemlich sicher, in einer
Baumkrone auf der anderen Seite einen Schwenkarm gesehen zu
haben. Ein Überflug pro Stunde. Dazwischen eine Gleiterpa-
trouille auf der Straße.

›Amateure‹, grinste Kilgour höhnisch. ›Von der billigsten
Sorte.‹ Bei Mantis bestand ein Standardtest in der Aufgabe, aus
einem Hochsicherheitsgefängnis innerhalb eines E-Tages auszubrechen, dabei galt dieser Test innerhalb der Sektion nicht einmal
als einer der kniffligsten.

›Höchste Zeit, mein Junge.‹ Er ging über die Straße, durch die
Sicherheitsvorkehrungen hindurch, und war in weniger als zehn
Minuten jenseits des im Baum verborgenen Aufnahmegerätes.

›Ts, ts, ts‹, dachte er. ›Der Imp ist nicht nur gaga, er heuert auch
schon Hirntote an, die er herumscheuchen kann.‹

Ab jetzt würde es allerdings haariger werden.

Zwischen ihm und Schloß Arundel lagen 27 Kilometer unbe-
wohntes Wald- und Sumpfgebiet.

Was normalerweise eine morgendliche Jogging-Distanz war,
kostete ihn drei Tage und viermal beinahe das Leben. Hunde.
Noch mehr automatische Sensoren aller erdenklichen Arten und
Bauweisen, angefangen von seismischen über UV und Bewe-
gungsdetektoren bis hin zu allem anderen, was der Sicherheitschef
des Imperialen Hofstaates zu bieten hatte. Dazu waren die Geräte
an unwahrscheinlichen Orten untergebracht. Dann unregelmäßige Patrouillen. Flugüberwachung. Und doch hätte es schlimmer kommen können. Ein Schwachpunkt bestand darin, daß der
Imperator darauf bestanden hatte, daß die Sicherheitsvorkehrun-

gen so unauffällig wie möglich sein mußten. Das bedeutete, daß Todesstreifen, Minenfelder und Suchscheinwerfer im Schachbrettmuster von Seiner Ewigkeit untersagt worden waren.

Alex erinnerte sich daran, daß er Sten gegenüber einmal damit geprahlt hatte, er könne etwas »im Schlaf erledigen und dabei noch ein Kanu hinter sich herziehen«. Jetzt kam es ihm so vor, als würde er genau das tun, denn er hatte die McLean-Trage im Schlepptau, auf die er den bewußtlosen Poyndex legen wollte, was wiederum die Last auf dem Rückweg zur Mauer auf nur wenige Kilo reduzieren würde.

Er bewegte sich immer nur wenige Meter weiter, überprüfte seine Spur und verwischte sie, falls nötig. Er schlief nicht, sondern kauerte sich nur hin und wieder zum Verschnaufen unter der Tarndecke zusammen, bis er sich etwas erholt hatte und seine Konzentration voll zurückgekehrt war. Er defäkierte nur in Bächen und Flüssen, und seine leeren Rationspackungen nahm er mit. Einmal kam er an einen Teich, versuchte, sich den versprochenen Wonnen der getrockneten Fleischstreifen hinzugeben, als ein Rudel Hunde die Ufer in Besitz nahm.

Endlich kam Arundel in Sicht; das Schloß hob sich dunkel vor einem gleißenden Himmel ab. Seine Schießscharten kamen ihm wie Augen vor, die ihn unablässig anstarrten. Und die Zinnen seiner Brustwehr … er schaltete seine Phantasie aus.

Alex verstaute die Trage in einem dichten Gestrüpp. Er war noch voll in seinem Zeitplan: es war später Vormittag am ersten Tag des Wochenendes. Bis zum Abend mußte er sich innerhalb der Mauern befinden, andernfalls mußte er sich eine ganze Woche versteckt halten.

Was er, falls nötig, auch tun würde. Anders war es ihm jedoch lieber.

Zwischen ihm und der 200 Meter hohen, in einem Winkel von 50 Grad geneigten Mauer des Burghofs befand sich nichts mehr; tief hinter den dicken Wänden lagen Büros und Lagerräume für das mannigfaltige Personal Arundels. Am späten Nachmittag wurde es ein wenig laut, und er vermutete, daß die Palastangestellten, die an einem eigentlich freien Tag hier hatten arbeiten müssen, sich in aller Eile auf den Weg zur Pneumo-Bahn machten, die sie unterirdisch nach Fowler zurückbringen würde.

Er wußte auch, daß sich unter ihnen die Glückspilze der Palastwache befanden, die einen Urlaubsschein bekommen hatten.

In Arundel blieb nur eine Art Notbesatzung zurück, dazu das Personal, das andere unaufschiebbare Aufgaben zu erledigen hatte, die Workaholics und der komplette Stab der unverzichtbaren Palastbediensteten, also Köche, Bäcker, Wäschereileute und Butler.

›Was für ein Aufstand‹, dachte Alex. ›Es gab mal 'ne Zeit, da wurde Wert darauf gelegt, daß das gesamte Personal aus Ex-Gardisten oder Ex-Mantis-Angehörigen bestand. Aber die hat unser guter Poyndex alle abgeschafft und durch andere Leute ersetzt, bei denen als Qualifikation ausreicht, hirnlose Bewunderer des Imperators zu sein.‹

Dazu kamen die Sicherheitsleute.

Keine Gurkhas. Die waren schon lange weg. Auch keine Prätorianer. Diese Truppe war, nachdem ihr Colonel sie zu einer Privatarmee zum Sturz des Imperators umfunktioniert hatte, nie wieder reformiert worden. ›Das war dein Problem, Kumpel‹, dachte er in Erinnerung an den verstorbenen Colonel Fohlee. ›Du warst das, was man einen hervorragenden Antifaschisten nennt. Und für deine fehlgeleitete Überzeugung haben sie dich durch den Fleischwolf gedreht.‹

Jetzt bestand die Wache aus der Inneren Sicherheit, Poyndex' eigenen Leuten, von denen niemand aus der Sektion Mantis oder von Mercury, der einmal mit ihnen zu tun gehabt hatte, sonderlich beeindruckt war.

›Heute nacht wird sich zeigen‹, dachte Kilgour, ›ob alles reiner Neid oder wohlbegründet ist.‹

Es gab noch zwei andere Personen, die sich im Schloß aufhielten.

Einmal Poyndex. Sten hatte recht – er verließ sein Quartier und seine Büros innerhalb der Schloßmauern nur selten.

Und noch einer.

Der Ewige Imperator.

Kilgour dachte darüber nach, während er wartete. ›Wäre das nicht die einfachste Lösung? Eine Lösung, die Sten eine Menge Schweiß, Ärger und Tüfteleien ersparen würde? Komme ich überhaupt nahe genug an ihn heran? Höchstwahrscheinlich nicht. Allzuviel Ehrgeiz schadet nur‹, rief er sich ins Gedächtnis, ›und meistens versaut man dadurch die ganze Kiste nur, statt mit dem Mädel und dem Klumpen Gold nach Hause zu ziehen.

Poyndex ist mein Goldjunge, und sonst nix.‹

Nach Anbruch der Nacht, nachdem er die fliegende Patrouille ausgekundschaftet hatte, verließ er sein Versteck, schob sich den 50-Grad-Steilhang zu den Burghofmauern hinauf, bis unmittelbar unterhalb der Mauerkrone – das, was man das Schanzwerk nennt. Er folgte der Linie, die im Zickzack vor und zurück sprang, bis er unter der hohen Mauer von Arundel selbst stand, die 700 Meter über ihm bis zu den Zinnen hinaufragte. Alex zog sich die Stiefel aus und verstaute sie in seinem Rucksack.

›Und jetzt die große Spinnennummer‹, dachte er und schob sich seitlich an die Mauer heran. Vorsprünge zwischen den Steinblöcken … Fingerspitzen … Halt für die Zehen … er kroch seitlich weiter, auf die Stelle zu, an der die gewaltigen Schwingtore den Haupteingang zum Schloß versperrten.

Mit Klettergarn und Jumars wäre es einfacher gewesen, doch er wollte das Risiko nicht eingehen, in Fowler eine derartige Kletterausrüstung zusammenzukaufen. Und diese Mauer war nicht unbedingt zum Fensterln gedacht. Er schluckte einmal kräftig, als ein Steinbrocken unter seinen Fingern nachgab, seine Zehe krümmte sich automatisch, rutschte weg, und Alex hing an zwei

Fingern und seinem anderen Fuß, und er hörte, wie das winzige Steinbröckchen dreißig Meter weiter unten auf dem Paradeplatz landete, ein Krachen und Poltern, ein Echo, das sich im ganzen Burghof wieder und wieder brach, lauter als eine Lawine, lauter als ein Kanonenschuß, fast so laut wie Alex' keuchende Atemzüge.

Er preßte sich an die Mauer. ›Du hättest vor deiner Abreise zur Übung ein paar Kletterpartien absolvieren sollen, Kumpel. Wo? Na, immer an der Wand des großen Hangars der *Victory* rauf und runter. Nur nicht schlappmachen.‹

Er hielt erst schräg über den Torflügeln an. Jetzt mußte er es sich zunächst einmal gemütlich machen. Was ihm auch gelang. Er trieb die schwere Klinge seines Messers in eine Fuge und stellte sich darauf. Und er fand eine gute Griffmöglichkeit, wo sich alle vier Finger an den Stein klammern konnten.

›Ich könnte hier glatt tanzen.‹

Ein Blick auf die Uhr. ›Ein paar Minuten bis zur ersten Wachablösung‹, dachte er. ›Mein Timing ist perfectamente.‹

Genau um 19 Uhr 50 flogen die Flügel des Tores krachend auf; die Wachablösung nahm ihren Lauf. Alex schaute mit dem Blick des professionellen Betrachters zu.

Der Vorgang diente sowohl zeremoniellen Zwecken als auch der Sicherheit. Die gesamte Wachmannschaft kam herausmarschiert, an der Spitze der Gardeoffizier und der Wachhabende Kommandant. Bei jedem Wachtposten machte die Formation halt, die Garde rief die Wache heraus – ›Nette Geste, das‹, dachte Alex. ›Wenn schon Abend für Abend ganze Clans eigenartiger Truppen durch Arundel marschieren, muß man ja nicht unbedingt mit Fremden mitgehen‹ –, der Aufforderung wurde Folge geleistet und der Posten abgelöst. Er präsentierte das Gewehr und begab sich im Laufschritt ans Ende der Formation, während seine Ablösung aus dem vorderen Teil der Formation seinen Posten übernahm. Dann marschierte der Trupp mit viel Getöse und Getrampel zum nächsten Posten und der nächsten Ablösung.

Alex hing zufrieden über ihnen und betrachtete sich die Blödheiten der Inneren Sicherheit. Er wußte, daß in einer militärischen Formation niemals jemand nach oben sah, auch nicht nach unten oder nach links oder rechts, aus Angst, sofort von einem Offizier oder Unteroffizier zur Sau gemacht zu werden.

Da es sich hier um eine Zeremonie handelte, waren die schwarzen Uniformen der IS, die in der Nacht durchaus praktisch und funktional waren, mit einem weißen Koppel, Helm, Epauletten und Handschuhen plus weißen Gurten an ihren Willyguns aufgemotzt. ›Wenigstens haben sie diese blöden Paradeknarren ausgemustert, mit denen die Prätorianer immer antreten mußten‹, dachte Alex.

Sie waren, schloß er, in höchstem Maße arglos; als Beweis für diese These diente ihm nicht zuletzt die Tatsache, daß jemand auf die Idee gekommen war, die Sohlen und Absätze ihrer Stiefel mit Eisen beschlagen zu lassen. ›Diese Schwachköpfe hört man schon auf eine Meile Entfernung. Wie lang auch immer eine Meile sein mag.‹

Schließlich hatte das Knallen der Stiefelabsätze und -sohlen, das Donnern der auf den Boden gerammten Gewehrkolben und das Klatschen der behandschuhten Hände gegen die Gewehrläufe ein Ende, und die alte Wache verschwand wieder in Richtung Arundel.

›Und jetzt‹, dachte Alex, der sich bei dem Anblick prächtig amüsiert hatte, ›werden wir mal sehen, ob dieser Paradeplatz nur ein fauler Zauber ist.‹ Vor Vergnügen wäre er beinahe von seinem Hochsitz gefallen.

›Ach du Schreck, mein mutig' Herz‹, dachte er in Erinnerung an seine Schulzeit, ›laß diese Zeremonie wohl heilsam sein.

Jetzt sind es noch zwei volle Stunden. Um 22 Uhr ziehe ich weiter.‹

Die beste Zeit für einen Überfall – oder ein heimliches Eindringen – sind entweder die Stunden kurz nach Mitternacht oder die Zeit vor dem Morgengrauen, wenn sämtliche Energien heruntergefahren sind und alles schläfrig ist. Normalerweise.

Aber Kilgour war noch gerissener. Deswegen hatte er sich für den Angriff auf eine Festung in Friedenszeiten ein Wochenende ausgesucht. Jeder, der keinen Urlaubsschein hat, ist entweder pleite, steht bei seinem Vorgesetzten auf einer schwarzen Liste, ist einsam und hat keine Freunde, ist Berufssoldat oder ganz allgemein genervt, weil er diesmal dran ist mit Dienstschieben. Außerdem nehmen viele Vorgesetzte, wenn sie nicht zum Dienst eingeteilt sind, selbst gerne an Wochenenden frei.

Wenn man diese Fakten kombinierte, blieben unterm Strich nur Leute, die Dienst nach Vorschrift absolvieren mußten und ganz allgemein nicht besonders gut gelaunt waren.

Kilgour überließ auch hier nichts dem Zufall und wählte die Zeit sorgsam aus. Die erste Schicht war die von 18 bis 20 Uhr. Das waren die Wachen, die direkt vom Essen kamen, aber trotzdem ziemlich wachsam waren, wenn auch aus keinem anderen Grund als dem, daß der Wachhabende seine Runde wahrscheinlich in ihrer Schicht drehte. Die zweite Wache war von 20 bis 22 Uhr. Nicht schlecht, aber immer noch ein bißchen früh. Noch immer zu viele Leute unterwegs. 22 Uhr. Die erste Runde der dritten Wache. Sie waren satt, hatten genug Zeit gehabt, sich gelangweilt im Wachraum herumzudrücken oder die Kantine aufzusuchen, falls die Basis über eine solche verfügte, um dort ein tröstendes Bierchen zu trinken oder eine Runde Karten zu spielen. Arundel verfügte über eine Kantine, die Bier und Wein ausschenkte. Dann wurde es Zeit, nach Möglichkeit militärisch überzeugend auf dem Posten auf und ab zu gehen, immer in dem Bewußtsein, daß man um Mitternacht abgelöst wurde. Wenn es soweit war, ging man lieber ins Wachhaus zurück, als sich in die eigene Unterkunft und das eigene Bett zurückzuziehen, nur um etwas später, um 4 Uhr, für die nächste Tour geweckt zu werden. Perfekt.

Kilgours größte Sorge bestand darin, daß die Typen von der IS ebenso subtil wie einst die Gurkhas waren. Damals, als die Gurkhas das Schloß bewachten, hatten sie die gleiche Routine und waren mit fast ebensoviel zeremoniellem Pomp umhergepoltert, mit der Ausnahme, daß sie ihre Paradeuniformen nur zu zeremoniellen Anlässen angelegt hatten. Doch sie hatten ihre Pflichten sehr ernst genommen und auch ihre Kantine angewiesen, während der Dienstzeiten nur Tee und Süßigkeiten auszugeben. Aber die Gurkhas hatten ihre ganz eigene, unangenehme Seite, einen für die kleinen braunen Männer aus Nepal geradezu charakteristischen Zug. Sie hätten bedacht, daß ein so verschlagener Kerl wie Kilgour einer Paradeformation ganz einfach aus dem Weg gehen konnte. Deshalb hatte bei ihnen hinter der properen Oberfläche der Wachablösung immer ein kompletter Zug in Kampfanzügen und mit gezückten Waffen blutdürstig auf der Lauer gelegen.

Offensichtlich hatte die IS von diesem Dreh keinen Wind bekommen. Außer den Soldaten, die Alex gesehen hatte, gab es keine weiteren.

Als die Stiefel der Wachen sich um 21 Uhr 50 laut polternd näherten, mußte sich Kilgour zurückhalten, um nicht laut loszuprusten. Die dritte Wache kam hervor – Alex hörte den einen oder anderen Kantinenbesucher heraus, der nicht ganz im Tritt ging – und absolvierte ihren Rundgang. Die Formation kam zurück, die abgelösten Posten gähnten und sehnten sich nach einer Mütze voll Schlaf.

Kilgour glitt aus seinem Netz, ließ sich zum Paradeplatz hinab und marschierte hinter der Wache durch den Eingang, kurz bevor die Tore krachend zufielen.

Jetzt war er im Innern von Schloß Arundel.

Genau das war der Augenblick der größten Gefahr. Es handelte sich tatsächlich nur um einen Augenblick, denn länger wollte er um keinen Preis sichtbar bleiben.

Er huschte bis direkt hinter einen Wachtposten. Vor ihnen lagen das Wachhaus und die Treppe, die zu dem großen Verlies führte, das nur zu Dekorationszwecken in Schuß gehalten wurde; jedenfalls hoffte Alex das. Schon einmal, in der Folge des großen Durcheinanders nach der Hakone-Verschwörung, war er dort gefangengehalten worden, zusammen mit fast allen Gurkhas.

Das Verlies war sein Ziel. ›Da geh ich doch gleich freiwillig ins Gefängnis‹, dachte er gutgelaunt und war im gleichen Moment von seiner Fröhlichkeit überrascht. Das Gefühl drohenden Unheils war jedoch noch ebenso mächtig. Sogar noch übermächtiger. Er befand sich in höchster Gefahr, fühlte sich aber trotzdem stark. Stark und sogar beschwingt. ›Kein Wunder‹, dachte er mit einem gewissen Ekel, ›wir Schotten haben schließlich was von den Briten auf den Kilt gekriegt. Wir haben unsere Lieder und unsere gute Laune, und sie marschieren mit verbissenen Gesichtern weiter und treten uns in den Dreck.

Na schön. Dann komm schon, Tod.‹

Das Wachhaus. Garde … halt. Befehl … Gewehr … über. Präsentiert … Gewehr. Eine Marschkolonne von links … vorwärts, marsch. Die Wache ging nach innen, gefolgt vom Wachoffizier und dem Befehlshabenden. Kurz darauf drückte sich auch Kilgour in das Wachhaus.

Geklapper, Rufe, irgendwo rauschend eine Dusche, Gewehre wurden polternd in die Halterungen gestellt, Matratzen ausgerollt, das laute Geschnatter junger Männer und Frauen, die gerade zwei Stunden militärisch auf und ab gegangen waren.

Niemand bemerkte den Mann im Overall, der an der offenen Tür vorbei in den Korridor huschte. Der Korridor endete vor einer dicken, mit allerlei ausgefuchsten Schlössern gespickten Tür. Ausgefuchst und altmodisch. Es dauerte weniger als eine Minute, die drei Schlösser, die tatsächlich zugesperrt waren, ausfindig zu machen, eine weitere Minute, um sie so zu präparieren, daß sie hinterher noch intakt aussahen, und schon war Alex drinnen, oben auf der Treppe, die in das Verlies hinabführte.

Er schloß die Tür hinter sich und keilte sie fest. Dann zog er die

Stiefel an und machte sich an den Abstieg. Die steinernen Stufen waren ausgetreten, als wären schon Generationen von Gefangenen und ihren Wärtern diese via dolorosa gegangen.

Kilgours Taschenlampe beleuchtete die Kammer am Fuß der Treppe. Genau, wie er es in Erinnerung hatte, obwohl die Erinnerung trügerisch war. Aber Marr und Senn hatten beteuert, Arundel sei *exakt* nach den Plänen seines Vorgängers gebaut worden. Die Tür zu der großen Aufbewahrungszelle stand offen; zumindest dieses Schloß mußte er nicht knacken.

›Wenn ich mich recht erinnere, kam der gute Sten ungefähr hier aus der Wand.‹ Kilgour drückte gegen den Stein.

Die Wand glitt geräuschlos zur Seite.

Alex schob sich durch den Spalt.

Das war das »Geheimnis« von Arundel, obwohl es nicht sehr geheim war. Sten hatte es vor vielen Jahren, noch als Kommandant der Leibgarde, entdeckt. Arundel war von Geheimgängen durchzogen. Sie zogen sich von den Gemächern des Imperators zu anderen Schlafzimmern, zum Verlies hinunter und bis zu anscheinend sinnlosen Zugängen in den Hauptfluren. Die Tunnels hatten sie beide sehr begeistert, damals, in einer anderen Zeit, mit einem anderen Imperator. Ein richtiges Schloß mußte auch Geheimgänge haben, und ein Imperator, der seinen romantischen Impulsen so nachgab, hatte sie durchaus beeindruckt.

Jetzt waren diese Passagen, wenn Marr und Senn sich nicht geirrt hatten und sie tatsächlich so angelegt waren wie im alten Arundel, ein weiterer Nagel im Sarg des Imperators.

Alex stieg die Wendeltreppe hoch, folgte der kurvenreichen Passage, wobei er stets das Bild der Außenseite des Schlosses, das er sich eigens eingeprägt hatte, im Hinterkopf behielt. Er brauchte den Gang, der zu der Flucht mit den Schlafzimmern führte.

Kilgours Stimmung hatte sich erneut verändert. Jetzt kam es ihm so vor, als würde ihn jemand erwarten, doch das mochte ebensogut an den Kilotonnen Stein und der Dunkelheit liegen, die ihn umgaben.

Dort hinauf, immer höher.

Dreimal entdeckte er Sensoren und machte sie unschädlich. Doch hier, wie eine Ratte hinter den Wänden im Rücken der Sicherheitskräfte, die durch die Flure des innersten Heiligtums patrouillierten, kam er rasch voran. Eine Ratte, die sich immer dicht an der gemauerten Wand hielt, wie jeder erfahrene Schnüffler, der sich Treppen empor oder Korridore entlangschlich. Nicht nur, um immer eine möglichst gute Deckung zu haben, sondern weil Dielen knarren und …

Abgestandene Luft?

Nein. Plötzlich war sie ganz frisch.

Alex sah sich nach einem Lüftungsschacht um. Nichts als grauer Stein, oder eine synthetische, sehr echt wirkende Nachbildung, obwohl Alex den offensichtlich handbehauenen Markierungen nach schloß, daß die Passage ebensogut echt sein konnte.

Eindeutig frische Luft. Alex kniete sich hin und hielt die Handfläche flach über den Boden. Von dort kam es, hinter dieser großen Bodenplatte. Die Platte war eine Falltür. Wahrscheinlich wurde sie durch Druck aktiviert. Er kramte eine Hundertstel-Credit-Münze aus der Tasche, schob sie durch den Spalt und ließ sie fallen. *Ting … kling … kling …*

Es ging sehr tief hinunter.

Eine Oubliette?

Alex dachte daran, die Tür aufzustoßen, ließ es aber sein. Vielleicht war sie mit einem Alarm gekoppelt. Oder …

… die Oubliette könnte schon besetzt sein.

Kilgour ging weiter, eilig, und las sich dabei selbst die Leviten. ›Du bist hier in den Katakomben, du Blödmann, und du kommst mit Verliesen und Ratten und erblindeten Gefangenen an, die schon vor Jahrzehnten in die Dunkelheit gestoßen wurden. Das ist doch nix anderes als ein Müllschlucker. Oder eine Inspektionsluke. Oder der Imperator hat sie aus Gründen der Authentizität einbauen lassen.

Ach ja, der Kerl ist so ein Pedant, der bohrt Löcher in die Höhle, die außer ihm keiner je zu sehen kriegt, nur um sich eine seiner schicken Damen oder auch einen Herrn zu angeln.

Du blöder Trottel.‹

Die lange Rampe endete schließlich in einem Korridor, breiter als alle anderen Gänge, durch die er bis jetzt gegeistert war.

›Ich glaube, das ist das erste Stockwerk.‹ Aber Alex wollte sichergehen. Und wieder störte ihn etwas. Eine Etage über ihm mußten die Privatgemächer des Imperators liegen. Mitsamt dem Imperator darin.

›Wenn er sich nicht wie das Frettchen, das aus ihm geworden ist, unten in seinem Bunker versteckt, in den Katakomben, die sich bis zu den Toren der Hölle weit unter mir erstrecken. Ich sollte vielleicht mal kurz nachsehen‹, schlugen seine Gedanken scheinheilig vor.

›Irgendwo hier in der Nähe müßte ein kleiner Bogen sein, außerdem Marmorstufen, die mich zu dem Kerl selbst hinaufführen.‹

Es gab keinen Bogen. Nur solides Mauerwerk.

Alex berührte es an verschiedenen Stellen, um sicherzugehen, daß es sich nicht wieder um eine Geheimtür handelte. Es war keine Geheimtür.

›Na schön, der Bursche hat also nicht alles genau so gebaut, wie es mal war. Verrückter, paranoider Dreckskerl‹, dachte er, aber mit einiger Erleichterung. Es bewahrte ihn davor, diesem wilden Drang nachzugeben, die Lösung mit einem wahnsinnigen Angriff auf das Herz des Feindes herbeizuzwingen.

Also machte er sich wieder auf die Suche nach der Beute, auf die er eigentlich aus war.

Alex fand eine Verkleidung – vielleicht zur Beobachtung gedacht –, die sich in den äußeren Flur aufklappen ließ. Er drückte sie einen Spalt auf … und spähte hindurch.

Aha. Zwei Typen von der Inneren Sicherheit vor einer Flügeltür. Marr und Senn hatten ihm gesagt, daß man das gesamte Stockwerk umgebaut hatte. Poyndex war der einzige, der hier wohnte, und nur Poyndex durfte so nah an dieses Zimmer herankommen.

Alex lächelte.

Ein ganz anderes Lächeln als zuvor, als er wie eine Fledermaus über dem Eingang zum Schloß gehangen hatte.

Jetzt lag das Lächeln eindeutig auf dem Gesicht eines Tigers.

Poyndex fluchte leise vor sich hin. Die Enttäuschung spiegelte sich nicht in seinem Gesicht wider; er unterdrückte sie wie alle anderen Regungen. Er warf das Programm raus, das er soeben ausprobiert hatte, und ging wieder zum Anfang des Fiches zurück.

Ein leiser Kopfschmerz plagte ihn. Seine Augen fühlten sich an, als wären sie mit einem Sandstrahlgebläse bearbeitet worden.

Eigentlich hätte er den Computer ausschalten und ins Bett gehen sollen. Es war zwar noch nicht so spät, aber er hatte mehr als einen 20-Stunden-Tag hinter sich, den er zwischen seinen normalen Aufgaben als Chef der Inneren Sicherheit, den ständigen Anrufen des Imperators und seiner neuen Mission – der Vernichtung der Heimatplaneten aller Rebellen – aufteilte.

Er war das Terrorprogramm des Imperators wieder und wieder durchgegangen.

Zunächst erschien es ihm absurd. Nein, nicht absurd, hatte ihn sein Verstand korrigiert. Wagnerianisch im Sinne der Götterdämmerung. Wie dieser Tyrann von der Erde – wie lautete sein Name gleich noch mal? Genau: Adolph der Gelähmte. Aber das war unmöglich. Der Ewige Imperator *konnte* einfach nicht verrückt sein. Natürlich nicht.

Er erinnerte sich dunkel an einen der Lehrer aus seiner Jugend, der ihm von einem Diktator aus der Vergangenheit erzählt hatte, der seinen alten Boß gestürzt hatte und dann seine eigenen Leute rasch eine neue Verfassung schreiben ließ, die seinen Griff nach der Macht legitimieren sollte. Der Diktator hatte den ersten Entwurf zurückgewiesen und seinen Untergebenen gesagt, daß die neue Verfassung auf keinen Fall am staatlichen Einsatz von Terror als rechtmäßiges Mittel drehen durfte. Terror von oben, wurde es genannt. Es gab also einen Vorläufer für diese Politik.

Das Problem dabei war nur, daß er sich weder an den Namen des Diktators erinnern konnte, noch daran, ob seine Regierungszeit lang und schrecklich oder kurz und blutig gewesen war … und er hatte absolut keine Zeit, genauere Recherchen anzustellen.

Nachdem er eine Weile darüber nachgedacht hatte, fand Poyndex den Plan des Imperators sehr verdienstvoll. Könnte dieser aufflackernde Nonsens einer Rebellion – die jetzt, da der »Befreier« tot war, eher mit dem Begriff »anarchisch« bezeichnet werden sollte – von einer gewaltigen, beinahe blitzschnellen Anwendung von Gewalt erstickt werden? Machiavelli jedenfalls hatte seinen Prinzen sofort nach seiner Machtergreifung angewiesen, alle seine Feinde auf einen Streich auszuschalten.

Das sollte nicht heißen, daß Poyndex niemals daran dachte, diese neue Imperiale Politik in Frage zu stellen. Er verhielt sich loyal. Vielleicht nicht unbedingt dem Imperator gegenüber, aber der neuen Faszination, daß es möglich war, ewig zu leben. Ewig zu leben und … zu herrschen?

Die Liste war fertig. Die Hauptwelt der Cal'gata. Die sechs Kantonwelten der Honjo. Die siebzehn dezentralen Gebietshauptwelten der Zaginows. Vi, die Hauptwelt der Bhor. Und so weiter und so fort. Die Todesliste wies unterm Strich 118 Planeten aus, die vernichtet werden sollten.

Eine derartige Aktion könnte durchaus durchgeführt werden, denn noch immer verfügte das Imperium über mehr als genügend Schlachtschiffe mit absolut loyalen Besatzungen, die jeden Planeten in die Luft jagen würden, wenn es nur befohlen wurde.

Das Problem lag darin, daß der Ewige Imperator die Planetenvernichtung praktisch gleichzeitig ausgeführt haben wollte.

›Nach welcher Uhrzeit‹, dachte Poyndex, ›und nach welchem Kalender? Ortszeit? Zulu? Erstwelt?‹ Eigentlich hätte er sich darüber mit Admiral Anders und seinem Stab in Verbindung setzen müssen. Die Flotte mochte wohl etwas schwer von Begriff sein, aber jeder Flottenkommandant mit einer Grundausstattung an logischem Denken müßte wohl in der Lage sein, dafür zu sorgen, daß die entsprechenden Schiffe rechtzeitig in ihrem Zielgebiet eintrafen – aber auch nicht zu früh, um keinen Argwohn zu erwecken. Der Imperator bestand jedoch auf einer absolut geheimen Operation, und das bedeutete, daß nur Poyndex und sein persönlicher Stab etwas von dem geplanten Blutbad wissen durften.

Poyndex erhob sich von seinem riesigen Metallschreibtisch. Zusammen mit der restlichen technischen Ausstattung, die er um sich aufgebaut hatte, stach dieser Tisch schmerzlich von dem gedrechselten Holz und den Seidentapeten der Suite ab. Na und? Wenn diese Sache vorbei war, vielleicht kam dann der Tag, an dem er alles umbauen ließ. Dann aber mit einigen seiner eigenen Ideen, und nicht nach den Vorstellungen eines schwachsinnigen Architekten, der davon überzeugt war, daß früher alles besser und schöner gewesen sei. Wenn er Zeit dafür hatte, wenn er nur einmal genug Zeit dafür hatte.

Aber dafür reichte die Zeit nie.

Vielleicht ein kleiner Schluck, um etwas Zucker in den Blutkreislauf zu bringen.

Poyndex ging zu einer kleinen Bar und betrachtete die Flaschen. Der Scotch, den der Imperator bevorzugte und den Poyndex nicht ausstehen konnte. Diese schreckliche Substanz mit Namen »Goldschein« und ihr sogar noch schrecklicherer Kollege, dieses Gesöff namens Stregg, das der Imperator früher angeblich einmal gemocht hatte. Poyndex hatte es nur einmal probiert und sich geschüttelt. Nur ein Säufer oder ein Außerirdischer konnte so etwas trinken. Er nahm die Karaffe aus geschliffenem Glas mit dem Mehrfruchtbrandy von seinem Heimatplaneten in die Hand, dem einzigen Schnaps, dem er etwas abgewinnen konnte, jedenfalls wenn er nicht mehr als hin und wieder einen Schluck davon zu sich nahm.

Nein, das war es auch nicht.

Er wandte sich dem Durchgang zu seinem Schlafzimmer zu. Das war es, was er eigentlich wollte. Sich hinlegen. Schlafen. Einen ganzen Tag lang. Oder eine Woche. Ewig.

Es dauerte eine Sekunde, bis er den Mann bemerkte, der da im Türrahmen kauerte. Ein Mann in einem eigenartigen Tarnanzug. Sein Gesicht war geschwärzt. Und der lange Lauf seiner Pistole zielte auf die Mitte von Poyndex' Brust.

»Stehenbleiben«, sagte Alex ganz ruhig. Normalerweise hätte er begleitend dazu einen markerschütternden Schrei ausgestoßen, aber draußen vor der Tür standen zwei Wachen.

»Nicht atmen, nur auf mein Kommando«, fuhr er fort, wobei er sich aufrichtete und auf Poyndex zukam; weder seine Augen noch der Pistolenlauf lösten sich von seinem Opfer.

»Sie sind Kilgour«, sagte Poyndex und versuchte, sich den Schock nicht anmerken zu lassen. Ein kurzes Aufflackern von Stolz – er verspürte keinerlei Angst.

»Genau.«

»Dann dürften Sie wissen, daß mein Tod das Imperium nicht aufhalten wird.«

»Ehrlich?« fragte Kilgour mit höflichem Desinteresse. »Habe ich auch nicht vor. Der große Schlaf kommt noch nicht über dich, es sei denn, du machst Dummheiten, wie zum Beispiel laut schreien.

Zuerst gehst du von der Bar weg und drehst mir den Rücken zu; dann kniest du dich hin und verschränkst die Hände hinter dem Kopf. Los, Bewegung!«

Poyndex drehte sich um. Ging in die Knie, hielt dann aber inne.

»Da fällt mir gerade ein«, sagte er, »wenn Sie nicht auf einem persönlichen Rachefeldzug sind ... ist Sten dann noch am Leben? Hat er diese Operation befohlen?«

»Ich sagte, ich will dich auf den Knien sehen, Kumpel«, wiederholte Alex, kaum mehr als flüsternd. »Also los.«

Poyndex kniete sich hin ... und hob die Arme, bewegte sie hinter seinen Kopf. Alex streckte seine freie Hand mit der winzigen Betäubungsspritze aus. Poyndex' rechte Hand zuckte zur Bar.

Kilgours Reflexe setzten ein.

Die linke Hand des Schwerweltlers ließ die Spritze fallen, ballte sich zur Faust und schoß nach vorne.

Traf. Genau auf die rechte Seite von Poyndex' Nacken. Es knackte laut, Poyndex' Kopf knickte in einem unmöglichen Winkel zur Seite ... und sein Körper fiel nach vorne. Alex packte ihn, bevor er gegen die Bar stürzen konnte, und legte ihn sachte auf den Teppich ab.

Obwohl er wußte, daß er seine Zeit verschwendete, überprüfte er den Puls, drehte Poyndex um und hob ein Augenlid an. Er hielt sogar sein Ohr vor Poyndex' Mund, in der Hoffnung, wenigstens einen schwachen Atemzug zu verspüren.

Nichts.

›Du Blödmann‹, schrie ihn sein Bewußtsein an. ›Das hast du dir doch denken können! Bist du denn völlig bescheuert? Hast du dich nicht mehr unter Kontrolle? Es spielt doch keine Rolle, ob der Kerl hier Mahoney umgebracht hat oder ob er dem Imperator dabei geholfen hat, wer weiß wie viele andere abzuschlachten!

Du bist kein Profi‹, dachte er angewidert und erhob sich.

Dann erblickte er den Knopf, der an der Unterseite der Bar eingelassen war. Er sah genauer hin. An der Vorderseite der Bar war nichts zu sehen. Da. Über ihm. Ein wegklappbares Paneel, genau so, wie man es ihm bei der Grundausbildung gezeigt hatte. Was befand sich wohl dahinter? Eine Pistole? Eine Gasdüse? Ein elektrisches Netz? Gekoppelt mit einer Alarmsirene? Was auch immer, es hätte ein Desaster ausgelöst.

›Tja, hab ich jetzt überreagiert, oder hab ich im Augenwinkel doch diesen Knopf gesehen? Quatsch‹, dachte er. Kilgour weigerte sich standhaft, an mehr als die üblichen fünf Sinne zu glauben. Dann fiel ihm auf, daß zum ersten Mal nach jener schlaflosen Nacht auf den Zinnen von Othos Burg, der Nacht vor so langer Zeit, als Cind zur Sprecherin der Bhor ernannt worden war, das Gefühl des drohenden Untergangs von ihm gewichen war.

›Bei allen Stuarts‹, dachte er. ›Jetzt trage ich dieses dumme Gefühl schon seit Ewigkeiten mit mir herum und stolpere wie ein Rekrut beim Musterungsmarsch von Mantis durch die Gegend. Und dann verschwindet es plötzlich mit Poyndex' schmutziger Seele in den Äther.

Willst du damit etwa andeuten‹, höhnte sein Bewußtsein, ›daß du *gespürt* hast, daß hier ein Leben in die Waagschale geworfen werden mußte? Daß einer von euch den Preis zahlen mußte, entweder du oder Poyndex? Hör schon auf‹, dachte er. ›Ich habe keine Zeit für Highland-Teufel und Trolle.

Die einzige Frage lautet jetzt: Was tut das Milchmädchen, wenn es den Eimer umgekippt hat und die Hausfrau keine Katze besitzt?‹

Kurz darauf fiel ihm die Lösung ein.

Er schulterte Poyndex' Leiche, ging ins Schlafzimmer und von dort aus hinter die Wandverkleidung in den Geheimgang.

Jetzt, da er sich kugelsicher fühlte, ging er rasch durch die Korridore, bis zu der breiten Bodenplatte. ›Na, wenn jetzt keine Minen oder Sirenen eingebaut sind, dann kann ich einfach nach Hause spazieren.‹ Er setzte Poyndex' Leiche auf dem Stein ab.

Der Stein klappte nach unten weg, und die Leiche stürzte in die Dunkelheit.

Kein Sirenengeplärr. Kein Getrappel von Wachen, falls es ein stummer Alarm gewesen sein sollte.

Nur ein Aufprall. Stille. Noch ein Aufprall. Wieder Stille, sogar noch länger. Schließlich ein Platschen, als der tote Poyndex unten ankam. Kilgour fragte sich erneut, was sich am Fuß dieses elend tiefen Schachts wohl befand. Er leuchtete mit seiner kleinen Taschenlampe in die Dunkelheit. Nichts.

Er berührte die Steinplatte, die daraufhin geräuschlos wieder zuklappte und auf das nächste Gewicht wartete.

War das ein Müllschacht? Ein Abwasserkanal?

Alex schüttelte den Kopf.

Das würde er wohl niemals erfahren.

Er ließ sich noch einmal die Geschehnisse der letzten Minuten durch den Kopf gehen und nickte dann nachdenklich.

Was würde wohl passieren, wenn Poyndex' Leiche nicht entdeckt wurde; zumindest eine gewisse Zeitlang nicht? Welchen Effekt hatte es auf die Innere Sicherheit? Und wie würde der Imperator darauf reagieren?

›Ziemlich gruselig‹, dachte Kilgour. ›Und das alles nur, weil Poyndex einen heftigen Klaps abgekriegt hat, statt wie geplant einem Gehirnscan unterzogen zu werden.

Keine schlechte Arbeit‹, dachte er. ›Ich bin doch nicht der Einfaltspinsel, für den ich mich noch vor wenigen Minuten gehalten habe.‹

Er mußte zugeben, daß er sich ein Glas Bier und einen Schnaps verdient hatte. Und vielleicht sogar einen Mondscheinspaziergang mit Marl und Hotsco.

Nachdem er sich durstig gedacht und in romantische Stimmung versetzt hatte, machte sich Kilgour auf den Heimweg.

Kapitel 36

Die Kreatur betrachtete Sten einen langen Moment durch ihre riesigen zusammengesetzten Augen. Sten rührte sich nicht und blieb bäuchlings auf dem Meeresgrund liegen. Drei Meter über ihm brachen sich die Wellen und klatschten donnernd gegen eine felsige Insel.

Das Tier hatte einen in drei Segmente unterteilten Körper, der mit harten, wiederum gegliederten Auswüchsen übersät war, die sich wie Stacheln in alle Richtungen reckten. Es sah feindselig aus, aber schließlich stufte Sten alles, was über einen Meter lang und mit zangenartigen Kiefern ausgestattet war, als unfreundlich ein. Besonders dann, wenn es sich ungefähr zwanzig Zentimeter vor seinem eigenen Gesicht bewegte.

Schließlich kam das, was als Gehirn dieser Kreatur durchgehen mochte, zu einer Art Lageeinschätzung: Du bist das größte Lebewesen in diesem Ozean. Nein, bist du nicht. Es gibt etwas, das größer ist als du. Es sitzt direkt vor dir. Du bist ein Raubtier. Du kannst alles in diesem Ozean auffressen. Nein, kannst du nicht. Du hast schon probiert, ein Stück von diesem Ding abzubeißen. Deine Zangen haben kein Stück abgekriegt. Das ist eine ungewöhnliche Situation. Du steckst in der Klemme. Besser, du verdrückst dich irgendwohin, wo diese Kreatur nicht ist.

Der riesige »Trilobit«, wie Sten ihn getauft hatte, ließ seine »Beinchen« flirren und huschte davon, verschwand im wogenden Treiben der Algen.

Sehr gut. Sten ging noch einmal die letzten Überlegungen durch, die er sich zurechtgelegt hatte, bevor ihn diese Kreatur erschreckt hatte. Der Gliederfüßler stellte keine Gefahr für Sten dar, schon gar nicht, weil Sten einen Raumanzug trug. Aber wenn diese verdammten Scheren einem so dicht vor dem Visier herumschnappten, fiel es schwer, daran zu glauben.

Der Richtstrahl aus dem Anwesen der »Familie Shahryar«, den sie beinahe verpaßt hätten, hatte die *Victory* noch tiefer in das schwarze Jenseits geführt, tiefer in den noch kaum erforschten Weltraum hinaus. Der Strahl traf mehrere hundert Lichtjahre lang weder auf ein Sonnensystem noch auf ein anderes Objekt.

Doch dann kam dieses Sonnensystem. Drei Planeten, ein Mond und eine Sonne. Kein totes System, wie die Relaisstation, die Kyes entdeckt hatte, die Relaisstation, die sich nach seinem Eindringen selbst zerstört hatte. In diesem System war das Leben gerade am Entstehen.

Sten hatte die *Victory* am äußeren Rand des Sonnensystems gestoppt, aus Angst davor, der kleinste Fehler könnte den dünnen Verbindungsfaden kappen, wie es schon bei so vielen anderen zuvor geschehen war. Dann mußten sie die nächste dieser Luxusherbergen ausfindig machen und versuchen, Cinds Erfolg zu wiederholen. Oder diesem einen Strahl hinaus ins Unbekannte zu folgen. Wahrscheinlich würde es kaum mehr als eine oder zwei Lebensspannen dauern, bis sie den Topf voll Gold am Ende dieses beinahe unendlichen geraden Regenbogens fänden.

Freston kehrte erneut zu seinem eigentlichen Metier, der Funkkonsole, zurück. Er hatte Sten garantiert, daß der Richtstrahl aus dem Herrenhaus genau auf den zweiten Planeten dieses Sonnensystems traf.

Sten verfrachtete Freston, Frestons Funkspezialisten, Hannelore La Ciotat und sich selbst auf die *Aoife* und koppelte La Ciotats Einsatzschiff erneut an den Zerstörer.

Langsam und vorsichtig näherte sich die *Aoife* dem Planeten. Eine wirklich noch sehr junge Welt. Die Kontinente versanken ganz langsam, und überall breiteten sich flache Ozeane aus. Kambrisch, lautete die korrekte Beschreibung; jedenfalls hatte ihn Cind darüber aufgeklärt und ihm nahegelegt, eines schönen Jahrhunderts in seiner Freizeit den einen oder anderen Kurs in Geologie zu belegen.

Sie suchten intensiv. Mit bloßen Augen und mit allen möglichen aktiven und passiven elektronischen Ortungsgeräten. Es dauerte eine volle E-Woche, bis Freston auf etwas stieß. Er hatte einige merkwürdige Signale von der Küste empfangen. Dort unten war etwas, das künstlich zu sein schien. Doch sämtliche Oberflächenabtastungen, von Infrarot bis hin zu Radar, besagten, daß es sich bei dem Gebiet lediglich um eine der vielen felsigen Erhebungen dieser noch sehr sterilen Landmasse handelte.

Freston schlug vor, eine Sekunde lang einen Funkstrahl auf der Frequenz des Richtstrahls von der *Aoife* loszuschicken. Bei dem Versuch fing er mehrere Strahlechos auf. Seiner Theorie nach hatte man in diesem Gebiet eine oder mehrere Antennen in der Oberfläche des Planeten vergraben. Antennen, die sowohl empfangen als auch weiterleiten und zurücksenden konnten.

Sten dachte darüber nach. Der kleine Mond, den Cind untersucht hatte, war vor lauter Antennen, einem versteckten Unterschlupf sowie einer Energieversorgung und einem Vorratslager völlig ausgehöhlt gewesen. Der Imperator war zu gerissen, um stets die gleiche Art von Planeten für seine Relaisstationen auszuwählen, aber es sah so aus, als hätte er jeweils die gleiche Ausstattung dafür verwendet und die meisten dieser Stationen aus Sicherheitsgründen unter der Planetenoberfläche verborgen.

Oder unter Wasser.

Bei diesem Gedanken hatte Freston verächtlich geschnaubt – warum sollte man ein zusätzliches Störfeld, wie es eine Flüssigkeit darstellte, akzeptieren, ganz abgesehen von Ablagerungen, Krustentieren mit Klauen und allem anderen? Sten nickte. Richtig. Die Station – wenn es sich denn um eine handelte – lag bestimmt irgendwo an der Küste.

Dann präsentierte Freston triumphierend ein zweites Ortungsergebnis. Er hatte das ganze Gebiet ein paar Stunden nach Einbruch der Dunkelheit noch einmal aufmerksam abgetastet und tatsächlich etwas entdeckt. Etwas, wonach man sonst eigens suchen müßte, und auch dann nur innerhalb eines sehr begrenzten Gebiets.

Die Felsen speicherten die Tageswärme sehr lange. Viel länger als die Luft. Das versorgte Freston mit einigen interessanten Bildern, besonders nachdem sie von einem phantasiebegabten Computerspezialisten vergrößert worden waren. Hier ... das Abbild einer vergrabenen Antenne, deren Material die Hitze sogar noch länger hielt als die Felsen. Da drüben, eine rechteckige Form, ohne die Vergrößerung unsichtbar. Ziemlich groß sogar: Freston hielt das Gebilde für ein Hangartor, dessen Umrisse sich wegen der kühleren Luft abzeichneten, die durch die Türritzen drang. Und noch ein Stück weiter – Frestons Grinsen machte Anstalten, sich an seinen Ohren vorbeizumogeln und sich hinten im Nacken zu treffen – die Eingangstür. Für Menschen geschaffen.

Sten mußte nur zu diesem Eingang vordringen, herausfinden, wie sich das Schloß öffnen ließ, und voilà.

Voilà, sagte Sten zynisch, und sich dann überlegen, wie groß die Bombe war, die hinter der Tür wartete. Freston schüttelte den Kopf. Man konnte nicht von ihm verlangen, daß er alles erledigte, oder? Schließlich war er nur ein unterbezahlter Captain.

Sten lachte und warf ihn hinaus. Dann setzte er sich hin und versuchte, den Rest des Plans auszutüfteln. Der Gedanke an eine Szene unter Wasser half ihm schließlich auf die Sprünge. Er ließ La Ciotat rufen, küßte Cind und machte sich auf den Weg.

Der Eintrittswinkel in die Atmosphäre und die Flugbahn des Einsatzschiffs entsprachen exakt dem Verhalten eines Meteoriten; zwar eines ziemlich großen, aber daran ließ sich nun einmal nichts ändern. Er ging knapp hinter dem Horizont nieder, in angemessener Entfernung von den Erschütterungssensoren auf dem Kontinent. La Ciotat steuerte ihr Schiff dann unterhalb der Wasseroberfläche Richtung Ufer, wobei sie vor sich hin murmelte, daß sie als Kommandantin eines U-Boots lieber als Delphin wiedergeboren werden würde – oder als Rykor.

Ungefähr einen Kilometer vor der Küste stieg ein Riff bis dicht unter die Oberfläche an. Sten befahl La Ciotat, das Einsatzschiff direkt vor dem Riff auf Grund sinken zu lassen.

Er verließ das Schiff durch die Luftschleuse und machte sich auf den langen Marsch zur Küste. In den Livies hätten sich die kleinen Antriebsdüsen des Anzugs bestimmt hervorragend mit dem Wasser und der Schwerkraft abgefunden, so wie sie es im Vakuum des Alls taten, und ihn rasant auf ein Rennboot zu seinem Rendezvous mit wem auch immer gebracht. Aber selbst wenn er den McLean des Anzugs voll aufdrehte, blieb Masse immer noch Masse. Sten tuckerte mit der stattlichen Geschwindigkeit einer Fähre zum Ufer, was ihm viel Zeit ließ, sich wie ein Tourist die Gegend anzuschauen.

Das Land, das sich darüber erhob, mochte kahl und reizlos sein, das Meer hier unten war es sicherlich nicht. Ganze Algenwälder, Dickichte aus Seetang, geringelte Nautilusschnecken. Und Trilobiten, von kaum sichtbar bis hin zu … groß genug, daß sie Sten an mit Skorpionen gekreuzte Riesentausendfüßler denken ließen.

Als der Boden allmählich anstieg, drosselte er den Schub und schaltete schließlich ganz aus. Bei drei Metern Wassertiefe unternahm er den Versuch, seine Situation und – bevor er davonschwebte – den größten Trilobiten des Universums einzuschätzen.

Bis jetzt hatte noch kein lauter Knall angezeigt, daß er eine der versteckten Sprengladungen ausgelöst hatte, mit denen die Relaisstation garantiert versehen war. Na schön. Also lagen sie wohl noch auf der Lauer. Es wäre ihm wohler gewesen, wenn er wenigstens eine vage Vermutung über die Beschaffenheit dieser Vorkehrungen gehabt hätte. Sie konnten nicht hypersensibel sein – schließlich lag es nicht im Sinne des Imperators, seine Ankunft dadurch zu verzögern, daß ein Relais plötzlich das Feuer eröffnete und ein Wärmesensor ansprang. Oder daß beim ersten kleinen Erdbeben ein Bewegungsmelder durchdrehte. Derartig trickreiche Geräte fielen manchmal ihrer eigenen Gerissenheit zum Opfer. Außerdem würde der Imperator bestimmt nicht endlos Zeit damit verbringen wollen, absolut diabolische Einrichtungen zu entschärfen; schließlich hatte Sten schon miterlebt, wie der Imperator Puzzles wütend durch die Gegend geworfen hatte, und das nur wenige Minuten, nachdem er damit angefangen hatte. Damals, als …

›Einfach nur damals, Sten. Schweif nicht ab.‹

Im Prinzip müßte es sich bei der Falle um etwas handeln, das dem Imperator keine große Hürde in den Weg legte, einen unbefugten Eindringling jedoch ohne viel Federlesens in tausend Stücke reißen würde, vermutete Sten. Ein Schloß mit Iris-Code? Mit Porenmusterüberprüfung? Wohl kaum, wenn man bedachte, daß das Gerät auch noch nach Jahrhunderten verläßlich arbeiten mußte.

Sten tauchte auf, watete aus der Brandung auf trockenes Land. Trockenen Fels. Nichts als Felsgestein in verschiedenen Grautönen bis hin zu tiefem Schwarz. Dunkler Sand an der Stelle, wo sich Wasser und Land berührten, ein Strand von knapp einem halben Meter Breite. Sten entdeckte etwas und kniete sich hin, vergaß seine Mission für einen kurzen Augenblick. Dort, von der Brandung umspült, war etwas Grünes. Leben. Eine Pflanze? Algen? Er wußte es nicht. ›Geh lieber wieder ins Meer zurück‹, dachte er. ›Du weißt nicht, was du da anfängst.‹

Er erhob sich und marschierte zu dem Plateau, unter dem den Ortungsergebnissen zufolge die Station liegen mußte. Die Anzeigen seines Raumanzugs verrieten ihm, daß die Luft atembar war, wenn auch etwas arm an Sauerstoff. Trotzdem legte er den Anzug nicht ab. Wieder dieses Sicherheitsdenken. Er glaubte nicht, daß ein Infrarotsensor den Selbstvernichtungsmechanismus auslöste, doch der Raumanzug würde auf alle Fälle verhindern, daß ein solches Gerät den großen Knall verursachte.

Der Boden wurde eben. Sten kauerte sich hinter einen großen

Felsbrocken, rief das Helmdisplay auf und zog die Karte zu Rate, die auf sein Visier projiziert wurde.

Dort drüben mußte die Tür sein. Eine solide Steinfläche. Sten bewegte sich so vorsichtig, wie es der klobige Anzug erlaubte, zur nächsten Deckung. Noch dreißig Meter. Er zog das Fernglas über das Visier und untersuchte den Felsen Zentimeter für Zentimeter. Zweimal stutzte er, als seine Augen etwas sahen, das vielleicht dort war – vielleicht aber auch nicht.

Bei voller Vergrößerung betrug sein Gesichtsfeld nur knapp einen drittel Meter nach links und rechts. Seine Augen bewegten sich auf der Suche nach dem getarnten Feind hin und her, hin und her, wie ein optischer Detektor, der ein Mosaik scannte.

Aha. Perfekt rund. Das gab es so gut wie nie in der Natur.

Ein Schlüsselloch.

Genau auf der Höhe in den Fels getrieben, auf der sich ein Schlüsselloch befinden sollte ... vorausgesetzt, man war ein Wesen von ungefähr der Größe des Imperators.

Jetzt fehlte Sten nur noch der Schlüssel.

Er bewegte sich wie ein Gürteltier über die freie Fläche, in jeder Sekunde auf die alles vernichtende Detonation gefaßt. Nichts.

Er kniete vor dem Schlüsselloch nieder und öffnete eine kleine Gürteltasche. Noch auf der *Victory* war er nach einigem Nachdenken darauf gekommen, daß der Schlüssel wohl der einfachste Teil der Operation war. Der Imperator konnte schlecht herumlaufen und bei seiner Rückkehr zum Thron einen hochkomplizierten ultrakodierten Spezialschlüssel mit sich herumschleppen. Jedenfalls hätte Sten so etwas nicht geplant, wenn er sich diese ganze paranoide Konstruktion ausgedacht hätte. Der Schlüssel mußte also etwas sein, das der Imperator zu gegebener Zeit leicht auftreiben und herstellen konnte. Außerdem durfte der Schlüssel nicht Teil eines exotischen Verriegelungssystems sein, das zur Zeit seiner Rückkehr vielleicht schon lange überholt sein würde.

Sten zog einen elektronischen Standard-Schloßknacker aus Mercury-Beständen heraus. Rund, was? Er fand ein Werkzeug in der richtigen Größe, koppelte es mit dem Analysator und schob den Knacker in das Loch, wobei er am liebsten die Finger als Schutz gegen den Knall in die Ohren gesteckt hätte, obwohl der Knacker aus völlig neutralem Imperium X gefertigt war. Der Analysator summte und verriet ihm, mit welchem Code die Tür geöffnet wurde. Sten löste die Verbindung zum Empfänger und steckte sie in den Sender. Dann drückte er auf den Übertragungsknopf ...

... und die Tür glitt auf. Sten taumelte erschrocken zurück und sah im gleichen Moment eine Rampe, die in die Dunkelheit hinabführte.

Sten wartete, bis sein Herz wieder zu schlagen anfing. Er nahm eine Taschenlampe aus der Gürteltasche, legte sich flach auf den Boden – man konnte nie wissen – und schickte den Strahl ins Innere des Ganges. Er blickte hinunter. Nur eine Rampe, sonst nichts.

Sten stellte den Lichtstrahl auf größte Streuung und machte sich an den Abstieg, Zentimeter für Zentimeter, jeder Schritt dauerte eine Ewigkeit, er bewegte sich so vorwärts, wie er es vor sehr, sehr langer Zeit auf Vulcan getan hatte ...

... und dann hatte er es.

Dachte er jedenfalls.

Dieser ganze Scheiß von wegen Infrarot-Detektoren, Distanzortungsgeräten, Bewegungsmeldern, Sensoren aller Art ... das war nicht der Clou. Der Ewige Imperator war einmal Ingenieur gewesen. Ein guter. Deshalb war auch dieser Schutz nach einem einzigen Prinzip erdacht: so einfach wie möglich.

Stens Fuß trat jetzt vertrauensvoller auf dem Boden auf, und gleich wagte er den nächsten Schritt. Und noch einen, und noch einen.

Die Tür hinter ihm klappte zu. Sten zuckte zusammen, aber er erschrak nicht übermäßig – er war sich jetzt relativ sicher, daß er recht hatte. Eine Deckenleuchte ging an. An der Wand befand sich eine Monitorkonsole, Standardausführung. Sie zeigte an, daß sich ein Umweltsystem ausgeschaltet hatte, das E-Normalbedingungen auf der Station schuf. Das Zahlendisplay auf der Konsole zeigte 0 an. Sten ging daran vorbei und sah gerade noch aus dem Augenwinkel, daß der Zähler auf 1 wechselte.

Das war es.

Vor ihm war eine Tür. Mit einem Handflächensensor. Sten berührte ihn, und die Tür glitt auf.

Dahinter befanden sich Wohnräume. Klein, aber gut ausgerüstet.

Dahinter: noch ein Durchgang.

Sten ging hindurch und versuchte dabei, sich nicht zu hastig zu bewegen.

Der Raum war gewaltig. Voller Instrumente. Funkgeräte und alle Arten von Kontrollapparaten.

Er hatte es geschafft! Er war im Innern der Relaisstation … und immer noch am Leben!

Wenn in den nächsten Sekunden nichts in die Luft flog, hatte sich Stens halb erahnte Annahme bewahrheitet:

Was war das einzige, was außer dem Imperator niemand wagen würde?

Allein hier aufzukreuzen. Das würde sonst keiner tun. Jeder, der schlau oder mutig genug war, so dicht zum Herz der Macht vorzudringen, kam mit Verbündeten oder Untergebenen. Er wußte nicht, wo sich der Sensor befand, ob in der Decke, im Fußboden oder in den Wänden. Es konnte einer sein, oder auch mehrere.

›Herrje‹, dachte Sten, ›wenn Kilgour nicht selbst unterwegs wäre … hätte ich ihn wahrscheinlich mitgenommen.‹ Selbst Mantis-Killer haben gerne eine Rückendeckung, und Sten und Alex waren schon viel zu lange befreundet.

Zähle eins … zähle zwei …

Und schon wäre dieser schimmernde Raum zu einem unkenntlichen Klumpen zusammengeschmolzen.

Er ließ den Blick über die Schlüssel zum Königreich wandern. In diesem Raum gab es vier sekundäre Konsolen. Kontrollstationen, überlegte Sten. Drei von ihnen wiesen identische Anzeigen auf, die vierte besagte Null/Null. Das mußte die Station sein, die Kyes und seine Leute entdeckt und dann vernichtet hatten.

In der Mitte des Raumes stand eine große, runde Konsole. Anzeigen und Regler.

Sten sah sich alles sorgfältig an, ohne etwas anzufassen. Die meisten Schalter und Regler trugen keinerlei Beschriftung; das war auch nicht nötig, wenn der einzige, der sie bediente, derjenige war, der die Anlage entworfen hatte. Die wenigen Markierungen verrieten ihm jedoch, wozu diese Konsole grundsätzlich diente.

Das Ding vor ihm barg das Geheimnis des Universums. Sten verspürte einen Schauder.

Von hier aus konnte der Ewige Imperator seine »Macht«, seine Kontrolle über die ultimate Energiequelle, steuern; die großen Robotkonvois mit den AM_2-Lieferungen zu den Depots seiner Wahl dirigieren; die Menge an AM_2 für jedes Depot regulieren. Seine hier getroffenen Entscheidungen wurden von jeder der drei restlichen Relaisstationen wiederholt.

Und von hier wurden seine Befehle weitergeleitet. Hinaus in ein anderes Universum. Irgendwo dort draußen, irgendwo hinter den Sternen befand sich die Diskontinuität. Jetzt mußte Sten nur noch die Übertragungskoordinaten des Strahls von dieser Station herausfinden und sie Freston auf der *Victory* übermitteln. Mit dem Strahl aus der feudalen Villa müßte man die Diskontinuität mit einer einfachen Triangulation lokalisieren können.

»Na schön«, flüsterte Sten, ohne sich dessen bewußt zu sein, daß er laut redete. »Na schön, du Ungeheuer. Jetzt ist alles vorbei.«

Kapitel 37

Der Ewige Imperator stürmte den Korridor zu seinem Büro entlang. Der lange, breite Gang war mit Wachen vollgestopft. Auf einer Seite standen die Leute von der Inneren Sicherheit. Auf der anderen eine Abordnung in Ehren ergrauter Veteranen der Imperialen Garde.

Der Imperator trug eine Pistole am Gürtel, und seine Hand lag auf dem Kolben, als er an ihnen vorbeieilte. Dabei schaute er sich jedes einzelne Gesicht an, bereit, beim geringsten Anzeichen einer Bedrohung zu ziehen und zu schießen.

Doch kein einziges Augenpaar richtete sich auf ihn, als er in die relative Sicherheit seines Privatquartiers trabte. Die Soldaten waren viel zu sehr damit beschäftigt, sich gegenseitig zu mustern. Die Atmosphäre war so geladen, daß ein Niesen eine ausgewachsene Schlacht ausgelöst hätte.

Sein Kämmerer stand neben der Tür und schrieb etwas. »Was tun Sie da, Bleick?« schnarrte der Imperator. »Ich habe Sie nicht gerufen!«

Bleicks wieselhafte Augen nahmen einen erschreckten Ausdruck an. »Ich bin nur hier, um –«

Der Imperator schnitt ihm das Wort ab. »Durchsucht ihn!«

Bleick stieß ein empörtes Quieken aus, als ihn vier Soldaten – zwei IS-Leute und zwei Gardisten – zu Boden warfen und einer peinlichen Durchsuchung unterzogen, gefolgt von einer intensiven elektronischen Abtastung, um sicherzugehen, daß kein für ein Attentat geeigneter Mechanismus in seinem Körper verborgen war.

Als sie fertig waren, kam Bleick wieder auf die Beine. »Es tut mir aufrichtig leid, Euer Hoheit«, jaulte er, »wenn meine Anwesenheit auch nur den leisesten Anlaß zur Besorgnis gegeben haben sollte.«

»Halten Sie die Klappe, Bleick«, sagte der Imperator. »Meine Befehle waren unmißverständlich. Niemand kommt unangekündigt in meine Nähe.«

»Aber ich dachte –«

»Habe ich Ihnen erlaubt zu reden?«

»Nein, Euer Hoheit.«

»Das ist Ihr Problem, Bleick. Sie versuchen, den Prozeß des Denkens zu imitieren. Dabei sollten Sie lieber meine Befehle befolgen.«

Der Imperator wandte sich ein wenig zur Seite, so daß er sowohl Bleick als auch den Korridor im Auge behalten konnte.

»Also gut«, sagte er. »Wenn Sie schon hier sind, können Sie mir ebensogut sagen, was Sie zu sagen haben.«

»Es dreht sich nur um Poyndex, Euer Majestät.«

»Nur? Nur? Was zum Henker ist mit Ihnen, Mann? Der Chef meines Sicherheitsdienstes verschwindet von der Oberfläche der Erstwelt, und Sie nennen das *nur*? Herrgott noch mal, haben Sie denn nicht das geringste –« Er verstummte angewidert. »Was für ein Haufen Scheiße. Na schön. Reden Sie. Ich habe keine Lust, noch länger als Zielscheibe hier in meinem eigenen Flur herumzustehen.«

»Jawohl, Sir. Ich wollte Ihnen nur berichten, Sir, daß ich gerade eine erschöpfende Studie über …« Bleick sah, daß der Imperator schon wieder kurz vor der Explosion stand, und ließ ein paar selbstgefällige Ausschmückungen weg. »Äh … Von den Angestellten hat ihn schon seit einiger Zeit niemand mehr gesehen, Sir. Ich habe jedes Zimmer-Log im ganzen Schloß überprüft. Und höchstpersönlich die darauffolgende Befragung des Personals überwacht.«

»Und wer hat Sie befragt?«

Wieder dieser erschrockene Blick. »Äh … mich, Sir? Warum denn … Niemand, Euer Majestät.«

Der Imperator gab zwei Wachen ein Zeichen. Seit Poyndex' Verschwinden hatte er angeordnet, daß sie ständig zu zweit auftraten, damit der IS-Mann den Gardisten überwachen konnte – und umgekehrt.

»Bringt ihn runter zur Befragung. Setzt die Schrauben richtig fest an. Ich muß sicher sein, daß er und Poyndex nicht unter einer Decke stecken.«

Bleick kreischte in heller Panik. »Aber … Euer Majestät! Habe ich nicht meine Loyalität über all die Jahre …«

Eine kräftige Hand schlug ihm quer über den Mund und schnitt den Rest seines Geplappers barsch ab. Dann wurde er weggeschleift.

Der Imperator wandte sich der Tür seines Büros zu und unterzog sich einer Iris- und Daumenabdrucküberprüfung. Er gab den Code ein, den allein er kannte. Die Tür glitt auf. Er schaute sich erneut um, um sicherzugehen, daß ihm keine Gefahr drohte; dann zog er die Pistole und betrat den Raum.

Die Tür fuhr zischend hinter ihm zu. Er war allein. Der Imperator sah sich sorgfältig die Anzeigen der neuen Sensoren an, die er hatte einbauen lassen. Erst danach ließ seine Spannung ein wenig nach. Sein Sicherheitssystem war intakt. Niemand hatte sein Büro in seiner Abwesenheit betreten. Der Imperator schob die Waffe zurück ins Holster.

Er ging zu seinem Schreibtisch und holte eine Flasche Scotch heraus. Goß sich ein Glas ein. Doch bevor er trank, zog er ein kleines, stabförmiges Gerät aus seiner Tasche, das er in die Flüssigkeit tauchte. Das winzige Lämpchen am oberen Ende des Stabes leuchtete grün.

Das Getränk war in Ordnung.

Er trank das Glas in einem Zug aus und wankte dann zu seinem Sessel. Der Imperator befand sich am Rande der Erschöpfung. Er zog eine Injektionspistole aus dem Schreibtisch und preßte die Spitze gegen seinen Arm. Es brannte leicht, ein Ziehen in der Vene, dann machte sein Herz einen Satz. Die Droge versorgte ihn mit neuer Energie.

Seine Hand zitterte, als sie sich erneut nach der Flasche ausstreckte. Der Imperator verzog das Gesicht zu einer Grimasse. Das war einer der vielen Nachteile dieser Amphetamine.

Ein anderer war, darüber wußte er Bescheid – Paranoia. Ein kurzes Lachen quoll zwischen seinen Lippen hervor. Der kaum wahrnehmbare hysterische Beiklang dieses Lachens ging ihm selbst auf die Nerven. Er mußte mehr darauf achten. Sehr vorsichtig sein. Sich immer wieder vergewissern, daß sein Denkprozeß sein eigener blieb und nicht aus der Apotheke stammte.

Andererseits, wie es so schön hieß, haben selbst Paranoiker Feinde.

Der Ewige Imperator lehnte sich zurück, um seine Situation neu zu überdenken.

Er kam gerade von einer persönlichen Inspektion aus den Verhörzimmern zurück. Seine Lippen kräuselten sich vor Ekel bei der Erinnerung an den Geruch von Blut, Angst, Erbrochenem, Ausscheidungen. Nur die lauten Schmerzensschreie hatten ihm ein gewisses Maß an Befriedigung verschafft. Nicht, daß ihm derlei Dinge Spaß machten; eigentlich nicht. Das wäre schließlich ein Symptom für den Wahnsinn.

Die Befriedigung resultierte daraus, daß er auf diese Weise sichergehen konnte, daß man sich wirklich darum bemühte, das Geheimnis von Poyndex' Verschwinden zu lüften. Er hatte seinen Verhörführern eingebleut, daß es nicht minder wichtig war, jede Verschwörung aufzudecken, die mit diesem Verschwinden in Zusammenhang stand.

Inzwischen hatten sie schon beinahe ein Dutzend von Geständnissen. Ein paar davon könnten sich sogar als echt herausstellen.

Sie hatten ein Band von Baseekers hysterischem Gebrabbel abgespielt. Sie hatte zugegeben, daß sie nicht an die Göttlichkeit des Imperators glaubte, und gestanden, daß ihre Motivation allein in ihrer Habgier begründet sei. Weiterhin hatte sie enthüllt, daß

Poyndex sie angestiftet habe. Daß sie direkt in seinem Auftrag arbeite.

Es gab bestimmt noch andere. Schon bald würde er das ganze Ausmaß von Poyndex' Spielchen erfahren.

Er bezweifelte, daß Bleick etwas damit zu tun hatte. Aber der Imperator war nicht gewillt, auch nur das kleinste Risiko einzugehen. Natürlich konnte er den Mann nach dem Verhör nicht mehr in seinem Stab gebrauchen. Er mußte sich einen neuen Kämmerer suchen. Das war nun mal der Preis, den ein Herrscher zu zahlen gewillt sein mußte.

Der Imperator leerte sein Glas und schob die Flasche beiseite. Bis zum nächsten Drink würde er noch etwas warten.

Es war Zeit, die Krise noch einmal von allen Seiten zu analysieren.

Nach Poyndex' Verschwinden ergaben sich mehrere Möglichkeiten, die alle nicht gerade angenehm für ihn waren:

1. *Poyndex war tot. Vom Feind ermordet.*

2. *Er war gekidnappt worden.*

In beiden Fällen war es möglich, daß man ihn gefoltert und er vor einem oder mehreren Agenten der Rebellen alles ausgeplaudert hatte. Das bedeutete, daß einige der größten Geheimnisse des Imperators verraten waren. Dazu kam, daß es Poyndex selbst gewesen war, der die Entfernung der Bombe aus dem Körper des Imperators überwacht hatte. Und dieses kleine Geheimnis könnte womöglich zum Alva Sektor führen.

3. *Poyndex hatte sich plötzlich entschlossen, zur anderen Seite überzulaufen.*

4. *Poyndex stand schon eine ganze Weile mit den Feinden des Imperators in Verbindung und war geflohen, weil er befürchten mußte, daß sein Verrat in Kürze aufgedeckt werden würde.*

5. *Wenn Punkt drei und vier richtig waren, mußte er davon ausgehen, daß Poyndex weitere Mitverschwörer in Arundel selbst hatte.*

Der Inneren Sicherheit konnte er nicht mehr vertrauen. Und da Poyndex seine Finger in so vielen anderen Angelegenheiten hatte, galt das auch für jeden anderen Zweig der Imperialen Streitkräfte. Auch in diesem Fall waren die Geheimnisse des Imperators in Gefahr.

Die eklatanteste Tatsache – nicht Möglichkeit – war folgende:

6. *Arundel, die allersicherste Einrichtung des Imperiums, war geknackt worden.*

Hinsichtlich dieses Punktes machte ihm noch etwas anderes zu schaffen. Vielleicht gehörte es nicht auf die Liste, doch er wollte es trotzdem anfügen:

7. *Jemand war in eines seiner Verstecke eingedrungen. In das Shahryar-Anwesen.*

Der vollständige Bericht über den Zwischenfall hatte ihn erst kürzlich erreicht. Die feindliche Agentin war offensichtlich ein absoluter Profi gewesen. Es war nicht das erste Mal, daß eine seiner Zufluchtsstätten von einem Einbrecher oder dergleichen heimgesucht wurde, doch diese Agentin war obendrein so professionell, daß sie unversehrt entkommen konnte, nachdem sie seine Sicherheitskräfte ausgelöscht hatte.

Der Bericht versicherte ihm jedoch, daß die Frau an keinerlei nützliche Informationen gekommen war.

Aber halt! Was war mit dem Codewort, mit dem sie versucht hatte, sich Zugang zu den Computerdateien zu verschaffen?

Raschid!

Woher kannte sie diesen Namen? Den geheimen Decknamen des Imperators?

Poyndex?

Womöglich. Aber nur, wenn er sich dem Feind schon vor einiger Zeit heimlich angeschlossen hatte. Außerdem: woher kannte Poyndex diesen Namen?

Nein. Höchst unwahrscheinlich. Ebenso unwahrscheinlich wie die Annahme, daß Poyndex schon die ganze Zeit über ein Verräter gewesen war. Ein Maulwurf. Das gesamte Charakterprofil des Mannes wollte nicht dazu passen. Er hatte zwar seine ganz privaten Machtspielchen gespielt, doch der Imperator war sich ebenso sicher, daß Poyndex' Machtgelüste damit befriedigt waren, der wichtigste Mann im Stab des Imperators zu sein.

Konnten die Rebellen diese Gelüste befriedigen?

Auf keinen Fall, dachte der Imperator. Außerdem war Poyndex nicht der Typ, der sich mit Kleingeld zufriedengab, und Versprechungen aus Rebellenmund waren der unsicherste Kredit, den er kriegen konnte.

Ein weiterer Punkt lenkte den Verdacht von Poyndex ab: das Programm zur Planetenvernichtung, das der Imperator in Auftrag gegeben hatte. Einhundertundachtzehn Planeten mitsamt ihren Bewohnern waren zur Zerstörung vorgesehen.

Hätte Poyndex gemeinsame Sache mit den Rebellen gemacht, hätte er diese Planeten vorgewarnt, und ihr gesamter Sicherheits- und Abwehrapparat wäre schon längst mobilisiert.

Sein Geheimdienst versicherte ihm jedoch, daß nichts dergleichen geschehen sei. Sämtliche Funksprüche und die Raumschiffsbewegungen in und von diesen Systemen verliefen völlig normal.

Gut.

Also war Poyndex kein Verräter.

Würde er sein Leben darauf verwetten?

Ja.

Diese logische Argumentationskette schaltete auch die Möglichkeit aus, daß Poyndex gekidnappt worden war oder daß er unter der Folter etwas preisgegeben hatte. Denn auch in diesem Falle wären die zukünftigen Opfer gewarnt worden.

Sehr, sehr gut.

Der Imperator belohnte sich mit einem Gläschen.

Gerade als er den Scotch eingoß, kam ihm ein weiterer Gedanke. Seine Hand fing stärker zu zittern an, verschüttete den Alkohol. Er knallte die Flasche so heftig auf den Schreibtisch, daß sie zersplitterte. Der Scotch bildete eine Pfütze auf der Tischplatte.

Er nahm keinerlei Notiz davon. Ebensowenig wie von dem Glassplitter in seiner Handfläche.

Das Shahryar-Anwesen!

Sein Versteck!

Was war der schlimmstmögliche Fall, wenn die Aktion der Agentin doch erfolgreich verlaufen war? Was konnte die Frau erfahren haben, selbst wenn sie nicht in den Computer eingedrungen war?

Die Richtstrahlantenne. Allein für sich verriet sie nicht viel. Aber es gab einen zweiten Hinweis, den der Feind möglicherweise entdeckt hatte. Und dieser Hinweis konnte ihn zu einer der AM$_2$-Relaisstationen führen.

Von diesem Punkt aus war es ein Kinderspiel, die Koordinaten des Alva Sektors zu berechnen!

›Hör schon auf!‹ schalt er sich. ›Das ist doch Blödsinn! Das ist zuviel des Guten! Du gehst von einem Grad an Professionalität aus, den es in der Geschichte des Imperiums so gut wie nie gegeben hat. Wer könnte schon –‹

Noch so ein peinigender Gedanke.

Sten hätte es schaffen können!

Allerdings. Entweder allein, oder er hatte sich diesen Einsatz ausgedacht und von einem seiner außergewöhnlich fähigen Kameraden ausführen lassen. Alex Kilgour zum Beispiel. Oder diese Bhor-Frau – wie hieß sie noch? Seine kämpferische Geliebte!

War sie die Frau, die in diesem Haus herumgeschnüffelt hatte?

Nein. Das war doch lächerlich.

Wirklich?

Aber …

Sten war der beste Mann, den er jemals in seinen Diensten gehabt hatte. Er war sogar Ian Mahoney, diesem alten Haudegen und Meisterspion, überlegen gewesen. Als Feind hatte er seine tödliche Effizienz mehr als einmal unter Beweis gestellt.

Außerdem war Sten durchaus dazu in der Lage, jederzeit in Arundel einzudringen.

Das stimmte.

Aber Sten war tot.

Oder etwa doch nicht?

Jeder andere Gedanke wäre Wahnsinn.

Sein Magen rebellierte. Galle stieg in ihm hoch. Gab es einen Beweis für seinen Tod? Es gab keine Leiche. Keine Zeugen.

Das schon … Aber angesichts der Umstände war ein Entrinnen unmöglich gewesen.

War es das wirklich?

Er spürte, wie es ihm plötzlich eiskalt den Rücken herunterlief. Auf seinen Unterarmen bildete sich Gänsehaut.

Der Imperator war sich plötzlich sicher, daß das alles ein großer Trick war, um ihn aus der Reserve zu locken.

Sten lebte.

Der Imperator atmete tief durch. Was konnte er jetzt tun? Zum ersten Mal in seiner langen Regierungszeit war sich der Ewige Imperator nicht sicher, was er als nächstes unternehmen sollte.

Buch V

ENDSPIEL

Kapitel 38

»Alle Systeme auf Grün. Eintritt erfolgt in zwanzig Sekunden ...«

Für jedes denkende Lebewesen schlägt früher oder später die Stunde der Wahrheit. Sie schlägt in dem Augenblick, in dem in jener Grauzone zwischen Entscheidung und Handlung der moralische Imperativ auf den Überlebenstrieb prallt.

Die Wahl, die in diesem Augenblick zu treffen ist, kann so einfach sein wie die Wahl zwischen einer Lüge und der selbstzerstörerischen Wahrheit.

Sie kann aber auch so komplex sein wie die Wahl zwischen dem Leid vieler und der moralischen oder rechtlichen Verpflichtung gegenüber einigen wenigen.

Theologen nennen das den »freien Willen«.

Es existiert kein wissenschaftlicher Begriff für diesen Moment, obwohl medizinische Techs die Auswirkungen dieses inneren Kampfes auf den Organismus präzise nachweisen können.

Beim Menschen speisen Hormone und Adrenalindrüsen ihre einflußreichen Mixturen in den Organismus ein. Organe wie Herz oder Lungen beschleunigen ihre Tätigkeit. Der Flüssigkeitsdruck sowie die Körpertemperatur steigen. Der Sauerstoffgehalt des Blutes nähert sich der Sättigung, besonders in den Muskeln und im Gehirn. Infektionsbekämpfende Zellen machen ihre Waffen zur Abwehr eines Angriffs scharf. Bei extremen Reaktionen entleeren sich die Ausscheidungsorgane, um die Möglichkeit einer Infektion zu verringern, sollte irgend etwas gewaltsam in den Körper eindringen. Die Haut spannt sich an, um Waffen einen härteren und glatteren Widerstand gegenüberzustellen. Schweißdrüsen öffnen sich, während sich das Kühlsystem des

Körpers auf volle Bereitschaft stellt. Die Schweißabsonderung dient ebenfalls als Schmiermittel zwischen den Gliedern und dem Rumpf des Körpers. Beim Mann zieht sich der Hodensack zusammen, die Hoden steigen weiter hinauf, um ein kleineres, schwerer zu treffendes Ziel zu bieten.

Soweit die Wissenschaftler.

Stens Meinung nach handelte es sich um nichts anderes als ganz normale animalische Angst.

Er hockte allein auf der engen Brücke des Einsatzschiffs, starrte auf den Monitor und betrachtete den Feuerregen im All. So etwas wie den Alva Sektor hatte er noch niemals zuvor gesehen oder erlebt.

Die Stimme des Schiffscomputers knarzte aus dem Lautsprecher: »*Eintritt erfolgt in zehn Sekunden …*«

Seine mathematische Gehirnhälfte – die Seite, die ebenfalls die Poesie und die Musik beherbergte – nahm die Schönheit dieses Schauspiels wahr. Erkannte das Wunder in der ultimativen Disharmonie des Zusammenspiels der Kräfte, die an der Nahtstelle zweier Universen freigesetzt wurden.

Seine Seele jedoch sah darin nichts anderes als ein Loch, das direkt in die Hölle führte.

»*Eintritt erfolgt in neun Sekunden*«, meldete sich erneut das Bordgehirn.

Sten sah einem kleinen Kometen nach, der auf die Diskontinuität zuflog. Funkensprühende Fangarme schnellten auf ihn zu. Hüllten ihn ein. Der Komet zersprang mit solcher Gewalt, daß die Pixels auf dem Monitor in einem weißen Gleißen explodierten.

Er machte sich bereit. Horchte tief in sich hinein und bekam die Angst zu fassen. Er drehte sie hin und her und betrachtete sie im Licht seines rationalen Verstandes.

»*Eintritt erfolgt in acht Sekunden*«, fuhr die Stimme fort.

Sten hatte keine Angst davor, das Schicksal des Kometen zu teilen. Na ja ... wenn er ehrlich war ... ein bißchen schon. Das Einsatzschiff und sämtliche Gegenstände, die einem Zusammenprall mit den rohen Anti-Partikeln aus dem anderen Universum ausgesetzt sein könnten, waren bei einem Zwischenstop auf Vi rundum mit Imperium X versiegelt worden. Nicht weit von den Wolfswelten entfernt gab es gewaltige Vorkommen dieser Substanz.

Theoretisch müßte er in der Lage sein, unversehrt durch die Diskontinuität in das andere Universum zu schlüpfen. Er hatte bereits eine Sonde hindurchgeschickt, die unbeschädigt zurückgekehrt war.

Warum ... wovor fürchtete er sich dann? Vor einer Sicherheitsvorkehrung des Imperators? Vor den Wachhunden, die er vor seiner Schatzkammer postiert hatte? Nein. Sten stellte sich vor, daß alles, worauf er dort traf, ausgefuchst und unerbittlich sein mußte. Aber er hatte bereits die beiden vorherigen Höllenhunde überlistet, und er besaß genügend Selbstvertrauen, um sie noch einmal zu bezwingen.

»... sieben Sekunden ...«

Und dann? Sten schickte seine Gedanken hinter dieser Sonde her und versuchte sich selbst auf der anderen Seite vorzustellen. Es war eine völlig andere Realität. Ein wütendes Ding mit einem triefenden roten Maul baute sich vor ihm auf. Er war dort nicht wohlgelitten. Er gehörte dort nicht hin. Jedes Ding ... jedes noch so winzige Partikel ... war an jenem Ort sein Feind. Sogar in seiner Phantasie spürte er die Intensität des Hasses.

Und er würde ... völlig ... allein sein.

Einsamer als jeder Mensch zuvor. Mit einer Ausnahme.

Der Ewige Imperator.

»... sechs Sekunden ...«

Was die Angst nur noch schlimmer machte, war die Tatsache, daß es ihm freistand, sich ihr jederzeit wieder zu entziehen. Der sich zusammenkauernde Feigling in ihm heulte laut in seiner

Grube. Bettelte ihn an, es nicht zu tun. Warum mußte er es auf seine Kappe nehmen? Soll es doch ein anderer erledigen. Und wenn es keiner tun wollte, dann war es auch egal. Er konnte ebensogut fliehen und sich irgendwo verstecken, wo ihn der Imperator niemals finden würde. Und falls doch, konnte Sten ihm dort weitaus mutiger gegenübertreten. Was lag schon daran, wenn die Sache verloren war? Was lag schon daran, daß sie eventuell alle dem Untergang geweiht waren?

Sie alle konnten sterben.

Er konnte sterben.

Aber wenigstens müßte er nicht an jenen schrecklichen Ort.

Er mußte nur auf den Knopf drücken, schon war die ganze Aktion abgeblasen.

»... fünf Sekunden ...«

Seine Hand lag direkt daneben. Schwitzend und kalt.

»... vier Sekunden ...«

Ein kleines Zucken, und diese verdammte Stimme würde verstummen.

»... drei Sekunden ...«

Der Feigling in seinen Eingeweiden schrie auf: »Es ist noch nicht zu spät!«

»... zwei Sekunden ...«

Mahoneys Stimme stieg aus dem Grab zu ihm herauf: »Verwandle den Teufel in eine Faust, mein Junge. Und schlag zu!«

»... eine Sekunde ...«

Stens Finger verkrampften sich so heftig, daß alles Blut aus ihnen wich.

»Eintritt erfolgt – jetzt«, sagte die Stimme.

Stens Blick klebte am Monitor, als das Einsatzschiff vorwärts schoß und in das Höllentor eintauchte.

so klein ...
erbärmlich und klein ...

und alle wollen sie mich …
umbringen.
ich will hier nicht sterben …
bitte.
niemand kennt mich …
hier.
niemand …
kümmert es.
meine Augen sind …
bitter.
und ich schmecke Farben auf …
meiner Zunge.
jemand beobachtet mich.
wo?
ich habe Angst.
wo ist er?
dort draußen.
wer ist er?
ich weiß es nicht.
er beobachtet mich … und … ich bin …
so klein.

Sten übergab sich in den Eimer, den er neben seinen Sitz gestellt hatte. Er riß einen Frischepack auf und wischte sich Gesicht und Nacken mit einem Erfrischungstuch ab. Er spülte sich den Mund mit Stregg aus und spuckte die Brühe in den Eimer.

Dann hob er die Flasche an die Lippen und trank. Einen kräftigen Schluck.

Der Stregg gluckerte und kochte in seinem Magen. Aber er behielt ihn unten. Er nahm noch einen Schluck, spürte, wie sich das Feuer entfachte. Es war warm und angenehm und vertraut. Wie ein heimischer Herd.

Sten stand auf und machte ein paar Streckübungen. Er spürte, wie sich die Knoten lösten und das Blut in seinen Adern sang. Dann absolvierte er die vollständige Mantis-Aufwärmübung. Eine halbe Stunde kontrollierte Bewegung und wildes Ballett.

Er begab sich in die kleine Naßzelle und duschte sich knapp unter dem Siedepunkt, gefolgt von einem eisigen Schauer, der sein Herz rasen und das Blut bis direkt unter die Haut prickeln ließ.

Er legte einen neuen Schiffsanzug an, kochte sich Kaffee und kam mit einer dampfenden Tasse in der Hand wieder zur Brücke zurück. Ruhig beobachtete er, wie die von den Schiffssensoren gesammelten Daten hereinströmten. Das Hauptspeichermodul blinkte und gurgelte, während der Computer immer mehr Daten in sich hineinfraß. Hin und wieder leuchtete ein rotes Schluckauf-Lämpchen auf, wenn er gerade ein besonders sperriges Stück verschlang.

Sten nickte. Gut. Er schlürfte seinen Kaffee.

Er fühlte sich ziemlich normal.

In einigen Augenblicken würde der Computer mit dem Sammeln der Daten fertig sein. Die Naturgesetze dieses Universums würden entschlüsselt werden. Der Schiffscomputer würde seine eigene Realität neu definieren.

Dann waren Sten und das Schiff nicht mehr blind.

Er ließ sich in seinen Sessel sinken, wartete, nippte am Kaffee; sein Verstand arbeitete wieder klar, konzentrierte sich aber auf nichts, seine Augen verfolgten den unablässigen Datenstrom, als könnte er bei dieser Geschwindigkeit tatsächlich etwas davon entziffern oder ableiten.

Sten schuf sich auf die einzige Weise, die er kannte, einen Platz in diesem neuen Universum – durch Routine. Ein alter Soldatentrick, den einen die ständige Veränderung lehrt. Egal wie weit entfernt du von zu Hause bist, wie bizarr die Bewohner dieser Gegend sein mögen, die Fremdheit läßt sich dadurch bezwingen, daß du eine Routine aufbaust. Kleine Dinge. Vertraute Dinge. Eigennützige Dinge. Zum Beispiel waschen und saubermachen. Die erste heiße, bittere Tasse Kaffee zu Beginn der Schicht. Und die lässige, nüchterne Erörterung des bevorstehenden Auftrags.

Dann krempelst du die Ärmel hoch und stürzt dich mitten hinein, in der Gewißheit, daß all das nötig war, um diese Aufgabe gut zu erledigen. Der weitaus größere und komplexere Teil der Verantwortung ruht auf den Schultern deiner fähigen Vorgesetzten. Du erledigst einfach deinen Job und bleibst ansonsten sauber.

Sten lehnte sich entspannt zurück. Er hatte seine Mitte wiedergefunden. Jetzt war es an der Zeit, diesen Ort zu erobern.

Er dachte an Cind, und er lächelte. Er dachte an ihre warmen, festen Arme, in die er zurückkehren würde, wenn dieser Job hier erledigt war. Ja, und auch an ihren scharfen Verstand. Ihre Art, stets einen Weg zu finden, das Problem, das ihn quälte, entweder zu lösen oder zu umgehen.

Und dann Kilgour. Sein klobiger, inzwischen fast schon lebenslanger Freund und Waffenbruder. Solch einen Mann hatte man gern im Rücken. Kein einziges Problem, das Cind vielleicht aus der Bahn werfen mochte, würde sich jemals an seinem scharfen Schottenverstand vorbeimogeln können.

Nach ihnen lud Sten Otho und die Bhor zu sich ein. Er applaudierte, als die Gurkhas anmarschiert kamen. Dann Marr und Senn. Haines und Sam'l. Und seine vielen anderen Freunde und treuen Besatzungsmitglieder.

Schon bald wimmelten sie alle in seiner Vorstellung bunt durcheinander. Rissen Witze, klopften ihm auf die Schulter, küßten ihn oder schüttelten ihm die Hand.

Der Computer zirpte und verfiel dann in Schweigen. Sten blickte hinüber. Das »Bereit«-Zeichen blinkte.

Er nahm noch einen Schluck aus der Kaffeetasse und stellte sie dann ab. Seine Finger flogen über die Tastatur. Dann schickte er das Kommando ab.

Sten blickte zu seinem Hauptmonitor hinauf. Nach und nach füllte sich die Dunkelheit mit Licht.

Er beugte sich ungeduldig nach vorne, um ja den ersten Anblick des neuen Universums nicht zu verpassen.

Jetzt fürchtete er sich nicht mehr davor.

Denn jetzt war er nicht mehr allein.

Er hatte es gefunden!

Die Rumpelkammer des Imperators!

Das Ausmaß der Operation kam ihm größer vor ... aber irgendwie auch kleiner ... als er es sich vorgestellt hatte.

Gewaltige AM_2-Tankschiffe verkehrten zwischen den Überresten eines alten, zerstörten Sonnensystems. Seine Sonden zeigten ihm, daß sich auf diesen Überresten – geborstenen Planetoiden oder Monden – riesige Abraummaschinen befanden, die den Grundstoff dieses Universums ernteten. Kleinere, mit Abbaugut beladene Shuttles bewegten sich zwischen den Tankern hin und her. Sobald die Tanker vollbeladen waren, machten sie sich auf die lange Reise in ein anderes Universum und wieder zurück.

Es war ein gewaltiges, komplexes System, das vollständig automatisiert ablief und allein den Zwecken des Imperators diente.

In gewisser Hinsicht war Sten ein wenig enttäuscht, als er das hier mit den Ausmaßen der Abraumoperationen verglich, die er auf anderen Reisen bereits gesehen hatte. Diese Sache hier würde bequem in eine kleine Ecke eines jener Komplexe passen und immer noch genug Platz zur Entfaltung haben.

Er fand es unglaublich, daß so etwas Mickriges eine derartige Wirkung auf die Zivilisation haben sollte, und das schon seit ein paar tausend Jahren. Ein ganzes Imperium war auf ein einziges kleines Partikel aus einem anderen Universum gegründet worden.

Die zweite Sache, die ihn erstaunte, war das Alter der Schiffe und der Maschinen. Sie funktionierten alle noch perfekt und erledigten ihre Aufgaben, als wären sie gerade eben vom Band gelaufen. Ihr Design jedoch stammte geradewegs aus dem Technologiemuseum.

Es waren ausnahmslos große, klotzige Dinger mit scharfen Kanten und vielen beweglichen Teilen.

Zuletzt und am allermeisten verblüffte ihn jedoch, daß bis jetzt noch kein einziger Schuß, keine einzige Rakete auf ihn abgefeuert worden war.

Sten lenkte das Einsatzschiff an einem Tanker vorbei und wagte sich tiefer in den Abraumkomplex hinein.

Er hatte sämtliche Systeme extrem heruntergefahren, sobald er dieses Sonnensystem und die Raumschiffe ausgemacht hatte. Er hatte alle unnötigen Energiequellen abgeschaltet, seine Abschirmung auf allen Frequenzen auf ein Maximum hochgefahren, die Sensoren auf passiv gestellt und die Bordfunktion auf ein Minimum reduziert. Dann war er auf einer mehrfach gewundenen Route, auf der er jedes Stäubchen als Deckung nutzte, näher gekrochen. Kein einziger feindlicher Sensor schien ihn erfaßt zu haben. Er entdeckte auch keinen einzigen Stolperdraht, der bei seinem Eindringen hätte Alarm auslösen können.

Nachdem er sich einigermaßen sicher fühlte, schaltete er die Abschirmung aus und setzte die Suche aktiver fort. Wieder erfolgte keinerlei Reaktion. Schließlich zeigte er sich ohne Deckung, wobei alle seine Geschützluken offenstanden und bereit schienen, jedem Angriff zu trotzen. Die Minenkolonie arbeitete jedoch stur in ihrem robotischen Trott weiter, ohne ihm auch nur die geringste Beachtung zu schenken. Das war wirklich ziemlich eigenartig. Warum ließ der Imperator seine Schatzkiste völlig unbewacht zurück?

Vielleicht weil er sich so sicher war, daß niemand sie entdecken würde. Schließlich lag sie in einem anderen Universum versteckt. In einem Universum, an dessen Existenz zu glauben noch bis vor kurzem jeder gehindert worden war. Es *konnte* einfach nicht existieren.

Sten runzelte die Stirn, als ihm diese Überlegungen durch den Kopf gingen, während er die andere Hälfte seiner Gedanken dem kleinen Mond widmete, der auf dem Monitor an ihm vorbei-schwebte … Na schön. Diese Logik konnte er akzeptieren.

Trotzdem: wäre das hier Stens Geheimversteck, dann hätte er es garantiert von einer Seite zur anderen mit Stolperdrähten, Fallen und Minen versehen. Diese Paranoia wurde einem von den Ausbildern bei Mantis beigebracht. Verlasse dich niemals auf dein Glück.

Sten dachte an den verschnörkelten Verstand des Imperators und fühlte sich gleich noch besser. Es war einfach. Der Imperator hatte es auf eine verdrehte Art gern einfach. Einfach hieß auch immer, daß nicht so schnell etwas schiefging.

Seine Gedanken machten einen großen Satz vorwärts. Ein einfaches System hatte normalerweise einen einfachen Kontrollmechanismus. Das bedeutete, daß dieser gesamte Abraumkomplex von einer einzigen Kommandozentrale aus gesteuert wurde. Nächster Schritt … Höchstwahrscheinlich hatte der Imperator seine Unterkunft in dieser Kommandozentrale angelegt. Das nahm nicht viel Platz in Anspruch. Sten war sicher, daß der Imperator stets allein hierherkam. Es gab kein Lebewesen, dem er dieses Geheimnis anvertrauen konnte.

Sehr gut. Denn das wiederum hieß, daß Sten jetzt nur noch diese Kommandozentrale finden und in die Luft jagen mußte, um die AM$_2$-Lieferungen an das Imperium zu unterbinden.

Und Gott verfluche die Augen des Imperators!

Das große weiße Schiff füllte den Bildschirm fast vollständig aus. Es war älter als die Geistergeschichten seines Vaters. An seinen archaischen Umrissen hing der Raumstaub dick wie Spinnweben. Er entdeckte Batterien von Sensoren und Antennenfühler, an die er sich nur dunkel aus irgendwelchen Unterlagen aus seiner Pilotenausbildung erinnerte. Den Zweck anderer Vorrichtungen konnte er sich überhaupt nicht zusammenreimen.

Hingegen bestand kein Zweifel daran, wofür diese Geschützluken gedacht waren. So antiquiert sie sein mochten, Sten erkannte sie sofort. Der Ewige Imperator war nicht gänzlich unbewaffnet.

Irritierend war einzig die Tatsache, daß sie verschlossen waren.

Stens Hand schwebte über dem Knopf, mit dem er zwei Goblins auf das Schiff hetzen konnte. Beim kleinsten Hinweis einer Bedrohung würde er es in die für dieses Universum zuständige Hölle schicken.

War das das Ding, das er suchte? War das die Kommandozentrale? Das ultimative Versteck des Imperators?

Er sondierte die Lage. Das Schiff war aktiv, aber sehr einfach strukturiert. Es gab eine Atmosphäre an Bord, und irgendwelche Funktionen liefen ab. Aber es gab keinerlei Anzeichen von Leben.

Sten seufzte und wünschte sich zum hundertsten Male, daß es möglich gewesen wäre, mit der *Victory* und der gesamten Mannschaft hierherzufliegen. Mit ihren Fähigkeiten und dem ausgeklügelten Sensorensystem der *Victory* hätte er dieses weiße Schiff Atom für Atom auseinandernehmen können.

Er *glaubte*, daß es das richtige Ziel war. Aber er war sich nicht sicher.

Zu einer genaueren Inspektion mußte er sich an Bord begeben.

Er betrachtete das weiße Schiff aufmerksam und suchte einen Zugang. Die Idee, direkt am Schiff anzudocken oder eine der Haupteingangsluken zu benutzen, ließ er sofort wieder fallen.

Der Imperator mochte es einfach. Sprengfallen waren einfach. Also waren die Einstiegsluken und der Andockbereich mit Sprengfallen versehen.

Beinahe hätte er das Loch im hinteren Abschnitt in der Nähe des Antriebs übersehen. Sten zoomte heran, bis die gezackten Ränder den Monitor ausfüllten. Ein Meteoriteneinschlag. Sah ziemlich frisch aus. Nicht älter als ein paar Jahre. Offensichtlich war der AM_2-Schuttbrocken nach dem Aufprall irgendwo auf der Außenhülle detoniert.

Sten fragte sich, wieviel Schaden er angerichtet haben mochte.

War das die Erklärung für die geschlossenen Geschützluken? Für die minimalen Aktivitäten auf dem Schiff?

Das Glück war immer noch auf seiner Seite. Dieser Otho mit seinen blöden Dreierpärchen: blind, dumm und hinterhältig. Für Sten funktionierte das erste herausragend.

Er betrachtete das Loch. Als er entdeckte, daß es groß genug war, um ihm als Privatzugang in das Schiffsinnere zu dienen, kam er sich noch mehr vom Glück verfolgt vor.

Rüberzukommen wäre kein Problem. Alex und Otho hatten einen kompletten Raumanzug mitsamt Accessoires mit einer Schutzschicht aus Imperium X versehen.

Damit er bei einer Begegnung mit einem AM_2-Partikel nicht gleich in die Luft flog.

Sten suchte sich zusammen, was er brauchte. Er überlegte, wieviel Sprengstoff er brauchen würde, um dieses Schiff zu vernichten – falls es sich denn wirklich um die Kommandozentrale des Imperators handelte.

Er mußte ein entsprechendes Paket zusammenschnüren. Mit einem Ein- oder Zweistundentimer. Kein Problem. Abgesehen davon: worin sollte er das Päckchen transportieren? Wie sollte er es hinüberbringen? Etwa wie ein Baby in den Armen halten?

Dann fiel ihm wieder der Rucksack ein, den Alex ebenfalls mit Imperium X versiegelt hatte. Sie hatten nicht viel Zeit gehabt, und Sten war ungeduldig gewesen.

»Wozu soll das denn gut sein?« hatte er gefragt. »Soll ich mir das Ding über den Kopf ziehen, wenn die Ballerei beginnt?«

»Das kann man nie wissen, mein guter Sten«, hatte Alex geantwortet. »Erst dann, wenn es soweit ist.«

Sten hatte keine Lust zum Streiten gehabt und ihm seinen Willen gelassen.

Und jetzt hatte er dank Alex etwas, womit er den Sprengsatz transportieren konnte.

Das Glück der Dummen.

Der zweite Posten auf Othos Liste.

Er nahm es an. Ohne Probleme.

Er schwebte hinaus in dieses verrückte Universum, achtete nicht auf den Farbenrausch, der sich vor seinem Visier abspielte, und navigierte nach dem internen Trägheitssystem des Raumanzugs.

Das Glück blieb ihm treu, denn er erreichte das weiße Schiff ohne Zwischenfall. In weniger als zwanzig Minuten hatte er das Loch so weit vergrößert, daß er mit seiner Ausrüstung ins Innere schlüpfen konnte.

Sobald er drinnen war, hieß sein größter Gegner zunächst einmal Verwirrung. Die Konstruktion des Schiffes war zu altertümlich und zu unvertraut, als daß er sich sofort zurechtgefunden hätte. In einer Ausbuchtung gleich hinter der Schiffshülle verankerte er seine Stiefel auf einer Arbeitsplattform, drehte sich in alle Richtungen und leuchtete mit seiner Lampe in die dunklen Gänge, die auf diese Plattform mündeten.

Schließlich fand er so etwas wie eine grobe Orientierung. Eigenartig, wie dieser Begriff in einer anderen Realität klang. In einem anderen Universum. Sten riß sich von dem gehirnvernebelnden Gedanken los. Er orientierte sich an dem Schacht, den er sich ausgesucht hatte. Derjenige, der seiner Meinung nach in den Maschinenraum führte. Mehr Definitionen brauchte er nicht. Alle anderen hob er sich für die langen, philosophisch inspirierten Abende im Kreise seiner trinkfreudigen Freunde auf.

Er traf seine Wahl und machte sich auf den Weg. Trotz des klotzigen Rucksacks bewegte er sich anmutig und schwebend schräg nach oben durch die pechschwarze Dunkelheit.

Der Maschinenraum war ein einziges Durcheinander. Verbogene Metallteile und überall Kabelsalat zeigten überdeutlich an, welchen Schaden der Meteoriteneinschlag verursacht hatte.

Der Raum besaß keine Atmosphäre. Doch die Schwerkrafterzeuger des Schiffs liefen; er stand auch mit abgeschalteten Magnetvorrichtungen an den Stiefeln fest auf den Füßen. Die Anzeigen auf seinem Helmbildschirm zeigten Anzeichen mechanischen Lebens direkt vor ihm an. Keinerlei Anzeichen für Gefahr. Kein Hinweis auf ein Verteidigungssystem, das Sten geortet hatte.

Sten vermutete, daß der Meteoritentreffer und die daraus resultierende Explosion beim Zusammentreffen von AM_2 mit feindlichen Partikeln das Schiff nur verwundet hatten. Es hatte darauf reagiert, indem es seine Funktionen auf ein Minimum reduzierte. Das Minimum bestand wahrscheinlich in der Überwachung des AM_2-Abbaus und des Transports. Vorausgesetzt, hier handelte es sich tatsächlich um das Kommandoschiff des Imperators. Wovon er nach wie vor überzeugt war.

Es war wohl dazu in der Lage, eine wirksame Reparatur vorzunehmen, hatte jedoch die dafür notwendige Energie zur Aufrechterhaltung dieser vorrangigen Minimalfunktion zurückgehalten.

›Mit anderen Worten‹, dachte Sten, ›es ist viel zu sehr mit sich selbst beschäftigt.‹

Mit einem Mal kam ihm in den Sinn, daß der Schaden, auf den er da blickte, womöglich etwas mit dem Fehlverhalten des Imperators zu tun haben könnte.

Was hatte Haines damals gesagt? Der Imperator war der gleiche. Aber nicht der gleiche. Gleich, aber anders.

Vielleicht hatte der Meteor eine Art von Plan durcheinandergebracht. Etwas in der Art von … Er schüttelte den Kopf. Sinnlose Spekulationen.

Spekulationen für den noch weit in der Zukunft liegenden Abend mit seinen Freunden.

Er ging weiter.

Stens Erstaunen angesichts der Komplexität des weißen Schiffes nahm zu, je weiter er sich durch den Korridor ins Innere schob. Jetzt, nachdem er zwei Sicherheitsschleusen jenseits des Schadensbereichs passiert hatte, waren Atmosphäre und Temperatur wieder E-normal. Er hatte Helm und Handschuhe ausgezogen und an sein Koppel gehakt. Er atmete tief durch, um die schale Anzugluft aus seinen Lungen zu pumpen.

Die Luft im Schiff roch frisch, mit einem Hauch von ... Fichte? Ja, oder etwas sehr Ähnliches.

Hier mußte sich auch die Unterkunft des Imperators befinden. Er war allgemein ein großer Naturfreund.

Sten folgte dem Korridor, den er aufgrund seiner Abmessungen und der durchgezogenen blauen Linie am Boden für den Hauptgang hielt. Überall, wohin er blickte, erstreckten sich weitere Gänge – schmalere Korridore, die in diesen hier mündeten. Und es gab Türen. Viele Türen.

Einige führten zu nichts weiterem als Unmassen von Drähten und Schaltungen und elektronischer Ausrüstung. Einige führten in Lagerräume voller Ausrüstung und Ersatzteile. Es gab sogar eine Werkstatt für die vielen Roboter, die überall an Bord herumwieselten.

Sten machte einen Schritt zur Seite, als einer von ihnen einen Schweißbrenner schwenkend auf ihn zurollte, unterwegs zu irgendeinem Auftrag. Plötzlich weitete sich der Korridor zu einem von einer hohen Kuppel überspannten Atrium.

Sten betrat eine weitläufige hydroponische Farm voller exotischer Pflanzen, Früchte und Gemüse.

Alles Dinge, die der Imperator als köstlich empfand.

Sten hielt sich an die blaue Linie, bis der Pfad wieder zum Korridor wurde.

Kurz darauf stand er in einem großen Raum, der antiseptisch, nach medizinischer Reinheit, roch. Eine lange Reihe von Bottichen, die mit einer ihm unbekannten Flüssigkeit gefüllt waren. Das Licht in dem Raum war eigenartig hell ... und warm. Er sah stählerne Tische und Andocköffnungen für Medizinrobots. Er fühlte sich ziemlich unwohl in diesem Raum und ging weiter.

Jetzt kam er zum Kontrollzentrum des Schiffes. Es war vollgestopft mit archaischer Ausrüstung, die so perfekt arbeitete, als be-
fände sich das Schiff auf seiner Jungfernreise.

Sten zweifelte nicht mehr daran.

Das hier mußte die Kommandozentrale des Imperators sein.
Sein wohlgehütetes Versteck. Wenn er dieses Schiff in die Luft
jagte, würden auch die AM_2-Lieferungen aufhören.

Er ließ den Rucksack mit dem Sprengstoff von seinem Rücken
gleiten und stellte ihn neben sich auf den Boden, direkt neben einen Frischluft-Ventilator.

Der Ort war so gut wie jeder andere.

Er sah sich neugierig um, staunte über das, was der Imperator
hier zuwege gebracht hatte; dabei war er sich der Tatsache vollauf
bewußt, daß er nur einen vagen Eindruck davon bekam, wie aus-
geklügelt die ganze Anlage wirklich war.

›Wie hat er das nur geschafft?

Verdammt! Wie konnte er überhaupt damit anfangen?‹

Sten erblickte eine Tür am anderen Ende des Korridors. Sie war
mit dem Schriftzug »Bibliothek« versehen. Vielleicht fand er dort
eine Antwort auf seine Fragen. Den Schlüssel zu den Geheimnissen des Imperators.

Er ging auf die Tür zu, ließ sie aufgleiten und betrat die Bibliothek.

Als die Tür sich hinter ihm schloß, fiel ihm mit einiger Überraschung auf, daß es hier keine endlosen Reihen von Fiches gab.
Auch keine Bücherregale. Nur ein paar Tische und Stühle.

War das wirklich eine Bibliothek?

Die Stimme ertönte von irgendwo hinter ihm.

»Schachmatt«, sagte der Ewige Imperator.

Kapitel 39

»Du kennst das Spielchen«, sagte der Ewige Imperator. »Keine Bewegung. Weder eine hastige noch sonst eine.«

Er hörte sich fast beschwingt an. Voller Selbstvertrauen. Sten beging jedoch nicht den Fehler, ihn als *überheblich* einzuschätzen. Er rührte sich nicht von der Stelle.

»Und jetzt … Zieh den Raumanzug aus. Sehr langsam, wenn ich bitten darf.«

Stens Hände bewegten sich auf die Verschlüsse zu. Einen Augenblick später lag der Raumanzug auf dem Boden. Jetzt trug er nur noch den overallähnlichen Schiffsanzug.

»Kick ihn weg«, befahl der Imperator. »Mit einem satten, kräftigen Tritt, wenn ich bitten darf.«

Sten gab dem Anzug einen Tritt, und er flog in eine Ecke.

»Jetzt gehst du zur Wand dort drüben«, befahl der Imperator.

Sten ging. Er blieb erst stehen, als seine Nase die Wand berührte.

»Jetzt darfst du dich umdrehen«, sagte der Imperator.

Sten drehte sich um. Sein alter Boß saß halb auf einem Tisch, halb lehnte er daran. Auf seinem Gesicht lag ein zufriedenes Grinsen. Die Pistole in seiner Hand zielte, ohne zu zittern, auf Sten.

»Schön, dich zu sehen«, sagte der Imperator. »Ich dachte schon, du kommst überhaupt nicht mehr.«

Seine freie Hand griff nach der Flasche Scotch, die auf einem Tablett stand. Ohne den Blick von Sten zu nehmen, goß sich der Imperator einen Drink ein.

»Tut mir leid, daß ich dir keinen anbieten kann«, sagte der Imperator. »Aber du wirst meine Unhöflichkeit verstehen.« Er nahm einen Schluck aus dem Glas.

Sten verstand ihn nur zu gut. Er würde alles Erdenkliche in seinen Händen zu einer Waffe umfunktionieren. Dazu reichte ein Stück Papier. Ein Glas war natürlich wesentlich besser.

Seit dem Augenblick, in dem die Stimme des Imperators erklungen war, hatten seine Mantis-Sinne das Kommando übernommen. Atmung und Herzschlag waren ruhig und gleichmäßig. Die Muskeln entspannt, aber jederzeit bereit. Das Gehirn lief auf Hochtouren, erfaßte jedes Detail des Raums.

Die Augen maßen die Entfernung zwischen ihm und dem Imperator. Ein bißchen weit, aber machbar.

Er wußte nicht, weshalb er noch am Leben war. Es kümmerte ihn auch nicht. Vielmehr konzentrierte er sich mit allen Sinnen darauf, diesen Zustand aufrechtzuerhalten.

»Vermutlich ist dir klar, daß du mir sagen mußt, wer sonst noch davon weiß«, sagte der Imperator. »Und wo deine Verbände stehen.«

Sten zuckte die Achseln, sagte jedoch nichts dazu.

»Ich werde dich nicht mit Folter behelligen«, fuhr der Imperator fort. »Aus Respekt für unsere ehemalige Verbundenheit. Außerdem steht mir hier an Bord ein bestens geeigneter Gehirnscanner zur Verfügung. Vielleicht schon ein bißchen veraltet, das Gerät; es geht manchmal ein wenig zu sorglos mit den lebenswichtigen Zellen um.«

Er nahm noch einen Drink. »Aber das ist nichts, worüber du dir Sorgen machen müßtest. Sollte es dich in Gemüse verwandeln, dann bist du wenigstens totes Gemüse.«

»Glückwunsch«, sagte Sten. »Sieht so aus, als hätten Sie an alles gedacht.«

Der Imperator grinste. »Ts, ts, ts. Kein ›Euer Majestät‹ mehr? Oder ›Euer Hoheit‹? Keine respektvolle Anrede mehr für deinen alten Boß?«

»Wenn erst der Respekt flötengeht, verliert sich diese Angewohnheit rasch.«

»Kein Grund zu billigen Beleidigungen.«

»Das sollte keine Beleidigung sein«, meinte Sten. »Nur die Feststellung einer Tatsache.«

Der Imperator lachte gutgelaunt. »Du wirst es kaum glauben, aber ich habe dich wirklich vermißt. Du kannst dir nicht vorstellen, wie langweilig und inkompetent die Leute sind, die ich jetzt so um mich habe.«

»Hab davon gehört«, erwiderte Sten. »Besonders der Kerl, wie hieß er noch gleich, der diese Schießbudenfiguren in den Sturmtruppenanzügen befehligte?«

»Poyndex«, antwortete der Imperator. »Danke übrigens für die Schützenhilfe. Ich wußte noch nicht so recht, wie ich ihn loswerden sollte.«

»Gern geschehen. Ich werde Kilgour das Lob ausrichten.«

»Wahrscheinlich hast du jetzt vor, ein wenig Zeit zu gewinnen. Das Unvermeidbare hinauszuzögern, bis du irgendwo eine Chance siehst.«

Sten antwortete nicht.

»Wenn es dir Spaß macht, bitte sehr«, sagte der Imperator. »Nur weiter. Von mir aus. Aber … kriege ich denn überhaupt keine Komplimente für meine Unterkunft hier?« Er gestikulierte mit der freien Hand. Eine Geste, die das gesamte weiße Schiff umfaßte … und alles andere. »Schließlich habe ich sehr viel Zeit und Ideen hineingesteckt.«

»Wirklich nett«, sagte Sten trocken. »Dumme Sache, dieser Meteorit.«

Die Miene des Imperators verfinsterte sich. »Die Wahrscheinlichkeit eines derartigen Treffers lag bei eins zu einer Billion. Der Schaden wird aber bald behoben sein.« Seine Stimme hatte einen spröden Klang angenommen. Irgend etwas hatte ihn verletzt.

»Ist deshalb alles schiefgelaufen?« fragte Sten.

»Eigentlich nicht«, gab der Imperator zurück. »Zugegebenermaßen gab es einige Schwierigkeiten, aber im großen und ganzen gesehen ist eher eine Verbesserung eingetreten.«

»Dann sind Sie jetzt viel zufriedener mit sich?« vermutete Sten.

»Das bin ich. Einige … Schwächen … wurden ausgemerzt.«

»Etwa die Bombe in Ihrem Bauch?« Damit ließ Sten den nächsten Knaller los.

Der Imperator reagierte erschrocken. Dann lachte er. »Das hast du also auch herausgefunden?«

»War gar nicht so schwer«, sagte Sten. »Sie können sich erneut bei Kilgour bedanken.« Dann fixierte er den Imperator mit einem unerbittlichen Blick. »Nicht schwerer, als allem anderen auf die Spur zu kommen. Natürlich hat uns Mahoney den einen oder anderen Tip gegeben. Ian hatte alles mehr oder weniger beisammen.«

»Ich vermisse ihn«, sagte der Imperator mit sehr leiser Stimme.

»Ich kann mir vorstellen, daß Sie eine ganze Menge Leute vermissen«, kommentierte Sten sarkastisch.

»Stimmt«, pflichtete ihm der Imperator überraschenderweise bei. »Ich vermisse wirklich viele von ihnen. Besonders Mahoney. Er war mein Freund.« Er warf Sten einen eigenartigen Blick zu. »Das dachte ich ... früher einmal ... auch von dir.«

Sten lachte laut auf. »So behandeln Sie also Ihre Freunde? Setzen sie auf eine Todesliste und numerieren sie von oben nach unten?«

Der Imperator seufzte. »In meinen Schuhen zu stehen, ist wesentlich schwerer, als du dir das vorstellen kannst. Da gelten andere Regeln.«

»Ja, ja, ich weiß schon. Die lange Sicht. Das Gesamtbild. Komischerweise habe ich den Kram geglaubt, solange er Sie betraf. Zumindest habe ich ihn nicht in Frage gestellt.«

»Es gibt wirklich keine andere Möglichkeit, die Dinge unter Kontrolle zu behalten«, sagte der Imperator. »Ich habe es nur zum Besten von uns allen getan. Dabei ist sicherlich viel Leid geschehen. Leben bedeutet nun einmal Leiden. Aber wenn du dir die letzten paar tausend Jahre betrachtest, hat es bei weitem mehr gute als schlechte Jahre gegeben.«

Er hob sein Glas erneut, trank einen Schluck und setzte es wieder ab. »Du hättest mal sehen sollen, wie es war, bevor ich … anfing.«

»Bevor Sie das AM$_2$ entdeckten?«

»Richtig. Davor. Du hättest diese schwachsinnigen Ergebnisse jahrhundertelanger Inzucht sehen sollen, die überall das Sagen hatten. Herrje, wenn ich nicht gewesen wäre, würde die Zivilisation auch heute noch aus einer Handvoll Sonnensystemen bestehen.«

»Das glaube ich unbesehen«, sagte Sten.

Der Imperator hielt inne und starrte ihn an. »Du hältst mich für verrückt, habe ich recht? Sag's mir, du kannst mich nicht mehr beleidigen.«

Sten scherte sich nicht darum, ob er sich beleidigt fühlte oder nicht. »Ich halte Sie nicht für verrückt – ich *weiß* mit Gewißheit, daß Sie es sind!«

»Vielleicht war ich das … früher einmal«, erwiderte der Imperator. »Aber jetzt nicht mehr. Seit der Meteor dieses Schiff segnete. Sobald ich mir darüber … im klaren war … als mir bewußt wurde … daß etwas anders war. Vollkommen anders. Und ungeahnt besser.«

»Besser als das alte Modell?« rief Sten, der sich an den Raum mit den biologischen Wannen und der chirurgischen Ausrüstung erinnerte.

»So kann man es wohl ausdrücken«, antwortete der Imperator. »Die Kette wurde unterbrochen. Es war an der Zeit, von neuem anzufangen. Mit unverbrauchten Ideen. Zur Errichtung einer neuen Ordnung. Selbstverständlich gilt es einige Opfer zu bringen. Ohne Opfer kann nichts Gutes entstehen.«

»Solange es nicht das eigene Opfer ist«, sagte Sten.

»Glaubst du das wirklich? Glaubst du wirklich, daß … ich nicht selbst darunter leide?«

»Der Typ, der den Abzug betätigt«, sagte Sten und nickte in Richtung der Pistole, »leidet nie so sehr wie derjenige am anderen Ende des Laufs.«

»Du bist so verdammt zynisch.« Der Imperator lachte. »Hast dich wohl zu lange in meiner Nähe aufgehalten. Aber so sind nun mal die Tatsachen. Mein … Vorgänger … hat alles ziemlich den Bach runtergehen lassen.

Er hat die Sache mit den Tahn aus dem Ruder laufen lassen, um nur ein Beispiel zu nennen. Dann das Privatkabinett! Wie zum Teufel konnte … er … diesen Idioten so viel Macht zugestehen? Reine Schwäche, das kann ich dir versichern.

Das Imperium hatte zuviel Fett angesetzt, war zu träge geworden. Es war höchste Zeit, gehörig abzuspecken. Alles wieder auf eine gesunde Basis zu stellen. Ein Imperium unterscheidet sich kaum von irgendeinem anderen Unternehmen. Die Regeln des Kapitalismus erfordern in regelmäßigen Abständen ein Großreinemachen.«

»Normalerweise erklären sich Geschäftsführer nicht zum Gott«, konterte Sten.

Der Imperator stieß ein höhnisches Lachen aus. »Sei doch nicht so blöd«, sagte er. »Das Bild setzte allmählich Rost an. Es mußte mal wieder aufpoliert werden. Abgesehen davon gibt es eine lange Tradition, die Herrschaft von göttlichem Recht abzuleiten.«

»Dann glauben Sie also nicht wirklich daran, daß Sie ein Gott sind?«

Der Imperator zuckte die Achseln. »Vielleicht glaube ich daran. Vielleicht auch nicht. Als ich zum letztenmal nachgeblättert habe, paßte Unsterblichkeit ziemlich gut auf die Beschreibung.«

»Götter steigen nicht aus Wannen mit Nährlösung«, sagte Sten.

»Wirklich nicht? Vielleicht hat man mich falsch informiert. Aber da du offensichtlich schon die Bekanntschaft so vieler Götter gemacht hast, verneige ich mich vor deiner großen Erfahrung auf diesem Gebiet.«

Der Imperator nahm noch einen Drink und stellte das Glas wieder auf dem Tablett ab. »Du wirst es zwar nicht mehr erleben«, sagte er, »aber ich kann dir versprechen, daß sich alles zum Besseren wenden wird. Vielleicht tröstet dich das ein wenig.«

»Besser als was?« knurrte Sten. »Sie sind doch nur eine neue Falte auf einer alten, häßlichen Fratze. Ich habe zu viele junge Leute für diese Fratze in den Tod geführt. Verdammt noch mal, ich habe selbst ganze Friedhöfe dafür gefüllt. Und wofür? Für zwanzig oder dreißig Jahrhunderte voller Lügen? Sie halten sich für einzigartig. Für den größten Imperator des größten Imperiums der Geschichte. Von meiner Warte aus – armer Sterblicher, der ich bin, dem nur ein paar lächerliche Jahre zustehen – sind Sie keinen Deut besser ... oder schlechter als jeder andere Tyrann.«

»Eine überaus stimulierende Unterhaltung«, sagte der Ewige Imperator. »Es ist schon lange her, seit ich einem so interessanten Gedankenaustausch frönen durfte. Mir wäre es wirklich lieber, es gäbe einen anderen Weg. Wirklich.«

Er hob die Pistole. In Stens Gehirn schrillten sämtliche Alarmglocken. Halt! Was ist mit dem Gehirnscan? Er hatte geglaubt, er hätte noch ein bißchen mehr Zeit.

»Ich bin zu der Ansicht gelangt«, sagte der Imperator, »daß es viel zu riskant ist, dich aus diesem Raum herauszulassen. Um wirklich absolut sicherzugehen, muß ich wohl oder übel eines dieser Opfer darbringen, von denen ich vorhin gesprochen habe ... und dich gleich hier töten.«

In diesem Augenblick plärrte eine Stimme mit voller Lautstärke los: »Die beiden Organismen an Bord dieses Schiffes rühren sich nicht von der Stelle!«

Stens Kinnlade klappte nach unten. Was zum Teufel ging hier vor? Er sah die Überraschung im Gesicht des Imperators. Und die Furcht. Aber die Pistole senkte sich nicht.

»Die Analyse der Zusammensetzung und Absichten dieser Organismen wurde soeben abgeschlossen«, fuhr die Stimme fort. Es mußte sich um den Zentralcomputer des Schiffs handeln.

Die Beurteilungsmaschine des Imperators.

»Die Anweisung des Primärorganismus, die Anwesenheit des eingedrungenen Organismus zu tolerieren, wird hiermit für nichtig erklärt. Der fremde Organismus ist ein Feind. Er muß getötet werden.«

›Na prima‹, dachte Sten, ein wenig irritiert. ›Tod durch Erschießen. Oder Tod durch das Schiff. Wo liegt da der Unterschied?‹

»Der Primärorganismus wurde ebenfalls für fehlerhaft befunden«, fuhr die Stimme des Schiffs fort, »und als Mißerfolg eingestuft. Er wird ebenfalls vernichtet.«

Sten sah, wie der Imperator voller womöglich noch größerer Überraschung zusammenzuckte. Die Pistole senkte sich.

Es war Stens erste und einzige Chance.

Er hechtete auf den Imperator los.

Kapitel 40

Sten krümmte sich mitten im Flug zusammen, schrammte mit der Schulter über den Boden und wich so zur Seite aus, als der Imperator feuerte. Das AM_2-Geschoß riß ein Loch in den Bodenbelag; Metallsplitter flogen durch die Luft. Mit den Füßen zuerst krachte Sten gegen den Ewigen Imperator, der nach hinten taumelte, sich dann wieder fing und erneut mit der Pistole zielte. Sten trat zu, und die Pistole flog im hohen Bogen davon. Der Imperator rollte sich zweimal herum, kam auf die Füße und hob die Handgelenke instinktiv zum V-Block, als Sten sein Messer aus der Armscheide gleiten ließ und sofort zuschlug. Der Block erwischte Stens Messerhand, und Sten verlor das Gleichgewicht, fand seinen festen Stand jedoch gleich wieder, indem er vorübergehend in die Hocke ging.

Sten schnellte los ... und der Imperator warf sich rückwärts über die Tischplatte, wirbelte herum und stand wieder auf den Füßen.

Antäuschen ... hin und her pendeln ...

Der Imperator schlug mit beiden Fäusten auf den Tisch; die Kunststoffplatte zersplitterte. Stens Messer blitzte auf ... und das erste Blut rann am Unterarm des Imperators herunter.

Der Imperator wich zurück, wobei er einen rasiermesserscharfen, beinahe vierzig Zentimeter langen Splitter der Tischplatte aufhob. Er hielt ihn tief, eng an seiner rechten Seite. Sten riskierte einen Blick weg von den Augen des Imperators. Er bemerkte, daß der Imperator den Splitter mit dem entspannten Daumen-Zeige-finger-Griff des erfahrenen Messerkämpfers hielt.

Irgendwo im Schiff brummte etwas. Dann das Geräusch scharrender Sohlen, als jeder von ihnen sich seitlich im Halbkreis bewegte, um auf die ungedeckte Seite des Gegners zu gelangen.

Sten fiel auf, daß er an eine bestimmte Stelle gedrängt werden sollte ... und dann durchschaute er die Absicht des Imperators. Die Pistole. Der Imperator stieß mit seinem »Degen« nach Sten, doch der lehnte sich zurück ... wich dem Stich aus ... versuchte eine Riposte, verfehlte seinen Gegner, zog sich sofort wieder zurück.

Die Augen des Imperators flackerten und kündigten seinen nächsten Hieb an, doch Stens Arm war nicht mehr da, wo er noch vor einem Augenblick gewesen war. ›Es ist zu lange her‹, dachte Sten. ›Du hast viel zu lange keinem richtigen Gegner mehr gegenübergestanden.

Genau wie du, Sten.‹

Sten versuchte einen Messerstechertrick, wechselte die Klinge von einer Hand zur anderen – und der Imperator griff an. Sten hätte um ein Haar sein Messer verloren, wirbelte zurück und ärgerte sich über sich selbst, daß er an eine derartige Effekthascherei auch nur gedacht hatte. Wieder zuckte sein Messer nach dem Handgelenk des Imperators, zog sich zurück, zuckte erneut nach vorne, schnitt einen langen Span aus dem Kunststoff-Degen des Imperators, und Stens freie Hand schoß nach unten, kam mit der Pistole wieder herauf, und der Imperator schleuderte den Kunststoffsplitter kraftvoll aus dem Handgelenk. Er drang in Stens Schulter, ein Muskelkrampf ließ ihn abdrücken, die Kugel flog sonstwohin, der Rückstoß schleuderte die Pistole aus seiner verkrampften Hand und …

Dunkelheit.

Die Stimme klang gelassen: »Ich habe beschlossen, daß der eingedrungene Organismus den mir obliegenden Pflichten gefährlicher werden kann als der abweichende, der geschaffen wurde. Seiner Vernichtung wird Vorrang gegeben.«

Herrje. Es tat weh. Sten steckte das Messer zwischen die Zähne, biß auf das Heft und zog den langen, scharfen Splitter aus seiner Schulter. Heftiger Schmerz durchfuhr ihn. ›Leg den Splitter weg. Wisch dir das Blut von den Fingern. Betaste die Wunde. Blutet sie? Ein bißchen. Schlimm? Nicht besonders. Momentan muß sie nicht versorgt werden. Schmerzen?‹

Sten murmelte das Mantra, auf das er vor langer Zeit konditioniert worden war, damals, als er noch ein Rekrut der Garde gewesen war; sein Körper vergaß den Schmerz. Er ging in die Hocke. Langsam wanderten seine Finger über den Boden, suchten die Pistole. Sie konnte nicht weit sein.

Auf der anderen Seite des Raums klapperte etwas.

Die Luft knisterte, als der Schuß den Raum zerschnitt. Viel zu hoch und zu weit links.

Stens Finger stießen gegen ein Hindernis.

Der Kolben der Pistole.

Verdammt. Der Imperator hatte also eine zweite Feuerwaffe.

»Bereithalten«, verkündete die Stimme. »Ich habe den eingedrungenen Organismus lokalisiert. Bereit zum Feuern.«

Ein Doppellicht blitzte auf, gleißend hell, und Sten schoß zweimal; eine Explosion, die wieder zur Dunkelheit erstarb, der Imperator schoß etwas zu spät, seine Kugel klatschte dort auf, wo Sten soeben noch gehockt hatte.

›Na schön, du Drecksack‹, dachte Sten. Er konzentrierte sich auf die Stelle, an der die Lichter aufgetaucht waren, schickte kurz hintereinander fünf Schüsse in die allgemeine Richtung, wobei er sich seitlich über den Boden rollte.

Sten wußte nicht, ob der Imperator zurückgeschossen hatte, denn der ganze Raum war von einem Donnern erfüllt, und Alarmsirenen schrillten los. Sten glaubte einen Ruf gehört zu haben. Von dieser eigenartigen Stimme, die das Schiff selbst sein mußte? Vom Imperator? Er wußte es nicht. Rauch breitete sich aus, Flammen blitzten auf, Lichter kreiselten. Eine Verkleidung glitt zu; Sten jagte einen Schuß hindurch und blockierte damit den Schließmechanismus.

Sten eilte dem Imperator hinterher. Er mußte ihn erwischen, bevor sein ehemaliger Boß ihm eine weitere, zweifellos unangenehme Überraschung bereiten konnte. Dann blieb er stehen, nannte sich selbst einen Narren und ging zu seinem Raumanzug zurück. Er streifte ihn über, ließ jedoch den Helm und die Handschuhe am Gürtel baumeln. Bevor er die Brustöffnung des Anzugs verschloß, drückte er das Medkit gegen seine Schulter. Die Box klickte mehrmals und injizierte dabei Schmerz- und Desinfektionsmittel in die Wunde. Er sprühte einen Notverband darüber, dann zog er den Anzug zu.

›Laß dir Zeit‹, dachte er. ›Besser, er hat einen kleinen Vorsprung, als daß du überhastet in etwas hineinstolperst.‹

»Schiff«, keuchte er, wobei er sich ziemlich dämlich vorkam.

Die Stimme antwortete nicht.

Sten schickte noch zwei Schüsse in das größte Loch in der Wand. Noch mehr Sirenen, züngelnde Flammen und das Zischen der Feuerlöscher.

»Schiff! Ich will dir keinen Schaden zufügen«, log Sten. »Du kannst deinen Auftrag auch weiterhin ausführen.«

»Keine Übereinstimmung. Andere Organismen als der geschaffene sind als feindlich anzusehen und müssen vernichtet werden. Vorschrift des Basisprogramms.«

›Also gut‹, dachte Sten. ›Dann versuch mal, mich umzubringen. Wenn du kannst.‹

Er ging auf die blockierte Schiebetür zu und wollte sie auftreten. Er hielt jedoch inne und schalt sich, daß er wohl nicht alle Tassen im Schrank hatte, hob einen Stuhl hoch und schleuderte ihn gegen die Tür. Schüsse bellten auf, und ein AM_2-Geschoß zerfetzte die Tür. ›Denk dran: das hättest du sein können.‹

Er feuerte zweimal in den dahinterliegenden Korridor, um zumindest für etwas Verwirrung zu sorgen, und ging hindurch. Er wollte sich gerade an die Verfolgung des Imperators machen, als ihm ein Gedanke durch den Kopf fuhr.

Er drehte sich um, blickte in den ruinierten Raum und schickte fünf sorgfältig gezielte Schüsse durch das immer größer werdende Loch in der Wand. Blitze zuckten und enthüllten verzogene Metallträger, Kabelstränge und Rauch, der in eine weitere Kammer eindrang, während ein weiterer Alarm losheulte: *Dieda-diedadieda.*

Diese Standardtonfolge kannte er. *Loch in der Außenwand, Atmosphäre entweicht.*

Seine Ohren fielen zu, als der Druck schlagartig sank. Sten griff nach seinem Helm und setzte ihn auf. Gerade als er das Visier zuklappen wollte, stieg der Druck wieder auf normal. Das Schiff konnte sich selbst reparieren. Zumindest hatte er ihm etwas zu tun gegeben. Sten rannte den Korridor hinab, hinter dem Imperator her.

Wozu die Räume dienten, durch die er kam, konnte er auch nicht besser erkennen als beim erstenmal. Einige davon waren winzig klein, aber vollgepackt mit Konsolen und Ausrüstung. Andere waren geräumig und völlig leer.

Im ersten dieser leeren Räume versuchte das Schiff erneut, ihn umzubringen. Der McLean-Generator wurde abgeschaltet, und Sten trieb zur Decke empor; dann setzte die Schwerkraft wieder ein. ›Du hast aber nicht lange genug gewartet, damit mich der Sturz auch umbringt‹, dachte Sten, der sich wie eine Katze drehte und auf den Füßen landete. Wie zum Trotz jagte er zwei Schuß durch das Deck, auf dem er stand. Wenigstens um die Munition mußte er sich keine Sorgen machen. Das Röhrenmagazin enthielt 500 Schuß der $1mm$-AM_2-Munition.

Der Feuerstoß zerfetzte das Deck, und Sten blickte auf eine andere Ebene hinab. Er überlegte kurz. ›Der Imperator befindet sich höchstwahrscheinlich ein Stück weiter auf dem gleichen Deck wie ich. Wenn ich ihn jetzt also auf dem unteren Deck umgehe …‹

Schon sprang er durch das Loch hinab.

»Der eingedrungene Organismus ist jetzt auf dem Golfdeck«, schnarrte die Stimme. »Bewegt sich in Richtung medizinischer Station.«

Verdammt. Er sah sich um. Vielleicht entdeckte er ja ein verräterisches Kameraauge, das er zerschießen konnte. Nichts.

Na schön. Schlechte Idee. Er würde ebenso schnell wieder dort sein, wo er hergekommen war. Er hatte auch schon eine Idee. Er ging zur Mitte des Ganges, bis der Riß in der Decke direkt über ihm war, und das Schiff fiel darauf herein, drehte die Schwerkraft wieder um und ließ Sten nach »oben« fallen, auf das Loch zu, durch das er heruntergekommen war. Doch während er fiel, nahm er eine Bestergranate vom Gürtel und drückte den Auslöser. Er hörte, wie sie gegen die Decke des Ganges prallte; er selbst fiel durch das Loch in dieser Decke und auf das nächste Deck zu, das sich jetzt zwanzig Meter über/unter ihm befand. Kurz bevor die Granate explodierte, hakte er sich mit einem Stiefel an einem vorstehenden Stück des aufgerissenen Bodens fest.

Sten wartete ab, doch die Stimme kommentierte seine Rückkehr nicht. Wurde sie etwa durch die Zeitverlustgranate außer Kraft gesetzt? Unwahrscheinlich.

Was jetzt? Der Imperator konnte sich überall in diesem großen Polygon – einer Mischung aus Schiff und Raumstation – aufhalten. Irgendwo mußte das Raumschiff sein, mit dem er hergekommen war, wahrscheinlich am gleichen Ort, an dem die Schiffe standen, die der Imperator jeweils für seine Rückkehr benutzte.

›Das hier ist sein Spielfeld, nicht deins. Genau. Er muß es verteidigen.

Deshalb:

Kehre zu deinem ursprünglichen Plan zurück. Mit dem Unterschied, daß du jetzt nicht nur die AM$_2$-Lieferungen abstellen willst.

Der Kontrollraum befindet sich …‹ Sten mußte sich neu orientieren. Ein Deck weiter oben und ein Stück zurück. ›Wir machen es auf die einfache Art. Mach dir keine Sorge wegen des Schiffs. Du mußt nur aufpassen, daß du nicht in hohe, weite Räume kommst, dann kann es den ganzen Tag »oben und unten« mit dir spielen. Wenn es sonst nichts zu bieten hat, stellt es keine große Gefahr dar.‹ Sten fragte sich, weshalb es nicht mit irgendwelchen bewaffneten Robots oder dergleichen ausgerüstet war, bis ihm einfiel, daß es selbstmörderisch wäre, innerhalb des eigenen »Körpers« Schießereien anzuzetteln. Trotzdem machte er sich weiterhin Gedanken darum, weshalb diese letzte Bastion nicht besser verteidigt wurde.

Einige Sekunden später startete das Schiff seine erste richtige Attacke.

Der Korridor war lang. Verschlossene Luken führten in regelmäßigen Abständen zu unbekannten Räumen. Sten hoffte, am Ende des Korridors eine Treppe zu finden, die hinauf zum Kontrolldeck führte. Er hörte ein Geräusch, als würden hundert Schlösser auf einmal zugeschlagen. Dann sah er, daß die weit voraus liegende Stirnwand des Korridors auf ihn zukam. Er drehte sich um und sah, daß die Wand hinter ihm das gleiche tat. ›Dann entschwinden wir einfach durch diese Luke …‹ – die fest verriegelt war. Genau wie die beiden nächsten, die er ausprobierte. Sten kniete sich hin, nahm eine beidhändige Schußposition ein und schickte vier Geschosse in die vier Ecken der auf ihn zukommenden Wand.

Knallen, Rauch, Feuer ... aber sonst geschah nichts. Der Kolben schob sich weiter durch den Zylinder.

Imperium X. Als Panzerung verwendet. Warum nicht? Wenn man genug davon hat ...

Diese beweglichen Wände waren kein unmöglicher Livie-Alptraum. Sten vermutete, daß sie das Schiff höchstwahrscheinlich in die Lage versetzten, sich selbst zu reparieren, die betroffene Sektion wurde abgeschottet und die Reparaturroboter hineingeschickt.

Das Schiff improvisierte also und lernte, wie es die ihm zur Verfügung stehenden Mittel als Waffen einsetzen konnte.

Als die beweglichen Wände nur noch wenige Meter voneinander entfernt waren, zerschoß Sten eine Luke und sprang in den dahinter liegenden Raum. Er war leer. Draußen im Korridor blieben die Wände links und rechts der Öffnung stehen.

Patt. Wahrscheinlich würde das Schiff Sten für den Rest seines Lebens hier festhalten. Er bemerkte, daß die Luft stickig war. Wahrscheinlich hatte das Schiff die Lufterneuerungsanlagen für diesen Korridor abgestellt. Er konnte das Visier seines Anzugs schließen, wodurch ihm noch an die sechs E-Stunden blieben, bis ihm die Luft ausging.

›Prima. Dann also so wieder raus, wie du reingekommen bist.‹ Er ging auf die Luke zu, duckte sich zu einem möglichst kleinen Ziel für Querschläger zusammen und gab einen Schuß auf die gegenüberliegende Wand ab.

Eine gewaltige Explosion, dann schwirrten Metallsplitter durch den Raum. Kein Loch. Ein Krater. Und die Explosion hatte noch mehr Sauerstoff aufgefressen. Sten hustete im Rauch. Wie lange würde es wohl dauern, bis er sich durch die Wand geschossen hatte, selbst wenn er den Anzug schloß? Keine Ahnung, aber sicher länger, als irgendwelche Metallsplitter brauchten, um ihm den Garaus zu machen.

Konnte er sich mit seinem Messer hindurchschneiden? Möglich, wenn er genug Zeit und genug Hebelwirkung zur Verfügung hatte. Beides war unwahrscheinlich.

›Da oben. Ein Lüftungsschacht.

Zu klein.‹

Doch noch während er das dachte, war das Messer bereits in seiner Hand und schnitt das Gitter heraus.

Der Schacht war sehr schmal. Sten würde dort nie hindurchpassen. Er blickte hinein; seine Stirn berührte das obere Ende, sein Kinn das untere. Nicht nur, daß der Schacht kaum breiter als eine Unterarmlänge war, er knickte auch in ungefähr der gleichen Entfernung im rechten Winkel ab.

Stens Handflächen waren schweißnaß.

Er befahl sich selbst, die Klappe zu halten, und zog sich nackt aus. Die Pistole hielt er schußbereit in der Hand. ›Wenn alles schiefgeht, kannst du dich schließlich immer noch erschießen‹, dachte er.

Den Kopf zur Seite gedreht, zwängte er sich in den Schacht. Mit hochgezogener Schulter fanden seine Handflächen einen Halt auf dem glatten Metall, zogen, zogen, während seine Beine in dem Raum hinter ihm in der Luft zappelten. Er zog sich drei Zentimeter weiter. Dann noch mal drei. Und noch mal.

Dann steckte er fest.

Panik griff nach seinem Verstand, ließ seinen Brustkasten anschwellen. ›Hör sofort damit auf‹, ermahnte er sich. ›Du kannst nicht steckenbleiben. Du kannst jederzeit wieder zurück und noch einmal von vorne anfangen. Man kann immer wieder aus etwas herauskriechen, in das man hineingekrochen ist.‹

Das war natürlich eine Lüge.

›Nicht zappeln. Nicht hyperventilieren. Ausatmen. Sich wie eine Raupe winden. Wieder ausatmen. Die Lungen sind leer. Verdammt noch mal, das sind sie nicht! Wenn du hier verlierst, dann gewinnt der Imperator ... *Scheiß* auf den Imperator!‹ Eine weitere Schlängelbewegung schob ihn ganz in den Schacht hinein, um die Biegung herum, und dann wand er sich immer weiter durch die enge Passage hindurch, ohne an irgend etwas zu denken ... nur noch bewegen, die Kleider und den Raumanzug vor sich herschieben ... und dann mündete der Schacht in einen größeren, in dem er ein Knie vorschieben konnte, er wurde noch einmal breiter ... und dann noch ein Stück, jetzt konnte er sich halb aufrichten, auf Händen und Füßen kriechen ... und jetzt, jetzt konnte er sogar schon richtig aufrecht stehen, wie damals in den Belüftungsanlagen auf Vulcan, die er als privates Wegenetz benutzt hatte, und es ging doch damals, als er noch ein Delinq war, auch recht gut, oder? ›Du willst doch in den Kontrollraum, oder etwa nicht?‹

Sten vergegenwärtigte sich, wo er sich in etwa befand. Und stimmte zu. Kurz darauf blickte er durch die Lüftungsgitter in einen leeren Raum. Er schnitt das Gitter heraus und ließ sich hinab.

Eine Kantine. Tische. Dort drüben Kochutensilien.

Dann hörte er es.

Es klang wie eine Stimme.

Sten zog sich rasch an und bewegte sich geräuschlos auf die Stimme zu. Es war der Ewige Imperator.

Er stand inmitten eines großen, kahlen Raums. Direkt vor ihm befand sich ein flaches Becken, das jetzt leer war. Daneben war eine Art Podium, ebenfalls leer.

Die gegenüberliegende Wand war ein einziger, gigantischer Bildschirm, der mit seinen Farben/Nichtfarben des N-Raums geradezu sinnverwirrend wirkte.

Der Imperator wandte Sten den Rücken zu. Seine Arme hingen herab, seine Hände waren leer.

Sten hob die Pistole, zögerte dann aber doch. Schuld daran war nicht ein fehlgeleiteter Sinn für Fair Play – er hatte schon so manchen Feind ohne Vorwarnung von hinten erschossen.

Aber ...

»In meinem Ende«, sagte der Imperator, »liegt mein Anfang.«

Sten zuckte zusammen. Der Imperator lachte, drehte sich aber nicht um.

»Natürlich stellt sich die Frage, ob es jemals wieder einen neuen Anfang geben wird«, fuhr der Imperator mit fast monotoner Stimme fort. »Oder wird schon der nächste Rückschlag dafür sorgen, daß das Programm zu der langen Ahnenreihe von Weichlingen zurückkehrt, die nötig war, um mich heranzuzüchten?

Und selbst, wenn das Schiff wieder ein reinrassiges Exemplar hervorbringen würde, wie sähe sein weiterer Weg dann wohl aus? Würde er ... würde mein ... vielleicht könnte man ihn meinen Sohn nennen ... seinen Weg zurückfinden, ganz allein? Würde er in der Lage sein, das Kontrollelement in seinem Innern zu entfernen, ohne daß es explodiert, so wie ich es getan habe?

Doch das«, die Stimme des Imperators verlangsamte sich, »ist eine Frage, die wohl niemals beantwortet werden wird.

Aber wie auch immer –« Mitten im Satz drehte er sich um und ging wie ein Schütze in die Knie. Sten wurde klar, daß er in eine Falle getappt war, denn schon schoß die rechte Hand des Imperators zum Gürtel, kam mit der Pistole wieder hoch, zielte ...

Sten feuerte, und die Projektion flackerte, das Hologramm verging in einem Blitz, und dann kam der echte Imperator um die Ecke, nahe, viel zu nahe, die echte Pistole feuerbereit in der Faust. Stens Fuß schoß nach oben, der Arm des Imperators krachte gegen einen Träger, ein Schmerzensschrei, und irgendwie war auch seine eigene Pistole weg, das Messer glitt aus der Armscheide in die Hand, und alles verlief wie in Zeitlupe:

Stens rechter Fuß glitt nach vorne, dicht über dem Boden. Er fand einen festen Stand, einen halben Meter vor dem linken, der präzise die Zehen nach außen drehte und auf dem Rist nach hinten rutschte.

Stens Messerhand stieß schräg nach oben, im gleichen Moment

umfaßte seine linke Hand das rechte Handgelenk, packte fest zu, seine Hüften drehten sich, und aus dem sicheren Stand heraus führte er den nadelspitzen Vorstoß mit ausgestrecktem Arm aus, stieß zu, fand sein Ziel.

Sein Messer grub sich in die Kehle des Imperators. Der Mund klappte auf. Blut schoß hervor.

Sten machte einen Schritt zurück, als der Imperator nach hinten taumelte, immer weiter, bis er fiel; er fiel durch Zeit und Raum, und dann schlug sein Körper mit dem dumpfen Geräusch eines Leichnams auf dem Fußboden auf.

Sten machte zwei Schritte auf ihn zu.

Auf dem Gesicht des Imperators stand der Ausdruck ungläubigen Erstaunens.

Kurz darauf war dieser Ausdruck einer völligen Ausdruckslosigkeit gewichen.

Und dann verzog sich der Mund, der so viele Tode befohlen hatte. Im Todeskrampf, doch Sten hielt es für ein Grinsen. Die Augen, die zu viele Jahre und zuviel Böses gesehen hatten, sahen jetzt nichts mehr, sondern blickten starr an die Decke.

Aber vielleicht sahen sie jetzt auch alles.

Der normale Zeitablauf setzte wieder ein, und Sten kam in Bewegung, bückte sich nach seiner Pistole und blieb in Kauerstellung. Er feuerte, feuerte wie ein Verrückter in dieses leere Becken, in den riesigen Bildschirm und schließlich mit sorgfältig gezielten Schüssen in den ganzen Raum.

Das Ende ...

... und es würde für den Imperator nie wieder einen neuen Anfang geben.

Flammen schlugen aus den Wänden, und bunter Qualm wirbelte durch den Raum.

Das Schiff kreischte auf.

Notalarm ... verzogenes Metall ... kybernetische und elektronische Selbstzerstörungsmechanismen ...

Vielleicht.

Aber das Schiff kreischte.

Und Sten rannte in Richtung Kontrollraum.

Sten fuhr mit dem Zielerfassungsgerät den Schiffsrumpf entlang. Eins da ... zwei hier ... drei dort ... vier dort ... fünf da ... sechs dort ... sieben dort.

Eine als Reserve.

Feuer bei ...

... die erste Sprengladung ging hoch, diejenige, wie ihm der Schirm verriet, die er im Kontrollzentrum auf fünfzehn E-Minuten eingestellt hatte, genug Zeit, um durch das Loch, das der Meteoritentreffer hinterlassen hatte, zu seinem Schiff zurückzukehren.

Eine Explosion, und schon würden die automatisierten Abraumschiffe, die in einiger Entfernung AM_2 abbauten und weitertransportierten, ihr hirnloses Treiben einstellen. Sie konnten jedoch jederzeit wieder neu programmiert werden, falls jemand das wünschen sollte. Später einmal.

Stens Finger glitten über die Feuerknöpfe, spielten einen dissonanten Akkord des Höllenfeuers.

Sieben mit Nuklearsprengköpfen versehene Goblin-XII-Raketen schossen aus den Torpedorohren des Einsatzschiffes, ignorierten das Gebrabbel des N-Raums, das ihnen ihre Sensoren vermittelten, und rasten wie befohlen auf das Geburts- beziehungsweise Totenschiff des Imperators zu.

Stens Schiff war zu dicht dran, als sie einschlugen.

Sämtliche Bildschirme erloschen, schalteten auf ihr Notsystem, erloschen erneut und blieben dann – wahrscheinlich, weil sie so umfunktioniert worden waren, daß sie die Computer mit Darstellungen aus dem N-Raum versorgten – lange Sekunden tot.

Endlich meldete sich ein Radarbild zurück und paßte seinen Input an das Erweiterungsprogramm an.

Farben/Nichtfarben.

Sonst nichts.

Geradeso, als hätte das große Polygon niemals existiert.

Sten starrte lange Zeit in diese Leere, vielleicht, weil er sich wünschte, daß viele Dinge niemals geschehen wären, vielleicht aber auch, um sicherzugehen, daß diese Leere keine Gestalt mehr annahm.

Schließlich wandte er sich wieder seinen Kontrollinstrumenten zu.

Er gab den Kurs zur Rückkehr in sein eigenes Universum ein und ging auf volle Beschleunigung Richtung Diskontinuität.

Und nach Hause.

Es war vorbei.

Kapitel 41

Vier Bildschirme zeigten kreischend OBERSTE PRIORITÄT – ZUR SOFORTIGEN BEACHTUNG an. Auf drei anderen blinkte es WICHTIG/PERSÖNLICH – Nachrichten für Sten in einem persönlichen Zugriffscode, den er vermutlich nur Cind, Alex und Sr. Ecu gegeben hatte.

Sie alle – und die anderen Funkgeräte außerhalb von Stens Suite in Othos Burg – wollten das gleiche in unterschiedlichen Kategorien: Sten. Stens Anwesenheit, Stens Rat, Stens Prognosen, Stens Befehle, Stens Vorschläge, Stens Botschafter.

»Will denn keiner mehr etwas selbst tun?« fragte sich Sten verwundert. »Ich meine, der Imperator ist tot, Leute, jetzt stellt euch mal selbst auf die Hinterbeine.«

»Die Zaginows sind total aus dem Häuschen«, sagte Alex. »Ich hab eine unilaterale Erklärung zur Unabhängigkeit und Blockfreiheit für die Leutchen aufgesetzt. Die können sie dem Imperialen Parlament vorlegen – falls es jemals wieder zusammentritt. Die Kopie, die sie dir rein zur Information geschickt haben, verfügt über eine kleine persönliche Notiz. Sie sagen herzlich danke schön, und falls du jemals *in inoffizieller Eigenschaft* – die Betonung stammt von ihnen, nicht von mir – in ihren Teil des Universums kommst, sollst du mal auf einen Schluck vorbeischauen.«

»Diese ganze Kiste kommt mir vor wie ein infizierter Stoßzahn«, sagte Otho. »Er tut weh, tut weh, und dann fällt er raus. Und dann sucht deine Zunge die Lücke ab, fragt sich, wo der Hauer hin ist und vermißt ihn sogar ein bißchen.«

In dem Raum waren nur noch zwei weitere Personen anwesend: Cind und Rykor.

Dabei hätten es viel mehr sein müssen:

Die Toten: Mahoney. Sr. Ecu. Viele andere, die tief in Stens dunklen Erinnerungen ruhten, aber nicht vergessen waren; Soldaten, Zivilisten, sogar Banditen und Kriminelle, die im Kampf für die Fratze der Freiheit, von der sie wußten, daß sie niemals ganz den Totenschädel der Tyrannei verbergen konnte, gestorben waren.

Die Lebenden: Haines. Ihr Ehemann. Marr. Senn. Ida. Jemedar Mankajiri Gurung und die anderen Gurkhas. Eine Frau aus der Vergangenheit: Bet.

Und genau wie damals, bevor er in die Diskontinuität eingetaucht war, waren alle diese unsichtbaren Wesen jetzt bei ihm.

Und warteten.

»Cind«, erkundigte sich Sten. »Was werden die Bhor jetzt tun?«

»Ich bin nicht mehr ihre Sprecherin«, antwortete sie. »Ich gehe auf Reisen. Mit einem Freund.« Sie lächelte Sten an. Es war ein vielversprechendes Lächeln.

»Die Bhor werden meine Kündigung akzeptieren. Und wenn

ich mir einen Bart wachsen lassen muß, damit sie ihn abschneiden können.«

Sie wies mit dem Kinn zur anderen Seite des Raums. »Ich kann mir gut vorstellen, daß Otho wieder für sie spricht, auch wenn er dazu eingezogen werden muß.«

Otho brummte. »Vielleicht. Aber nur vorübergehend. Ich habe soviel von dem langsamen, trockenen Tod der Politik gesehen, wie ich es nicht einmal meinem ärgsten Feind wünschen würde.

Vielleicht sollte ich ein Schiff flottmachen, so wie damals in meiner Jugend. Jetzt, wo statt des Imperators die Freiheit herrscht, ergeben sich hervorragende Möglichkeiten für einen Händler.

Vielleicht mache ich mich auch auf die Suche nach euren komischen Menschenfreunden, den Roma, wie sie sich nennen, wenn ich mich recht entsinne. Weißt du, daß keiner von ihnen auf Vi zurückgeblieben ist? Sie sind verschwunden, noch vor deiner Rückkehr von diesem anderen Ort ... und sie haben mit keinem Wort erwähnt, was sie jetzt vorhaben.«

Sten schwieg überrascht. Ida weg? Offensichtlich ohne sich zu verabschieden. Sie ist nicht einmal lange genug geblieben, um zu sehen, daß die Guten gewonnen haben. Er erinnerte sich an einige ihrer Worte, die sie einmal ganz nebenbei fallengelassen hatte: »Man kann der Freiheit nicht dienen, indem man Gesetze und Zäune errichtet ...«

Otho erhob sich. »Oder vielleicht lerne ich endlich nähen«, sagte er. »Aber genug davon, bei Kholeric. Ich habe Hunger und Durst und bin leicht verstimmt. Ich werde deinen gesamten inkompetenten Stab abschlachten, Sr. Sten, und ihn darüber informieren, daß es keine Ausnahmen gibt, wenn du ausdrücklich befohlen hast, daß du nicht gestört werden willst.«

Otho polterte hinaus, und einige Sekunden später hörte Sten lautes Knurren. Alle Bildschirme erloschen.

Vor seinem geistigen Auge blieben die Bitten und Anfragen jedoch präsent.

Plötzlich wurde er ganz überraschend wütend.

»Was zum Teufel wollen die alle von mir?« sagte er beinahe knurrend. »Daß ich mich zum neuen Ewigen Imperator ausrufe? Herrgott noch mal, der Tyrann ist tot, und schon beugen sie die Nacken freiwillig unter den nächsten eisenbeschlagenen Stiefel?«

»Einige von ihnen wünschen sich genau das«, erwiderte Cind leise. »Muskeln werden schlaff, wenn man sie nicht gebraucht. Abgesehen davon ist es immer leichter, einen anderen die Entscheidungen treffen zu lassen.

Das weiß ich nur zu gut. Meine Vorfahren kannten nichts anderes als ihren Gehorsam gegenüber dem General der Jannissar. Er sagte ihnen, wann sie zu essen, zu schlafen, zu töten und zu sterben hatten. Wenn sie widerspruchslos gehorchten, wurden sie belohnt, sogar mit einem garantierten Leben nach dem Tod.

Tja«, sagte sie. »Und das war alles.«

»Ihr geht beide ein bißchen zu hart mit unseren Verbündeten um«, gab Alex mit sorgfältig komponiertem Gesichtsausdruck zu bedenken. »Irgend jemand muß doch ganz oben stehen, oder nicht? Einer, der die Veränderungen und den Übergang bewacht. Der Thron darf nicht verwaisen, und wenn ihn nur eine provisorische Regierung übernimmt. Das stimmt doch?

Wer soll denn zum Beispiel die AM_2 verteilen?«

Schon wieder: Antimaterie Zwei, Himmel und Hölle, Wohlstand oder Tod.

Aus Rykors Becken platschte es laut. Sie betrachtete Sten mit vor Mitgefühl weit aufgerissenen Augen. Aber sie gab nichts von dem Geheimnis preis, das sie teilten.

»Ein Reichsverweser«, überlegte Sten, dessen Wut schon wieder verraucht war. »Du glaubst doch nicht etwa, daß ich mich noch weiter abstrample? So lange, bis jemand herausgefunden hat, wer die Sache endgültig in die Hand nehmen soll? Vielleicht bis zu dem Zeitpunkt, an dem wir eine Art von Koalition im Sinne von Sr. Ecu zusammengestellt haben?«

»Das wäre für die meisten Wesen die beste Lösung«, pflichtete ihm Cind bei. »Der Held tötet den Drachen … und hilft den Leuten dabei, ein neues Leben zu beginnen.«

»Genau wie in den Livies«, sagte Sten mit zynischem Unterton.

Cind hob die Schultern. »Was glaubst du denn, warum die so beliebt sind?«

»Wie soll das denn funktionieren, Rykor?« fragte Sten.

Rykor überlegte mit wedelnden Flossen. »Es ist logisch. Psychologisch willkommen, wie Cind bereits sagte. Auf jeden Fall bringst du die nötige Erfahrung mit. Wie oft haben dich deine Pflichten als Botschafter schon dazu gezwungen, den Gouverneur eines ganzen Clusters zu spielen? Ich weiß, daß du dich nicht darum gerissen hast, für jede Entscheidung die Zustimmung des Imperators einzuholen.«

Nein, dachte Sten. Das hatte er wirklich nicht. Und er hatte die Dinge stets, wie ihm nicht ohne Stolz einfiel, mit einem gewissen Erfolg betrieben, vorausgesetzt, es waren ihm nicht außergewöhnliche Schwachköpfe in den Weg getreten; Schwachköpfe, die einfach nicht kapieren wollten, was da eigentlich vor sich ging und daß am Ende alles zu ihrem Besten ausgehen würde.

Herrje. Und niemand hatte seine Entscheidungen hinterher auch nur im entferntesten angezweifelt. Kein Sektionskommandant. Kein General. Nicht einmal der Ewige Imperator.

Niemand.

Eine Chance, all die Fehlentwicklungen und Mißstände, die er in all den Jahren gesehen hatte, zu korrigieren. Mißstände, die zu groß oder zu weit entfernt waren, als daß man ihnen hätte gegenübertreten können. Jetzt gab es genug Zeit dafür. Sten konnte mit Leichtigkeit das diplomatische Gegenstück eines Generalstabs ausbilden, das in der Lage war, seine Politik weiterzuführen.

All diese Diktatoren, die ihm dieses mythische Ding namens Politik oder Zweckdienlichkeit zu unterstützen befohlen hatte.

All die Verbrechen, die ihn der Pragmatismus ignorieren gelehrt hatte. All diese Lebewesen, die ihre schwächeren Zeitgenossen bestahlen und ermordeten, widerliche Zeitgenossen, die Sten aus Zeitgründen nie hatte zur Rechenschaft ziehen und vernichten können.

Man könnte es Interimsregierung nennen. Provisorium.

Wenn man wollte.

Es wäre bestimmt nicht die schlechteste Art, dem Universum einen guten Dienst zu erweisen, oder? Besonders nach diesen vielen Jahrzehnten der Gemetzel und des Blutvergießens.

Es würde außerdem denjenigen, die nach ihm kamen, ein Beispiel dafür geben, daß man eine Zeitlang regieren konnte, und dann, wenn die Zeit gekommen war, zur Seite treten und die Zügel weitergeben konnte.

»Angenommen, ich würde zustimmen«, sagte Sten. »Entschuldigung, das ist nicht richtig ausgedrückt. Angenommen, der Rauch verzieht sich, und dann verlangen sehr viele Welten, daß ich mich wie ... wie was eigentlich verhalten soll? ›Regent‹ ist nicht das richtige Wort ... ›Manager‹ ist wohl der bessere Ausdruck.«

»Wenn überhaupt, dann würden wohl nur sehr wenige Systeme nicht mitspielen«, sagte Rykor überzeugt.

»Na schön. Also angenommen, ich erklärte mich bereit, mich noch ein paar Jahre in den Dienst der Sache zu stellen, bis die alle gemerkt haben, daß sie selbst die Verantwortung für sich übernehmen müssen ... würdet ihr bei mir bleiben?«

Rykor planschte zunächst wortlos in ihrem Becken herum. Dann sagte sie: »Ich werde dich gerne beraten, so gut ich kann, und solange ich in der Lage bin, Ratschläge zu geben.«

Sten nickte.

»Alex?«

Der untersetzte Mann sah ihn einen langen Augenblick an.

»Mein Wort darauf, Boß«, sagte er schließlich. »Ich bin wieder dabei, als deine starke rechte Hand. Aber ich muß dich schon jetzt warnen: irgendwann kommt die Zeit, da werde ich mich in den Ruhestand zurückziehen.«

Sten nickte ein zweites Mal.

»Cind?«

»Ich bleibe«, sagte sie, ohne zu zögern. »Solange du Reichsverweser bist. Und solange du Sten bleibst.«

Ein drittes Nicken.

Das war's.

Sten sah noch einmal das Lächeln auf dem Gesicht des toten Imperators vor sich, und eisige Finger glitten an seiner Wirbelsäule hinab, als er sich fragte, ob dieser Moment das Mona-Lisa-Lächeln erklärte.

»Ich frage mich nur«, sagte Sten, »ob man überhaupt jemals bemerkt, wann die Zeit gekommen ist? Oder«, fügte er so ehrlich, wie es ihm möglich war, hinzu, »ob jeder, der irgendwann die Krone entgegennimmt, davon überzeugt ist, daß alles, was er tut, nur zum Wohle der Allgemeinheit geschieht?«

Schweigen breitete sich im Raum aus, ein Schweigen so eisig wie die eisige, gefrorene Nacht draußen.

»Davon versteh ich nix«, meinte Alex schließlich. »Das ist Philosophie, und darüber darf kein einziger schottischer Soldat jemals nachdenken, sonst schmeißen sie ihn aus der Kneipe und zwingen ihn, mit den Briten Pisse zu trinken.

Aber ich kenne da eine lustige kleine Geschichte. Wer will, kann sie als Parabel ansehen.

Es war einmal ein Mann, der wollte sich ständig was beweisen, klar? Eines Tages hört er, daß man das schrecklichste Wild auf der Erde erledigen kann, auf einer Insel im Norden, wo alles gefroren ist wie hier auf Vi.

Ich rede von der Bärenjagd, Cind. Ein Bär, das ist –«

»Ich weiß, was ein Bär ist, Alex. Du hast Otho schon oft genug so genannt. Erzähl schon weiter.«

»Na schön. Er geht also in den Wald, bewaffnet sich mit einem

Gewehr und seinem scharfen Auge. Und es dauert auch nicht lange, da erblickt er den Bären. Peng-peng-peng schießt er, und der Bär fällt um.

Er rennt schnell hin, und zu seiner großen Überraschung und Bestürzung findet er keinen Bären.

Tapptapp, macht's da auf seiner Schulter, und hinter ihm steht der Bär! Und der Bär brummt und sagt: ›Wenn du am Leben bleiben willst, dann mußt du runter auf Hände und Knie und an mir eine widerwärtige sexuelle Handlung vornehmen.‹

Der Jäger windet sich hin und her, versucht sich herauszureden, doch die Zähne des Bären sind mordsmäßig scharf und seine Pranken furchterregend groß. Also geht er runter auf die Knie …

Tja, und als er eine Weile später wieder in sein Lager zurückkehrt, ist er voller Abscheu und Ekel. Er steht kurz davor, Selbstmord zu begehen. Aber zuerst, denkt er, zuerst will ich diesem Bären das Fell über die Ohren ziehen!

Am nächsten Morgen geht er also wieder in den Wald hinaus, und es dauert nicht lange, da hat er den Bären entdeckt. Flinte hoch, bomm-bomm-bomm, und wieder fällt der Bär um.

Der Jäger rennt wie der Teufel zu der Stelle, schwelgt schon in süßen Rachegefühlen … aber da liegt kein Bär.

Tapptapp auf der Schulter … da steht der Bär wieder hinter ihm! Groß und mächtig!

Und der Bär sagt: ›Wenn du am Leben bleiben willst, mußt du dich ausziehen und umdrehen, und dann werde ich einen widerlichen sexuellen Akt an dir vornehmen!‹

Wieder windet sich der Kerl in seiner Not, doch die Zähne sind mordsmäßig scharf und die Pranken furchterregend groß. Also läßt der Jäger seine Klamotten fallen …

So nimmt die Sache ihren Lauf. Als der Jäger kurz darauf zu seinem Lager zurückschleicht, fühlt er sich noch mieser als ein Campbell. Er ist der niedrigste der Niedrigen. Sich selbst umzubringen ist noch das beste Schicksal, das ihm für sich einfällt.

Aber zuerst … muß dieser verdammte Bär dran glauben! Da hilft nichts, das steht ganz außer Frage.

Und so ist der Jäger am nächsten Morgen bei Tagesanbruch wieder draußen im Wald. Und *wieder* sieht er den Bären, und *wieder* hebt er das Gewehr. Und *wieder* geht es knall-knall-knall, und *wieder* fällt der Bär um.

Und wieder rast der Jäger zu der Stelle.

Und wieder findet er keinen verdammten Bären!

Aber wieder spürt er dieses Tapptapp auf der Schulter.

Der Jäger weiß schon, was da los ist, dreht sich um, und wieder steht da dieser Bär vor ihm!

Und der Bär schaut ihn lange an und sagt schließlich: ›Mein Freund, ich glaube, du bist nicht hierhergekommen, um zu jagen, oder?‹«

Sten starrte Kilgour an, der erst einige Sekunden verstreichen ließ und dann wohlwollend lächelte.

»Genau«, sagte Sten.

Er wandte sich um.

»Rykor. Könntest du mit den Ergebnissen meines Gehirnscans einigen Ingenieuren dabei behilflich sein, eine Zusammenfassung von Projekt Bravo zusammenzustellen? Sozusagen eine Bastelanleitung für AM$_2$?«

»Kann ich machen.«

»Das wäre meine erste Bitte. Wir lassen ein ganz großes Tier kommen, vielleicht diese Reporterin, Ranett, die dem Imperator so die Hölle heiß gemacht hat; sie kann die Information dann weitergeben.

Ich möchte, daß es auf jedem Livie- und Vid-Kanal und auf jeder sonstigen verfügbaren Frequenz ausgestrahlt wird.

Zweitens. Bitte Otho darum, die Bänder mit den Aufzeichnungen aus meinem Einsatzschiff holen zu lassen. Mit ihrer Hilfe dürften wir eine ziemlich gute Triangulation der Diskontinuität und der Imperialen Wundertüte erhalten.

Auch das soll ausgestrahlt werden. Jeder, der AM_2 haben will, soll wissen, wo er es finden kann.«

Rykor planschte lautstark in ihrem Becken umher.

»Intellektuell stimme ich zu«, sagte sie. »Und wenn ich an ein Einzelwesen namens Sten denke, halte ich es auch für persönlich gut. Aber wenn ich an den Effekt denke, den es auf die Massen haben wird –«

»Ich kann nicht für sie denken«, erwiderte Sten. »Ich kann kaum auf mich selbst aufpassen.

Ich kann nichts anderes sagen als … Da! Da ist das AM_2. Da liegt der Schlüssel zum Königreich. Jeder kann König sein, oder auch blutiger Despot. Sollen sie das Universum so gestalten, wie es ihnen beliebt. Als Paradies oder als Wüste.

Das liegt nicht in meiner Verantwortung. Ich werde nicht Gott spielen. Nicht jetzt. Niemals.«

Sten hatte den Eindruck, daß von all diesen Wesen, den lebenden und den toten, die sich nicht mit ihm in diesem Raum befunden hatten, ein Murmeln ausging. Klang es zustimmend? Oder enttäuscht?

Aber sie waren weg. Für immer.

Sten wandte sich an Alex.

»Meinst du, man wird es mir krummnehmen, wenn ich die *Victory* behalte?«

»Glaub ich nicht, alter Knabe. Und es gibt bestimmt genug Burschen wie Otho, die dir an Bord gern zur Hand gehen. Die mußt du mit einer Dornenranke wegprügeln, wenn du sie nicht haben willst.«

»Gut. Ich frage dich jetzt noch einmal, ob du bei mir bleiben willst.«

»Erst brauch ich ein paar Wochen, Boß. Ich muß meiner Mama zwei Mädels vorstellen. Und wie die Dinge so stehen, kriege ich vielleicht einen kleinen Kanzelprediger dazu … Kriege ich einen Monat?«

Sten nickte.

Alex strahlte. Er ging zur Tür, wo Rykor wartete.

»Ach, alter Knabe. Das wird prima. Das wird richtig prima. Es gibt noch ganze Galaxien, die die Geschichte von den gefleckten Schlangen noch nicht kennen.«

Dann waren er und Rykor draußen.

»Mich hast du bis zum Schluß aufgespart«, sagte Cind.

»Tatsächlich.«

»Wirst du mich auch fragen?«

»Aber sicher. Hast du in den nächsten paar Jahrhunderten schon etwas vor?«

Cind antwortete ihm nicht.

Sie küßte ihn.

Dann nahm sie ihn an der Hand … und sie gingen quer durch das Zimmer zum Balkon. Sie öffnete die Türen, und sie traten hinaus in die klare, frostglitzernde Nacht.

Keiner von beiden spürte die Kälte.

Sie sahen hinauf und weit hinaus, in die weite Ferne der Unendlichkeit und noch viel weiter, zu den unbekannten Sternen, die sich bis in die Ewigkeit erstreckten.

Eine Art Erklärung

Die Idee zu *Sten* kam uns vor einigen Jahren. Sie wurde nicht zuletzt durch die Tatsache begünstigt, daß damals nur sehr wenig Leute die Art von Science-fiction schrieben, mit der wir aufgewachsen sind und die wir noch immer schätzen – eine Situation, die sich in letzter Zeit ein wenig gebessert hat, wie wir mit Freude feststellen.

Der Hauptgrund war jedoch, daß uns so einiges ankotzte.

Aus irgendeinem unbekannten Grund liebäugelte die Sciencefiction seit jeher gerne mit sozialem und politischem Faschismus; wir vermuten, hauptsächlich aus Dummheit und Unkenntnis.

Unser Verdruß findet seinen besten Ausdruck in Damon Knights klassischer Essaysammlung mit dem Titel *In Search of Wonder,* in der er A. E. van Vogt, einem Scientologen und Konfusionsspezialisten ersten Ranges, gehörig die Leviten liest:

»Es kommt mir eigenartig vor, daß in den Geschichten von van Vogt, die fast alle in der Zukunft spielen, die am häufigsten auftretende Regierungsform die absolute Monarchie ist; und weiterhin, daß die Monarchen in diesen Geschichten ausnahmslos als sympathisch dargestellt werden, ja (wie einer seiner Helden) sogar als ›wohlwollende Diktatoren‹, wenn man sich das bitte einmal vorstellen mag.

(…) Ich möchte hier nicht sagen, was ich von einem Menschen halte, der Monarchien gutheißt (…) und ich empfinde es auch nicht als relevant, daß diese Geschichten zu einer Zeit geschrieben und veröffentlicht wurden, zu der sowohl van Vogts Land (Kanada) als auch das unsere Krieg gegen Diktaturen führten …

(…) Die absolute Monarchie war eine Regierungsform, die sich entwickelte, um überall die ökonomischen Wünsche des Feudalismus durchzusetzen, und sie ging mit dem Feudalismus zugrunde. (...) Moderne Versuche, ein ähnliches System in höherentwickelten Kulturen einzuführen, haben sich vor nicht allzulanger Zeit als drastische Fehlschläge erwiesen. (...) Es ist kein Verbrechen, wenn der Privatmensch van Vogt das bedauerlich findet; bei einem Autor hingegen stellt diese Ignoranz ein Verbrechen dar ...«

Recht hat der Mann.

Das zweite Zitat ist wesentlich bekannter:

John Emerich Edward Dalberg, Lord Acton, im Jahre 1887 in einem Brief an Bischof Mandell Creighton:

»Macht korrumpiert; absolute Macht korrumpiert absolut.«

Das ist genauso richtig.

Und deshalb kam es uns absurd vor, daß trotz aller lautstarken Bekenntnisse, man mache sich Gedanken über die Zukunft, die Science-fiction tatsächlich einem Großteil ihrer Substanz darauf verschwendet, an der ausgelutschten Hülse einer falschen Vergangenheit zu saugen.

Deshalb ... *Sten.*

Wir haben das gesammelte knallharte, zynische Wissen einfließen lassen, das jeder von uns in seinen vierzehn Jahren als Journalist hinsichtlich Funktionsweisen von Politik und den Mechanismen der Macht erworben hat.

Wir wollten ein Imperium schaffen, das groß und alt genug sein sollte, um alle möglichen Spielarten dieser großartigen, düsteren, komischen Gestalt zu enthalten: der Menschheit. Dieses Imperium wollten wir mit den Augen eines gewöhnlichen Menschen aus der Arbeiterklasse betrachten, der von außergewöhnlichen Geschehnissen mitgerissen wird.

Er sollte gerade schlau genug und flink genug sein und – was uns am allerwichtigsten war – über so viel Sinn für Humor verfügen, um überleben zu können. Und um sich zu einem aufrichtigen Helden zu entwickeln. Zumindest in das, was wir uns unter einem Helden vorstellen: jemand mit gewaltigen Lehmklumpen anstelle der Füße.

Wir kamen rasch überein, daß es eine lange Geschichte sein mußte. Um alles zu erzählen, waren acht Bücher nötig. Ein Roman in acht Teilen.

Wir gingen davon aus, daß wir vermutlich mit einer Million Worte auskommen würden.

Heute haben wir diese Grenze überschritten.

Und die Geschichte ist zu Ende.